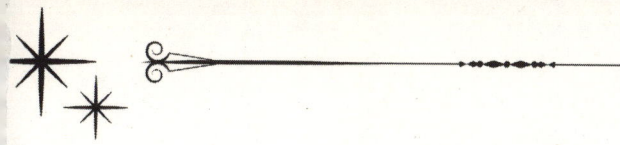

Michelle Miller &
Silvia Andermann

INSIGHT

OF

SOULS

Dunkelstern Verlag

Copyright 2023 by
Dunkelstern Verlag GbR
Lindenhof 1
76698 Ubstadt-Weiher
http://www.dunkelstern-verlag.de
E-Mail: info@dunkelstern-verlag.de

Illustrationen: Dunkelstern Verlag unter Verwendung von Grafiken
von www.unsplash.com und www.pixabay.com
© Cover- und Umschlaggestaltung: Juliana Fabula | Grafikdesign –
www.julianafabula.de/grafikdesign
Unter Verwendung folgender Stockdaten: shutterstock.com |
Ramosh Artworks, Triff, Weerachai Khamfu, Muhammad Umair
Karim, Alejo Bernal, BestPix, Arpak | freepik.com
Autorenfoto: Sabrina Zaiene

Druck: Bookpress.eu. ul. Lubelska 37c, 10-408 Olsztyn

ISBN: 978-3-910615-13-7
Ungekürzte Taschenbuchausgabe.

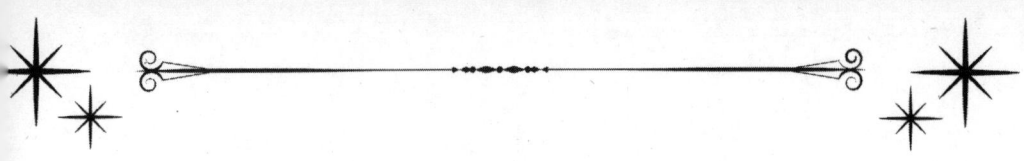

Für die Mutigen und Zerbrochenen. Für diejenigen unter euch, die gegen die innere Dunkelheit kämpfen. Auf dass ihr das Licht in euch wiederfindet.

Triggerwarnung:

Liebe Leser:innen,
dieses Buch enthält potenziell triggernde Inhalte. Falls ihr denkt,
ihr könntet betroffen sein, findet ihr am Ende des Buchs eine aus-
führliche Liste.
Wir wünschen uns für euch ein angenehmes Leseerlebnis.
Michelle, Silvia & der Dunkelstern Verlag

Prolog

Altes Ägypten –
2710 v. Chr.

Nicht weit von Ipet entfernt, dem Reich, das den Nil und die Wüste trennt, wartete Ra in menschlicher Gestalt auf seine Kinder.

Hinter einem Sandhügel tauchten sie auf, ein Mädchen und zwei Jungen, in weiße Gewänder gekleidet und ein Lächeln auf ihren Lippen. Nie zuvor hatten sie ihren Schöpfer und Vater zu Gesicht bekommen, aber dank der Geschichten ihrer Mutter empfanden sie bedingungslose Liebe.

Sein göttliches Blut floss durch ihre Adern und nun war es an der Zeit, dass sie sich als würdig erwiesen. Ra legte ihnen nacheinander seine Hände an die Schläfen und nahm ihnen alle Erinnerungen der letzten sechzehn Jahre. Alles, was sie erlebt und gefühlt hatten. Selbst die Abschiedstränen der Frau, die ihm diese Kinder geschenkt hatte, versiegten.

Nun, da sie leere Gefäße waren, nahmen sie einander bei den Händen, um eine Verbindung herzustellen. Da sprach Ra zu ihnen und seine Worte manifestierten sich in schwarzer Tinte, die sich auf der Haut der Drillinge abzeichnete. Die Hieroglyphen erzählten die Geschichte der Götter, der Shemayu und ihre eigene, die der Nesweru. Und die Zeichen offenbarten ihnen ihre Bestimmung: das Diesseits von den Shemayu, den verlorenen Seelen der Duat, zu reinigen und Ras Schöpfung zu schützen und zu erhalten. Eher würden sie keinen Frieden finden.

So waren sie geboren, die Soldaten der Sonne.

Zur Unterstützung bei ihrer Aufgabe erhielt jeder der Drillinge ei-

nen individuellen Seelenstein, gewonnen aus Ras goldenem Blut und ihrem eigenen menschlichen.

Es war vollbracht und Ra musste seine Kinder verlassen. Als Falke aus Licht und Feuer stieg er in den Himmel empor und die jungen Erwachsenen waren fortan für das Wohlergehen ihrer Welt verantwortlich. Sie ließen sogar ihre Namen hinter sich und wurden fortan *Nes*, *We* und *Ru* genannt, die ersten Nesweru der Geschichte.

Cassey

Heute

Mein Kopf schlägt unsanft gegen die kalte Scheibe des Autos. Stöhnend öffne ich die Hand, um mir schlaftrunken die Augen zu reiben, und lasse dabei mein Handy in den Fußraum fallen. Als wäre dieser Tag nicht schon bescheiden genug.

Blinzelnd versuche ich, mich zu orientieren. Wir haben angehalten. Das war der Grund für meine unfreiwillige Kuscheleinlage mit dem Glas. Durch die Fenster sehe ich eine breite Straße, große kahle Bäume, Laternen und kleine Vorgärten mit übertriebener Weihnachtsdekoration – die perfekte Vorstadt.

Nur ein Haus auf der rechten Seite glänzt durch absolute Schmucklosigkeit. Nein, nicht ein Haus – *das* Haus. Das Haus, das Papa uns im Internet gezeigt hat. Das Haus, in das wir heute einziehen. Es ist nicht unser erster und bestimmt auch nicht unser letzter Umzug. Das Gefühl, irgendwo heimisch zu sein, werde ich hier in Amerika wohl immer missen.

Ein Räuspern erregt meine Aufmerksamkeit. Die himmelblauen Augen meiner Schwester sehen mich misstrauisch an; ein bisschen so, als hätte ich irgendwas Schräges gemacht oder gesagt. »Was ist?«, frage ich mit vom Schlaf kratziger Stimme und rutsche im Sitz hoch.

Ihre Wangen werden auf einmal rosig und ihre Gesichtszüge verziehen sich leicht angeekelt. »Na ja, du … was hast du geträumt, sag mal? Du hast so …«, sie gestikuliert dabei unbeholfen und bekommt die Sätze nicht auf die Reihe, weil es ihr offensichtlich unangenehm ist. Ich warte und sie holt noch mal Luft. »Es klang schmutzig. Nach

… ach komm schon, du weißt, was ich meine, Cass.«

Natürlich weiß ich, was sie meint. Aber ich ärgere sie ein wenig, indem ich schlicht sage: »Sex. Sag doch einfach, es klang nach versautem Sex, Schwesterherz.« Dann schnalle ich mich ab und beuge mich vor, um das Handy aufzuheben.

Sie rümpft die Nase, weil sie solche expliziten Worte aus welchem Grund auch immer nicht mag, und schüttelt den Kopf. Dann streicht sie sich ihr blondes Haar hinters Ohr und beugt sich vor, um ihr Portemonnaie aus dem Handschuhfach zu nehmen. Anschließend steigt sie aus. Wieder an der frischen Luft strecke ich mich erst mal. Die Fahrt hat eine Ewigkeit gedauert und es fühlt sich an, als wären die Wirbel meines Rückens miteinander verschmolzen.

Ein alter Mann, der ein paar Häuser weiter die Hecken seines penibel gepflegten Vorgartens schneidet, wirft uns einen neugierigen Blick zu. Diese Umgebung strahlt so viel Freundlichkeit und Idylle aus, dass ich automatisch skeptisch werde. Niemand würde hier in seinem Nachbarn eine tödliche Gefahr sehen – außer uns.

»Cassey, Natalie! Lasst uns schon einmal ein paar Kisten und das Motorrad in die Garage stellen, bevor der Transporter kommt«, ruft unser Vater, der seinen silbernen Mercedes etwas weiter vorne am Straßenrand geparkt hat und den vollgepackten Kofferraum öffnet. Er hat diesen militärischen Befehlston drauf. Immer. Und diesen selbstsicheren, coolen Gang, als wäre er noch in seinen Zwanzigern statt fünfundvierzig. Dazu die Lederjacke, Bart, Muskeln und zurückgestylte Haare. Er könnte glatt als Mitglied einer Biker-Gang durchgehen. Fehlen bloß die Tattoos.

Natalie stimmt sofort zu, aber ich winke ab, lehne mich gegen die Beifahrertür ihres roten Pick-ups und ziehe meine Zigarettenschachtel aus der Jackentasche. »Fangt ihr schon mal an«, nuschle ich dann mit einer Kippe zwischen den Lippen und zünde sie an. Natalie schnappt sich die Zigarette und ich stoße mich empört vom Wagen ab.

»Genug ausgeruht, Cassey! Je schneller wir fertig werden, desto eher können wir es uns gemütlich machen«, tadelt sie mich, legt – nicht wirft, sondern legt – die Zigarette auf den Boden und tritt sie aus.

»Das war meine Letzte, verflucht«, jaule ich und deute mit beiden ausgestreckten Armen darauf.

»Hopp hopp«, sagt sie unbeeindruckt, tätschelt meine rechte Pobacke und grinst aufgeregt. »Wir sind mitten in New York City, Cass.« Anschließend hüpft sie Richtung Garage, die Papa bereits geöffnet hat. Ich verdrehe die Augen. Jedes Mal ist es dasselbe. Erst macht sie einen Aufstand wegen des Umzugs und ist beleidigt, aber sobald wir ankommen, kann sie es kaum erwarten, sich einzurichten und die Umgebung kennenzulernen.

»Das ist die Bronx, aber was soll's.« Ich schiebe meine schwarze Honda CBR vom Hänger und verstaue sie im hinteren Eck der Garage. Nachdem das Motorrad abgedeckt ist, schüttle ich meine Hände aus und stemme sie in die Hüfte.

»Geht das auch etwas schneller? Wir wollen heute noch trainieren«, bemerkt Papa und stellt einen Karton ab.

Ich atme geräuschvoll aus. »Im Ernst? Können wir nicht ...«

»Huhu«, unterbricht mich eine glockenhelle Stimme. Eine heiter grinsende Frau winkt uns vom Bürgersteig aus zu.

»Nachbarn«, grummeln Papa und ich wie aus einem Mund. Manchmal kommen mir diese Nachbarn wie Aliens vor, die perfekte Menschen nachahmen wollen, es dabei aber maßlos übertreiben.

Natalie stellt sich zu uns, und wir warten, bis die Frau mit kurzen, schnellen Schritten bei uns ankommt. Dabei schwingen ihre Hüften ausladend hin und her und die angewinkelten Arme pendeln energisch mit. Das Grinsen ist wie festgenagelt. Sag ich doch: Alien.

»Hi, hi, hallo! Ihr müsst die neuen Nachbarn sein«, ruft sie fröhlich und streckt Papa die Hand entgegen. »Freut mich, euch endlich kennenzulernen. Sie müssen der Vater sein, richtig? Ich bin Fiona Melbrook, zwei Häuser weiter. Das Dunkelgrüne, falls ihr mal vorbeikommen möchtet.«

Ich könnte jetzt schon schreiend wegrennen. Stattdessen beiße ich die Zähne zusammen und versuche zu lächeln; den Schein zu wahren. Gleichzeitig beobachte ich sie wachsam, schärfe meine Sinne und konzentriere mich auf das, was ich wahrnehme. Ein Teil in mir

wünscht sich, dass sie eine potenzielle Bedrohung darstellt und wir das Training gleich hier und jetzt absolvieren können, aber ein anderer Teil möchte auch mal normal sein; einen ganzen Tag lang stinknormales und langweiliges Zeug machen – ohne Shemayu.

Auch Papa inspiziert sie, während er kurz ihre Hand drückt und sich knapp als *Alexander* vorstellt. Dabei wird er genauso wenig spüren wie ich. Keine dunkle Aura, die für eine Shemayu typisch wäre.

Fionas Blick wandert weiter, direkt zu mir. Sie gerät ins Stocken, was zu erwarten war. Dunkelbraunes Haar, Piercings, dunkler Lidschatten, schwarze Lederjacke, Tattoos … für sie muss ich auf den ersten Blick wie eine Kriminelle wirken. Nicht, dass mich Vorurteile wegen meines Äußeren jemals gekümmert hätten.

Miss Alien fängt sich erstaunlich schnell und reicht mir ihre Hand. »Hi, nett dich kennenzulernen.«

»Cassey«, antworte ich knapp und gehe widerwillig auf den Händedruck ein, der ganz schnell wieder vorbei ist. Rasch wendet sie sich Natalie zu. Die passt ihr natürlich direkt besser ins Muster und löst ihre Anspannung. Sie ist das totale Gegenteil von mir. Eine zarte Schönheit aus Pastell, auffallend und doch sehr dezent. Wunderschönes Lächeln, wallendes Haar und elegante Kleidung in hellen Tönen – genauso warmherzig und heiter im Inneren. Schlichtweg ein braves Vorstadtmädchen.

»Natalie, hi«, macht meine Schwester diesmal den Anfang. »Danke für Ihre herzliche Begrüßung. Wir sind gerade erst angekommen.«

Fiona strahlt bis über beide Ohren und tritt einen Schritt zurück. »Ja, das sieht man. Ihr habt einiges zu tun. Also wenn ihr Hilfe benötigt … Sagt mal, was ist das für ein Akzent, den ich da heraushöre?«

»Russisch, wahrscheinlich«, entgegnet Natalie offen.

»Oh, wow. Freut mich, vielleicht könnt ihr mir …« Auf einmal bricht sie ab, schlägt die Hände vor der Brust zusammen und macht große Augen. »Ja kneif mich doch einer …«, raunt sie und schaut zwischen Natalie und mir hin und her, »Ihr seid ja Zwillinge. Ach, wie schön! Ich finde Zwillinge so süß.«

Innerlich verdrehe ich die Augen.

»Wissen Sie, ich hätte ja auch gerne Zwillinge gehabt, um ihnen süße Outfits anzuziehen und einfach gleich zwei der süßen Sorte zu haben. Das muss doch ein Segen für Sie und Ihre Frau sein. Apropos Frau, wo ist die denn?«

Papa räuspert sich augenblicklich. »Wissen Sie, Fiona, wir sind Ihnen wirklich sehr dankbar für Ihren Besuch, aber …«, sagt er ausweichend, während er sie gekonnt mit einer Hand an ihrem Rücken zum Bürgersteig lotst. Kaum sind sie außer Hörweite, drehe ich mich zu Natalie um und blinzle – benommen von dem Hurrikan in Menschengestalt, der gerade über uns hinweggefegt ist. »Das halte ich nicht aus.«

»Wenn du keine Nachbarn haben willst, musst du alleine in die Wüste ziehen.«

»Schön! Mache ich«, zische ich. »Alles ist so perfekt und wir helfen uns allen gegenseitig und vielleicht trifft man sich mal auf 'nen Kaffee und oh und uh«, äffe ich Fiona mit gehobener Stimme nach und falte dabei wie sie meine Hände vor der Brust.

Natalie versucht, ernst zu bleiben, kann sich ein Schmunzeln aber nicht verkneifen.

»Ha«, rufe ich und deute auf ihren Mund.

»Pscht«, zischt Natalie warnend, zieht meine Hand runter und blickt zur Straße hinab. Perfekt getimt. Fiona sieht zu uns herüber und blitzschnell wenden wir uns ihr lächelnd zu und winken. Sie erwidert die Geste, schüttelt Papa noch mal die Hand und geht dann ihres Weges. Solange sie in unserem Blickfeld ist, verharren Natalie und ich in dieser albernen Position, weil wir daraus eine Art Spiel gemacht haben. Wer als Erstes gegenüber Nachbarn seine Fassung verliert, muss als Alien verkleidet von Tür zu Tür gehen, den Leuten Helme aus Alufolie mit Antennen auf den Kopf setzen und sagen: »*Zehn Dollar für diesen Schutzhelm und ihr Gehirn ist vor Aliens geschützt.*«

Als sie weg ist, sacken meine Schultern sowie Mundwinkel herab und ich stöhne. »Das kostet mich jetzt schon meine ganze Kraft.«

»Schauspielerin«, bemerkt Natalie grinsend und geht zur Ladefläche ihres Wagens, von der Papa bereits drei Kisten geholt hat.

Und wieder einmal geht es ans Kistenauspacken. Es gehört mitt-

lerweile zu unserem Leben, zu unserer Berufung. Wir wandern wie Nomaden von Stadt zu Stadt und befreien diese von Shemayu, den Seelen ehemals Verstorbener, die der Unterwelt namens *Duat* entspringen und dazu verdammt sind, Unschuldige zu quälen und Apophis' Chaos auf die Erde zu bringen.

Handbuch der Krylowi: Einleitung

überarbeitet und ergänzt von Alexander Iwanowitsch Krylow

Ra (oder Amun-Re) ist der Schöpfer-/ Sonnengott mit dem allsehenden Auge, welcher sich selbst, unsere Erde und die Götter
aus seinem Schatten, die Menschen aus seinen Tränen und
schließlich aus seinem Blut uns Nesweru erschaffen hat.
Der Schlangengott Apophis (oder Apep) entstand aus dem Spei-
chel der Göttin Neith, der in das Urgewässer Nun tropfte. Er wurde von den Göttern missachtet und verbannt, sodass er in den
Gewässern der Unterwelt (altägyptisch: Duat) lebte. Er verkörpert
Auflösung, Finsternis und Chaos zugleich. Sein Ziel war es, die
Götterschöpfung zu vernichten und eine neue Duat zu erschaffen. Dazu griff er Nacht für Nacht Ra auf seiner Sonnenbarke
an, um den Aufgang der Sonne zu verhindern und die Welt ins
Chaos zu stürzen. In den Legenden wird Apophis als Symbol der
Wiedergeburt gesehen, da dieser von mehreren Göttern ermordet
wurde, doch stets lebend zurückkam – bis Ras Tochter Bastet
ihn endgültig vernichtete. Dabei entstand ein Riss in der Unter-
welt, der bis heute fortbesteht und Apophis' Handlangern, den
Shemayu, einen Weg ins Diesseits ebnet. In der Menschenwelt
verfolgen sie Apophis' Wunsch nach einer neuen Duat, was die
Nesweru zu verhindern versuchen.
Der Krieg der Götter wird demnach heute im Diesseits zwischen
Nesweru und Shemayu ausgetragen.

Cassey

Es ist viel zu früh für mich – kurz vor acht Uhr morgens, um genau zu sein –, als wir auf dem Weg von der Subway-Station zur Fakultät für Kunst den Washington Square Park durchqueren. Im Sommer ist es hier sicher recht schön, quasi eine Oase für Mittagspausen. Aber zurzeit geben die kahlen Bäume den Blick auf all die Hochhäuser frei, der große Springbrunnen im Zentrum des Parks ist trockengelegt und die Grünflächen sind bedeckt von braunem Laub. Ein eher trostloser Anblick, der sich gut ins Stadtbild fügt.

Es ist verdammt kalt, sodass ich meine Hände tiefer in meinen Manteltaschen vergrabe und mich in meinen dicken Schal kuschle. Trotz meiner Müdigkeit und der eisigen Schneeflocken, die sich in meinen Wimpern verfangen, versuche ich wachsam zu sein, beobachte die Menschen und halte gleichzeitig Ausschau nach einem Café.

Die meisten Fußgänger sehen aus wie Geschäftsleute oder Studierende, die ihre Köpfe über die Smartphones gebeugt halten und blind ihrer Wege gehen. Jeder für sich und doch Teil eines dunklen Stroms. Lediglich eine rote Wollmütze, eine weiße Jeans und ein hellblauer Mantel mit weißen Punkten stechen heraus.

Als ich die ersten lilafarbenen NYU-Flaggen an Gebäuden ausmache, seufze ich innerlich. Warum sind wir noch gleich hier, obwohl das Semester bald endet?

Ach ja. Damit wir keine Freizeit haben.

Wenn es nach mir gegangen wäre, hätten wir die zwei Monate noch ausgesetzt und wären dann frisch gestartet. So wie es jeder normale

14

Mensch machen würde. Aber wir sind ja keine normalen Menschen, ich vergaß.

Stattdessen sollen wir jetzt wie ein Schwamm den gesamten Lehrstoff aufsaugen, die Klausuren mitschreiben und unser Semester *ordentlich* beenden.

Schließlich erspähe ich ein Café und ohne auf Natalie zu warten, überquere ich die Straße und öffne die Tür. Mich überrollt eine warme Welle, die nach Gebäck und Kaffee riecht. Der Raum ist brechend voll und das Stimmengewirr hämmert unangenehm laut gegen mein Trommelfell. Ich atme geräuschvoll aus. Menschen sind nervig und anstrengend. Und so verwundbar.

»Cassey, du kannst doch nicht einfach abhauen«, kritisiert mich Natalie, die mit ihren klackernden Stiefeletten zu mir aufschließt. »Was willst du hier? Wir müssen ins Seminar.«

Ich zucke lediglich mit den Schultern und hole mein Portemonnaie aus dem schwarzen Rucksack. »Entspann dich, Natty. Ich hole mir nur kurz einen Kaffee und dann sind wir quasi schon in der Uni«, antworte ich gelassen.

Während ich einen Schritt auf den mit Leckereien bestückten Tresen zu mache, blicke ich über die Schulter zu ihr. »Willst du auch was?«

»Ja, zum Seminar«, blafft sie und verschränkt die Arme trotzig vor der Brust. Sie ist bezaubernd und süß, selbst wenn sie versucht, böse zu schauen.

Wieder zucke ich mit den Schultern und wende mich dem Tresen zu. Zwei junge Männer rotieren dahinter, um der Menschenmasse gerecht zu werden. Sehr attraktive und athletisch gebaute Kerle. Der Blonde hat langes Haar, das im Nacken zusammengebunden ist. Seine Gesichtszüge sind hart, die Lippen zum Kuss einladend und der Kiefer sehr markant.

»Was darf es sein?«, fragt er mich und kann dabei nicht verbergen, dass er ziemlich gestresst ist.

»Einen Filterkaffee.«

Aus irgendeinem Grund zieht er daraufhin überrascht die Augenbrauen hoch, als wäre Filterkaffee etwas Außergewöhnliches. Aber

vielleicht ist er einfach froh über eine unkomplizierte Bestellung.

»Groß, mittel, klein?«, fragt er ruhiger.

»Groß.«

»Und für mich eine heiße Schokolade, bitte«, höre ich Natalies Stimme neben mir, die herangetreten ist und schüchtern lächelnd den Zeigefinger wie in der Schule hochhält.

Der Blondschopf macht sich ans Werk und wendet uns den Rücken zu. Er schiebt den anderen zur Seite, der sich daraufhin auf dem Tresen abstützt und sich zu uns vorbeugt. Dabei krümelt er die Glasplatte mit seinem Schokocroissant voll. Er wirkt trainiert, hat kurzes, schwarzes Haar und ein gepflegter Dreitagebart ziert sein Gesicht. Mein Blick bleibt bei seinen mehrfarbigen Augen hängen. Sie sind blau, aber um die Iris braun, und das Braun ist im linken Auge ausgeprägter und großflächiger als im rechten. Ich mag solche Besonderheiten an Menschen.

»Lange Nacht, Süße?«, fragt er mich gelassen und grinst dabei schelmisch. Mir ist gleich klar, welche Art Mann er ist.

Doch bevor ich etwas sagen kann, taucht der Blondschopf auf und stellt die Becher auf den Tresen. »Du stehst im Weg«, zischt er dem Dunkelhaarigen zu, doch er ignoriert ihn gekonnt und macht keine Anstalten, sich vom Fleck zu bewegen.

Währenddessen reiche ich Blondie das Geld für Kaffee und Schokolade. Dabei berühren sich nur ganz flüchtig unsere Hände und mich durchfährt ein merkwürdiges Gefühl, das ich nicht zu fassen bekomme. Es ist nicht dieses kribbelnde Gefühl, wie bei Kahraba'shemayu, die Elektrizität beherrschen. Auch nicht dieses eisige Gefühl, das Shemayu im Allgemeinen mehr oder weniger intensiv ausstrahlen.

Eindringlich mustere ich ihn, blicke in seine Augen. Grün gemischt mit Blau. Die Gänsehaut legt sich wieder. Ich versuche das Gefühl als potenzielle Gefahr zu identifizieren, aber das ist es nicht. Es ist … merkwürdig.

Nicolas

K ann ich euch irgendwo hinbegleiten?«, fragt Grayson und setzt sein charmantestes Lächeln auf, als er die Zwillinge betrachtet. Sie unterscheiden sich wie Tag und Nacht, haben aber doch die gleichen Gesichtszüge, wobei die Dunkelhaarige etwas miesepetrig dreinschaut.

\\Woah! Bei den beiden weiß ich ja gar nicht, welche ich fokussieren soll. Okay, bleib cool. Bloß keine Trottel-Aktion!//

Die Blonde lehnt Graysons Angebot dankend ab, und ich wüsste zu gerne, was sie denkt, aber irgendetwas scheint heute mit meinem Empfang nicht zu stimmen. Erst waren alle Gedanken der morgendlich viel zu aktiven Studierenden lauter als direkt neben einem Orchester zu stehen, jetzt kommen Gedanken nur noch vereinzelt bei mir an. Vielleicht liegt es an den leichten Kopfschmerzen, die mich bereits seit vier Uhr früh begleiten, weil wir uns schon eine Weile kein Opfer mehr gesucht haben.

Filterkaffee oder *Heiße Schoki* ... vielleicht sollte ich eine Münze werfen? Und dann könnte ich die andere mit Nic verkuppeln, damit er mal wieder Spaß hat.//

Normalerweise kann ich die Gedanken anderer ganz gut ausblenden, nur Graysons beschallen mich konstant. Leider. Ich kann nicht anders und verdrehe die Augen, was mich zumindest an einem spöttischen Schnauben gehindert hat. Doch sogleich erhalte ich die Quittung dafür: »Wieso verdrehst du die Augen? Suchst du nach deinem Hirn?«

Die Dunkelhaarige mustert mich und prostet mir mit ihrem Kaffeebecher und einem süffisant-spöttischen Lächeln auf den Lippen zu. Ihre Augen faszinieren mich. Eisblau. Stechend kalt, umrahmt von

pechschwarzem Eyeliner und Lidstrich, was den Kontrast noch intensiver wirken lässt als bei ihrer Zwillingsschwester. Ich versuche, ihre Gedanken zu finden, doch da ist nichts als Stille.

Also löse ich meinen Blick von ihren Augen, betrachte nur kurz ihre filigranen Finger, die mit schmuckähnlichen Tattoos versehen sind, dann widme ich mich der wartenden Kundschaft. Grayson hingegen stört die Arbeit nur wenig bei seinem Versuch, neue Bekanntschaften zu knüpfen. Während er sich mit den Zwillingen an der Seite unterhält, werden bereits die ersten Beschwerden laut, dass die Bestellungen zu lange dauern. Auch auf meine bösen Blicke reagiert er nicht, bis die Dunkelhaarige ihre Schwester irgendwann zur Tür zieht und er sich daraufhin auch mal wieder zum Arbeiten bequemt.

Sobald die beiden das Café verlassen, wird das Summen der Gedanken wieder lauter und ich hebe verwirrt den Kopf.

»Was?«, nuschelt Grayson mit einem Brötchen zwischen den Zähnen.

»Nichts«, winke ich ab und halte in meiner Bewegung inne. »Hör auf die Theke leer zu futtern!«

»Kann ich mir leisten. Cheatday«, winkt er ab und streicht mit der freien Hand über seinen gestählten Oberkörper. Sein arrogantes Grinsen kann mich nicht provozieren, doch die vollgekrümelte Glasplatte macht mich wahnsinnig, also schiebe ich ihn beiseite, um mit einem feuchten Lappen wieder Ordnung zu schaffen. Grayson weiß genau, wie sehr ich so etwas hasse. Er nennt es Zwangsstörung. Ich nenne es Perfektionismus.

Die meisten Studierenden sind bereits mit Kaffee versorgt und auf dem Weg zu ihren Seminaren. Auch ich muss mich so schnell wie möglich auf den Weg ins Chemielabor machen, aber unsere Ablösung lässt heute Morgen mal wieder auf sich warten.

»Hilf mir mal. *Filterkaffee* oder *Heiße Schoki?*«, fragt Grayson plötzlich.

»In welchem Leben hast du bisher heiße Schoki gemocht?«, brumme ich abgelenkt und blättere noch einmal durch mein Versuchsprotokoll für den Kurs *Makromolekulare Chemie*, das ich heute abgeben muss.

»Nein. Nicht zum Trinken. Ich meinte die Zwillinge von eben. Welche findest du besser?«

Irritiert hebe ich den Blick. »Seit wann willst du bei so etwas meine Meinung wissen?«

Grayson und ich sind so unterschiedlich, dass er selten auf meine Einschätzung vertraut. Wenn wir uns nicht gegenseitig brauchen würden, wären wir bestimmt schon längst getrennter Wege gegangen. Viel zu oft habe ich mich schon gefragt, wie schön es wäre, eine andere dämonische Fähigkeit zu haben und alleine überleben zu können.

»Es geht doch gar nicht um *mich*, Wandsworth«, entgegnet Grayson, als wäre ich schwer von Begriff. Stöhnend schultere ich meine Umhängetasche, um Grayson zu signalisieren, dass ich dieses Gespräch nicht schon wieder mit ihm führen werde. Er weiß ganz genau, dass ich kein Interesse an irgendwem habe, denn niemand ist wie *sie*. Aber Grayson scheint das nicht wahrzunehmen. Er plappert munter weiter: »Ich habe genau gesehen, wie du Cassey beobachtet hast. Die Dunkelhaarige. Die andere heißt Natalie. Sie sind neu an der NYU und studieren beide Kunstgeschichte.«

»Und?«

»Und?«, echot er und zieht mir das Protokoll aus den Händen, um meine volle Aufmerksamkeit zu erlangen. »Ich dachte, du könntest sie nach einem Date fragen. Von mir aus opfere ich mich und frage Natalie nach einem Date. Wir können auch zu viert ausgehen.«

Ich hebe spöttisch meine Augenbrauen und schnappe mir das Protokoll zurück. »Wie überaus großzügig von dir. Sicher, dass du da nicht etwas verwechselst und dein Interesse an Natalie über allem schwebt?«

Mein Blick ist fest auf die Reaktionsgleichung im Protokoll gerichtet, aber ich weiß genau, wie breit Grayson gerade grinst. Wir kennen uns einfach zu gut. Wie auch nicht, wenn man seit Jahrhunderten aneinandergebunden ist?

Es gibt nicht viele Shemayu in New York und generell nur wenige, die wie Grayson und ich kooperieren müssen, um zu überleben. Aber hin und wieder stoßen wir auf andere und die können nur selten verstehen, warum wir so ein reduziertes Leben führen.

»Komm schon, Nic. Es ist jetzt fünf Jahre her, dass …«

Grayson verstummt augenblicklich, als ich ihn warnend ansehe. »Dünnes Eis«, entgegne ich leise und atme erleichtert auf, als Matthew hinter uns auftaucht und die Theke übernehmen kann.

Wir gehen nur ein kurzes Stück gemeinsam, da Grayson für seine Kurse in der Regel bis nach Brooklyn an die *Tandon School of Engineering* muss und dafür die Subway nimmt. Ich habe es stattdessen nicht weit, denn das *Silver Center for Arts and Science* ist direkt um die Ecke. Doch auch in dieser kurzen Zeit denkt Grayson ausschließlich an Natalie. Und Sex. Ähnlich intensiv, wie er mich mit seinen IT-Begriffen beschallt, wenn ihm mal wieder auffällt, dass er zur Uni geht, um etwas zu lernen.

Es ist nicht so, als wäre ich unglaublich prüde oder empfindlich. Aber Grayson denkt nicht einfach nur an Sex. Seine Gedanken sind detailliert und manchmal echt … kreativ, um nicht zu sagen *versaut* bis hin zu rein physisch einfach nicht möglich. Und er stellt sich die Sachen so genau vor, dass er es schafft, die Bilder auch in meinem Kopf entstehen zu lassen.

\\Natalie ist echt süß. Ihre Schwester könnte da eher Schwierigkeiten machen. Vielleicht kann ich die wirklich mit Nic verkuppeln und dann habe ich freie Bahn …//

Und wieder einmal wünschte ich, dass Grayson und ich einfach tauschen könnten. Gedanken zu manipulieren ist um einiges weniger nervig. Der vielleicht einzig gute Punkt an unserer Bindung: Meine Gedanken kann er nicht beeinflussen.

\\Natalie ist schon echt heiß. Aber Cassey wäre mal eine Herausforderung. Ich könnte natürlich auch mit beiden …//

Es hat schon einen Grund, dass Menschen ihre Gedanken gegenseitig nicht hören können. Das meiste will man nicht wissen.

Um mich davon abzulenken, gehe ich mental eine Quickstepp-Choreografie durch – ich vergesse niemals auch nur einen gelernten Schritt und kann regelrecht darin versinken. Für einen kurzen Moment meine ich, den herben Geruch von abgetanztem Parkett wahrzunehmen und *ihre* Hand in meiner zu spüren, als ich aus dem Augenwinkel zwei Gestalten an den Eingangstreppen runter zur aktuell gesperrten Subway-Station entdecke. Ich hätte mir nichts dabei gedacht, wenn keine erstickenden Laute zu hören gewesen wären. Beim näheren Hinsehen wird mir klar, dass eine Frau in einer hellen Jeans mit auffälligen Blumenornamenten und dunklen kurzen Haaren ihren Unterarm gegen die Kehle eines jungen Mannes drückt. Er japst und stemmt seine Hände gegen ihren dünnen Arm. Unvermittelt bleibe ich stehen.

»Nic? Was machst du?«, fragt Grayson angespannt und packt meinen Ärmel, um mich weiterzuziehen.

»Siehst du denn nicht …«, setze ich an und genau in diesem Moment wendet die Frau mir ihren Kopf zu. Ihre Augen sind tiefschwarz – was die Menschen um uns herum nicht wahrnehmen können.

Pure Feindseligkeit spiegelt sich in ihrem Blick, als würde sie uns warnen wollen, ihr bloß nicht in die Quere zu kommen. Denn durch ihre schwarzen Augen kann sie sehen, dass wir wie sie sind.

Der Mann gibt nur noch röchelnde Geräusche von sich und seine Arme fallen kraftlos nach unten.

»Das geht uns nichts an«, zischt Grayson und schleift mich mit aller Kraft weiter, sodass die Naht an meinem Ärmel reißt.

»Sie bringt ihn um«, gebe ich zurück und spüre, wie sie am letzten Lebensrest des Mannes zerrt und all die Energie und das Licht in sich aufsaugt, um es in schwarzen Rauch zu verwandeln.

Ich kann gerade noch sehen, wie der Mann in sich zusammensackt und leblos in der Gasse zurückbleibt, während die Shemayu sich bereits nach ihrem nächsten Opfer umsieht, da hat Grayson mich schon um die Ecke gezogen.

Unsere Natur ist gierig. Sie will töten, zerstören und wird von hellen Seelen angezogen, wie die Motten vom Licht. Wenn man genug Willenskraft und Überzeugung aufbringt, kann man sie kontrollieren, doch bisher habe ich nur äußerst selten jemanden getroffen, der so lebt wie Grayson und ich. Wir töten niemanden. Wir ziehen uns gerade so viel Energie, wie wir zum Überleben brauchen und nicht mehr, auch wenn es jedes Mal aufs Neue unbefriedigend ist. Deswegen halten wir uns auch von anderen Shemayu fern. Wir gehören nicht zu ihnen.

Manchmal kommt es mir so vor, als würde es Grayson sehr viel leichter fallen, diese Vorfälle zu ignorieren. Er geht sachlicher an das Thema heran, während es mir schwerfällt, meine Emotionen zurückzuhalten. Ich kann nicht aufhören, darüber nachzudenken, was der Mann wohl für ein Leben gehabt hat und welche Menschen über seinen Verlust eine tiefe Trauer empfinden werden. Eine Trauer, die auch in mir wohnt, seit *sie* nicht mehr da ist. Mein Leben ist ein Kampf gegen mich selbst, den ich nicht gewinnen kann.

Ich bin heilfroh, als Grayson sich an der nächsten Ecke verabschiedet, ich endlich meine Kopfhörer aufsetzen und *Les Misérables* einschalten kann, um mich abzulenken – auch wenn es nur noch wenige Schritte bis zum Seminargebäude sind.

Die Entstehung der Shemayu

Shemayu = altägyptisch für Wanderer

Wenn ein Mensch stirbt, spaltet sich seine Seele in drei Teile: Ka, Ba und Ach. Während einer davon im Leichnam zurückbleibt, gelangen die anderen beiden ins Jenseits und wandern durch das Labyrinth der Unterwelt. In der Regel verschmelzen sie miteinander (siehe Ausnahme: Altawam'shemayu) und werden anschließend von Anubis ins Totengericht geführt. Dort muss der Verstorbene sein Herz gegen die Feder der Maat wiegen lassen. Ist sein Herz leichter als die Feder, also frei von Sünden, wird ihm ewiges Leben gewährt. Ist es aber schwerer, wird es von der Bestie Ammit gefressen und die Seele wird dazu verdammt, auf ewig durch die Unterwelt zu wandern. So werden diese zu Shemayu, welche Chaos und Schrecken in der Duat verbreiten und andere Seelen an ihrem Weg ins Totengericht hindern.

Durch den Riss in der Duat können Shemayu sich zwischen Diesseits und Jenseits an die Seelen klammern, die ein ewiges Leben erhalten und auf die Erde zurückkehren. Mit ihnen werden sie in menschlichen Körpern wiedergeboren. Dabei verdrängen sie die Seele des Menschen und übernehmen die Kontrolle über dessen Körper.

Die Shemayu gaben Nesweru bisher selbst unter Folterqualen noch nie Auskunft über das, was außerhalb eines Wirtes passiert.

Wir wissen, dass es ihnen nicht möglich ist, selbstständig zwischen Wirten zu wechseln. Nach ihrer Geburt im Wirt sind sie bis zu dessen Tod an ihn gebunden. Stirbt der Wirt, nimmt er die Seele des Shemayu mit sich und der sich ständig wiederholende Kreislauf aus Tod und Wiedergeburt beginnt erneut.

Cassey

Es war ein langer Tag und am liebsten säße ich mit einem Drink in der nächsten Bar oder wäre schon auf dem Weg nach Hause, um es mir auf dem Bett bequem zu machen und über einem guten Buch einzuschlafen. Besonders jetzt, da es abermals zu schneien beginnt. Doch die Pflicht ruft.

Natalie und ich schlendern durch die Straßen von Harlem und halten die Augen nach Shemayu offen. Die Sonne steht bereits tief am Horizont und schon bald legen sie ihren Deckmantel ab und tauchen ein in ihre Welt aus Gewalt, Schmerz und Tod. Die Schatten bieten ihnen Anonymität und Schutz, die Dunkelheit verbirgt ihre Taten vor der Öffentlichkeit. Die ganz Mutigen scheuen sich jedoch auch nicht vor dem Tageslicht. Sie scheinen die Herausforderung sogar zu lieben.

Es könnte jede Frau und jeder Mann, egal welchen Alters, sein. Der muskulöse Typ, der mit seiner Trainingstasche und dem Smartphone in der Hand die Straße überquert. Der Taxifahrer, der hupt und ihn wütend anbrüllt, er solle die Augen gefälligst auf der Straße behalten. Die alte Dame, die direkt hinter ihm auf der Rückbank sitzt.

Eine laute, überfüllte Großstadt wie New York ist geradezu perfekt, um sich unauffällig unter die Menschen zu mischen und es uns Nesweru zu erschweren, sie ausfindig zu machen.

Tja, und meine liebste Schwester ist viel zu sehr damit beschäftigt, sich die Stadt anzusehen und Touristin zu spielen, als sich auf die Menschen – und jene unter ihnen, die nur vorgeben, welche zu sein – zu konzentrieren. Sie ist so in ihrem Element, schießt mit ihrer kompakten Spiegelreflexkamera ein Foto nach dem anderen und plappert vor sich hin. Dabei ist es ihr völlig egal, dass ich ihr schon eine Weile nicht mehr zuhöre.

Erst als ihre Stimmlage zu einem verträumten Säuseln wechselt, hat sie wieder meine Aufmerksamkeit. »Was hast du gesagt?«

Sie verengt die Augen und stemmt ihre in braunes Leder gehüllten Hände in die Hüfte. »Ach, da hörst du auf einmal zu, ja?«

»Wer ist er?«, frage ich skeptisch.

»Der aus dem Café. Grayson. Wir sind uns noch mal über den Weg gelaufen und haben uns ein bisschen unterhalten. Er war echt süß.«

Ich betrachte genauestens ihr Gesicht. Die Art, wie ihre Augen anfangen zu leuchten, gefällt mir nicht. »Lass es gut sein, Nat.«

Ihr entfährt ein Stöhnen und eine weiße Wolke tanzt vor ihrem Gesicht.

»Du brauchst gar nicht ...«, setze ich an, beiße die Zähne zusammen und atme tief durch. »Du bist unverbesserlich. Wir sind nicht einmal drei Tage hier und schon ...«

»Schon was?«, unterbricht sie mich und verschränkt die Arme vor der Brust. »Knüpfe ich Kontakte? Ja, Cass. Das tue ich. Und ich weiß sehr wohl, dass Papa und du das für dumm haltet.«

»Gut, dann brauche ich mich ja nicht zu wiederholen«, brumme ich in meinen Schal und hoffe, dass sich das Thema damit erledigt hat. Ich mag es nicht, mit ihr darüber zu streiten. Leider sind wir in vielen Dingen so unterschiedlicher Ansicht, dass es sich oft nicht vermeiden lässt.

Natalie schnaubt geräuschvoll. »Ich lasse mir das von euch nicht nehmen, okay? Ich bin ein Mensch wie jeder andere und will leben wie jeder andere. Ich will Freundschaft, ich will einen Mann kennenlernen, mich verlieben, heiraten ...«

Kurz senke ich die Lider. Binnen Millisekunden läuft ein Film vor meinem inneren Auge ab. Die Beerdigung. Papa am Boden kniend und bitterlich weinend. Sein leerer Blick. Er wollte auch nur ein normales Leben führen, wie jeder andere, und was hat er jetzt davon?

Wenn ich mir vorstelle, dass es Natalie auch einmal so ergehen könnte, verkrampft alles in mir. Ich selbst werde nie so naiv sein zu

denken, ich könnte meine Bestimmung mit einem normalen Leben vereinen. Letztlich bringt dieser Versuch einem nur Probleme, Verlust oder den Tod.

»Nat, ich … Ich will doch nur, dass du aufpasst, wem du dich öffnest«, erkläre ich ihr versöhnlich. »Dein Glaube an das Gute in allen Ehren, aber du weißt, dass sie überall lauern können. Dass sie uns viel Leid zufügen können. Und manchmal, da legst du es darauf an, indem du viel zu offen bist. Du machst dich angreifbar, Natty.«

»Das … das …«, stammelt sie und atmet eine Spur schneller, ehe sie trotzig antwortet: »Das ist nicht wahr. Ihr versteht das nicht.«

»Du hast recht. Wir verstehen das nicht«, stimme ich ihr zu und blicke sie von der Seite an. Als sie sich mir zuwendet, begegne ich ihrem Blick mit Ratlosigkeit. »Aber wie viele schlimme Dinge müssen wir noch sehen und erleben, bis du verstehst, warum wir uns so abgrenzen?«

In ihren Augen verändert sich etwas. Sie driftet kurz in die Vergangenheit ab. Auch mir kommt unwillkürlich eine Erinnerung hoch, die sich mir ins Gehirn gebrannt hat.

Ich sehe diese überaus herzliche Kassiererin vor mir. Manchmal sind Natalie und ich bloß für eine Packung Kaugummi in diesen Laden gegangen, um uns mit ihr zu unterhalten. Ihre warme Art war eine angenehme Abwechslung zur kühlen Stimmung in unserem neuen Zuhause und der andauernden Feindseligkeit vieler Mitschüler. Doch eines Tages sollte dieses Licht erlöschen. Der Anblick ihres zerschundenen Gesichts und der leeren Augen bereitet mir noch heute eine Gänsehaut, obwohl ich seitdem schlimmere Dinge gesehen habe.

Manchmal frage ich mich, ob die Frau alles gespürt hat, während der Shemayu sie kontrolliert hat. Ob sie den Schmerz gespürt hat, ob sie sich wehren wollte. Der Shemayu … er musste sie nicht einmal berühren, um sie dazu zu bringen, sich das Gesicht an der Kante der Kasse bis auf die Knochen aufzuschlagen. Am liebsten wäre ich geflohen, hätte ich nicht unter Schock stehend die weinende Natalie im Arm gehalten.

Das war das erste Mal, dass ich die tiefschwarzen Augen eines

Shemayu gesehen habe. Unser Vater hatte uns zwar über solche übernatürlichen Dinge aufgeklärt, aber auf so was kann man nicht vorbereitet sein.

Seitdem will ich das, was meinem Vater nach Mamas Tod ein neues Ziel im Leben gegeben hat: Jeden Shemayu von dieser Welt tilgen.

Natalie wendet den Blick ab. »Daran musst du mich nicht erinnern«, murmelt sie, was ich aufgrund der Geräuschkulisse kaum höre. »Aber ich kann mich doch deswegen jetzt nicht verkriechen und jeden verabscheuen, so wie du.«

»Ich verabscheue nicht je…«

Abrupt halte ich inne, als mich ein finsteres Gefühl erfasst. Eine unbeschreibliche Eiseskälte, die flüchtig meinen linken Arm streift und mir eine Gänsehaut bereitet. Eine Aura, so unglaublich satt, dass sie trotz dieser winterlichen Außentemperatur deutlich spürbar ist.

Mein Blick wandert über meine Schulter und folgt einer kurzhaarigen Frau, die es recht eilig zu haben scheint. Mein Instinkt schlägt Alarm. Augenblicklich bin ich ihr auf den Fersen. Natalie hält sich ohne ein Wort an mich. Mein Puls steigt. Vor Vorfreude. Denn ich weiß, dass sie eine Shemayu ist. Ich weiß, dass sie jemandem etwas angetan hat. Und ich kann ihr dafür eine Abreibung verpassen.

Einige Meter vor uns reißt sie eine verglaste Tür auf und betritt ein Wohngebäude. Gerade rechtzeitig platziere ich meinen Fuß zwischen Tür und Angel und rufe: »Hey, warte mal!« Während ich in den Türrahmen trete, drehe ich mich zu Natalie um, ziehe meinen kleinen Rucksack ab und reiche ihn ihr. »Halt mir den Rücken frei«, weise ich sie leise an und will bereits weiter, da packt Natalie mich am Ärmel.

»Dein Beschützerinstinkt in allen Ehren, aber du sollst mich nicht immer aus allem raushalten. Wir beide oder gar nicht, schon vergessen?«, zischt sie und sieht mich eindringlich an.

Statt zu protestieren und Zeit zu verlieren, gebe ich unzufrieden knurrend nach und betrete das schlecht beleuchtete Treppenhaus.

»Was wollt ihr?«, fragt die Frau und sieht skeptisch zu uns hinab. Ihre linke Hand am Geländer trommelt ungeduldig. Sie ist klein,

schmal gebaut und das kurze Haar fast schwarz. Ihre Beine sind in hellen, blumig-gemusterten Jeansstoff gehüllt.

»Etwas ... überprüfen«, antworte ich und nehme die erste Stufe. Solange sie uns nicht als Gefahr identifiziert, kann ich mich an sie herantasten.

»Das da wäre?«, fragt sie genervt.

»Ist er oder sie noch am Leben? Oder musste es gleich die volle Dröhnung sein?«, frage ich im Plauderton und komme ihr stetig näher.

Ihre zarten Gesichtszüge glätten sich. Der Rand ihrer Pupillen löst sich auf und schwarze Farbe strömt in ein Meer aus Türkisblau. Aber als würde man in der nächsten Sekunde auf die Rückspultaste drücken, sammelt sich das Schwarz wieder in dem kleinen Kreis – der kurze Moment, in dem ihr blankes Entsetzen die Kontrolle raubt. Mein Mundwinkel zuckt.

»Shit«, zischt sie und stürmt los. An ihrer Jacke bekomme ich sie zu greifen. Augenblicklich entreißt sie sich mir und versetzt mir einen Tritt in den Magen. Die unerwartete Wucht und ein stechender Schmerz befördern mich gegen die Wand. Eine Qua'shemayu also – übernatürlich stark, auch wenn sie nicht im Geringsten danach aussieht.

Natalie springt an mir vorbei.

Atemlos stolpere ich ihr nach. Ein Schlüssel fällt klirrend zu Boden. Es folgt ein Schrei.

Die Augen der Shemayu sind nun komplett schwarz. Zornig brüllend schlägt sie in diesem beengten Flur um sich. Sie landet harte Treffer und auch ihre Schläge lediglich abzublocken ist kräftezehrend. Aber wir sind zu zweit und verstehen uns blind, sodass wir unsere Strategie ohne Absprache wechseln.

Die Shemayu ist zwar stark, aber nicht sehr schnell oder koordiniert. Durch flinke Seitenwechsel und Schlagfolgen bringen wir sie aus dem Gleichgewicht und ihre Fäuste gehen ins Leere. Während sie sich letztlich mehr auf Natalie fokussiert, hole ich aus und lande einen ordentlichen Treffer gegen ihre Schläfe. Sie taumelt und geht schließlich zu Boden.

Natalie hebt die Wohnungsschlüssel auf. Während sie die Tür entriegelt, werfe ich einen Blick über das Geländer. Keiner scheint uns bemerkt zu haben. Oder niemand interessiert sich genug für seine Nachbarn, um nach dem Rechten zu sehen.

Gemeinsam schleifen wir die bewusstlose Shemayu in den Flur der Wohnung.

»Alles okay?«, fragt Natalie.

Als ich zu ihr aufsehe, erblicke ich eine Platzwunde an ihrer Wange. Erst dadurch nehme ich das Brennen an meiner Augenbraue wahr. Es stünde wohl schlimmer um uns, hätten wir als Nesweru nicht ein gestärktes Muskelgewebe, das uns mehr Kraft verleiht, um auch gegen übernatürlich starke Shemayu ankommen zu können. Deswegen kommt es auch gerne mal zu Unfällen, bei denen man seine eigene Kraft unterschätzt. Zum Beispiel in einer Prügelei mit einem normalen Menschen. Den einen oder anderen habe ich schon mal mit einem mickrigen Schlag außer Gefecht gesetzt. Ich will ja nicht prahlen, aber mal ehrlich … das ist doch irgendwie cool. Hat mich aber auch schon ziemlich oft in Schwierigkeiten gebracht. Ob ich es darauf angelegt habe oder nicht, lassen wir mal außen vor.

Mit der Zunge lecke ich über meine aufgesprungene Lippe, ehe ich nicke und frage: »Geht's dir gut?«

Wortlos nickt sie, öffnet ihren beigefarbenen Mantel und zieht ihr Amulett aus dem Ausschnitt ihrer Bluse. Ein Amulett, wie ich es habe – und jeder andere Nesweru auch –, bestehend aus einem silbernen allsehenden Auge und dem Karneol als Iris. Jeder Stein ist individuell und doch mit der gleichen Funktion ausgestattet: die Vernichtung von Shemayu.

Natalie kniet sich neben den Kopf der Frau und beginnt die alt-ägyptische Formel zu sprechen:

»M-teti pa jawet netjerw, neter dja-nut set,
nejes jenek tjew, shemayu pa gereh …«

Der Karneol beginnt ein Licht auszustrahlen, das die Frau in warmes Gold taucht.

»… redew n-apep, neter pa hedsch chnew,
chenet, ten-cht redschi wat d-schaf cha.«

Die Frau kommt zu sich und beginnt sich zu winden, sodass ich sie festhalten muss. Ein Knurren grollt tief in ihrer Kehle. Dann brüllt sie animalisch und ihrem Mund entweicht ein grau-schwarzer Rauch – die wahre Gestalt der Shemayu. Sie schwebt über ihrem Kopf in einer undefinierbaren Masse und vibriert im stetig heller werdenden Licht.

»*Stwa-n seschep mach m-chenew.*«

Die Shemayu löst sich auf, verflüchtigt sich wie Staub im Wind. Die böse Seele ist fort – für immer.

Ich atme erleichtert die unbewusst angehaltene Luft aus und zucke zusammen, als es dabei in meiner Brust schmerzt. Dann ziehe ich mein Handy aus der Manteltasche und wähle die 333. Jemand von SERKET meldet sich unmittelbar: »*Society of Existential Recovery, Kinship & Emotional Transition.* Wie lautet Ihr Name?«

»Cassey Seren Alexandrowna Krylowa«, antworte ich schlicht und erhebe mich.

»Standort?«

»Moment«, murmle ich und kontrolliere die Adresse über mein Smartphone, welche ich dann durchgebe – inklusive Stockwerk und Wohnungsnummer.

»Name des Wirtes?«

Ich will gerade in die Hocke gehen, um die Frau nach einem Portemonnaie zu durchsuchen, da streckt Natalie mir einen Ausweis entgegen und lächelt schmal. In ihren Augen kann ich lesen wie in einem Buch. Die kleine Auseinandersetzung von vorhin ist vergeben und vergessen – es zählt nur, dass wir beide wohlauf und füreinander da sind.

Dankend nicke ich und lese den Namen ab. »Violet Jones.«

»Vielen Dank. Wir schicken jemanden los.«

Das war's. Die Telefonate mit der Zentrale sind stets kurz und bündig, als würde man mit einem Roboter sprechen. Aber sie machen ihren Job, und sie machen ihn gut. Sie verschaffen Wirten, die ihr ganzes Leben nicht sie selbst sein konnten, eine neue Identität und ein neues Leben. Nebenbei sorgt SERKET dafür, dass die ehemaligen Wirte in Kliniken aufgenommen werden, die spezialisiert darauf sind, Menschen jeglicher Art mit Amnesie zu helfen.

Geführt werden diese von Nesweru. Das Personal jedoch ist eine Mischung aus *normalen* Ärzten und Betreuern sowie Bekannten oder Verwandten von Nesweru. Die *normalen* Ärzte kümmern sich um *normale* Fälle. Es gibt aber auch medizinisches Fachpersonal, das unter Geheimhaltung an den *nicht-normalen* Fällen arbeitet. Dadurch ermöglichen Nesweru den ehemaligen Wirten einen gesunden Wiedereinstieg in ein Shemayu-freies Leben. Sobald sie sich an Dinge erinnern, die sie nicht bewusst erlebt haben, werden diese schrittweise mittels psychotherapeutischer Behandlung manipuliert. Nebenbei gehen sie einem möglichst normalen, altersgerechten Alltag nach und lernen die Welt um sich herum richtig kennen – wie ein Neugeborenes, das den Körper und die geistige Entwicklung eines Erwachsenen mitbringt.

Die Genesung dauert bei jedem unterschiedlich lange und ist auch nicht immer erfolgreich, aber sie ist für die ehemaligen Wirte der einzige Weg.

Die nächste Klinik müsste in der Nähe von Philadelphia sein. Der Dienstwagen dürfte also in etwa zwei Stunden hier aufkreuzen, um den Wirt aufzusammeln. Bis dahin müssen Natalie und ich aber nicht verweilen, da Violet jetzt sowieso erst mal eine ganze Weile nicht aufwachen wird und somit sicher ist.

Nicolas

Ich schwenke den Rest Root Beer in meinem Glas und starre gelangweilt auf die Uhr. Es ist nach elf Uhr abends und ich muss morgen
wieder um fünf Uhr im Café stehen. Aber Grayson hat durchklin-
gen lassen, dass ich wohl besser die nächsten Stunden nicht nach Hause kommen soll, da er *Besuch* von einer Jessica hat. Und da ich wirklich
nicht erneut Zeuge von den Geräuschen werden will, die wohl gerade
aus Graysons Zimmer dringen, werde ich wohl oder übel in der Bar
ausharren müssen. Denn selbst wenn ich meine Lieblingsmusicals so
laut aufdrehe, dass die Wände vibrieren, lässt sich ein »Oh, Grayson«
nur schwer aus meinem Kopf verbannen.

Obwohl für meinen Geschmack zu viele Erstsemester unter einundzwanzig in dieser Bar abhängen dürfen, liegt sie doch so praktisch
zwischen dem Campus und meiner Wohnung, dass ich mir selten eine
andere aussuche, wenn Grayson Frauenbesuch hat. Außerdem sind
die Preise hier wenigstens bezahlbar, sodass ich nicht stundenlang an
ein und demselben Glas nippen muss, um mir Graysons Casanova-
Erlebnisse leisten zu können.

Das laute Rufen einer Gruppe junger Männer aus dem hinteren
Teil der Bar weckt meine Aufmerksamkeit. Ich verdrehe die Augen
über ihre Gedanken, die stetig auf mich einströmen. Sie sind alle-
samt betrunken und teilen ein Interesse an ihrer einzigen weiblichen
Begleitung, welches Graysons Interesse an Jessica gleicht. Ich sehe
über die Schulter und halte inne, weil mir die Begleitung bekannt
vorkommt. Ihre dunkelbraunen, glatten Haare, die schwarze Kleidung und die silbernen Piercings in Unterlippe und Nasenflügel haben einen unweigerlichen Wiedererkennungswert, auch wenn nun

ein weißes Pflaster ihre Augenbraue ziert.

Doch nicht nur optisch ist Cassey eine Erscheinung, die man nicht vergisst. Nahezu zeitgleich wird mir wieder einmal die Stille ihrer Gedanken bewusst. Es ist mir ein Rätsel, denn selbstverständlich gibt es Menschen, die mehr oder weniger leicht zu durchschauen sind. Manche Gedanken sind so klar wie Wasser, andere so zäh wie Haferschleim. Hin und wieder ändert sich die Konsistenz ihrer Gedanken je nachdem, wie offenherzig oder verschlossen ihr Gemüt ist oder wie die Person mich kennenlernt und mir vertraut – das Ganze hat nie etwas mit mir und meinen Shemayu-Fähigkeiten zu tun, sondern hängt stets von meinem Gegenüber ab. Und doch meine ich in Hunderten von Jahren nicht ein einziges Mal jemanden ohne Gedanken getroffen zu haben.

Mein Interesse schwindet jedoch genauso schnell, wie es gekommen ist, da der Typ rechts von ihr seinen Arm um Casseys Schultern legt und sie näher an sich zieht. Mir wird beinahe schlecht, als ich einen Einblick in seine Fantasien erhalte. Am liebsten würde ich Cassey irgendwo abfangen und ihr davon erzählen, aber wer weiß – vielleicht steht sie ja drauf. Ich versuche, mir immer noch abzugewöhnen, mich in das Leben anderer einzumischen, nur weil ich mehr mitbekomme als ich sollte.

Der Zeiger auf der Uhr über der Bar kriecht dahin, und es ist inzwischen nach Mitternacht, weswegen ich schließlich ein paar Scheine aus meinem Portemonnaie ziehe und auf die Theke lege. Während ich mir den Parka überstreife, ertönt ein dumpfer Schlag aus dem hinteren Teil der Bar, gefolgt von Gelächter, Gläserklirren und einem Fluch in einer osteuropäischen Sprache, die ich nicht ganz zuordnen kann.

Cassey liegt auf dem Boden, ihre Hände seitlich zu ihrem Brustkorb abgestützt. Sie atmet schwer, kämpft sich halb auf die Knie, scheint nach Atem zu ringen. Ich sehe kurz zu der Gruppe Typen, mit denen sie zusammengesessen hat, denen aber nichts weiter einfällt als zu lachen.

Kopfschüttelnd gehe ich auf Cassey zu und frage, ob alles okay ist, ob ich ihr helfen darf, aber sie scheint mich nicht zu hören. Also greife

ich nach dem schwarzen Mantel, der über Casseys Platz liegt, lege ihn mir über die Schulter und hebe Cassey kurzerhand auf meine Arme, um sie aus dieser Bar zu bringen. Mir scheint, frische Luft könnte ihr guttun und die Typen können zumindest ihre Rechnung übernehmen, wenn sie schon keine Anstalten gemacht haben, ihr zu helfen.

Unter Protestrufen stoße ich mit meinem Fuß die Schwingtür auf und werde von der eiskalten Winterluft und der plötzlichen Ruhe erschlagen. Ich setze Cassey auf einer Bank an der Seite ab und will ihr gerade den Mantel umlegen, da würgt sie ohne Vorwarnung und übergibt sich anschließend zur Seite.

Instinktiv fasse ich ihr Haar zusammen und binde es mit dem Haargummi, das ich immer am Handgelenk trage, in einen lockeren Knoten. Dabei stoßen meine Fingerspitzen gegen weitere Piercings, die sich um ihre Ohrmuscheln verteilen, und ich gebe nach einem kurzen Versuch auf, sie zu zählen. Erst als sie mit der Kotzerei fertig ist, platziere ich den dunkelroten Schal, der im Ärmel des Mantels gesteckt hat, um ihren Nacken und lege den Mantel um ihre Schultern. »Geht's wieder? Oder soll ich lieber einen Krankenwagen rufen?«

»Lass gut sein«, gibt Cassey mit kratziger Stimme zurück und schiebt etwas umständlich ihre Arme in die Ärmel. »Du kennst mich nicht mal.«

Was auch immer das für ein Argument sein sollte, jemandem nicht zu helfen.

»Ich weiß, wie du heißt. Das ist ein Anfang, oder? Du warst mit deiner Schwester im Café am Campus. Ich habe euch bedient.« Es stört mich nicht, dass sie nicht mehr weiß, wer ich bin. Es passiert mir häufig, dass ich mich besser an mein Gegenüber erinnere, als sie sich an mich erinnern. Servicepersonal verschwimmt häufig mit den hundert anderen Bedienungen, denen man täglich begegnet.

Sie schnauft und versucht damit, ihre Überraschung zu verbergen. »Glückwunsch. Dann hast du mir etwas voraus. Soll ich dir jetzt Beifall klatschen?«

»Nicolas«, stelle ich mich vor, obwohl sie nicht gefragt hat, und schmunzle über ihren Sarkasmus. Auch jetzt schnaubt sie nur und wischt mit dem Ärmel ihrer Jacke über ihr Kinn.

»Wo wohnst du?«, frage ich und ziehe ein Taschentuch aus meinem Parka. Als ich es ihr gebe, tupft sie sich wortlos den Mund ab, um die Spuckreste zu entfernen. Ohne ihre Gedanken lesen zu müssen, kann ich ihr ansehen, wie unangenehm ihr diese Situation ist. Nicht, dass sie gekotzt hat oder betrunken ist, sondern vielmehr, dass ich ihr helfen will. Hinzu kommt, dass sie immer wieder ihre Hand auf ihren unteren Rippenbogen presst und das Gesicht verzieht, als hätte sie Schmerzen. Mein Blick wandert zurück zum Pflaster an ihrer Augenbraue, dann zur leicht geschwollenen Unterlippe.

»Was geht's dich an?«

Meine Mundwinkel zucken leicht nach oben, denn ihre derbe Ausdrucksweise gepaart mit dem osteuropäischen Akzent, der mir im Café noch nicht aufgefallen ist, entspricht so gar nicht diesem weichen New Yorker Slang, den ich so gerne mag.

»Man hört und sieht, dass du noch nicht lange in New York lebst. Ich lasse dich sicher nicht betrunken und unter Schmerzen alleine nach Hause laufen. Oder kann dich jemand abholen?«

Casseys eisblaue Augen, die mich zunehmend an einen Husky erinnern, werden mit einem Mal riesig und sie tastet hektisch über ihre Taschen. »Wie spät ist es?«

»Fast eins.«

Sie findet ihr Handy, das nur kurz in der Dunkelheit aufflackert, dann aber wieder schwarz wird. Cassey drückt fluchend mehrfach die Einschalt-Taste, doch der Akku scheint ihr ausgegangen zu sein.

»Hey, nicht so schlimm. Ich kann dir ein Uber von meinem Handy aus rufen«, versuche ich sie zu beruhigen und will gerade wieder nach ihrer Adresse fragen, um die Daten einzugeben, doch dann fällt mir auf, dass sie mir wahrscheinlich aus gutem Grund ebenjene nicht verrät. Also suche ich nur nach einem Uber-Fahrer in der Nähe und dem wird sie die Adresse nennen können, sodass bei mir nur der Betrag abgebucht werden sollte.

Casseys skeptischer Blick durchbohrt mich wie ein Pfeil und ich schmunzle knapp. »Ehrlich, es ist kein Problem.«

»Du verstehst nicht. Der reißt mir den Kopf ab«, stöhnt sie und

vergräbt kurz das Gesicht in ihren Händen. Ihre Finger sind über und über mit schwarzen feinen Tattoos versehen. Dann taucht sie wieder daraus hervor und schnüffelt an ihrer Kleidung, die nach Rauch und Alkohol mieft – nicht besonders angenehm in Kombination mit dem säuerlichen Geruch des Erbrochenen neben uns.

»Der Uber-Fahrer?«, hake ich verwirrt nach.

»Nein, mein Vater. Wenn ich so nach Hause komme … Hast du vielleicht einen Kaugummi?«

Ich schüttle bedauernd den Kopf und muss einfach nachhaken: »Was meinst du damit?«

Im Normalfall wüsste ich bereits über alles Bescheid, weil ihre Gedanken mir alles verraten hätten, wenn sie denn welche besäße. So sitze ich vollkommen im Dunkeln und das ist eine ganz neue Situation für mich.

Casseys Stimme klingt resigniert, als sie antwortet: »Du kennst meinen Vater nicht. Am Ende ist eine geprellte Rippe mein kleinstes Problem.«

Was hat das zu bedeuten? Stammen die Verletzungen von ihrem Dad? Mein Herz wird schwer und Bilder tauchen in meinem Kopf auf, die lange Zeit gut versteckt im Hintergrund gelauert haben. Ich weiß genau, wie es ist, wenn man wegen seines Dads nicht nach Hause will. Ich kenne diese Beklemmung in ihrem Blick. Meine Mom hat oft genug so ausgesehen wie Cassey jetzt.

»Okay«, sage ich wenig geistreich und sehe mich um. »Willst du … Ich meine, ich habe eine Isomatte. Du könntest bei mir schlafen, wenn du lieber nicht nach Hause möchtest.«

Ich halte die Luft an, sobald ich fertig gesprochen habe. Wahrscheinlich hätte ich es unterhaltsam gefunden, wie sich Casseys Augen noch mehr weiten als vorhin, wenn es nicht total seltsam wäre, einer völlig Fremden einen Schlafplatz anzubieten. Ehrlich gesagt weiß ich selbst nicht, warum ich das gerade gesagt habe – ich will ihr ja nur irgendwie helfen.

»Ja, ähm… Lass mal«, winkt sie ab und ich bin fast ein bisschen erleichtert, wenngleich meine Sorge überwiegt. Skepsis zeichnet ihren

Blick und ich hätte gerne gesagt, ich sei nicht gefährlich. Aber das wäre gelogen.

Ein Auto hält neben uns am Straßenrand und ich kontrolliere das Kennzeichen, bevor ich mich darauf zubewege. Ich öffne die Tür und gebe dem Fahrer Bescheid, dass er Cassey dort absetzen soll, wo sie hingebracht werden möchte.

Dann winke ich Cassey heran und sie lässt sich auf die Rückbank fallen, wenngleich ich ihr ansehen kann, dass sie sich immer noch unwohl dabei fühlt.

»Du bekommst das Geld für die Fahrt auf jeden Fall zurück«, nuschelt sie in ihren Schal und schnallt sich dabei an.

»Schon okay«, winke ich ab und lächle. »Schlaf gut.«

Dann schließe ich die Autotür und warte, bis sich das Uber in Bewegung setzt, bevor ich mich selbst auf den Weg nach Hause mache – in der Hoffnung, dass Grayson und Jessica nicht mehr aktiv sind.

Die Nesweru

Nesweru = altägyptisch für Sonnenkind / Nes, We & Ru = die ersten Sonnenkinder

Das göttliche Blut des Sonnengottes, wir nennen es heute auch Nesweru-Gen, wird von Generation zu Generation weitergegeben. Damit gehen körperliche Stärke, eine verbesserte Regenerationsfähigkeit und geschärfte Sinne einher, die ein jeder Nesweru von Geburt an besitzt. Im Einzelnen bedeutet das:
- stärkeres Muskelgewebe
- schnellere Heilung von Verletzungen, Vergiftungen und Abwehr von Viren/Bakterien, die das Immunsystem angreifen; in der Regel doppelt so schnell wie bei Menschen
- geschärfte Sinne, um übernatürliches wahrnehmen zu können; entspricht dem Dritten Auge oder Allsehenden Auge = unsichtbares Auge, das den Nesweru von Ra geschenkt wurde, um Shemayu trotz ihrer menschlichen Hülle entlarven zu können
Ebenso werden teilweise auch die Karneole weitervererbt, welche in Form von Amuletten stets am Körper zu tragen sind und heutzutage auch häufig in andere Schmuckstücke eingearbeitet werden.

Cassey

Mein Kaffeebecher ist noch halb voll. Ich lasse den Lebensäther darin kreisen. Nebenbei führe ich eine Strichliste darüber, wie oft unser Dozent den Pausenlaut *Ähm* benutzt. Das ist so nervtötend oft, weshalb ich ihm bereits den Namen *Dr. Ähm* gegeben habe.

Währenddessen frage ich mich mal wieder, wieso ich überhaupt das Kunststudium gewählt habe und in Psychologie bloß einzelne Kurse besuche, denn Kunstgeschichte ist sicherlich das mit Abstand langweiligste Studienfach – was nicht an den Inhalten, sondern an den Dozenten liegt.

Gerade sitzen wir in einer Vorlesung über die Vielfältigkeit der Darstellung eines religiösen Themas, wie zum Beispiel des Abendmahls. An sich ist es neben den anderen Vorlesungen und Seminaren eine interessante Beobachtung, aber die Dozenten machen alles kaputt. Erst kommen sie zu spät, dann schwafeln sie zu viel um den heißen Brei herum, schweifen ständig vom Thema ab, bis man den Faden verliert, und überziehen dadurch die Sitzungen.

Kurz vor Ende spüre ich Natalies neugierigen Blick und sehe auf die Uhr am Handy. Zehn Minuten, da haben wir's! Der Dozent überzieht schon zehn Minuten. Also rutsche ich im Stuhl hoch und packe meine Sachen zusammen. Soll er doch weitermachen, ich lasse mir meine Freizeit jedenfalls nicht davon nehmen, dass er von seinem Ausflug nach Mailand erzählt. Gerade will ich aufstehen, da sieht *Dr. Ähm* auf seine Uhr, schaltet das Licht ein und verabschiedet die Studierenden. Sofort wird es laut im Saal und alle erheben sich.

Als eine der Ersten steuere ich den Ausgang an und Natalie folgt mir hastig in den Flur. »Du weißt schon, dass du herkommst, um zu lernen, oder?«, fragt sie provokant und ich werfe ihr einen bösen Blick zu. Sie grinst unschuldig und wirft mir einen Luftkuss zu.

Ich will gerade die Tür aufdrücken, da entdecke ich Grayson, der sie bereits aufhält und lächelt. In seiner anderen Hand balanciert er zwei dampfende Becher in einer Papphalterung. »Hi, ich habe euch vorhin reingehen sehen und dachte, ihr seid nach der Vorlesung bestimmt unterzuckert.«

Unmittelbar breitet sich ein Strahlen auf Natalies Gesicht aus. »Wie aufmerksam von dir. Danke.«

»Na klar. So bin ich«, entgegnet er und zwinkert. Dann hebt er einen der Becher heraus und reicht ihn ihr. Meinem skeptischen Auge entgeht nicht, dass seine Finger eine handschriftlich notierte Zahlenfolge halb verdecken – seine Handynummer. Ich ziehe eine Augenbraue hoch. Geschickt eingefädelt. »Für dich eine heiße Schokolade und für Cassey«, er wendet sich an mich und überreicht mir gleich den Papiermüll mit, »einen Filterkaffee.«

»Mhm«, brumme ich lediglich und mustere ihn warnend, doch das scheint ihn nicht im Geringsten zu stören.

»Was ist mit deinem Gesicht passiert?«, fragt er unerwartet und deutet auf Natalies Wange. Von der Platzwunde, die Violet ihr vor zwei Wochen zugefügt hatte, ist eine kaum sichtbare Narbe zurückgeblieben. Sie fällt nur auf, wenn sie lächelt und man genau hinsieht – Grayson scheint äußerst genau hingesehen zu haben.

»Ach, das«, setzt Natalie an und streicht automatisch mit ihren Fingerkuppen darüber. »Tja, weißt du … mir ist da so ein Missgeschick passiert und …«

Ehe sie weiter um Erklärung ringen muss, wird sie von einem Flyer abgelenkt, der ihr von einem vorbeilaufenden Typen in die Hand gedrückt wird. »Cool«, ruft sie hellauf begeistert und gleichzeitig überaus erleichtert, dass sie das Thema wechseln kann. »Cassey, sieh mal! Es gibt eine Jubiläumsfeier der NYU Ende Februar.«

Sie hält das königsblaue Papier vor mich und ich lese: »Winterlicher

Maskenball.« *Bäh, nein.*

»Es gibt jedes Jahr irgendwelche Partys, zu der so ziemlich jeder kommen kann«, merkt Grayson an und schenkt meiner Schwester dabei ein charmantes Lächeln.

»Ist ja cool«, flüstert sie und kann den Blick nicht von dem zugegebenermaßen sehr schön gestalteten Flyer lösen.

Angewidert rümpfe ich die Nase und nehme einen Schluck vom Kaffee. »Übertreib mal nicht«, murmle ich anschließend. »Ist reine Geldabzocke und Zeitverschwendung.«

»Sei nicht so ekelig«, tadelt sie mich und lächelt dann Grayson an. »Gehst du zu solchen Anlässen?«

»Mit der richtigen Begleitung ... warum nicht?«

Natalie läuft filmreif rot an und lächelt verlegen.

Oh, bitte verschont mich!

»Viel Erfolg bei der Suche«, wünsche ich ihm aufgesetzt freundlich und winke dann.

Triumphal grinsend senkt Grayson den Blick auf die Uhr an seinem Handgelenk. Aus seinem Mund kommt ein einzelnes »Ah«, bevor er zu Natalie aufsieht. »Ich muss leider los. Cassey«, sagt er und nickt mir zu. »Natalie«, fügt er dann mit etwas tieferer Stimme hinzu und zwinkert. »Man sieht sich.«

»Bis dann«, entgegnet Natalie und wir gehen auseinander – endlich. Sie grinst dümmlich vor sich hin und nach einigen Sekunden des Schweigens ertrage ich das nicht mehr.

»Hör auf damit«, fordere ich schlicht.

»Womit?«

»Damit.« Ich deute auf ihren Mund. Sogleich verdreht Natalie die Augen, versteckt dann aber ihr Schmunzeln hinter der heißen Schokolade.

Die Theorie über die Heka

Um Ras Schöpfung zu zerstören, nutzen Shemayu die ihnen verliehene Magie (altägyptisch: Heka), um Menschen zu quälen und umzubringen.

Vorzugsweise suchen sie sich jene als Opfer, deren Herzen gegen die Feder der Maat leichter wögen, sobald sie dem Totengericht gegenüberstünden, um diese in ihrem letzten Atemzug auf die dunkle Seite zu ziehen.

Aus Beobachtungen ging hervor, dass menschliche Seelenqualen ihre Energiequelle sind – ohne diese verlieren sie an Kraft. Der Grund ihrer Existenz ist also zugleich ihre größte Schwachstelle.

Wir kategorisieren die Shemayu entsprechend ihrer Heka, basierend auf der Vier-Elemente-Lehre. Feuer, Wasser, Erde und Luft können dabei unterschiedlich ausgeprägt sein: physisch oder psychisch. Das heißt, sie können sich auf geistiger oder körperlicher Ebene äußern, sich aber nie auf das Umfeld, sondern nur auf den anvisierten Menschen auswirken.

Es gibt aber auch Shemayu, deren Heka nicht eindeutig einer Kategorie zugeordnet werden können. Ein Beispiel ist die Elektrizität eines Kahraba'shemayu. Sie kann von allen Elementen kommen – Erde ausgenommen –, aber nur physisch durch Hautkontakt übertragen werden.

Nicolas

ie Spaghetti schwimmen gerade im brodelnden Wasser, als Grayson lachend durch die Wohnungstür kommt und immer noch grinst, während er die Küche betritt.

»Was ist so lustig?«, frage ich.

»Ach, gar nichts«, nuschelt er und tippt schnell auf seinem Handydisplay herum. Es vibriert fast unmittelbar danach, woraufhin Graysons Wangen sich ungewohnt rötlich färben. Beim gleichzeitigen Tippen und Hinsetzen verfehlt er fast den Stuhl, und ich pruste, als er sich stolpernd am Tisch abfängt. Dabei rutscht ihm das Smartphone aus der Hand und schlittert über die Küchenfliesen, bis es direkt vor meinen Füßen stoppt.

Das Display zeigt einen Chatverlauf mit Natalie. Ehrlich, ich will es nicht lesen, aber Grayson schreibt in ganzen Sätzen mit ihr. Wo sind das Auberginen- und das Pfirsich-Emoji, mit dem er seine Intentionen sonst immer klar macht?

Natalie: *Du kennst* Die Schöne und das Biest *nicht?!*

Grayson: *Ich befürchte, du musst meine Wissenslücke füllen. Wie wäre es mit nächstem Donnerstag?*

Natalie: *Ich habe Cass versprochen, mit ihr auszugehen.*

Grayson: *Schade. Sonst hätte ich dir vorgeschlagen, dass wir noch auf der Party eines Kommilitonen vorbeischauen können. Oder wollt ihr vielleicht dazukommen?*

Grayson schnappt sich das Telefon. »Ey! Privatsphäre!«

»Du willst sie mit einem Disney-Film rumkriegen?«, frage ich

grinsend, weil ich ihn einfach damit aufziehen muss.

»Wer hat das gesagt? Außerdem: Rumkriegen? Ist es so schwer zu glauben, dass sie vielleicht auch was von mir will?« Grayson streicht sich über seine aufgeplusterte Brust und zuckt zusammen, da das Handy in seiner Hand erneut vibriert.

Schnaubend will ich mich wieder meinen Spaghetti widmen, doch dabei zieht erneut ein stechender Schmerz durch meine Stirn bis in den Rücken. Ich knirsche mit den Zähnen und reibe mir über die Nasenwurzel, um den Druck wegzumassieren. Parallel greife ich nach der Packung Ibuprofen, von der ich erst vor wenigen Stunden eine geschluckt habe.

»Nic?«

»Hm?«

»Du sollst doch Bescheid geben, wenn du Symptome hast«, bemerkt Grayson und schlägt diesen besorgten Ton an, den ich gar nicht leiden kann. Er erinnert mich stets daran, dass ich nicht genau so stark bin wie er. Unser letztes Opfer ist schon eine ganze Weile her, da wir versuchen, die Abstände zwischen ihnen stetig zu vergrößern, und immer bin ich der Erste, der spürt, dass es mit der Gesundheit bergab geht.

Es fängt mit dem Kopf an, wandert dann in den Hals und in die Nase, bis es sich schließlich wie eine heftige Grippe anfühlt, gegen die man allerdings keine Tabletten schlucken kann – beziehungsweise: Kann man schon, sie betäuben den Schmerz aber nur für kurze Zeit. Ständiges Schwitzen, unnatürliche Blässe im Gesicht und Müdigkeit sind das, was jeder sehen kann, aber einen Grund für all diese Schmerzen gibt es rein körperlich nicht. Schon merkwürdig, dass sich unsere übernatürlichen Entzugserscheinungen in solch menschlichen Symptomen zeigen. Als würde der Körper unseres Wirtes sich über uns lustig machen und die Seele ihre Chance sehen, uns loszuwerden.

»Ja, Mom. Es ist noch nicht so schlimm«, lüge ich und blinzle gegen eine verschwommene Schicht an.

»Das sehe ich anders. Du nimmst die Ibus immer erst, wenn du die Schmerzen nicht mehr aushältst. Vielleicht denkst du, dass ich das nicht merke, aber wir sollten uns besser heute als morgen auf die Socken machen.«

»Morgen.«

Grayson stöhnt. »Alter, Wandsworth! Spiel nicht den Helden. Wenn ich dir das mal so sagen darf: Du siehst scheiße aus.«

»Danke.«

»Ich weiß, was dir fehlt, und ich sage es gern noch einmal«, setzt er an.

»Mir fehlt nichts«, unterbreche ich ihn barsch.

\\Doch, dir fehlt Sex.//

Grayson ist der festen Überzeugung – und ich glaube leider, dass er damit nicht ganz unrecht hat –, dass, wenn man sich emotional und physisch vollkommen fit fühlt, man auch nicht so sehr an dieser Leidensgeschichte hängt, wie ich es tue. Vieles hat tatsächlich mit Gleichgewicht von Körper und Geist zu tun. Für ihn ist das alles einfach.

Da ich aber nichts auf seinen Einwand sage, seufzt er. »Ich habe doch schon jemanden ausgesucht.«

Grayson kümmert sich immer darum, dass wir ein Opfer finden, das die Schmerzen unserer Meinung nach verdient hat – auch wenn ich das moralisch überaus fragwürdig finde. Man muss sich nur lange genug im Untergrund von New York aufhalten und etwas Geduld mitbringen – oder wie Grayson Gedanken manipulieren und an Polizeiakten gelangen, wo es zwar Hinweise auf Verbrechen, aber keine Beweise gibt.

Grayson vergleicht uns gerne mit Elektroautos und nennt das Ganze *Auftanken*. Es fühlt sich so an, als würde man bei Sims diesen Cheat anwenden, der alle Bedürfnisse wieder vollständig befriedigt. Eigentlich könnten wir das jede Woche oder noch öfter machen, aber alle sechs Wochen muss reichen. Denn weder Gray, noch ich sind danach wirklich im Reinen mit unserem Gewissen. Es ist jedes Mal ein mieses und zugleich anmaßend gutes Gefühl.

***

»Nic, ganz ehrlich. Was spricht denn dagegen mal … Spaß zu haben?«,

greift Grayson das Thema von vorhin wieder auf, während wir uns wenige Minuten nach dem Essen auf den Weg machen. Da ich nicht reagiere, fährt er fort: »Es ist nicht so, als müsste ich dir erklären, dass es dir helfen könnte, wenn du dich wenigstens rein körperlich mal wieder auf jemanden einlassen würdest. Beccy würde …«

»Hackney«, zische ich mit zusammengebissenen Zähnen und beschleunige meine Schritte auf der Treppe nach unten. Ich drücke die Haustür auf und flüchte beinahe vor diesem Gespräch in Richtung Subway-Station.

Aber Grayson wäre nicht Grayson, wenn er sich den Satz verkneifen könnte. »Beccy würde wollen, dass du irgendwann dein Leben weiterlebst.«

Die Erwähnung *ihres* Namens fährt wie ein Ruck durch meinen Körper und ich drehe mich auf dem Absatz zu Grayson herum. Genau in diesem Moment fällt mir eine Gestalt auf, die gerade um die Ecke von unserem Hauseingang verschwindet. Dieses unverwechselbare Dunkelblond, der tänzerische Gang … ich schiebe Grayson energisch zur Seite und bin mit ein paar großen Schritten an der Ecke, doch die Gestalt ist verschwunden.

»Was tust du?«

»Gar nichts. Ich dachte, ich hätte jemanden gesehen.« Ich kann die Enttäuschung und den Schmerz in meiner Stimme nicht überspielen. Es tut so weh. Jeden Tag schmerzt ihre Abwesenheit fürchterlich. Reicht es nicht, dass ich von ihr träume? Dass ich ein Lachen höre und denke, dass es genauso wie ihres klingt? Jetzt fange ich schon an, Geister zu sehen.

Im Financial District stehen wir uns nun seit drei Stunden die Beine in den Bauch. Ich zittere am ganzen Körper vor Schüttelfrost und Schmerzen. Grayson hat mir versichert, dass unsere Zielperson – Darren Kyle, vierundzwanzig Jahre alt und Bänker – seit einer Weile immer wieder von Frauen angezeigt wird, die ihm sexuelle Belästigung vorwerfen. Er hat sich in Darrens Smartphone gehackt und dabei eindeutige Chatnachrichten gefunden, dass Darren sich regelmäßig an jungen Kolleginnen vergreift und sich damit auch noch vor seinen

Freunden brüstet. Manchmal frage ich mich, ob Grayson sein illegales IT-Wissen auch aus der Uni hat.

Die große Glastür am Eingang öffnet sich und ein junger Anzugträger mit Handy am Ohr kommt heraus.

»Das ist er«, bemerkt Grayson leise und ich setze mich in Bewegung, um Darren unauffällig zu folgen. Grayson konzentriert sich währenddessen auf Darrens Gehirn und steuert seine Gedanken, sodass dieser mehrfach abbiegt, bis wir in einer müllbeladenen Sackgasse landen.

Innerhalb eines Wimpernschlags weicht mein menschlicher Blick meinen schwarzen Shemayu-Augen, die meiner Umwelt jegliche Farben entziehen. Alles – Straßen, Gebäude, Natur – färbt sich rabenschwarz, als stünde man in einer Dunkelkammer ohne rotes Licht. Selbst wir Shemayu verschwimmen füreinander mit der bloßen Dunkelheit.

Die Welt wird zu einem schwarzen Brei, in dem nur die Menschen hervorstechen. Diejenigen, die viel Gutes in sich tragen, leuchten heller als jene, die niederträchtige Absichten verfolgen. Menschen erscheinen in Hunderten von Graustufen, die dunkler werden, je schlimmer ihr Wesen ist. Dies kann auf Gedanken, Handlungen, Wünschen und Sehnsüchten beruhen, welche nicht moralisch sind. Aber auch Eigenschaften wie Brutalität, Egoismus und schlichtweg Unmenschlichkeit.

Ich schätze, es soll die Jagd der Shemayu vereinfachen, reine und gute Opfer mit Herz und dem Glauben an die Liebe zu finden, die man in die Dunkelheit reißen kann.

Für mich ist es einfach nur irritierend, da wir schließlich genau nach dem Gegenteil suchen. Wenn jemand ohnehin schon nahezu in der Dunkelheit verschwindet und selbst zu diesem Werdegang beiträgt, macht es nicht mehr viel aus. Stattdessen eine Person voller Licht auszugrauen, wäre ein größerer Verlust.

Ich fokussiere mich vollkommen auf Darrens Gedankensammlung, blende die Welt um mich herum aus und suche danach, was ihm am meisten wehtut. Nur wenn ich aktiv meine Shemayu-Sinne dazu einsetze, jemand anderem Schaden zuzufügen, kann ich alle jemals gedachten Gedanken eines Menschen hören, während ich im Alltag ausschließlich mit akuten Gedanken beschallt werde.

Als würde ich mir das Hörspiel seines Lebens anhören, verraten mir Darrens Gedanken, welche Gefühle, Erinnerungen und Vorstellungen ihn am meisten schmerzen. Seine Erzählungen malen mir Bilder in den Kopf, die nicht unbedingt mit der Wahrheit übereinstimmen, da sie von seinen Gedanken und wiederum meiner Wahrnehmung verzerrt werden.

Ich höre Szenen aus Darrens Kindheit. Mobbing in der Schule. Eltern, die keine Zeit haben. Eine Trennung. Selbsthass und Verzweiflung. Collegezeit. Gruppenzwang. Schlechte Freunde. Das ist die Zeit, in der Darren jegliches Gute in sich verloren hat.

Grayson nimmt das auf, was ich ihm *sende* und spielt es vor Darrens innerem Auge in einer Endlosschleife ab, sodass er seine allerschlimmsten Gefühle, Erinnerungen und Vorstellungen in diesem Moment mental erlebt. Für Grayson und mich fühlt es sich so an, als wären wir eins.

Während wir uns an seinen inneren Qualen stärken, geht Darren zu Boden und wimmert, schreit aber glücklicherweise nicht. Für uns dauert das höchstens ein paar Minuten und während sich die Qualen für Darren ins Unermessliche steigern – nicht wenige ersticken dabei oder sterben anschließend an einem Herzinfarkt – empfinden wir ein unbeschreibliches Hochgefühl. Dabei spüre ich deutlich, wie das Blut durch meinen Körper pumpt, wie meine Lungen mehr Luft aufnehmen, wie meine Sinne sich schärfen und ich besser hören, riechen und fühlen kann.

Das reicht, flüstert meine innere Stimme, obwohl sich alles in mir danach verzehrt, Darren bis zum letzten Rest zu foltern. *Lass los*, flüstert sie und ich nehme noch einen tiefen, befriedigenden Atemzug, bevor ich meine Verbindung zu Darren löse. Ich blinzle heftig gegen die schwarze Schicht an, die meine Augen benetzt und versuche, klar zu sehen. Die Farben kehren langsam zurück und werden kräftiger – Darrens Krawatte erstrahlt wieder in ihrem satten Rot.

Grayson reißt sich kurz nach mir aus dem Strom aus Energie. Dennoch kann ich für einen kurzen Moment den Sog seiner Aura spüren. Das ist manchmal ganz praktisch, wenn man sich gegenseitig warnen will, obwohl Grayson dafür eher seine Gedanken nutzt. Andererseits kann seine Shemayu-Aura mich dazu verleiten, selbst mein wahres Gesicht zu offenbaren, und das ist eher unpraktisch. Es fühlt sich an wie ein Sturm, in den man einfach mit hineingezogen wird, wenn man sich nicht gut festhalten kann.

Altawam'shemayu

Heka: Geist – Gedanken

Merkmale:

Diese Art Shemayu ist besonders selten, da sie ausschließlich zu zweit auftreten. Voraussetzung dafür ist, dass beide Seelenteile eines Verstorbenen nicht verschmelzen und in unterschiedlichen Körpern wiedergeboren werden.

Altawam'shemayu können lediglich gemeinsam überleben und müssen ihre Heka gemeinsam ausüben, um sich zu ernähren. Aufgrund ihrer Seltenheit und ihres Vorteils, stets zu zweit zu sein und deshalb uns Nesweru entsprechend einfacher zu entkommen, ist nur wenig über sie bekannt. Jedoch konnte beobachtet werden, dass sich beide Seelenteile niemals weit voneinander entfernen – ob sie es nicht wollen oder können, ist bisher unklar. Besonders ist, dass noch keine erfolgreiche Methode gefunden wurde, die Altawam'shemayu auszulöschen, weil sie nur gemeinsam überleben und sterben können.

Der Erschließungsprozess über diese Shemayu-Art hält bis heute an. Aufgrund dessen gelten sie unter den Nesweru zu den gefürchtetsten Shemayu.

Prävention/ Reaktion:

Mentale Stärke aufbauen/trainieren (gute Selbstkontrolle, Ausgeglichenheit, geringe Emotionalität/Sensibilität), am besten durch Meditation und gründliche Auseinandersetzung mit Ängsten/Problemen/Sorgen/Gefühlen.

Nicolas

Eine Woche später, auf dem Rückweg von meiner Vorlesung *Organische Chemie II,* steuere ich den Pavillon an – einen meiner Lieblingsplätze, weil man dort seine Ruhe hat. Er steht in der Nähe des Washington Square Parks und ist ein wenig versteckt. Hier kommt es mir immer viel stiller vor als sonst wo in New York. Kein Grayson, keine lauten Gedanken und keine gut gemeinten Ratschläge.

In der letzten Zeit hat er immer wieder versucht, mit mir über Beccy zu sprechen, aber ich schaffe das einfach nicht. Wie kann das alles nach fünf Jahren immer noch so wehtun? Man sagt, der Schmerz dauert mindestens halb so lange, wie die Beziehung gehalten hat. Das würde für mich Hunderte von Jahren Leid bedeuten. Wenn man eine Person wie sie verliert … Es ist seltsam. Ich will, dass der Schmerz aufhört. Und genauso will ich, dass er bleibt, weil ohne sie und ohne den Schmerz bin ich einfach nur noch leer.

Gerade will ich den Pavillon betreten, da entdecke ich, dass bereits jemand dort sitzt. Cassey. Sie hat ihre Beine in einem Schneidersitz verschränkt und kritzelt in einen Block. Ich wage mich ein Stück näher heran, um zu erkennen, was sie malt, aber ihre dunklen, langen Haare versperren mir die Sicht.

Grundlos stehe ich eine kleine Weile einfach nur da und sehe ihr zu, wie sie vollkommen versunken den Stift über das Papier fliegen lässt. Ihre Haltung wirkt gelöst und nicht so abweisend wie im Café. Schließlich senkt sie den Stift und drückt ihren Rücken durch. Das Knacken ihrer Wirbelsäule höre ich bis hier her.

»*Blyat*«, haucht sie. Die russische Version von *Verdammt.* So viel

verstehe ich noch von einer Sprache, die ich seit langer Zeit nicht mehr beherrsche.

Ein leises Lachen kommt über meine Lippen. Urplötzlich springt Cassey auf, wobei der Block zu Boden fällt. In Kampfhaltung hält sie ihren Bleistift vor der Brust, die Spitze auf mich gerichtet und fixiert mich mit eiskaltem Blick. *Wow, was für Reflexe.*

»Was machst du denn hier?«, fragt sie wenig erfreut und lässt ihre *Waffe* sinken, als sie erkennt, dass ich kein Axtmörder bin.

»Das hier ist mein Lieblingsplatz seit Ewigkeiten«, entgegne ich spöttisch grinsend. Mein Blick fällt auf die am Boden liegende Zeichnung. Sie bildet den Pavillon ab und ist überraschend gut. Sehr gut sogar.

Cassey bemerkt meinen Blick, hebt den Block auf und klappt ihn zu. Dann setzt sie sich zurück an ihren Platz und ich beobachte, wie ihre Fingerknöchel weiß hervortreten, da sie den Block fest umklammert hält.

»Du kennst meinen Vater nicht. Am Ende ist eine geprellte Rippe mein kleinstes Problem.«

Ihre Worte von diesem Abend wiederholen sich in meinem Kopf und mit einem Mal liegt mir ein Stein schwer im Magen, weil ich ihre Schreckhaftigkeit und den erhobenen Bleistift belächelt habe. Zwar trägt sie nun kein Pflaster mehr an ihrer Augenbraue und auch ihren Rippen scheint es wieder gut zu gehen, aber ihre Bemerkung lässt mich dennoch nicht los. Vielleicht, weil ich genau weiß, wie es ist, wenn der eigene Vater das Zuhause in einen Albtraum verwandelt. Ich konnte damals die Reißleine ziehen. Grayson hat keine Sekunde gezögert, als ich ihn darum gebeten habe. Mein Dad war der einzige Mensch, den wir in diesem Leben mit unseren Shemayu-Fähigkeiten in den Tod getrieben haben – eine Tatsache, die ich nicht so sehr bereue, wie ich wahrscheinlich sollte.

Ich weiß nicht, ob ich mir bei Cassey und ihrem Dad aufgrund meiner Kindheit etwas falsch zusammenreime oder ob sie wirklich in einer ähnlichen Situation steckt wie ich damals. Aber vielleicht kann ich es herausfinden. Sie besser kennenlernen, ihr womöglich helfen

… aber vor allem nicht wegsehen. Das haben Menschen bei meiner Familie viel zu oft getan.

»Was malst du?«, setzte ich zu einem Gespräch an und lasse mich auf der kalten Steinbank neben ihr nieder.

»Geht dich nichts an«, entgegnet Cassey schnell und legt ihre Hände auf den geschlossenen Block, als wolle sie selbst den Wind daran hindern, ihre Zeichnungen zu offenbaren.

»Okay. Schade. Es hätte mich interessiert.«

Cassey rümpft die Nase und legt ihren Kopf schief. »Wieso?«

»Weil ich mir vorstellen kann, dass du gut bist. Du studierst doch Kunstgeschichte, oder nicht?«

»Und wenn schon«, brummelt sie abwehrend, als würde es ihr gar nicht passen, dass ich ihr Studienfach kenne. Dabei geht ein Zucken um meine Mundwinkel, und ich wüsste zu gern, was gerade in ihrem Kopf vor sich geht. Aber ihre Gehirnzellen scheinen aus Stahl zu sein, denn sie lässt keinen einzigen Gedanken springen.

Ich beschließe, sie ein wenig aus der Reserve zu locken. »Vielleicht bist du aber auch unsagbar schlecht und malst die ganze Zeit nur Strichmännchen.«

»Was soll das denn jetzt heißen?«, fragt sie ernst und in ihrer Stimme schwingt Brüskierung mit, was mir jetzt doch ein Grinsen entlockt.

»Oder du bist schüchterner, als du zugeben willst. Die Option besteht natürlich auch.«

»Willst du mich etwa herausfordern?«, fragt sie und ich höre, wie sie zu verbergen versucht, dass es sie anstachelt. Cassey stützt die Hände in die Hüften und sieht mich abwartend an.

»Kann dir doch egal sein, was ich will. Oder?«

Überrascht betrachtet sie mich, aber es kommt keine Erwiderung.

Ich lache nach ein paar Sekunden starrenden Schweigens. »Was ist? Habe ich irgendwas im Gesicht hängen oder warum siehst du mich so an?«

Schnell schüttelt sie den Kopf. »Nein, alles gut.«

Normalerweise bin ich nie die Person, welche die Stille mit Worten füllen muss. Ich bin viel besser im Zuhören als im Reden. Zusätzlich

macht Cassey es mir ganz schön schwer, da ich nicht einmal ihre Gedanken zu hören bekomme. Aber genau das macht sie womöglich besonders interessant, denn bei jeder anderen Person wüsste ich bereits jetzt, woran ich bin. Ein Grund mehr, sie kennenzulernen. Ich würde wirklich gern herausfinden, wie ihr Dickschädel funktioniert.

»Du könntest mir beschreiben, was du malst. Vielleicht Landschaften? Porträts? Surrealistisches?«, rate ich drauflos.

Unruhig spielt sie an ihrem Lippenpiercing und senkt den Blick auf den Bleistift. Leise antwortet sie: »Alles, was mir gerade einfällt, was ich sehe, was mich inspiriert.«

Da sie endlich einmal angefangen hat zu sprechen, frage ich weiter: »Naturalistisch? Oder abstrakt?«

Daraufhin zuckt sie mit den Schultern. »Mal so, mal so«, antwortet sie und schiebt schnell eine von sich ablenkende Frage hinterher: »Was studierst du?«

Ein Zucken geht um meine Mundwinkel. »Chemie.«

»Mhm. Und Grayson?«, hakt sie nach und ich höre die Abneigung in ihrer Stimme bei Graysons Name. Schon wieder muss ich kurz lächeln. Sie kann ihn ganz offenbar nicht leiden und das macht sie mir irgendwie sympathisch.

»Informationstechnik«, antworte ich, fühle mich aber verpflichtet, etwas zu Graysons Gunsten zu sagen. »Er … ist gar nicht so scheiße«, beginne ich und stocke, weil das nicht wirklich positiv war.

Cassey schnaubt belustigt. »Das ist die beste Lobpreisung, die ich jemals gehört habe.«

Grinsend schüttle ich den Kopf. »Ich wollte damit sagen: Ich komme auch nicht immer mit ihm klar, aber eigentlich ist er ganz in Ordnung.« Ja, das klingt definitiv besser. Immerhin besser als *Er ist schon scheiße, aber so scheiße ist er nicht.*

Ich fahre mir mit einer Hand durch die Haare und lasse sie kurz nach vorne fallen, damit ich meine Mütze aufziehen kann, die noch in der Manteltasche steckte.

Gerade als ich fragen will, wie Cassey mit ihrer Schwester klarkommt, werden wir von einem Klingeln unterbrochen und sie zieht ihr Handy hervor, ehe sie abnimmt. »Ja?«

Offenbar hat die andere Person gefragt, wo sie ist, denn Cassey antwortet mit: »Irgendwo.«

Pause.

»Dass ich dir keine Adresse nennen kann und will.«

Sie wechselt zu Russisch, was mich annehmen lässt, dass sie mit jemandem aus ihrer Familie spricht. Vielleicht sogar mit ihrem Vater? Ich verstehe: »Weil ich nur bin.« Aber das ergibt keinen Sinn. Oder war es vielleicht *alleine*? Das wäre logischer. Anschließend: »Natalie, bla, bla, bla.« Mir fehlt eindeutig das Vokabular.

Cassey hebt überrascht die Augenbrauen und fragt irgendetwas. Kurze Stille. Aus dem Nichts lacht sie auf und dieses Mal klingt es sogar fast echt. Vielleicht ein bisschen spöttisch. Ich wüsste zu gerne, worüber die beiden sprechen.

»Na gut, na gut«, ergibt sich Cassey wofür auch immer. Sie wirkt überrascht, als sie aufsieht, dann auf die Uhr an ihrem Handy blickt und wieder viel zu schnell redet, sodass ich es nicht verstehen kann. Anschließend legt sie auf.

Mit einem Lächeln auf den Lippen murmle ich auf Russisch: »Beeindruckend.« Ich kann leider nur noch wenige Worte von dieser Sprache verstehen und noch weniger sprechen.

Erschrocken reißt Cassey die Augen auf. Ha! Das hat sie nicht erwartet. Mal sehen, was ich noch auf Russisch auspacken kann. »V-Vollkornbrot«, stammle ich und hoffe, dass es auch das heißt, was ich denke. »Wodka.« Hoffentlich sieht sie das nicht als Beleidigung an.

Erleichtert atmet sie auf und lacht dann herzhaft. Richtig echt. Einen Moment lang bin ich vollkommen perplex, mein Herz macht einen unrhythmischen Satz und eine Gänsehaut überzieht meine Arme. Casseys Lachen zu hören, ist faszinierend. Ich hatte bis zu diesem Moment nicht einmal gedacht, dass sie wirklich und wahrhaftig lachen kann. Ohne Spott oder Verachtung. Sondern frei heraus. Bisher hat sie mich immer ein wenig an Rosa aus *Brooklyn 99* erinnert.

»Warte, warte. Das war noch nicht alles. Einen Satz habe ich noch«, kündige ich stolz an und räuspere mich. Ich überlege, da ich mir nicht

mehr ganz sicher bin, ob das richtig ist. Nah, wird schon schief gehen. Ich recke das Kinn und verkünde auf Russisch: »Ich bin ein Keks.« Kaum habe ich zu Ende gesprochen, bricht sie wieder in Gelächter aus und ich grinse breit.

»Mein Problem ist, dass ich nicht mal sicher bin, ob das richtig ist, was ich gesagt habe«, merke ich grinsend an.

Prustend entgegnet sie: »Das glaube ich gerne.«

Da wir gerade in guter Stimmung sind, wage ich einen Schritt vor und frage: »Bist du in Russland geboren?« Wenn sie mir darauf eine Antwort gibt, kann ich eventuell einen Bogen schlagen und etwas über ihre Familiensituation herausfinden.

Aber als hätte ich einen Stecker gezogen, beruhigt Cassey sich wieder und wischt sich eine Träne aus dem Augenwinkel. Anschließend nickt sie und wirft einen weiteren Blick auf die Uhr. »Ich sollte los.«

Cassey

ch glaube immer noch nicht, dass ich mit Natalie ausgehe, selbst als wir bereits kurz nach neun Uhr abends das Haus verlassen haben und für diese Temperaturen zu dünn gekleidet durch Midtown laufen. Sie war lange nicht mehr abends weg, geschweige denn mit mir. Deshalb ist sie auch ein klein wenig nervös und fragt jetzt zum zweiten Mal mit klappernden Zähnen: »Wo geht es hin?«

Zum zweiten Mal antworte ich: »In eine Bar.«

»Ja, aber in welche?«

»Irgendeine.«

»Irgendeine, irgendwo …«, äfft sie mich nach und ich verdrehe schmunzelnd die Augen. »Was hältst du davon, wenn ich einen Vorschlag mache?«, fragt sie anschließend, nachdem sie kurz auf ihr Smartphone geschaut hat.

Die Tatsache, dass sie etwas vorschlagen möchte, macht mich skeptisch. »Wo willst du hin?«

»Na ja, ich habe da von einer Studentenparty gehört …«

Irritiert runzle ich die Stirn und bleibe stehen. »Aha. Du willst also lieber auf eine Party gehen, wo Studierende zu primitiven Affen werden, statt mit deiner Lieblingsschwester in einer Bar zu chillen?«

Natalie prustet, ehe sie sich zu mir umdreht. »Ich bin deine einzige Schwester«, entgegnet sie schmunzelnd und legt ihren Hundeblick auf. »Und diese möchtest du doch bestimmt glücklich machen.«

Ich muss mir ein Lachen verkneifen und betrachte sie einige Sekunden widerstrebend. Eigentlich will ich verneinen, aber wir machen selten etwas zusammen, das ihren Vorstellungen und Wünschen ent-

spricht. Also gebe ich klein bei und lasse ihr den Vortritt. Dann ziehe ich meine Schachtel Zigaretten aus der Manteltasche und zünde mir eine davon an.

Natalie stöhnt direkt genervt neben mir. »Wann wirst du das endlich mal lassen? Das ist…«

»…nicht gesund, potenziell tödlich und so weiter. Ich weiß«, vervollständige ich ihren Satz unbeeindruckt mit der Zigarette zwischen den Lippen.

Kurz darauf biegen wir auch schon um eine Ecke und steigen die Stufen zu einem portalähnlichen Eingang hinauf. Wir sind wohl da. Musik dröhnt vom Dach. Aus den oberen Stockwerken dringt verschiedenfarbiges Licht durch die Fenster.

Was mache ich denn jetzt? Rauchen, trinken oder ein Auge auf Natalie haben? Letzteres eher nicht, sonst beschwert sie sich wieder über meinen übertriebenen Beschützerinstinkt.

»Komm schon«, ruft Natalie heiter und stolziert voraus.

Geräuschvoll atme ich aus und folge ihr brummend. Eigentlich hatte ich mehr Lust auf einen entspannten Abend in der Bar, aber mit ein bisschen Alkohol intus werde ich wohl auch mit dieser Alternative warm werden. Wir schlängeln uns zwischen den anderen Partygästen hindurch und dabei bemerke ich, dass Natalie sich suchend umsieht. Von wem hat sie das mit der Party überhaupt? Als wir gerade bei der Küche ankommen, ruft eine vertraute Stimme Natalies Namen, und mir fällt es wie Schuppen von den Augen.

Grayson grinst und winkt dümmlich in unsere Richtung. Ich halte inne und lege meinen Kopf in den Nacken. *Tief durchatmen.*

Nicolas steht direkt neben ihm, eine Bierflasche in der Hand und augenscheinlich ebenso überrascht wie ich.

»Hey«, ruft Natalie lang gezogen über die Musik hinweg und betritt die Küche. Ich folge ihr, aber auch nur, weil ich etwas zu trinken möchte. Dort werde ich Zeugin einer Umarmung, die für meinen Geschmack zu innig ausfällt.

»Freut mich, dass du es geschafft hast«, höre ich Grayson sagen und knirsche mit den Zähnen. *Ja, geschafft mich reinzulegen.*

Mein Blick wandert zu Nicolas. Als er es bemerkt, verziehen sich seine Lippen zu einem ungewöhnlich breiten Grinsen. Dann hebt er sein Bier zum Prost an und ruft stolz: »*Na sdorovje!*«

Ich unterdrücke ein Schmunzeln. Anschließend deute ich auf die Flasche und frage: »Meinst du nicht, es fehlt dazu noch etwas?«

»Das lässt sich natürlich schnell ändern. Soda, warmes Bier, Tequila oder Whiskey?«

»Whiskey«, antworte ich, auch wenn ich nicht mit einer hochwertigen Marke rechne, und schlüpfe aus meiner Jacke. Während sich Nicolas nach dem Whiskey für mich umsieht, reicht Grayson Natalie ein bereits mit Tequila gefülltes Shotglas und eine Zitronenscheibe. Natalie prostet ihm zu und ich ahne bereits, was als Nächstes passiert. Natalie kippt den Tequila in ihren Rachen und stößt anschließend ein hohes *Wouh* aus. Grayson prustet hinter vorgehaltener Hand und bemerkt schief grinsend: »Na, du kommst aber schnell zum Höhepunkt.«

Meine Augenbrauen schnellen nach oben und ich presse die Lippen aufeinander.

Wider Erwarten lacht Natalie herzlich los und boxt ihm sachte in den Bauch. Er legt dafür seinen Arm um ihre Taille und zieht sie leicht an sich heran. Mir missfällt immer mehr, wie vertraut die beiden bereits wirken.

Ohne ein weiteres Wort nehme ich die angefangene Whiskeyflasche, die Nicolas mir hinhält und proste ihm damit zu. Statt mir dann etwas in ein Glas zu schenken, behalte ich die Flasche und verlasse die Küche, um ein wenig umherzuschlendern und die Menschen zu beobachten. Betrunkene Studierende sind doch ein gefundenes Fressen für Shemayu.

Ich weiß, dass Alkohol meine Sensibilität für deren Aura senkt, und doch kam ich noch nie in größere Schwierigkeiten. Ob betrunken oder high, sobald ich etwas Übernatürliches bemerke, schalte ich auf Nesweru-Modus. Jahrelange Übung, die mir auch heute Abend Selbstsicherheit verleiht.

Die meisten Gäste tummeln sich im Wohnzimmer. Daher drehe ich eine weitere Runde durch die zwei Etagen des Lofts bis ich im

Dachgarten mit Pool und kleiner Bar lande. Lichterketten und elektrische Kerzen sorgen für ausreichend Licht und eine angenehme Atmosphäre. Die meisten, die sich hier draußen wiederfinden, sind entweder Raucher oder entfliehen der im beengten Raum viel zu lauten Musik und stickigen Luft. Ein paar wenige Leute sind sogar mutig genug, in das kalte Wasser zu springen – oder sie werden hineingeworfen.

Mein Blick bleibt an einem Kerl hängen, der mit einem Bier in der Hand am Rand steht und sich umsieht. Er redet mit keinem, sondern steht einfach nur da. An sich nichts Ungewöhnliches, wäre da nicht dieser Blick. Wie der eines Raubtiers, das seelenruhig eine Gruppe beobachtet und abwartet, bis sich das schwächste Glied zu erkennen gibt.

Meinem unguten Gefühl folgend, schlendere ich um den Pool herum in seine Richtung. Als ich ihm näherkomme, entdeckt er mich. Seine Miene bleibt unverändert, der Blick starr in meine Augen gerichtet, selbst als er sein Bier leert. Ein kalter Luftzug fegt über das Dach und bereitet mir eine Gänsehaut. Vielleicht ist der Typ ein Shemayu, vielleicht ist er aber auch einfach merkwürdig und die Kälte, die ich spüre, banale Winterluft. Um das herauszufinden, gehe ich so nah wie möglich an ihm vorbei. In diesem Moment höre ich ein tiefes Raunen, das klingt wie: »Er kommt dich holen.«

Augenblicklich bleibe ich stehen und drehe mich halb zu ihm um. »Was hast du gesagt?«

»Kann ich dir auch eins holen?«, fragt er und hebt seine Bierflasche. Dann ringt er sich ein knappes Lächeln ab, das in seinem Gesicht befremdlich wirkt.

Irritiert runzle ich die Stirn. Habe ich mich wirklich verhört? »Äh… nein, danke. Bin bestens versorgt«, entgegne ich und wackle leicht mit der nicht mal mehr halb vollen Whiskeyflasche in meiner Hand.

Nach wie vor misstrauisch, obwohl ich an ihm nichts Bedrohliches ausmachen konnte, wende ich mich von ihm ab und gehe ein Stück weiter, bis ich mich im Schatten der Mauer niederlasse und den Whiskey öffne. Den Kerl von eben behalte ich dabei im Blick.

Wie man einen Shemayu erkennt

Durch die uns verliehene Fähigkeit, das Übernatürliche wahrzu-nehmen, ist es uns ein Leichtes, Shemayu als solche zu entlar-ven.

Was man als Erstes wahrnimmt, ist die Aura eines Shemayu. Ich würde es auch als Wirkungsbereich seiner Heka bezeichnen. Sie fühlt sich an wie ein eisiger Windzug, der die Herkunft der Shemayu widerspiegelt – den kalten und dunklen Ort namens Duat. Diese Aura kann meterweit reichen, aber auch klein sein. Sie kann intensiv, aber auch schwach sein.

Die Größe sagt in erster Linie etwas darüber aus, ob ein She-mayu physischer oder psychischer Natur ist. Ein Shemayu der Stärke (Qua'shemayu) benötigt zum Beispiel keinen großen Wirkungsbereich, da er in direkter Nähe zu seinem Opfer sein muss. Ein Shemayu der Halluzination (Kabu'shemayu) hin-gegen verbindet sich über seine Aura mit dem Opfer und hat daher eine größere Reichweite.

Des Weiteren fallen die Intensität der Aura und die Stärke der Heka höher aus, umso häufiger Shemayu menschliche Qualen konsumieren.

Ist ein Shemayu im Begriff, seine Heka einzusetzen, wird er sich ganz klar offenbaren. Seine Augen werden eingenommen von einem tiefen Schwarz, bis nichts Menschliches mehr bleibt.

Nicolas

Grayson und Natalie sind in der Küche beschäftigt; das heißt, er ist ununterbrochen dabei, sie beeindrucken zu wollen. Cassey ist verschwunden. Und ich stehe hier an der Seite und frage mich, was zum Nesweru-Modus ich hier eigentlich mache. Links neben mir knutscht ein Pärchen, rechts von mir kotzt ein Typ gerade in eine Vase. Alles klar. Das ist dann wohl mein Stichwort.

Von einer früheren Party hier weiß ich, dass man irgendwo auf eine Art Dachterrasse mit Pool kommt, also schiebe ich mich zwischen viel zu eng stehenden Gästen bis zur oberen Etage durch und finde die Glastür nach draußen. Erst als die frische Nachtluft durch meine Lungen strömt, spüre ich die Wirkung des Alkohols.

Dass es viel zu kalt zum Schwimmen ist, scheint den meisten egal zu sein. Immer wieder wird jemand ins Wasser geschubst oder gezogen, worauf es ein lautes Platschen gibt. Eine Weile sehe ich einfach nur zu. Schließlich entdecke ich einen blonden Schopf und erkenne Hazel, die sich suchend umsieht.

Oh nein.

Hastig ducke ich mich und husche zur Mauer an der linken Seite, die wohl als Sichtschutz zum anderen Dach dient. Zum Glück hat Hazel mich nicht entdeckt. Sie ist ... nicht unbedingt meine Lieblingsgesellschaft. Mit dem Blick auf Hazel gehe ich noch ein kleines Stück an der Mauer entlang, bis ich plötzlich über einen Fuß am Boden stolpere und mich reflexartig entschuldige.

Es ist Cassey, die so aussieht, als müsste sie sich eine Beleidigung verkneifen.

»Oh. Du.« Mehr als diesen überraschten Ausruf bekomme ich nicht heraus. Sie sitzt mit dem Rücken an die Mauer gelehnt und umklammert eine Flasche Whiskey, die beinahe leer ist.

»Ja, ich«, entgegnet sie gedehnt.

Ich hätte früher merken können, dass sie hier sitzt. Die Stille in meinem Kopf hatte es mir angekündigt. Casseys bloße Anwesenheit scheint dafür zu sorgen, dass die Gedanken der anderen nicht mehr zu mir durchdringen können. Dabei würde ich nur zu gerne wissen, was in ihrem Kopf vor sich geht. Sie hat etwas Besonderes an sich – als hätte sie eine Milliarde kluge und tiefgründige Gedanken, die sie niemals aussprechen würde. Ihre Abgeklärtheit wirkt auf mich mehr wie eine Fassade als tatsächliches Desinteresse an allem und jedem.

Ein Zucken geht um meine Mundwinkel. »Gute Wahl«, sage ich und deute auf die Flasche, woraufhin sie mir diese mit einem fragenden Blick entgegenhält. Wow. Teilen wir gerade Whiskey? Das klingt ja nach dem Beginn einer wundervollen Freundschaft.

»Den hast du mir doch vorhin in der Küche gegeben«, bemerkt sie trocken. »Und er schmeckt billig.«

»Billiger Whiskey ist besser als gar kein Whiskey.« Ich setze mich neben sie, nehme die Flasche entgegen und trinke einen Schluck. Ein angenehmes Brennen breitet sich auf meiner Zunge aus, und ich reiche die Flasche an Cassey zurück. Erst im Nachgang schmecke ich die Bitterkeit des wirklich sehr billigen Tropfens und ziehe die Mundwinkel nach unten.

Aber Cassey hat mich beobachtet und grinst nun spöttisch über meinen angewiderten Gesichtsausdruck. Bevor sie jedoch einen Kommentar anbringen kann, lenke ich das Thema auf sie und frage: »Darfst du denn überhaupt schon trinken?« Es verwirrt mich, dass Natalie ein wenig jünger als Cassey wirkt.

Nun wirft sie mir einen pikierten Blick zu. »Ich bin einundzwanzig.«

»Auf deinem gefälschten Studierendenausweis vielleicht«, provoziere ich und schmunzle.

»Nein, auf dem bin ich bereits siebenundzwanzig«, entgegnet sie und streckt mir knapp die Zunge raus – eine total erwachsene Geste, die mich umso mehr belustigt. Dabei entdecke ich jedoch ein silbriges

Piercing in ihrer Zunge und frage mich unwillkürlich, wie man auf den Gedanken kommt, sich dort piercen zu lassen.

»Dann wärst du sogar ein Jahr älter als ich. Das kann dir niemand ernsthaft geglaubt haben.«

»Hm.« Cassey zuckt mit den Schultern, als wäre es ihr vollkommen gleichgültig, was andere über sie denken.

Wir schweigen eine Weile, bevor sie den Whiskey an mich zurückreicht. Auch ich nehme wieder einen großen Schluck und betrachte sie dann von der Seite. Ihr dünner schwarzer Strickpullover mit einem breiten V-Ausschnitt legt ihre linke Schulter frei, auf der ich die Ansätze eines großen Tattoos ausmachen kann. Ebenso entdecke ich schwarze Tinte auf ihren Unterarmen, da sie in diesem Moment die Ärmel ihres Pullovers hochschiebt. Die Tattoos scheinen miteinander verbunden zu sein und …

»Bin ich ein Wimmelbuch? Hast du Waldo schon gefunden?«

Ich hebe den Blick und entdecke ein spöttisches Grinsen auf ihren Lippen. Kopfschüttelnd entgegne ich: »Bitte sag mir nicht, du hast dir Waldo tätowieren lassen!«

Ein dunkles Lachen entfährt ihrer Kehle. »Danke für die Idee.«

»Mal im Ernst: Wie viele Tattoos hast du?«

Cassey betrachtet einmal ihren Körper von unten nach oben. »Hab aufgehört zu zählen.«

»Zeichnest du die selbst vor?«, hake ich interessiert nach und schmunzle bei der Erinnerung, wie sie ihren Zeichenblock so strikt unter Verschluss gehalten hat.

»Nicht alle«, entgegnet sie auch jetzt schon wieder so geheimnisvoll.

Da jede weitere meiner Fragen zu den Tattoos potenziell zu intim wären – was sie darstellen, wie weit sie reichen –, wechsle ich das Thema: »Wieso sitzt du hier und teilst mit mir Whiskey? Wolltest du nicht den Abend mit deiner Schwester verbringen?«

Anschließend sehe ich mich um, aber Grayson und Natalie sind offenbar drinnen. Ich hoffe nur, dass er nichts Blödes macht. Sonst verarbeitet Cassey ihn sicher zu Hackfleisch.

Die zuckt aber gerade mit den Schultern. »Sie kann auf sich selbst aufpassen«, bemerkt sie schlicht und macht eine Geste, dass ich ihr die Flasche zurückgeben soll.

»Das habe ich auch nie infrage gestellt«, lache ich und reiche sie ihr. »Außerdem: Grayson ist ja da.« Ich grinse, weil das eher ein Grund sein sollte, sich Sorgen zu machen. Aber eigentlich ist Grayson keine schlechte Person. Er denkt eben manchmal zu wenig und spricht dafür zu schnell. Aber schlecht ist er nicht. Ganz im Gegenteil.

Cassey lacht: »Auf den sollte man allerdings aufpassen.«

»Was ist Natalie für ein Mensch?«, wechsle ich das Thema, woraufhin Cassey sich mit großen Augen zu mir wendet.

»Was bist du denn für einer?«, reagiert sie mit einer Gegenfrage und triumphiert. Dafür muss ich keine Gedanken lesen. Das kann ich in ihren Augen sehen.

Grinsend zucke ich mit den Schultern. Also wenn man es genau nimmt, bin ich gar kein Mensch, sondern bewohne nur den Körper eines Menschen. Und dadurch ist alles menschlich an mir, außer diese schwarzen Augen und das Gedankenlesen. Aber das kann ich schließlich nicht sagen, also … »Ich bin jemand, der noch nicht genug Alkohol hatte, um seine Seele zu offenbaren.«

Soweit diese vorhanden ist und inwiefern man das als *Seele* bezeichnen kann. *Schwarzer Rauch* trifft es eher. Ich weiß natürlich nicht, ob es stimmt, aber ich stelle mir gerne vor, wie sich meine *Seele* an die eines künftigen Menschen klammert und dann irgendwie in den Körper mit hineingeboren wird. Und wenn der Mensch mit uns stirbt, kehren wir beide wohin auch immer zurück, um denselben Kreislauf zu erfahren, welcher meine gesamte Existenz bestimmt.

»Dito«, stimmt Cassey mir bezüglich des Alkohols zu und nimmt zwei Schlucke, bevor sie mir den Whiskey zurückgibt. Genüsslich seufzend lehnt sie den Kopf gegen die Mauer.

»Wenn du in Russland geboren bist, wie lange lebst du dann schon in den USA?«, frage ich völlig aus der Luft gegriffen.

»Zehn Jahre«, antwortet sie.

»Krass. Das ist eine lange Zeit. Wieso seid ihr hergezogen?«, fahre ich fort, um sie kennenzulernen.

»USA oder New York?«

»USA.«

Darauf antwortet sie nicht und fordert mich stattdessen stumm auf, den Whiskey zurückzubekommen.

Sie ist ein Mysterium. Warum beantwortet sie so eine einfache Frage nicht?

Cassey brummt unzufrieden und ich sehe zu ihr. Sie dreht die Flasche auf den Kopf und kein Tropfen kommt mehr heraus. Schmollend schiebt sie die Unterlippe vor und wirft die Flasche auf den Rasen. Dann streckt sie seufzend ihre Beine aus und ich betrachte sie in der dunklen Jeans. Mir fällt erneut auf, dass sie sehr schmal ist und dennoch sehr robust wirkt.

»Ich gehe Nachschub holen. Bin gleich zurück«, verspreche ich und schwanke beim Aufstehen leicht nach links und rechts. Hoppla. Das ist mir im Sitzen gar nicht aufgefallen.

Ich quetsche mich an den anderen vorbei und hole aus der Küche zwei Bier. Alles andere ist bereits leer getrunken.

»Bier?«, fragt Cassey mit schiefem Blick, als ich zurückkomme.

»Das härtere Zeug ist weg«, erkläre ich und lasse mich neben sie plumpsen. Ja, das ist schon eindeutig besser.

»Nicht dein Ernst«, stöhnt sie.

»Doch leider. Und ich gehe auch nicht noch einmal zurück. Das bedeutet, dass du die nächste Runde holen musst«, grinse ich und zwinkere Cassey zu, woraufhin sie die Augen verdreht.

Ich begutachte ihr halb im Schatten liegendes Gesicht ganz genau. Erst jetzt fällt mir auf, dass wir uns noch nie so nahe gewesen sind. Unsere Schultern berühren sich fast und auch unsere Gesichter sind nur Zentimeter voneinander entfernt.

Als sie mich plötzlich ansieht, blicke ich schnell nach vorne und trinke. Sie tut es mir gleich und klemmt dann ihre Flasche zwischen die Knie, um ihre Zigaretten und ein Zippo aus der Jacke zu kramen.

Ich ziehe die Augenbrauen hoch und frage: »Versuchst du eigentlich jedes Klischee zu erfüllen?«

»Welche Klischees denn?«

Ihre Ahnungslosigkeit ist gespielt und ihr unschuldiges Grinsen durchschaue ich sofort. Trotzdem antworte ich: »Tattoos, Piercings, rauchen, trinken, mysteriöse Sachen malen, die niemand sehen darf. Sag mir jetzt nicht, dass du auch noch Gothic-Punk-Rock oder so etwas hörst, sonst falle ich echt vom Glauben ab.«

Ihr Grinsen wird eine Spur breiter, als sie entgegnet: »Dann tu das.« Sie pustet den Rauch in Ringformen aus, die durch die kalte Nachtluft schweben. Ich kann nicht anders und fahre mit dem Zeigefinger durch die perfekten Ringe.

»Nein, mal ganz im Ernst. Was hörst du so für Musik?«

»Klassik«, antwortet sie prompt und erstarrt auf einmal.

Ich bin einigermaßen verwundert. »Klassik? Wer ist dein Lieblingskomponist?«

»Chopin und Beethoven. Oder Brahms«, antwortet sie schlicht, trinkt einen Schluck und nimmt einen Zug von ihrer Zigarette.

Nie im Leben hätte ich gedacht, dass wir etwas gemein haben könnten. Und dann ist es nicht nur der Musikstil, sondern auch noch einer meiner Lieblingskomponisten. Wo ist die versteckte Kamera? Oder beeinflusst Grayson gerade ihre Gedanken?

»Was ist? Worauf stehst du denn?«, fragt sie abwehrend, als ich nicht antworte.

»Na ja. Auf alles Mögliche … hauptsächlich Musicals … und Beethoven. Ich habe immer geglaubt, für den dritten Satz der Mondscheinsonate müsse man sich in einen Oktopus verwandeln. Aber es ist durchaus möglich, obwohl ich der festen Überzeugung war, dass der menschliche Körper dazu nicht in der Lage ist.« Ein Leben als Tier wäre mal lustig.

Cassey schmunzelt. »Wo du recht hast … Spielst du?«, fragt sie versucht beiläufig.

Ich nicke. »Ich habe zwar kein eigenes Klavier in meiner Wohnung, aber manchmal spiele ich an der Uni im *Eisner & Lubin Auditorium*, wenn niemand da ist. Und du?«

Ein ohrenbetäubender Schrei schallt plötzlich übers Dach, und Cassey springt so schnell auf, dass ich mehr von ihrer heftigen Bewegung

als wegen des Schreis zusammenzucke. Dann erklingt ein lautes Platschen und ein paar Partygäste am Pool brechen in Gelächter aus. Ein Kopf schießt aus dem Wasser nach oben und eine klatschnasse junge Frau ruft heftige Beleidigungen in Richtung der lachenden Gruppe.

Ich wende meinen Blick ab und sehe stattdessen an Cassey hoch. Ihre Finger krallen sich um den Hals der Flasche, als wäre sie drauf und dran gewesen, jemandem damit eins über die Rübe zu ziehen.

»Alles okay?«, frage ich verwirrt und setze mich ein wenig auf.

»Ja«, schießt es aus ihrem Mund und ihr Griff um die Flasche lockert sich. »Ich dachte nur … keine Ahnung.«

Aufmerksam beobachte ich, wie Cassey sich wieder neben mich sinken lässt. Ich würde sie gerne fragen, woher diese Schreckhaftigkeit, diese enorme Reaktionszeit kommt. Ob die Gründe wirklich darin liegen, dass sie zu Hause Probleme hat. Gerade als ich mir die Fragen in meinem Kopf zurechtgelegt habe, sieht sie plötzlich zu mir und sagt: »Ich glaube, ich brauche Wasser.«

Cassey

Sobald Nicolas im Loft verschwunden ist, um mir ein Glas Wasser zu holen, schlage ich mir die Hände vors Gesicht und atme tief durch.

Der leichte Schwindel, der mich beim plötzlichen Aufstehen erfasste und wieder zu Boden zwang, erinnert mich daran, langsamer zu machen. Denn solange sich mein Verdacht in Bezug auf diesen merkwürdigen Kerl weder bestätigt noch entkräftet hat, muss ich auf der Hut sein. Das dramatische Gekreische der Studentin hätte auch von einem Shemayu-Angriff herrühren können. Ein Kampf wäre unter Einfluss des Alkohols keineswegs unmöglich, jedoch erschwert gewesen.

Was mache ich also eigentlich hier? Statt den Typen, bei dem ich dieses ungute Gefühl habe, im Auge zu behalten, sitze ich hier mit Nicolas. Trinke. Lache. Erzähle ihm Dinge über mich, die ihn gar nichts angehen. Er weiß jetzt schon mehr über mich als irgendjemand sonst außer Natalie oder Papa. *Schluss damit!*

Aber bei ihm ist da so ein Gefühl. Es war von Anfang an sowohl bei Grayson als auch bei ihm seltsam, jedoch schwindet es bei Nicolas allmählich. Durch sein Auftreten wirkt er kühl, aber wenn er sich öffnet und sogar lacht – er hat übrigens ein sehr angenehmes Lachen –, dann fühlt man sich bei ihm gut aufgehoben. Geborgen. So, als könnte man ihm alles anvertrauen. Mir rutschen die Worte nur so über die Lippen. *Verdammt, wenn das so weiter geht, muss ich mir meine Zunge abbeißen.*

Ich zucke unwillkürlich zusammen, als ich Nicolas' Stimme vernehme und zu ihm aufsehe. »Hier. Ich hab ein bisschen was verschüttet

auf dem Weg, aber es ist noch genug drin«, sagt er und reicht mir einen Becher. Seiner Stimme nach zu urteilen ist er auch nicht mehr ganz so nüchtern.

»Danke«, murmle ich den Becher entgegennehmend und schütte dabei versehentlich ein wenig auf meine Hose. »Na toll«, stöhne ich und trinke einen großen Schluck ab.

Nicolas lässt sich schwerfällig wieder neben mir nieder und lacht. »Ist schwarz. Sieht niemand, dass du einen kleinen Unfall hattest«, stichelt er.

Ich verenge die Augen grimmig und zische: »Sehr witzig.«

Kurzerhand hebe ich den Becher über seine Beine und schütte die Hälfte in seinen Schritt. Seine entsetzte Reaktion ist dermaßen amüsant, dass ich mir ein Lachen nicht verkneifen kann.

»Hey! Meine Hose ist hell«, ruft er und versucht, mir den Becher aus der Hand zu nehmen. Dabei verschütten wir nur noch mehr. Das meiste landet auf ihm, unter anderem auch, weil ich den Becher mit aller Kraft in seine Richtung kippe. Seine Empörung und Anstrengung nehmen mir die Beherrschung und ich muss herzhaft lachen.

»Du Biest«, ruft er empört, aber lacht gleichzeitig. »Wenn du nicht getrunken hättest, würde ich dich dafür in den Pool werfen.«

Keine Ahnung, was mich verleitet – vermutlich der Alkohol –, aber ich lasse den beinahe zerquetschen Becher los und schwinge ohne Vorwarnung oder Erlaubnis mein linkes Bein über ihn, sodass ich rittlings auf seinen Beinen sitze und meine Hände auf seinen Schultern ruhen. Herausfordernd sehe ich ihm in die Augen, die für einen Moment vor Überraschung groß geworden sind und grinse. »Das glaube ich nicht«, widerspreche ich.

Nun taucht doch wieder das Lächeln auf seinen Lippen auf, und er greift nach meinen Handgelenken. »Pass auf, was du sagst, sonst mache ich es wirklich«, warnt er mich und ich ziehe eine Augenbraue hoch.

»Beweis es doch, wenn du dich traust«, provoziere ich ihn. Natürlich will ich nicht ins kalte Nass, aber ich will sehen, ob er tatsächlich den Mumm dazu hat – was ich bezweifle. Er scheint mir viel zu anständig.

Doch dann überrascht er mich aufs Neue. Seine Hände legen sich an meine Taille und er hebt mich von seinen Beinen. Er steht auf, zieht mich an den Händen hoch – aus Neugierde mache ich alles mit – und wirft mich dann kurzerhand über seine Schulter. Ich schreie erschrocken auf. Kopfüber mit Alkohol im Magen ist nicht gerade meine Lieblingsposition.

Ich sehe zwar nur verschwommen und bin von dem atemraubenden Druck in meiner Brust abgelenkt, aber er torkelt ganz schön. Fast schon habe ich Angst, auf den Kopf zu fallen. Er geht ein paar Schritte, wobei ich versuche mich so gut es geht an seinem Rücken abzustützen und den Druck auf meinen Magen zu vermindern. »Nic …«, krächze ich fast tonlos, aber er hört es nicht und ruft: »So und jetzt sag noch mal, dass du mir das nicht zutraust.«

Niemals würde ich ihm das abkaufen, wobei … mittlerweile glaube ich doch, dass er ernst meint, was er sagt, und zwar immer.

»Nein«, rufe ich mit der Luft, die mir bleibt und gebe ihm einen halbherzigen Klaps auf den Hintern. Einen sehr knackigen Hintern wohl bemerkt. »Nic, bitte ich …«, setze ich an, aber dann geschieht alles viel zu schnell. Er beugt sich vor und schmeißt mich von seiner Schulter. Im nächsten Augenblick pralle ich mit dem Rücken auf die Wasseroberfläche und werde von dem eiskalten Nass verschlungen. Es macht mich bewegungsunfähig und ich lasse mich immer tiefer sinken, bis ich den Boden spüre.

Meine Lunge brennt, also stoße ich mich ab und tauche wieder an die Wasseroberfläche. Oben schnappe ich nach Luft und sehe mich nach dem Beckenrand um, aber alles ist völlig verschwommen und dreht sich. Oder drehe ich mich? Verdammt, jetzt weiß ich, warum man sagt, mit Alkohol im Blut schwimmen zu gehen sei gefährlich. Meine Sinne sind völlig irritiert. Mir bleibt die Luft weg und ich weiß nicht, ob es die Kälte oder das Wasser in meiner Lunge ist. Erschrocken ziehe ich mich hoch und huste. Von irgendwo höre ich mehrmals meinen Namen.

Im nächsten Moment legt sich ein Arm um meine Taille und das Wasser zerrt an meinen Gliedern, als ich an den Rand gezogen werde.

Vier helfende Hände greifen mir unter die Arme und heben mich ungeschickt aus dem Becken, bis ich auf der Grasfläche liege, die verglichen mit dem Poolwasser schon fast warm ist. Erschöpft schließe ich die Augen und versuche, flach zu atmen, um den Husten zu unterdrücken. Leider bekomme ich dadurch nicht genügend Luft. Meine Glieder sind eiskalt. Ich zittere am ganzen Körper.

»Das hast du nun davon. Sei nicht so frech, dann bin ich netter zu dir«, höre ich plötzlich Nicolas' Stimme neben mir. Langsam hebe ich die Lider und drehe den Kopf. Mein Kiefer klappert vor Kälte, sodass ich keinen Satz rausbekomme. *Halt die Klappe!*

»Hast du was gesagt?«

Ich nicke zögernd, obwohl es nicht stimmt. »J-ja. Le-le-leck mich«, stottere ich und stütze mich vorsichtig auf meine Unterarme, bevor ich mich ganz aufsetze und die Arme um mich selbst schlinge.

Irgendetwas ist da in seinem Gesicht. Ist das Besorgnis? Schuldbewusstsein? Oder doch Belustigung? Seine nächste Bemerkung zeugt von Letzterem: »Ihre Ausdrucksweise lässt zu wünschen übrig, Miss.«

Ich könnte ihm jetzt so viele Schimpfwörter in verschiedenen Sprachen an den Kopf werfen, aber dazu bin ich zu erschöpft. Also funkle ich ihn böse an und beobachte, wie er sich knapp bei einem klatschnassen Typen bedankt, ihm dann jedoch mit skeptischer Miene hinterherschaut.

Moment, war das nicht der Kerl von vorhin?

Plötzlich schiebt Nicolas eine Hand unter meine Knie durch und legt die andere um meine Taille. Er hebt mich auf seine Arme und ich ziehe überrascht die Augenbrauen hoch. Diese Fürsorglichkeit steht im Widerspruch zu dem, was er eben noch abgezogen hat. Aber ich komme nicht umhin, es angenehm zu finden.

»Noch mal schwimmen oder reingehen?«, fragt er anschließend dreist und ich versteife noch mehr. Ein zaghaftes Lächeln umspielt seine Lippen, was an ihm wunderschön aussieht. »Entspann dich. War ein Scherz«, beruhigt er mich und geht ins Haus.

Nicolas' trockener Körper strahlt eine angenehme Wärme aus. »Kannst du laufen?«, fragt er nach einer Weile im Flur und ich nicke überzeugt. Als er mich abstellt, wackeln zwar meine Knie, aber ich halte mich sicher auf den Beinen.

»Cass, wie siehst du denn aus?«, höre ich das entsetzte Rufen meiner Schwester. Sie schlängelt sich geradewegs zu mir durch, ihre linke Hand liegt in Graysons rechter, der ihr wohl oder übel folgen muss.

Bevor ich überhaupt etwas sagen kann, mischt Nicolas sich ein: »Das ist meine Schuld. Ich habe sie in den Pool geworfen.«

»Du hast was?«, ruft Grayson und hebt die Augenbrauen. Grinsend mustert er seinen Freund, und es scheint, als würden die beiden sich innerhalb weniger Blicke auf den neusten Stand bringen.

Obwohl die Luft hier drinnen stickig und feucht-warm ist, finde ich es verdammt kalt. Meine Gestalt hinterlässt derweil eine immer größer werdende Pfütze auf den Fliesen. »Halb so wild«, winke ich ab und nehme mit steifen Fingern mein Shirt vorne zusammen, um es auszuwringen. Er hat mich wirklich in den Pool geworfen. Da merkt man mal, wie die scheinbar harmlose Fassade eines Menschen täuschen kann. Aber irgendwie bin ich gar nicht so wütend, wie ich vermutlich sein sollte. Vielmehr imponiert es mir, dass Nicolas es tatsächlich durchgezogen hat. Ich hätte wetten können, dass er kurz vorher den Schwanz einzieht.

»Du wirst noch krank«, bemerkt Natalie – auch eine Spur vorwurfsvoll an Nicolas gerichtet.

Dieser zieht schuldbewusst die Schultern hoch und wendet sich mir zu. »Entschuldigung«, sagt er aufrichtig und sieht mir tief in die Augen.

»Passt schon. Es ist ja nur Wasser«, erwidere ich und wringe als Nächstes meine Haare aus. Dabei drehen sich ein paar Partygäste zu mir herum und mustern mich belustigt. Sie sehen allerdings schnell wieder weg, weil ich konsequent zurückstarre.

»Wir müssen dich trocknen, Cass. Vielleicht gibt es einen Föhn im Bad und jemand kann dir frische Klamotten leihen«, merkt Natalie an und löst ihre Hand aus Graysons.

»Lass mal. Ich würde lieber heimfahren«, entgegne ich und bemerke einen Wimpernschlag später eine Regung im Gesicht meiner Schwester. Ihr rechter Nasenflügel zuckt und das macht sie nur, wenn sie

resigniert nachgeben will, obwohl ihr der Sinn eigentlich nach etwas ganz anderem steht.

»Okay«, seufzt sie und lächelt entschuldigend Grayson zu. »Ich hole unsere Mäntel.«

»Warte, du auch?«, fragt dieser enttäuscht.

»Ich lasse sie nicht allein nach Hause fahren«, sagt Natalie beharrlich und ich unterdrücke den Drang die Augen zu verdrehen. Ich brauche keine Aufpasserin. Aber genauso wenig will ich, dass Natalie später allein fährt. Schließlich kann immer und überall ein Shemayu lauern. Und auch wenn ich weiß, dass sie ebenso gut kämpft wie ich, habe ich einfach ein besseres Gefühl, wenn sie nicht allein unterwegs ist.

Grayson wirft Nicolas einen vorwurfsvollen Blick zu, bevor er sich wieder an Natalie wendet. »Okay, verstehe ich. Auch wenn es extrem schade ist.«

»Was, wenn ich Cassey zu uns nach Hause bringe, ihr frische Kleidung gebe und wir wieder hierherkommen? Dann könnt ihr noch ein wenig bleiben und Spaß haben«, schlägt Nicolas vor.

»Ja genau! Ganz sicher nicht«, lache ich spöttisch und schüttle mich sogleich, weil die Klamotten sich inzwischen wie eine kalte Umarmung an meinen Körper drücken und ich nun endgültig jedes Gespür für einen Shemayu in der Nähe verloren haben dürfte.

»Warum nicht? Ich finde, das ist eine gute Idee«, steuert Grayson bei. Auch Natalie legt fragend den Kopf schief. Sie sieht in meine Richtung, um herauszufinden, ob das eine Option für mich wäre. Ich schüttle noch einmal halb den Kopf und sie schiebt ihre Unterlippe ein wenig nach vorne. Hundeblick Nummer zwei innerhalb weniger Stunden.

»Ich bin schuld, dass du klitschnass bist. Lass es mich wieder gut machen.« Nicolas lächelt sanft. »Deine Schwester hat recht. Du wirst dich erkälten, wenn du so nach Hause fährst.«

»Ach, aber auf dem Weg zu dir nicht, oder wie?«, bemerke ich spitz und verschränke die Arme vor der Brust, wobei ich unauffällig das Poolwasser aus den Cups meines BHs drücke.

»Wir wohnen fünf Minuten von hier.«

Jetzt hat der auch noch logische Argumente? Mist.

Wieder begegne ich dem Blick von Natalie, die kurz zu Grayson und dann zurück zu mir sieht. Ihr Blick sagt: *Bitte, Schwesterherz. Nur ein paar Minuten.*

Mir gefällt das ganz und gar nicht. Vor allem, wie Grayson jetzt seinen Arm um Natalies Hüften legt und sie an sich zieht wie ein Kuscheltier. Aber mir ist eindeutig zu kalt, um jetzt erneut mit ihr zu diskutieren. Also wende ich mich seufzend Nicolas zu. »Ich hoffe für dich, dass du auch schwarze Klamotten hast.«

***

Er wohnt in der Prince Street, und ich erkenne die Gegend nur, weil die Uni lediglich ein paar Minuten von hier entfernt liegt. Ich bin heilfroh, als wir im fünften Stockwerk des Backsteinhauses ankommen und die warme Wohnung betreten, denn ich bin bis auf die Knochen durchgefroren. Und vom Zittern unfassbar müde.

»Willkommen«, murmelt Nicolas und knipst das Licht an. Anschließend nimmt er mir den Mantel ab und hängt ihn zusammen mit seinem Parka an die Garderobenhaken.

Er führt mich in ein kleines, aber gemütlich wirkendes und in hellen Farbtönen gehaltenes Schlafzimmer, bevor er verschwindet. Mit steifen und zitternden Gliedern mache ich einen weiteren Schritt ins Zimmer und sehe mich um. Rechts ein Kleiderschrank, dem gegenüber ein großes Bett und dazwischen – unter dem Fenster – ein Schreibtisch, auf dem sich Uni-Bücher stapeln. Alles sehr ordentlich und schlicht eingerichtet. Irgendwie habe ich etwas anderes erwartet. Etwas Rustikaleres und vielleicht Chaotischeres.

Nicolas kommt zurück und reicht mir ein Handtuch. Dann öffnet er seinen Kleiderschrank, um seine ordentlich gestapelten Klamotten zu durchsuchen. Unterdessen trockne ich mein Haar mit dem Handtuch.

Dabei fällt mein Blick auf ein Foto auf dem Nachttisch. Es ist Schwarz-Weiß und leicht verschwommen. Ein Selfie. Darauf ist ein fröhlich strahlender Nicolas abgebildet, der ein Mädchen mit hellen

Haaren im Arm hält. Seine Freundin? Sie kuscheln innig, die Gesichter teils durch Schatten oder Hände bedeckt.

Plötzlich ertönt ein Räuspern, sodass ich meinen Blick davon löse und zu meinem Gastgeber sehe. »Für dich«, informiert er mich und legt zwei Kleidungsstücke aufs Bett. Anschließend tritt er an seinen Nachttisch heran, schnappt sich den Bilderrahmen und lässt ihn in der Schublade verschwinden.

Ohne ein weiteres Wort oder einen Blick in meine Richtung verlässt er das Zimmer wieder und lehnt die Tür an. Diese starre ich noch ein paar Sekunden verwirrt an, ehe ich mich mühselig aus der nassen Kleidung schäle und sie über den Bürostuhl hänge. Anschließend schlüpfe ich in eine schwarze Jogginghose und ein für meine Statur viel zu großes, aber immerhin dunkelgraues T-Shirt mit einem coolen Guns N' Roses-Aufdruck. Es riecht zugleich männlich herb und süßlich, aber frisch – sehr angenehm.

Es klopft an der Tür. Ich gebe Nicolas ein Zeichen, dass ich fertig bin. Sein Blick gleitet an mir herab, dann lächelt er und stellt ein Wasserglas für mich auf den Nachttisch. »Steht dir.«

Ich ziehe eine Augenbraue hoch und schlinge meine Arme wärmend um mich. Daraufhin wandert sein Blick an mir vorbei. »Du zitterst immer noch. Willst du dich ein wenig aufwärmen, bevor wir zurückgehen?«, bietet er mir an und deutet auf sein Bett.

Nun hebe ich beide Augenbrauen. »Hat deine Freundin nichts dagegen?«, frage ich überrascht.

Auf einmal huscht ein Schatten über sein Gesicht. »Nein, das … Ähm… das ist nicht …«, stammelt er, verstummt und weicht mir aus, indem er zu seinem Schreibtisch geht und seinen Laptop holt. »Wir könnten einfach eine Folge irgendeiner Serie gucken, bis du dich aufgewärmt hast. Brauchst du einen Föhn? Eine Wärmfla… nein, warte, wir haben gar keine mehr.«

»Schon okay«, winke ich ab und sehe auf meine nackten Füße, die eiskalt sind. Ich habe nicht wirklich große Lust, zurück in meine kalten, nassen Schuhe zu schlüpfen, aber ich bezweifle, dass Nicolas und ich die gleiche Schuhgröße haben dürften.

Soll ich mich jetzt ernsthaft in sein Bett kuscheln und mit ihm fernsehen? Das ist irgendwie komisch, oder? Schließlich kennen wir uns gar nicht. Wir haben uns zweimal unterhalten. Da hatte ich schon fast mehr Kontakt zu dem Kerl im Studiensekretariat.

Als ich wieder hochsehe, hat Nicolas eine Ecke seiner Bettdecke zurückgeschlagen und deutet in die kuschelig aussehenden Federn. »Es ist frisch bezogen und beißt nicht.«

»Warum tust du das?«, frage ich misstrauisch. Mich hat noch nie ein Typ auf diese Art und Weise in sein Bett gebeten.

»Weil ich ein schlechtes Gewissen habe, dass ich dich im Winter in den Pool geworfen habe und du meinetwegen krank werden könntest?«, gibt er zurück.

Ein Zucken umspielt meine Mundwinkel. Dann seufze ich resigniert und schlüpfe unter seine Decke. »Von mir aus. Aber nur kurz.« Weil mir arschkalt ist und ich keine große Lust habe, zurück zur Party zu gehen.

Nicolas geht um das Bett herum auf die andere Seite und legt sich auf seine Hälfte der Decke. Anschließend klappt er den Laptop auf und fragt, was ich sehen will. Da es mir egal ist, schalten wir einfach die *Friends*-Folge ein, bei der Nicolas zuletzt stehen geblieben ist.

Immer wieder wandert mein Blick unauffällig zu Nicolas, der sekündlich tiefer in die Kissen rutscht. Ich schmunzle, als ich nach wenigen Minuten feststellen muss, dass er eingeschlafen ist. Auch an meinen Lidern zerrt die Müdigkeit. Ich sollte einfach aufstehen und zurück zur Party gehen. Natalie unter den Arm klemmen und nach Hause fahren. Aber Nicolas' Bett ist warm und gemütlich …

Ich bin viel zu müde, um lange hin und her zu überlegen. Mit immer noch kalten Fingern tippe ich eine Nachricht an Natalie, dass Nicolas eingeschlafen ist und ich in seiner WG auf sie warte. Dann klappe ich den Laptop zu und will nur für einen kurzen Moment die Augen schließen, als mir etwas einfällt. Vorsicht ist immer besser als Nachsicht, also ziehe ich mein Amulett über den Kopf und streiche vorsichtig mit dem Karneol über Nicolas' Handrücken. Nichts geschieht. Seine Hand zuckt lediglich vor dem kalten Stein zurück.

Keine orangeleuchtenden Äderchen bilden sich unter seiner Haut.

Beruhigt stoße ich die unbewusst angehaltene Luft aus. Nicolas ist kein Shemayu und diese Tatsache erleichtert mich auf eine merkwürdige Art. Sicher, weil ich zu müde für einen Kampf bin. Genau, das ist der Grund. Was für einen sollte es sonst geben …

Das Amulett der Nesweru

Das Herzstück des Amuletts ist der Karneol. Gewonnen wird dieser Edelstein aus der Natur, verteilt über die ganze Welt. Er tritt entweder als Überzug von Gesteinen, als Auffüllung von Hohlräumen oder in Flussablagerungen auf. Legenden zufolge hat sich dieses Gestein während der Götterkriege, in welchen Ra vielerorts sein goldenes, sonnengetränktes Blut verlor, angehäuft und gebildet.

Für jede neue Generation Nesweru werden daraus individuelle Amulette angefertigt, um die Seelen zu verbinden, den Karneol zu aktivieren und zum Beschützer seines Trägers zu machen. Es werden aber auch Karneole von Verstorbenen wiederverwendet und erneuert, da durch den Tod des Vorfahren dessen Verbindung gelöst wurde und eine neue geschaffen werden kann. Auf diese Weise können Ressourcen gespart und Karneole auch für andere Zwecke verwendet werden, wie die Beschichtung von Waffen.

Mit der Verbindungszeremonie verhält es sich ähnlich zu den Legenden über Ras erste Karneol-Schöpfung für die ersten Sonnenkrieger: Zusätzlich zu einer gesprochenen Formel wird ein Tropfen Blut des angehenden Nesweru über den Karneol vergossen und somit vereint mit dem Blut des Sonnengottes. Die Details werden von den Ältesten der Familienclans, welche diese Zeremonie durchführen, wie ein Geheimnis gehütet.

Nicolas

Als ich aufwache, liegen über meinem Gesicht dunkle lange Haare. Es kitzelt in der Nase. Ich schiebe sie vorsichtig zur Seite und sehe dann eine schlafende Cassey in meinen Armen. Ich muss bei der Serie eingeschlafen sein. Der Laptop liegt zugeklappt zu unseren Füßen, was bedeutet, dass Cassey noch wach war. Wie peinlich.

Es kribbelt unangenehm in meinem Oberarm, der sich unter ihrem Kopf befindet. Diesen leichten prickelnden Schmerz habe ich schon eine ganze Weile nicht mehr gespürt. Ich sehe über ihre Schulter hinweg auf die Uhr. In zwei Minuten beginnt meine erste Vorlesung, jedoch ist mir das herzlich egal, denn die zwei magischen Worte lauten hier: Nicht klausurrelevant.

Wenn Cassey schläft, sieht sie friedlich aus. Nicht gehässig oder spöttisch. Nicht abweisend oder gereizt.

Vorsichtig und ohne sie zu wecken, versuche ich meinen Arm herauszuziehen. Grummelnd dreht sie sich auf die andere Seite und dämmert wieder weg. Leise verlasse ich mein Zimmer und schlurfe in die Küche, wo Grayson bereits am Kaffeekochen ist. »Guten Morgen, Sonnenschein«, grinst er.

Stöhnend lehne ich mich gegen den Kühlschrank und zucke zusammen. *Alter, ist der kalt!* »Nicht so laut«, flehe ich und reibe mir über die Schläfen.

Grayson prustet. »Ihr habt ja süß geschlummert, als Nat und ich hier angekommen sind.«

»Ich bin kurz wach gewesen, als ihr … aktiv wart«, entgegne ich trocken, weil es mir gerade wieder einfällt. Die Geräusche waren leise und ich glaube, Cassey hat davon nichts mitbekommen. Laut waren Graysons Gedanken, die ich wohl besser nicht wiederholen sollte.

»Oh.« Er kratzt sich am Hinterkopf.

»Hättest du Natalie nicht wenigstens auf ein richtiges Date ausführen können, bevor du mit ihr schläfst?«, frage ich leise und ziehe die Augenbrauen hoch.

Grayson zuckt mit den Schultern und grinst dann verstohlen. »Du weißt schon, dass zum Sex immer zwei gehören? Ich habe Natalie zu nichts überredet, du Moralapostel. Außerdem mussten wir die Zeit irgendwie sinnvoll nutzen, da ihr zwei Nasen einfach weggepennt seid. Dafür vielen Dank dir, der Sex war der Hammer.«

»Sie scheint echt nett zu sein, also tu ihr einfach nicht weh, ja?«, setze ich hinzu und verschränke die Arme. Wann ist denn endlich der Kaffee fertig? Mein Gehirn braucht Koffein.

»Glaub mir, sie hat nicht vor Schmerzen gestöhnt«, raunt Grayson verschmitzt grinsend und bewegt anzüglich die Augenbrauen.

Ich schnaube und gebe dann endlich Kaffee in meine Tasse. Normalerweise trinke ich ihn mit Milch und Zucker, aber die Milch ist wie so oft in unserem Haushalt leer, weil Grayson nie aufschreibt, wenn er sie aufbraucht. Deswegen muss mir Zucker heute reichen. Ich seufze zufrieden auf, als ich den ersten Schluck nehme, und Grayson schüttelt grinsend den Kopf. »Wie viel hast du denn getrunken?«

»Eigentlich gar nicht so viel, aber ich werde wohl mal wieder zu alt zum Feiern«, gebe ich zurück und werfe einen kontrollierenden Blick in den Flur, bevor ich mich direkt neben Grayson stelle und wispere: »Ich bin nicht ganz sicher. Aber ich glaube, ein Shemayu hat gestern Cassey angegriffen.«

»Huh? Warte was?«

»Als ich sie gerade aus dem Pool ziehen wollte, hat ein Typ ihr geholfen und … keine Ahnung, ich war angetrunken, aber seine Gedanken waren merkwürdig. So was wie: *Wart's nur ab, du wirst morgen nicht nur einen Kater haben.* Und ich weiß nicht, aber er hat sie einen Moment zu lange festgehalten, als hätte es einen Grund.«

Graysons Augenbrauen wandern skeptisch in die Höhe. »Nic, was

würde es diesem Shemayu denn bringen? Er hat sich ja nicht an ihr ...
aufgetankt oder doch?«

»Nein, das nicht. Zumindest waren seine Augen normal.«

»Na, also«, entgegnet Grayson, als wäre die Sache damit geklärt.

»Das heißt aber nicht, dass nichts passiert ist. Es gibt auch Shemayu,
die vollkommen unbemerkt ihre Kräfte im Alltag einsetzen, so wie du
und ich. Und vielleicht hat er schon zu Beginn der Party ein Auge auf
Cassey geworfen und ich bin ihm in die Quere gekommen.«

»Nicolas, du spekulierst dir da was zusammen. Dann hätte er euch
nicht in Ruhe nach Hause laufen lassen.«

Seufzend fahre ich mir durch die Haare und versuche meine Gedanken zu sortieren. Dieser Shemayu war der eigentliche Grund gewesen, Cassey meine Klamotten anzubieten. Ich wollte sie aus der
Schusslinie ziehen.

»Ich glaube echt, du bringst da was durcheinander. Du hast getrunken, sie auch. Vielleicht war dieser Gedanke von ihm auch auf etwas
ganz anderes bezogen. Was weiß ich? Und es geht Cassey doch gut.
Oder nicht?«

Plötzlich wird eine Zimmertür aufgerissen und eines der Mädels
überquert blitzschnell den Flur zum Bad. Da kein Blondschopf an
der Küchentür vorbeihuschte, war es wohl Cassey. Die Tür wird zu-
geschlagen und ich höre, wie sie sich übergibt.

Mein Blick wandert zu Grayson, der die Augen aufgerissen hat und
mich irritiert anstarrt. Er braucht allerdings nur eine Sekunde, um sich
einen blöden Spruch auszudenken: »Warst du so schlecht?«

Nicolas

Die Frühschichten im Café sind nur halb so schlimm, wenn Grayson und ich sie gemeinsam haben. Ihn dabei zu beobachten, wie er sich – ganz der Tollpatsch – mit Kaffee und Sirup bekleckert, ist immer unterhaltsam.

Gerade als ich unsere Wohnungstür aufschließen will, gibt sie nach und lässt sich problemlos aufdrücken. »Hast du vergessen abzuschließen?«, frage ich Grayson ganz leise, der aber ein ebenso erstauntes Gesicht macht. Er schüttelt nur den Kopf und schiebt sich vor mir in die Wohnung.

\\Oh, Scheiße!//

Die Jacken an der Garderobe sind heruntergerissen, alle Türen stehen offen und als Grayson und ich in sein Zimmer lugen, da es direkt rechts von der Eingangstür ist, halten wir zeitgleich die Luft an. Die Schränke sind durchwühlt und die Decke vom Bett heruntergerissen. Sein sonst vollgemüllter Schreibtisch ist leer – dafür liegt alles auf dem Boden. Grayson betritt sein Zimmer und hebt die Laptoptasche neben dem Schreibtisch an.

\\Das ist seltsam.//

Offensichtlich ist jemand hier eingebrochen, ohne Graysons Heiligtum an Laptop mitgehen zu lassen. Und etwas Wertvolleres besitzen wir eigentlich nicht, aber vielleicht hat die Person auch nur Bargeld gesucht.

\\Das mit dem Schlüssel unter der Fußmatte war wohl eine blöde Idee//, murmelt Grayson in Gedanken und folgt mir, da ich mich bereits auf den Weg in mein Zimmer mache.

Ich verdrehe vorwurfsvoll und deutlich für Grayson sichtbar die

Augen nach dem Motto Ist-das-dein-Ernst und sehe mich suchend um. Auch mein Zimmer sieht nicht viel besser aus als seins. Und mir fällt sofort auf, was fehlt. Es ist das Bild von Rebecca und mir, denn ich hatte es nach Casseys Besuch wieder auf meinen Nachttisch gestellt. Als ich um das Bett herumgehe, finde ich es mit zerbrochenem Glas auf dem Boden. Beim Aufheben zittern meine Finger leicht – viel weniger wegen des Einbruchs, sondern weil es mir im Herzen wehtut, die Splitter aus Glas auf unseren glücklichen Gesichtern zu sehen.

\\Sorry, ich hatte vergessen, dass ich den Ersatzschlüssel da hingelegt hatte, falls ich meinen auf der Party verliere und du mit Cassey beschäftigt sein solltest.//

Ich werfe wieder einen Blick über meine Schulter zu ihm und hebe eine Augenbraue. Wie kommt er nur immer auf so einen Blödsinn?

Dabei sehe ich jedoch an ihm vorbei zu meinem Kleiderschrank. Mein Herz rutscht mir in die Hose, als ich erkenne, dass eine Box fehlt. Rebeccas Box. Mit ihren Sachen, ihren Kleidern – allem, was mich an sie erinnert. Es gibt noch eine zweite Box in unserem kleinen Wohnzimmer. Ich springe auf, um nachzusehen, ob sie ebenfalls fehlt.

Beccy.

Vielleicht ist es sie.

Vielleicht wurde sie festgehalten.

Fünf Jahre lang.

Vielleicht hat sie fliehen können und ist wieder bei mir. Vielleicht ...

Taumelnd halte ich mich am Türrahmen fest. Sie sitzt mit dem Rücken zu mir. Die Rebecca-Box steht geöffnet vor ihr und einige Bücher und ihre Spitzenschuhe liegen über dem Boden verteilt daneben. Ihr dunkelblondes Haar ist viel länger, als ich es in Erinnerung habe. Es wellt sich über einem hellblauen Regenmantel mit weißen Punkten.

\\Ich wusste es. Ich bin nicht verrückt. Sie haben mir immer eingeredet, dass meine Erinnerungen falsch sind. Aber ich wusste, dass es ihn gibt. Niccy.//

»Beccy?«, wispere ich kaum hörbar.

Sie fährt herum und ich fühle, wie alles in mir zerreißt. Als würden sich meine Organe von innen nach außen drehen. Als hätte ich jahrelang die Luft angehalten. Als könnte ich endlich wieder atmen.

Ich sehe in ihre Augen.

Sie sind dunkelblau.

Ich betrachte ihr Muttermal auf der rechten Wange, das immer verräterisch in die Höhe gewandert ist, wenn sie kurz davor war, zu lachen. Ihre filigranen Finger klammern sich um eine CD von *The Last Five Years*, die wir vor vielen Jahren nach einer grandiosen Vorstellung gekauft haben.

Sie sieht mich an, als wüsste sie nicht genau, wer ich bin. Als wäre sie sich unsicher, ob das hier real sein kann.

»Bist du … Niccy?«

Ich sterbe. Ein Ruck fährt durch meinen Körper, ohne dass ich mich bewege. Ihre Stimme klingt anders, obwohl es doch ihre ist. Sie hebt eine dunkle geschwungene Augenbraue, da ich nicht antworte. Aber ich kann nicht. Ich kann gar nichts. Die Leere breitet sich in mir aus wie ein stiller, reißender Fluss.

»Heilige Scheiße«, brummt Grayson hinter mir und schiebt sich an mir vorbei. »Fuck, wo warst du all die Zeit?«

Als er ihr näher kommen will, weicht sie erschrocken zurück wie ein verängstigtes Reh. Ich muss es wissen. Obwohl ich die Zeichen bereits deuten kann, muss ich doch sichergehen. Also lasse ich meine Augen schwarz werden, was sie wahrscheinlich ohnehin nicht sehen können wird. Sobald meine Sicht Schwarz-Weiß wird und sie in einem hellen Grau leuchtet, zerbricht meine Welt erneut in Milliarden Teile.

»Gray. Das ist sie nicht«, hauche ich und weiß nicht, wie ich überhaupt in der Lage bin zu sprechen.

»Was meinst du? Natürlich ist sie …«

»Das ist sie nicht«, wiederhole ich schärfer und fahre mir mit allen zehn Fingern durch die Haare.

Ich wusste doch seit einer Ewigkeit, dass Rebecca nicht mehr am Leben sein kann. Dass sie getötet wurde. Ausgelöscht durch einen Nesweru. Denn sie hätte zu mir zurückgefunden. Sie war so stark und

sie hätte es geschafft, wenn sie eine Chance dazu bekommen hätte.

Sie ist weg. Für immer. Nur für einen ganz kurzen Moment hatte ich gehofft, dass es Rebecca sein könnte. Dass die Liebe meines Lebens zu mir zurückgekehrt ist.

Meine Tränen lassen sich nicht zurückhalten und ich spüre, wie sie an meinen Wangen herunterlaufen. Als die Frau, die einst Rebecca war, das sieht, schlägt sie sich die Hand vor den wunderschönen Mund, den ich nie genug küssen konnte. Sie schluchzt auf und nuschelt: »Es tut mir so leid. Ich hätte nie herkommen dürfen. Ich … Gott! Ich dachte, ich wäre verrückt, aber es gibt dich wirklich und …«

Grayson stößt schwer die angehaltene Luft aus.

\\Scheiße, wie kann das nur so wehtun? Wir hatten sie doch schon verloren. Sie ein zweites Mal zu verlieren, fühlt sich fast noch schlimmer an. Es wird ihn zerstören. Ihr Körper hat ihn wiedergefunden und erinnert sich wahrscheinlich an einen Teil des Lebens, das wir drei zusammen hatten. Sie muss denken, sie sei Rebecca.//

»Hey, bleib ganz ruhig«, raunt Grayson, anders als in seinen Gedanken scheinbar vollkommen entspannt. »Weißt du … wie heißt du?«

»Raven. Raven May«, wispert sie.

Der Anhänger liegt glühend heiß auf meiner Brust unter meinem Shirt, und ich zucke bei der Erwähnung ihres Namens zusammen. Rebecca hatte mir vor einigen Jahren diesen Anhänger mit einem kleinen Raben geschenkt, da es ihre Lieblingstiere waren und ich sie immer dafür belächelt habe, dass sie die Raben gefüttert hat. Und der Mai war ihr Lieblingsmonat, weil da der Klatschmohn zu blühen beginnt.

»Nic, setz dich«, fordert Grayson, und jetzt erst spüre ich, wie meine Beine zittern, als wollten sie mir ihren Dienst versagen.

Ich lasse mich auf das Mini-Sofa sinken, das kaum zwei Meter von Raven entfernt steht. Meine Hände stützen meinen Kopf und ich wische über die salzigen Spuren auf meinen Wangen. In seinen Gedanken höre ich, dass es Grayson kaum anders geht als mir, doch er war schon immer auf diese Art und Weise stärker als ich. Grayson kann innerlich zerreißen und doch gerade stehen. Vielleicht bin ich die einzige Person auf der Welt, die den Schmerz in seiner Stimme heraushören kann. Denn Beccy war seine beste Freundin; er hat sie immer wie eine Schwester geliebt. Ich denke, es ist etwas, das wir beide gemeinsam haben: Der Schmerz ihres Verlustes wird niemals verschwinden.

»Okay, Raven. Ich bin Grayson. Das ist Nicolas«, setzt Grayson an und sieht vielsagend zu mir.

\\Wie sollen wir ihr das erklären?//

Ich erwidere seinen Blick nur kurz, denn ich habe keine Kraft, mir irgendwelche Lügen auszudenken. Sie hat unsere Wohnung gefunden, sie erkennt mich wieder – wir werden ihr nicht einreden können, dass sie sich das alles eingebildet hat.

Grayson ist verdammt gut darin, meine Blicke zu deuten und kommuniziert weiter über seine Gedanken mit mir:

\\Du meinst, wir sollen ihr die Wahrheit sagen? Ist das nicht ein wenig riskant? Was ist, wenn sie geschickt wurde?//

Meine Augenbrauen wandern in die Höhe. Wer sollte sie geschickt haben? Nesweru? Dann wären wir jetzt schon längst tot. Ravens Gedanken sind ein einziges Durcheinander. Nein, ihr Erscheinen hat keinen Grund außer ihrer eigenen Verwirrung.

»I-ich weiß«, wispert Raven und Graysons Aufmerksamkeit wandert wieder zu ihr. »Ich weiß, wer ihr seid.«

\\Wieso weiß sie das? Wie hat sie unsere Wohnung gefunden? Ich dachte, die Körper könnten sich nicht erinnern, sobald der Shemayu fort ist.//

»Die Wahrheit ist ... und das klingt jetzt verrückt, aber das, woran du dich erinnerst ... das warst nicht du«, erklärt Grayson vorsichtig und sieht wieder prüfend zu mir. Ich nicke langsam. Wir müssen ihr die Wahrheit sagen. Vielleicht nicht alles davon. Aber es bringt rein gar nichts, sie anzulügen.

»Wie meinst du das?«, fragt Raven plötzlich barsch und presst die CD fest an ihre Brust.

\\Bitte nicht! Das haben sie auch gesagt. Bitte, ich weiß genau, was ich erlebt habe.//

»Wer hat das gesagt?«, frage ich mit brüchiger Stimme.

»Huh?« Sie reißt die Augen auf.

\\Hör auf ihre Gedanken zu lesen! Das macht es nur chaotischer.//

»Bitte hör mir jetzt ganz genau zu. Ich weiß, wie das klingt, aber die Person, die in deinem Körper war und mit uns ein Leben geführt hat, ist fort. Du erinnerst dich an ihr Leben mit uns, aber es war nicht dein eigenes.«

»Was?«, platzt es schrill aus Raven heraus.

»Rebecca war eine Shemayu wie Nic und ich. Sie hat in deinem Körper gewohnt, bis ein Nesweru gekommen ist und sie daraus entfernt hat. Übrig geblieben bist du.«

»Wow«, mache ich tonlos und schüttle den Kopf über diese glorreiche Zusammenfassung meines besten Freundes. Mit der Wahrheit hatte ich nicht gemeint, dass er ihr mit wenigen Sätzen den Verstand rauben soll. Ich hatte vielmehr eine schonende und langsame Erklärung im Sinn gehabt. Aber ich kann ihm keine Vorwürfe machen. Ich bin ihm dankbar, dass wenigstens er gerade noch den Kopf hat, Raven überhaupt etwas zu erklären, während ich versuche, mich zu sortieren. Die Schmerzen zu ignorieren, die wie ein Tornado durch mein Innerstes wüten.

Raven schaut höchst verwirrt zwischen uns beiden hin und her. Dann räuspert sie sich. »Ich habe ehrlich gesagt kaum ein Wort verstanden. Was ist eine Shemayu?«

Ich schüttle knapp den Kopf, damit Grayson sich mit den Details zurückhält. Sie wird schreiend aus dieser Wohnung rennen, wenn wir ihr erzählen, dass wir Menschen mit ihren Gedanken quälen, um zu überleben.

»Das musst du nicht unbedingt wissen. Stell es dir vielleicht so vor … Spielst du Videospiele?«

Raven wiegt den Kopf hin und her. »Hin und wieder, aber was hat das damit zu tun?«

Grayson kramt unter dem Fernseher unsere zwei Controller hervor, mit denen wir selten zusammen ein bisschen *Left 4 Dead 2* spielen. Er entfernt den Akku und reicht Raven dann den Controller. »Das hier warst du. Das hier war Rebecca.« Er hält seinen eigenen funktionierenden Controller hoch. »Du warst immer mit dabei – wie im Couch Coop Modus. Doch du konntest deinen Körper nicht steuern, weil nur Rebeccas Controller verbunden war und funktioniert hat. Indem ein Nesweru kam und Rebeccas Controller entfernt hat, kamst du an die Reihe und konntest deinen Körper steuern. Aber alle Gedanken, Gefühle und Erinnerungen, die du hattest, gehören nicht zu dir, sondern zu Rebecca.«

Es tut so unendlich weh, ihren Namen zu hören.

»Aha«, gibt Raven immer noch verwirrt, aber nicht mehr so ablehnend wie zuvor von sich. Ihre Gedanken klaren etwas auf, denn sie weiß selbst, dass es keine logische Erklärung für ihre Erinnerung geben kann. »Und was sind Nesru?«

»Die … mögen uns nicht sonderlich. Deswegen haben sie Rebecca umgebracht. Aber du darfst das niemandem sagen, okay? Und vor allem darfst du auch nicht erzählen, dass Nic und ich wie Rebecca sind. Ich erzähle dir das nur, damit du es verstehst.«

Sie nickt, auch wenn sich deutlich die Verwirrung und Überforderung auf ihrem Gesicht abzeichnet.

»Seit wann … bist du denn du selbst? Und wo kommst du auf einmal her?«

»Ich bin in einer Amnesie-Klinik in der Nähe von Philadelphia aufgewacht. Das ist jetzt fast fünf Jahre her. Und dort haben sie sich um mich gekümmert, weil ich mich am Anfang an gar nichts erinnern konnte. Sie haben gesagt, sie helfen mir dabei, eine Identität aufzubauen und vor ein paar Wochen haben sie mir eine Wohnung in Harlem besorgt. Sie bezahlen dafür, bis ich einen Job gefunden habe und mich selbst versorgen kann.«

»Wer sind *sie*?«

»Die Leute aus der Klinik. Sie waren alle sehr nett und wollen regelmäßig bei mir anrufen, um zu prüfen, ob alles okay ist. Aber sie haben mir immer wieder einreden wollen, dass diese Erinnerungen nicht real sind und irgendwann habe ich so getan, als würde ich mich nicht mehr erinnern. Es gab Gerüchte unter den Patienten, … dass man nur entlassen wird, wenn man sich nicht erinnert. Allerdings habe ich

dort noch niemanden kennengelernt, der sich an gar nichts erinnern konnte.«

Grayson und ich tauschen einen langen Blick. Wir fragen uns gar nicht, wie sie in diese Klinik gekommen ist. Das müssen die Nesweru gewesen sein und das Personal hängt da mit Sicherheit auch mit drin oder hat zumindest eine Verschwiegenheitsklausel unterzeichnet.

»Ach und … sorry für das Chaos. Ich war … Ich wusste einfach, als ich euch vor ein paar Tagen zusammen gesehen habe, dass ich wirklich nicht verrückt bin, und da ihr vorhin so schnell das Haus verlassen habt, musste ich wissen, ob ich … ob diese Erinnerungen real sind. Vielleicht habe ich ein wenig die Nerven verloren, weil mir alles so bekannt vorkam und … sorry«, stammelt sie und sieht an sich herab.

Ich halte die Luft an. Also habe ich es mir doch nicht eingebildet. An dem Tag, als wir gerade zu unserer Ernährungsmission aufbrechen wollten, da habe ich sie gesehen.

»Hast du uns gestalked?«, fragt Grayson etwas befremdet im selben Moment, in dem ich sage: »Schon okay.«

»Äh… na ja. Wenn du es so formulieren willst, ja. Ihr wart mein einziger Anhaltspunkt.« Raven besinnt sich in diesem Moment und reicht mir die CD. »Ich hatte nicht vor, euch zu bestehlen, wirklich. Ich wollte nur herausfinden, wer ich bin.«

Als ich sie reflexartig entgegennehme, fällt mir der filigrane Goldring ins Auge, der an ihrem linken Ringfinger steckt. Er ist mit zarten Blumenranken verziert, während meiner schlicht und glatt war. Ich habe ihn damals zusammen mit einer leeren Urne begraben lassen – Grayson war der Meinung, dass es uns helfen könnte, damit abzuschließen.

»Woran genau erinnerst du dich?«, frage ich leise und sehe an ihr hoch. Jeder Blick ist ein Stich in mein Herz.

»Es sind nur Bruchstücke.«

»Was weißt du von der Nacht, in der Rebecca verschwunden ist? Erinnerst du dich daran?«

Raven schüttelt vorsichtig den Kopf.

\\Nic, lass das! Ermutige sie nicht noch. Sie ist nicht Rebecca. Sie hat ein Recht auf ein eigenes Leben. Ich habe ihr das alles nur erklärt, damit sie nicht durchdreht und von uns das erwartet, woran sie sich erinnert. Wir schicken sie jetzt nach Hause und werden ihr nie wieder begegnen.//

Mein Blick schießt hoch zu Grayson und ich verziehe das Gesicht. *Auf keinen Fall!*

In diesem Moment klingelt sein Handy und Grayson geht dran. »Hi, Prinzessin. Ja. Ich bin zu Hause. Was ist los? Ähm, ja. Mir geht's gut. Warum fragst du? Klar, ich habe Zeit. Für dich immer. Ich ... Sekunde.« Er hält das Mikrofon zu und wendet sich an Raven. »Tut mir leid, aber du solltest jetzt gehen. Wir können dir nicht mehr erzählen, als wir es getan haben.«

»Nein, bitte. Ich habe Fragen. So viele. Ihr müsst mir helfen«, fleht sie plötzlich den Tränen nah und dreht an dem Ring an ihrem Finger.

»Aber ...«

»Gray, ich mache das schon. Geh ruhig«, versichere ich ihm und nicke Richtung Flur, damit er mit Natalie telefonieren kann.

\\Versprich mir, dass du keinen Scheiß baust! Geht's dir gut?//

Wieder nicke ich, also verschwindet er mit einem letzten besorgten Blick. Stille kehrt im kleinen Wohnzimmer ein. Ich sehe Raven an. Sie mich.

»Ich habe dich vermisst, Niccy«, flüstert sie plötzlich und schlägt sogleich beschämt die Hand an ihre Stirn. »Tut mir leid. Das klingt seltsam für dich.«

Niccy. Das war ihr Spitzname für mich. Schon seit vielen Jahrhunderten. Niemand anderes hat mich so genannt und es schmerzt in meiner Brust, wenn Raven ihn ausspricht. Aber ich bringe es nicht übers Herz, sie zu bitten, damit aufzuhören. Weil es irgendwie ein willkommener Schmerz ist.

»Schon gut.« Ich rutsche auf dem Sofa zur Seite, damit sie ebenfalls Platz hat. Raven versteht die Aufforderung, und mit einem Mal sind wir uns so nahe, dass es mich einige Mühen kostet, sie nicht zu berühren. Wie lange habe ich davon geträumt, sie wieder bei mir zu haben?

Sie in den Arm zu nehmen, sie zu küssen, ihr Lachen zu hören?

»Es ist verrückt. Aber ich habe so gut wie jede Nacht von dir geträumt und ... alle Erinnerungen haben mit dir zu tun«, wispert sie schmerzerfüllt.

Ich wende ruckartig meinen Kopf ab, da mir erneut die Tränen in die Augen steigen. Liebe hat selten so wehgetan wie in diesem Moment. Und selten hat es mich auf eine ganz eigenartige Weise von innen gewärmt, weil Raven mir noch einmal bestätigt, wie sehr Beccy mich geliebt hat. Wie sehr ich sie liebe.

»Waren wir ... ich meine, du und sie ... ihr wart zusammen, oder?«, flüstert sie tonlos. Ich höre die verzweifelte Hoffnung in ihrer Stimme. Sie versucht, sich an alles zu klammern, was irgendwie standhaft sein könnte.

»Ja«, entgegne ich heiser. »Sogar mehr als das.«

»Ist das ... ihr Ehering?« Sie dreht wieder an dem Ring. Ihre Haut ist an der Stelle etwas weißer, wo das Schmuckstück sitzt. Ich versuche, die Tränen wegzublinzeln, während ich stumm ihre Frage bejahe. Raven zieht ihn ab und reicht ihn mir. Zögernd nehme ich den Ring entgegen. Dabei berühren ihre Fingerspitzen meine Handinnenfläche und ich schlucke gegen den festen Kloß in meiner Kehle an. Aus Angst, den Ring zu verlieren, öffne ich meine Kette im Nacken und fädle ihn auf. Mit einem Klimpern fällt er unter mein Shirt zu meinem Anhänger.

»T-tut mir leid«, stammelt Raven und senkt den Blick. Auf einmal tropfen Tränen auf ihre hellblauen Jeans. Sie wischt sich über die Wangen.

Ist es verrückt, dass Raven anders riecht? Obwohl der Körper sich doch eigentlich kaum verändert. Vermutlich aber manche Gewohnheiten, die wiederum den Körper beeinflussen. Ein leichter Schwall aus Desinfektionsmittel und Orange weht zu mir herüber – als hätte sie keinen eigenen Körpergeruch, während ich Beccys kaum hätte beschreiben können.

»Warum ist es dir so wichtig, was damals passiert ist?«

»Weil ich wissen muss, wer ihr das angetan hat«, gebe ich zu und balle meine Hand zur Faust. In meinen Fingerspitzen kribbelt das Verlagen, diesem Nesweru die schlimmsten Schmerzen zuzufügen, die es geben kann. Rebecca war die Stärkste von uns – nicht nur physisch aufgrund ihrer Fähigkeit, sondern auch was ihre Selbstbeherrschung betraf. Sie hat viel mehr Abstand zwischen ihren Opfern ausgehalten. Sie hatte so viel Liebe in ihrem Herzen. So viel Mitgefühl und Güte. So viel Freude. Und als sie verschwunden ist, hat sie all das aus meinem Leben mitgenommen. Eine ganze Weile lang konnte ich nichts fühlen. Nicht aufstehen. Nicht essen. Nicht schlafen. Von allen Shemayu auf dieser Welt hatte sie es wohl am allerwenigsten verdient, von einem Nesweru ausgelöscht zu werden.

»Du liebst sie immer noch«, wispert Raven und schiebt ganz vorsichtig ihre Finger über meine.

»Für immer«, hauche ich und nicke langsam. In Zeitlupe drehe ich meine Handinnenfläche nach oben und drücke hauchzart ihre Finger. Sie fühlen sich nicht nach Rebecca an.

Bevor sie noch einmal ansetzen kann, sich zu entschuldigen, schüttle ich den Kopf. »Ich bitte dich, du kannst nichts dafür. Kommst du klar? Das muss viel für dich sein.« Ein Teil von mir fühlt sich automatisch für sie verantwortlich, obwohl ich sie erst seit wenigen Minuten kenne.

»Keine Ahnung«, gibt sie zurück und hebt die Schultern. »Einerseits ja, weil ich nicht verrückt bin, auch wenn das, was ihr mir erzählt habt, verrückt klingt. Aber andererseits ... Ich würde so gerne mehr über dich wissen. Und über sie. Und wie das alles möglich sein kann.«

»Ich kann versuchen, es dir zu erklären. Wenn es dir hilft ... kannst du dir ein paar ihrer Sachen mitnehmen. Ihre Kleidung und so weiter.«

»Nein, das kann ich nicht.«

»Doch. Es hat schließlich auch immer irgendwie dir gehört.«

»Bist du sicher?«

Ich nicke langsam und ein Lächeln schleicht sich auf meine Lippen, das kaum aushaltbar ist: »Ja. Sie würde es auch so wollen.«

Der Tod des Shemayu

Im göttlichen Licht, das den Karneol verlässt, verbrennt der Shemayu. Das kann auf zwei Arten vonstattengehen:

1) Der Wirt stirbt, der Shemayu wird wiedergeboren.

Indem der Shemayu sich an die Seele des Wirtes klammert und dessen Ableben provoziert, wandern beide Seelen gemeinsam in die Unterwelt – soweit unsere Theorie. In diesem Prozess scheint der Körper von innen heraus zu brennen – verursacht durch den Shemayu. Beobachtungen zufolge gelingt dies nur den Shemayu, die eine ausgeprägte und gestärkte Aura besitzen. Nur hierdurch ist es dem Shemayu möglich, in einem neuen Wirt wiedergeboren zu werden.
In diesem Fall gilt: Notruf wählen und den Tatort so unauffällig wie möglich verlassen. Mögliche Spuren, die auf einen selbst hinweisen, müssen zuvor beseitigt werden. Der Anruf sollte unbedingt anonym und durch ein gesichertes Handy durchgeführt werden.

2) Der Shemayu stirbt endgültig.

Üblicherweise zwingen die ägyptischen Worte den Shemayu dazu, seinen Wirt zu verlassen. Das sieht in etwa aus, als würde eine Art dichter, dunkler Rauch der Mund- und/oder Nasenöffnung des Körpers entweichen. Dieser Rauch löst sich bei den letzten Worten der Formel im Licht des Karneols wie Staub im Wind auf. Der Shemayu ist dann endgültig ausgelöscht; er kehrt auch nicht in die Duat zurück. Sein zurückbleibender Wirt verliert für eine Weile das Bewusstsein.
In diesem Fall gilt: Sofort die 333 wählen. Das ist die Zentrale der internationalen Organisation SERKET (Society of Existential

Recovery, Kinship & Emotional Transition), die den Anruf an die nächstgelegene Klinik weiterleitet und einen Krankenwagen schicken wird. Serket (auch Selket) ist eine der vier Schutzgöttinnen und Namenspatin dieser Organisation. Ihr Name bedeutet übersetzt »die wieder atmen lässt«, was stellvertretend für die Wirte steht, welche nach der Entfernung des Shemayu, eine Chance auf ein eigenes, selbstbestimmtes Leben erhalten.

Cassey

Nach einem kurzen Nickerchen auf der Couch bin ich nicht gerade motivierter, aber zumindest ein bisschen fitter, um meinen Koffer fertig zu packen. Eigentlich geht unser Flug erst in drei Tagen, aber ich konnte meinen kurzfristig umbuchen, sodass ich schon heute Abend von Natalie zum Flughafen gebracht werde.

Es ist schon später Nachmittag, als mich eine Nachricht von einer unbekannten Nummer erreicht. Irritiert öffne ich sie. »Was machst du Schönes?«, lese ich und runzle die Stirn. Entweder ist das ein Versehen oder ein schlechter Scherz.

»*Falsche Nummer*«, tippe ich zurück und lege das Handy ab. Anschließend hieve ich den Koffer vom Bett und stelle ihn direkt neben der Zimmertür ab. Dabei wird mir schwindelig und ich muss einen Moment innehalten. Tief durchatmen. Wieder summt mein Handy.

»*Der Weihnachtsmann irrt sich nicht.*«

Welcher Blödmann schreibt mir da?

»*Den Weihnachtsmann gibt es nicht. Der stammt aus der Coca Cola Werbung*«, antworte ich und verlasse mein Zimmer.

»*Schockschwerenot – du kennst mein Geheimnis.*« In mir kommt der Verdacht auf, dass es Nicolas ist, aber meine Nummer habe ich ihm nicht gegeben.

»*Aber wenn es mich gar nicht gibt, wie kann ich dann bei dir klingeln?*«

Überrascht halte ich mitten auf der Treppe an, als es tatsächlich an unserer Haustür klingelt. Das ist nicht sein Ernst, oder?

Ich nehme die letzten Stufen und öffne die Tür. Kalte Luft überwältigt mich und vor mir steht ein breit grinsender Nicolas, der mir eine

Tüte vom Bäcker unter die Nase hält. »Der Weihnachtsmann hat dir heiße Milch mit Honig, ein Schokocroissant und eine Überraschung mitgebracht.«

Ich verschränke zum Protest die Arme vor der Brust.

Er verzieht schuldbewusst die Miene. »Tut mir leid, hier einfach hereinzuplatzen. Ich musste ... sehen, wie es dir geht.«

»Musstest«, wiederhole ich spöttisch.

»Ja«, betont er und schüttelt sich. »Darf ich reinkommen?«

Ich hadere erst mit mir, kapituliere dann aber, als ein heftiger Windstoß zarte Schneeflocken ins Haus trägt und mich erschaudern lässt. Schnaubend trete ich beiseite und deute ins Hausinnere. »Woher hast du überhaupt meine Nummer?«, frage ich und schließe hinter ihm wieder die Tür.

»Vom Nikolaus«, scherzt er und zieht seine Schuhe aus.

Ich schnaube erneut und sehe ihn grimmig an. »Im Ernst, Nicolas. Woher?«

Seufzend stellt er sich mir gegenüber und zuckt mit den Achseln. »Grayson hat Natalie gefragt, weil ich dich besuchen wollte, nachdem ich gehört habe, dass du im Krankenhaus warst.«

Mir klappt die Kinnlade runter. Und sie hat sie ihm einfach so gegeben?! »Was?«, rufe ich empört.

»Wie was?«

»Nicht zu fassen«, zische ich und mir wird erneut schwindelig, sodass ich mich gegen die Wand in meinem Rücken lehne und mir über die ungeschminkten Augen reibe. Wieso macht sie so einen Scheiß und gibt einfach meine Handynummer raus?

»Darf ich deine Nummer nicht haben?«, fragt Nicolas und neigt den Kopf zur Seite.

»Nein. Keiner darf das, außer ich will es so«, grummle ich.

Er reicht mir die Tüte und den Becher. »Was hast du denn überhaupt? Du siehst nicht gerade ... fit aus.«

Die Augen verdrehend nehme ich beides entgegen und gehe ins Wohnzimmer. Dort lasse ich mich auf die Couch fallen und sehe in den Flur. Nicolas hängt seinen Parka auf und kommt langsam mit

einer umgehängten Tasche zu mir geschlendert, wobei er sich flüchtig umsieht. Normalerweise kann ich so was auf den Tod nicht ausstehen, aber ich reiße mich zusammen.

»Grippe«, lüge ich und öffne die Tüte. Der Duft ist so verführerisch lecker und mein Magen zieht sich zusammen. Ich hänge quasi mit der Nase in der Tüte, bis das Polster neben mir nachgibt und ich aufblicke. Er mustert mich skeptisch.

»Du warst im Krankenhaus wegen einer … Grippe?«

Jedes Mal, wenn ich in solche Situationen komme, wird mir kurz heiß und kalt zugleich, auch wenn ich mir das Unbehagen nicht anmerken lasse. Denn es ist eben nicht bloß eine Grippe. Ein Sum'shemayu ist für meinen Zustand verantwortlich. Diese Sorte Shemayu nutzt die körpereigenen Giftstoffe des Opfers und erhöht diese schlagartig so stark, dass es zu einer Autointoxikation kommt. Eine Selbstvergiftung, die auch im normalen Leben vorkommen und tödlich enden kann.

Darauf hat uns Cheyenne aufmerksam gemacht. Eine Nesweru des Greenwood-Clans, die als Ärztin in dem Krankenhaus tätig ist, das wir nach meinem Kreislaufzusammenbruch aufgesucht haben. Meine Werte waren ungewöhnlich, die Selbstvergiftung zu plötzlich.

Ich wusste doch, mit diesem Kerl am Pool hat irgendwas nicht gestimmt. Aber ich konnte seine Aura aufgrund der Temperaturen nicht richtig wahrnehmen. Er muss mir nachgesprungen und im Wasser eine freie Hautpartie gefunden haben, als er mich *rettete*.

Die Dosis Gift war nicht stark genug, um lebensbedrohlich zu wirken, und doch hat sie mich umgehauen und lässt sich nicht so einfach abbauen. Daher hat Cheyenne mir empfohlen, mich bei einer Clan-Ältesten einer Kur zu unterziehen. Zur Förderung der Genesung. Nesweru-Gene hin oder her. Bevor ich jedoch durch Amerika reise, um eine dieser – wie ich sie nenne – *Kräuterhexen* aufzusuchen, fliege ich lieber früher in die Heimat und gebe mich in die vertrauten Hände meiner Uroma.

»Ja, genau. Eine Grippe«, wiederhole ich mit Nachdruck und schiebe ausweichend eine Frage hinterher: »Was willst du von mir?«

Scheinbar überrumpelt von der Frage, blinzelt er und erwidert forschend meinen Blick, als könne er die Antwort in meinen Augen finden.

»Ich, äh... ich weiß es nicht«, gesteht er schließlich und zieht die Schultern hoch.

»Warum lässt du mich dann nicht in Ruhe?«

»Ich weiß es nicht.«

Na ganz toll. »Weißt du überhaupt irgendwas?«

Unerwartet zuckt sein Mundwinkel hoch. »Du denkst, dass ich nicht ganz richtig ticke, oder?«

»Jap«, entgegne ich schlicht.

»Da hast du wahrscheinlich sogar Recht. Sonst wäre ich bestimmt nicht hier.«

»Tja, ich halte dich nicht fest«, kontere ich und deute zur Eingangstür. »Es steht dir frei zu gehen.«

Nicolas' Mundwinkel heben sich noch ein Stück. Er schüttelt den Kopf. »Bedaure, du wirst mich noch ein kleines bisschen ertragen müssen. Immerhin habe ich noch etwas vor. Aber zuallererst ...« Er öffnet die Tasche in seinem Schoß und holt eine Tafel Schokolade hervor, die er anschließend auf den Tisch legt. »Immer wenn ich als Kind krank war, hat meine Mom mir Bitterschokolade gebracht. Und bei mir hat es geholfen. Jedes Mal. Ich bin mir sicher, dass Schokolade so etwas wie ein Wunderheilmittel bei allen Schmerzen und Krankheiten ist.«

Obwohl er mich daraufhin nett anlächelt und diese Geste tatsächlich irgendwie ... süß ist, erhält er von mir nur einen kühlen Blick. »Ich bin kein kleines Kind«, bemerke ich, fische das Croissant aus der Tüte und beiße hinein.

Göttlich! Eine willkommene Abwechslung zum von Dr. Cheyenne verordneten Ernährungsplan. Ein Geschmacksknospen-Orgasmus.

»Schokolade geht immer«, winkt Nicolas ab und ignoriert mal wieder gekonnt mein abweisendes Verhalten. Munter greift er erneut in seine Tasche und fordert plötzlich: »Augen zu.«

Ich weigere mich selbstverständlich und beiße unberührt erneut ab, ohne den Blickkontakt zu unterbrechen. Daraufhin schürzt er die

Lippen, schmunzelt aber zugleich. »Du Spaßbremse. Komm schon, Augen zu«, beharrt er und ich gebe seufzend nach. Ich schlucke und schließe zögernd die Augen, erst eins, dann beide. Unerwartet spüre ich etwas Hartes, Eckiges auf meinem Oberschenkel. Fühlt sich an wie ein Buch oder Ähnliches.

»Okay, Augen auf«, höre ich anschließend und hebe die Lider wieder. Sofort fällt mein Blick auf einen schwarzen Ringblock und einen Kohlestift. Mit verengten Augen blicke ich auf. In seinem Schoß liegen genau die gleichen Utensilien. »Was soll das?«, frage ich irritiert und misstrauisch.

»Da du gerne zeichnest und ich das nicht draufhabe, dachte ich, du könntest mich ein wenig unterrichten. Ich male dir etwas und du mir. Oder ich male so lange, bis du mich verzweifelt mit dem Block schlägst, weil ich so schlecht darin bin«, erklärt er, lächelt flüchtig und schlägt dann die erste Seite seines Blocks auf. Oben ins Eck schreibt er das heutige Datum.

Ich hingegen bewege mich keinen Millimeter. »Hast du nicht Uni?«, frage ich, um ihn eventuell doch noch loszuwerden.

»Nö«, entgegnet er gelassen, setzt sich seitlich zu mir mit einem angewinkelten Bein, auf das er den Block legt, und sieht sich suchend im Raum um. »Ich lasse die Vorlesung sausen.«

Anschließend beginnt er zu zeichnen. Ich beuge mich vor, um alles auf den Tisch zu legen und den Becher zu nehmen. Er ist noch schön warm und ich schließe meine Hände darum.

»Sie sieht dir ähnlich. Die Frau auf dem Foto«, bemerkt er nach einigen Sekunden, während er hoch konzentriert an seinem Kunstwerk arbeitet. »Deine ... Mom?«

Mein Blick huscht automatisch zum silbernen Bilderrahmen auf dem Kaminsims. Es ist das einzige Foto von ihr, das nicht in einem Album steckt. Es hält ihr strahlendes Lächeln fest, das sie so gut wie nie abgelegt hat. Die warmherzigen Augen, das zarte Gold ihrer Strähnen.

Schnell schaue ich wieder auf den Becher in meinen Händen. Normalerweise blende ich das Foto bestmöglich aus, weil es Gefühle in mir auslöst, die ich gerne für immer vergraben würde.

»Ja«, antworte ich leise.

Nicolas hält in der Bewegung inne. Ich spüre kurzzeitig seinen Blick auf mir, ehe er weiter kritzelt. »Kommt ihr gut klar? Deine Mom und du?«, fragt er – derart beiläufig, dass ich ihn irritiert mustere.

»Früher, ja«, entgegne ich zögerlich.

»Aber jetzt nicht mehr?«, hakt er vorsichtig nach.

Ich sehe keinen Grund, mir eine Lüge auszudenken, wenn Natalie es ohnehin irgendwann ihrem neuen Freund anvertrauen wird und es dadurch nicht lange ein Geheimnis bleiben würde. Also sage ich geradeheraus: »Sie ist tot. Seit vielen Jahren schon.«

Ermordet von einem Shemayu.

Nicolas hält inne. »Das … tut mir leid.« Seine Stimme wird leiser und sanfter.

Ich räuspere mich unbehaglich und sehe auf, wobei ich einem mitfühlenden Blick begegne. Mitfühlend, aber auch wissend. Als würde er mehr verstehen, als ich ihm gegeben habe. Doch das, was Mama passiert ist, würde er nicht begreifen können. Abgesehen davon möchte ich nicht darüber reden. Dementsprechend schüttle ich stumm den Kopf.

Er nickt verständnisvoll, blickt auf seine Zeichnung herab und drückt den Block an seine Brust. Zur Aufmunterung legt er ein heiteres Gesicht auf. »Bereit?«

Dankbar für die Ablenkung ziehe ich die Beine zum Schneidersitz heran und drehe mich in dieser Position, bis ich ihm gegenübersitze. Dann nicke ich und er wendet den Block erwartungsvollen Blickes.

Wow. Okay. Ähm. Ein Dino? Könnte aber auch ein schnabel- und flügelloser Vogel sein. Oder ein Elefant ohne Ohren.

Mir war den ganzen Tag so langweilig, da lasse ich mir diesen Spaß nicht entgehen. Also neige ich den Kopf zur Seite und verenge die Augen, als würde ich es dadurch besser erkennen. »Eine Schlange mit Beinen?«

»Hey«, ruft er empört aus und senkt den Block. »Der ist gar nicht so schlecht geworden und du erkennst es nicht? Das ist enttäuschend. Gib mir einen zweiten Versuch«, verlangt er und fängt sofort eilig eine

zweite Zeichnung an, die ähnlich ausfällt, bloß mit noch schlimmeren Proportionen.

Ich unterdrücke ein Lachen und verstecke mein Schmunzeln hinter meinen Fingern. »Ah ja, natürlich jetzt erkenne ich es«, lüge ich amüsiert.

»Und? Was ist es?«, hakt er ungeduldig nach.

»Eine Erbse mit Beinen?«, frage ich, um ihn zu ärgern.

Wieder schürzt er die Lippen und grübelt. »Okay, das ist nicht fair. Ich habe nie zeichnen gelernt, also hör auf, mich zu verspotten. So. Jetzt ein letzter Versuch«, sagt er schmollend und setzt den Stift an. Es amüsiert mich, wie er sich aufregt. So kindlich und unbefangen.

Die Linienführung fällt diesmal anders aus. Als er mir das Ergebnis zeigt, erkenne ich das Reagenzglas natürlich auch, rufe jedoch, als hätte ich die Lösung der Lösungen: »Sause Brause!« Blöderweise schütte ich dabei ein wenig Milch auf meine Socke, schürze die Lippen und tupfe mit dem Ärmel darüber.

Nachdenklich betrachtet Nicolas seine Zeichnung und murmelt: »Das kann man irgendwie gelten lassen. Finde ich. Na ja … ein wenig. Eigentlich sollte das Zinkpulver in konzentrierter Säure darstellen.« Anschließend hält er mir den Block mit Unschuldsmiene hin und kommentiert: »Es muss ja nichts Besonderes sein.«

»Nein«, sage ich bestimmt, stelle den Becher ab und stehe auf. Zu abrupt. Sogleich übermannt mich der Schwindel, mir wird beinahe schwarz vor Augen. Suchend greife ich mit einer Hand ins Leere. In der nächsten Sekunde halten mich zwei warme Hände, und ich schaffe es, mich in dickem Stoff festzukrallen. »Fuck«, hauche ich über das Rauschen in meinen eigenen Ohren hinweg und kneife die Augen zu.

»Alles okay?«, höre ich Nicolas fragen. »Setz dich besser wieder hin.«

Ich schüttle sachte den Kopf und bekomme allmählich wieder einen festeren Stand. »Geht schon«, murmle ich und öffne blinzelnd die Augen. Obwohl ich seine Nähe bereits spüren konnte, stolpert mein Herz doch überrascht, als ich realisiere, wie nah wir uns sind. Unsere Nasen trennt nur eine Handlänge. Seine blau-grünen Augen betrachten jedes Detail in meinem Gesicht. Nicht nur besorgt, sondern auch neugierig. Viel zu forschend. Fast schon erweckt sein Blick in mir die

Angst, er könne etwas finden, das vor ihm verborgen bleiben sollte. Mein Puls schießt in die Höhe.

Hastig löse ich meine Finger von seinem Pullover und räuspere mich unbehaglich; mache einen Schritt zurück und wende mein Gesicht ab. »Ich komme gleich wieder«, informiere ich ihn und mache mich auf den Weg in mein Zimmer, um mir neue Socken anzuziehen und um vor diesem Blick zu flüchten.

Oben entdecke ich dann noch einen Schokofleck auf meinem grauen Pullover, sodass ich auch diesen kurzerhand ausziehe. Nicolas ruft nach mir, aber ich reagiere nicht. Gerade als ich meinen schwarzen Hoodie aus dem Schrank ziehe, nehme ich eine Bewegung aus dem Augenwinkel wahr und halte die Luft an. *Oh, nein. Nein, nein, nein.*

Langsam wandert mein Blick zur Tür. Ich sehe Nicolas dort stehen. In seiner ausgestreckten Hand mein Handy, welches vibriert. Ich erstarre. »Cassey? Dich ruft jemand an«, sagt er und klingt bedrückt.

»Scheiße, was machst du hier oben?«, fluche ich entsetzt und ziehe mir schnell den Hoodie über, während ich zähneknirschend auf ihn zugehe. Ich entreiße ihm das Handy, auf dessen Display Natalies Name steht und drücke sie weg.

Erst zieht Nicolas überrascht die Augenbrauen hoch, dann scheint er, aus welchem Grund auch immer, belustigt. »Ich wollte dir nur dein Handy bringen. Nach wie vor kann ich kein Russisch und wusste nicht, ob es ein wichtiger Anruf ist«, erklärt er sich.

»Hau ab«, fauche ich und ziehe die Tür hinter mir bis auf einen Spalt zu. Ich halte sie im Rücken fest, denn sie bietet mir Halt bei meinem rasant gestiegenen Puls und dem dadurch entstehenden Schwindelgefühl.

Er grinst. »Wieso? Geheimnisse? Peinliche Zeichnungen?«

Ja, sehr viele. Das Porträt von dir zum Beispiel.

»Geht dich nichts an«, knurre ich und atme tief durch, fahre aber nicht wirklich runter. Mein Herz klopft wild gegen meinen Brustkorb. In meinen Ohren rauscht es. »Verschwinde.«

Beschwichtigend hebt er die Hände. »Entspann dich, ich war nicht mal über der Türschwelle.«

Lügner.

»Verschwinde«, wiederhole ich beherrscht aber unter zusammengepressten Zähnen.

»Hey, was ist denn los? Ich wollte dir nicht zu nah treten. Es tut mir leid.«

Wut ballt sich in meiner Brust wie Luft in einem Ballon, der jeden Augenblick zu platzen droht. »Ich sagte: Hau. Ab.«

Das Problem ist, er hat nichts falsch gemacht. Ich bin nicht sauer auf ihn. Ich bin sauer auf mich. Weil es mich derart aus der Bahn wirft, dass er diesen Einblick in meine Zeichensammlung hatte. Weil es mich diese Blöße spüren lässt. Denn meine Zeichnungen sind ... ich. Sie stellen mein Inneres dar, meine Gefühle, meine Gedanken, meine Inspirationen und Dinge, die mir wichtig sind. Und indem er sie zu Gesicht bekommen hat, konnte er kurzweilig in meine Seele schauen. Diesen Einblick gewähre ich niemandem, nicht einmal meinem Vater.

Womöglich hat Nicolas sie nicht genau angesehen, flüstert eine Stimme in mir, aber das ist mir egal. Auch dass mein Zimmer heute nicht mehr annähernd so aussieht wie die aus meiner Jugend, ist vollkommen irrelevant.

Nicolas hebt beschwichtigend die Hände und tritt einen Schritt zurück, was mir wiederum hilft, einen Atemzug zu nehmen. »Okay, schon gut. Ich gehe ja schon«, versichert er mir mit ruhiger Stimmlage. »Ehrlich, es war nicht meine Absicht, dich zu verärgern. Ganz im Gegenteil ...«

Sein Blick wird ganz sanft und schwermütig. »Hör mal, wenn du reden willst, kannst du mich jederzeit anrufen oder mir schreiben, okay?«

»Geh. Bitte«, hauche ich und ziehe mich in mein Zimmer zurück. Dann lehne ich mich mit dem Rücken an meine Tür, schließe die Augen und versuche, tief durchzuatmen.

Vor meinem inneren Auge blitzen Erinnerungsfetzen auf. An meine damaligen Jugendzimmer. Mit jedem Umzug wurden sie schlimmer. Verhangene Fenster. Ein zerbrochener Schrankspiegel. Dunkle

Wände – vollgepinnt mit düsteren Kohlezeichnungen. Eingeritzte Möbelstücke. Auch das kahle Zimmer in der Psychiatrie war nicht lange gefeit vor meinen Zeichnungen und vielerlei Schriftzügen. Wurden mir die Stifte genommen, ritzte ich die Tapeten ein. Irgendwie musste ich eben alles rauslassen, was mich von innen zerfraß und keiner verstehen wollte beziehungsweise konnte.

Auch heute noch ist *einfach darüber reden* nicht meine Stärke. Das, was in mir vorgeht, was tief in mir verborgen schlummert, kann ich nicht in Worte fassen. Will ich auch nicht, weil es meine Sache ist, meine Angelegenheit, mein Problem.

Als die Tür unten ins Schloss fällt, hebe ich meine Lider und lasse meinen Blick flüchtig durchs schlichte Zimmer wandern. Er bleibt an der mir gegenüberliegenden Wand hängen. Gepinnte Zeichnungen und Fotos über dem Schreibtisch. Die angestaute Wut wandelt sich in Verzweiflung und vibriert in meiner Brust. »Scheiße, verdammt«, krächze ich und gehe auf meinen Schreibtisch zu. »Ich wusste, es war ein Fehler.«

Ich strecke eine Hand nach dem Porträt von Nicolas aus und ziehe das Papier mit einem Ruck ab. »Kannst du mich nicht einfach in Ruhe lassen? Ist das denn so schwer?«

Ich habe mich schon die ganze Zeit über gefragt, wieso er nicht lockerlässt und mir nicht aus dem Weg geht, wie es jeder andere normale Mensch macht. Im Gegenteil, er hat sich für mich interessiert und sich um mich gekümmert, als es außer Natalie sonst keiner getan hätte. Nicht, dass ich Hilfe bräuchte. Ich kam immer sehr gut alleine zurecht. Und da liegt das Problem. Seit ich ihn kenne, habe ich das absurde Gefühl, mich in die Hände eines anderen geben zu können; mal nicht die Starke geben zu müssen. Das hat den Countdown für meine Zerstörung eingeleitet.

Urplötzlich löst sich eine Träne aus meinem Augenwinkel und kullert eiskalt über meine erhitzte Wange. Im selben Moment höre ich unten die Tür aufgehen und erschrecke. Hastig wische ich die nasse Spur fort. Die erste Träne seit Jahren – ich hatte schon vergessen, wie es sich anfühlt: Scheiße.

»Bin wieder da«, ruft Natalie und Schlüssel klappern. Ich antworte ihr nicht, sondern zerknülle die Zeichnung in meiner Hand und werfe sie blind in irgendeine Ecke des Zimmers. Dann beginne ich, ein Papier nach dem anderen abzuhängen. Am liebsten würde ich alles verbrennen, aber vermutlich würde ich das im Nachhinein bereuen.

Natalie ruft erneut nach mir, und als ich wieder nicht reagiere, eilt sie die Treppe rauf und stürmt hinter mir ins Zimmer. Sie atmet erleichtert auf. »Jag mir doch keinen Schrecken ein«, keucht sie und tritt näher, beobachtet mich. »Cass? Alles in Ordnung?«

Ich nicke lediglich aus Angst, dass sie das Gegenteil in meiner Stimme hört.

»Wieso hängst du deine Bilder ab?«, hakt sie vorsichtig nach. Auf mein Schweigen hin greift sie nach meiner Schulter und dreht mich sachte zu sich. Ihre Augen inspizieren sorgfältig mein Gesicht und werden dann ganz sanft. »Hey, sag mal, hast du etwa geweint?«

»Nein«, lüge ich kopfschüttelnd, räuspere mich und ziehe die Schulterblätter zusammen. »Ich habe nur eine allergische Reaktion auf die Werbung mit den Babywindeln.«

»Komm schon, Cass«, säuselt sie mit butterweicher Stimme. »Was ist los, hm?«

Abermals schüttle ich den Kopf. »Ich will nicht«, entgegne ich, spüre aber gleichzeitig, wie meine Fassade bröckelt.

Unaufgefordert legt sie ihre Arme um mich und ich gebe den Versuch einer stolzen Haltung auf. Es ist buchstäblich Ewigkeiten her, dass ich mich von ihr habe trösten lassen, weil ich viel lieber für sie da bin. Genauer gesagt, ist es zehn Jahre her. Wir waren elf und unsere Mutter seit einigen Wochen tot. Bei mir dauerte es etwas länger, bis ich eingesehen hatte, dass sie fort ist.

»Bitte erzähl es mir«, flüstert sie und streichelt unentwegt meinen Kopf und meine Wange. Bei ihr muss ich keine Angst haben, zu viel von mir preiszugeben und damit angreifbar zu werden. Familie ist Sicherheit.

Ich erzähle ihr von den Geschehnissen und klinge dabei gar nicht nach mir selbst. Eher nach dem gebrochenen, zaghaften Mädchen, das mit elf Jahren begonnen hat, ihren Schmerz mit Zeichnungen zu verarbeiten. Befremdlich.

»Er macht mich so … so … schwach«, schließe ich.

»Wieso macht er dich schwach?«

Ich zucke mit den Schultern. »Er bringt mich dazu, Dinge zu erzählen. Über mich. Und er … ist der Erste, der es länger als einen Tag mit mir aushält.«

»Na und? Wir halten es seit Jahren mit dir aus«, bemerkt sie in einem amüsierten Tonfall, wahrscheinlich, um mich aufzuheitern.

»Das zählt nicht. Ihr müsst«, erwidere ich und kann nicht verhindern, dass meine Mundwinkel kurz hochzucken. Dann werde ich aber wieder ernst und sage: »Er hält es mit mir aus und lässt sich nicht vergraulen. Ich glaube, er … mag mich irgendwie.«

»Aber das ist doch schön«, stellt sie fest. Ich sehe das jedoch anders. Als Nesweru darf ich niemanden an mich ranlassen. Ich darf niemandem die Chance geben, die Steine von meiner Mauer zu nehmen, denn sie schützt mich vor einigen Shemayu – und vor Schmerzen, verursacht durch Verlust und Enttäuschung.

Eine Weile sitzen wir schweigend da und betrachten mein Zimmer, bis Natalie vorschlägt: »Wie wäre es, wenn wir zusammen einen Film schauen, hm?« Und wenn sie das sagt, meint sie einen Disney-Film oder irgendwas romantisch-kitschiges wie *Mamma Mia*. Normalerweise bin ich diejenige, die ihr diesen Vorschlag unterbreitet, wenn es ihr nicht gut geht. Solche Filme sind beruhigender Balsam für ihre Seele. Ich stehe nicht drauf, wende jedoch in diesem Moment nichts dagegen ein.

Nicolas

Der 20. Dezember.
Ich hasse dieses Datum so sehr wie kein anderes. Dennoch schlage ich mich bisher ganz gut. Ich bin pünktlich aufgestanden, habe meine Schicht im Café absolviert und mache mich jetzt auf den Weg nach Hause. Grayson hat in meiner Gegenwart entweder vermieden, daran zu denken, oder er hat wirklich nicht auf dem Schirm, welches Datum wir haben. Aber ich will ihn nicht daran erinnern.

Ich schlendere durch die Straßen und vergrabe meine Hände tief in den Manteltaschen. Dabei bemerke ich das Loch in der rechten Tasche, wo mein Schlüssel immer reinrutscht und das ich schon seit drei Jahren nähen will. Aber immer, wenn ich es fast beschließe, ist der Winter vorbei und dann lohnt es sich nicht mehr ... jedenfalls bis zum nächsten Winter.

Früher hat Beccy mich immer ausgelacht, wenn ich solche Kleinigkeiten auf die lange Bank geschoben habe. Sie war aber auch nicht die Art Frau, die mir solche Arbeiten dann abgenommen hätte. Schmunzelnd schüttle ich den Kopf, als ich mich daran erinnere, wie sie mir des Öfteren Nadel und Faden mit dem Kleidungsstück aufs Bett gelegt hat. Meist mit einem Zettel: *21. Jahrhundert, Niccy. Mach selbst!*

Zumindest in diesem Leben.

Beccy, was gäbe ich darum, nur einen einzigen weiteren Zettel von dir zu bekommen?

Seit fünf Jahren fehlt sie überall. In unserer Wohnung, in meinem Bett, in meinem ganzen Leben. Mir fehlen ihr Geruch und ihre durch und durch positive Art. Ihr Lachen und ihre belustigten Blicke, wenn

Grayson mal wieder etwas Dummes gesagt hat. Mir fehlen ihre Stimme und dieser ganz bestimmte Ausdruck darin, wenn sie sagt, dass sie mich liebt. Ich vermisse alles an ihr. Und ich würde alles tun, um sie zurückzubekommen.

Grayson ist endlich mal länger als fünf Stunden mit einer Frau zusammen. Allein das hätte sie erleben müssen. Sie wäre so stolz auf ihn. Und sie würde sich mit Natalie anfreunden wollen. Sie hätte in ihr sicher eine Freundin gefunden, mit der sie Sachen machen könnte, wie shoppen, Kaffee trinken und tanzen gehen. Sachen, die wir zwar auch zusammen gemacht haben, aber das ist nicht dasselbe.

Seit fünf Jahren war ich in keinem einzigen Theaterstück mehr. In keinem Ballett. In keiner Oper. Das war immer unser Ding gewesen. Grayson ist kulturell vollkommen desinteressiert. Selbst wenn ich gewollt hätte, glaube ich, dass ich ihn niemals in ein Theater bekommen hätte. Als Beccy noch mitgegangen ist, hat sie ihn oft gezwungen. Vorherrschend aus dem Grund, damit er sich nicht ausgeschlossen fühlte, wenn wir über das Stück sprachen. Allerdings hatte sie nicht immer Erfolg, wenn sie nur ihre Worte eingesetzt hat, sodass Beccy und ich an solchen Orten oft zu zweit waren.

Wir teilten eine Leidenschaft für Tanz, Schauspiel und Musik, und es wurde auch nach Hunderten von Jahren nicht langweilig, mit ihr darüber zu reden. Es war eine riesige Überwindung gewesen, Hamilton vor ein paar Monaten endlich am Broadway anzusehen. Ich habe lange mit mir gehadert und es war schwer, den Zuschauerraum allein zu betreten, obwohl das Musical mich so begeistert hat, wie schon länger keines mehr.

Wir haben einander immer gebraucht. Sie hat mich gebraucht – und ich war nicht da.

Es beachtet mich niemand, wie ich mich über die Wege schleiche und bei dem grauen, schlichten Grabstein stehen bleibe. Er befindet sich am Rand und daneben sind Gräber errichtet, die lieblos und ungepflegt erscheinen.

Ich betrachte den eingravierten Rahmen und den kleinen Raben. Darunter ihren Namen *Rebecca Wandsworth geb. Shepherd*, aber keine

Jahreszahlen. Logisch. Wir hätten ja wohl kaum *1400 eingravieren lassen können. Zumindest ist dieses das frühste Leben, an das wir uns alle zu großen Teilen erinnern können.

Langsam gehe ich vor dem Stein in die Hocke und lege die Blumen davor ab. »Hey, Beccy«, flüstere ich liebevoll und streiche mit den Fingern über die Gravur.

Obwohl ich weiß, dass unter dem Stein nur eine leere Urne liegt, bin ich oft hier. An ihrem Geburtstag, Thanksgiving und an unserem Hochzeitstag natürlich.

Ich lege den Strauß Klatschmohn vor ihrem Stein ab. »Für dich«, hauche ich und lächle. Vorsichtig zupfe ich das Moos vom Stein – eine Angewohnheit, die ich wohl nie loswerden kann. Es hilft mir, hier anzukommen und mich auf meine eigene kleine Therapiesitzung mit mir selbst einzulassen. Mit der anderen Hand ziehe ich den Anhänger aus meinem Shirt und drehe den kleinen Raben darauf in den Fingern. Ihr Ehering klimpert jedes Mal, wenn er gegen den Anhänger stößt.

Seufzend rutsche ich näher an den Stein und streichle über die Oberfläche. »Grayson hat jetzt so etwas wie eine Freundin. Sie heißt Natalie und ... du müsstest die beiden zusammen sehen ... Du fehlst uns. Es ist alles anders ohne dich und die letzten fünf Jahre waren ... ehrlich gesagt, sie waren scheiße. Ich wünschte, du wärst hier.«

Ich umklammere den Anhänger so fest, dass er einen roten Abdruck in meiner Hand hinterlässt. Schnell lasse ich ihn wieder in meinem Shirt verschwinden, bevor ich ihn noch kaputt mache. Wieder klimpert der goldene Ring gegen das Silber des Anhängers ...

Eine dunkle Nacht umgibt mich, als ich durch die Straßen Londons gehe. Eine Frau wirft ein paar bettelnden Straßenkindern einige Münzen vor die Füße, die sich klirrend auf dem buckeligen Kopfsteinpflaster drehen. Schwerfällig taumelnd suche ich nach einem Opfer. Gray habe ich hinter mir gelassen. Ich kann das auch ohne ihn. Ich muss mich einfach nur mehr anstrengen.

Es dauert nicht lange, bis ich ein Mädchen als Opfer ausgewählt habe. Sie geht nicht weit vor mir und ich habe keine Zeit und keine Kraft, um wählerisch zu sein. Ihre Gedanken sind schwer zu verstehen, doch je näher ich komme, desto klarer werden sie. Ich höre, dass sie keine Angst vor mir hat. Sie wundert sich lediglich, warum ich so dicht hinter ihr gehe. Sie wird schneller. Also hat sie doch Angst. Ich muss mich anstrengen, um überhaupt noch hinterherzukommen.

Schwungvoll biege ich um die Ecke und bleibe abrupt in einer Sackgasse stehen. Sie hat die Arme verschränkt und die Augenbrauen hochgezogen.

»Darf ich fragen, warum Ihr mir folgt, Sir?« Der Saum ihres dunkelgrünen Kleides ist schmutzig.

»Ich begehre lediglich Euer Ableben, Miss«, antworte ich und gehe einen Schritt auf sie zu, wobei meine Schuhe auf dem buckligen Kopfsteinpflaster knirschen.

»So? Und was verschafft mir die Ehre?« Sie scheint nicht älter als fünfzehn zu sein.

Ich zucke mit den Schultern. »Ich habe einfach keine Kraft mehr, Kind.«

»Dafür habe ich ausreichend Kraft, Sir.«

»Das denke ich nicht.«

Ich weite meine Gedanken aus. Konzentriere alles auf dieses Mädchen, das mich unverblümt und ein bisschen spöttisch ansieht. Meine schwarzen Augen suchen sie in der Dunkelheit, versuchen sie zu fokussieren, bis …

»Seid Ihr von allen guten Geistern verlassen?«, erwidert sie plötzlich grob, als ich vor Kopfschmerzen auf die Knie gehe. Meine Kraft reicht selbst dafür nicht mehr aus. Das Mädchen hätte die Möglichkeit wegzulaufen, aber stattdessen geht sie ebenfalls in die Hocke und hebt mein Kinn an. »Dachte ich es mir doch«, murmelt sie leise und spricht dann etwas lauter: »Seht mich an.«

Nur mit Mühe hebe ich den Blick auf ihr Gesicht. Hier unten zu hocken ist mir schrecklich peinlich. Ich sitze im Dreck vor einem kleinen Mädchen. Kraftlos und verzweifelt.

Ihr Gesicht ist schön. Ebenmäßig mit einer faszinierenden Augenfarbe. Ein Blau, so dunkel und stürmisch wie der Ozean. Sie ist auch im Gesicht braun. Vielleicht arbeitet sie auf den Feldern? Dann werden ihre Augen noch ein bisschen dunkler und schließlich schwarz. Und ich verstehe, was sie mir zeigen will. Sie ist wie ich. Das hätte ich früher erkennen müssen, wenn ich nicht so schwach gewesen wäre.

»Ihr seid einer dieser Zwillings-Shemayu, nicht? Euch ist doch klar, dass Ihr Euch ohne Eure zweite Hälfte nicht ernähren könnt. Vor allem nicht an jemandem Euresgleichen.« Sie kichert, als fände sie es ungeheuer komisch, dass ich es

überhaupt versucht habe. Es war auch ziemlich dämlich, das muss ich zugeben.

»Ich kann diesen Kerl nicht leiden. Ich kann einfach nicht.«

Gnadenlos erwidert sie: »Steht auf. Wir müssen Euren Kameraden finden. So wie Ihr hier durch die Straßen wandelt, wird noch ein Nesweru auf Euch aufmerksam, was nicht nur Euer eigen Tod bedeuten würde, sondern auch den Eures Freundes.«

»Er ist nicht mein Freund.«

»Wie dem auch sei. Erhebt Euch.«

»Ich kann nicht«, betone ich nochmals. Ich habe keine Knochen mehr. Keine Muskeln. Keinen Lebenswillen.

Sie grummelt etwas von Deserteur und Taugenichts, greift dann unvermittelt unter meine Arme und zieht mich nach oben. Was? Dieses kleine Mädchen hat gerade … doch in der nächsten Sekunde dämmert es mir schon.

»Mir scheint, Ihr habt … ungewöhnliche Kraft.«

»Gut erkannt.«

»Ich bin Nicolas.«

Zögernd sieht sie auf meine ausgestreckte Hand. Dann ergreift sie meine Rechte und erwidert zaghaft: »Rebecca.«

Prustend schüttle ich den Kopf, als ich unsere erste Begegnung noch einmal im Kopf durchlebe. Ich kann mich nicht mehr an das genaue Jahr erinnern, doch wir haben zur Shakespeare-Zeit in London gelebt und erst weit danach begonnen, New York für uns zu entdecken. Seit dem haben wir den Großteil jedes Lebens hier verbracht.

Mein Handy piepst und ich ziehe es aus meiner Hosentasche, um die eingegangene Nachricht zu lesen. Ich bin etwas überrascht, Ravens Namen zu lesen. Zwar hatte ich ihr meine Nummer gegeben, doch nicht wirklich damit gerechnet, dass sie sich melden würde.

Raven: *Hi. Ich war mir unsicher, ob ich dir einfach schreiben darf. Aber ich hatte gerade eine neue Erinnerung. Vielleicht kommt mehr, wenn ich mit dir über sie sprechen kann? Was hältst du von einem Kaffee?*

Gerade will ich antworten, als mir wieder angezeigt wird, dass sie tippt.

Raven: *Falls das eine blöde Idee ist, vergiss sie bitte einfach wieder. Sorry.*

Ich sollte das nicht tun. Ich sollte ihr nicht zurückschreiben, aber diese Erinnerung könnte wichtig sein. Sie könnte meine Fragen beantworten, die mich seit Jahren quälen. Wer Rebecca ermordet hat. Wie es passiert ist. Aber Ravens Auftauchen hat alle Wunden wieder aufgerissen und die Versuchung ist zu groß, also beginne ich zu tippen.

***

Mein Herz rast, als ich Raven von Weitem auf mich zusteuern sehe. Sie umarmt mich vorsichtig zur Begrüßung und wispert ein schüchternes: »Hi.« Dann holen wir uns zwei Kaffees zum Mitnehmen – sie bestellt ihren mit Vanille-Sirup, was auch Rebecca immer gemacht hat.

Sie erzählt mir von sich. Dass sie während ihres Klinkaufenthalts von ihrer Liebe zum Tanzen überrascht wurde, was sie auch von Rebecca haben muss. Raven hat ein paar Unterrichtsstunden nebenbei genommen und musste feststellen, dass sie verdammt gut darin ist. Sie hat außerdem herausgefunden, dass sie Noten lesen kann – Rebecca hat Geige gespielt – und furchtbar schlecht in Mathe ist. Ich kann mir keinen Reim darauf machen, ob Rebecca Raven nur sehr viel von ihrer Persönlichkeit hinterlassen hat oder ihr Körper einfach nur perfekt zu ihr gepasst hat.

Das Gespräch schwankt zwischen unangenehmer Stille, Lachen und Ernst, da ich stets versuche, auf ihre Erinnerungen zurückzukommen. Wenn ich nur herausfinden könnte, wer Rebecca das angetan hat. Seit Raven in unserer Wohnung stand, kann ich kaum an etwas anderes denken. Außer, wenn ich bei Cassey bin, was gepaart mit meinem schlechten Gewissen einer der Gründe war, weswegen ich überhaupt nur zu ihr gefahren bin. Auch, um sie abzulenken und ihr Gesellschaft zu leisten. Sie kennenzulernen und in Erfahrung zu bringen, was es mit diesem Satz über ihren Vater auf sich hatte. Und herauszufinden, wie sehr der Shemayu ihr Schaden zugefügt haben könnte. Dabei hämmern zwei Worte unablässig gegen meine Schädelwand: Meine Schuld.

Obwohl ich weiß, dass das Quatsch ist.

Aber vielleicht, nur ganz vielleicht bin ich auch zu ihr gefahren, weil

ich irgendwie gerne in ihrer Nähe bin.

***

Unter dem Vorwand, müde zu sein, will ich in mein Zimmer verschwinden, aber Natalie und Grayson zwingen mich halbwegs dazu, *G. I. Joe* mit ihnen zu schauen. Obwohl sie eigentlich gerade in Graysons Zimmer verschwinden wollten, als ich zur Tür hereinkam. Ich hätte mir lieber Kopfhörer aufgesetzt und versucht, Graysons Gedanken auszublenden, während die beiden bei der Sache gewesen wären, aber Natalies leise gemurmelte Gedanken verraten mir, dass es ihr unangenehm gewesen wäre. Trotzdem können sie nicht so richtig die Finger voneinander lassen, als sie die Couch für sich eingenommen haben und ich es mir mit einem Kissen auf dem Boden bequem gemacht habe.

Einerseits muss ich grinsen, wann immer einer der beiden vom Film abgelenkt wird, weil mal hier und mal dort eine Hand liegt, die ein frisch verliebtes Kribbeln im Bauch verursacht. Andererseits muss ich mir eingestehen, dass ein ganz fieser Teil von mir neidisch auf das ist, was die beiden haben. Und für den Bruchteil einer Sekunde stellt sich mein Hirn vor, wie es wäre, wenn Cassey hier wäre. Bescheuert. Absolut bescheuert.

Nach einer halben Stunde vibriert ein Handy hinter mir und reflexartig sehe ich über meine Schulter. Grayson hat Natalies Handy stibitzt und versteckt es hinter seinem Rücken. »Aha! Wer ist das? Dein anderer Freund?«, ruft er grinsend und zieht die Augenbrauen hoch.

»Nein, du Nuss«, murmelt sie grinsend und schlägt liebevoll auf seinen Arm. Sie holt sich das Handy zurück und öffnet die Nachricht. »Cassey. Sie ist gut angekommen.«

»Ist sie weggefahren?«, frage ich überrascht.

Natalie tippt schnell eine Antwort und steckt das Handy weg. »Sie … ähm… ich habe sie gestern spät abends zum Flughafen gebracht.«

»Wo ist sie denn hingeflogen?«

»Russland«, antwortet sie und fixiert meine Augen.

Aber wann kommt sie wieder? Geht es ihr gut?

»Und warum ist sie ohne dich geflogen? Du sagtest doch, dass du in zwei Tagen auch fliegst«, wendet Grayson ein.

Natalie sieht sich suchend in unserem kleinen Wohnzimmer um und gerät ins Stammeln. Ihre Gedanken sind wie so oft ein unverständliches Gemurmel, wobei ich Fetzen wie *Baba Jaga* und *Heilkur* aufschnappe, die ich nicht so recht zusammenbringen kann. Dann senkt sie den Blick und spielt an ihrer Armbanduhr herum. »Sie braucht eine Auszeit«, erklärt sie ruhig und langsam. Und ich komme nicht umhin, direkt an Casseys und meine letzte zugegeben unschöne Begegnung zu denken. Sie hat mich weggeschickt, mehr als deutlich gemacht, dass ich sie in Ruhe lassen soll. Was vollkommen in Ordnung wäre, wenn ich nicht das Gefühl hätte, eine Grenze überschritten zu haben, die Cassey zur Flucht veranlasst hat. Aber was genau ist eigentlich passiert? Sie war mehr oder weniger gut drauf, bis ich ihr das Handy bringen wollte.

»Natalie«, setze ich an, da ich mir sicher bin, dass sie mit ihrer Zwillingsschwester über den Vorfall gesprochen hat – oder zumindest hoffe ich es inständig, weil irgendetwas in ihr passiert ist, was ich nicht deuten kann. »Ich … mache mir Sorgen. Sag mir, was ich getan habe.«

»Du hast nichts falsch gemacht. Du hättest ja nicht wissen können, dass sie so reagiert und warum«, winkt sie kopfschüttelnd ab.

»Ehrlich gesagt … ich kann nicht so richtig nachvollziehen, ob sie mich einfach nicht leiden kann – und es wäre voll okay, wenn das so wäre – oder ob ich einfach nur eine Grenze überschritten habe, von der ich nichts wusste«, gebe ich zu und drehe mich vollständig zur Couch herum. Natalies sanfter Blick ruht auf mir, der Casseys so unähnlich ist, obwohl sie die gleichen Augen haben.

\\Es ist süß, welche Gedanken er sich macht. Schade, dass Cassey das nicht mitbekommt.//

»Du hast ganz minimal eine Grenze überschritten, von der du nichts wusstest«, gibt sie mit piepsiger Stimme zu und zeigt mit Daumen und Zeigefinger einen kleinen Abstand. Dann legt sie ihre Hände aneinander und erklärt: »Es ist so … Die Zeichnungen, die du gesehen

hast … wie soll ich es formulieren? Cassey redet ja nicht wirklich viel … über sich. Sie … verarbeitet alles durchs Zeichnen. Es ist ihre Therapie.«

»Verstehe«, murmle ich nachdenklich; verknüpfe die Zeichen miteinander, die ich zuvor nicht zusammenbringen konnte. Das mit der Malerei war also ein blöder Ansatz meines Besuchs gewesen, und ich habe es nicht früher bemerkt. Es ist ihre Privatsphäre.

\\Was hat jemand wie Cassey schon zu verarbeiten?//

Ich werfe Grayson einen warnenden Blick zu. Zugleich schießen Tausende Fragen durch meinen Kopf. Was ist es, das Cassey verarbeiten muss? Erlebt sie wirklich physische Gewalt zu Hause? Oder … ihr Blick, als ich sie auf das Bild ihrer Mom angesprochen habe – sie hat zum ersten Mal so ausgesehen, als würde nicht alles an ihr abprallen. Ihre Stimme hat sich verändert, als sie über den Tod ihrer Mom gesprochen hat. Durch das Gedankenlesen bin ich eigentlich ziemlich gut darin, Menschen zu deuten, doch Cassey ist ein riesiges Fragezeichen.

»Denkst du … ich meine, ich habe mich bereits entschuldigt, aber denkst du, sie hasst mich jetzt? Das war wirklich keine Absicht. Ich wollte nie, dass sie sich unwohl in meiner Nähe fühlt.«

»Manchmal hasst sie alles und jeden«, lacht Natalie und ich hebe fragend eine Augenbraue. »Aber ich glaube, sie war weniger sauer auf dich als auf sich. Also alles gut, okay?«

Cassey

urch die zwei Flugstopps und den Traum von einem klavierspielenden Oktopus fühle ich mich bei der Landung wie gerädert. Um zehn Uhr abends nach New Yorker Zeit und sechs Uhr morgens nach Moskauer Zeit landet der Flieger und ich schleppe mich durch den Flughafen, hole mein Gepäck ab und gehe nach draußen.

In New York war das Wetter harmlos, im Gegensatz zu dem Wetter hier. Es liegt eine fünfzig Zentimeter hohe Schneedecke über allem und es ist gefühlt dreißig Grad kälter. Zum Glück bin ich schon darauf vorbereitet gewesen. Aber auf diese Zeitverschiebung von acht Stunden freue ich mich gar nicht.

Plötzlich ertönt ein Hupen, Scheinwerfer leuchten auf, und ein Wagen hält vor mir. Schnell öffne ich den Kofferraum, verstaue Koffer und Tasche und steige auf der Beifahrerseite ein. Eine müde, grauhaarige Frau sitzt neben mir und lächelt mich an. »Guten Morgen, Cassey«, begrüßt sie mich freundlich und mit diesem sanften, liebevollen Ton.

»Tut mir leid, dass ich so spontan und früh gekommen bin«, sage ich nüchtern und schnalle mich an.

»Das ist doch kein Problem. In spätestens zwei Stunden wäre ich sowieso aufgestanden«, sagt sie heiter und fährt los. »Darf ich fragen, wieso du doch früher gekommen bist? Alleine.«

»Nichts für ungut Baba, aber ich will jetzt gerade nicht darüber reden, wenn's recht ist«, murmle ich und sehe aus dem Seitenfenster. Die in der Dunkelheit liegende Schneelandschaft zieht an uns vorbei und wir entfernen uns immer weiter von der Großstadt.

»Na klar, kein Problem. Du bist bestimmt auch sehr müde.« Sie ist so verdammt verständnisvoll.

»Aber eine Frage habe ich«, melde ich mich nach einer Weile. »Könntest du später Baba Ja…, ich meine Baba Maria anrufen und fragen, ob sie Zeit hat? Ich würde mich gerne von ihr behandeln lassen.«

»Geht es dir etwa nicht gut? Ich habe zwar gehört, dass du nicht so fit bist, aber ich dachte, das ist einfach nur die Müdigkeit. Fehlt dir was?«, bombardiert sie mich mit Fragen und klingt überaus besorgt.

»Nein und ja, aber ich erkläre es dir später, okay?«, bitte ich sie erschöpft und kann trotz sieben Stunden Schlaf meine Augen kaum aufhalten.

»Aber natürlich. Ruh dich aus.«

Nach einer Stunde kommen wir in dem kleinen Städtchen an, in dem wir elf Jahre mit unserer Familie gelebt haben. Hier sind Natalie und ich aufgewachsen. Mein Herz macht unwillkürlich einen Freudensprung.

***

Baba Jaga schließt mich herzlich in die Arme, als wir zur Tür reinkommen. Sie ist klein und riecht so heimisch nach Kräutern und Feuchtigkeitscreme. Mit ihren zittrigen, knittrigen Händen umfasst sie meine Wangen und mustert mich lächelnd.

Ihr graues Haar ist von einem rot gemusterten Tuch, welches sie unter dem Kinn zugeknotet hat, bedeckt. Tiefe Falten zeichnen ihre Haut, und trotz ihrer stolzen zweiundneunzig Jahre, blicken mir jugendliche Augen entgegen. Augen, die bereits so vieles gesehen haben und einem in die Seele blicken können. »Freut mich so, dich zu sehen, Cassjuscha. Bist so schön.«

Leicht lächelnd lege ich meine Hände über ihre und erwidere: »Danke, es ist auch schön, dich zu sehen, Baba Jaga.« Dann beiße ich mir auf die Zunge, weil sie eigentlich Maria heißt, aber es ist Gewohnheit. Seit wir Kinder waren, ist *Baba Jaga* unser Spitzname für sie, weil sie uns immer an die russische Waldhexe erinnerte. Unsere Baba Jaga ist eine Kräuterfrau, eine der wenigen Clan-Ältesten, die noch die alte Naturheilkunst beherrscht. Sie besitzt eine ausgeprägte Wahrnehmung von Körper und Geist und ein unermessliches Wissen über Heilkräuter. Fähigkeiten, die heutzutage immer seltener von nachfolgenden Generationen übernommen werden, weil sie viel Geduld und auch Sensibilität voraussetzen. Spiritualität. Naturverbundenheit. Und natürlich Willensstärke.

Plötzlich nimmt sie die Hände runter und runzelt die Stirn. »So traurig. Viel Schmerz in der Brust. Was ist passiert?«

Ich presse meine Lippen aufeinander und mein Herz pocht heftig gegen meine Rippen. Noch bevor ich eine Erklärung abgeben muss, legt Oma eine Hand auf ihre Schulter. »Mama, Cassey hat ein paar Beschwerden. Könntest du ihr helfen?«

Meine Uroma nickt und mustert mich besorgt von Kopf bis Fuß. Dabei schweben ihre Hände über meinen Körper, als würde sie ihn abtasten, ohne ihn wirklich zu berühren. Mit den Augen liest sie meinen Körper, mit den Händen erspürt sie meine Aura, und dann stellt sie auch schon eine Diagnose, die immer genau ins Schwarze trifft.

Ohne näher auf die Einzelheiten einzugehen – sie wartet stets lieber ab, bis man sich ihr anvertraut –, macht sie sich an die Arbeit. Ich folge den beiden ins Wohnzimmer und erinnere mich an die Zeit, als Nat und ich hier rumgerannt sind, um ihrer ekeligen Medizin zu entrinnen. Selbst mit Fieber sind wir schreiend geflüchtet, bis unsere Eltern uns gefangen haben. Sie mussten uns richtig festhalten. Baba Jaga musste unsere Kiefer packen, um uns den Löffel in den Mund zu schieben. Bei der Erinnerung meine ich, dieses bittere Zeug zu schmecken. Gleichzeitig ist es eine schöne Erinnerung. Hier haben wir Zeiten der Unbeschwertheit verbracht.

Nachdem meine Oma und Baba Jaga ein paar Utensilien in der Küche bereitgestellt haben, begleite ich sie in den Keller. Die Holztreppe knarzt. Wände und Boden sind aus Beton, leise summende Leuchten und ein einziges, winziges Fenster bringen Licht in den Keller. Ringsum Regale, gefüllt mit Gläsern, und inmitten des Raumes ein zusätzlich beleuchteter, saftig-grüner Kräutergarten – ein Blickfang.

Während meine Uroma allerlei Zutaten zusammensucht und uns reicht, wirft sie immer wieder einen Blick in ein braunes, ledergebundenes Notizbuch. Ich weiß, dass darin viele Rezepte und Anleitungen stehen, darunter ein Messsystem, das schon im alten Ägypten von Heilern genutzt wurde, um Arznei herzustellen. Erzählungen zufolge verwendete Thoth, der Gott der Wissenschaft, dieses Messsystem, um dreiundsechzig von vierundsechzig Zutaten richtig zu dosieren. Und die vierundsechzigste Zutat soll magisch sein. Sie offenbart sich einem Heiler nur, wenn Thoths Smaragdtafeln nach einem gewissen Schema ausgelegt werden, und entspricht dem Bedarf der zu heilenden Person.

Eben diese Steintafeln verbergen sich in einer Holztruhe unter dem Kräuterbeet. Es ist lange her, dass ich sie zu Gesicht bekam. Grün, graviert und in der Größe von Tarotkarten.

Wir bringen die Zutaten in die Küche und überlassen den Rest Baba Jaga. Sie bereitet alles konzentriert zu – es wirkt so entspannt, als würde sie einen Kuchen backen. Dabei murmelt sie unverständliche Worte vor sich her, bis letztlich eine Tinktur entsteht, welche ich die nächsten drei Tage einnehmen muss.

***

Abends sitze ich mit meinen Großeltern im Wohnzimmer, obwohl ich eigentlich völlig fertig bin, weil der Tag für mich schlappe achtundvierzig Stunden hatte.

»Wie geht es unseren lieben Verwandten?«, frage ich, um das Thema *Wie geht es Cassey?* ein bisschen nach hinten zu verschieben.

Oma erzählt von meinen kleinen Cousinen Elvira und Rose, die beide vor Kurzem noch krank waren und sogar ihre Eltern angesteckt haben, sodass sie alle zu Hause eingesperrt waren und von ihr versorgt wurden. Des Weiteren berichtet sie von Roses Einschulungsfeier und Onkel Vadims Beförderung. Mein Cousin Christopher hat mal wieder eine Beziehung in den Sand gesetzt. Sein Bruder Dimitrij beendete ein Semester vor seinen Drillingsbrüdern erfolgreich sein

Studium. Natürlich erzählt sie noch viel mehr, aber alles in allem geht es jedem gut und das ist es, was ich letztlich hören wollte.

»Sie kommen auch alle her am Samstag?«

Sie nicken beide. »Ja, wie immer.«

Ich lächle. »Full house.« Einerseits habe ich es vermisst, andererseits ist es superanstrengend mit einer fast zwanzigköpfigen Familie in einem Haus, egal wie groß es ist. Dann werde ich viel lächeln müssen … und reden … und höflich sein. Was man nicht alles für die Familie tut.

»Wie geht es Alexander und Natalie?«, fragt mein Opa und greift nach seinem Bierchen. Ich bin mir sicher, dass er damals exakt wie mein Vater und dessen Drillingsbrüder aussah. Sie sehen sich unglaublich ähnlich, bis auf ein paar Merkmale. Opas Erscheinung ist jedoch sehr viel fröhlicher und offenherziger als die von Papa, mehr wie von Onkel Sergej. Ein knuffiger, grauhaariger Mann mit einem kleinen Bäuchlein und einem in der Hose steckenden Holzfällerhemd. Die Jahre gehen nicht spurlos an ihm vorbei und dennoch ist er fit wie ein Turnschuh. Er hält gut mit uns Nesweru mit.

Ich zucke mit den Schultern. »Ganz gut soweit.«

»Und dir? Du hast noch gar nichts von dir erzählt.«

»Gutes Stichwort«, bemerkt Oma nickend.

»Na ja, was soll ich denn erzählen?«

»Zum Beispiel, wieso du hier als Pflegefall auftauchst, als wärst du …«

»Was? Ein normaler Mensch?«, frage ich bissig, weil es doch genau das ist, was sie denkt.

Dafür bekomme ich einen tadelnden Blick von ihr. Opa räuspert sich absichtlich laut, da er es als Beleidigung seiner selbst erachtet. Aber jetzt mal ehrlich, ist es denn so abwegig, dass auch mal ein Nesweru krank wird?! Mal abgesehen davon, dass ein Shemayu im Spiel war … wir sind auch nicht unsterblich und schon gar nicht perfekt.

Ich genieße die Vorzüge des Nesweru-Daseins, keine Frage. Wer würde das nicht? Man kann sich mehr erlauben, mehr Risiken eingehen und trägt immer dieses Gefühl der Selbstsicherheit – der Unantastbarkeit, möchte ich fast sagen – in sich. So muss sich wohl manch

ein Shemayu mit seiner Heka, also seiner übernatürlichen Fähigkeit fühlen.

»Du weißt, so war das nicht gemeint, Cassey«, entgegnet Oma und reißt mich aus meinen Gedanken.

»Doch irgendwie schon. Jeder reagiert, als wäre es ein totales Unding, dass ich einfach mal gesundheitlich am Arsch bin.«

Wieder räuspert Opa sich. »Wortwahl.«

Ich verdrehe die Augen und grummle: »Ist doch wahr.«

»Ist es nicht. Klar werden Nesweru auch mal gelegentlich kurz krank, aber eine *Selbstvergiftung*? So was kommt nicht von jetzt auf gleich. Und für uns ist es erst recht unüblich. In meinem ganzen Leben war ich nie länger als zwei Tage angeschlagen.«

»Hör auf mich neidisch zu machen«, ermahnt Opa sie und bekommt dafür ein liebevolles Lächeln von Oma geschenkt.

Opa ist nicht wie wir, er hat in die Familie eingeheiratet. So wie meine Mutter, die einst Amerikanerin war und sich erst an die ganze Shemayu-Nesweru-Sache gewöhnen musste. Sie wuchs in bescheidenen Verhältnissen auf, glaubte an einen christlichen Gott und hat immer sehr hart gearbeitet, um ihre Ziele zu erreichen. Selbst als sie mit uns schwanger wurde und mit Papa nach Russland ging, zog sie ihr Medizinstudium durch, lernte fleißig die russische Sprache und arbeitete nebenbei in einer Praxis. Ihr Wunsch war es immer, Chirurgin zu werden, um anderen Menschen helfen zu können. Viel ihres Wissens konnte sie noch an uns weitergeben, bevor sie uns viel zu früh genommen wurde. Es betrübt mich zu wissen, dass sie ihre Heimat und Familie nicht ein letztes Mal sehen konnte. Aber dieses Gefühl wird von dem Glauben daran unterdrückt, dass sie glücklich war mit ihrem Leben und sich all ihre Träume erfüllt hatten.

»Sei doch froh, du musstest in deinem Leben insgesamt weniger arbeiten als ich«, kontert Oma.

Opa lacht spöttisch auf. »Wir hätten gerne tauschen können, Liebes.«

Kopfschüttelnd wendet sie sich wieder an mich. Opa zwinkert mir in dem Augenblick noch schnell zu, bevor er seine Aufmerksamkeit dem Fernseher widmet.

Ein Zucken geht um meine Mundwinkel, dann verschränke ich die Arme hinter meinem Kopf. »Nur zu deiner Info, Baba, ich habe den Mist einem Shemayu zu verdanken.«

Sie zieht überrascht die Augenbrauen hoch. »Tatsächlich?«

Ich nicke und erzähle ihr von den Geschehnissen der vergangenen Tage.

»Aber das ergibt doch keinen Sinn«, spricht Oma anschließend das aus, was auch uns durch den Kopf ging.

»Ich weiß. Was hätte er davon?«

»Genau. Ihm bringt das nicht viel, wenn dein Leid nicht direkt auf ihn übergeht. Deine Beschwerden kamen ja erst später.«

»Keine Ahnung«, seufze ich achselzuckend und wechsle das Thema. Wir unterhalten uns noch ein wenig über die Zeit in New York. Und irgendwann spuckt sie die Frage aus, die ihr offensichtlich die ganze Zeit auf der Zunge lag: »Willst du mir erzählen, wieso du so durch den Wind bist? Gibt es etwas, das du mir verschweigst?«

Mir wird sogleich unwohl und ich räuspere mich. »Durch den Wind? Wa-was … Wie kommst du denn darauf?«

Sie lächelt mich wissend an. »Glaubst du mir ist nicht aufgefallen, dass dir ungewöhnlich viel im Kopf herumschwirrt? Mama hat es auch gespürt. Du bist abwesend und hast Stimmungsschwankungen, als ob du dich nicht entscheiden kannst, ob du dich wie du verhalten sollst.«

Perplex wiederhole ich ihre Worte in meinem Kopf. Da sieht man mal, was Nicolas ausgelöst hat.

Ich würde es ja erzählen, aber ich habe Angst, dass sie sich verplappern und es vor Papa erwähnen.

»Komm schon, du kannst uns vertrauen. Wanja, sei so lieb und hol doch noch etwas Holz für den Kamin«, bittet sie Opa, um ihn loszuwerden. Er nickt verständnisvoll und geht. Oma glaubt, dass es ein Mädchengespräch wird und will, dass ich ihr alles anvertraue.

Natürlich werde ich ihr nicht alles anvertrauen, aber ich erzähle ihr zumindest so viel, wie ich Natalie erzählt habe. Und als sie dann im Bilde ist, nimmt sie mich in den Arm und haucht mir einen Kuss auf

die Stirn. »Das wird wieder. Du bist stark, genauso wie dein Papa«, raunt sie mir ins Haar. »Schließ ab mit dem, was war, sei glücklich über das, was ist und offen für das, was kommt. Das Leben ist schön, Cassey. Von einfach war nie die Rede.«

»Ich bin eine Krylowa, hm?«, wiederhole ich augenrollend Papas Worte, als würde das alles erklären. Im Endeffekt tut es das ja auch.

Oma kichert, was sie sehr jugendlich macht. »Ja, genau. Aber sieh mal, Cassey. Wenn du nicht zulässt, dass dich jemand näher kennenlernt, wirst du nie jemanden an deiner Seite haben, wie ich oder dein Papa einmal.«

»Papa? Und was hat es ihm gebracht? Mama wurde umgebracht«, platzt es aus mir raus und ich löse mich aus ihrer Umarmung. Mit gerunzelter Stirn erwidere ich ihren überraschten Blick.

»Ja, na ja …«, sie sucht nach den richtigen Worten, aber dafür gibt es keine.

»Ja genau, da fehlen dir die Worte. Papa und Mama haben sich geliebt, und dann wurde sie ihm genommen. Nein, danke, da bleibe ich lieber gleich alleine.«

»Wieso willst du alleine bleiben?«

»Weil ich mir dann nur Gedanken um mich selbst machen muss. Weil ich keine Rücksicht nehmen muss und mein Ding durchziehen kann, ohne jemanden oder etwas im Weg zu haben«, erkläre ich.

»Und was ist mit deinem Papa und Natalie? Sind sie dir egal?«, fragt sie bestürzt und ich seufze, weil sie es falsch aufgefasst hat.

»Nein, natürlich nicht. Familie ist etwas anderes. Es geht hier um …« Ich drehe das Wort auf meiner Zunge, aber bringe es nicht heraus.

»Liebe«, hilft Oma mir aus und ich nicke. Wann ich wohl das letzte Mal dieses Wort verwendet habe? Wann habe ich das letzte Mal *die drei Worte* zu Natalie oder Papa gesagt? Ich kann mich kaum daran erinnern.

Woran ich mich aber ausgerechnet jetzt erinnere, ist die Nachricht von Nicolas. Keine Stunde nachdem ich Natalie geschrieben habe, dass ich angekommen bin, kam eine Nachricht von ihm: »*Hey. Nat hat mir gesagt, dass du nach Russland geflogen bist. Wie geht's dir?*«

Natalie, diese Quasselstrippe.

»Cassey, Liebe ist nichts Negatives, ganz im Gegenteil.«

Ich verziehe das Gesicht. »Oh, doch. Liebe macht blind und naiv. Sie macht einen verwundbar.«

»Man kann eben nicht zugleich verliebt und vernünftig sein«, sagt Oma einfühlsam, sieht mich vielsagend an und legt eine Hand auf mein Bein.

Meine rechte Augenbraue schnellt hoch. »Verliebt? Wer hat denn so was behauptet?«

Sie neigt den Kopf zur Seite und lächelt. »Es ist keine Schande, etwas zu empfinden.«

Nein, es ist ein Todesurteil.

✳

Cassey

Frohe Weihnachten.
Lieber Weihnachtsmann, ich wünsche mir ein paar mehr Nerven, um meine Familie zu ertragen. Und Ruhe.

Eigentlich wird hier in Russland gerade kein Weihnachten gefeiert. Das kommt erst am sechsten Januar. Aber wir mussten die Feiertage vorverlegen, weil Papa irgendwelche wichtigen Termine und Dienstreisen nicht absagen kann. Außerdem können wir so mit Mama *ihr* Weihnachten feiern – wie wir es damals schon getan haben. Gewissermaßen gab es immer zweimal Weihnachten im Jahr.

Die Weihnachtsfeiertage mit mehr als fünfzehn Menschen in einem einzigen Haus sind Horror. Ich hasse solche Feste. Dazu gehören Geburtstage, Ostern und etliche andere Feiertage, die vollkommen unnötig sind. Silvester ist das einzige Fest, das ich ganz gut leiden kann.

Ich hätte die Tage dennoch mehr genießen können, wenn ich nicht dermaßen unter Baba Jagas Tinktur leiden würde. Schmerzen, Fieber und Schwindel begleiteten mich. Es war klar, dass das kein Zuckerschlecken werden würde. Immerhin soll ich nach den Feiertagen wieder völlig gesund sein; ein Heilungsprozess, der eigentlich Wochen und Monate dauert.

Zum Glück ist diese Zeit dann doch schnell vorbei, sodass Natalie und ich unsere letzten Stunden damit verbringen können, Mama zu besuchen. Papa war bereits bei ihr. Er geht sie immer alleine besuchen, was für uns vollkommen okay ist.

Trotz der dicken, glitzernden Schneeschicht ist es nicht schwer, ihren Grabstein zu finden, weil viele Menschen zur Weihnachtszeit ihre geliebten Verstorbenen besuchen und die Grabstellen von Schnee und anderem befreien, um Blumen darauf abzulegen. Zudem sticht Mamas Stein besonders hervor, wenn die Sonne scheint, wie jetzt gerade. Er besteht aus zwei aufragenden beigen Steintafeln, die durch eine bernsteinfarbene, runde Platte in der Mitte verbunden sind. Das Besondere daran ist, dass diese Platte aus Karneol besteht und darin eine Sonne abgebildet ist, die durch Lichteinstrahlung wunderbar orange-gelb leuchtet.

Passend dazu steht unter Mamas Namen und dem Geburts- und Todesdatum ein Spruch: *Du hast jeden Raum mit Sonne geflutet.* Es passt in so vielerlei Hinsicht zu ihr.

Wir bleiben stehen und betrachten schweigend den Stein, die eingravierten Schriftzüge und die vielen Blumensträuße. Die meisten davon sind Tulpen, weil Mama sie geliebt hat. Eine wunderbare, lebensfrohe Frau. Sie war die beste Mama, die man sich hätte wünschen können. Liebevoll und gütig und trug immer ein Lächeln im Gesicht, selbst wenn es ihr Mal nicht so gut ging. Wenn ich an sie denke, habe ich ihr schönes, von blondem Haar umrahmtes Gesicht vor mir und sehe dieses warme Lächeln und diese sanft strahlenden, meeresblauen Augen. Und wenn ich an sie denke, spüre ich ihre zärtliche Berührung an meiner Wange und die Küsse, die sie mir immer aufs Haar gedrückt hat, wenn ich neben ihr am Klavier saß. Diese geborgenen Umarmungen. Diese liebevollen Worte und dieser beneidenswerte Optimismus.

»Sie fehlt mir«, flüstert Natalie neben mir und lässt ihre Hand in meine gleiten. Damit spricht sie genau das aus, was ich fühle. Mama fehlt mir. Uns allen. Es mögen noch so viele Jahre ins Land ziehen, der Schmerz und diese Leere, die sie zurückgelassen hat, werden immer bleiben.

Tröstend drücke ich Natalie, die ihren Kopf auf meiner Schulter abgelegt hat, einen Kuss auf. Anschließend lege ich meinen Kopf auf ihrem ab und betrachte wieder den Namen. *Sarah Krylowa geb. Adair.*

»Hey Mama«, beginnt Natalie leise wie jedes Mal. »Ich hoffe, dir geht es gut, da wo du bist. Uns geht es auf jeden Fall bestens, du

brauchst dir also keine Sorgen machen. Cassey ist immer noch ein Kotzbrocken, aber ... wir kommen klar, wie immer.«

Ich verdrehe die Augen.

»Wir äh... wir vermissen dich sehr, Mama. U-und ...« Ihre Stimme bricht ab, weil sie kurz vor den Tränen steht, und ich übernehme für sie.

»Wir wünschen dir frohe Weihnachten und vorab ein frohes neues Jahr. Ich ... passe gut auf alle auf, versprochen«, murmle ich. Dann löse ich mich von ihr und sie legt eine einzige rote Tulpe zu den anderen Sträußen.

»Wir müssen dann jetzt los.« Ich räuspere mich, um wieder meine Beherrschung zurückzuerlangen. Es schmerzt in der Brust, wenn wir vor ihrem Grab stehen und Natalie weint.

»Ja. Auf Wiedersehen, Mama«, sagt Natalie etwas heiser und streicht über den Grabstein. Ich mache kehrt und atme tief durch, um den Schmerz durch mich durchfließen zu lassen und loszuwerden. Umso weiter wir uns dann vom Friedhof entfernen, desto milder wird der Schmerz, bis er gänzlich verschwindet und nur noch Kälte und Leere zurückbleibt.

Nicolas

Weihnachten war so wie jedes Jahr, nichts Spektakuläres. Eigentlich schenken wir uns seit vielen Jahrzehnten nichts mehr. Manchmal kommt es aber doch vor, dass ich Gray etwas Kleines schenke und umgekehrt. Klaviernoten oder so etwas.

Ich weiß nicht genau, warum ich Cassey zu Weihnachten geschrieben habe. Vielleicht, weil ich nach wie vor ein schlechtes Gewissen habe.

Das Schlimme ist, Cassey fehlt mir. Sie ist verschlossen, chaotisch und verrückt. Sie ist die komplizierteste Person, die ich je kennengelernt habe. Ein Wirrwarr aus Fäden, die alle miteinander verbunden sind. Aber das Verrückte daran ist, dass ich es vermisse, mir einen Reim auf ihr verwirrendes Verhalten zu machen. Und dass ich vermisse, wie sehr sie meine Ruhe ins Wanken bringt.

Je mehr Zeit vergeht und ich nichts von ihr höre, desto mehr kann ich mir einreden, dass es besser wäre, sie in Ruhe zu lassen. Das Leben ist schon kompliziert genug. Cassey ist eine Art für sich, und ich sollte mich definitiv wieder mit den wichtigen Dingen des Lebens beschäftigen. Grayson ärgern zum Beispiel.

Um sechs Uhr mittwochmorgens bin ich hellwach und kann nicht mehr schlafen. Ich habe verwirrende Dinge geträumt, die ich besser gar nicht erst anfangen will zu analysieren. Wirklich nicht. Also stehe ich auf, gehe kurz durchs Bad und binde meine Haare im Nacken zusammen, bevor ich den Kaffee aufsetze. Anschließend reiße ich Graysons Tür auf und ziehe ihm die Decke weg.

»Ey! Spinnst du?«, stöhnt er mit vom Schlaf angerauter Stimme. Er trägt nur eine Jogginghose und seine Haare sind vollkommen

verstrubbelt. So sieht er viel mehr aus wie der Grayson, den ich am besten kenne. Der Volltrottel und nicht der unfehlbare Frauenheld.

»Was denn? Ich dachte, ich wäre diese Woche dran mit der Wäsche«, entgegne ich schelmisch grinsend. So oft wie er mir auf die Eier geht, kann ich es ihm auch mal heimzahlen. Ich ziehe die Decke ab und lege den Bezug zur Seite.

»Ja, aber warum zur Hölle fängst du mit meiner Decke an? Ich schlafe«, ruft er genervt und zieht sich das Kissen über den Kopf. Lachend boxe ich gegen seinen Bauch. »Jetzt nicht mehr. Raus aus den Federn. Du wolltest heute mit mir zum Fechten gehen, also beschwer dich nicht.«

»Aber doch nicht …«, er sieht auf die Uhr, »um diese Uhrzeit! Bist du bescheuert?!«

»Jap.« Ich entziehe ihm das Kopfkissen.

\\Ich hasse dich.//

»Weiß ich doch.«

***

Die Sporthalle ist riesig und nur eine der vier Fechtbahnen ist belegt. Die Holzbänke an den Seiten sind nahezu leer und in meinen Ohren klingt das Piepen der elektrischen Trefferanzeigen wie Musik. Sie vermischen sich mit den schnellen kleinen Schritten und dem Aufeinanderprallen der Maraging-Stahlklingen.

Nach dem Aufwärmen und Dehnen schlüpfe ich in meine Fechtkleidung. Zusammen mit dem Körperkabel streife ich mir den Ärmel der Jacke über und lasse mir von Grayson helfen, sie zu schließen. Als wir schließlich noch mit Maske, Maskenkabel, leitender Brokatweste und Florett ausgerüstet sind, kommt einer der Fechter von der anderen Bahn auf uns zu. Sein verschwitztes dunkles Haar klebt ihm an der Stirn und er hat seine Maske unter einen Arm geklemmt. Als ich die beiden vorhin beobachtet habe, musste ich feststellen, dass sie beeindruckend gut sind.

»Hey. Braucht ihr einen Obmann?«

»Das wäre cool. Danke«, bemerke ich und nicke. Bevor Grayson wieder schummelt. Ich kann dessen wissendes Grinsen durch das Maskengitter hindurch erkennen und erwidere es. Das Fechten heizt uns beiden dermaßen ein, dass wir uns immer erst davon losreißen können, wenn wir kaum noch laufen können. Das war schon seit Jahrhunderten so und vermutlich wird es sich auch niemals ändern. Es ist ähnlich wie das Tanzen mit Beccy – damals.

Das Florett wird mit dem Melder verkabelt und Grayson und ich testen kurz, ob die Verbindungen stimmen. Es piepst zweimal. Dann begeben wir uns an unsere Startlinien.

»Lass uns wetten, Wandsworth«, fordert Grayson schelmisch grinsend. »Eine Woche Putzdienst für den Verlierer.«

»Bin dabei, Hackney«, gebe ich zurück und rücke kampfeslustig meine Maske zurecht.

»En garde«, setzt unser Obmann schmunzelnd an.

Wir heben unsere Waffen. Ich halte meinen linken Arm angewinkelt hinter meinen Kopf, während Grayson die linke Faust gegen seinen unteren Rücken positioniert.

»Prêtes?«

Mein rechter Fuß zeigt zu Grayson, ich beuge mein Knie im richtigen Winkel und drehe meinen linken Fuß Richtung Obmann.

»Allez!«

Beim Fechten gehe ich gern direkt in den Angriff. Grayson ist dafür verdammt gut im Abwehren geworden und mein erster Treffer kostet mich bereits Schweiß und Atem. Irgendwann kommt immer der Punkt, an dem ich denke, dass ich unter der Maske nur noch salziges Wasser einatme, aber das hält mich nicht davon ab, weiterzukämpfen.

Mehrfach schaffen Grayson und ich es, uns zeitgleich zu treffen, sodass unser Obmann Simultanées verkündet. Doch mit einer hervorragenden Parade und einem nahtlos anschließenden Gegentreffer, dem ich nicht mehr schnell genug ausweichen kann, erwischt er mich oben links.

»Pack die Putzlappen aus, Wandsworth!«, ruft Grayson wie zu ei-

nem Kampfschrei und ich lache so laut, dass es von den Wänden der Sporthalle zurückgeworfen wird.

Den Siegestreffer lande jedoch ich, da Grayson in der Rückwärtsbewegung einen Schrittfehler macht. Seine Oktav-Parade misslingt ihm gründlich und so trifft meine Florettspitze seine untere Flanke. Es war ziemlich knapp. Unser Duell endet mit fünfzehn zu vierzehn Treffern.

»Junge, kannst du vielleicht meine Eier aus dem Spiel lassen?«, stöhnt Grayson, der bei meinem Stoß auf seinen Hintern gefallen ist. »Die brauche ich noch!«

»Du wolltest keinen Tiefschutz anziehen«, erinnere ich ihn grinsend und setze die Maske ab. Meine Haare hängen überall und ich puste sie energisch fort, während ich ihm meine Hand reiche, um ihm aufzuhelfen. »Außerdem habe ich dich überhaupt nicht so tief getroffen, also hör auf zu heulen.«

Das zweite Duell dreht sich um den Wäschedienst. Ich verliere leider ein paar wichtige Punkte, da ich ein bisschen davon abgelenkt werde, dass sich die Bahnen neben uns zu füllen beginnen. Also hat Grayson ein leichtes Spiel und entscheidet das Duell für sich. Bei unserer dritten Runde geht es nur noch um die Ehre, von der nicht mehr viel übrig sein kann, so wie wir beide schnaufen und stöhnen. Ich genieße die kurzen Momente, in denen ich aufrecht bis zur Startlinie laufen kann. Aber Grayson lässt plötzlich nach, sodass der Siegestreffer für mich zwar anstrengend, aber machbar ist.

»Du hast zu viel Energie, Wandsworth«, seufzt Grayson, als er die Maske abzieht und mir ehrenwerterweise die Hand zum Sieg schüttelt. Bei allem Quatsch, den wir sonst so machen, die Traditionen werden dennoch eingehalten.

»Vielleicht hast du zu wenig.«

»Nö. Ich spar sie mir auf. Natalie kommt immerhin heute zurück«, entgegnet er und ich lache laut auf.

»Ihr seid echt gut«, bemerkt unser Obmann, der alle drei Duelle von uns überwacht und absolut fair entschieden hat. »Wie lange fechtet ihr schon?«

»Seit Ewigkeiten«, winke ich ab. »Ihr wart aber auch nicht schlecht eben. Wollt ihr noch mal? Gray oder ich können für euch Obmann machen.« Sein Gegner hat sich im Laufe unseres dritten Duells auf die Holzbank an der Seite gesetzt und steuert nun auf uns zu.

»Also eigentlich wollten wir vielmehr mit euch reden«, setzt unser Obmann mit plötzlich gesenkter Stimme an.

»Aha?« Grayson hebt eine Augenbraue. Auch ihm klebt das sonst so perfekt gestylte Haar an der Stirn. Ganz im Gegensatz zu dem Gegner des Obmanns, der sich mit einem Tuch über die feuchte Glatze wischt.

Wir legen unsere Florette, Masken und Handschuhe ab, machen die Bahn frei und die zwei winken uns in eine leere Ecke der Sporthalle. Seltsam.

\\Kennst du die Zwei? Weißt du, was sie von uns wollen?//

Ich schüttle unauffällig den Kopf und betrachte die braunen Augen unseres Obmanns, der vielleicht sogar ein wenig jünger ist als wir. Seinen Kumpel schätze ich auf Anfang dreißig.

»Also, was gibt's?«, fragt Grayson und öffnet den Kragen seiner Fechtjacke.

»Wir hätten noch ein paar Plätze zu vergeben und wollten wissen, ob ihr Interesse habt.«

»Das mit den Wettkämpfen ist nicht so unser Ding, falls es darum geht.« Ich drehe derweil mein Haar zu einem Knoten und befestige es mit einem Gummi an meinem Hinterkopf.

»Nein«, lacht der Ältere und lässt seine Oberarmmuskeln zucken, die sich deutlich unter dem schweißabsorbierenden Langarmshirt abmalen lassen. »Wir meinen nicht im Fechten. Sondern eher, dass wir euch in unsere … Gemeinschaft holen wollen würden. Wir hatten euch dafür schon etwas länger im Blick und …«

»Sorry, aber ich raff's nicht. Seid ihr Verbindungsbrüder?«, platzt es aus Grayson heraus, wobei ich sofort die Augenbrauen hochziehe.

»Auch nicht. Ihr seid nicht so helle, oder? Habt ihr etwa noch gar nichts mitbekommen?«, bemerkt der Jüngere spöttisch und verzieht seine Lippen zu einem abschätzigen Lächeln.

»Wie wäre es, wenn du Klartext sprechen würdest?«, versuche ich

zu deeskalieren, bevor Grayson sich über die Beleidigung beschweren kann. Die Fronten haben sich urplötzlich verändert.

»Hardy meint das nicht so«, betont der Ältere scharf mit einem eindringlichen Blick zu seinem jüngeren Kumpel. »Sorry, er redet manchmal, bevor er denkt.«

»Kenne ich von ihm«, entgegne ich und deute auf Grayson.

Dieser schlägt mir protestierend gegen den Arm. Doch der Ältere schenkt mir ein wissendes Lächeln.

»Aber ihr habt noch nicht mitbekommen, dass sich die Shemayu in New York gerade in eine Gruppe zusammenschließen?«

»Oh. Ähm…«

Nein?

\\Spätzünder.//

Hardy verdreht bei seinem Gedanken die Augen, da es offensichtlich ist, dass weder Grayson noch ich bis eben verstanden haben, dass die beiden Shemayu sind. Aber woher hätten wir das auch wissen sollen? Und warum wissen sie wiederum über uns Bescheid?

Ein wissendes Lächeln taucht auf dem Gesicht des Glatzkopfes auf, während meine Augenbrauen immer weiter fragend in die Höhe wandern. »Wie gesagt, wir haben euch schon etwas länger im Auge behalten. *Er* hat gesagt, ihr wärt mit euren Fähigkeiten ideal für die Verbindung.«

»Warte, warum … Ich meine, gibt es einen Grund, warum das gerade passiert? Wisst ihr mehr?«, frage ich und senke meine Stimme dabei noch ein wenig. Shemayu, die sich in Gruppen formieren, sind nie eine gute Nachricht. In der Vergangenheit hat das zumindest immer in Mord und Totschlag geendet. Wir sind nicht dafür geschaffen, zusammen zu agieren. Wir sind alle Einzelkämpfer beziehungsweise Zweierteams, was Grayson und mich betrifft.

»Klar. Aber wir haben strikte Anweisung von oben, dass keine Details vor der Rekrutierung ausgeplaudert werden.«

»Rekrutierung?!«, wiederholt Grayson und sieht mich intensiv an.

\\Manche unserer Art haben echt einen an der Klatsche.//

»Und von wem kommen die Anweisungen?«, hake ich nach.

»Sagen wir einfach, wenn ihr euch uns anschließt, können wir euch mehr sagen. Und ich rate es euch, wenn ihr Teil von etwas Großem sein wollt«, raunt der Ältere und zwinkert mir lächelnd zu. Er denkt wirklich, dass auch nur die Option bestehen würde, dass Grayson und ich uns ihnen anschließen.

»Kein Interesse. Danke«, wehrt Grayson mit fester Stimme ab und hebt das Kinn. Man kann schließlich nie wissen, wie andere Shemayu auf Ablehnung reagieren. Ich meine zu spüren, wie er neben mir seine Muskeln anspannt. Auch unsere zwei Gegenüber richten sich mit einem Mal auf und wachsen gefühlt ein paar Zentimeter.

»Ihr solltet unser Angebot annehmen. Zu eurem eigenen Wohl«, bemerkt Hardy und sieht vielsagend zwischen Grayson und mir hin und her.

»Ist das eine Drohung?«, gibt Grayson mit eiskalter Stimme zurück, woraufhin Hardy sich aufrichtet. Doch bevor er etwas sagen kann, wiederhole ich: »Wie er sagt: Kein Interesse.«

Ich lausche auf die Gedanken der beiden, doch da sie über unsere Fähigkeiten Bescheid wissen, sind sie sehr vorsichtig, sodass sie kaum Details zu ihrem mysteriösen Auftraggeber und ihrer Gruppierung preisgeben. Teilweise werden Namen, Orte oder Fakten durch seltsame Codewörter ersetzt, die ich mir weder auf die Schnelle merken noch deuten kann.

Kurz spiele ich mit dem Gedanken, ihre Köpfe aktiv nach brauchbaren Informationen zu durchwühlen, doch mir ist ebenso klar, dass die beiden meine schwarzen Augen als eine Kampfansage werten würden. Durch ihre aktuellen Gedanken hingegen wird mir überdeutlich bewusst, dass sie nichts als Bauernfiguren sind.

Doch auch Bauernfiguren können Läufer schlagen, wenn sie scheiße stehen – was definitiv der Fall ist. Hardy legt seinen Kopf nach links und nach rechts, wobei es unangenehm laut knackt. Ich verkrampfe mich, als ich sehe, wie das Schwarz aus seinen Pupillen heraus explodiert. Auf seiner Stirn leuchtet ein Symbol. Es ist orange, rautenähnlich, und ich habe es noch nie zuvor gesehen. Was ist das?

Um Hardy herum beginnt die Luft plötzlich zu flirren, und ich bilde

mir ein, dass sie tropenähnliche Zustände annimmt.

\\Sie werden *seine* Macht zu spüren bekommen! Wer nicht für uns ist, ist gegen uns, hat *er* gesagt.//

»Alter«, raunt Grayson neben mir. Ich spüre diesen gewissen Sog von ihm ausgehend. Er ist kurz davor, ebenfalls seine Augen schwarz werden zu lassen, doch ich packe ihn am Arm. Hardy ist definitiv mit einer physischen Fähigkeit ausgestattet, gegen welche wir mit unserer nur auf Distanz ankommen – doch wir stehen direkt voreinander.

»Hardy«, schallt die Stimme des Glatzkopfes herrisch durch die Halle. Ein paar Fechter drehen sich kurz zu uns herum. Augenblicklich zieht sich das Schwarz in Hardys Augen zurück und weicht dem satten Braun, das so freundlich gewirkt hatte. Das Symbol auf seiner Stirn verschwindet. Dennoch funkelt er uns wütend an, als hätten wir ihn persönlich beleidigt, indem wir das Angebot abgelehnt haben.

Er hat uns verboten, Aufmerksamkeit zu erregen – so gern ich die beiden auch frittieren würde.//

Die Gedanken des Glatzkopfes sind ähnlich wie die von Hardy, doch er lässt es sich weniger anmerken.

»Das ist sehr schade. Aber wir können euch nicht zu eurem Glück zwingen«, betont er und packt Hardy, der schon ganz rot im Gesicht geworden ist. »Dann können wir euch eigentlich nur raten, umzuziehen oder uns zu kontaktieren, wenn ihr es euch anders überlegt.«

Der Glatzkopf reicht mir einen Zettel mit einer Handynummer und zieht seinen Kumpel zu den Umkleiden.

»Was. Zum. Kuckuck?«, fragte Grayson und hebt eine Augenbraue. »Was haben die denn vor? Konntest du irgendetwas rausfinden?«

»Nein, sie waren nicht so dumm, wie sie aussehen. Sie haben auch nur über das nachgedacht, was sie uns ohnehin gesagt haben. Und vielleicht sollten wir auch nicht hier darüber reden«, raune ich und werfe einen Blick in den überfüllten Raum. »Wir sind nicht gerade gut darin, andere Shemayu zu erkennen. Wer weiß, wer hier also noch Teil dieser Gruppierung ist.«

***

Zu Hause zwingt Grayson mich, mit ihm darüber zu reden, während ich dusche. »Aber denkst du nicht, dass bald ein paar Nesweru in der Stadt auftauchen werden? Die riechen doch sonst die Scheiße, bevor sie in die Schüssel fällt«, brüllt er über das Rauschen hinweg.

»Ich weiß es nicht. Das kann schon sein. Aber bisher haben wir ja auch nichts von irgendwelchen Gruppierungen mitbekommen. Ich würde sagen, wir sind einfach doppelt so vorsichtig. Und du solltest aufpassen, wenn du mit Natalie unterwegs bist. Sie ist ...«

»Ja?«, hakt Grayson mit grollender Stimme nach, als würde ich irgendetwas Schlechtes über sie sagen wollen.

Seufzend stelle ich das Wasser aus und greife nach dem Handtuch, um mich abzutrocknen. »Na ja. Ich kann mir sehr gut vorstellen, dass sie Shemayu ins Auge springt mit ihrer offenen und herzlichen Art.«

»Dann hast du ja mit Cassey ein leichtes Spiel. Die erkennt man durch die schwarzen Augen bestimmt nicht mal, wenn man direkt vor ihr steht«, brummt Grayson halblaut. Ich zucke leicht zusammen, als er ihren Namen ausspricht, was Grayson zum Glück durch den gelblichen Duschvorhang nicht sehen kann.

»Alter, Hackney! Erstens ist das ganz schön gemein, zweitens mit Sicherheit falsch und drittens ... Das zwischen Cassey und mir ist nicht einmal annähernd so etwas wie das zwischen Natalie und dir, okay? Wird es auch nie sein.« Erst recht nicht, seit sie mich ziemlich deutlich dazu aufgefordert hat, zu gehen. Aber sie kann nicht allzu sauer auf mich sein, da sie zumindest auf meine Nachrichten reagiert, wenn auch äußerst knapp.

Während wir die Plätze in der Dusche tauschen und er daraufhin das Wasser anstellt, ruft er: »Aber du stehst doch voll auf sie.«

»Ich weiß wirklich nicht, wie du auf diesen Gedanken kommst«, lüge ich mich selbst im Spiegel an. Aber Grayson muss nicht einmal in mein Gesicht sehen, um diese zu entlarven: »Das kann ich dir sagen. Du hast seit fünf Jahren keine Frau auch nur angesehen. Egal, was du von Cassey willst – vielleicht solltest du nicht so lange warten und es stattdessen herausfinden.«

»Ich gebe dir einen Dollar, wenn du aufhörst, mich damit zu nerven«,

entgegne ich und schüttle dieses komische Gefühl ab, das ihr Name in meinem Körper auslöst.

»Ich gebe dir zehn Dollar, wenn du mal nachsiehst, wie hell oder dunkel Cassey und Natalie im Vergleich sind«, scherzt Grayson und ich zapfe zur Strafe warmes Wasser ins Waschbecken, damit es bei ihm nur noch eiskalt aus der Brause kommt. Er stößt einen unnatürlich hohen Schrei aus, was mich zum Lachen bringt. Dann werde ich allerdings wieder ernst: »Jetzt hast du mich voll rausgebracht. Können wir bitte zurück zum Thema kommen? Was glaubst du, was der Grund für die Gruppierungen ist? Und wer ist ihr Anführer, dem die beiden ja scheinbar wie Schoßhunde gehorchen? Und was war das für ein Symbol auf der Stirn von diesem Hardy? Das ist nur da gewesen, als seine Augen schwarz waren. Wie geht so etwas?«

»Halt mal die Luft an, Wandsworth! Du feuerst hier Fragen auf mich ab, auf die ich keine Antwort habe. Ich fühle mich wie in meiner letzten Prüfung.«

»Im Ernst, dieses Symbol war wirklich gruselig. Ich habe so etwas noch nie gesehen.«

»Ich auch nicht, sonst hätte ich dir ja davon erzählt. Es hat mich sowieso überrascht, dass du das auch gesehen hast. Ich war der festen Überzeugung, es mir eingebildet zu haben, eine Reflexion oder sonst was.«

»Was könnte das gewesen sein?«

Grayson schweigt eine Zeit, bevor er missmutig brummelt: »Was weiß denn ich? So etwas wie ein Gruppen-Tattoo? Ein Gang-Symbol? Ich habe wirklich keinen Plan, wie das geht, aber vielleicht passiert das auch einfach, wenn sich ein paar Shemayu zusammenschließen. Wir wissen schließlich so gut wie nichts über uns, weil wir in der Regel nicht mit unseresgleichen kommunizieren. Das kann von Vorteil sein, wenn man überleben will; in diesem Fall ist es eher ein Nachteil, weil wir keine Ahnung haben, ob morgen die Apokalypse stattfindet und wir die Einladung dazu ausgeschlagen haben. Vielleicht ist ein paar Shemayu aber auch einfach langweilig geworden. Das Ganze klang irgendwie nach viel heißer Luft, findest du nicht?

Was ist, wenn sie nichts sagen konnten, weil sie noch gar keinen richtigen Plan haben?«

»Möglich. Aber glaubst du das?«, frage ich und schlüpfe in meine frische Kleidung.

»Ehrlich gesagt nicht. Das Ganze macht mich schon nervös. Aber ich habe keine Ahnung, was wir jetzt mit dieser Info machen sollen. Wir müssen wohl einfach abwarten und vorsichtig sein.«

»Reicht das denn? Sollten wir uns nicht viel lieber mal umhören, wer dieser Anführer sein könnte?«, frage ich skeptisch.

»Um am Ende auf seine Anhänger zu stoßen und noch mehr Hass gegen uns zu schüren? Nic, wir sind da gerade so rausgekommen, weil der Glatzkopf diesen Hardy zurückgehalten hat. Ich habe keine Lust, von einem anderen Shemayu gekocht zu werden. Was sollten wir auch mit der Info anfangen, was das Symbol und wer dieser Anführer ist, hm? Was bringt uns das?«

»Wir könnten uns von ihm fernhalten?«

»Das tun wir doch ohnehin. Wir kennen nicht mal andere Shemayu in New York. Wir kommen ihnen nicht in die Quere und dafür lassen sie uns in Ruhe. Das Problem lösen können wir ohnehin nicht. Wo wir wieder bei den potenziell hier auftauchenden Nesweru wären.«

Graysons Handy vibriert auf der Ablage und ich sehe mehr aus Reflex auf das Display, weil ich es mit meinem verwechsle.

»*Sind gut angekommen*«, hat Natalie geschrieben.

Ich könnte Cassey schreiben. Es wäre doch irgendwie eine nette Geste oder nicht? Andererseits ... sollte ich es lieber bleiben lassen.

Was will ich überhaupt von ihr? Ich kann es wirklich nicht sagen. Vielleicht ist es, wie Grayson sagt: Ich muss es herausfinden. Und er hat ja recht, ich mag sie ... irgendwie. Also ziehe ich doch mein Handy heraus und schreibe: »*Wie war der Flug?*«

»Hast du mir zugehört?«, ruft Grayson.

»Hm? Ja. Nesweru«, gebe ich zurück und grinse in mich hinein, als ihre Antwort kommt: »*Zu lang.*«

Ihre trockene Art hat mir in den letzten Tagen irgendwie ein bisschen gefehlt, auch wenn wir über Weihnachten ein wenig gechattet

haben. Kurz überlege ich, was ich darauf schreiben kann. »*Des Lebens Zeit ist kurz. Die Kürze schlecht verbringen, wär' zu lang.*«

Ein Zitat aus Shakespeares *Dead Man Talking*.

»Nicolas?« Der Duschvorhang klappert und Graysons Kopf lugt mit einer Schaumkrone hervor. Er braucht nur einen Blick in mein Gesicht. »Hey, wir reden hier gerade über Shemayu-Nesweru-Zeug und du hast nichts Besseres zu tun, als mit Cassey zu flirten?«

»Ich dachte, du willst, dass ich mit ihr flirte«, gebe ich zurück und fluche augenblicklich innerlich.

»Hah! Ich wusste es«, ruft er grinsend und zieht sich dann in die Dusche zurück.

»*Bleib mal am Boden*«, kommt von Cassey in genau demselben Moment, in welchem ich das Bad verlasse.

Dieses Mal zitiere ich Nollé. »*Der Mensch trägt den Kopf zu hoch, um am Boden zu bleiben und zu tief, um den Himmel zu berühren.*«

Irgendwie stelle ich mir vor, wie sie gerade die Augen verdreht und den Kopf schüttelt. Auf diese missbilligende Cassey-Art.

»*Noch so ein Spruch und dein Kopf berührt die Erde, wenn wir uns über den Weg laufen.*«

Ein Lachen entfährt meiner Kehle und ich streiche mir durch die Haare. »*Gerade in NY angekommen und schon kannst du es kaum abwarten, mich wiederzusehen. Ich fühle mich geehrt. Ich habe dich auch vermisst*«, schreibe ich zurück.

»*In deinen Träumen.*«

Cassey

Wieder einmal könnte ich das Universum verfluchen, als ich vom Einkaufen zurückkomme und Grayson und Nicolas auf unserer Veranda stehen sehe. Mein Herz wagt es kurz durchzudrehen, dann verhärtet es sich wieder, weil ich jegliche Gefühlsregung einfriere.

Doch als hätte er meine Anwesenheit gespürt, wendet sich Nicolas plötzlich zu mir um. Er wirkt ebenso überrascht wie ich.

Tief durchatmen und ruhig bleiben, Cass.

Das sage ich mir immer wieder wie ein Mantra auf, während ich aussteige und auf die Beifahrerseite gehe, um die zwei Einkaufstüten vom Sitz zu nehmen. Als ich die Veranda ansteuere, öffnet Natalie stürmisch wie ein Golden Retriever Welpe unsere Haustür. Zu stürmisch jedoch für Grayson, der viel zu nah an der nach außen schwingenden Tür gestanden hat und hastig rückwärts stolpert, um eine Kollision im letzten Moment zu vermeiden. Er taumelt und greift hinter sich, erwischt dabei Nicolas' Shirt, der aber nicht mit einer Gewichtsverlagerung gerechnet zu haben scheint. Grayson kann sich noch rechtzeitig abfangen, während Nicolas dafür zu nah am Treppenabsatz steht und schließlich eine beherzte Rolle rückwärts über die wenigen Verandastufen macht. Dabei reißt er den kniehohen Rhododendron an der Seite mit sich. Der Topf zerbricht auf dem gepflasterten Gehweg. So hart wie Nicolas aufkommt, hätte sich auch sein Kopf zweiteilen müssen – im übertriebenen Sinne –, wäre er nicht so ein Dickschädel.

Gelassen beobachte ich diesen superpeinlichen Auftritt und bleibe erst stehen, als meine Schuhspitzen fast sein Haar berühren. Das muss

wehgetan haben und dementsprechend verzieht er auch schmerzvoll das Gesicht. Kurz öffnet er stöhnend ein Auge und schließt es sofort wieder. Aber er bleibt liegen.

»E-es tut mir so leid! Geht's … geht's dir gut?«, höre ich Natalies entsetzte Stimme, blicke aber unverwandt auf Nicolas herab. Grayson lacht.

»Bequem da unten?«, frage ich ausdruckslos und bekomme dafür bloß ein qualvolles Brummen.

Grayson lacht noch herzhafter und ruft: »Junge, du hast ja fast einen Rückwärtssalto gemacht.«

Ruckartig nimmt Nicolas die Hände von seinen Augen, stützt sich auf die Unterarme und funkelt Grayson grimmig an. Aber dann sieht er zu mir auf. Unsere Blicke verhaken sich ineinander und seine Züge werden weicher, als wäre ich eine alte Freundin, die er ewig nicht gesehen und vermisst hat. *Wieso?! Wieso sieht er mich so an?!*

Unwillkürlich muss ich an das denken, was Natalie mir über ihn erzählt hat. Dass er eine verstorbene Freundin namens Rebecca hat. Seine große Liebe und Graysons beste Freundin. Es erklärt so vieles. Die Trauer in seinen Augen. Seine Reaktion auf die Frage nach seiner Freundin. Dieser wissende Blick und sein Verständnis.

Verdammt, es weckt ein Gefühl in mir, das ich nicht ganz greifen kann. Allein sein Anblick bringt mein Inneres zur Ruhe und das wiederum wühlt mich zugleich auf. Wenn ich gewusst hätte, dass die beiden hier aufkreuzen, wäre ich also noch tausend Mal um den Block gefahren, nur um ihnen nicht zu begegnen.

Grayson räuspert sich, aber kriegt sich kaum ein. Selbst als er fragt, ob es ihm gut geht, schwingt sein Lachen mit. »Grayson, das ist nicht witzig«, tadelt Natalie ihn dafür. Ich wende mich ab und gehe die Treppe hinauf, bleibe dann aber flüchtig vor Grayson stehen. Der muss sich immer noch das Lachen verkneifen. »Na, hast du mich vermisst?«, frage ich und setze ein zuckersüßes Lächeln auf.

Von ihm kommt überraschenderweise nur ein lockeres: »Hi, Kratzbürste«, und ich gehe an ihm vorbei ins Haus. Hinter mir höre ich ihn sagen: »Sorry, Kumpel!«

Natalie fragt besorgt: »Ist alles okay, Nicolas?«

Als ich in der Küche bin und die Tüten abstelle, ertönt zum ersten Mal Nicolas' Stimme. »Ist ja nicht so, dass ich das nicht gewohnt bin«, entgegnet er sarkastisch und eine Spur Belustigung schwingt mit. Während ich die Einkäufe einräume, lausche ich ihrem Gespräch auf der Veranda. Nicolas versichert Natalie, dass es ihm gut geht und fügt hinzu: »Ich gebe dir einen Tipp: Stell dich niemals neben Grayson, wenn eine Tür aufgeht.«

Natalie kichert. »Gut, merke ich mir. Sorry noch mal.«

»Schon gut.«

Ich verdrehe die Augen. Dann rufe ich gereizt: »Natalie? Kommst du bitte mal rein!«

Kurze Stille, dann fragt Nicolas etwas leiser: »Lasst mich raten … Cassey wusste genauso wenig, dass ich komme, wie ich wusste, dass wir nicht gekommen sind, um einen Schrank aufzubauen?«

Gut, dass er es nicht selbst darauf angelegt und meine Nachrichten nicht als Einladung aufgegriffen hat. Sie haben ihn also mit dem Vorwand hergelockt, einen Schrank aufzubauen? Welchen denn bitte? Den Schrank nach Narnia?! Wenn es den gäbe, würde ich gerne jetzt verschwinden.

Meine Schwester taucht im Türrahmen auf und ich verschränke die Arme vor der Brust. »Was soll das?«, frage ich so ruhig es geht und mahle mit dem Kiefer.

»Reg dich nicht auf«, bittet sie und faltet die Hände.

»Natalie«, zische ich. »Was. Soll. Das?!«

Aufgebracht lässt sie die Arme fallen und erklärt: »Wir … wir wollten doch nur … Wir dachten, es wäre ganz schön, was zu viert zu unternehmen, damit ihr … es einfacher habt?«

»Was?! Ich glaube, ich spinne. War etwa nicht deutlich genug, dass ich Abstand von ihm brauche?«, frage ich aufgebracht. Doch dann besinne ich mich sogleich eines Besseren. Natalie hat die beiden hierher eingeladen, wieso rege ich mich also auf? Sie sind ihre Gäste, nicht meine. Kann mir egal sein, dass sie hier sind, solange sie mich in Ruhe lassen.

Natalie beißt sich schuldbewusst auf die Lippen und weiß nicht so recht, was sie darauf antworten soll. Also verdrehe ich die Augen und wende mich wieder den Einkäufen zu. »Geh und kümmere dich um deine Gäste.«

»Ein schönes Haus habt ihr«, bemerkt Grayson in dem Moment.

Abermals atme ich tief durch die Nase ein und durch den Mund wieder aus. Gleich gehe ich einfach in mein Zimmer und warte, bis sie wieder gehen. Bis dahin lausche ich ihrem Gespräch über ihr Mittagessen.

»Leute ... was mache ich hier?«, fragt Nicolas schließlich hörbar unbehaglich.

»Wir ... wollten einfach, dass wir alle ein bisschen Zeit zusammen verbringen nach den Feiertagen. Vielleicht gemütlich was kochen oder ... etwas unternehmen«, plaudert Natalie und ich zerknülle zähneknirschend eine Einkaufstüte.

»Gemütlich«, wiederholt Nicolas das Adjektiv spöttisch. Im nächsten Moment sehe ich ihn aus dem rechten Augenwinkel in die Küche kommen. »Hi«, begrüßt er mich etwas verhalten und vergräbt die Hände in den Taschen seiner hellen Jeans.

Oh, nein. Bitte nicht. Geh!

»Hi«, erwidere ich neutral, ohne ihn anzusehen, strecke mich und stelle in das oberste Fach im Küchenschrank eine Packung Cookies.

»Wie geht's dir?«, fragt Nicolas und sieht betreten auf seine Füße. Aus dem Flur hinter ihm ertönt immer noch Getuschel, dann Schritte im Treppenhaus. Mir läuft ein Schauer über den Rücken bei dem Gedanken, dass die beiden in Natalies Zimmer verschwinden.

»Gut«, antworte ich wieder knapp. Er sollte nicht hier sein.

»Schön. Wie waren deine Feiertage mit der Familie?«

Ernsthaft? Er führt jetzt wirklich Small Talk?

»Toll«, lüge ich.

»Machst du es eigentlich jedem so schwer, dich gerne zu haben?«, fragt er unvermittelt und jetzt sehe ich doch zu ihm auf. Er grinst und hat die Arme vor der Brust verschränkt. Wieso grinst er? Die Frage klingt ernster, als es sein Ausdruck vermuten lässt.

Also runzle ich die Stirn und bestätige: »Jedem.«

»Gut, ich dachte schon, es wäre persönlich«, entgegnet er und scheint heilfroh. Er lacht sogar.

Mein Herz macht ungewollt einen Sprung. Sein Lachen klingt schön. Verdammt! Abrupt wende ich den Blick wieder ab und knabbere auf meinem Piercing. »Wer weiß«, murmle ich und räume die letzten Packungen in den Schrank.

»Kann ich dir helfen?«

»Nein, bin fertig.« Tatsächlich falte ich in der nächsten Sekunde die Tüte zusammen und verstaue sie. Nicolas räuspert sich und kommt näher.

»Ähm... habt ihr schon etwas an Silvester vor?«, fragt er anschließend unvermittelt und ich schüttle den Kopf. Dann gehe ich an die Kücheninsel und schreibe Pfeffer auf den Notizblock, der uns als Einkaufsliste dient. Mir ist eingefallen, dass unsere Pfeffermühle letztens kaputt gegangen ist und wir immer noch keine Neue haben, weil keiner außer mir in diesem Haus Pfeffer mag.

»Das erste Silvester in New York sollte etwas Besonderes sein. Gray und ich haben früher an Silvester am Times Square gearbeitet und könnten dir und deiner Schwester so die eine oder andere gute Stelle zum Feiern zeigen. Du kannst es ja mal mit Natalie besprechen. Wäre vielleicht ... ganz lustig«, schlägt er beiläufig vor, klingt aber, als wurde er zu der Frage gezwungen.

»Lustig?«, wiederhole ich skeptisch und blicke bloß flüchtig auf, bevor ich mich gegen die Insel lehne und mein Handy zücke. *Sieh. Bloß. Nicht. Zu. Ihm.*

Er seufzt und tritt von einem Fuß auf den anderen. »Na gut, okay. Ich brauche dich, Cassey«, ergibt er sich und rückt mit der Sprache raus. »Es lange zu erklären, wäre viel zu kompliziert, deswegen kürze ich es mal ab: Gray und ich feiern Silvester immer zusammen, aber ich kann mir gut vorstellen, dass Natalie und Gray jetzt auch Silvester zusammen verbringen wollen, und da bin ich ungern das fünfte Rad am Wagen. Wenn du mitkommst, können wir uns zusammen betrinken, damit wir die zwei aushalten. Es ... wäre quasi eine Win-Win-Situation. Was sagst du?«

Ungewollt muss ich schmunzeln. Gut, er ist diesbezüglich also genauso verzweifelt wie ich. Mir ist nämlich klar, dass Natalie und Grayson Silvester zusammen sein wollen, und ich müsste wieder dabei sein. Nicht nur, weil Natalie es sich so wünschen würde, sondern auch, weil es mir von Papa zur Aufgabe gemacht wurde, ein Auge auf sie zu haben. Ich bin eben die Ältere – um zehn Minuten. Außerdem glaube ich, dass er in mir gewissermaßen die *bessere* Nesweru sieht und daher auch mehr zutraut. Selbstverständlich gebe ich als Schwester auch so gerne auf sie acht, besonders im Kampf, aber Natalie ist erwachsen. Sie kann eigentlich ziemlich gut auf sich selbst aufpassen. Genauer betrachtet ist sie die Klügere von uns und bei Weitem anständiger als ich.

Bevor ich etwas antworte, räuspere ich mich mit vorgehaltener Faust und ringe darum, sachlich zu bleiben. »War wahrscheinlich ohnehin mein Plan, wenn die beiden was unternehmen, aber … Betrinken klingt gut.«

»Ist das also ein Ja?«, fragt er und ich blinzle vom Handy auf. Wieder begegne ich einem Grinsen, das irgendwie doch sehr gewöhnungsbedürftig aussieht, weil er eher der ernste Typ ist, der nur hin und wieder mal lächelt. Zumindest wirkt es immer so. Ich kann bei ihm nie einschätzen, ob sein Grinsen aufgesetzt oder doch echt ist. Besonders nachdem ich ein wenig mehr über ihn erfahren habe.

»Hm«, entgegne ich achselzuckend und lege das Handy beiseite, weil es langweilig ist, erneut dieselben Apps zu durchforsten. Jetzt gibt es keine Ablenkung mehr und ich verschränke die Arme vor der Brust. Mit zur Seite geneigtem Kopf mustere ich ihn. Mein Blick verharrt an seinen Augen. Tiefes Blau, gemischt mit sanftem Grün. Mein Herz stolpert.

Mist.

»Was hältst du davon, wenn ich dir sage, dass du einen Wunsch bei mir frei hättest, wenn du an Silvester mitkommst? Haben wir dann einen Deal?«, fragt er und legt die Handflächen vor sich aneinander. Wieso beharrt er so darauf? Was will er von mir? Und wieso stehe ich überhaupt noch hier und tue mir das an?

Ich ziehe eine Augenbraue hoch und frage: »Einen Wunsch frei? Bei dir?«

Er nickt eifrig und deutet dann auf den Boden. »Ich kann dich auch auf Knien anflehen, wenn du das lieber hast«, sagt er grinsend, denkt sich aber sicher: *Fuck, was habe ich da gesagt?*

Soso, er auf den Knien? Vor mir? Irgendwie eine befriedigende Vorstellung. Ich setze meinen verführerischen Blick auf und brumme in einem tieferen Ton und schief grinsend: »Mmh, klingt auch nicht schlecht.«

Nicolas macht daraufhin große Augen und lacht auf. »Sadistin«, wirft er mir schmunzelnd an den Kopf.

Ich nehme es gelassen hin und sehe ihn auffordernd an, gespannt, ob er es wirklich macht, so wie er mich tatsächlich in den Pool geworfen hat. Nicolas ist jemand, der zu seinem Wort steht, glaube ich.

Er verzieht gequält das Gesicht und fragt wehleidig: »Das willst du wirklich sehen? Ich bin ein alter Mann. Was ist, wenn ich nicht mehr aufstehen kann?«

Ja, ja, rede dich nur raus.

»Oh, du armes Bübchen«, rufe ich mit gespieltem Mitgefühl und beuge mich dabei etwas vor.

»Bübchen?«, wiederholt er und zieht schmunzelnd eine Augenbraue hoch. »Das habe ich ja ewig nicht mehr gehört. Komm schon, Cass. Ich lag schon auf eurem Gehweg, erspar mir bitte diese Demütigung. Sag einfach Ja.«

Mir fällt auf, dass er mich beim Spitznamen genannt hat. Cass. So nennen mich nur ein paar wenige aus meiner Familie. Aber irgendwie stört es mich nicht, obwohl es das sollte.

Die Hände beschwichtigend erhoben gehe ich an ihm vorbei Richtung Flur. »Tja. Du musst wohl ohne mich das fünfte Rad spielen.«

Ein resignierendes Stöhnen ertönt hinter mir und ich drehe mich herum. Tatsächlich kniet er demütig vor mir, die Hände betend gefaltet und die Augen geschlossen. »Cass, ich bitte dich, Silvester mit mir zu trinken, damit wir beide unseren engsten Freund Schrägstrich liebste Schwester aushalten können«, fleht er und meine Mundwinkel

heben sich zu einem Grinsen. »Bitte?«, fügt er kleinlaut hinzu und blinzelt kurz.

»Steh auf«, fordere ich kopfschüttelnd und unterstreiche es mit einer entsprechenden Geste. Nun öffnet er seine Augen wieder und sieht mich abwartend an. »Okay, von mir aus«, kapituliere ich und könnte mich direkt danach dafür ohrfeigen. Bitte?! Ich werde was tun?! Erde an Cassey, bist du noch zu Hause?

Erst hebt er verblüfft die Augenbrauen, dann setzt er erleichtert aufatmend die Hände auf die Marmorfliesen ab und erhebt sich ächzend. Klingt irgendwie nach Schmerzen. Von dem Sturz wahrscheinlich. Nicolas verzieht das Gesicht und tastet mit einer Hand mehr schlecht als recht seinen Rücken ab, wobei er an einer Stelle scharf Luft holt. Instinktiv drehe ich mich zur Kommode im Flur um und öffne die Schublade.

»Danke«, seufzt er und lacht auf. »Wer hätte gedacht, dass du so nett sein könntest?«

Ja, ha ha, sehr witzig.

»Ich bin die Nettigkeit in Person, nicht gewusst?«, entgegne ich mit gekünstelter Hochnäsigkeit und finde unter den ganzen Salben, Arzneien und anderem Kram die dort vermutete Schmerzsalbe.

»Oh. Ach so. Also bist du doch nur zu mir so verdammt gemein. Ich hab's gewusst. Es sind die langen Haare, oder?«, scherzt Nicolas. Ich drehe mich zu ihm herum. Seine Haare? Oh, die sind alles andere als negativ. Sie sind sexy an ihm.

»Natürlich, die sind es. Diese Medusa-Frise«, stichle ich halbherzig und stelle mich in den Türrahmen, an den ich mich dann lehne. »Zieh dein Oberteil aus«, weise ich ihn anschließend an.

»Bi-bitte was?«, stammelt er verdattert, und ich verdrehe schmunzelnd die Augen. Dann halte ich die Tube hoch und erkläre: »Ich schmiere dir nur den Rücken ein, kein Grund zur Sorge.«

»Es ist nicht so schlimm«, wehrt er ein wenig verlegen ab.

»Du klingst wie mein Opa, als er einen eingeklemmten Ischias hatte«, gebe ich trocken zurück und drehe den Verschluss der Salbe ab.

»Man wird eben nicht jünger. Wirklich, du musst nicht …«

»Heul nicht rum und lass dir helfen«, stöhne ich und will ihn an der Schulter packen, um ihn zu einem Stuhl am Esstisch zu dirigieren.

»Na-nein! Cassey«, ruft er und weicht einen Schritt zurück. Im selben Moment sieht er jedoch ein, dass er damit verloren hat und fährt sich kapitulierend mit einer Hand durchs offene Haar. Diese Geste ist ja mal verdammt heiß und verursacht sofort ein gewisses Kribbeln in meiner Magengrube.

Dann dreht er sich um und zieht sein blaues Shirt über den Kopf. Ich muss mir auf die Unterlippe beißen, um keinen Laut von mir zu geben. Er hat so einen sexy Körper. Die Muskeln bewegen sich unter seiner glatten Haut. Diese Statur ist himmlisch. Aus seinem Hosenbund ragt der Ansatz seiner Boxershorts, die einen wohlgeformten Hintern versteckt. Würde ich in einem Comic leben, würde ich sabbern. Ehrlich. Es gibt zwar viele andere gutgebaute Männer, aber die Kombi aus diesem Körper und diesen Haaren und diesem Gesicht … mir wird ganz warm.

Als er verkehrt herum auf einem der Stühle sitzt, die Arme auf die Lehne abgelegt, trete ich an ihn heran und gebe etwas von der Salbe auf seine leicht aufgeschürfte rote Haut. Dann hole ich tief Luft und lege meine Hände darauf. Die Wärme seines Rückens kribbelt in meinen Fingerspitzen, als würden sie dadurch auftauen. Nicolas zuckt wiederum ein wenig wegen meiner kalten Hände zurück; doch dann überzieht eine leichte Gänsehaut seine nackte, weiche Haut. Diese Berührung löst eine Sehnsucht in mir aus. Sehnsucht nach körperlicher Nähe.

Was mache ich hier? Ich bin eine Woche weg gewesen, um Abstand zu gewinnen und wieder einen klaren Kopf zu kriegen, und jetzt? Jetzt stehe ich hier und schmiere seinen Rücken mit Salbe ein und habe quasi ein Silvester-Trink-Date. *Knock, knock, ist da noch jemand in Casseys Verstand anwesend oder halten jetzt alle Winterschlaf?*

Er räuspert sich und lacht hörbar unbehaglich. »Normalerweise bin ich nicht so wehleidig«, versucht er sich an einem Plausch, aber ich knabbere bloß nervös an meinem Lippenpiercing, während ich die Salbe verteile und einmassiere. *Fuck, fuck, fuck.*

»Aha.« Ich räuspere mich ebenfalls. Die Situation ist mehr als merkwürdig, aber ich kann meine Hände nicht von ihm nehmen. Zumindest nicht, bis die Salbe gut verteilt ist. Sehr gut verteilt.

»Als ich klein war, bin ich mal von einer Schaukel gesprungen und habe mir meinen Knöchel verstaucht. Das hat meine Mom erst nach drei Tagen gemerkt, weil ich die ganze Zeit über so getan habe, als wäre nichts. Ich weiß nicht einmal, warum ich es verheimlicht habe. Vermutlich hatte ich riesige Angst vor Ärzten«, sprudeln die Worte nur so aus seinem Mund und damit erschlägt er mich fast. Seit wann kann er so viel reden?

»Angsthase, hm?«, entgegne ich leise, weil mir sonst nichts Besseres einfällt, und räuspere mich, als ich die Hände von ihm löse. »So. Noch irgendwo anders Schmerzen oder nur der Rücken?«

»Nur der Rücken«, antwortet er hastig. Ich meine, ihn erleichtert aufatmen zu hören. Als er sich aufrichtet und erhebt, wandert mein Blick an ihm herab und bleibt erneut an seinem Hintern hängen. Die Jeans ist dort vom Sturz ein wenig zerschlissen und dreckig.

»Gut, denn den Hintern müsstest du dir dann doch selbst eincremen«, platzt es aus mir heraus. *Oh, Götter. Kopfkino!* Meine Hände auf Nicolas' nacktem Hinterteil … Um auf andere Gedanken zu kommen, füge ich schnell hinzu: »Oder Grayson fragen.«

»Sehr witzig«, brummt Nicolas peinlich berührt. Dann schiebt er den Stuhl zurück an den Tisch und dreht sich zu mir um. Auf seinen Wangen liegt eine zarte Röte. Süß. Lächelnd bedankt er sich und ich nicke.

Unbewusst lasse ich meinen Blick über seinen Bauch und seine Brust schweifen, selbst als er sein Shirt nimmt und richtig dreht. Definierte Muskeln, nicht zu viel, nicht zu wenig. Mir schießt wieder das Blut in den Kopf und ich beiße mir auf die Unterlippe. Dann bleibt mein forschender Blick am Anhänger der silbernen Kette hängen, die ich schon einmal ansatzweise gesehen habe. Ein Rabe sitzt in einem Kreis, der wie ein abnehmender Mond aussieht. Daneben baumelt ein goldener, schmaler Ring, der definitiv zu klein für Nicolas' Finger ist. Vielleicht ist beides von Rebecca? Sodass er immer etwas von ihr bei sich hat. So wie ich Mama immer bei mir habe. Als Bild in schwarzer Tinte auf meinem seitlichen Rippenbogen.

Instinktiv wandert meine Hand zu meinem Amulett, das wie immer tief unter meinem Shirt zwischen meinen Brüsten direkt unterhalb des BHs baumelt. Doch als ich seinen Blick spüre, lasse ich sofort davon ab und sehe zu ihm auf, direkt in seine unergründlichen Augen. Wieso muss er nur so heiß, so sanftmütig und unnachgiebig sein? Ohne diese drei Faktoren wäre alles viel einfacher.

Doch nun stehen wir hier, blicken uns gegenseitig schweigend an, und es besteht eine unleugbare Spannung. Sein Gesichtsausdruck ist neutral, wirkt aber durch die kantigen Züge und diese von Trauer gekennzeichneten Augen ernst. »Ähm… denkst du … Natalie und Grayson leben noch?«, fragt er nach einer Weile in die Stille hinein und zieht den Saum seines Shirts runter. »Es ist so still da oben.«

Ich blicke kurz über die Schulter, dann wieder zu ihm. Achselzuckend sage ich: »Denen geht's schon gut.« Am liebsten würde ich ihn an den Haaren packen und zu mir ziehen, um seine Lippen zu kosten.

Plötzlich klingelt ein Handy und wir zucken beide leicht zusammen. Flink zieht Nicolas sein Handy aus der Hosentasche, blickt darauf und drückt den Anruf weg. Nachdem er es wieder in der Tasche hat verschwinden lassen, sieht er auf und streicht sich das Haar nach hinten. »Tja.«

Gerade will ich noch zu der Frage ansetzen, wer das war, doch als er wieder diese Geste ausübt, verfliegt jegliche Beherrschung. Sein Körper, diese Beständigkeit, seine Nähe und jetzt diese scheiß Geste … setzen meinen Verstand auf Standby. Das Verlangen in mir übernimmt die Oberhand. Ich packe kurzerhand seinen Shirtausschnitt, um ihn zu mir herunterzuziehen und meine Lippen auf seine zu drücken. Sie sind warm und weich und als er dem Kuss wider Erwarten entgegenkommt und wir uns intensiver küssen, haut es mich aus den Socken. Von seiner Berührung ausgehend durchflutet mich eine wohlige Wärme. Es fühlt sich an, als würde ich mich nach einem kalten Wintertag in eine zu heiße Badewanne sinken lassen.

Nicolas

Ich bin viel zu überrascht und perplex und vollkommen überrumpelt, um mir darüber klar zu werden, was hier gerade passiert. Ihre Lippen fühlen sich fantastisch an und das übertönt beinahe jeden anderen Gedanken, der durch meinen Kopf springt. Meine Hände zittern kaum merklich, weil dieser Kuss durch meinen ganzen Körper fährt. Irgendwo ganz tief weckt er einen Teil von mir, der lange Zeit geschlafen hat. Etwas irritierend ist das Piercing an ihrer Unterlippe, aber …

Shit! Was mache ich hier?!

Erschrocken löse ich meine Lippen von ihren. »Was … was tust du?«, flüstere ich leise und gebe mir Mühe, ganz normal zu atmen. Ein sehnsüchtiges Ziehen breitet sich in mir aus, als ich auf ihre geschwungenen rosigen Lippen heruntersehe. Es juckt mir in den Fingern, diese vollkommenen Konturen nachzufahren. Nicht gut.

Leicht schüttelt sie den Kopf und keucht: »Keine Ahnung. Ich bin abgefuckt.«

Ihre drastische Wortwahl lässt mich wieder auf klare Gedanken kommen.

»Vielleicht sollten wir das hier …«, vergessen? Unmöglich. Ich ringe um Worte und schließe mit: »Fürs erste pausieren.« Mein Kopf schreit mich an, dass *Pause* das falsche Wort dafür ist. Stopp. Abbruch. Rückzug. Nie wieder daran denken.

Sie ist verrückt. Das wusste ich auch vorher schon. Und das ist nicht das Problem. Das Problem? Wohl eher die Probleme. Mehrzahl. Eines davon ist beispielsweise, dass ich ihr nichts bedeute. Aber warum küsst sie mich dann?

Mit dem Abstand werden meine Gedanken immer klarer, doch ich kann mir keinen Reim auf ihren plötzlichen Überfall machen.

Cassey räuspert sich und tritt einen Schritt zurück. Sichtlich aufgewühlt huscht ihr Blick überall hin, nur nicht zu mir. Sie ist durcheinander. So wie ich. Gerade frage ich mich, wer wohl verwirrter von uns beiden ist, als sie mir zustimmt: »Äh, ja.«

Mein Rücken prickelt unvermittelt, aber ich glaube nicht, dass es von der Salbe, sondern eher von der Erinnerung kommt, wie ihre Hände über meine nackte Haut ... Shit! Das kann doch echt nicht wahr sein.

Mir ist schon längst klar, dass ich sie mag. Ich habe es vielleicht vor mir selbst nicht so wirklich zugegeben. Das hat aber vorher nie eine Rolle gespielt, weil sie mich nicht mag. Zumindest war ich mir da bisher relativ sicher. Und eigentlich bin ich es auch jetzt noch. Was, wenn es für sie hier bloß um unverbindlichen Sex geht? Ich weiß nicht einmal, ob ich das beruhigend oder unangenehm finden soll, weil ich definitiv nicht der Typ für Unverbindlichkeit bin.

Ich setze an, etwas zu sagen, doch da kommen Graysons Gedanken bei mir an.

\\Wandsworth? Lebst du noch oder hat sie dich umgebracht?//

Wenn sie mich umgebracht hätte, dann würdest du das sicher spätestens jetzt spüren.

Ich räuspere mich und Cassey wendet sich ab, um die Salbe von ihren Händen zu waschen. Eine Sekunde später betreten Natalie und Grayson die Küche. Jetzt setzt Cassey eine Maske auf, durch die ich keine ihrer Gefühle oder Gedanken erraten kann. Ich betrachte ihre Beine in der schwarzen, engen Jeans, die bis zu ihrer Hüfte reicht; dort hat sie eine merkwürdige Naht und irgendeinen undefinierbaren Abdruck. Mein Blick wandert über ihre Taille hinauf bis zu dem tiefen, spitzenbedeckten Shirtausschnitt. Ich sollte da nicht hinsehen, aber ich kann meinen Blick gerade nur schwer davon lösen.

»Genug geknutscht?«, fragt sie etwas gehässig.

»Nicht einmal ansatzweise«, kontert Grayson verschmitzt grinsend und schließt seine Arme von hinten um Natalie, deren Wangen

prompt eine leichte Röte ziert. Ihre Gedanken sind mal wieder nicht deutlich genug, um sie zu verstehen. Aber so wie sie sich in Graysons Arme schmiegt, muss ich das auch gar nicht. »Und ihr?«

Warte mal, sieht man uns das an? Nein, das war nur ein Scherz. Trotzdem bekommt er meinen typischen Halt-die-Klappe-Hackney-Blick zugeworfen.

Natalie mustert ihre Schwester neugierig. Ich vergrabe eine Hand in meiner Hosentasche. Für Cassey war das wahrscheinlich keine große Sache. Es war ja nur ein Kuss wie jeder andere. Für mich hingegen war es der erste Kuss seit fünf Jahren. Seit Rebecca.

\\Ich kenne diesen Nicolas. Aufgekratzt. Blick abwendend. Er hat sie geküsst.//

Ach, komm schon! Bin ich wirklich so leicht zu durchschauen? Andererseits ist es Grayson. Was weiß dieser Kerl nicht von mir?

»Also was hattet ihr Turteltäubchen für ein Attentat auf uns vor?«, fragt Cassey.

\\Nic, was geht da bei euch?//

Ich schüttle nur knapp den Kopf, um ihm zu bedeuten, dass ich nicht antworten kann, wenn Cassey und Natalie bei uns sind. Er vergisst manchmal, wie oft er nur über seine Gedanken mit mir kommuniziert. Außerdem geht ihn das nichts an!

***

Da die High Line im Südwesten von New York liegt, schlage ich vor, eine Stunde mit der Sub in die Nähe zu fahren und von dort aus zu laufen. Cassey und Natalie haben bisher kaum etwas von der Stadt gesehen, weswegen wir beschließen, dass es höchste Zeit für eine kleine Führung ist – geleitet von den ältesten New Yorkern der Welt.

Schweigend gehen wir los – Cass und ich vorneweg. Was soll ich sagen? Der Kuss steht irgendwie zwischen uns. Zumindest wenn wir schweigen, weil ich dann darüber nachdenke. Deswegen bin ich heilfroh, dass Natalie das Thema auf den anstehenden Ball der NYU lenkt. Auf Casseys abfälliges Schnauben hin muss ich grinsen.

»Du tanzt nicht gern?«, frage ich und zwinkere ihr zu. Womit wir wohl mal wieder vollkommen gegensätzlich wären. Mir fehlt das harte Training, der Geruch vom Parkett und die Wiederholung derselben Figuren, bis sie perfekt ausgeführt wurden. Mir fehlt das Tanzen als Ausgleich zum Alltag.

Cassey schüttelt nur abwehrend den Kopf, und ich denke daran, wie es wäre, mit ihr zu tanzen. Wir wären uns so nah und allein bei dem Gedanken wird mir warm unter meiner Winterjacke. »Ich könnte es dir beibringen, wenn du magst«, schlage ich ihr vor.

Naserümpfend und mich schräg von der Seite musternd wiederholt sie: »Nein, danke.«

Kurz darauf steigen wir in die Subway und nehmen gegenüber voneinander Platz – Natalie neben Grayson, Cassey neben mir. Unsere Ellenbogen berühren sich nur leicht und doch wandern meine Gedanken automatisch zurück zu ihren Händen auf meinem nackten Rücken, wobei der gemütliche Dreivierteltakt meines Herzens aus dem Rhythmus gerät.

»Darf ich euch mal was fragen?«, murmelt Natalie aus dem Nichts und ich ziehe die Augenbrauen hoch.

Grayson bleibt locker und verspricht: »Natürlich. Alles, Süße.«

»Wieso studiert ihr eigentlich noch? Solltet ihr nicht längst fertig sein?«

Sollten wir, ja. Wir können uns die Gebühren auch gar nicht leisten, weswegen Grayson mit ein bisschen Gedankenmanipulation dem Studienbüro stets vorgaukelt, dass unsere Zahlungen bereits eingegangen sind.

»Komm du mal in unser Alter«, scherzt Grayson und zieht Natalie liebevoll an sich heran. »Nic und ich haben einfach ein wenig gebraucht, um herauszufinden, was wir studieren wollen, haben einige verschiedene Kurse besucht ...«

Und als Rebecca gestorben ist, hat sich keiner von uns mehr auf die Uni konzentrieren können.

»Verstehe. Und wie sieht es bei euch mit Eltern und Familie aus?«, bohrt sie weiter. Meine Muskeln spannen sich etwas an. Wir reden ungern über unsere Familiengeschichten. Es ist nie einfach, seinen Eltern

zu verheimlichen, was man wirklich ist, und wenn man es ihnen zeigt, bekommt man selten eine positive Reaktion. Deswegen bringen die meisten Shemayu ihre biologischen Ursprünge um.

»Das ist …«, setzt Grayson an und seufzt. »Nics Dad lebt nicht mehr, seine Mom …«

»Meine Mom und ich verstehen uns nicht«, unterbreche ich ihn, bevor er uns mit irgendeiner Geschichte in die Scheiße reitet. Grayson neigt zu schlechter Improvisation. Trotzdem hat mich Natalies Frage in die Vergangenheit versetzt. Und plötzlich sitze ich wieder in einem dunkeln Wandschrank, rieche verbranntes Essen, höre dumpfe Geräusche, Schreie meiner Mom, das Weinen meiner Schwester …

»Genau. Und meine Eltern sind Auslandskorrespondenten und reisen in der Weltgeschichte herum. Vor allem in Lateinamerika und spanischsprachigen Ländern – meine Mom ist Puerto-Ricanerin und hat New York schon immer gehasst. Ich bekomme hin und wieder eine Postkarte, aber gesehen haben wir uns seit Jahren nicht mehr«, erzählt Grayson.

»Habt ihr Geschwister? Großeltern oder so?«, hakt sie nach. Es ist nicht gut, dass sie so neugierig ist. Wir müssen ihr klarmachen, dass Familie für uns nichts bedeutet.

»Keine Großeltern mehr. Nicolas' Schwester lebt in Vancouver, aber sie sehen sich nicht oft. Und ich habe keine Geschwister«, erzählt er.

Valérie ist ein paar Jahre jünger als ich und hat sich nie sonderlich für ihren großen Bruder interessiert. Sie weiß nichts von Grays und meinem wahren Wesen. Meine Mom wollte nicht, dass ich es ihr sage. Sie hat gefühlt Tausende Rosenkränze für Valérie und sich gebetet, in Weihwasser gebadet und mir ein Abbild Jesu entgegengehalten, als sie sich und ihre Kleine in *Sicherheit* vor mir gebracht hat. Wenn Mom sie auch vor dem wahren Monster beschützt hätte, würde ich ihr diese Flucht überhaupt nicht übel nehmen. Aber so macht es mich wütend, dass sie sich in ihre religiöse Doppelmoral verstrickt, und ich will diese Frau nie wiedersehen. Ich will sie so in Erinnerung behalten, wie sie war, als Dad nicht zu Hause war. Frei und unbeschwert – wenn auch fast schon krankhaft zur katholischen Kirche geneigt.

»Wie einsam«, murmelt Natalie mitleidig.

»Einsam ist etwas anderes, wenn man den hier an der Backe hat«, sage ich und deute auf Grayson.

Der lacht auf und schüttelt den Kopf. »Halt die Klappe, Wandsworth. Du könntest ohne mich gar nicht leben.« Ich weiß, wie Recht er damit hat. Das ist eben das Problem, wenn man nur gemeinsam überleben kann.

Natalie lächelt zufrieden und hebt beschwichtigend ihre freie Hand. »Ist ja okay, euch geht's gut. Ich habe es verstanden«, kichert sie.

Um den Ball zurückzuspielen und damit ein wenig mehr über ihre Situation in Erfahrung zu bringen, frage ich: »Wie ist eure Familie denn so?«

»Geht euch nichts an«, entgegnet Cassey schroff und ich hebe die Augenbrauen. Aha. Na gut. Dann nicht. Andererseits würde ich von dem Vater auch nicht erzählen, wenn er ein ähnlicher Tyrann ist, wie meiner es war. Ich frage mich stetig, ob ich ihr meine Hilfe mehr anbieten soll, dass sie mit mir darüber sprechen kann. Allerdings habe ich das schon mehrfach getan. Entweder versteht sie mich nicht, weil ich auf dem Holzweg bin, oder sie will mich nicht verstehen, weil ich vollkommen richtig liege.

»Sei nicht so eklig«, schimpft Natalie und gibt ihrer Schwester einen Klaps aufs Knie. »Was Cassey eigentlich sagen wollte … es gibt gute und es gibt schlechte Tage.«

Diese Aussage ist so vage, dass sie mich nur noch mehr verunsichert. Vielleicht sollte ich Cassey in einem ruhigen Moment einfach direkt auf meine Vermutung ansprechen, damit ich Klarheit habe.

Kurze Zeit später sind wir wieder an der frischen Luft und vollenden den Weg zur High Line zu Fuß. Grayson fragt, was Natalies und Casseys Vater von Beruf macht und spielt mir damit unwissend in die Karten. Ich habe mehrfach überlegt, Grayson zu fragen, ob Natalie ihm diesbezüglich irgendetwas anvertraut hat. Andererseits hätte er es vor mir wiederum nicht geheim halten können.

»Er ist Softwareentwickler, arbeitet aber als IT-Manager«, antwortet Natalie darauf. »Kennt ihr *Greenwood Tech*?«

»Wow, klar, megakrass«, sagt er beeindruckt und ich schmunzle. Was moderne Technik angeht, bin ich vollkommen raus – ich verzweifle ja schon an den Funktionen meines Smartphones. Grayson hingegen programmiert selbst und geht gerne mit der Zeit, während ich stets an Kalendern aus Papier und handgeschriebenen Einkaufszetteln festhalte.

Irgendwie schwenken unsere Gesprächsthemen zu Silvester und als Cassey und ich planen, wie wir dem kitschigen Pärchen-Ding von Grayson und Natalie entgehen, fange ich deren fragende Blicke auf.

»Wir dachten, dass es ganz nett wäre, etwas zu viert zu machen«, erkläre ich locker.

»Du«, korrigiert Cassey mich, wird aber von ihrer Schwester übertönt.

»Oh, ja! Finde ich gut. Habt ihr darüber in der Küche geredet?«, will Natalie wissen.

»Ja. Auch. Das hier ist übrigens ein sehr gutes Diner«, verkünde ich und deute auf meine linke Seite, um das Thema zu wechseln. Grayson versteht den Wink und stimmt mir schnell zu: »Jap. Das ist schon seit den Fünfzigern hier.«

Natalie schlägt vor, dort später etwas essen zu gehen. Lustig. Ich war ewig nicht mehr in Graysons, Beccys und meinem Diner, das wir 1951 unter Beccys innenarchitektonischer Leitung eröffnet haben. Wahrscheinlich sieht es heute von innen ganz anders aus. Es wundert mich, dass es tatsächlich immer noch hier steht und auch unseren Namen behalten hat. *Renison*. Aus REbecca, NIcolas und GraySON.

Einige Zeit laufen wir schweigend weiter, bis wir endlich an der High Line ankommen. Um diese Jahreszeit ist es nicht ganz so schön wie im Frühling, wo die jetzt freiliegenden Stellen bepflanzt sind. Dennoch spürt man förmlich die Geschichte an diesem Ort. Der Weg schlängelt sich zwischen den Backsteinhäusern entlang. Immer wenn ich hier bin, habe ich das Gefühl, die Welt von außen zu betrachten. Als wäre man Zuschauer in einem riesigen Theater. Und die Passanten sind die Schauspieler. Auf der High Line entlangzugehen ist unvergleichlich. Einer meiner Lieblingsorte von New York.

Auch Cassey scheint es zu gefallen. Ich beobachte ihren konzentrierten Gesichtsausdruck, der zumindest nicht spöttisch oder abweisend ist, was mich hoffen lässt. Sie geht ein paar Schritte voraus, öffnet auf einmal ihren Mantel und zieht etwas aus der Innentasche. Langsam gehe ich ihr hinterher und linse unauffällig über ihre Schulter. Als ich aber erkenne, dass sie zeichnet, wende ich den Blick ab und entferne mich. Ich mache selten zweimal denselben Fehler. Das Zeichnen ist für Cassey etwas Persönliches, etwas, das sie nicht teilt. Und ich respektiere das.

Mein Blick gleitet zu Grayson und Natalie, die kuschelnd über den Weg schlendern. Wärme breitet sich in meiner Brust aus, als ich sehe, wie Grayson strahlt. Er liebt sie. So richtig. Wie er zuvor noch niemand anderen geliebt hat. Und das mit anzusehen, macht mich unendlich glücklich.

Eine Weile betrachte ich die Menschen, die an mir vorbeischlendern. Dabei denke ich auch immer wieder darüber nach, was die Shemayu-Gruppierung vorhaben könnte – dieser Gedanke verschwindet nie vollständig aus meinem Kopf. Können sie für uns eine Bedrohung darstellen? Es wäre nicht das erste Mal, dass wir New York für eine Weile verlassen müssten, um den Sturm vorüberziehen zu lassen. Aber mir scheint, dass sich die Situation durch Natalie verändert haben könnte. Grayson würde sie niemals hier allein zurücklassen, wenn sich Shemayu zusammenschließen und eine größere Bedrohung darstellen als zuvor. Vielleicht könnte er sie zu einem kleinen Urlaub überreden, auf den ich wohl oder übel aufgrund Graysons und meiner Verbindung mitkommen müsste. Aber dann wäre Cassey hier allein. Mein Blick wandert automatisch zu ihr. Überrascht stelle ich fest, dass sie mich ebenso ansieht, und ich warte ein paar Sekunden, ob sie wieder mit dem Zeichnen ansetzt. Doch sie tut es nicht, also gehe ich langsam zu ihr und lasse mich neben ihr auf der Bank nieder.

»Was willst du von mir?«, fragt Cassey ohne Vorwarnung, aber nicht vorwurfsvoll, sondern eher ... ratlos?

Ich weiß nicht, was ich sagen soll, also streiche ich mit der rechten Hand meine Haare zurück. »Was ... was ich will und was ich kann, sind zwei verschiedene Dinge. Wenn ich könnte, würde ich einiges wollen. Verstehst du?«

Was rede ich da? Wie soll sie das verstehen, wenn ich mich gerade selbst nicht verstehe?

Wie zur Bestätigung meiner Gedanken hebt Cassey eine Augenbraue. »Ob du kannst?«, wiederholt sie irritiert.

Wie erkläre ich ihr das bloß, ohne Beccy zu erwähnen? Warum will ich es ihr überhaupt erklären? Das hat doch sowieso keinen Sinn. Selbst wenn nichts zwischen uns stehen würde, wäre da nämlich immer noch Beccy. Und jedes Mal, wenn ich mir eingestehe, dass ich Cassey irgendwie gernhabe, fühlt es sich wie Betrug an. Als würde ich die Frau betrügen, die ich über Jahrhunderte hinweg geliebt habe. Und dieses Gefühl ist ziemlich scheiße, um ehrlich zu sein.

»Das ist nicht so leicht, wie es für dich scheint«, murmle ich. »Um es wirklich verstehen zu können, müsste ich dir alles von mir erzählen, und ich weiß nicht, ob ich dir das anvertrauen kann. Schließlich vertraust du mir überhaupt nicht. Und ohne Vertrauen funktioniert das nicht.« Immerhin schaffe ich es, ihr die ganze Zeit über in diese faszinierend eisblauen Augen zu sehen, obwohl dabei meine tobenden Gedanken an meinen Nervenenden zerren.

»Tja. Da hilft wohl nur noch Whiskey«, scherzt Cassey trocken. In ihrem Gesicht liegt ebenfalls eine gewisse Irritation.

»Alkohol ist leider nur in der Chemie eine Lösung«, grinse ich und schüttle dann den Kopf, weil das hier eigentlich ein ernstes Gespräch ist. »Darf ich fragen, was du von mir willst?«

»Wieso soll ich etwas von dir wollen?«

Diese Frage hätte ich gelten lassen, wenn da nicht eine Sache wäre: »Weil du mich geküsst hast. Und nicht andersherum.«

»Hm«, brummt sie achselzuckend und erwidert meinen Augenkontakt, bevor ihr Blick ein paar Zentimeter tiefer wandert. Auf meine Lippen. Ihr Ausdruck verändert sich; sie wirkt auf einmal, als wäre sie mit den Gedanken ganz woanders, bis sie wieder im Hier und Jetzt landet und sich schnell abwendet.

Eine kleine fiese Stimme flüstert mir zu: *Sie will Sex. Ausschließlich. Und auf keinen Fall das, was du vielleicht willst. Das kann niemals funktionieren.*

»Siehst du? Das meine ich. Du vertraust mir nicht. Du sagst nie, was du wirklich denkst. Bei allem anderen hast du eine riesige Klappe und jetzt, wo es wichtig wäre ...« Sie guckt immer noch etwas abwesend. Irritiert ziehe ich die Augenbrauen hoch. »Cass, hörst du mir zu?«

»Nicolas?«

»Hm?«

Ihr Blick wandert wieder hoch. »Nenn mir einen guten Grund, warum ich einem Mann alles von mir anvertrauen soll, den ich nicht einmal kenne«, verlangt sie und meine Mundwinkel zucken nach oben.

»Ich will nicht, dass du mir alles anvertraust. Ich will, dass du nicht aus allem ein Geheimnis machst.«

Auf meinen Lippen breitet sich ein sehnsüchtiges Prickeln aus, als ich ihre betrachte. *Verdammt! Was macht sie nur mit mir?!*

»Erzähl mir eine einzige Sache über dich«, bitte ich sie.

»Zum Beispiel?« Ihr fast schüchterner Gesichtsausdruck passt nicht zu den Tattoos und Piercings und ihrer sonst so großen Klappe, ist aber irgendwie ... süß.

Ich zucke mit den Schultern. »Keine Ahnung. Irgendwas, das kaum jemand über dich weiß.«

»Lässt du mich dann zufrieden?«

»Vermutlich nicht«, entgegne ich spitzbübisch.

Da ist ein kleines Funkeln in ihren Augen. Ich kann es nicht recht deuten. Ist es Herausforderung? Wut? Sympathie?

Ich komme nicht dazu, weiter darüber nachzudenken, weil plötzlich eine viel zu vertraute Gestalt neben mir auftaucht.

»Niccy! Was für ein Zufall«, ruft Raven und ich erhebe mich fast automatisch. Der Spitzname versetzt mir immer noch einen Stich ins Herz, aber inzwischen ist der Moment verpasst, um sie zu bitten, mich nicht so zu nennen.

»Hey«, sage ich etwas steif und umarme sie viel zu verkrampft, während Raven ihre Arme um mich schlingt, als wäre ich ein Rettungsanker auf stürmischer See. Tausend Gedanken schießen durch meinen Kopf. Als Cassey das erste Mal zum Übernachten bei mir war, hat sie das Foto von Rebecca und mir auf meinem Nachttisch gesehen.

Allerdings ist ihr Gesicht auf dem verschwommenen Foto halb verdeckt. Ich bete, dass Cassey sie daher nicht wiedererkennt. *Verflucht sei ihr mentaler Abwehrmechanismus! Ich muss wissen, was sie denkt.*

Innerlich stelle ich mich bereits auf unangenehme Fragen von Cassey ein, und ich muss mir überlegen, wie ich ihr das erkläre. Denn ich will sie nur ungern anlügen, aber die Wahrheit ist ebenso keine Option.

»Du hast mich gar nicht mehr zurückgerufen«, bemerkt Raven und setzt ein kindliches Schmollgesicht auf.

Bevor ich dazu komme, darauf etwas zu antworten, erhebt sich Cassey neben mir und stellt sich überraschend freundlich vor: »Hi. Ich bin Cassey.« Sie inspiziert Raven mit Argusaugen und wirft mir wiederum anschließend einen neugierigen Blick zu. *Shit.*

Raven stellt sich ebenfalls vor und lächelt, doch ich kann es hinter ihrer Fassade bröckeln hören: \\Ist sie seine Freundin?//

Nein, sie ist nicht seine Freundin. Aber vielleicht würde er mehr von ihr wollen? Aber vielleicht sie nicht? Weil es eine hirnverbrannte Idee ist, weil es nicht funktionieren kann, weil …

Das Chaos wächst mir buchstäblich über den Kopf.

»Tut mir leid«, bemerke ich, als Raven mich mustert. »Ich hatte viel zu tun.« Was eine lahme Ausrede ist. Nicht einmal der Weihnachtsessay über Kobalt-katalysierte Alkylierung von aromatischen Aminen durch Alkohol hatte mich gestresst, weil ich ihn vorbildlich zwei Wochen vor der Frist eingereicht habe. Ich hätte Zeit gehabt, Raven zu treffen, aber Grayson war durch Natalies Abwesenheit zu aufmerksam, was mein Privatleben angeht. Er hat mir immer wieder ins Gewissen geredet, dass Raven die Chance auf ein eigenes und normales Leben verdient. Dass es weder ihr noch mir guttut, wenn wir uns sehen. Und er hat ja recht. Durch Ravens intensive Erinnerungen an die Zeit, in welcher ich mit Rebecca zusammen war, scheinen ihre Gefühle durcheinanderzugeraten. Ich wäre ziemlich scheinheilig, wenn ich nicht längst bemerkt hätte, dass sie meine Nähe sucht – emotional und körperlich. Fakt ist jedoch, dass ich ihr nicht geben kann, was sie sich wünscht.

»Schade.« Raven fährt sich durch das dunkelblonde, wallende Haar, wobei ihr Blick immer wieder misstrauisch zu Cassey schwenkt. »Vielleicht klappt es ja nach Silvester. Du hast versprochen, mir beim Training zu helfen, und ich zähle auf dich.«

Das ist so nicht ganz richtig. Ich wollte ihr alte Aufnahmen von Beccys Choreos schicken, die sie inspirieren könnten. Aber ich habe ihr gar nichts versprochen, was das Training angeht. Warum sagt sie das? Und warum gerade vor Cassey?

Aber die Situation überfordert mich viel zu sehr, weswegen mir ein hörbar unangenehmes Lachen entweicht. »Ähm, ja. Ich …«

»Wisst ihr was? Ich lasse euch mal in Ruhe reden«, bemerkt Cassey und lächelt knapp, bevor sie auf Grayson und Natalie zusteuert.

Fast hätte ich gerufen: *Nein, bitte lass mich nicht mit Raven alleine!*

Cassey

Das war also Raven. Die *alte Bekannte*, von der Natalie erzählt hat. Die wohl mit Rebecca gut befreundet gewesen sein soll und nach ihrem Tod die Stadt verlassen hat. Die nach ihrer Rückkehr mal eben bei Nicolas und Grayson eingebrochen ist und Chaos veranstaltet hat, was schon ziemlich psychotisch klingt. Dabei wirkt sie auf den ersten Blick wie ein hübsches kleines Unschuldslämmchen mit ihren langen, blonden Wellen und den großen blauen Augen.

Nicolas konnte kaum verbergen, wie unangenehm ihm die Situation war. Fragt sich nur, warum? Wegen meiner Anwesenheit oder weil er mit ihrer Anhänglichkeit nicht klarkommt? Wahrscheinlich etwas von beidem.

Solange er mit Raven beschäftigt ist, geselle ich mich zu den Turteltauben und muss mir anhören, wie Natalie davon schwärmt, ihrem Freund irgendwann auch unsere Heimat zu zeigen. Bis Nicolas zu uns kommt und aufgesetzt heiter fragt: »Wie sieht's aus? Hunger?«

»Und wie«, sage ich und lege einen Arm um Nats Taille, um mit ihr vorauszugehen.

Das Diner wirkt freundlich und auf den Fensterscheiben steht der Name *Renison*. Drinnen riecht es nach Frittierfett und alte Musik dringt aus einer Jukebox an der Theke. Die Einrichtung ist sehr heiter und schlicht – braune Ledersitze und Holztische und weißes Geschirr sowie Servietten – gehalten. Das Leder ist etwas abgenutzt, aber noch in einwandfreiem Zustand. Zudem ist das Diner gut besucht.

Ich wähle einen Tisch aus und setze mich. Gleichzeitig sehe ich, wie Grayson Natalie an der Hand beiseiteziehtt und ihr die Jukebox zeigt.

Er reicht ihr ein Vierteldollarstück, und sie schiebt ihn begeistert in den Automaten, drückt ein paar Knöpfe und beschallt uns mit Taylor Swift.

Nicolas setzt sich ausgerechnet neben mich auf die Bank. Ich muss kurz tief durchatmen, um meinen Puls niedrig zu halten. Seit dem Kuss ist das alles hier irgendwie ein bisschen … verdammt, das hat sich so gut angefühlt. Ich will ihn aus den Augen haben, ein für alle Mal, aber gleichzeitig will ich mehr von seinen Lippen. Der Kuss hat sich nicht angefühlt wie jeder beliebige Kuss zum Vergnügen, obwohl er das sein sollte – und *nur* das! Seine Lippen waren so unglaublich sanft und vorsichtig, worauf ich in der Regel gar nicht stehe, und trotzdem wollte ich mich darin verlieren.

»Wie war das mit deinem Geheimnis?«, fragt er unvermittelt.

»Hm?«, brumme ich ahnungslos und ziehe die Karte zu mir.

»Das heißt wohl *Halt die Klappe*?«, fragt er, obwohl es eher eine Feststellung ist.

Ich nicke. »So in der Art.«

Überraschenderweise findet er sich damit ab und sieht ebenfalls auf die Karte, wobei er sich etwas zu mir beugt und leicht meine Schulter berührt. Sofort schiebe ich die Karte zu ihm rüber und mache mich dran, meinen Mantel auszuziehen. Doch als sich irgendwas anders anfühlt, taste ich ihn ab und erstarre. »Fuck«, hauche ich.

»Was ist los?«, fragt Nicolas.

Erneut taste ich danach, finde es aber nicht. »Ma-mein Skizzenbuch«, stammle ich. Verdammt, wo kann es sein? Wir saßen auf der Bank und ich … ich muss es dort liegen gelassen haben. Wie dumm!

»Ach, stimmt«, murmelt er plötzlich, als würde ihm etwas einfallen, und lehnt sich etwas zur Seite. Dann zieht er ein Buch aus seiner Jacke – *mein* Buch. Mein Herz stolpert vor Schreck. »Du hast es auf der Bank vergessen«, erklärt er, als er es mir reicht.

Mit klopfendem Herzen nehme ich es entgegen und blicke anschließend in seine Augen. Hat er reingesehen? Bestimmt hat er darin geblättert.

Nicolas scheint meinen Blick richtig zu verstehen und fügt eilig hinzu: »Ich habe nicht reingesehen, versprochen.«

Dennoch suche ich in seinen Augen etwas Verräterisches, was ihn zum Lachen bringt. »Sieh mich nicht so an. Ich meine es ernst, okay?«, versichert er mir erneut und der Ausdruck in seinem Gesicht wird sanft. »Vertrau mir, Cassey.«

Ihm vertrauen? Vertrauen ist meine Mutprobe.

Im nächsten Moment nehmen Natalie und Grayson uns gegenüber Platz. Grayson klatscht in die Hände und reibt sie anschließend aneinander. »So, ich hoffe, ihr habt schon ausgesucht.«

Während die anderen noch ihre Burger auswählen, sehe ich mich um. Mein Blick richtet sich nach draußen. Durchs Fenster betrachte ich die Gebäude, das Treiben auf der Straße, die parkenden Autos … und bin überrascht, als ich meine, Raven hinter einen der Wagen huschen zu sehen. Auf der anderen Straßenseite, direkt uns gegenüber. Aber im nächsten Moment ist sie schon wieder verschwunden. Habe ich mir das nur eingebildet?

»Cass? Was willst du?«, fragt Natalie und ich wende meinen Kopf zurück zu unserem Tisch. An diesem steht eine junge Bedienung mit einem kleinen Notizblock und lächelt mich erwartungsvoll an.

»Äh, ja.« Flüchtig sehe ich noch einmal in die Karte, bevor ich meinen Burger bestelle.

Nachdem die Kellnerin alle Wünsche notiert hat, wendet sie sich ab und verschwindet wieder hinter dem Tresen. Ich sehe ihr hinterher. Mein Blick bleibt dabei an Nicolas hängen. Mich lässt der Gedanke nicht los, er könnte mich angelogen haben. Er wollte ein Geheimnis von mir wissen und weiß ganz genau, was für ein Geheimnis ich um meine Zeichnungen mache. Andererseits habe ich ihn bisher noch nie unehrlich erlebt.

Nicolas gibt den Widerstand auf und erwidert meinen forschenden Blick. Seine Augen sind so tiefgründig und ehrlich, aber auch irgendwie verschlossen. »Alles gut bei dir?«, fragt er leise.

Nein, ja … keine Ahnung.

Ich nicke und lehne mich mit dem Block im Schoß an die Fensterscheibe. Dann winkle ich ein Bein an, öffne im Verborgenen das Buch und blättere die Seiten durch, um eine passende Zeichnung zu finden.

Ich halte bei der heutigen Skizze inne. Erst wollte ich die High Line festhalten, doch dann ist mir ein sich umarmendes Paar ins Auge gefallen, das ich aufs Papier brachte. Ich weiß nicht genau, was mich daran so gereizt hat. Die Umarmung war einfach so innig und vertraut, als hätten sie Angst, sich loszulassen und zu verlieren. Und da ist es wieder. Vertraut.

Kurzerhand schreibe ich ein Wort darauf, reiße die Seite aus und falte sie zwei Mal, auch wenn es mir im Herzen wehtut. Dann stecke ich alles zusammen in meinen Mantel zurück und richte mich wieder auf.

Zeitgleich bemerkt Grayson: »Es sieht wirklich noch fast genauso aus wie früher.«

Nicolas stimmt ihm nickend zu, sieht nur ganz flüchtig zu mir und sagt dann: »Ja, hätte ich irgendwie nicht gedacht.«

»Wie lange kennt ihr es?«, fragt Natalie.

»Schon eine ganze Weile. Schulzeit und …«, setzt Grayson an und erstarrt plötzlich. Er sieht ganz seltsam über Nicolas und mich hinweg an die Wand. Ich drehe meinen Kopf, aber Nicolas reagiert einen Augenblick schneller und greift nach einem Bilderrahmen, der knapp über unseren Köpfen hängt. Ein schwarz-weißes Foto wird von goldenen und schwarzen, kitschigen Blumenranken eingerahmt. Sein Finger verdeckt ein kleines Schildchen.

»Was ist los?«, fragt Natalie irritiert.

Ich beuge mich zu Nicolas, um mir das Bild ansehen zu können. Auf dem Foto sind drei Personen zu sehen, die stolz in die Kamera strahlen. Eine Frau im Petticoat wird von zwei jungen Männern in legerer Kleidung der Fünfziger- oder Sechzigerjahre flankiert. Über ihnen prangt das Leuchtschild des Diners – Renison.

Ich kann überhaupt nichts Ungewöhnliches daran ausmachen. Es scheint einfach nur ein Bild des Eröffnungstages des Diners von damals zu sein. Was hat Grayson nur damit?

»Das … ist ein wirklich schöner Bilderrahmen«, bemerkt Nicolas etwas stockend. Er sieht auf und fixiert Grayson, als wolle er etwas sagen, könne es aber nicht.

Ich hebe eine Augenbraue. So etwas würde ich niemals aufhängen.

»Wunderschön«, fügt Grayson eilig hinzu und räuspert sich. »Ich gehe mal die Bedienung fragen, ob sie ihn verkaufen.«

Mit diesen Worten erhebt er sich und lässt sich von Nicolas das Bild reichen. Dann geht er damit zum Tresen und spricht die Bedienung an.

»Okay« Natalie begegnet irritiert meinem Blick. Sie findet die Situation genauso seltsam wie ich.

»Ihr seid schräg«, nuschle ich und sehe wieder zu Nicolas. »Was wollt ihr damit?«

»Es aufhängen, was denn sonst?«, lacht er und fährt sich durch die Haare.

»Und wo? Der passt doch gar nicht in eure Wohnung«, argumentiert Natalie.

»Ich finde schon«, entgegnet Nicolas immer noch lächelnd, doch da ist etwas in seinen Augen. Eine Angespanntheit.

Merkwürdig.

Als Grayson zurückkommt, lächelt er zufrieden und legt den Bilderrahmen auf dem Tisch ab. »Zehn Dollar. Ein Schnäppchen.«

Immer noch irritiert lacht Natalie auf und betrachtet Grayson. »Du willst den wirklich kaufen?«

»Schon passiert, Prinzessin. Ich wollte schon lange eins deiner Bilder bei mir aufhängen und den perfekten Rahmen lasse ich mir nicht entgehen«, bemerkt Grayson und legt liebevoll einen Arm um Natalies Schultern. Allein an ihrem Blick kann ich erkennen, wie sie förmlich dahinschmilzt, während ich überlege, ob mir deswegen der Appetit vergehen sollte.

Statt jedoch zu intensiv darüber nachzudenken, ziehe ich noch einmal den Rahmen zu mir. Das Foto und das Schild, welches Nicolas so auffällig zufällig mit seinem Daumen verdeckt hatte, fehlen.

»Was guckst du so misstrauisch, Kratzbürste?«, fragt Grayson und zwinkert. »Oder bist du neidisch auf das Talent deiner Schwester?«

»Keineswegs. Ich habe mich nur gefragt, warum du das Schild abgenommen hast«, konfrontiere ich ihn und fixiere ihn dabei mit meinem Blick, um jede potenziell verräterische Regung in seiner Miene ausmachen zu können. Irgendwas ist den beiden sichtlich zu unangenehm, um davon zu erzählen.

Grayson scheint sich wieder gefangen zu haben, denn er wirkt kein bisschen mehr nervös, als er mit den Schultern zuckt und schief grinst. »Ist doch klar, da muss ein Neues hin. *Natalie Claire Alexandrowna Krylowa. Die talentierteste Fotografin der gesamten Ostküste, Herzensdame meiner Wenigkeit und* ...«

»Okay, stopp. Bevor uns allen schlecht wird«, halte ich ihn auf und die anderen lachen.

In dem Moment kommt die Kellnerin mit unseren Tellern. Vor mir landen ein Burger und Pommes, wie so ziemlich vor jedem. Also greife ich zu und beiße in den Burger hinein. Genüsslich brummend wiege ich den Kopf hin und her.

Kauendes Schweigen entsteht. Unangenehmes Schweigen besser gesagt. Nach zwei Bissen fragt Nicolas schließlich: »Und, wie ... waren eure Abschlussklausuren?«

Ich ziehe meine rechte Augenbraue hoch. Ist das sein Ernst? Beim Essen redet man nicht über so schlimme Dinge.

Natalie hingegen redet natürlich schon gerne darüber. Weil sie eine Streberin ist und schon von klein auf bei unseren Eltern geprahlt hat, während ich meine Ergebnisse immer heimlich auf den Küchentisch gelegt habe. Dafür bekam ich nachträglich ebenso heimlich russische Bonbons unter mein Kopfkissen gelegt. Zusammen mit einem kleinen Zettelchen, auf dem stand: *Gut gemacht, Große.* Die Tradition hat sich so schnell ergeben, wie sie auch mit unserer Mutter wieder vergangen ist.

Ihr Schlucken ist kaum zu überhören, weil sie übereilig antworten, statt zu Ende kauen will. »Ist super gelaufen. Und bei euch? Habt ihr schon eure Ergebnisse bekommen? Unsere können wir seit gestern einsehen.«

Graysons Augen weiten sich. Man sieht ihm das *Oh, fuck* deutlich an. Ich muss mir ein Prusten verkneifen. Nicolas zuckt gelassen mit den Schultern und antwortet: »Joa, war auch ganz gut. Hab noch gar nicht nachgesehen.«

»Grayson?«, hakt Natalie nach.

Wie auf Kommando laufen seine Wangen rötlich an, dann lässt er seine Lippen flattern und macht: »Ups?«

»Ups? Was heißt *ups*? Grayson …«

Nicolas lacht auf und sieht ihn amüsiert an. »Du hast nicht ernsthaft deine Abschlussklausuren verpennt?«

Ich bin mir unsicher … Ist das jetzt eine rhetorische Frage?

»Was … Wie … Nein, oder?«, stammelt Natalie entrüstet.

Unberührt von dem Gesprächsthema esse ich meinen Burger weiter und schweige.

Zuerst versucht Grayson, sich rauszureden, doch dann macht er eine wegwerfende Handbewegung und bemerkt: »Na ja, einen Versuch hab ich ja noch.«

»Grayson«, tadelt Natalie ihn und lehnt sich zurück. »Ich glaub's nicht, hoffentlich verpennst du nicht auch noch irgendwann deine eigene Hochzeit«, fügt sie amüsiert hinzu, doch der Schuss geht nach hinten los. Sowohl Grayson als auch ich verschlucken uns zeitgleich und husten, während Nicolas lacht.

»Was denn?«, fragt Natalie irritiert.

Mühsam und mit Tränen in den Augen ringe ich nach Atem und Beherrschung. Ungefähr dasselbe macht Grayson auch kopfschüttelnd. »Themenwechsel«, krächze ich und schließe mich dem Kopfschütteln an.

***

Nach dem Essen machen wir uns auf den Heimweg. Die Jungs begleiten uns gentlemanlike zur Subway-Station. Auf den letzten Metern laufen Nicolas und ich schweigsam nebeneinanderher, während die Turteltauben immer weiter zurückfallen. Zweisamkeit … Ich werde mich niemals damit anfreunden können.

Unwillkürlich muss ich an Nicolas' verstorbene Freundin denken. Und an seinen Vater, über dessen Tod ich auf dem Weg hierher erfahren habe, ohne etwas dazu zu sagen. Deswegen murmle ich, bevor ich mich aufhalten kann und auch, weil diese Stille so ungemütlich ist: »Tut mir leid, das mit deinem Dad.«

Dass ich von Rebecca weiß, muss er ja nicht wissen.

»Danke«, erwidert er knapp und etwas irritiert.

»Vermisst du ihn?«, hake ich vorsichtig nach und erwische mich dabei, mich selbst zu fragen: *Würde ich Papa vermissen, wäre er nicht mehr da?* Ich vermisse Mama. Ihre Wärme, ihre Fürsorge, ihre sanfte Stimme, die mir stets Mut zugesprochen hat. Bei Papa hingegen würde ich wohl eher seine führende Hand vermissen. Seine Kontrolle, seine Disziplin, sein Durchgreifen, das uns zu den Frauen gemacht hat, die wir heute sind. Aber ihn selbst? Da bin ich mir nicht sicher. Den Mann, der er vor Mamas Tod war, würde ich mit Sicherheit vermissen – den vermisse ich aber schon seit vielen Jahren.

Nicolas' Antwort kommt überraschend prompt und kaltherzig: »Nein.«

Meine Augenbrauen wandern hoch. Das klingt, als hätten die beiden ein noch schlechteres Verhältnis gehabt, als es zwischen ihm und seiner Mutter aktuell ist.

»Sorry, das klingt hart«, lenkt er ein und seufzt. »Aber ... wenn du ihn gekannt hättest, wüsstest du warum.«

Diese Aussage kommt mir irgendwie bekannt vor.

Ich nicke verständnisvoll. »Er war also kein guter Vater?«, frage ich, obwohl es eher eine Feststellung ist.

»Er«, setzt Nicolas an und verstummt. Ich sehe zu ihm auf. Er wirkt verkrampft, als würde er sich an unschöne Dinge erinnern, die er eigentlich nicht mit mir teilen möchte. Das kenne ich. Daher bedränge ich ihn nicht.

Ich blicke an mir herab, greife zwischen den Knöpfen in meinen Mantel und angle die Zeichnung von heute.

Derweil fährt Nicolas fort: »Mein Vater hat meiner Familie das Leben zur Hölle gemacht, sobald er zu Hause war. Deswegen ...«

Wieder stockt er. Als ich aufsehe, begegne ich flüchtig seinem besorgten Blick, ehe er weiterredet. »Ich weiß nicht, was du und dein Dad für ein Verhältnis habt, und es geht mich auch nichts an, aber

wenn du reden willst, bin ich da. Das soll nicht heißen, dass ich annehme, er sei wie mein Vater, aber ...«

»Wow, Moment. Was glaubst du denn, was für ein Verhältnis wir haben?«, frage ich irritiert.

»Keine Ahnung. Willst du darüber reden?«

»Worüber denn? Klär mich auf.«

Nicolas seufzt und presst die Lippen aufeinander. Dann sieht er nach vorne. »Du hast an diesem Abend am Pub gesagt, dass deine geprellte Rippe dein kleinstes Problem wäre, wenn du so nach Hause kämst, und du hast deinen Dad erwähnt, und da dachte ich ...«

Während er ohne Punkt und Komma weiterredet, rattert mein Gehirn. Dann macht es klick und in meinem Magen bildet sich ein Knoten. »Damit habe ich aber nicht ... Das hast du falsch aufgefasst. Mein Vater würde uns nie ...«

»Was hast du dann damit gemeint?«, hakt er nach und hebt prüfend eine Augenbraue.

»Nichts Physisches«, stelle ich klar.

»Sicher? Woher kam dann die geprellte Rippe?«

»Durch ...«, setze ich nachdenklich an und ende mit: »Kampftraining.«

Beeindruckt weiten sich Nicolas' Augen. »Oh. Okay, dann habe ich das wohl wirklich missverstanden. Sorry, ich bin bei so was ... Grayson sagt, ich mache mir immer viel zu schnell, viel zu große Sorgen. Aber ... cool, dass du Kampfsport machst. Schon lange?«

»Kann man so sagen«, antworte ich schlicht.

Er nickt und sieht wieder nach vorne. Ich beobachte, wie seine Gedanken abschweifen; vielleicht in Erinnerungen, die ich mir nicht einmal ausmalen will.

Mir dreht sich der Magen um bei der Vorstellung, dass er als kleiner Junge von dem Menschen, dem er am meisten vertrauen können sollte, misshandelt wurde. Tiefes Mitgefühl packt mich, schließt sich wie eine Faust eng um mein Herz. Ich fühle mich schlecht, obwohl ich gar nicht dafür verantwortlich bin, was er erlebt hat. Wie konnte aus ihm so ein sanftmütiger Mann werden?

Es gibt eine Sache, die ihn vielleicht wieder auf andere Gedanken bringen wird – mich unweigerlich auch. Mindestens zwanzig Mal fluche ich innerlich, bevor ich Nicolas mit dem Ellenbogen anstupse.

»Hm?«, brummt er.

Ich atme einmal tief durch, bevor ich ihm mit zusammengebissenen Zähnen das Papier hinhalte. Er wollte etwas von mir wissen, was kein anderer weiß. Er bekommt etwas von mir, das keiner sonst hat – und es fällt mir verdammt schwer. So schwer, dass es mir fast den Atem raubt.

»Mach dir keine Sorgen, okay?«

Irritiert nimmt er das Papier entgegen, entfaltet es und schweigt einen Moment lang. Dann sagt er sanft: »Die ist verdammt gut. Danke.«

Zögerlich nicke ich und halte den Blick streng nach vorne gerichtet.

Cassey

Jetzt zieh doch nicht so ein langes Gesicht«, bittet mich Natalie, die mehr als gut drauf ist und die zwei Tüten schwingt. »Ich finde, du siehst super in diesem Kleid aus.«

Ich verdrehe die Augen und krame die Schlüssel raus. Endlich ist diese anstrengende Shoppingtour vorbei.

»Aber erst mal steht Silvester an, und ich bin so froh, noch dieses coole Kleid gefunden zu haben«, schwärmt Natalie weiter. Die Worte fließen wieder nur so über ihre Lippen. »Was meinst du, wie ich meine Haare dazu machen könnte? Ich glaube, eine Hochsteckfrisur würde ganz gut passen. Oh, und meine goldenen Kreolen. Weißt du eigentlich schon, was du morgen anziehst, Cass?«

»Mhm«, brumme ich einfach nur, weil ich kaum zugehört habe. Meine Gedanken sind eher dabei, wie ich um Silvester herumkomme.

Wir sind fast am Wagen angekommen, den wir etwas abseits des regen Stadttreibens geparkt haben, als plötzlich schnelle Schritte hinter uns ertönen. Eine Frau beschwert sich lautstark: »Hey, pass doch auf!« Ich schaffe es noch, über die Schulter zu sehen und einen kahlköpfigen Mann zu erblicken, da erwischt mich seine Faust am Kiefer. Ich wirble herum und pralle auf dem harten Beton auf, lande mit den Händen im Schneematsch. Der Glatzkopf eilt links an mir vorbei und Natalie ruft entsetzt: »Was soll das?!«

Ein anderer Passant bleibt bei uns stehen und fragt besorgt, ob alles in Ordnung wäre; bietet mir Hilfe an und sagt, wie verrückt die Welt doch sei.

Ich schmecke etwas Metallisches, ignoriere es aber – ebenso den hilfsbereiten Mann – und stehe noch leicht benommen auf, um dem Glatzkopf nachzurennen. Mein Puls steigt rasant in die Höhe. Adrenalin pumpt durch meine Venen. Ein Jubel wird in meinem tiefsten Inneren ausgestoßen.

»Cass«, ruft Natalie und ist mir dann auf den Fersen. Der Kerl verschwindet zwischen zwei Gebäuden. Es rasselt und klappert, als würde feines Metall aneinanderschlagen. Dann sehe ich, wie er über einen mit grüner, zerfledderter Plane verhangenen Zaun klettert.

Eine Kette und ein Vorhängeschloss verhindern ein einfaches Durchschreiten. Demnach ziehe ich mich ebenfalls am Gitter hoch und springe auf der anderen Seite auf einen Containerdeckel. Ich lande in einer schmalen Gasse, die augenscheinlich als Müllhalde dient. Und Glatzkopf bleibt mittendrin stehen, um auf uns zu warten.

Eine Sekunde später schwingt eine Tür auf und ein junger Kerl tritt hinaus. In jeder Hand hält er einen gefüllten Müllbeutel und seiner Uniform nach zu urteilen, ist er eine Küchenhilfe. Als er uns sieht, hält er überrascht inne. Natalie tritt neben mich.

»Hey Junge, komm mal zu mir«, fordert Glatzkopf mit rauer Stimme und begegnet teuflisch grinsend meinem Blick. Seine grünen Augen werden in dem Moment unvermittelt schwarz und seine finstere Aura berührt mich mit den Fingerspitzen. Auf seiner Stirn glüht dabei ein orange-gelbliches, rautenförmiges Symbol auf, das ich noch nie gesehen habe.

Mein Herz legt einen Sprint hin. Nahezu gleichzeitig rufen Natalie und ich: »Nein!«

»Geh besser wieder rein«, füge ich hinzu und mache eine scheuchende Handbewegung.

Der Junge ahnt natürlich nicht, dass er sich in eine Gefahrenzone begeben hat. Er sieht irritiert zwischen uns dreien hin und her und macht dabei ein lang gezogenes »Ä«, als hätte sein Hirn auf Standby geschaltet. Doch dann macht er einen Schritt aus der Tür und stellt die Beutel neben sich an die Hauswand.

Der Shemayu bewegt sich. Meine Hand schnellt automatisch unter meinen Mantel in den Hosenbund, unter dem ich immer meine

Wurfmesser versteckt halte. Doch dann fluche ich. Sie sind in der anderen Jeans. Ich habe sie vor lauter Zeitdruck, den Natalie mir gemacht hat, völlig vergessen wieder einzustecken.

»Geh«, ruft Natalie. Im selben Moment stürzt Glatzkopf auf die Küchenhilfe zu und nimmt ihn in den Schwitzkasten.

Der arme Kerl greift nach dem kräftigen Arm an seiner Kehle und sieht panisch in unsere Richtung. Die Worte »Was ist hier los?« stehen ihm ins Gesicht geschrieben.

Wir zögern. Bevor wir handeln, müssen wir die Lage abwägen. Denn wir können dem Jungen nicht helfen, wenn wir selbst von der Heka des Shemayu überrascht werden.

»Was ist los, Nesweru?«, fragt der Shemayu provokant und mustert uns.

Wie konnte er uns als Nesweru identifizieren, noch bevor wir ihm überhaupt gegenüberstanden? Was hat er gesehen oder gespürt?

Das Symbol auf seiner Stirn verglimmt allmählich und scheint zu verschwinden, als wäre es nie da gewesen. »Habt ihr Angst oder warum steht ihr nur so da?«

Es braucht nicht viel, eigentlich bloß die Tatsache, dass er ein Shemayu ist, um die Wut in mir entflammen zu lassen. Die Wut, die mich stets antreibt. Die Wut, die etwas Dunkles in mir aus einem Schlummer erweckt. Eine Finsternis, die sich bereits schmackhaft die Lippen leckt.

Als ich nach vorne preschen will, spannt sich der Körper des jungen Mannes urplötzlich an und seine Lider flattern, weshalb ich mich stoppe. Es knistert verdächtig. Gleich darauf sinkt er in sich zusammen, und der Shemayu lässt ihn achtlos zur Seite fallen. *Mistkerl.*

Die Zähne fest aufeinandergepresst, beobachte ich, wie Glatzkopf genüsslich die Augen schließt und tief durchatmet. Der Anblick widert mich an; noch mehr, als er die Augen öffnet und uns unverfroren angrinst. Ich halte mich keine weitere Sekunde zurück und gehe auf ihn los, versetze ihm Faustschläge in Kopf- und Magenhöhe. Doch jeden pariert er grob, bis er eine Chance sieht und mich erneut am Kiefer trifft. Diesmal kann ich mich gerade noch auf den Füßen halten, weil ein Stromstoß durch meinen Körper fährt. »Shit«, hauche ich und lege meine Hand an den Kiefer, während ich mich mit der anderen am Knie abstütze. Der hat gesessen – doppelt.

»Kahraba'«, rufe ich Natalie zu, die bereits Schläge und Tritte mit ihm austauscht. Sofort ändert sie ihre Taktik. Sie zieht ihren ausfahrbaren Schlagstock aus der Innentasche ihres Mantels und ist mehr darauf bedacht, seinen elektrischen Berührungen auszuweichen.

»Ist das alles, was ihr draufhabt?! *Er* sagte, ich solle vorsichtig sein, aber ihr seid nichts weiter als kleine Mädchen«, ruft er schief grinsend.

Er? Wer ist *er*? Hat ihn etwa jemand auf uns angesetzt? Dieser Kerl hat uns also nicht aus heiterem Himmel als Nesweru identifiziert.

Im nächsten Moment schafft er es, Natalie den Stock aus der Hand zu schlagen und packt sie an der Kehle. Ein Zucken geht durch ihren Körper und ihre Lider flattern.

Wutentbrannt schnappe ich mir eine der robusteren Glasflaschen, die beim Müllcontainer stehen. »Kleine Mädchen?«, schreie ich, mache einen Satz nach vorn und ziele auf seine Schläfe. Ich treffe nur die Augenbraue, aber das reicht schon. Sofort lässt er los. Sowohl er als auch Natalie verlieren das Gleichgewicht. Meine Schwester stützt sich am Gemäuer ab. Während sie sich sammelt, gehe ich wieder auf den Shemayu los und verpasse ihm zwei schwungvolle Tritte gegen den Kopf und in die Magengrube. Ein befriedigendes Gefühl macht sich in mir breit.

Endlich gibt er nach. Er blinzelt benommen, stolpert über seine eigenen Füße und fällt rückwärts. Die Gelegenheit nutze ich direkt und springe rittlings auf ihn. Mit einer Hand drücke ich seinen Kopf nach unten, mit der anderen hole ich mein Amulett hervor und beginne die ägyptischen Worte aufzusagen.

Der Karneol erwacht zum Leben. Licht erfasst den Wirt samt Shemayu. Er verkrampft, statt sich zu winden. Er schweigt, statt zu brüllen. Schon jetzt weiß ich, dass diese Jagd auf die schlechte Weise ausgeht.

Unter mir wird es trotz der Klamotten warm. Erst färben sich seine Blutgefäße gelb, dann beginnt er von innen heraus orange-gelblich zu

leuchten, und letztlich verbrennt auch die Haut – das ist der schlimmste und ekelhafteste Teil an der ganzen Sache. Sie bildet Bläschen und eine Brandkruste. Anschließend reißt diese, sodass das warme Licht hindurchtritt. Das sieht nicht nur erschreckend aus, sondern riecht auch widerlich.

Bis zur letzten Sekunde besteht die Hoffnung, dass der Shemayu doch aufgibt und loslässt. Doch bevor das passieren kann, lässt die Wirkung des Karneols nach.

Eine Welle der Enttäuschung und Wut überkommt mich bei diesem Anblick – jedes Mal.

Zerknirscht erhebe ich mich, klopfe meine feuchten Knie ab und werfe anschließend einen prüfenden Blick über meine Schulter zu Natalie. Schwer atmend und ebenfalls unglücklich über diesen Ausgang betrachtet sie den Leichnam, wobei sie unbewusst über ihre Halsbeuge streicht. Dann blickt sie zu mir auf und lächelt knapp. »Geht schon«, versichert sie mir und kniet sich neben die Küchenhilfe, um nach dem Puls zu tasten. Der Ausdruck in ihrem Gesicht wird, wenn überhaupt möglich, noch trauriger, als sie zu mir sieht und den Kopf schüttelt.

Im nächsten Augenblick zuckt sie zusammen. Ihr Handy klingelt. Sie fischt es aus ihrem Mantel. Beim Anblick des Displays presst die Lippen aufeinander. Dann sieht sie nachdenklich zu den Toten, zu mir und wieder in ihre Hand.

»Wer ist das?«, frage ich, während ich mein eigenes Smartphone aus der Jackentasche ziehe, um den Notruf zu wählen.

»Grayson.«

»Da gehst du doch jetzt nicht dran, oder?«

Mit einer Geste signalisiert sie mir, dass es nicht lange dauern wird, ehe sie den Hörer ans Ohr hebt und Grayson mit gedrückter Stimme begrüßt.

Kopfschüttelnd wähle ich den Notruf. Während ich warte, lausche ich ihrem Gespräch. »Nein, alles in Ordnung«, versichert Natalie ihm und streicht gedankenverloren über ihre Kehle. »Wirklich.«

Das kauft ihr niemand ab, auch nicht ihr Schatz. »Bitte glaub mir, es ist alles gut. Nur … heute Abend wird leider doch nichts. Ich, ähm, fühle mich etwas … angeschlagen.«

Eine männliche Stimme ertönt an meinem linken Ohr und ich gebe unseren Standort durch. Anschließend prüfe ich unsere Umgebung auf Kameras und Fenster, durch die man uns hätte beobachten können, und beseitige mögliche Spuren. Natalie beendet zügig das Telefonat. Dann müssen wir uns beeilen, von hier zu verschwinden.

***

Ruhe umgibt mich. Ich atme ein und aus. Meine Gedanken konzentrieren sich einzig und allein auf die Mauer. Sie umringt mich. Sie hält das, was darin ist, gefangen und bewahrt es vor dem, was eindringen will. Ich stabilisiere sie. Einen Backstein nach dem anderen rücke ich wieder an seinen Platz.

Das Quietschen einer Tür dringt an mein Ohr und lässt das Bild verblassen. Dann knarzen die ersten Treppenstufen unter Papas Gewicht. Seufzend öffne ich die Augen und blinzle gegen das Licht der weißen Neonröhren an. Natalie, die mir im Schneidersitz auf der Trainingsmatte gegenübersitzt, fährt sich übers Gesicht, zurrt ihren Pferdeschwanz fest und lässt dann zufrieden seufzend ihre Arme in den Schoß fallen. »Ende der Sitzung.«

Ich verdrehe genervt die Augen, denn eigentlich war ich noch nicht fertig. Papa hat bloß entschieden, uns während der Meditation zu stören. Einen wichtigen Teil unseres Trainings, der uns mental gegen Einflüsse festigen soll und bei mir momentan eher dürftig ausfällt.

»Habt ihr schon angefangen?«, fragt Papa in einer Tonlage, die kein Nein zulässt, denn er erwartet, dass wir seiner Anweisung Folge leisten. Er brauchte heute länger auf der Arbeit und schrieb uns daher eine Nachricht, die besagte, wir sollen ohne ihn trainieren – und genaue Vorgaben, welche Übungen wir durchführen sollen. Keine Seltenheit. Und auch wenn wir jetzt älter und selbstbestimmter sind, haben wir zu großen Respekt vor ihm, um ihn zu enttäuschen oder gar anzulügen. Er kann ziemlich streng werden, weil es dem Zweck dient, uns zu stärken und zu disziplinieren. Das tut es sicherlich auch, das

streite ich nicht ab, aber für ihn gibt es keine Raumgrenzen. Auch außerhalb dieser vier Wände bleibt er in der Rolle des Trainers.

Natalie lächelt mich aufmunternd an und sieht dann zur Treppe, die ins Erdgeschoss führt. Wir befinden uns im Keller, dem Ort, an dem wir Körper und Geist trainieren. Er besteht aus einem einzigen, schallgedämpften Raum mit nur einem kleinen Lichtschacht. An den Wänden verlaufen hier und da ein paar Rohre. An der Decke sind weiße Neonleuchten angebracht, die den Raum bis ins letzte Eck mit Licht durchfluten. Blaue Sportmatten bedecken den Betonboden. In der einen Raumhälfte hängt ein Boxsack und an der Wand Pratzen, Holzstäbe und anderes, was sich zum Trainieren eignet.

»Wir sind sogar schon fertig«, antwortet Natalie und steht auf.

Seine Augen mustern uns prüfend, und obwohl es keine Lüge war, fühle ich mich unbehaglich. Daher erhebe ich mich, um wenigstens mit ihm auf Augenhöhe zu sein. Dann nickt er zufrieden.

»Wie war die Arbeit?«, fragt meine Schwester, die sich noch nie an seinem skeptischen Blick gestört hat, und gibt ihm wie üblich einen Wangenkuss. Ich hingegen verschränke die Arme und versuche, ihn gleichgültig statt vorwurfsvoll anzusehen. Eigentlich sollte ich mich daran gewöhnt haben, dass er so viel arbeitet, aber wenn er schon nicht als Vater für uns da sein kann, dann ja wohl wenigstens als Trainer oder Mentor zu vereinbarten Zeiten. Wieso geben wir uns immer so viel Mühe, seinen Erwartungen gerecht zu werden, wenn er nicht einmal das schafft?

»Es gibt ein Problem mit der ausgelieferten Software für einen Großkunden«, erklärt er und atmet tief durch, ehe er nach oben deutet. »Und wenn ihr schon mit dem Training durch seid, würde ich mich noch mal an meinen Schreibtisch setzen.«

Er dreht sich bereits halb um, da ziehe ich eine Augenbraue hoch. »Moment.«

Wortlos wendet er sich mir zu und sieht mich mit müden Augen erwartungsvoll an. Oder sagen wir eher warnend nach dem Motto *Wehe, es ist nichts Wichtiges*. Diesmal ist es das auch. Ihn ärgern kann ich wann anders.

Ich nehme die Arme runter und ziehe die Schulterblätter zusammen. Dann erkläre ich sachlich: »Wir haben heute eine Beobachtung gemacht, die …«

»Cass, das hat doch auch Zeit bis morgen«, unterbricht Natalie mich und streicht über Papas Arm.

»Nein, hat es nicht«, widerspreche ich bestimmt und schlucke den Rest hinunter, den ich so gerne gesagt hätte. Denn dann würden wir wieder nur streiten, statt über das Wesentliche zu sprechen.

»Ich höre«, brummt Papa ungeduldig, verschränkt die Arme vor der Brust und wirkt sofort wacher.

»Schon mal einem Shemayu begegnet, der ein orange-gelbliches Symbol auf der Stirn hat?«

Seine Augenbrauen zucken hoch. Er löst die verschränkten Arme. »Was für ein Symbol?«

»Wir konnten es nicht lange genug sehen, um es zu identifizieren. Es war irgendwas Rautenförmiges.«

»Was heißt *nicht lange genug gesehen*?«, fragt er irritiert und schiebt sogleich vorwurfsvoll hinterher: »Ist er euch etwa entwischt?!«

Meine Backenzähne reiben sich aneinander. Er kann es einfach nicht lassen, die Fehler zuerst bei uns zu suchen. Nie kann man es ihm recht machen. Aber er selbst ist natürlich tadellos.

Natalie, die solche Vorwürfe nicht so kränken wie mich, weil sie nicht nach der *perfekten* Nesweru strebt, schreitet ein, ehe ich etwas Ausfallendes von mir gebe. »Nein, sie meint damit, dass das Symbol verschwunden ist. Es war nur kurzzeitig da.«

»Es war keine Bemalung?«, hakt er verblüfft nach.

»Wissen wir nicht«, antwortet sie. »Vielleicht war es irgendeine Flüssigkeit, die in Kontakt mit Haut zu einer kurzzeitigen Färbung führt. Ich kenne mich in Chemie leider nicht so aus und ehe wir dem nachgehen, wollten wir dich fragen, ob du etwas darüber weißt.«

»Aber dem ist offensichtlich nicht so«, füge ich hinzu und wende mich ab, um zur Kommode zu gehen.

Ich schnappe mir mein Smartphone, schalte den Flugmodus aus und tippe eine Nachricht an Nicolas. Er studiert Chemie, vielleicht

kennt er irgendeine Substanz, die auf Haut leuchtet.

Während ich auf eine Antwort warte, beobachte ich Papa, wie er nachdenklich zu Boden schaut und sich mit der Hand über die dichte Behaarung am Kiefer streicht. Sekunden vergehen. Ich werde ungeduldig. Zudem ist es hier unten kalt und meine verschwitzte Haut kühlt aus.

»Papa, wenn du darüber nichts weißt, … wen könnten wir fragen?«, will Natalie wissen und schnappt sich ihre Trinkflasche von der Kommode.

Er atmet tief durch und steckt seine Hände in die Hosentaschen. »Versucht erst mal, das Symbol aufzuzeichnen. Dann ruft ihr in der Heimat an und fragt dort, ob ihnen so etwas schon begegnet ist. Sollte das nicht der Fall sein, klappere ich meine Kontakte ab.«

Das Handy in meiner Hand vibriert.

Nicolas: *Hey du :-) Also ich wüsste von keinem Stoff, der wieder verschwindet. Leukokristallviolett ist zunächst farblos und wird bei Berührung mit Haut violett. Silbernitrat wird schwarz – Ag+ wird zu Ag reduziert. Aber beides bleibt ziemlich hartnäckig und verschwindet keinesfalls einfach so wieder. Ich hoffe, das hilft dir irgendwie weiter, auch wenn es nicht ganz deine Frage beantwortet.*

Er hat recht, irgendwie befriedigt mich diese Antwort nicht. Irgendwas muss es im Chemie-Universum doch geben, vielleicht auch irgendeine neue Entdeckung, denn anders kann ich mir nicht erklären, woher diese Symbole auf einmal kommen sollten. Shemayu können doch nicht einfach … mutieren – oder doch?

»Und wenn niemandem etwas darüber bekannt ist?«, hakt Natalie nach.

»Wenn es so kommt, müssen wir beobachten, ob heute eine einmalige Sache war. Wenn nicht, müssen wir herausfinden, ob mehr dahintersteckt als ein banaler Streich.«

Wir nicken zustimmend.

Schweigen entsteht. Papa entflieht dem, indem er kehrtmacht und somit die Unterredung für beendet erklärt. So ein … *Svoloch*! Kreuzt hier auf, macht uns Vorwürfe, erteilt Anweisungen und geht wieder. Während Natalie sich so herzallerliebst um ihn sorgt, bleibt er kalt und stellt keine einzige Rückfrage.

Damals war das anders. Ein humorvoller und fürsorglicher Vater. Niemals hätte er uns Vorwürfe gemacht, wenn er gehört hätte, dass wir mit einem Shemayu zu tun hatten. Er hätte gefragt, wie es uns geht.

Das macht mich so wütend, dass ich nicht mehr an mich halten kann und zur Treppe gehe, um nach oben zu rufen: »Uns geht es übrigens gut, bloß keine Sorge!«

Die Entlockungsformel

Folgende altägyptische Formel ist <u>vollständig</u> aufzusagen:

M-teti pa jawet netjerw, neter dja-nut set,
nejes jenek tjew, shemayu pa gereh,
redew n-apep, neter pa hedsch chnew,
chenet, ten-cht redschi wat d-schaf cha.
Stwa-n seschep mach m-chenew.

<u>(übersetzung)</u>

Im Namen der alten Götter, von Gott Ra und Seth,
rufe ich dich, Dämon der Finsternis,
Beauftragter des Apophis, Gott der Zerstörung und des
Chaos',
und gebiete dir, diesen Körper freizugeben und seinem eigenen Schicksal zu überlassen.
Erblicke das Licht und verbrenne daran.

Nicolas

Ich kann nicht aufhören, es anzusehen. Das sich umschlingende Paar, als würde ihr Leben davon abhängen, dass sie sich nie wieder loslassen. Auf dem Arm der Frau steht ein einziges Wort, bei dem meine Mundwinkel immer wieder nach oben zucken, wenn ich es lese. *Trust.*

Ich bin mir nicht sicher, ob Cassey mir damit sagen will, dass sie mir vertraut, aber ich hoffe es inständig. Vielleicht hat sie mir ihr Vertrauen nicht direkt geschenkt. Vielleicht ist es eher so etwas wie eine Leihgabe. Bei dem Gedanken muss ich grinsen. Das würde zu ihr passen. Bloß nicht zu viel Zuneigung zeigen.

Auf dem Campus ist kaum ein Mensch zu sehen. Ich schalte die Lichter im *Eisner & Lubin Auditorium* ein und lege meine Jacke auf dem hintersten Stuhl ganz links ab. Währenddessen fällt die schwere Holztür mit einem Knarzen und dann einem lauten Rums ins Schloss. Die ersten Male habe ich mich immer wieder erschreckt, aber inzwischen bin ich daran gewöhnt.

Langsam gehe ich zwischen den Reihen der fast vierhundert Stühle entlang auf die Bühne zu, wo der schwarze, eindrucksvolle Flügel steht. Er ist so alt, dass ich vermute, die Tasten sind noch mit Elfenbein beschichtet. Ich kann mich aber auch irren. Es fühlt sich nur an wie ein sehr altes Instrument. Und das gefällt mir. Es passt zu mir.

Ich klappe den Deckel hoch und setze mich auf die knarzende, schwarze Bank mit durchgesessenem, samtigem Polster. Vorsichtig lasse ich meine Finger über die Tasten streichen und tippe kurz ein hohes F an. Genussvoll schließe ich die Augen. Das Auditorium hat eine tolle Akustik. Es ist groß und mit goldbraunem Holz verkleidet.

Ich glaube, es könnte Kirschholz sein. Von außen sieht es fast unspektakulär aus, aber drinnen sind die Decken hoch und mit runden Leuchten ausgestattet. Eine Empore verläuft rund um den Raum, schließt an der Bühne an und bietet eine zweite Ebene für Zuschauer und die Technik. Das Auditorium hat keine Fenster, also kann man hier gut und gerne jegliches Zeit- und Raumgefühl verlieren.

Ich binde meine Haare im Nacken zusammen, da ich es nicht leiden kann, wenn sie mir beim Spielen in die Augen fallen. Dann fahre ich mir einmal über den Mund und atme tief durch, bevor ich meine Finger auf die kühlen Tasten lege. Die Noten brauche ich schon lange nicht mehr. Als die ersten Töne von *Trois Gymnopedies* von Satie erklingen, wird mein Atem ruhig und gleichmäßig. Beim Spielen kann ich alles um mich herum vergessen. Ich genieße es.

Das Lied ist ganz ruhig und sanft. Fast wie ein Schlaflied. Es geht mir so leicht von der Hand wie kein anderes Stück. Als befände ich mich tief unter dem Meer. Alles ist so schwerelos und dumpf, als würde jede Bewegung in Zeitlupe vergehen.

Ich beginne den zweiten Satz und höre aus dem Nichts ihre Stimme: »*Wo hast du das gelernt, Niccy?*« Ich erinnere mich so gut an diesen Moment. In Gedanken antworte ich ihr, was ich ihr damals schon geantwortet habe – dass mir mein Klavierlehrer aus den Zwanzigern das Stück gezeigt hat. Daraufhin hat sie den Kopf geschüttelt und gemurmelt: »*Nein. Wo hast du gelernt, so viel Leidenschaft und Hingabe für Musik zu entwickeln?*«

Ich weiß es bis heute nicht. Ihre Stimme bringt mich aus dem Konzept und ich verfehle einen Akkord. Plötzlich wird mein Kopf ganz schwer und sinkt gegen die Notenstütze.

Eine einzige Träne tropft auf die Tasten. Dann höre ich ein Geräusch. Sich nähernde Schritte. Schnell wische ich mir übers Gesicht und blicke mich um. Erstarrt bleibe ich sitzen, als ich Cassey sehe. Sie kommt am Seitenaufgang zu mir und ich versuche, meinen Atem unter Kontrolle zu bringen. Was macht sie hier?

Ich wende den Blick ab, als sie mich forschend betrachtet. Sie kommt immer näher und ich spüre ihre unausgesprochene Frage, ob alles okay ist. Statt darauf zu antworten, flüstere ich: »Wie lange bist du schon hier?«

Ich will nicht, dass sie mich so sieht. Eigentlich will ich, dass mich niemand so sieht. Aber andererseits bin ich irgendwie froh, dass sie hier ist. Cassey ist genau das Gegenteil von Beccy. Oder auch nicht. Ich kann es nicht sagen.

Sie trägt Sportklamotten und ihr Haar ist in einem hohen Zopf nach hinten gebunden. Der Pferdeschwanz gibt einen seltenen Blick auf ihre Ohren frei, die vor lauter Ohrringen und Piercings kaum zu sehen sind.

Sie steht jetzt direkt neben dem Klavier und fährt mit ihren Fingern zart über die glatte Oberfläche vom Gehäuse bis zum Notenpult. »Keine Ahnung. Lange genug«, antwortet sie mit sanfter Stimme. Die Art und Weise, wie sie den Flügel berührt – fast ein wenig schwermütig – verrät mir, dass sie nicht das erste Mal so ein Instrument direkt vor sich hat. Vielleicht kann sie sogar spielen.

Ich wende den Blick wieder ab und wische mit dem Ärmel über die Tasten.

»Wieso hast du aufgehört?«, fragt sie und beobachtet mich aufmerksam. Seit wann ist sie so feinfühlig?

»Weil mich das Lied an jemanden erinnert«, gebe ich zu und räuspere mich. »Und diese Person hat eine sehr große Rolle in meinem Leben gespielt.« Meine Stimme bricht weg und ich atme tief ein und aus. Nicht vor ihr. Niemals.

»Wer?«, hakt sie nach.

»Eine Frau«, antworte ich mit festerer Stimme und meine Mundwinkel zucken schmerzerfüllt. »Genauer gesagt, meine Frau.«

Wir haben in den früheren Leben immer geheiratet, bis es irgendwann gesellschaftlich nicht mehr so verpönt war, ohne Trauschein zusammen zu sein. Nur in diesem Leben vor sechs Jahren habe ich sie gefragt, einfach weil ich ihr damit sagen wollte, dass sie immer die Einzige für mich sein wird.

»F-Frau?«, wiederholt Cassey mit großen Augen. Diese Reaktion hatte ich bereits erwartet. Ich nicke schlicht.

»Wow, okay«, murmelt sie. Ich weiß nicht, ob es richtig ist, mit Cassey über Rebecca zu reden. Vermutlich nicht. Aber ich kann mit Grayson nicht so reden wie mit Cassey. Er ist voreingenommen. Auch er hat sie verloren. Und Cassey ist ehrlich gesagt der Grund, warum ich gerade so durcheinander bin. Sie taucht einfach mir nichts dir nichts in meinem Leben auf und stellt alles auf den Kopf. Alles, was ich dachte, zu fühlen und zu sein. Sie löst Empfindungen in mir aus, die ich niemals glaubte, noch einmal fühlen zu dürfen. Zuneigung. Aufregung. Pure Freude. Verlangen.

Sie deutet auf den Hocker. »Darf ich?«

»Sicher«, erwidere ich und rutsche auf die linke Seite, damit sie genug Platz hat. Sie setzt sich und schaut bedächtig auf die Tasten. Fast ehrfürchtig. Jetzt bin ich beinahe sicher, dass sie spielen kann, was ich ihr nicht zugetraut hätte. Aber was weiß ich schon von Cassey?

Sie tippt mit dem rechten Zeigefinger eine Taste an und der Ton hallt sanft im Raum wider. Sofort zieht sie die Hand zurück, als sei ihr nicht wohl dabei. Ihr Gesichtsausdruck ist unergründlich. Erst jetzt fällt mir auf, dass Casseys Unterlippe leicht geschwollen ist. Dieses Kampftraining scheint wirklich intensiv zu sein.

»Hm?«

»Nichts … ich …« Cassey schüttelt nachdenklich und unsicher den Kopf. Unruhig spielt sie mit dem Saum ihres rechten Ärmels. Um sie zu beruhigen, nehme ich ihre Hand in meine. Ihre Finger sind kalt und sie entzieht sie mir leicht erschrocken, ehe sie diese massiert. Irgendwas ist mit ihr und – *verdammt noch mal* – ich will wissen, was es ist. Ich will ihr so unbedingt helfen. Ihr nahe sein. Einfach für sie da sein. Ich kann nicht mit ansehen, wie sie ganz offensichtlich leidet.

»Ich weiß nicht … Es ist ewig her und …«

\\Es erinnert mich an sie.//

»Sie?«, frage ich und hebe den Kopf. Meint sie ihre Mom?

Eine Sekunde später wird mir jedoch bewusst, dass es ein Gedanke gewesen sein muss, weil Cassey erstarrt und mich misstrauisch mustert.

Mir wird heiß und kalt zugleich. Seit wann hat sie hörbare Gedanken?!

»Sie?«, wiederholt Cassey.

Fuck! Ähm…

»Hast du etwas gesagt?«, frage ich und starre auf die Tasten. Lies nicht mein Gesicht. Bitte nicht.

»Hast du?«, entgegnet sie irritiert und schüttelt den Kopf. »Egal.«

Vorsichtig legt sie ihre Finger wieder auf die Tasten und beginnt leise und etwas stockend mit der rechten Hand zu spielen. Ich erkenne das Lied schnell, obwohl sie bereits den zweiten Takt verfehlt und ihre Hände wegnimmt. *Für Elise.* Beethoven. Natürlich.

»Nein, das war doch gut«, erwidere ich. »So-soll ich dir helfen?«

Sie lehnt immer jegliche Hilfe ab, weswegen ich nicht wirklich damit rechne, dass sie es dieses Mal annehmen wird. Trotzdem nickt sie kaum merklich und beißt sich auf die Unterlippe. Also platziere ich ihre Finger richtig und lege meine Hand auf ihre. Dann spielen wir die Melodie gemeinsam, während ich mit der linken Hand die Unterstimme dazu spiele. Nach ein paar Sekunden wird mir bewusst, wie intim diese zarte Berührung ist. Seelenruhig. Angenehm. Langsam werden ihre Finger unter meinen wärmer.

Wir wiederholen immer nur den ersten Teil, die Hauptmelodie, die eigentlich jeder kennt. Das Zwischenspiel ist für ihre etwas ungeübten Finger wahrscheinlich erst einmal noch zu kompliziert. Sie scheint wirklich lange nicht mehr gespielt zu haben, aber ich kann deutlich sehen, dass sie schon einmal gut war. Ihre Fingerspitzen liebkosen die Tasten mit viel Gefühl, was mir ein Lächeln aufs Gesicht zaubert. Jeder blutige Anfänger hat kein Gespür für den nötigen Druck, aber Cassey weiß, was sie tut.

Trotz meiner Führung macht sie ein paar Fehler, aber ich halte ihre Hand auf den Tasten fest, damit sie nicht aufgibt. Das ist das Schlimmste, was man beim Üben eines Instrumentes machen kann.

Nach gefühlt zehn Wiederholungen des Hauptthemas legt sie ihre linke Hand auf meine, und ich ziehe mich langsam unter ihr heraus, damit sie übernehmen kann. Sie spielt es einmal ganz allein, nimmt aber frühzeitig ihre Finger von den Tasten.

»Wieso hörst du auf? Das war wirklich schön«, murmle ich leise und rutsche näher an sie heran. Unter dem dünnen Strickpullover läuft

eine Gänsehaut meine Arme entlang. Cassey ist so ... unbeständig. Ich habe keine Ahnung, was als Nächstes passiert, und ich kann nicht wissen, ob sie im nächsten Moment aufspringt, geht und nie mehr wiederkommt.

»Es ist nur ...«, flüstert sie und stockt. »Das bekomme ich nicht hin«, vervollständigt sie mit hauchdünner Stimme. Sie krempelt ihre Ärmel hoch und massiert sich die Hände.

»Was bekommst du nicht hin?«, frage ich leise und suche ihren Blick. Ich bin versucht, über ihren Rücken zu streicheln, lasse es dann aber doch sein.

»*River flows in you*«, antwortet sie und klingt traurig.

»Wenn du es nicht probierst, wirst du nie wissen, ob du es doch kannst«, ermutige ich sie. Cassey nickt langsam und legt ihre zittrigen Finger wieder auf die Tasten. Sie spielt den Anfang stockend, atmet tief durch und fängt von vorne an. Ich kenne das Stück. Grayson hat mir die Noten dazu geschenkt, damit ich wieder öfter spiele. Nach Rebeccas Verschwinden fiel es mir schwer. Sie war ganz oft einfach nur bei mir und ich habe ihr vorgespielt. Manchmal hat sie ihre Violine geholt und wir haben versucht, zusammen zu spielen. Bei der Erinnerung zucken meine Mundwinkel. Es hat nicht immer gut geklappt, weil wir beide zwar viel gemeinsam gemacht haben, aber Musik war immer etwas Eigenes. Etwas Persönliches.

Ich betrachte Casseys Hände, die etwas zögerlich über die Tasten gleiten. Mein Blick wandert über ihre tätowierten Finger, ihren mit Tinte bedeckten linken Unterarm und bleibt schließlich an der Innenseite ihres rechten Unterarms hängen. Narben. Viele. Dicke und dünne Narben. Quer zur Arterie. Ich beiße auf meine Lippen. Der Schreck fährt mir heiß und kalt über den Rücken. *Oh, Cassey.*

Ich wusste schon lange, dass da irgendetwas ist. Aber wenn ich ehrlich bin, hätte ich nicht damit gerechnet. So viel Schmerz, und sie spricht nicht darüber. Wenn sie mich ihr nur helfen lassen würde. Aber vielleicht ist sie auch der Ansicht, dass ihr niemand helfen kann. Weiß Natalie, was ihre Schwester sich angetan hat ... oder antut?

Erst jetzt merke ich, dass ich die Luft angehalten habe. Langsam atme ich aus und versuche, mir erst einmal nichts anmerken zu lassen. Ich löse ihre linke Hand ab, die nun fast orientierungslos über die Tasten stolpert. Nach und nach auch ihre Rechte. Ich erinnere mich gut an dieses Stück und könnte es wahrscheinlich mit geschlossenen Augen spielen. Statt der Tasten sehe ich Cassey an und frage mich, was in ihrem Kopf vorgeht. Sie beobachtet nur meine Finger und schließt dann die Augen. Ihr Gesicht sieht beinahe entspannt aus. Ich richte meinen Blick wieder auf die Tasten, damit sie sich nicht beobachtet fühlt.

Urplötzlich greift sie nach meinem rechten Handgelenk und ich höre augenblicklich auf. Stumm warte ich, bis sie etwas sagt, aber es kommt nichts. Dieses Lied hat eine Bedeutung für Cassey und irgendetwas sagt mir, dass es mit dieser *sie* zu tun hat, die in ihren Gedanken umhergeistert. Kaum hörbar wispere ich: »Cass?«

»Nicht. Bitte«, flüstert sie und zieht ihre Hand zurück. Ihre Augen sind nach wie vor geschlossen. Sie beißt auf ihre Lippen, als müsste sie sich sehr zurückhalten, nicht zu weinen.

Ganz vorsichtig lege ich einen Arm um ihre Taille. »Schon okay.«

Als Antwort schüttelt sie den Kopf und atmet dann tief durch, bevor sie ihre Augen öffnet und auf ihre Finger herabsieht. Mit einer Hand versucht sie die Narben, die auf ihrem rechten Unterarm viel dicker und auffälliger sind – sie ist Linkshänderin – zu verdecken.

»Du musst das nicht vor mir verstecken«, wispere ich und lege eine Hand unter ihr Kinn, um es anzuheben, damit sie mich ansieht. Ihre eisblauen, leicht wässrigen Augen sehen an mir vorbei, aber eine Antwort bekomme ich nicht. »Rede mit mir, Cassey. Ich kann dir zuhören. Du ahnst nicht, wie gut ich im Zuhören bin. Wenn du nicht willst, muss es nicht jetzt sein, aber du kannst immer mit mir reden. Und wenn du mich um drei Uhr nachts anrufen würdest, dann würde ich zu dir kommen. Du bist nicht alleine. Okay?« Mit dem Zeigefinger streichle ich sanft über ihren Unterkiefer.

»Es ist nicht einfach«, flüstert Cassey, immer noch an mir vorbeisehend.

Ich lächle ganz sanft. »Das ist es nie. Aber du kannst mir vertrauen. Immer.«

Nun sieht sie mir doch in die Augen und ihr gequälter Blick sticht in meiner Brust. »Du vertraust mir nicht, willst aber, dass ich dir vertraue?«, fragt sie – ihre Stimme sogleich etwas härter.

Meine Mundwinkel zucken. »Kann ich das denn? Dir vertrauen?«

»Das kann ich dir nicht sagen.«

Ich seufze und beiße auf meine Unterlippe. »Was soll ich dir denn anvertrauen? Dass die Frau, die ich über alles geliebt habe, vor fünf Jahren gestorben ist? Dass es mir oft nach wie vor scheiße geht? Dass es nichts gibt, was mich nicht jeden Tag an sie erinnert? Dass ich mich schlecht fühle, weil ich dich gerne habe?« An dieser Stelle beiße ich mir auf die Zunge. Vielleicht hätte ich das nicht sagen sollen.

Aber jetzt ist es zu spät. Casseys Augen weiten sich. »W-wie ... warum ...«, stottert sie irritiert. Durch leicht geöffnete Lippen atmet sie ihre angehaltene Luft aus.

»Ich ...«, setzte ich an, doch da klingelt mein Handy und reißt uns aus dieser zeitlosen Atmosphäre heraus. Ich schlucke, räuspere mich und ziehe das Handy aus der Hosentasche. Raven. Kurz entschlossen drücke ich sie weg. Ich kann nicht immer wieder meine Vergangenheit meine Zukunft bestimmen lassen. Keine Ahnung, was genau ich von Cassey will. Aber vielleicht muss ich es jetzt einfach mal herausfinden.

Ohne zu zögern, lege ich meine Lippen auf ihre und küsse sie. Erst lehnt sie sich überrascht nach hinten, weicht meinem Kuss aber nicht aus. Schließlich drückt sie mich aber doch sanft zurück und sieht in meine Augen. Viel zu spät merke ich, dass das ein Fehler war. Ich hätte sie nicht küssen dürfen. In einem Ruck erhebe ich mich und schließe den Tastendeckel.

»Entschuldige. Tut mir leid. Das ... sorry, ich hätte nicht ...«, stammle ich. Mann! Wie kann ich einer instabilen Person wie Cassey mein eigenes Durcheinander antun? Das hat sie nicht verdient. Sie braucht jemanden, der ihr Halt gibt, und ich habe ja selbst keinen.

Ich weiß nicht, wohin mit mir, denn in meinem Kopf herrscht derartiges Chaos, dass ich fahrig um den Flügel herumlaufe. Als ich wieder bei Cassey ankomme, steht sie ebenfalls auf und hält mich am Arm fest, damit ich stehen bleibe. Eine Sekunde tauschen wir einen innigen Blick aus, bevor sie mich zu sich zieht und küsst. Und dieser Kuss fühlt sich viel intensiver an als der in ihrer Küche. Weil wir auf einmal so viel mehr voneinander wissen. Und das hier ist für mich kein Kuss aus Leidenschaft, aber das macht es gerade schlimmer.

Ich erwidere den Kuss und ziehe sie an mich heran. Meine Hände umschließen ihr Gesicht und ich streichle über ihre Wangen. Mein Puls geht so schnell, dass ich kaum atmen kann. Casseys Hände liegen erst in meinem Nacken, bis sie an dem Band in meinen Haaren zieht und anschließend ihre Finger darin vergräbt. Ihr Kuss wird drängender, verlangender und sehnsüchtiger. Ich spüre, wie sie eine Hand aus meinem Haar löst und damit unter meinem Pullover an meinem Bauch entlangfährt. Sie drängt sich noch näher an mich und entlockt meinen Lippen ein zittriges Ausatmen, bis ihre Finger plötzlich meinen Anhänger ertasten. Beccys Anhänger. Und ihren Ring.

Es ist wie ein Weckruf, also halte ich ihren Arm fest und ziehe ihn sanft aus meinem Oberteil. »P-Pause … bitte«, hauche ich und schüttle den Kopf. Vorsichtig bringe ich einen gewissen Abstand zwischen uns. »Entschuldige.«

»Was? Wieso?«, keucht sie leicht errötet und sieht blinzelnd zu mir auf.

Langsam komme ich wieder zu Atmen und fahre mir übers Gesicht. »Cass … Ich … Das ist zu schnell zu viel. Ich habe seit fünf Jahren … also seit Beccy … keine Frau auch nur geküsst. Und du … Ich habe …«, stammle ich.

Cassey stutzt und presst die Lippen kurz aufeinander. Sie betrachtet eindringlich mein Gesicht und ich habe keine Ahnung, was sie darin sieht. Aber mit einem Mal senkt sie den Blick und murmelt mit butterweicher Stimme: »Okay.«

Sie schiebt ihre Ärmel nach unten und streicht sich ein paar aus dem Zopf gerutschte Strähnen hinter die Ohren.

Habe ich es versaut?

»Bitte sei nicht …«

»Ich bin nicht sauer«, versichert sie mir ruhig und schenkt mir ein zaghaftes Lächeln aus gesenkten Lidern. »Ich verstehe es.«

»Wirklich?«, hake ich nach, da ich mir unsicher bin, ob ich an ihrer Stelle sauer wäre oder nicht. Schließlich kann sie nicht wissen, wie es mir geht, auch wenn sie ebenfalls einen schweren Verlust erleiden musste. »Ich wollte dich nicht ver...«

»Nicolas«, ruft sie lang gezogen und verzieht ihren Mund, weil sie nicht darüber reden möchte. Ob ich Gefühle in ihr auslöse?

Ich betrachte sie noch eine kurze Weile, in welcher Cassey unangenehm schweigt und ich nicht weiß, was ich sagen soll. Aber wenn sie nicht darüber reden will, sollte ich dann zur Normalität zurückkehren?

Gerade als Cassey sich zum Gehen abwendet, platzt es aus mir heraus: »Gut. Das heißt ... wenn alles cool zwischen uns ist ...«, *cool?!*, »dann ... willst du mitkommen? Natalie und Grayson wollten zusammen kochen.«

Ich kann förmlich das Scheppern der Tür hören, mit der ich ins Haus gefallen bin.

Cassey bleibt urplötzlich stehen und mustert mich. Dann schürzt sie die Lippen und verschränkt die Arme vor der Brust: »Was gibt es?«

Cassey

Wir sind schon fast da, als ich von Natalie gebeten werde, ihr und Grayson noch etwas Zeit allein zu lassen. Schweigend und frierend laufen Nicolas und ich nebeneinanderher, bis er plötzlich meine Hand nimmt und verkündet: »Ich habe eine Idee. Schließlich wäre es an der Zeit, Tanzen zu üben, wenn du mit mir auf den Ball gehen willst.«

Widerwillig lasse ich mich von ihm wohin auch immer mitziehen und hebe skeptisch eine Augenbraue. »Ich gehe mit dir zum Ball? War ich bewusstlos, als du mich gefragt hast?«

»Vielleicht, wer weiß«, entgegnet er und blickt grinsend über die Schulter. Arsch.

Dann kommen wir an einer Grünfläche an, die einem kleinen Park gleicht und jedenfalls mehr Platz bietet als ein Bürgersteig. Er dreht sich geschmeidig zu mir herum und zieht mich an sich heran, legt meine linke Hand an seinen Oberarm und lässt seine rechte Hand in mein Kreuz gleiten. Ich lehne meinen Oberkörper leicht zurück. Die linke Hand, in der er meine Rechte hält, hebt er auf die Höhe unserer Gesichter.

Wir stehen uns in Tanzposition gegenüber. Ich sehe ihn irritiert an, während er lächelt. »Wer hat gesagt, dass ich will?«, frage ich etwas grimmig.

»Ich hoffe es einfach. Und du gehst doch sowieso hin, oder? Dann trittst du wohl besser erst mir auf die Füße als irgendjemandem sonst.«

Soll das ein blöder Scherz sein? Trotzdem muss ich unwillkürlich schmunzeln. Er ist schlagfertig und standhaft. Das mag ich irgend-

wie. Nicht jeder hat Geduld mit mir. Eigentlich keiner. Vielleicht ist es gerade das, was mich so zu ihm hinzieht. Er mag mich, obwohl ich ihm nie einen Anlass dazu gab. Ich war bisher immer abweisend und unfreundlich, unerträglich wie immer eben. Trotzdem lässt er von Anfang an nicht locker. Warum? Ich verstehe es einfach nicht. Aber es ist eine angenehme Abwechslung, dass es mal jemand mit mir aufnimmt und kein Shemayu ist.

»Also«, beginnt Nicolas und sieht zwischen uns runter auf unsere Schuhe. Anschließend nimmt er sein Handy aus der Jackentasche und reicht mir einen kabellosen In-Ear-Ohrstöpsel, während er einen Song auswählt. Kurz beobachte ich ihn, dann verstöpsle ich mein Ohr und eine beschwingende Musik im Dreivierteltakt ertönt. Mich räuspernd nehme ich wieder die Tanzhaltung ein. Wenn er mich auslacht …

Lächelnd packt er mich an der Taille und schiebt mich etwas mehr nach links und an ihn heran. Dann geht er ebenfalls in Ausgangsposition und sieht mir in die Augen. »Bleib mit der Hüfte bei mir, sonst kann ich dich nicht führen. Wir fangen mit dem Grundschritt an und gehen dann langsam in die Drehung. Alles klar?«

Misstrauisch hebe ich eine Augenbraue, nicke aber. »Klar.«

Unverhofft setzt er seinen rechten Fuß vor, und ich bin unvorbereitet, sodass er mir auf den Schuh tritt. »Hey!«

»Sorry«, grinst er. »Noch mal. Ich zähle runter, okay?«

Trotzig kicke ich gegen seinen Schuh. »Du musst mir schon genauer sagen, was ich machen muss, du Arsch! Woher soll ich wissen, welchen Fuß du wann benutzt und welchen ich bewegen muss?«

Schmunzelnd mustert er mich. »Das ist es ja, Cass. Das ist nicht der Sinn der Sache. Du musst fühlen, wo ich hinwill. Das zeige ich dir ganz genau. Du kannst sogar die Augen zu machen. Dann ist es vielleicht einfacher. Und du musst den rechten Arm mehr anspannen.«

Ich muss fühlen, wo er hin will?!

»Du verarschst mich doch«, sage ich grimmig. *Augen zu und es fühlen? Gleich fühlst du was, mein Lieber, und zwar meine Faust im Gesicht.*

Als würde er mich ärgern wollen, drückt er gegen meinen rechten Arm. »Siehst du? Da ist keine Spannung drin.«

Okay. Du willst Spannung? Dann gebe ich dir eben welche.

Wieder drückt er dagegen. Diesmal bin ich so angespannt, dass er auf unbeugsamen Widerstand trifft. Er macht ein überraschtes Gesicht und sagt: »Aha. Siehst du. Jetzt funktioniert die Sache. Also ich gebe dir einen Tipp. Standardtanz ist eine ganz alte Sache. Das bedeutet Männer fangen mit Rechts an und gehen nach vorne und Frauen fangen mit Links an und gehen zurück. Und wenn du mir die Führung überlässt, dann sollte das hier klappen. Falls es dich übrigens interessiert: Das ist ein langsamer Walzer.«

Ich bin jetzt schon genervt. Dem Mann die Führung überlassen … was ein Müll.

»Okay«, grummle ich trotzdem.

»Gut. Vielleicht hilft es dir, wenn ich dir sage, dass wir uns nur in einem Viereck bewegen. Stell dir einfach einen Bierkasten vor und wir dürfen nur auf die Ecken treten. Es ist ein Dreivierteltakt und du fängst bei der Eins an. Also eins, zwei, drei«, zählt er vor und macht den ersten Schritt auf mich zu. Etwas zögerlich gehe ich mit dem linken Fuß zurück, aber stoße mit der Brust gegen Nicolas, weil ich direkt wieder meine Armspannung vergessen habe. Also versuchen wir es erneut. Ich probiere mir das Viereck vor Augen zu halten. Dabei trete ich ihm immer wieder beinahe auf die Füße, bis es nach und nach dann doch funktioniert. Sogar ohne Patzer, ganz locker. Und das, obwohl ich ihm die Kontrolle über jeden Schritt überlasse. Er leitet mich wie zuvor am Klavier und hält dabei ganz sanft meine Hand.

Meine Gedanken schweifen unwillkürlich zurück zum Auditorium. Keine Ahnung, warum ich ihm dorthin gefolgt bin, denn eigentlich wollte ich nur schnell für ein Projekt etwas in der Uni erledigen, wieder nach Hause fahren und direkt eine Runde joggen gehen. Vermutlich aus reiner Neugier. Im Nachhinein könnte ich mich dafür ohrfeigen. Ich bin doch sonst nicht so. Genauso wenig leiste ich Menschen Gesellschaft, die traurig sind, aber Nicolas war auch immer für mich da, also konnte ich ihn nicht so da sitzen lassen. Er hat geweint. Wegen Rebecca, seiner verstorbenen Frau. Auch Papa weinte zu Beginn viel hinter geschlossenen Türen.

Wir sind so unglaublich verschieden und teilen doch eins: Leid. Deshalb hat sich am Klavier seine Hand auf meiner so gut angefühlt. Geborgen. Warm. Wie jetzt. Der Moment war intimer als ein Kuss, so blöd das klingt. Immerhin nahm er an meiner Trauer teil. Das Stück, das ich zu spielen versucht habe, war Mamas Lieblingslied. Ich spielte es das letzte Mal auf ihrer Beerdigung und fasste danach nie wieder ein Klavier an – bis heute. Eigentlich hätte ich wissen müssen, was das Lied in mir auslöst.

Langsam hebe ich den Blick und begegne seinen Augen, die mich bereits eindringlich mustern, als suche er eine Antwort. In diesem warmen Grün und kalten Blau spiegelt sich Interesse und Neugier. *Woran denkt er wohl?*

Eine seiner vorderen Haarsträhnen löst sich, und ich folge ihr mit den Augen bis zur Spitze an seinem Mundwinkel. Wie gerne würde ich von diesen Lippen noch einmal kosten.

Plötzlich wechselt das Lied, das ich sofort als eines von Elvis Presley identifiziere. Es ist flippig und laut. Wir zucken beide zusammen. Nicolas löst sich schnell von mir, um einen anderen Song rauszusuchen. »Sekunde«, murmelt er, aber die hat er nicht. Ich halte den Ohrstöpsel in meinem Ohr fest und beginne mich rhythmisch zur Melodie zu bewegen. So was liegt mir eher.

Nicolas lacht auf und fragt: »Alles klar, willst du jetzt Rock 'n' Roll lernen?« Unerwartet greift er nach meiner Hand, dreht mich schnell in seinen Arm ein und wieder aus und ehe ich mich versehe, hänge ich kopfüber von seiner Schulter. »Hey«, rufe ich und muss lachen. Wow, klingt das komisch in meinen Ohren.

»Besser als Walzer?«, fragt er, als er mich schon kurz darauf wieder absetzt.

»Allemal«, entgegne ich nickend.

Er setzt sich auf einen Blumenkübel an der Ecke und streicht sich das Haar hinter die Ohren. »War das vorhin eigentlich ein Ja für den Ball?«, fragt er neugierig und schmunzelt ein wenig.

Nein. »Hm, mal schauen«, erwidere ich achselzuckend und stelle mich dann mit verschränkten Armen vor ihn. Langsam wird es wirklich extrem kalt. Er hat ja eine Winterjacke an, ich bloß ein Laufshirt mit langen Ärmeln.

Als hätte er meine Gedanken gelesen, zieht er seine Jacke aus und reicht sie mir, woraufhin ich mich bedanke. Gleich darauf halte ich perplex die Luft an und beiße mir auf die Lippen. *Habe ich gerade* Danke *gesagt? Ich? Oh, Mann. Ich bin dem Untergang geweiht.*

***

Beim Betreten der Wohnung riecht es bereits lecker aus der Küche. Zu meiner Überraschung gibt es superaufwendige Pelmeni, mit Fleisch gefüllte Teigtaschen. Natürlich ist Natalie vollkommen stolz auf sich, diese ohne Oma hinbekommen zu haben.

Wir machen es uns in einem winzigen Wohnzimmer bequem – Natalie und ich auf der Couch, Grayson und Nicolas auf dem Boden. Durch mein recht weit zurückliegendes Frühstück habe ich richtig Kohldampf.

»Dann mal guten Appetit. Das schmeckt bestimmt super«, sagt Grayson und ich halbiere bereits eine Teigtasche.

»Wehe, wenn nicht«, kommentieren Natalie und ich wie aus einem Mund. Sie lacht leise auf, Nicolas zieht verblüfft die Augenbrauen hoch, und ich widme mich dem Essen. Zugegeben, das hat sie wirklich gut hinbekommen. Schmeckt zwar nicht wie Omas Pelmeni, aber nahe dran.

»Wow. Ist das so ein *Zwillingsding*?«, fragt Nicolas.

»Da gibt es einiges an Zwillingsdingern«, antwortet Natalie und mir wird sofort unbehaglich zumute. Weil ich sie kenne. Sie wird davon erzählen. Von der unbewussten Gedankenübertragung – zum Beispiel denkt die eine an eine bestimmte Handlung und die andere handelt dann auf genau diese Weise – und dem schmerzenden Gefühl, wenn die Schwester verletzt ist und dem Kribbeln, das man verspürt, wenn der Zwilling den Raum betritt.

»Also das finde ich jetzt interessant. Was zum Beispiel?«, hakt Nicolas nach.

»Na toll, danke«, nuschele ich leise. Natalie lässt sich nicht zwei Mal fragen.

Sie packt verschiedene Geschichten aus, teilweise auch amüsante Anekdoten, und die Jungs hören gespannt zu. Nicolas' Blick huscht zwischen uns hin und her.

Letztlich kommt sie auf ein *Zwillingsding* zu sprechen, das mir Bauchschmerzen bereitet. »Oder ihr kennt doch diese Geschichten, dass Zwillinge spüren, wenn mit dem anderen etwas nicht stimmt?«

Reflexartig vergrabe ich meinen rechten Unterarm zwischen Bauch und Beinen und halte die Luft an. Damals hat sie es gespürt und mein Leben gerettet. Wobei das Ansichtssache ist.

Grayson nickt, das sehe ich aus dem Augenwinkel.

»Bei uns ist es genauso. Es ist ein merkwürdiges Gefühl, nicht zu beschreiben. Man fühlt einfach, dass etwas nicht stimmt. Man fühlt den Schmerz des anderen«, fährt Natalie fort und ich flehe sie gedanklich an die Klappe zu halten. Wenn sie unter Menschen ist, die sie gern hat, redet sie manchmal offen über alles Mögliche. Zumindest das Plausible.

»Einmal, da ...«, setzt sie an und alles in mir verkrampft. Instinktiv packe ich sie am Handgelenk, sodass sie vor Schreck und aufgrund meines festen Griffes den Löffel fallen lässt.

Treib es nicht zu weit!

Sie muss mich nicht daran erinnern. Und die beiden brauchen nicht davon zu wissen.

Wortlos stelle ich den Teller ab und stehe auf, um das Zimmer zu verlassen. Den Wink sollte sie verstehen und die verdammte Klappe halten.

Im Flur werde ich unvermittelt festgehalten und hole instinktiv beinahe zum Schlag aus. »Cass, das hat sie sicher nicht ...«

»Lass mich los«, unterbreche ich Nicolas fauchend und sehe ihn zornig an. Was weiß er schon?

»Beruhig dich«, raunt er und schiebt mich in sein Zimmer, in das ich, aus welchem Grund auch immer, sowieso eben wollte. Dort drehe ich mich zu ihm herum und versetze seiner Brust einen Schlag.

»Du nervst gewaltig!«

Seine Augenbrauen zucken hoch und er reibt sich über die Brust. Gleichzeitig schließt er die Tür hinter sich. »Und du kannst ganz schön fest zuschlagen, Sonnenschein.«

Das war noch gar nichts, Freundchen.

Plötzlich schiebt er mich weiter, bis ich mit der Wade gegen den Bettkasten pralle. »So und jetzt atmest du mal tief durch.«

»Steck dir dein Durchatmen sonst wo hin«, keife ich und schubse ihn von mir.

Er hebt beschwichtigend die Hände und breitet dann die Arme aus. »Okay. Weiter. Na los, schlag zu. Lass es raus.«

Was soll dieser Mist? Macht auf völlig ruhig und erwachsen.

»Ohoho, wenn ich es rauslasse, glaub mir, dann ist nichts mehr von dir übrig«, warne ich ihn und wehre mich gegen eben diesen Drang, weshalb ich unruhig meine Hände schließe, öffne und wieder schließe.

»Und dann?«, fragt er und zieht eine Augenbraue hoch. Sein Blick intensiviert sich und wirkt ein wenig verzweifelt. »Ich bin verdammt noch mal für dich da, Cassey.«

»Und wieso?! Ich habe dich nie darum gebeten«, entgegne ich laut. Mir platzt der Kragen. Ich trete sowohl wütend als auch verzweifelt gegen den Bettkasten, der sich knarzend ein kleines Stück über den Boden schiebt. Mich durchfährt ein heftiger Schmerz. »Fuck«, zische ich und beiße die Zähne zusammen.

Lass den Schmerz durchfließen, er vergeht, höre ich Papas Stimme in meinem Kopf.

Wider Erwarten bleibt Nicolas ruhig und davon unberührt, setzt sich auf die Bettkante und betrachtet seine verschränkten Finger. Was ist denn jetzt? Meditiert er oder was? Perplex und irritiert mustere ich ihn. Er soll mich anschreien!

»Du … du … ah«, knurre ich und humple um das Bett herum zum Fenster. Dort schnaube ich wütend und verschränke die Arme vor der Brust. Eine ganze Weile stehe ich da und versuche, mein heißes Blut zu beruhigen, während von Nicolas kein einziger Mucks kommt. Einerseits beruhigt mich seine stille Anwesenheit, andererseits macht

sie mich bloß wütender. Wieso hat er sich so an mir festgebissen? Wie eine hungrige Zecke saugt er mich aus und nimmt einen Stein nach dem anderen von meiner Mauer, die ich mir so hart erarbeitet habe.

Er hat ja keine Ahnung, was er anrichtet. In welche Gefahr er mich bringt. Meint aber trotzdem immer alles zu berücksichtigen und der Person entsprechend richtig zu handeln. Was glaubt er, woher die Narben kommen? Wahrscheinlich denkt er, ich würde mich für irgendwas selbst bestrafen oder einen anderen Schmerz übertünchen wollen.

Ich atme tief durch und sage in ruhigem Ton: »Du glaubst immer, alles und jeden zu verstehen, dabei hast du keine Ahnung.«

»Du hast Recht«, stimmt er zu und seine dunkle, weiche Stimme verursacht bei mir eine Gänsehaut. »Ich habe keine Ahnung, zumindest nicht von dir. Aber ich versuche es wenigstens.«

»Und das ist mir ein Rätsel. Ich tue immer alles, damit die Menschen mich nicht mögen oder … aber du …«, erkläre ich und kneife die Augen zu. »Was stimmt nicht mit dir?«

»So ziemlich alles«, gibt er zu, aber ich kann nicht heraushören, ob er scherzt oder es ehrlich meint. Trotzdem öffne ich die Augen wieder und nicke. Selbst wenn er scherzt, ist etwas Wahres dran, denn irgendwas muss mit ihm ja nicht stimmen, wenn er an mir interessiert ist.

»Sie … sie hätte … eventuell … fast etwas erzählt, das … keiner hören will. Ich selbst nicht«, erkläre ich aus dem Nichts und beiße mir auf die Lippen.

»Aber … du hast sie rechtzeitig zurückgehalten. Grayson hat es nicht verstanden.«

Ich runzle die Stirn. »Ach, und du hast?«, frage ich und blicke skeptisch über die Schulter. Er sitzt nun auf der anderen Seite des Bettes hinter mir und mustert mich.

Kopfschüttelnd entgegnet er: »Nein. Ich habe immer nur eine Vorstellung oder Ahnung. Aber sicher sagen, was genau passiert ist, kann ich natürlich nicht.«

Wieder wende ich mich nach vorne und habe seine Worte im Kopf: »*Du kannst immer mit mir reden. Und wenn du mich um drei Uhr nachts anrufen würdest, dann würde ich zu dir kommen. Du bist nicht alleine.*«

Nein, halt die Klappe, Cassey!

Doch bevor ich mich bremsen kann, frage ich: »Kannst du ein Geheimnis bewahren?«

»Ich bin die Verschwiegenheit in Person«, verspricht er sanft und hebt eine Hand an meinen Ellenbogen. Die Berührung löst in mir ein Gefühl der Geborgenheit aus, und ich blicke auf seine Hand herab.

»Es ... es ist wirklich nicht ... ich weiß nicht, ob ich ...«, stammle ich unsicher und atme tief durch. Der Druck an meinem Ellenbogen nimmt zu, als wolle er mir so Trost schenken. Seine Anteilnahme. Also löse ich die Verschränkung und senke die Hände, damit er loslässt. Ich möchte kein Mitleid oder Ähnliches. Aber warum will ich es dann überhaupt erzählen? Diese Geschichte schreit doch quasi danach.

Die Worte liegen mir bereits auf der Zunge. Mir ist klar, dass ich mit den ersten Worten über meine eigene Mauer klettere. »Was Natalie erzählen wollte ... eventuell erzählt hätte ... denke ich, ist das Gefühl, wenn die Verbindung zwischen Zwillingen abbricht. Wenn ... ein Zwilling stirbt und da ... in der Brust ... so eine Leere entsteht«, offenbare ich ihm und lege eine Faust über meine linke Brust.

»Und wer hat dieses Gefühl schon gehabt? Du oder Natalie?«, fragt er ganz ruhig und betrachtet mich unverwandt. Ich jedoch weiche seinem Blick aus.

Zur Antwort strecke ich ihm meinen rechten Arm hin und drehe die Innenseite in seine Richtung, damit er die Narben ganz klar vor Augen hat. »Das war vor drei Jahren«, erkläre ich. »Ich wollte mir das Leben nehmen und habe mir die Pulsader aufgeschlitzt.«

Ich spüre auch jetzt dieses Gefühl, wenn einen die Kraft verlässt, als wäre es gestern gewesen. Mit jedem Liter Blut wurden die Glieder kraftloser, die Augenlider schwerer und die Gedanken leichter und heiterer. Der Anblick des dunkelroten Blutes auf den weißen Fliesen war natürlich im ersten Moment beängstigend, aber vor allem befreiend, denn ich wusste, umso größer die Lache wird, desto näher komme ich *ihr.*

»Warum wolltest du das tun?«, fragt Nicolas einfühlsam und reißt mich aus der Erinnerung, sodass ich ruckartig aufblicke und seinen

sanften Augen begegne, die mich warmherzig und auch mitfühlend mustern.

»Ich ... ich hatte zuvor eine Nahtoderfahrung und ... ich habe meine ... meine Mama gesehen. Als ...«, von Nephthys erwählte, geflügelte Wächterin, »eine Art Engel.« Das klingt so bescheuert. Völlig krank. Dennoch ist es wahr. Und da ist so viel mehr, was ich nicht erzählen kann.

»Danach bin ich durchgedreht. Habe den Verstand verloren«, füge ich hinzu. »Wollte sie wiedersehen.«

Mein irdisches Leben sollte enden, damit ich wieder nach Hause zurückkehren konnte. Zu meiner Mutter nach Hause. Daran habe ich tatsächlich geglaubt. Ich glaubte, ich sei wie meine Mama eine geflügelte Saawti, eine von Göttin Nephthys im Jenseits auserwählte Wächterin des Risses in der Duat. Ich glaubte, ich sei aus irgendeinem Grund auf der Erde gefangen und könne bloß durch den Tod meines menschlichen Körpers wieder zurückkehren.

Aber die Verbindung zu Natalie machte mir einen Strich durch die Rechnung. Sie und Papa kamen gerade noch rechtzeitig ins Bad gestürmt. Ich weiß kaum noch, was sie gesagt haben. Die Erinnerungen daran sind bruchstückhaft. Wenn ich versuche, mir die Bilder ins Gedächtnis zu rufen, sehe ich Papas angstverzerrtes Gesicht über mir und spüre seine Hand, wie sie meine Wange tätschelt. Mehr nicht. Da war alles still und leicht.

Vor dem Tod hatte ich keine Angst. Ich habe so viel Leid gesehen und mich selbst bereits oft genug tot gefühlt, dass ich das Sterben sogar willkommen heißen würde. Es wäre so viel einfacher als dieses Leben.

Nicolas neigt den Kopf zur Seite und streckt eine Hand nach meiner aus. Die Berührung jagt mir eine Gänsehaut über die Arme und reißt mich abermals aus meinen Gedanken. »Inwiefern?«, hakt er nach und zieht mich vorsichtig neben sich zum Bett.

Ich schüttle bloß den Kopf und lasse mich neben ihm auf die Matratze nieder. So klar definieren kann ich den Zustand auch nicht mehr.

»Danach habe ich es im Krankenhaus wieder versucht, aber ... das

Besteck war nicht scharf genug. Also … wurde ich eingewiesen. In eine Psychiatrie in Georgia«, erzähle ich ganz offen und habe das Gefühl, mich nicht zurückhalten zu müssen. Als rede ich mit jemandem darüber, der es tatsächlich nachvollziehen kann.

»Wer hat dich eingewiesen? Nat?«

Ich schüttle den Kopf und sehe ebenfalls auf meine Hände herab. »Mein Vater, aber eigentlich doch eher das Krankenhaus. Ich war nämlich … mein Verhalten war mehr als inakzeptabel. Nicht mehr annehmbar. Es tut mir immer noch für Natalie leid, dass sie das mit ansehen musste. Sie hat viel geweint.«

Während ich darüber rede, kriechen Erinnerungen an die Oberfläche, die ich lange unterdrücken konnte. Ich wurde eingesperrt, am Bett fixiert und bekam zahlreiche Medikamente eingeflößt, sobald ich mich wehrte oder … eigentlich immer. Lange Zeit weigerte ich mich, mit dem Psychologen Dr. Ripley zu sprechen – aus schlechter Erfahrung.

»Cass, das … das tut mir leid«, raunt Nicolas und legt ganz behutsam eine Hand über meine. Sofort höre ich auf, an meinen Narben zu kratzen, womit ich völlig unbewusst begonnen habe. Jetzt brennt die Haut ein wenig und mir dreht sich der Magen um.

Ich schüttle den Kopf und murmle: »Nein, kein Mitleid bitte.«

»Das ist kein Mitleid. Eher Mitgefühl. Etwas ganz anderes«, widerspricht er und ich lasse es gelten. »Wie lange warst du dort?«

»Drei Monate. Danach eine Zeit lang in Russland als Auszeit«, antworte ich und setze die Auszeit mit der freien Hand in Anführungsstriche. Während dieser drei Monate sind eine Menge Zeichnungen entstanden, die ich streng unter Verschluss halte. So wie die Zeichnungen nach Mamas Tod.

»Auszeit von?«

Blöde Frage, und dennoch kann ich es nicht klar beantworten. »Keine Ahnung. Von allem irgendwie.«

»Hat es geholfen?«, hakt er nach und ich sehe irritiert auf.

»Die Auszeit?«, frage ich und zucke mit den Achseln. »Denke schon. Irgendwie. Irgendwann kam einfach dieser Punkt, an dem … alles

egal war.« Ab dem ich wieder zu der Cassey wurde, zu der ich mich all die Jahre über entwickelt habe.

Er nickt und senkt den Blick etwas bedrückt auf unsere Hände. »Verstehe. Auch wenn ich es nicht ganz nachvollziehen kann.«

Ich lache leise spöttisch auf. »Wer kann das schon.« Dann blicke auch ich auf unsere Hände herab. Sein Daumen streicht gedankenverloren über meinen Handrücken. Diese Geste ist irgendwie beruhigend und fühlt sich so geborgen an wie am Klavier. An einem dieser Finger steckte vor Jahren einmal ein Ring.

»Dieses Lied …«, setze ich nach einer Weile an, weil ich mich so in das Auditorium zurückversetzt fühle.

»Ja?«

Für den Bruchteil einer Sekunde klopft mein Verstand an die Schädelwand und ich schüttle abrupt den Kopf. »Nein, schon gut, vergiss es.«

Plötzlich taucht ein merkwürdiges Gefühl in meinem Bein auf. Es tut auf einmal weh. Ein Pochen und Stechen.

»Du kannst mir alles sagen«, erklärt Nicolas und drückt meine Hand. Sein Blick ist flehend und hoffnungsvoll. »*River flows in you*. Hat das etwas … mit deiner Mom zu tun?«

Ich nicke, bevor ich mich vorbeuge und das linke Hosenbein der Jogginghose hochziehe. Kein Wunder, dass ich Schmerzen habe. Mit dem Tritt gegen das Bett habe ich mir mein Bein aufgeschlagen. Mein Schienbein ist voller Blut, welches bereits meine Socke tränkt. Die ganze Zeit über habe ich es nicht bemerkt.

»Scheiße, Cass«, flucht Nicolas neben mir urplötzlich und ich zucke leicht zusammen, weil seine Stimme wieder lauter ist. Dann springt er auf, verschwindet kurz hinter mir und kommt mit einem Handtuch in der Hand zurück. Er kniet sich vor mich, hebt vorsichtig mein Bein an und beginnt mit gequälter und besorgter Miene behutsam das Blut abzuwischen. Seine Reaktion mag berechtigt sein, aber ich beobachte ihn bloß unberührt, weil ich schlimmere Schmerzen gewohnt bin. Außerdem fühle ich mich schlagartig ausgelaugt.

»Ich hole mal Verbandszeug. Nicht bewegen«, sagt Nicolas und steht auf.

»Klar«, entgegne ich und lasse mich zurückfallen, sobald er das Zimmer verlassen hat. Die Arme lege ich über meine Augen. Was ist bloß mit mir los? Zu wem entwickle ich mich durch ihn? Was hat mich geritten, ihm das alles anzuvertrauen? Seit wir uns begegnet sind, läuft alles aus dem Ruder. Es ist nicht gut, dass wir Kontakt haben. Für uns beide nicht.

Ich zucke leicht zusammen, als die Tür wieder auf- und zugeht. Dann lausche ich den Schritten. Anschließend gibt neben mir die Matratze nach. Er warnt mich, bevor er das brennende Desinfektionsspray aufträgt und ich die Zähne zusammenbeißen muss. Beim Umwickeln des Verbands klopft es unvermittelt an der Tür, die kurz darauf ausgerissen wird. Schnaubend schließt er die Augen und grummelt sehr beherrscht: »Grayson. Das Prinzip vom Anklopfen besteht darin, dass man wartet, bis die Person einen hereinbittet.«

Dann steht er seufzend auf und geht zur Tür. Ich folge seinem Beispiel, drehe mich herum und entdecke Natalie neben Grayson im Flur. Nicolas schiebt Grayson an der Brust hinaus und sagt zu meiner Schwester: »Wir lassen euch mal alleine.«

Uns zwei alleine lassen? Wofür? »Das braucht ihr nicht«, lasse ich ihn wissen.

Natalie reißt die Augen auf und starrt auf mein Bein. »Was hast du gemacht?!«

»Sei still und komm her«, weise ich sie mit vor Erschöpfung sanfter Stimme an und winke sie heran, während ich auf sie zugehe.

Sie runzelt skeptisch die Stirn und sieht mich verunsichert an. Schützend schlingt sie ihre Arme um sich selbst. »Wieso?«

»Komm einfach her«, wiederhole ich und verdrehe die Augen.

Sie schüttelt den Kopf und sieht mich schmollend an. »Nein, du wirst mich hauen.«

Wundert mich nicht, dass sie das denkt. Am liebsten würde ich sie auch hauen, aber sie hat weniger preisgegeben, als ich es selbst eben tat, daher steht es mir nicht zu, sauer auf sie zu sein. Ich bin es, die Fehler gemacht hat. Die überreagiert hat.

Kurzerhand packe ich sie am Handgelenk und ziehe sie an mich,

um meine Arme um sie zu legen und mein Gesicht in ihrem fruchtig riechenden Haar zu vergraben. Erst ist sie steif und erwidert nur zögerlich die Umarmung, doch dann entspannt sie und schmiegt sich an mich. »Cass, ich wollte nicht …«, setzt sie an und ich bringe sie mit einem »Sch« zum Schweigen. »Schon gut, mir tut es leid. Ich habe voreilig … Ich weiß, du würdest das nicht … Vergeben und vergessen, okay?«

Cassey

Silvester-Abend.

Wie erwartet haben sich Nicolas und Grayson ein Programm überlegt, um uns zu bespaßen und die Zeit bis zum entscheidenden Countdown zu überbrücken. Eislaufen am Rockefeller Center, mit Whiskey zu einer Portion Pommes anstoßen und eine Touri-Tour über den Times Square.

Schließlich landen wir vor einem Hochhaus, das die beiden zu unserer Privatlocation fürs Finale auserkoren haben. Wir nehmen den Aufzug nach oben und treten ins Freie, auf das Dach. Hier ist es frisch und zugig. Der Anblick des wolkenlosen Himmels über uns und dem Panorama des Times Squares weckt eine Ruhe in mir. Ohne auf die anderen zu achten, laufe ich über den Betonboden und bekomme immer mehr das Gefühl von Freiheit.

Am Rand des Daches vergrabe ich meine Hände in den Taschen. In der einen spüre ich kleine Zettel und einen Bleistift. Dann lasse ich den Ausblick wieder auf mich wirken. Umso weiter ich an den Hochhäusern herabblicke, desto heller wird es. Der Times Square leuchtet in allerlei Farben durch die Reklamen, blinkenden Schilder und Weihnachtsbeleuchtungen. Großes Treiben herrscht auf den Straßen. Selbst hier oben hört man den Lärm.

Ich sehe wieder hoch und betrachte das genaue Gegenteil davon. Ruhe, Ausgeglichenheit und Finsternis. Dafür, dass ich heute Nachmittag noch versucht hatte, mich aus der Affäre zu ziehen und dafür eine Standpauke von Natalie erhalten habe, bin ich nun ziemlich froh über diesen Ausblick und die relativ frische Luft hier oben.

»Tolle Aussicht, hm?«, vernehme ich urplötzlich Nicolas' Stimme rechts von mir und blicke kurz zu ihm, bevor ich nicke und meine Unterarme auf die Mauer stütze.

Im nächsten Moment hält er mir eine Flasche unter die Nase. Der Deckel ist bereits abgeschraubt, sodass der streng-würzige Duft direkt in meine Nase steigt.

Nachdem ich einen Schluck aus der angebrochenen Whiskeyflasche genommen habe, trinkt auch Nicolas davon. Er verschluckt sich, aus welchem Grund auch immer, und ich muss schadenfroh lachen. Einen Kommentar kann ich mir nicht verkneifen: »Schon gut, ich weiß, dass ich atemberaubend bin.«

»Nic! Rück den Sekt raus«, ruft kurz darauf Grayson von etwas weiter her und kommt mit Natalie im Schlepptau zu uns rüber. Er sieht zu Nicolas und hebt fragend eine Augenbraue, aber dieser schüttelt nur knapp den Kopf und schmunzelt.

Aus seinem Rucksack holt Nicolas eine Sektflasche und vier rote Plastikbecher heraus, die ineinandergesteckt sind. Als er sich aufrichtet und Grayson den Sekt reichen will, hält er inne und zieht den Arm wieder zurück. »Nein, besser nicht du. Wir beide wissen, was letztes Jahr passiert ist.«

»Was ist denn passiert?«, frage ich neugierig, den Blick auf Grayson gerichtet, und nehme die Flasche entgegen, die Nicolas mir anvertraut.

»Ach, gar nichts«, winkt dieser grinsend ab, wackelt dann mit den Bechern und drückt jedem einen in die Hand.

»Erzähl schon«, fordere ich.

Grayson seufzt. »Das war 'ne ganz blöde Situation.«

»Er hat den Korken ungünstig geschossen und mich erwischt«, spuckt Nicolas klagend aus und deutet auf eine Stelle direkt am Haaransatz. Soll ich da was sehen?

»Hey, ist doch gut verheilt«, verteidigt Grayson sich.

Innerlich muss ich lachen, aber statt eines Kommentares sauge ich scharf die Luft zwischen den Zähnen ein und raune grinsend und mit tiefer, erotischer Stimme: »Uh, ein ganz harter Kerl.«

Nicolas grinst, zwinkert mir zu und sagt ebenso kehlig: »Aber so was von.« Dann klemmt er den Becher zwischen seine Zähne, hebt die Arme und fasst sein Haar in einen Zopf.

»Na dann … *vperöd, naliwai*«, ruft Natalie plötzlich und streckt mir den Becher entgegen. Die anderen tun es ihr gleich. Also mache ich mich dran, die Sektflasche zu öffnen. Mit einem lauten Plopp, bei dem alle unwillkürlich zusammenzucken, fliegt der Korken in die Luft und Schaum folgt. Schnell lasse ich die Becher volllaufen. Anschließend fülle ich meinen eigenen und stelle die nicht mal mehr halb volle Flasche beiseite.

»Noch ein paar Minuten«, verkündet Grayson, und ich bin etwas überrascht, wie schnell die Zeit verflogen ist. Ich sehe ihn an und mustere ihn neugierig. Den ganzen Abend schon sieht er mich so misstrauisch an. Als warte er bloß darauf, dass ich irgendwas Schlimmes anstelle. Na ja, okay, von mir erwartet man wohl so was. Aber immerhin beruht das Misstrauen auf Gegenseitigkeit.

Ich weiß auch nicht, was ich gegen ihn habe. Natalie ist glücklich mit ihm. Das sollte mich zufriedenstellen, aber ich komme mir einfach vor wie eine Mutter, die nicht will, dass ihr Mädchen verletzt wird.

Kurz begegnen sich unsere Blicke, dann fragt Nicolas, ob wir bereit für das Spektakel seien, und wir sehen beide schnell weg. Ich nicke und meine Schwester ruft den Becher in die Luft hebend: »Ja!«

Süß, wie sie versucht, die Sau rauszulassen. Fast so süß wie auf der Party an Heiligabend, auf der sie sich zum ersten Mal wirklich hat gehen lassen. Das hat Spaß gemacht, und ich bin stolz auf mein Küken, sodass ich bei ihrem Anblick schmunzeln muss.

»Letzte Minute«, lässt Nicolas uns wissen. Also drehe ich mich zur Brüstung herum, um über sie hinweg auf den Times Square hinabzublicken. Die Stimmung ist der Hammer. Einfach mitreißend. Meine Mundwinkel heben sich noch mehr und mein Herz klopft ungewollt schneller. Dann beginnt auch schon der Countdown.

»Drei«, rufen die Menschen.

»Zwei«, flüstere ich mit.

Eins.

»Happy New Year«, grollt es laut von unten und ich drehe mich herum. Natalie liegt in Graysons Armen. Sie küssen sich. Ganz traditionell. Und irgendwie kitschig.

»Frohes neues Jahr, Cass«, höre ich Nicolas neben mir sagen und sehe zu ihm auf. Er lächelt mich herzlich an. Dann legt er seine Arme um mich, und obwohl ich das nicht sollte, genieße ich die innige Umarmung. Er riecht so gut, und es kommt selten vor, dass ein Mann mich umarmt.

»Frohes Neues«, entgegne ich leise und verscheuche das Bild meiner Zeichnung, die ich ihm geschenkt habe, aus meinem Kopf.

Im nächsten Augenblick lässt er auch schon wieder los und es wird schlagartig frischer. Direkt fällt Grayson ihm lächelnd um den Hals und klopft freundschaftlich auf seinen Rücken. Sie könnten wirklich Brüder sein. Beste Freunde eben. Wie es wohl ist, einen besten Freund zu haben?

Gleichzeitig wendet Natalie sich mir zu und stößt liebevoll lächelnd und mit einer leichten Röte auf den Wangen mit mir an. »*S novym godom*. Hab dich lieb.«

Ich erwidere ihr Lächeln und auch den Neujahrswunsch. Dann nehme ich sie kurz in den Arm und hauche einen Kuss auf ihre Wange. Es bringt ihre Augen zum Strahlen.

Anschließend stellen wir uns alle an die Brüstung und beobachten das Feuerwerk über der Stadt. Ich nehme einen Schluck vom prickelnden Sekt, halte ihn zwischen den Händen und lasse alles auf mich wirken. Den Nachthimmel, die Feuerwerkskörper, das fliegende Konfetti, die fröhlichen Menschen und die Stimmung. Ein neues Jahr beginnt. Ich mag den Hoffnungsschimmer, den alle zu Anfang jeden Jahres haben. Die Freude auf ein besseres Jahr. Auch wenn dieses Gefühl bei mir aussetzt. Seit meinem elften Lebensjahr gab es keine guten, besseren Jahre mehr.

Plötzlich streift Natalie meinen Arm und ich sehe sie an. Grayson zieht an ihrer Hand. Mit ihrem Blick bedeutet sie mir, dass die beiden kurz verschwinden, und ich nicke einverstanden. Natürlich braucht sie keine Erlaubnis von mir, aber das ist die Macht der Gewohnheit, damit ich mir keine Sorgen machen muss, wenn sie plötzlich weg ist.

Sie gehen und ich blicke wieder nach vorne. Mein Puls sinkt immer weiter bei dem Anblick, auch wenn mich die Stimmung mitreißt.

»Und jetzt sag mir bitte, wo es ein schöneres Feuerwerk gibt als in New York«, verlangt Nicolas neben mir. Also wende ich mich ihm ruhig und ausgeglichen zu, doch bei seinem Anblick gerät eben diese innere Ruhe ins Wanken.

Meine Mundwinkel zucken hoch und ich schließe tief durchatmend die Augen. »In Moskau«, antworte ich nostalgisch und erinnere mich an das Feuerwerk letztes Jahr über der Kathedrale des Roten Platzes. Prachtvoll, wie eigentlich jedes Jahr.

Ich weiß noch, wie unglaublich toll ich Silvester als Kind fand. So ziemlich jedes Fest eigentlich, aber Silvester war der Höhepunkt. Spektakulär. Ein Tag der Hoffnung und des Glücks. Vor meinem inneren Auge sehe ich Natalie neben mir und auf ihren Schultern die zarten Hände meiner Mutter. Auf meinen die meines Vaters. Unbewusst lege ich eine Hand auf meine Schulter, als könne ich die imaginäre Hand berühren.

»Kann gar nicht sein«, kontert Nicolas amüsiert und ich öffne lächelnd die Augen.

»Okay«, sage ich lediglich und trinke. Endlich tritt dieses betäubende Gefühl ein, auf das ich gewartet habe. Gleich wird mir etwas wärmer.

»Okay?«, fragt Nicolas verdutzt. »Seit wann gibst du nach?«

Wieder setze ich den Becher an und zwinkere. Soll er es verstehen, wie er will. Ich verstehe es selbst nicht. Dann setze ich mich im Schneidersitz in die windgeschützte Zone der Mauer und stelle den Becher vor mir ab. Anschließend greife ich in meine Manteltaschen. Aus der einen ziehe ich kleine Zettel, gefaltete Alufolie und einen Stift, aus der anderen mein Zippo. Alles lege ich neben den Becher und sehe anschließend erwartungsvoll zu Nicolas auf, der mich neugierig beobachtet.

»Was soll ich damit?«, fragt Nicolas irritiert und lässt sich mir gegenüber ebenfalls nieder.

»Ausnahmsweise bringe ich dir mal meine Heimat etwas näher«,

erkläre ich, schreibe etwas auf einen der Zettel und falte ihn einmal. »Das ist ein alter russischer Brauch, den meine Eltern immer durchgeführt haben. Zum neuen Jahr werden die Herzenswünsche auf Zettel geschrieben, verbrannt und die Asche mit Champagner – oder in dem Fall Sekt – getrunken.« Die ersten Jahre nach ihrem Tod führten Natalie und ich die Tradition fort, doch mit der Zeit verflüchtigte sie sich.

Nicolas zieht eine Augenbraue hoch und stellt sich vor die Utensilien. »Herzenswünsche?«, wiederholt er nachdenklich.

»*Ein* Herzenswunsch«, korrigiere ich und entfalte die Alufolie, auf deren Ecke ich meinen Becher als Gewicht stelle. Ich bin froh, sie eingepackt zu haben, denn in den Plastikbechern wäre Feuer wahrscheinlich keine gute Idee gewesen.

Zögernd nimmt er den Stift. »Und dann verbrennen und trinken? Klingt ja mystisch«, bemerkt er, und ich verstehe ihn kaum, weil er so leise redet. Mystisch … tja, so Einiges ist in dieser Welt mystisch und doch real.

Dann schreibt er im Verborgenen etwas auf und faltet den Zettel. Sowohl meinen Zettel als auch das Zippo halte ich ihm hin und sage dazu: »Du verbrennst meinen, ich deinen. Aber jeder trinkt die Asche seines eigenen.«

Seine Mundwinkel zucken etwas verunsichert. »Wir tauschen diese Wünsche auch noch? Dann halte ich deinen Wunsch in meinen Händen.«

»Darum geht es«, entgegne ich sachlich. »Keine Ahnung, warum, aber … tu es einfach. Nur bitte auf der Alufolie.« Fordernd halte ich meine offene Handfläche mit dem gefalteten Zettel hin. Mein Herz rast, obwohl ich weiß, dass er verbrannt wird, bevor ihn jemand lesen kann. Er scheint irgendwie dieselbe Angst zu haben, weshalb ich ihm tief in die Augen sehe und sage: »Vertrau mir einfach.«

Wortlos, aber schmunzelnd lässt er seinen Zettel in meine Hand fallen und nimmt gleichzeitig meinen. Immer wieder ein merkwürdiges Gefühl, den innigsten Wunsch eines anderen Menschen in der Hand zu halten. Als würde man für eine kurze Zeit die Seele des anderen besitzen.

»Das mit dem Verbrennen finde ich eigentlich sehr schade. Warum das Jahr mit einem Geheimnis beginnen?«, bemerkt Nicolas unerwartet und ich ziehe überrascht die Augenbrauen hoch. Was? Wie bitte? Ist er schon betrunken?

»Woher kommt denn das auf einmal?«

Augenblicklich lässt er seufzend die Arme fallen und wirkt erschöpft. »Mir gehen die ganzen Geheimnisse so auf den Keks. Ich will nicht noch so ein Jahr. Fangen wir anders an«, erklärt er und richtet sich motiviert kerzengerade auf. Unwillkürlich halte ich die Luft an, weil ich erahne, was er sagen will. »Lies den Zettel und verbrenne ihn dann erst.«

Wusste ich's doch. Und trotzdem bin ich baff. Ich knabbere an meinem Lippenpiercing. Meint er das ernst? Da steht sein Herzenswunsch drauf. Etwas sehr Persönliches. »Sicher, dass da nicht der Alkohol aus dir spricht?«

Erst nickt er, dann schüttelt er den Kopf. »Ich bin mir sicher, dass der reine Alkohol aus mir spricht. Trotzdem meine ich es ernst. Lies.«

Neugierig neige ich den Kopf zur Seite und drehe den Zettel in meiner Hand. »Wieso willst du es mir anvertrauen? Der Wunsch geht nicht in Erfüllung, sobald ich ihn kenne.«

Er zuckt mit den Achseln und blickt etwas wehleidig auf seinen Zettel in meiner Hand, sodass ich glaube zu wissen, was darin steht. Ich vermute etwas mit seiner Freundin Rebecca. Auf keinen Fall ein materieller Wunsch. »Das kann er sowieso nicht. Ist es nicht immer so? Dass man sich die Dinge am meisten wünscht, die man niemals haben kann?«

Während er redet, senke ich meinen Blick auf seine Hand. Das zu hören, was ich am meisten verdränge, schnürt mir die Brust zu. Denn ich weiß, dass auch meiner einer dieser unerfüllbaren Wünsche ist.

Seufzend blicke ich in meine Hand und klemme mein Haar hinters Ohr. »Okay«, murmle ich dann, ohne den Blick zu heben, zögere aber. Vertraut er mir so sehr? Das ist nicht nur ein Bett zu teilen. Oder einen Kuss. Oder eine Geschichte aus der Vergangenheit. Das hier ist sein sehnlichster Wunsch.

Mit aufeinandergepressten Lippen sehe ich auf und begegne seinem geduldigen Blick. Anschließend kommt mir etwas über die Lippen, das ich nie für möglich gehalten hätte: »Dann lies du auch meinen.«

Was? WAS?!

Aber weiß er nicht sowieso schon genug von mir? Von meiner Mama? Ist da der Wunsch, Besuchszeiten im Jenseits zu haben, noch eine Überraschung für ihn? Egal, es ist trotzdem etwas sehr Persönliches.

Auch Nicolas starrt mich perplex an und blinzelt. »D-du … warte, du … o-okay«, stammelt er und räuspert sich kopfschüttelnd. »Auf drei?«

Ich nicke kaum atmend und er beginnt von drei runter zu zählen. Theoretisch könnte ich meine Meinung noch ändern, aber ich bin völlig erstarrt und schon gelangen wir bei der Eins an. Zögernd entfalte ich seinen Zettel. In schöner Schreibschrift steht da: *Ich wünsche mir, dass ich Rebecca nie hätte gehen lassen.*

Im ersten Moment versetzt es mir einen kleinen Stich, weil sich seine Gedanken immerwährend um sie drehen. Dann fühle ich aber mit ihm. Nicolas gibt sich die Schuld an ihrem Tod, obwohl er es nicht hätte verhindern können. So ist das Leben. Er macht sich bloß fertig mit dem Gedanken. Was wäre, wenn …

Wie mein Vater. Wie ich. Was wäre, wenn ich ihn damals nicht vom Gehen abgehalten hätte? Wäre sie dann noch da?

Nicolas brummt unzufrieden und ich sehe auf. »Du Fuchs, du wusstest, ich kann das nicht lesen«, beschwert er sich schmunzelnd und dreht den Zettel mit den kyrillischen Buchstaben zu mir.

Ein unkontrolliertes Zucken umspielt meine Mundwinkel. »Hups, wie konnte mir das bloß passieren?«

»Ja ja.« Er lacht und schüttelt missbilligend den Kopf.

»Tja, dann musst du jetzt wohl schnell dein Russisch auffrischen.«

»Du könntest es mir auch einfach übersetzen.«

Ich schürze die Lippen und wiege stumm den Kopf hin und her, um ihn zu ärgern.

»Na gut, dann google ich eben«, seufzt er und zieht langsam das Handy aus seiner Hosentasche. Er tippt eine Ewigkeit und sieht immer wieder zwischen dem Zettel und seinem Display hin und her. Als er irritiert die Augenbrauen hochzieht, seufze ich und fordere mit einer Handbewegung sein Handy. Ich lösche seine kläglichen Übersetzungsversuche und gebe den Satz richtig ein. Anschließend reiche ich es ihm zurück und beobachte seine Reaktion.

»Cass? Das … ist ein schöner Wunsch«, murmelt Nicolas. Ein herzerwärmendes Lächeln umspielt seine Lippen und seine Augen betrachten mich liebevoll. Aber auch traurig und mitfühlend. Es fühlt sich irgendwie an, als stünden wir in einer Blase, abgekapselt von allem um uns herum.

Wortlos nehme ich mein Feuerzeug und halte den Zettel in die Flamme. Gebannt beobachte ich das glühende Feuer. Lebendiger als jedes andere Element. Feuer braucht Sauerstoff, um zu leben, verändert sich, ist zerstörerisch und schenkt gleichzeitig neues Leben. Es brennt in uns allen.

Ich lege das Papier erst auf die Folie, als die Flamme fast meine Finger erreicht. Als die kleine Glut erlischt und die Asche etwas abgekühlt ist, gebe ich sie in seinen restlichen Sekt. Die grauen Flocken werden unmittelbar von der Flüssigkeit geschluckt und sinken zu Boden.

Danach lässt Nicolas meinen Zettel Feuer fangen. Schweigend beobachten wir, wie die Zeilen ausradiert werden und Asche zurückbleibt. Diese gibt er in meinen Sekt. Anschließend folgt Nicolas meinem Beispiel und hebt trotz der Unsicherheit – oder ist es eher Ekel? – in seinem Blick entschlossen seinen Becher. Wir sehen uns einander in die Augen, während wir die Asche mit dem Sekt durch kreisende Bewegungen vermengen und anschließend in unseren Rachen kippen. Dabei spüre oder schmecke ich so gut wie nichts von der Asche, weil ich es erst gar nicht darauf anlege.

Wir erschrecken, als Grayson plötzlich ruft: »So, Wandsworth. Du weißt, was jetzt kommt?«

Die Blase um uns platzt und ich sehe die beiden verwirrt an. Nicolas blickt zu ihm über die Schulter und stöhnt: »Nein, Gray, bitte. Ein Jahr. Verschone mich ein einziges Jahr.«

»Was kommt jetzt?«, frage ich.

Grayson zieht Nicolas auf die Beine und klopft ihm tröstend auf die Schulter. »Du hast die scheiß Wette verloren, also musst du das jetzt jedes Jahr machen. Auf jetzt.« Dann zückt er sein Handy.

Wette? Welche Wette? Natalie kommt mit ebenso neugierigem Blick zu mir.

»Wir hatten die Vereinbarung, dass unser lieber Nic hier jedes Jahr an seinem Ge… an Silvester eine Musicalnummer performt, die ich mir aussuchen darf«, erklärt er und hätte sich beinahe verplappert. *Halt, was wollte er sagen? Zurückspulen! Ge… was?*

»Spezielle Wünsche, Ladys?«

»Vereinbarung«, wiederholt Nicolas verächtlich und verzieht unzufrieden das Gesicht. Dann verschwindet seine Hand in seinem Parka und er fragt gequält: »Muss das vor Nat und Cassey sein?«

Ich verdränge die Frage um das Ge-was auch immer und erhebe mich, wobei ich fast euphorisch rufe: »Das muss es.«

Dafür bekomme ich von ihm einen vernichtenden Blick zugeworfen.

»*Mamma Mia*?«, schlägt Natalie neben mir vor. Ich runzle die Stirn, als ich ihr listiges Grinsen sehe. Es kommt nicht oft zutage, aber wenn sie mal auf diese Weise grinst, kann dabei nichts Gutes rumkommen. Denn dann ist sie sich Hundertprozent sicher, dass sie auf ihre Kosten kommt. Verdammt.

Grayson ist hocherfreut und tippt auf dem Smartphone herum. »*Mamma Mia* klingt gut. Und was davon?«

»Ach, komm schon! Wieso nicht wenigstens ein *gutes* Musical?«, jammert Nicolas.

»Weil du das nicht zu entscheiden hast!«

»*Lay All Your Love On Me*«, sagt Natalie unvermittelt zu Grayson, und sowohl Nicolas als auch ich starren sie überrascht an. Das ist ein Duett. Eins, das Natalie ganz oft hört, sodass ich es fast auswendig kann.

»Was?«, ruft er entgeistert aus und verdreht im nächsten Moment stöhnend die Augen. »Das ist aber ein Duett und …«, setzt er dann an und sieht plötzlich zu mir.

Oh, nein. Nein, nein, wag es ja nicht!

»Und ich bräuchte jemanden, der das mit mir macht«, beendet er den Satz und streckt gleichzeitig verstohlen grinsend eine Hand nach mir aus. Sofort trete ich zurück und hebe abwehrend die Hände.

»Ohoho, nein«, rufe ich kopfschüttelnd.

»Ich mache die Nummer nicht alleine«, erklärt er, aber das ist mir egal.

»Vergiss es, Nic«, erwidere ich halb lachend.

»Oh, sie traut sich nicht, wie süß«, ruft Grayson und sieht vom Handy auf. Natalie neben ihm grinst ebenso verschmitzt. *Du kleines Biest, Natalie. Alle Achtung.*

Sie weiß, wie schnell ich weichzuklopfen bin, wenn ich auf Party aus bin. Deshalb spitze ich nun auch grüblerisch die Lippen, nachdem ich Grayson einen bösen Blick zugeworfen habe, und denke ernsthaft darüber nach. Wenn er seine Abmachung nicht einhält, habe ich nichts zu lachen. Aber wenn ich mitmache, werde ich selbst zur Lachnummer.

»Ach, was soll's«, seufze ich.

Der Bass schallt durch eine portable Musikbox über das Dach, als das Intro ertönt. Ich möchte jetzt bitte sterben. Nicolas nimmt sogleich meine Hand und dreht mich schwungvoll in seinen Arm und wieder raus, wobei mir schwindelig wird. Mit souveräner Miene geht er ein paar Schritte zurück und springt auf einen Lüftungskasten. So dämlich das alles auch ist, ich muss lachen.

Dramatisch gestikulierend singt er die ersten Zeilen und springt wieder herunter, um auf mich zuzukommen. Als es im Text ums Rauchen geht, zieht er meine Zigarettenschachtel aus seiner Jackentasche und raschelt kurz damit vor meiner Nase rum.

»Hey«, rufe ich empört und verschränke meine Arme vor der Brust. Doch dann muss ich schmunzeln. Bei der Bridge lässt er seine Hände in meine gleiten und geht mir in die Augen blickend auf die Knie, wie bei einem Heiratsantrag.

Was kommt jetzt noch mal? Ach so, ja.

Ich singe so leise wie möglich den Refrain. Nicolas grinst strahlend,

als ich mitmache, und kommt wieder auf die Beine. Während ich eher murmelnd und ohne nachzudenken die weibliche Strophe beginne, zieht er mich in Richtung Dachmitte.

Irgendwie fängt es an, Spaß zu machen, also singe ich nun lauter, gefühlvoller und selbstbewusster, weil ich an Hemmung verliere. Ich packe ihn am Kragen, um ihn ganz nah an mich heranzuziehen. Dabei streicht er sanft mit den Fingerkuppen meine linke Schläfe entlang und mustert mein Gesicht. In seinem Blick spiegelt sich dabei pure Ehrfurcht, als habe er einen kostbaren Diamanten vor sich. Ist das echt oder nur nachgespielt?

Er lehnt seine Stirn gegen meine und übernimmt den Refrain. Und während er singt, habe ich nun doch das Gefühl, dass er jeden Satz auch wirklich so meint. Mein Herz pocht wild. In einer anderen Situation, in einer anderen Nacht wäre mir das alles zu viel. Zu viel Gefühl, zu viel Nähe, zu viel ... alles. Aber heute will ich mir darüber nicht den Kopf zerbrechen. Das Jahr soll ausnahmsweise gut starten. Gelassen und in Freiheit. Sich immer zu bemühen, die starke Nesweru zu sein, ist auf Dauer anstrengend. Deswegen liebe ich Alkohol, Partys und Sex.

Plötzlich reißt er mich von den Beinen und hebt mich hoch. Er schreit fast mehr, als dass er singt, und dreht sich mit mir um die eigene Achse. Das Lachen platzt nur so aus mir heraus, obwohl ich hasse, was er da mit mir macht.

Das Lied geht noch weiter und der Refrain läuft im Hintergrund in Dauerschleife, aber Nicolas hält an und fragt außer Atem: »Klappst du zusammen, wenn ich dich runterlasse?«

Unsere Gesichter sind sich gefährlich nahe und die Verführung, ihn zu küssen, verdammt groß. Unter anderem, weil es von dem Schwindel ablenken würde, der mich erfasst hat. Wir stehen und doch bewegt Nicolas sich vor mir.

Dann lehnt er seine Stirn wieder an meine und atmet durch. Ich schließe meine Augen und schüttle sanft den Kopf zur Antwort, weil es nachlässt.

Langsam lässt er mich runter und hält mich an der Hüfte fest, als ich wieder auf dem Boden stehe. Immer noch klammere ich mich an seine Schultern. Seine Hände gleiten meinen Rücken hinauf, über meine Arme, bis zu meinen Händen, die er dann behutsam umschließt und mir in die Augen sieht. Mir stockt der Atem und Hitze flutet meinen Körper.

Wieder verspüre ich den Drang, ihn zu küssen, und ich sehe ihm an, dass er dasselbe denkt. Doch bevor wir irgendwas tun können, ruft Grayson unverhofft: »Bevor ihr zwei rummacht, können wir vielleicht erst in den Club gehen? Da ist das unauffälliger und weniger seltsam.«

Schlagartig erinnere ich mich, dass wir nicht alleine sind, und mache räuspernd einen halben Schritt zurück. »Äh ja klar«, rufe ich.

Danke für die Unterbrechung, Grayson. Ehrlich. Du rettest mir den Arsch.

Nicolas

Ich atme lautlos aus. Das war knapp. Ich hätte sie beinahe geküsst. Vor Grayson und Natalie. Nicht gut. Das geht nicht. Wir sollten uns nicht immer wieder einfach mal küssen. Stattdessen sollten wir klären, was das zwischen uns ist. Ob es überhaupt etwas ist oder ich mir das alles nur einbilde, wenn ihre Lippen so verführerisch direkt vor meinen schweben.

Aber das will ich alles nicht heute Nacht tun. Heute Nacht will ich nur Spaß haben. Deswegen bin ich umso mehr erleichtert, dass wir uns jetzt auf den Weg zum Club machen, der einige Straßen entfernt ist. Die meisten dürften noch am Times Square sein, weswegen die Chancen gut stehen, dass wir ohne langes Anstehen reinkommen. Zur Not hilft Grayson einfach ein wenig nach.

Betrunkene, glückliche Menschen begegnen uns auf unserem Weg und wünschen uns ein frohes neues Jahr. Ich erwidere die Wünsche und bleibe dann vor dem Eingang zum Club stehen. Bevor wir reingehen, hänge ich den Rucksack in mein altbekanntes Versteck – ein Mülleimer in einer Seitenstraße, der schon lange nicht mehr benutzt wird. Das habe ich schon vor vielen Jahren mit Grayson gefunden, und bisher hat es noch niemand entdeckt. Und selbst wenn, dann erfreut sich diese Person nun an Alkoholresten. Schlüssel, Handy und Geld trage ich in den Hosentaschen.

Grayson hält die Tür auf und winkt uns herein. Heftig wummernder Bass dröhnt uns entgegen. Der Türsteher drückt jedem von uns einen Stempel auf den Handrücken, nachdem wir bezahlt haben. Ich mag diesen Club. Er ist rustikal, es wird gute Musik gespielt und die Getränke sind nicht allzu teuer.

Mit einer Geste bedeute ich Cassey, mir ihren Mantel zu geben, den sie schon den ganzen Abend lang fest geschlossen trägt – man darf also gespannt sein, ob sie sich heute bei ihrer Outfit-Wahl für Schwarz oder Tiefschwarz entschieden hat. Als Cassey sich jedoch aus ihrem Mantel schält, klappt mir kurz die Kinnlade runter, die ich schnell wieder schließe. Ich wusste schon immer, dass sie ungemein attraktiv ist, aber das hier übertrifft jegliche Vorstellungen. Das Top ist eng, schwarz und transparent. Darunter ein schwarzer Spitzen-BH, der sehr vorteilhaft sitzt. Die Tattoos gehen offenbar noch viel weiter, als ich angenommen hatte.

Gerne würde ich sie noch länger ansehen, aber das käme dann schon fast einer Belästigung gleich. Also drehe ich mich langsam weg, um den Mantel aufzuhängen. Ich werde heute Abend einfach versuchen, immer mal wieder wo anders hinzusehen. Herausforderung pur. Gerade jetzt, wo sie sich herumdreht und zur Bar geht, wobei nicht nur ihr Haar galant hin und her schwingt. Was für ein Hintern ... Das ist wirklich nicht angebracht. Obwohl mein Kopf schon wieder *Light My Candle* aus *RENT* singt ...

Reiß dich zusammen!

Aber Cassey provoziert gerne, und leider funktioniert das bei mir genauso gut wie bei jedem anderem in diesem Raum.

Ein Gefühl breitet sich in meinem Magen aus, das ich ganz und gar nicht willkommen heiße. Es hört auf den fiesen Namen: Eifersucht. Absolut bescheuert. Ich habe kein Recht, so etwas zu empfinden, wenn ich höre, wie sich einige Leute nach Cassey umsehen und darüber nachdenken, sie anzusprechen, die Nacht mit ihr zu verbringen ...

Langsam folge ich Cassey zum Tresen. Es ist schon einiges los auf der Tanzfläche und die Bar füllt sich. Als ich bei Cassey bin, hat sie schon bestellt. Natürlich. Wer würde diese Frau nicht beachten? Sie schiebt mir einen Tequila Shot hin und hebt ihren zum Prost an. »Auf das neue Jahr«, ruft sie über die laute Musik hinweg.

»Und auf die Siebenundzwanzig«, entgegne ich und kippe den Inhalt weg.

Siebenundzwanzig. Es gibt Leben, in denen bin ich nicht einmal so

alt geworden wie jetzt. Und irgendwann werde ich wieder siebenundzwanzig sein. Aber dieses Jahr ist es anders, und das war es auch schon die letzten Jahre über. Weil Beccy nicht hier ist. Und ich die letzten Jahre auch nicht wirklich an ein nächstes Leben und eine mögliche nächste Siebenundzwanzig denken wollte.

»Siebenundzwanzig?«, hakt Cassey nach.

Schmunzelnd stelle ich das Gläschen ab und sehe verschmitzt zu ihr auf. »Ich bin jetzt ein alter Mann. Was tue ich eigentlich hier? All diese jungen Leute, die ihr Leben noch vor sich haben ...« Ich bestelle noch zwei Tequila und betrachte belustigt Casseys verwirrtes Gesicht. »Willst du mit mir auf meinen Geburtstag anstoßen?«, frage ich also, als ich die Gläser gereicht bekomme, und gebe ihr eins davon.

Cassey hebt überrascht eine Augenbraue. Lächelnd hebt sie das Glas und ruft: »Auf die Siebenundzwanzig, alter Mann.« Und sie weiß nicht, wie Recht sie damit hat.

Mit einem Knall stellt sie das Gläschen auf dem Tresen ab und wühlt sich dann durch die Menge zur Tanzfläche. Vom Tresen aus beobachte ich sie grinsend. Sie tanzt ausgelassen, als würde sie niemand sehen. Mann, sie ist einfach so ... Ich wende meinen Blick ab, als sie plötzlich von einem Typen angetanzt wird.

Wieder fühle ich einen Hauch von Eifersucht und das ärgert mich zugleich. Warum denn? Es ist ja nicht so, als hätten wir uns irgendwelche Versprechungen gemacht. Vielleicht ist ein ganz kleiner Teil von mir enttäuscht. Aber das ist schließlich nicht ihre Schuld, dass ich mir irgendwie ... Hoffnungen gemacht habe, wäre zu viel gesagt ... Erwartungen ist auch das falsche Wort ... Ich finde keine Beschreibung. Na ja. Sie hat Spaß. Es hat sich gut angefühlt, sie zu küssen – okay. Aber vielleicht fühlt es sich bei jeder anderen beliebigen Frau genauso gut an. Vielleicht hat Grayson Recht und es ist tatsächlich nur etwas Körperliches. Doch das kann ich nicht so recht glauben. Es muss etwas mit Cassey zu tun haben – ganz bestimmt sogar.

Nach einer kurzen Zeit, in der ich es tunlichst vermieden habe, zur Tanzfläche herüberzusehen und Gedanken zu belauschen, die Cassey betreffen könnten, packt mich jemand am Arm und dreht mich herum. Überrascht sehe ich in Casseys eisblaue Augen, die so wahnsinnig schön sind, dass unwillkürlich ein Lächeln mein Gesicht erhellt. Ihr Blick ist allerdings vorwurfsvoll. »Was ist los mit dir?«

»Was soll denn sein?«, entgegne ich. Und wo ist dein schmieriger Typ?

»Du stehst hier einfach nur rum«, wirft sie mir vor und gibt mir einen Klaps auf den Bauch.

»Ich trinke«, lache ich und hebe zum Beweis mein Bier. In meinem Kopfkino jedoch greife ich nach ihrem Handgelenk, um sie an mich zu ziehen und zu küssen.

Cassey lässt meine Ausrede nicht gelten und zieht mich an der Hand in Richtung Tanzfläche. Ich bin ein wenig eingerostet, denn ich war eine Ewigkeit nicht mehr in einem Club zum Tanzen. Sie bewegt sich vor mir im Takt und fixiert meine Augen. Ich fühle mich leicht beobachtet von ihr und muss deswegen grinsen. Ihre Hüften bewegen sich flüssig und kreisend. Sinnlich. Nach wie vor fixiert sie mich. Ihr Blick sagt definitiv *Komm her*. Das bilde ich mir nicht ein. Doch ein Teil von mir hält mich davon ab, mein Kopfkino von eben – auch wenn ich gerade sehr den Drang danach verspüre.

Irgendwie werden Cassey und ich durch die tanzende Masse auseinandergetrieben. *Mist, ich hätte zumindest ihre Hand festhalten sollen!*

Der Bass wummert in meinen Ohren. Stimmen. Zu viele Stimmen. Die Geräuschkulisse droht mich mit einem Mal zu überrollen, also quetsche ich mich aus der Menge und verschwinde im angrenzenden Hinterhof, wo die Raucher stehen. Ich lehne mich mit geschlossenen Augen gegen die Wand. An der frischen Luft wird es etwas besser. Die Stimmen verschwinden langsam im Hintergrund. Von drinnen erklingt lautes Gegröle und Gejohle. »Happy New Year«, schreit die Masse.

»Hey.« Grayson fährt sich durch sein leicht verschwitztes Haar. Scheinbar ist er mir gefolgt. »Geht's dir gut? Wo ist Cassey?«

»Tanzen«, antworte ich knapp und werfe einen schnellen Blick durch das beschlagene Fenster auf die Tanzfläche, doch ich kann sie nirgendwo entdecken.

»Wandsworth. Hör auf damit.«

»Womit?«

»Du denkst zu viel.«

»Sehr witzig.«

»Ich meine es ernst. Du stehst auf sie? Wo gibt es dann ein Problem? Du kannst mir nicht weismachen, dass du noch nicht darüber nachgedacht hast, wie es wäre, mit ihr zu schlafen.«

»Hackney«, brumme ich abwehrend und verdrehe die Augen, aber meine Nervosität steigt mir bis zum Hals. Ich hasse es, wenn er mich so gut lesen kann. Gerade mustert er mich dermaßen intensiv, dass ich mir unwillkürlich die Hände vors Gesicht schlagen will, aber das tue ich nicht.

»Hast du Schiss?«

»Nein, ich bin nur … Das alles … Ich weiß einfach nicht, ich meine … klar, Cassey ist …«

»Das Gestammel steht dir nicht, Wandsworth. Sprich in klaren Sätzen.«

»Ich glaube, ich packe das einfach nicht.«

»Was? Sex?«

»Nein. Also ja. Aber …«

Graysons Augenbrauen wandern in die Höhe. »Ist das … ein *physisches* Problem bei dir?«

»Nein!«

»Gut. Dann gibt es jetzt nur noch deinen Kopf und dich. Du hältst dich selbst immer wieder von dem ab, was du willst, weil du Zweifel hast. Angst. Gewissensbisse – verstehe ich, okay? Aber ich kenne dich. Ich sehe, wie du Cassey ansiehst. Und es ist okay, mehr von ihr zu wollen. Ab einem gewissen Punkt bringt dich dein Kopf nämlich nicht mehr weiter. Und diesen Punkt hast du längst erreicht.«

Ich atme tief durch, weil ich mir eingestehen muss, dass er Recht hat. Natürlich hat er das. Irgendwie bringe ich mich dazu zu nicken.

»Scheiß mal auf alles, was in deinem Kopf vor sich geht und zeig ihr, dass du sie willst.« Und mit diesen Worten zieht er mich zurück in das Gewühl aus Menschen, Schweiß und wummernden Bässen.

Doch der Fokus liegt gar nicht mehr auf der Tanzfläche, und auch die Musik wurde ein bisschen leiser gedreht. Alle sehen zur Bar. Genauer gesagt zum Bartresen. Wo Cassey steht. Und zwar nicht am, sondern *auf* dem Bartresen. Ich lasse die Gedanken der anderen auf mich einströmen. Oh, wow. Ich habe offenbar ein bisschen etwas verpasst. In der kurzen Zeit, wo ich draußen war, hat Cassey alle Aufmerksamkeit auf sich gezogen. Ich verschränke die Arme.

»Haben die Mädels Spaß?«, ruft Cassey, woraufhin die weibliche Menge zustimmend kreischt. Ein Zucken geht um meine Mundwinkel. *Oh, Cassey. Was tust du da?*

»Und die Jungs?«, hakt sie nach und stemmt ihre Fäuste in die Hüften. Die männliche Zustimmung fällt im Vergleich zum sehr lauten Gekreische etwas kläglich aus. Cassey runzelt die Stirn. »Buuuh! Was ist los mit euch? Ist euch etwa langweilig?«

Prustend schüttle ich den Kopf. Die Menge ist offenbar geteilter Meinung. Ein paar schweigen, ein Teil verneint und der Rest lacht. Alle Blicke sind neugierig auf den Tresen und Cassey gerichtet, die jetzt in die Hocke geht und ihre Unterarme locker auf den Knien abstützt. Sie schaut in die gaffende Runde, die natürlich direkt am Tresen steht, und raunt verschwörerisch, aber laut und deutlich: »Ich hätte etwas gegen eure Langeweile. Habt ihr schon mal eine Frau mit Zungenpiercing geküsst?« Sie streckt ihre Zunge raus und sofort drängt sich die Menge eingeladen näher an den Bartresen. Es wird wieder lauter und ich schmunzle leicht.

Ja, habe ich. Nämlich dich, Cass.

Sie sieht über ihre Schulter zur Barfrau und ruft: »Was meinst du, Izzy? Wer von ihnen verdient einen Kuss und einen Drink? Geht auf mich.«

»Wie wäre es mit dem da?«, schlägt Izzy lachend vor. Cassey zieht einen Mann am Kragen aus der Menge heraus, bis sich ihre Nasen fast berühren. Das meint sie doch jetzt nicht wirklich ernst! Ich dachte, das mit dem Kuss sei ein Scherz gewesen.

Kurz bevor sie ihn küssen kann, schiebt sie ihn lachend am Kopf zurück und durchsucht die Menge. Sie macht ein Spiel daraus. Klar, das ist Cassey. Was habe ich erwartet?

»Gehen Frauen auch?«, ruft eine weibliche Stimme und Cassey bestätigt lachend.

Ich schüttle langsam den Kopf. Warum tut sie das? Was hat sie davon? Immer wieder zieht sie jemanden zu sich heran und schiebt ihn dann wieder fort. Es wird gejohlt, gelacht und gejubelt. Alle scheinen daran Spaß zu haben. Ich will das nicht unbedingt sehen, aber ich will auch sichergehen, dass es ihr gut geht.

Ein Kerl zieht sie am Handgelenk zu sich, aber Cassey reagiert schnell und drückt kopfschüttelnd seine Stirn weg. Den Nächsten zieht sie entschlossen zu sich heran. Das ist nicht ihr Ernst. Ich sehe mir das nicht länger an. Gerade als ich mich auf den Ausgang zubewegen will, hält Grayson mich am Arm fest. »Du willst jetzt nicht abziehen«, ruft er entgeistert.

»Kann dir doch egal sein«, entgegne ich verwirrt.

»Du bist so blöd, Wandsworth! Worüber haben wir denn gerade gesprochen? Ich habe vielleicht keine Ahnung von Beziehungen, dafür aber von Frauen wie Cassey. Und diese Frau hier wartet auf jemanden, der sie küsst«, sagt Grayson und sieht mich eindringlich an.

Ich beiße die Zähen fest aufeinander. »Da stehen doch genug.«

»Nic, verdammt! Steck die Eifersucht wieder weg! Warum hat sie wohl noch niemanden geküsst? Sie wartet auf dich.«

Vielleicht hat er Recht. Was, wenn er Recht hat? Ohne ein weiteres Wort lasse ich ihn stehen und schiebe mich geschickt nach vorn zum Tresen, schalte meinen Kopf auf lautlos. Bevor Cassey auch nur irgendetwas tun kann, ziehe ich ihr Gesicht zu mir heran und drücke meine Lippen auf ihre. Eine Hand halte ich in ihrem Nacken, sodass sie mir nicht ausweichen kann und mit der andern ziehe ich sie an mich heran. In der ersten Sekunde ist sie lediglich erschrocken, doch dann lehnt sie sich vor und erwidert den Kuss.

Um uns herum jubeln und grölen die Leute, aber das nehme ich kaum wahr. Entschlossen hebe sie vom Tresen, nur um sie gleich darauf zwischen meiner Hüfte und der Holzverkleidung der Bar einzuklemmen. Ihre Zunge schmeckt nach Alkohol und Rauch, ihre Lippen sind warm und weich. Ihr Kuss ist genauso leidenschaftlich und hemmungslos wie meiner. Erst nach einigen Sekunden löst Cassey ihre Lippen von meinen und keucht völlig außer Atem.

»Wow«, wispert sie. Ihre Hände ruhen auf meiner Brust, die sich schnell hebt und senkt. Meine Zeigefinger hake ich in ihre Gürtelschlaufen und ich fixiere ihre Augen. »Du hast mich mal gefragt, was ich von dir will. Beantwortet das deine Frage?«

Cassey grinst. »Noch nicht ganz«, entgegnet sie herausfordernd. Ein Lachen kommt tief aus meiner Kehle, bevor ich sie wieder küsse und dabei ihren Geruch einatme. Das Blut schießt schneller durch meine Venen und ich will gar nicht damit aufhören. Alles in mir schreit nach mehr. Sehr viel mehr. Innerlich tobe ich. Was, wenn das hier falsch ist? Aber warum fühlt es sich dann so gut an? So richtig?

Ich denke an Graysons Worte und einen Atemzug später habe ich eine Entscheidung getroffen. »Willst du gehen?«, raune ich in ihr Ohr und trete dann ganz langsam einen Schritt zurück. Cassey nickt und beißt sich auf die Unterlippe.

Als wir nach draußen kommen, atme ich tief durch. Die frische Luft tut gut. Während Cassey sich eine Zigarette anzündet, mustert sie aufmerksam unsere Umgebung, als würde sie nach etwas suchen. Ich nutze diesen kurzen Moment und stibitze die Zigarette von ihren Lippen. Dann halte ich sie ganz weit nach oben und gehe rückwärts in Richtung der Wohnung.

»Hey«, ruft Cassey und streckt sich danach. »Nicht cool, Nicolas. Gib sie her!«

»Was hätte ich davon, dir dieses Zeug wieder zu überlassen?«, frage ich und drehe mich im Kreis.

Cassey lacht, versucht aber, ernst zu bleiben. »Dass ich dir keine reinhaue.« Sie dreht sich mit und greift nach der Zigarette, aber sie ist trotz ihrer 1,70 m doch etwas zu klein, um sie zu erreichen. Ich schiebe ihren Greifarm weg und platziere die Zigarette provokant zwischen meine Lippen. Dabei gehe ich geradeaus weiter und verziehe das Gesicht. Bäh, eklig. Anschließend reiche ihr die zur Hälfte abgebrannte Zigarette.

Cassey betrachtet mich mit großen Augen. »Du hast gerade …« Ihr

Blick fällt auf die Zigarette und sie rümpft spielerisch die Nase. »Iih, da ist jetzt Spucke von dir dran«, scherzt sie kindisch und das ist so verdammt süß.

Ich beuge mich zu ihr herunter und flüstere: »Das hat dich auch nicht davon abgehalten.« Dann lege ich meine Lippen sanft auf ihre und küsse sie vorsichtig. Erst ist sie überrascht, erwidert den Kuss dann aber ebenso zärtlich. Mein ganzer Körper kribbelt und ich löse mich schnell von ihr. Cassey beißt schon wieder auf ihre Unterlippe, um an ihrem Piercing zu knabbern. Kann sie das nicht mal lassen? Das macht mich irgendwie …

Im fünften Stock angekommen schließe ich die Wohnungstür auf und halte sie offen. »Nach Ihnen, Miss.«

»Danke, Sir«, entgegnet sie in vornehmem Ton einer edlen Dame und tastet sich in die dunkle Wohnung. Ich hätte vielleicht erst das Licht anmachen sollen. Hinter mir schließe ich die Tür und stolpere über Graysons im Weg liegende Schuhe. Etwas benommen stütze ich mich an der Wand ab und treffe dabei den Lichtschalter. Das nennt man wohl einen Glücksgriff.

Kichernd fragt Cassey, ob alles okay ist, und ich nicke beschwichtigend. Dann trete ich hinter sie und lege meine Hände an ihren Mantelkragen. »Darf ich?«, frage ich leise und fahre mit den Fingerspitzen unter den Stoff.

Cassey nickt langsam und ich streife den Mantel von ihren Schultern. Ihr Geruch ist so intensiv. Ich kann nicht anders, als ihr Haar auf ihre linke Seite zu streichen und dann ganz sanft ihren Nacken und ihre Halsbeuge zu küssen. Meine Hände fahren unterdessen ihre Arme herunter und ich spüre eine Gänsehaut darauf. Ich mache mir aber keine Mühe mehr, den Mantel aufzuhängen, sondern werfe ihn achtlos Richtung Haken und drehe Cassey im selben Moment zu mir, um sie zu küssen. Es fühlt sich einfach so gut an. Wie sie diese Sehnsucht und Leidenschaft mit ihrem Kuss erwidert.

Ich ziehe sie enger an mich heran und taste mich rückwärts bis zu meinem Zimmer, wo ich die Tür aufstoße, die mit einem Knall gegen die Wand donnert. Ihre Waden stoßen gegen das Bett und ich halte inne, um mich von ihr zu lösen. Ihr Atem geht ebenso schnell und laut wie meiner. Ich sehe unauffällig zu meinem Bett und dann wieder in ihre Augen. Mit dem Fuß trete ich die Tür zu und ziehe zeitgleich meine Jacke aus.

Mein eigener Herzschlag dröhnt in meinen Ohren und ich spüre dieses süße Glücksgefühl, das mich wie eine Welle durchströmt – es scheint von überall zu kommen, wo Cassey mich berührt. Ich kann meine Lippen nur schwer von ihren lösen, während unsere Hände den jeweils anderen Körper erkunden, und mit einem Mal schwappen mehr und mehr Gedanken von Cassey zu mir herüber. Sie sind zusammenhangslos und fordern mehr – mehr Küsse, mehr Berührungen, weniger Stoff, der uns trennt. Ich will das alles hier – sie. Ich will auch mehr und das nicht erst seit heute oder gestern. Verflucht sei alles, was mich bisher davon abgehalten hat, sie genau so zu berühren, wie jetzt.

Cassey

Ich werde irgendwann von einer Bewegung neben mir wach. Erst kann ich sie nicht zuordnen, nicht einmal, wo ich bin, weil mir sofort der Kopf dröhnt und sich selbst mit geschlossenen Augen alles dreht. Ich sollte einfach aufhören, durcheinanderzutrinken.

Dann spüre ich, wie sich die Kette um meinen Nacken bewegt, obwohl ich selbst stillliege, und öffne schlagartig die Augen. Dabei fällt mein Blick direkt auf Nicolas' Gesicht, das vor mir liegt. Seine Miene ist ernst und sein Blick grüblerisch auf etwas in meiner Brusthöhe gerichtet. Als ich hinabsehe, entdecke ich mein Amulett zwischen seinem Daumen und Zeigefinger.

Sofort spannen sich meine Muskeln an und mein Herz setzt kurz aus. »Was machst du da?«, frage ich unvermittelt und mit belegter Stimme.

Nicolas zuckt kaum merklich zusammen und sieht augenblicklich auf. Ohne zu zögern, schließe ich meine Hand um das Dreieck und ziehe dann die Decke höher. »Gar nichts«, redet er sich prompt raus und hebt die Mundwinkel. Die Strenge in seinen Zügen verflüchtigt sich. Aber ich glaube ihm nicht. Irgendwas geht in diesem Dickschädel vor sich.

»Guten Morgen, wie geht's dir?«, fragt er und streicht sanft eine Strähne meines Haares von meinem Kiefer. Die Berührung jagt mir eine Gänsehaut über die Arme.

»Kater«, brumme ich, drehe mich auf den Rücken und massiere mir die Stirn. »Und dir?«

Er grinst. »Na ja«, setzt er gedehnt an und lässt seinen Blick zu seiner linken Schulter gleiten, welche mehrere leichte Kratzspuren aufweisen. »Ich halte einiges aus.«

»Sorry«, raune ich und beiße mir gleichzeitig auf die Unterlippe, um nicht zu grinsen.

»Ich werde es schon überleben«, entgegnet er und stützt sich auf den linken Unterarm. Sein Haar ist ganz zerzaust und hängt ihm teils ins Gesicht. Dann wird sein Blick eindringlicher und er fragt ernster: »Aber abgesehen von deinem Kater ... wie geht es dir?«

Sofort wird mir unbehaglich. Ich weiß, was er andeuten will, aber was soll ich darauf antworten? Ich kann selbst nicht sagen, wie es mir geht. Der Mann, dem ich am meisten aus dem Weg gehen wollte, weil er etwas in mir bewegt, liegt gerade nackt neben mir und macht sich wahrscheinlich Hoffnungen, dass daraus mehr wird.

»Keine Ahnung«, antworte ich und wende den Blick ab.

»Be-bereust du das hier?«, fragt er unverhofft und mein Atem stockt.

Ja.

Nein.

Ich weiß nicht.

In meinem Kopf herrscht pures Chaos. Stöhnend lege ich meine Arme über meine Augen. »Müssen wir darüber reden?«, frage ich gequält.

»Nein, müssen wir nicht«, murmelt er zu meiner Überraschung und ich atme erleichtert auf. Plötzlich spüre ich seine Finger unter meinem Kinn und spanne alle Muskeln an, die im nächsten Moment wieder entspannen, weil er meine Lippen mit seinen liebkost. Sein sanfter Kuss fühlt sich schon wieder so verboten gut an, dass ich nachgebe und ihn erwidere. Meine Hände gleiten in sein durchwühltes Haar und ich ziehe leicht daran.

Urplötzlich geht in der Wohnung Musik an. Nicolas löst sich die Lippen schürzend von mir und sieht zur Tür. Da erkenne ich das Lied. Ein Lied, bei dem man vor guter Laune fast kotzen will – *Good Morning* von *Singing in the Rain*. Das ist das Schrecklichste, was man am Morgen hören kann. *Ich bringe Grayson um!*

Als ich grimmig Nicolas' Blick folge, wird die Tür schwungvoll

aufgestoßen, sodass die Musik nicht mehr durchs Holz gedämpft wird, sondern brutal laut durch den Raum schallt. Grayson legt dazu einen bühnenreifen Auftritt hin und verschluckt sich beinahe am weiteren Liedtext, als er uns beide im Bett entdeckt. Die Augenbrauen hochziehend ruft er dann erstaunt: »Holla die Waldfee!«

»Grayson, raus hier und mach die Musik aus«, ruft Nicolas genervt und wirft mit seinem Kissen nach ihm. Grinsend weicht er zurück und tritt dann mit zwei Kaffeebechern vom Bäcker wieder in den Türrahmen. »Sei nicht so undankbar! Ich hab euch Kaffee mitgebracht«, klagt er und strotzt nur so vor guter Laune.

Stöhnend schlage ich mir meine Hände vors Gesicht. Zum Kotzen so was. Wie kann man am Morgen nach so einer langen Nacht so gut gelaunt und fit sein? Wann sind die beiden eigentlich gekommen? Haben sie was mitbekommen? Ach, ich will es eigentlich gar nicht wissen. Den Kaffee will ich aber.

Ich spüre, wie er näherkommt und höre dann, wie Nicolas ruhig, aber mit gereiztem Unterton sagt: »Und wenn du jetzt noch die Musik ausmachst, bist du unser Held.«

»Du weißt, ich bin lieber der Bösewicht …«, kontert er und Nicolas unterbricht ihn, indem er mahnend seinen Namen ruft. »Okay, ich mach leiser«, kapituliert Grayson daraufhin. Einige Sekunden später sinkt die Lautstärke und ich atme erleichtert auf. Ruhe.

Ich senke die Arme wieder, sehe zu Nicolas auf, der die Kaffeebecher in den Händen hält, und versuche, die richtigen Worte für Grayson und seine Aktion eben zu finden. Doch dann schüttle ich resignierend den Kopf. Grinsend streckt er mir einen Becher entgegen und sagt: »Trink das und es geht dir gleich besser.«

Erfreut rutsche ich hoch in eine aufrechte Haltung und halte dabei die Decke über meiner nackten Brust fest. Dann nehme ich den Becher und trinke, ohne darauf zu achten, wie heiß der Kaffee ist. Na ja, eher Cappuccino als Kaffee wegen des Milchschaumes. Trotzdem brumme ich genüsslich und lege den Kopf zurück.

Abermals geht die Tür auf. Wir sind beide versucht, einen Kommentar loszulassen, da landet eine Tüte vom Bäcker auf dem Bett zu unseren Füßen. Gleich darauf verschwindet Grayson wieder. Was ist denn mit dem los?

Nicolas schnappt sich die Tüte und blickt hinein. Riecht nach süßem Gebäck. »Danke, Gray«, ruft er dann genauso verwundert wie ich.

»Wer ist das?«, frage ich misstrauisch und ziehe eine Augenbraue hoch. Genauso misstrauisch blicke ich dann in die Tüte. Muffins. »Sind die giftig?«

»Das bezweifle ich«, kontert Nicolas schmunzelnd und fischt die Muffins raus, von denen er mir einen gibt. »Aber ich weiß wirklich nicht, was in ihn gefahren ist.«

Meine Mundwinkel zucken hoch. Oder er feiert es gerade, dass sein Kumpel nach fünf Jahren mal wieder Sex hatte – für mich ein Ding der Unmöglichkeit. Dafür hat er sich aber gar nicht mal schlecht angestellt. War zwar anfänglich schüchtern, konnte dann aber den Kopf abschalten und loslassen.

Einige Sekunden ist es still, endlich mal, und wir genießen Graysons Service. Es ist komisch mit dem Mann, mit dem ich vergangene Nacht Sex hatte, nun auch noch im Bett zu frühstücken. Das habe ich bisher nie gemacht. Für gewöhnlich verschwinde ich noch in der Dunkelheit. Frühstück überschreitet eine Grenze, die ich mir vor Jahren selbst gezogen habe, und doch sitze ich hier.

Irgendwann nimmt Nicolas mir ohne Vorwarnung sanft den Becher aus der Hand und stellt beide auf seinen Nachttisch, um sich hinzulegen und mich an der Schulter mitzuziehen. Ich wehre mich nicht. Selbst als ich etwas unbehaglich herumrutsche, während ich meinen Kopf auf seine Schulter bette und meine Hand auf seine glatte Brust lege. So im Arm eines Mannes zu liegen, ist mir fremd.

Plötzlich ertönt das Klingeln meines Handys. Sofort krabble ich aus dem Bett und überlege, wo es ist, während ich die Sachen danach durchwühle.

»Cass«, höre ich Nicolas und sehe auf. Er sitzt an der Bettkante, wirft es mir rüber und beugt sich dann vor. Was für ein Anblick!

Ich blicke auf das Display. Papa. Da kommt Freude auf. Aber wen habe ich auch erwartet, wenn Natalie nebenan ist?

»Ja?«, frage ich, als ich rangehe.

»Ihr kommt jetzt nach Hause«, sagt er todernst und drängend. Wie immer also. Keine Neujahrswünsche, kein Hallo.

»Es ist …«, setze ich an und beobachte dann, wie Nicolas sich erhebt und seine grauen, eng anliegenden Boxershorts hochzieht, die sich um seinen knackigen Hintern schmiegt. Das bringt mich kurz aus dem Konzept, weshalb ich mich räuspere. »Äh… e-es ist früh am Morgen, Papa.«

»Es ist fast zwölf Uhr mittags«, entgegnet er heftig und ich reiße verblüfft die Augen auf. Echt schon zwölf? Ich fühle mich, als wäre es erst acht.

Seufzend fahre ich mir mit einer Hand durchs Gesicht. »Was ist so dringend?«

»Ich kläre euch auf, sobald ihr da seid. Also hopp!« Mit diesen Worten legt er auf – keine Widerrede erlaubt.

Geräuschvoll schnaubend senke ich die Schultern und lege den Kopf in den Nacken. »Natalie«, rufe ich dann laut und warte.

»Ja?«, erwidert sie.

»Mach dich fertig, wir müssen los!«

Stille.

»Dein Dad?«, fragt Nicolas, obwohl es eher eine Feststellung des Offensichtlichen ist, und öffnet sein Fenster. Frische klirrende Luft strömt direkt herein.

»Ja«, grummle ich und beginne meine Kleidung zusammenzusuchen. Schließlich angezogen verlasse ich das Zimmer und begegne meiner Schwester im Flur. Sie sieht wie immer perfekt aus. Keine verschmierte Schminke oder Ähnliches. Ich habe einfach Nicolas' Shirt anbehalten.

Ihr Blick wandert erst zu Nicolas, dann zu mir und ihre Gedanken spiegeln sich in ihren Augen. Ein Hin und Her zwischen Freude, Irritation und Sorge. Am liebsten würde ich ihr sagen, dass ich genauso verwirrt bin. Zu guter Letzt zeigt sich Ernsthaftigkeit in ihren Zügen, als sie fragt: »Papa?«

Kein gut gelauntes »Guten Morgen« oder Ähnliches, weil wir solche

Situationen kennen. Papa ruft nie grundlos an und erwartet sofortiges Erscheinen. Wie bei Soldaten.

Ich nicke und antworte auf Russisch: »Wer sonst. Er erklärt es uns zu Hause.«

Grayson kommt aus seinem Zimmer und bietet an, uns zu fahren. Natalie nickt ihm lächelnd zu und bedankt sich mit einem Kuss. Dann gehen die beiden vor und ich überlege. Verdammt, was mache ich jetzt? Das Gleiche wie Natalie? Oder doch eine kurze Umarmung? Ein Kuss wäre zu viel. Fuck. Deswegen verschwinde ich meistens mitten in der Nacht, wenn mein One-Night-Stand noch schläft.

Ratlos stehe ich schließlich an der Tür und starre Nicolas wie der letzte Volltrottel an. Doch plötzlich packt er mich am Handgelenk, nimmt meinen Kiefer zwischen seine Hände und küsst mich liebevoll. Ich bin einerseits überrascht, andererseits erleichtert, dass er mir die Entscheidung abgenommen hat.

***

Fast schon panisch stürme ich Natalie voraus ins Haus, werfe die Hausschlüssel hin und suche nach irgendwas Ungewöhnlichem. »Papa?«, rufe ich unruhig und Natalie schiebt nach: »Wir sind da! Alles okay? Was ist los?«

Sogleich kommt unser Vater mit todernstem Gesichtsausdruck um die Ecke. Doch statt etwas zu sagen, nickt er in Richtung Wohnbereich, macht kehrt und geht bis auf die andere Seite der Couch. Wir folgen ihm, und er hebt dabei eine Hand mit der Fernbedienung, um den pausierten Sender zu starten. Sobald die Stimme eines Nachrichtenmoderators ertönt, sagt er kalt: »Das ist los.«

Natalie und ich stellen uns neben ihn hinter die Couch, ich verschränke die Arme vor der Brust und lausche den Nachrichten. Es handelt sich um einen Angriff auf eine Unternehmensfeier von letzter Nacht. Drei Attentäter sollen sich eingeschleust und unter die Menge gemischt haben. Zum Glück aller Anwesenden konnten die Täter außer Gefecht gesetzt werden, bevor es zu gravierenden Folgen

kommen konnte. Dennoch stehen ein paar Angestellte unter ärztlicher Beobachtung. Zwei der Täter scheinen ihr Gedächtnis verloren zu haben und der Dritte konnte fliehen, als die Polizei anrückte.

»Shemayu«, vermute ich und lecke mir über die Lippen. »Wer waren die Nesweru?«

Wie zur Antwort wird das Interview mit dem Firmenchef eingeblendet. Ein attraktiver Mann in den späten Dreißigern, dunkelbraunes Haar, blaugraue Augen, schmale Lippen und eine lange, spitze Nase. Sein Haar ist leicht wirr und an seiner Stirn klebt ein Pflaster. In der Bauchbinde wird sein Name – Charles Greenwood – und Beruf – Geschäftsführer von *Greenwood Tech* – eingeblendet.

Mir läuft ein Schauer über den Rücken und Natalie klappt die Kinnlade runter. In dieser Firma ist Papa angestellt. Und Greenwood ist uns ebenfalls ein geläufiger Name. »Das war bei *euch* gestern Abend?«, fragt Natalie entsetzt.

Ich lausche dem Interview. Mr. Greenwood erzählt, wie sich alles begeben hat, aber es klingt sehr abgewandelt oder verharmlost. Er ist vom Greenwood-Familienclan, der hier in New York ein wenig für Ordnung sorgt.

»Wieso? Was haben sie damit bezweckt?«, fragt Natalie.

Papa schaltet den Fernseher aus und wendet sich uns zu. »Zwei Familienoberhäupter der Nesweru in New York City umbringen?«, mutmaßt er. »Erinnert ihr euch an die Sache mit dem Stirnsymbol? Der Shemayu, der auf euch losgegangen ist?«

Natürlich. Wir mussten viele Telefonate führen, sowohl innerhalb unseres als auch mit anderen Familienclans, nur um uns immer wieder anhören zu müssen, dass es nichts über dieses Symbol zu wissen gibt. Weil es noch nie gesehen wurde. Niemand konnte uns weiterhelfen.

»Schon wieder?« Natalie zieht verblüfft die Augenbrauen hoch. Wir hatten seit dem letzten Mal keine weitere ungewöhnliche Begegnung mit einem Symbol-Shemayu, weswegen wir schon angenommen hatten, dass es sich schlichtweg um einen Einzelfall handelte. Doch jetzt …

»Wir haben den dritten Shemayu über die Videoüberwachung der Firma und eine Gesichtserkennungssoftware ausfindig machen und über die örtlichen Überwachungskameras verfolgen können«, erklärt Papa sachlich und blickt dabei auf den schwarzen Bildschirm. Er hat nie beim FBI oder Ähnlichem gearbeitet und hat auch keine Zugangsbefugnis für all die Programme und Datenbanken, dennoch ist er ein Genie. Ein kleiner Hack hier, ein kleiner Hack da, und schon hat er ein eigenes, privates Agentenbüro mit der gesamten Ausstattung verschiedener Behörden. Das erleichtert uns die Arbeit extrem.

Plötzlich unterbricht ihn ein Klicken und anschließend geht eine Tür auf. Unsere Köpfe wirbeln herum. Mr. Greenwood höchstpersönlich tritt aus unserem Gäste WC. Er reibt sich die Hände. Ein Lächeln erhellt sein Gesicht. »Hallo, ihr beiden.«

Überrascht ziehe ich die Augenbrauen hoch. »Hi«, erwidern Natalie und ich nach kurzem Zögern gleichzeitig. Wie verhält man sich am besten gegenüber dem Chef des eigenen Vaters?

Er schließt die Tür, kommt auf uns zu und vergräbt die Hände in den Hosentaschen. Keine formelle Begrüßung per Handschlag – find ich gut. »Schön, euch mal persönlich anzutreffen. Euer Vater erzählt viel über euch.«

Aha, Papa spricht also über uns?

»Es ist schön, euch nach so langer Zeit wiederzusehen. Ihr seid ganz schön gewachsen in den letzten Jahren«, fügt er anerkennend nickend hinzu.

»Danke?« Natalie und ich sind leicht irritiert.

Auf einmal lacht Mr. Greenwood auf. »Tut mir leid, das muss komisch für euch sein. Ihr erinnert euch bestimmt nicht an mich und Alex ist ja nicht gerade der gesprächigste Mensch.«

Papa zieht eine Augenbraue hoch.

»Ich habe euch zwei kennengelernt, da habt ihr noch in Windeln gesteckt. Durch Besuche in Russland oder Fotos habe ich euch quasi bis zum Teenie-Alter aufwachsen sehen.«

Die beiden sind wohl nicht bloß Nesweru- und Arbeitskollegen, sondern richtige Freunde. Über viele Jahre hinweg. Ich bin etwas erstaunt und kann das kaum verbergen, als mein Blick in seine Richtung wandert.

»Wie schön«, bemerkt Natalie erfreut. »Papa hat nie mehr gesagt, als dass ihr euch übers Studium kennengelernt habt und bei Jobangelegenheiten unterstützt.«

Mr. Greenwood lacht und klopft Papa auf die Schulter. »Eine sehr abgespeckte Version unserer Freundschaftshistorie.«

Papa verdreht die Augen und verschränkt die Arme vor der Brust. »Zurück zum Thema, Charles.«

Die beiden erzählen uns davon, dass der geflohene Shemayu bis Jersey City nachverfolgt werden konnte, wo er kurzzeitig vom Radar verschwand. Zumindest bis Charles den Shemayu auf den Überwachungskameras seines kürzlich neu erworbenen Grundstücks im südlichen Hafen von New Jersey wiederentdeckte. Darauf stehen drei alte, marode Gebäude, die abgerissen und durch neue Gebäude ersetzt werden sollen. Büroräume, Lager- und Produktionshallen.

»Alex wollte schon los, um sich der Sache anzunehmen, da entdeckte ich weitere Personen in einem der Gebäude, in das er eingedrungen ist«, fährt Charles fort. »Eine Vermutung wäre, dass wir die Mitglieder dieser sich neu formierenden Gruppierung mit den Symbolen auf der Stirn ausfindig gemacht haben. Vielleicht sogar deren Treffpunkt.«

»Aber es könnte auch Zufall sein. Ich meine … es muss nicht gleich bedeuten, dass es der Unterschlupf mehrerer Shemayu ist, sondern er könnte sich auch unter einfachen Bürgern verkriechen«, gebe ich zu bedenken. »Konntet ihr die anderen Personen als Shemayu identifizieren?«

»Einen«, entgegnet Charles und atmet tief durch. »Er ist mir vor Jahren durch die Lappen gegangen.«

»Immer noch ein *Zufall?*«, fragt Papa und sieht dabei explizit mich an.

Nein, wohl kaum. Einer wäre Zufall. Zwei vielleicht auch noch, aber bedenkt man die anderen beiden Shemayu, die bei dem Angriff dabei waren …

»Da braut sich was zusammen«, stelle ich fest und erhalte zustimmendes Nicken. »Aber was genau?«

»Ein Aufstand. Gegen uns«, entgegnet Papa. »Ganz offensichtlich.«

»Es könnte aber auch mehr dahinterstecken, oder nicht?«

»Zum Beispiel?«

Ich schiebe die Unterlippe vor. Keine Ahnung.

»Ich frage mich eher wieso«, meldet sich Natalie wieder zu Wort. »Das ist gar nicht ihr … Stil. Anders als wir sind Shemayu Einzelgänger.«

»Wobei es im Laufe der Geschichte auch schon Ausnahmen gab«, wendet Charles ein.

»Die nicht gerade gut endeten – für niemanden«, halte ich dagegen und denke an die Erzählungen über Städte, die dem Erdboden gleichgemacht wurden.

»Daher sollten wir das so schnell wie möglich stoppen.«

»Genau«, pflichtet Charles Papa bei. »Und den Vorteil nutzen, dass nicht nur ein Familienclan in der Stadt ist.«

»Gut. Was ist der Plan?«, fragt Natalie.

Papa räuspert sich und setzt an: »Ich habe da ein paar Ideen …«

Mission und Credo der Nesweru

Es ist unklar, ob unsere Mission, Shemayu zu jagen und zu vernichten, jemals ein Ende finden wird, da auch nach jahrelanger Beobachtung und Aufzeichnung nicht mit Sicherheit festgelegt werden konnte, ob Shemayu in einer begrenzten Anzahl auftreten oder immer weitere aus der Duat fliehen. Von den Nesweru konnte lediglich beobachtet werden, dass Shemayu sich phasenweise reduzieren oder vermehrt auftreten.

Der bei Apophis' Vernichtung in der Duat entstandene Riss konnte von den altehrwürdigen Göttern nicht geschlossen werden, wird jedoch von Seelen beaufsichtigt, welche Göttin Nephythys zu Saawti (Wächtern) auserwählt. Diese sollen verhindern, dass Shemayu ungehindert ins Diesseits gelangen können, aber es wird vermutet, dass es ihnen nicht immer gelingt.

Daher die Schübe, die nicht darauf schließen lassen, ob wir Shemayu irgendwann ausrotten können werden oder immer Neue nachkommen werden.

Unser Kodex: Die Wahrheit, die wir über diese Welt wissen, macht uns für sie verantwortlich. Also schützen wir die, die es nicht selbst können.

Unser Credo: Wir wissen nicht, welche Wellen unsere Taten schlagen, aber töten wir auf unserer Mission einen Wirt, retten wir etliche Menschen.

Cassey

Konzentriert greife ich nach meinen karneolbeschichteten Wurf-
messern und stecke sie in die speziell dafür eingenähten Taschen
meiner Jeans. Eine gute Waffe, um einen Shemayu aus der Distanz in seiner Bewegung einzuschränken. Währenddessen gehe ich
im Kopf noch mal alles durch. Das Gebäude, die Umgebung, jeden
Schritt unseres Plans. Die Suche nach irgendetwas, das wir vielleicht
doch übersehen haben könnten, hilft mir dabei, mich voll und ganz
auf den heutigen Abend zu fokussieren.

Gerade will ich mich vom Schreibtisch abwenden und auf den Weg
nach unten machen, da vibriert mein Handy und das Display leuchtet
auf. Die kleine Pop-up-Benachrichtigung lässt mich wissen, dass Nicolas mich mit einem »*Hey*« begrüßt. Sogleich stolpert mein Herz. Gedanken schleichen sich in meinen Kopf, die da gerade so gar nichts zu
suchen haben. Erinnerungen an eine Nacht voller Spaß und Leidenschaft. An zärtliche Berührungen, liebevolle Blicke und sanfte Worte.

Ich verziehe das Gesicht. *Kein guter Zeitpunkt, Nicolas.*

Das Display verdunkelt sich kurzzeitig, ehe es wieder aufgrund einer
neu eingegangenen Nachricht erhellt: »*Was machst du morgen?*«

Oh, nein. Er möchte hundertprozentig reden. Über unsere gemein-
same Nacht. Über das, was zwischen uns ist; ich meine *nicht* ist!

Eigentlich hatte ich damit schon früher gerechnet, aber als auch
zwei Tage nach Silvester nichts von ihm kam, dachte ich, daraus würde wider Erwarten keine große Sache werden. Ich konnte mir einreden, dass es für uns beide bloß ein One-Night-Stand war, bei dem es
um körperliche Befriedigung ging.

Ganz ruhig, Cass, vielleicht interpretierst du zu viel in diese Nachricht.

Aber selbst wenn, ich habe keine Zeit dafür. Hatte ich die letzten Tage nicht, jetzt nicht und nach der Auseinandersetzung mit über einem Dutzend Shemayu erst recht nicht.

Also mache ich kurzen Prozess, greife nach dem Handy und versuche, mich an Natalies Ausrede für Grayson zu erinnern, ehe ich antworte: »*Verwandte bewirten. Die ganze Woche.*«

Nicolas: »*Hui. Hoher Besuch aus Schloss Dracula?*«

Unwillkürlich zucken meine Mundwinkel und ich schüttle den Kopf. »*Energieraubend sind sie allemal.*«

Nicolas: »*Ich könnte dich retten kommen, Mina. Lust, einen Kaffee trinken zu gehen?*«

Automatisch steigt mein Puls. Ich will dieses Gespräch nicht führen. Da soll verdammt noch mal eigentlich nichts laufen!

»*Nein*«, tippe ich schneller, als ich denken kann, und atme dann einmal tief durch. »*Sie sind so selten da, ich sollte hierbleiben. Familie halt. Verstehst du?*«

Nicolas: »*Verstehe. Aber ich vermisse mein Guns N' Roses-Shirt und meine Jogginghose. Wie wäre es, wenn ich nächste Woche irgendwann vorbeikomme, um beides abzuholen?*«

Wieder will ich ausweichen, ihm absagen, lösche die getippten Buchstaben aber direkt wieder und kneife die Augen zu. Scheiße, Nic, was soll das? Musst du so darauf beharren?

Als ich die Augen wieder öffne, setze ich zu mehreren Antworten an, komme jedoch immer zu demselben Schluss: Er wird nicht lockerlassen. Hat er die ganze Zeit schon nicht, warum sollte er es also jetzt tun?

Also resigniere ich seufzend und sende folgende Nachricht, bevor ich das Gerät abschalte: »*Wenn du mir dafür Bitterschokolade mitbringst.*«

Vor meinem inneren Auge sehe ich, wie er diese indirekte Zustimmung mit einem Grinsen quittiert. Brummend fahre ich mir durchs Gesicht. Im nächsten Moment zucke ich zusammen. »Natalie? Cassey? Seid ihr fertig?«, ruft unser Vater von unten.

Da eine Antwort überflüssig ist, weil er genau das erwartet, schnappe ich mir meine Lederjacke von der Stuhllehne und mache mich auf den Weg nach unten – Natalie folgt mir nur kurz darauf. Mental versuche ich wieder den fokussierten Zustand zu erlangen, den Nicolas' Nachricht erfolgreich zerstört hat.

Im Wohnbereich erwartet uns bereits fast das ganze Team. Papa, ebenfalls in Lederjacke, Charles in einem schwarzen Mantel und sein Neffe dritten Grades – Ronald Greenwood. Oder Ron, wie er sagt. Ein großgebauter, gut aussehender junger Mann mit welligem, braunem Haar, braunen Augen und Grübchen. Er schien mir bisher wie Charles sehr aufgeschlossen und freundlich zu sein. Fast war ich dazu verleitet, Natalie mit ihm zu verkuppeln, weil ich ihn für eine gute Alternative zu Grayson halte. Aber was weiß ich schon?

Fehlt bloß noch die Drillingsschwester von Charles – Dr. Cheyenne. Charlotte, die Dritte im Bunde, ist aktuell hochschwanger und deswegen nicht einsatzfähig. Andere Greenwoods sind derzeit nicht verfügbar, aber basierend auf unseren Beobachtungen sollten sechs Nesweru ausreichen.

In den letzten Tagen haben wir hauptsächlich das Grundstück via Kameras und einem kurzen Besuch observiert, um herauszufinden, wer sich dort zu welcher Zeit und wie oft trifft. Anhand unserer Beobachtungen konnten wir uns ein Bild davon machen, wie die Abläufe sind, und basierend darauf einen Plan ausarbeiten. Natürlich gab es dabei viele Diskussionspunkte. Was, wenn es eine Falle ist? Immerhin setzen sich schätzungsweise fünfzehn Shemayu direkt vor unsere Nase und das ist auffällig dumm. Andererseits könnte es doch keine Falle sein. Sollten sie sich schon länger dort treffen, haben sie vielleicht gar keine Ahnung, dass das ganze Grundstück nun einem Nesweru gehört. Das wiederum steht im Widerspruch zu dem gezielten Angriff auf *Greenwood Tech*. Des Weiteren: Wie sichern wir ab, dass uns keiner entwischt? Werden sie überhaupt fliehen, wenn wir dort aufkreuzen, oder sich eher auf das Silbertablett stürzen, das ihnen präsentiert wird?

Plötzlich klingelt es an der Haustür. Natalie öffnet und eine attraktive, athletische Frau mit blondem Kurzhaarschnitt erscheint in der

Tür. Cheyenne wirkt abgehetzt, lächelt aber in die Runde und hebt kurz die Hand. »Hey, ich bin da. Sorry, der Verkehr ist jetzt schon chaotisch.«

Ihre jugendlichen, grünen Augen wandern zu Natalie neben ihr, dann zu mir. »Schön, euch wiederzusehen.«

»Hast du alles?«, fragt ihr Bruder, woraufhin sie nickt.

»Im Auto.«

»Okay, dann los.«

∗∗∗

Die Sonne wandert auf den Horizont zu, als wir in Papas Mercedes durch New Jersey fahren. Das ist die Zeit, in der die Shemayu nach und nach eintrudeln – so wie wir es die letzten Tage auch auf den Überwachungskameras beobachten konnten.

Keiner sagt ein Wort, alle sind in eigene Gedanken versunken. Aus dem Augenwinkel kann ich beobachten, wie Natalie am Reißverschluss ihrer Jacke herumspielt. Ihr rechtes Bein wippt hin und wieder unruhig. Irgendwann drehe ich den Kopf und betrachte sie. Angst und Sorge stehen ihr ins Gesicht geschrieben.

Um sie also zu beruhigen, versuche ich, stärkende Worte zu finden. »Hey«, sage ich leise. »Das wird schon. Wir sind vorbereitet, wir sind nicht allein, und wir haben solche Situationen schon geübt.«

Sie begegnet meinem Blick und mustert mich misstrauisch. Dann murmelt sie: »Du sagst es – *geübt*. Ein paar Mal. Das ist nicht zu vergleichen mit einer realen Vier-gegen-Einen-Situation.«

Beruhigend greife ich nach ihrer Hand. »Vertrau mir, wir bekommen das hin. Heute stirbt keiner außer ein paar Shemayu, okay?«

Sie presst die Lippen aufeinander und sieht mir lange zwiegespalten in die Augen. »Bist du denn nicht nervös?«

Mein Blick wandert kurz nach vorne zu Papa, dann wieder zurück zu Natalies Augen. Als Antwort schüttle ich den Kopf, doch in Wahrheit werde auch ich etwas nervös. Wir gegen die dreifache Anzahl Shemayu – kann das trotz Hilfsmittel gut gehen?

Wir parken außerhalb des Grundstücks hinter einem frisch sanierten Bürogebäude und steigen aus. Wortlos, da jeder den Plan verinnerlicht hat, treten wir an den Kofferraum von Charles Sportwagen und Cheyenne verteilt an alle kleine schwarze Gürteltaschen. Darin befinden sich jeweils fünf Minispritzen gefüllt mit einem Narkotikum. Als Ärztin kommt sie leicht an solche Mittel und hat sie daher auch im Alltag immer für den Notfall parat. Heute werden uns die Spritzen etwas Zeit verschaffen, mit allen Shemayu fertig zu werden. Ich bin bloß gespannt, ob sich die Theorie im Eifer des Gefechts so einfach wie gedacht in die Praxis umsetzen lässt.

Als alle Gürtel umgeschnallt sind, nicken wir einander zu und machen uns auf den Weg. Es wird zunehmend dunkel. Bald sollten alle Shemayu eingetroffen sein – auch der Anführer der Truppe. Zumindest glauben wir, dass es sich bei dem Mann in Schwarz um den Kerl handelt, der hinter dieser ganzen Verschwörung und den Angriffen steckt. Er kommt wie ein VIP immer zum Schluss und unterscheidet sich durch sein Auftreten ganz deutlich vom Rest – schicker Anzug, Lackschuhe, Lederhandschuhe, gemächlicher Gang und ein Gesicht, das uns stets aufgrund der großen Kapuze des Mantels verborgen blieb. Außerdem scheint er im Gegensatz zu den anderen genau zu wissen, wo die Kameras platziert sind.

Den Blick stets wachsam in alle Richtungen gewandt, pirschen wir uns langsam heran. Die Schatten der Gebäude und unbändiges Gestrüpp bieten uns etwas Schutz. Wir nähern uns dem roten Backsteingebäude, in dessen Erdgeschoss sich die Shemayu bisher immer versammelt haben. Viele voll funktionsfähige Fenster besitzt die Fassade nicht mehr, dafür sind diese aber mit Gitterstäben versehen und im unteren Geschoss vor einiger Zeit zugemauert worden – hier hatte man also schon mal Probleme mit unerwünschten Besuchern. Dadurch gibt es weniger Fluchtmöglichkeiten und nur einen richtigen Eingang durch eine Metalltür. Diesen wird Charles nutzen, weshalb er sich von der Gruppe absetzt und auf die andere Seite des Gebäudes geht.

Wir schleichen an der betonierten, mit Graffiti beschmierten Wand

einer kleinen Halle entlang, bis wir eine rostige Außentreppe erreichen. Über diese gelangen wir in die Halle und anschließend in das
zweite Geschoss des Backsteingebäudes – beide sind mit einer kleinen
Brücke verbunden. Zum Glück ist sie trotz ihres Zustandes robust
genug, um uns zu halten.

Papa stoppt vor der Holzplatte, die den Durchgang versperrt und
sieht fragend zu uns. Bereit? Gute Frage, kann man hierfür selbst
nach jahrelanger Kampferfahrung wirklich bereit sein? Ich mache mir
Sorgen um Natalie und dass ich ihr vielleicht im Notfall nicht helfen
könnte, so wie vor drei Jahren bei Terrence. Aber ich erinnere mich an
meine eigenen Worte. *Wir sind nicht allein.*

Demnach gebe auch ich per Kopfnicken mein Okay.

Quälend langsam öffnet er uns den Durchgang und wir schlüpfen
auf leisen Sohlen einer nach dem anderen hinein. Sogleich befinden
wir uns auf einer Empore, die einmal ringsherum am Gemäuer ent-
langläuft und über Treppen nach oben und unten führt. Die Luft hier
drinnen ist fast genauso kalt, dafür aber stickig und durchzogen von
modrigen Gerüchen. Leise murmelnde Stimmen dringen zu uns nach
oben, sonst bleibt es ruhig.

Ich trete hinter einer Säule hervor und blicke nach unten. Dort stehen sie alle zwischen vollgekritzelten Mauern, rostigen Metallrohren
und Schutt. Eine bunte Mischung aus Alt und Jung, Mann und Frau,
kräftig und schmächtig ... Sie stammen aus verschiedenen sozialen
Schichten. Von Markenkleidung bis zur zerschlissenen Jacke ist alles
vertreten.

Teilweise kommen sie auch noch aus angrenzenden Räumen geschlendert. Nur wenige unterhalten sich, der Großteil wirkt gelangweilt. Vielleicht warten sie auf ihren Anführer, der scheinbar noch
nicht eingetroffen ist.

Das weiße Licht des Baustrahlers flutet einen Teil des Raumes. Es
reicht glücklicherweise nicht bis in alle Ecken und schon gar nicht
in unsere aktuelle Etage. Wie abgesprochen, nehmen Natalie und
ich die rechte Seite, während Papa, Ron und Cheyenne nach links
gehen. Von hier oben haben wir einen guten Überblick und können

die Lage checken, bevor wir uns nach unten begeben. Den Atem halte ich fast die ganze Zeit an, in meinen Ohren wummert mein eigener Herzschlag.

Ich flehe die Finsternis in mir an, endlich aufzuwachen, denn auch wenn sie mir manchmal Angst macht, hilft sie mir doch stets im Kampf auf Autopilot zu schalten. Dann beherrscht und leitet mich blanke Wut. Dann lechze ich förmlich nach gewaltsamen Auseinandersetzungen. Aber im Moment sieht sie wohl noch nicht die Notwendigkeit, mich zu infiltrieren.

Als wir auf Position sind, ertönt das widerliche Quietschen von lange nicht geölten, rostigen Scharnieren. Mein Herz stolpert. Entweder das ist die Ablenkung oder der fehlende Shemayu. Die Köpfe aller Anwesenden drehen sich in Richtung Durchgang. Knirschende Schritte nähern sich. Charles taucht auf und spielt den verwirrten, aber verärgerten Geschäftsmann: »Darf ich fragen, was das hier soll? Ist Ihnen nicht aufgefallen, dass Sie sich auf fremdem Eigentum befinden? Haben Sie die Schilder übersehen?« Dabei zieht er seine Handschuhe aus.

Ein Zucken wandert über meine Lippen. Die Shemayu sehen einander irritiert an, dann heften sie ihren Blick wieder auf Charles. Ich sehe zu Papa herüber. Der nickt. Wir setzen uns wieder in Bewegung und nehmen die Treppe nach unten. Langsam, in der Hoffnung, Geräusche zu vermeiden.

»Also das darf ja wohl nicht wahr sein. Sie haben hier nichts verloren. Ich würde Sie alle also bitten, dieses Gebäude und auch das gesamte Grundstück zu verlassen.«

»Sonst was?«, kontert eine der Shemayu, tritt vor und verschränkt die Arme vor der Brust.

Plötzlich wandert ein Gemurmel durch die Reihen.

Charles zieht eine Augenbraue hoch. »Sonst was?«, wiederholt er und streift seinen Mantel ab. »Sonst muss ich Sie leider gewaltsam entfernen lassen.«

Das Wort *Nesweru* wird immer lauter, bis es klar und deutlich aus dem Mund der Frau an der vordersten Front dringt. Erst fragt sie

überrascht: »Du bist einer von ihnen?« Dann klingt sie erfreut. »Welch ehrenvoller Besuch.«

»Bist wohl nicht sehr schlau«, bemerkt ein Kerl, der noch ziemlich jung aussieht, und tritt ebenfalls auf Charles zu. Dessen Augen huschen hin und her, um möglichst jede Bewegung im Blick zu behalten. Aber keine einzige Millisekunde wirkt er verunsichert. Er weiß, dass wir da sind.

Charles blickt flüchtig nach rechts und hängt dann seinen Mantel an einen aus der Trennwand herausstehenden Eisenstab. »Ich würde sagen, ihr seid diejenigen, die nicht schlau genug sind.«

Nun rücken ihm alle auf die Pelle. Das ist der Moment, in dem wir von den anderen Seiten einschreiten. Wir ziehen die Amulette aus unseren Oberteilen, beginnen die Entlockungsformel aufzusagen und umzingeln die Gruppe. Das goldene Licht wird heller, überschneidet sich und bildet eine Wand – kesselt sie ein in Ras todbringender Sonne. Die Shemayu an vorderster Front versuchen zurückzuweichen, werden aber von den hinten Stehenden als Schutzschild benutzt. Sie schubsen und ziehen aneinander, um jeweils ihren eigenen Arsch zu retten.

Der Shemayu, auf den ich zugehe, ist im Licht meines Karneols gefangen und gibt schließlich nach. Nur einen Atemzug später klingt die Wirkung ab.

Das goldene Licht der Karneole lässt mindestens sieben Shemayu zugleich zu Boden gehen. Der Wirt vor mir fällt auf die Knie und wird plötzlich von einer Frau achtlos beiseite geschubst. Sie stürmt wutentbrannt und mit erhobenen Händen auf mich zu. Ihre Augen sind schwarz, das Symbol auf ihrer Stirn glüht. Der Startschuss für die übrigen Shemayu. Brüllend löst sich die Masse auf.

Ich hole aus und schlage sie mit einem Treffer auf die Nase nieder. Ein befriedigendes Gefühl durchfährt mich und weckt endlich dieses Kribbeln in mir.

Es wird ohrenbetäubend laut. Gebrüll, schleifende Schuhe, klirrendes Metall …

Ich komme nicht dazu, der Shemayu eine Dosis des Narkotikums zu verpassen, da mich jemand am Ärmel packt. Als ich herumwirbele, kommt eine Faust auf mich zu, doch ich blocke sie rechtzeitig ab und kontere mit einem Tritt in die Magengrube, sodass der Shemayu zurücktaumelt. Diesen packt wiederum Natalie und nutzt ihn als Schutzschild, als ihr jemand einen Kinnhaken verpassen will.

Im nächsten Moment will ich mir einen Überblick verschaffen, um nicht eingekreist zu werden, bin jedoch nicht schnell genug. Plötzlich schlingen sich von hinten Arme um mich. Ich reagiere schnell mit einer Kopfnuss und einem Ellenbogenhieb, befreie mich und befördere den Kerl zu Boden.

Die Frau von eben kehrt zurück und bringt gleich einen Freund mit. Beide schwarze Augen, beide verglimmende Symbole auf der Stirn. Während ich abwechselnd Schläge blocke und kontere, trete ich den Rückzug an.

Ich ziehe meine karneolbeschichteten Wurfmesser. Die Schnitte, die ich den Shemayu damit zufügen kann, werden sie schwächen. Sie lassen mir keine Atempause. Shemayu A ist schnell erschöpft und lässt sich mit einem Tritt gegen den Kehlkopf außer Gefecht setzen. Er taumelt und ringt nach Luft. Um genug Zeit zu haben, diese Chance zu nutzen, bringe ich Shemayu B auf Abstand. Bevor ich jedoch eine Spritze aus der Tasche ziehen kann, erblicke ich einen Shemayu, der sich Ron mit einem Metallrohr in den Händen von hinten nähert. Ich werfe ein Messer nach seinem Arm. Er lässt das Rohr von Schmerz erfüllt fallen und bekommt dadurch Ronalds Aufmerksamkeit.

Anschließend packe ich den röchelnden Shemayu neben mir am Pullover, zücke eine Spritze und will sie ihm gerade in den Hals jagen, da packt mich Shemayu B am Unterarm. Auch meinen Seitenkick fängt er ab. Ich ergreife also seinen Unterarm, springe und drücke ihn mit einem Tritt von mir. Nicht gerade sanft lande ich auf staubigem Beton.

Durch die helfende Hand von Papa komme ich sofort wieder auf die Beine. »Drehkick auf Augenhöhe«, weist er mich an und ich führe diesen Tritt blind aus. Meine Ferse trifft die Schläfe einer Frau hinter mir, die sogleich in sich zusammensinkt.

Wir teilen uns wieder auf. Es sind immerhin noch genug Shemayu übrig, die wie Stiere ohne Verstand auf uns losgehen. Größtenteils weder taktisch noch technisch raffiniert. Im nächsten Augenblick durchzuckt mein rechtes Bein ein unerwartet scharfer Schmerz. Als ich an mir heruntersehe, entdecke ich mein eigenes Wurfmesser im Oberschenkel. Ich fluche, habe aber keinen Augenblick Zeit, mich mit dem Schmerz zu beschäftigen, geschweige denn das Messer zu ziehen, denn ein Shemayu entreißt mir den Boden unter den Füßen.

Ich blinzle durch eine Nebelschwade aus Staub und huste. Mein Blick erfasst dabei einen Schatten. Oben auf der Empore. Eine schwarze Silhouette. Doch dann schiebt sich von der Seite ein unattraktives, zorniges Gesicht in mein Sichtfeld, und meine Luftzufuhr wird abgedrückt. Große, raue Hände liegen eng um meine Kehle. Und werden warm. Nein, heiß. *Scheiße, der Bastard will mich verbrennen!*

Den Schmerz und die Wut in einem Schrei hinauspressend, schwinge ich mein linkes Bein nach oben, lege es um seinen Hals und ziehe ihn nach unten. Anschließend schlage ich ihm ins Gesicht. Der Nar'shemayu windet sich, aber ich halte ihn fest zwischen meinen Beinen. Zusätzlich überdehne ich seinen Arm. Währenddessen ziehe ich eine Spritze aus der Tasche, löse mit meinen Zähnen die Kappe und schiebe die Nadel durch den Stoff in seinen Unterarm.

Ich warte erst gar nicht darauf, dass die Wirkung einsetzt, sondern ziehe mit einem Ruck mein Messer aus meinem Bein und rolle mich dann zur Seite. Die Klinge ist so kurz, dass ich nicht daran verbluten werde, es entfernt zu haben.

Plötzlich schlittert Cheyenne an mir vorbei. Ein großgewachsener Kerl folgt ihr mit fokussiertem, tödlichem Blick. Mit dem Messer in meiner Hand ziele ich auf sein Knie, dann stehe ich auf und ziehe eine weitere Spritze aus der Tasche. Diese halte ich Cheyenne hin, die sich wieder aufgerappelt hat und Anlauf nimmt. Als ich sehe, dass sie die Situation im Griff hat, checke ich die Position der anderen.

Charles ruft meinen Namen. Als ich zum angrenzenden Raum blicke, taumelt mir ein sehr junger Kerl rückwärts entgegen. Ich stelle ihm das Bein und spritze ihm das Mittel.

Als ich mich anschließend aufrichte, zieht irgendwas meinen Blick nach oben. Dorthin, wo ich die Silhouette ausgemacht habe. Diesmal bin ich mir sicher, jemanden gesehen zu haben, denn er steht immer noch da. Weit genug vom Geländer entfernt, um nicht viel Licht abzubekommen. Nicht genug, um sein Gesicht zu sehen.

»Ich wusste doch, du hast es noch drauf«, höre ich urplötzlich eine tiefe Stimme. Sie kommt aber weder von ihm noch von irgendeiner anderen Richtung, sondern … ist einfach da. In meinem Kopf.

Ich erschaudere. Was zum Totenreich war das? Mein Gehirn durchforstet das Shemayu-Lexikon nach einer entsprechenden Heka. War das eine auditive Halluzination?

Meine Sicht verschwimmt auf einmal. Ich blinzle dagegen an, kann dabei aber beobachten, wie sich der Kerl aus dem Staub macht. Dann wird es stiller um mich herum. Zumindest hört sich alles ferner an. Und als ich zu beiden Seiten sehe, erblicke ich nur noch bewusstlose Menschen.

Noch während ich mich umdrehe, ertönt ein Schrei, der mir durch Mark und Bein geht. Ein grässliches Knacken, das mir die Nackenhaare aufstellt. Ich sehe Natalie, wie sie kraftlos zu Boden sinkt. Hinter ihr ein Mann mit schwarzer Mähne und ebenso schwarzen Augen. Seine Armhaltung verrät mir, was er getan hat, und ich will es eigentlich nicht wahrhaben. Ich will nicht glauben, dass er ihr das Genick gebrochen hat.

Wutentbrannt stürme ich auf ihn los. Ich möchte ihm alle Knochen brechen, ihn bluten und leiden lassen. Er soll um den Tod betteln.

Fast kann ich meinen Arm nach ihm ausstrecken, da fliege ich durch einen kräftigen Schubs zur Seite und schlittere durch den Schutt. Irritiert stütze ich mich auf die Unterarme, schüttle die leichte Benommenheit von mir und blicke durch den aufgewirbelten Staub. Direkt in Natalies empörtes Gesicht. »Was sollte das werden?«, fährt sie mich entgeistert an und deutet zu dem Punkt, an dem der Shemayu eben stand; an dem sie leblos zu seinen Füßen lag.

Er ist weg. Stattdessen ist da dieses große Loch im Boden, das entweder mal über eine Treppe nach unten führen sollte oder für einen

Seilzug diente. Hätte Natalie mich nicht aufgehalten ...

Vollkommen perplex sehe ich wieder zu meiner Schwester und begreife nicht richtig, was gerade passiert ist. Aber die Zeit dazu habe ich auch gar nicht. Die Welt bleibt für mich nicht stehen. Natalie – quicklebendig, wenn auch etwas demoliert – eilt weiter.

Ächzend rapple ich mich auf und blicke um mich. Die meisten Shemayu liegen am Boden, nur noch zwei ringen mit letzter Kraft um einen aussichtslosen Sieg. Natalie aktiviert ihr Amulett, Cheyenne und Ron versuchen die Shemayu festzuhalten. Jeder von ihnen gezeichnet vom Kampf. Blutende Wunden, schmerzverzerrte Gesichter, zerzaustes Haar, verdreckte Kleidung. Ich selbst muss mein Gewicht aufs linke Bein verlagern und spüre jeden einzelnen Muskel in meinem Körper. Es pocht, es zieht.

Ich fasse mir an den Hinterkopf und suche nach Papa und Charles. Spitze meine Ohren, um sie vielleicht irgendwo reden oder mit einem Shemayu kämpfen zu hören. Doch weder sehe, noch höre ich sie. Mein Herz setzt einen Schlag aus, als mir der vermummte Typ einfällt, der dem Ganzen lediglich von oben zugesehen hat, als wäre es ein Theaterstück. Irgendwas muss ihn besonders machen, wenn sich ihm Shemayu anschließen. Vielleicht hat er irgendein Ass im Ärmel und wenn sie ihm allein gefolgt sind ...

Sofort stürme ich los. Die Treppenstufen nehme ich diesmal unachtsam. Sie knacken und knarzen unter meinen Schritten. Ich durchquere die zweite Etage, nehme dann eine weitere Treppe nach oben, bis ich schließlich durch eine offene Metalltür trete. Frische, kalte Luft schlägt mir entgegen und ich heiße sie auf meiner erhitzten Haut willkommen.

Die Sonne hat sich verabschiedet und dem Mond die Bühne überlassen, welcher gerade genug Licht durch die Wolkendecke schickt, dass ich drei Personen erkennen kann. Charles, der einen jungen Kerl festhält, und Papa, der diesem in die Magengrube schlägt. Er stöhnt auf, lacht aber im nächsten Moment. »Das ist ja so typisch, Alex«, raunt er. »Hauptsache draufhauen. Reden war nie dein Ding.«

Irritiert runzle ich die Stirn. Woher kennt er meinen Vater? Um ihn besser in Augenschein nehmen zu können, nähere ich mich ihnen humpelnd. Moos dämpft dabei das Knirschen von Kies unter meinen Sohlen. Der Schlag, der den Kiefer des Shemayu trifft, wurde jedoch durch nichts gedämpft. Sein Kopf fliegt zur Seite. Seine Knie knicken ein, aber Charles hält ihn an den rücklings gedrehten Armen oben. Kurz wirkt es, als habe er das Bewusstsein verloren. Aber unter der tief ins Gesicht gerutschten Kapuze ertönt erneut ein Lachen.

»Wie lange beobachtest du uns schon?«, fragt Papa wütend, packt ihn am Hemdkragen und richtet ihn auf. Mit der freien Hand zieht er dem Kerl die Kapuze runter.

Ich erstarre, als ich ihn wiedererkenne. Damals war er glattrasiert, doch jetzt wird sein Grinsen eingerahmt von einem gepflegten Dreitagebart – schwarz wie das Haupthaar.

Seine hellen Augen wandern an Papa vorbei zu mir. »Hallo, Cassey. Na, überrascht?«

Eine Gänsehaut wandert meine Arme hinauf. Scheiße, ich hätte auf meinen Instinkt hören sollen, als er mir so merkwürdig vorkam. Aber wenn er es war, der mich auf der Studentenparty im Loft vergiftet hat, wer hat dann da unten zu mir gesprochen? Welcher der Shemayu hat es geschafft, in meinen Kopf einzudringen? Und noch viel wichtiger: wie ist es ihm gelungen?

Papa und Charles blicken in meine Richtung. Ich mache noch einen Schritt auf sie zu. »Er war auf der Studentenparty. Er hat mich vergiftet«, erkläre ich und verschränke die Arme. »Dort kannte mich aber niemand. Also woher weißt du, wer ich bin?«

Der Shemayu lacht kehlig und zeigt dabei seine blutgetränkten Zähne. »Oh, wie ahnungslos ihr doch seid. Ich beobachte euch schon so lange und ihr bekommt es einfach nicht mit. Wie erbärmlich.«

Papa holt erneut aus. Der Shemayu krümmt sich und hustet, wobei er Blut spuckt. »Was hast du damit bezweckt?«, fragt Papa, obwohl die Antwort auf der Hand liegt. Man muss alles über seinen Feind wissen, um ihm schaden zu können; man muss seine Tagesabläufe kennen, seine Schwachstellen. Nichts anderes haben wir die letzten Tage gemacht.

»Das muss ich dir hoffentlich nicht erklären«, entgegnet der She-mayu dementsprechend und richtet sich langsam wieder auf.

»Du wusstest ganz genau, dass wir euch im Blick haben«, bemerke ich und er sieht neugierig zu mir. »Wieso habt ihr euch also angreifen lassen? Ihr habt niemals diesen ganzen Aufwand betrieben, um jetzt zerschlagen zu werden.«

Seine Mundwinkel heben sich leicht, diesmal erreicht die Freude aber nicht seine Augen. »Tja, ich scheine den Hass und Kampfeswillen meiner Gefolgsleute überschätzt zu haben.«

»Und dich selbst scheinbar auch«, fügt Papa hinzu und deutet auf seine aktuelle Lage.

Der Shemayu mustert ihn eindringlich und schnaubt dann abfällig. »Wähnt euch ruhig in Sicherheit.«

Papa packt erneut seinen Kragen. »Gibt es noch mehr von euch?«

»Definiere«, entgegnet er provokant.

»Von euch Aufständischen«, konkretisiert Papa zischend.

Der Shemayu grinst schief. »Glaubt ihr wirklich, nach mir wird es keine anderen geben, die sich gegen euch auflehnen werden? Irgend-wann wird die Zeit kommen, da werdet ihr von eurem hohen Ross gestürzt. Wenn nicht von mir, dann von jemand anderem.«

»Welche Rolle spielt das Symbol dabei?«, fragt Charles. »Was be-deutet es?«

Das Grinsen des Shemayu wird teuflischer. Wieder zeigt er Zähne. »Schon witzig, dass ihr es noch nicht enträtselt habt.«

Dafür bekommt er erneut einen Schlag in die Magengrube. Dann richtet er sich ächzend auf, wobei ihn sichtlich die Kraft verlässt. Mit Blut vermischte Spucke landet in seinen Barthaaren. Er hustet und betrachtet uns erschöpft, was der Schadenfreude in seinem Blick kei-nen Abbruch tut. »Es steht für eine neue Ära«, raunt er schließlich. »Für den Untergang der Nesweru. Für das Ende dieser Welt und die Erschaffung einer neuen. Für … euren größten Feind.«

Nun ist Papa derjenige, der abfällig lacht. »Wen? Dich etwa?«

Charles ergänzt ruhiger: »Stammen die Dinger von dir?«

Er betrachtet uns spöttisch. »Schon möglich.«

»Woraus bestehen sie?«, hake ich nach.

»Aus Hass«, raunt er und grinst verschlagen.

»Wie bekommst du sie auf die Stirn der anderen?«

»Durch Vertrauen.«

Ich schnaube, obwohl mir hätte klar sein können, dass er auf keine dieser Fragen ehrlich antwortet. Wir würden unsere Methoden und Mittel auch nie an Shemayu verraten.

»Wieso haben sie dir vertraut?«, fragt Charles und richtet ihn mit einem Ruck etwas weiter auf.

Der Shemayu ächzt vor Schmerz und blinzelt träge, grinst dennoch.

»Weil ich gut Reden schwingen kann.«

Wieder zerrt Charles an ihm, diesmal aber nicht für eine bequemere Haltung, sondern damit er Klartext spricht.

»Ich … habe ihnen etwas versprochen. Etwas, für das alle kämpfen, seit es Leben gibt.«

»Und zwar?«

In meinen eigenen Gedanken suche ich nach einer Antwort. *Wofür kämpfen Lebewesen? Fürs Überleben. Für Freiheit. Leider aber auch für Macht und Vorherrschaft.*

Der Shemayu sieht mir plötzlich in die Augen, als wisse er genau, was mir durch den Kopf geht. Dann sagt er: »Sucht es euch aus.«

»Das reicht jetzt«, zischt Papa und verpasst ihm einen Kinnhaken.

»Alex, er hat schon genug«, wendet Charles versöhnlich ein, auf das Wohl des Wirtes bedacht.

Ein schwaches Lachen dringt wieder aus der Kehle des Shemayu. »Ooh, ich habe noch lange nicht genug.

***

Auf dem Weg nach unten sehe ich immer wieder ein Licht heller werden, ehe es verblasst. Wie ein Wechselspiel von Glühbirnen.

Vor mir laufen Papa und Charles. Über der Schulter von Charles hängt der bewusstlose Wirt des Shemayu, wie ein Kartoffelsack. Immer noch höre ich seine Schreie. Beinahe hätte er seinen Körper mit

sich in den Tod gerissen. Aber Charles hat ihn zusätzlich zu Papas Beschwörungsformel mit seinem Karneol verbrannt, sodass der Shemayu die Kontrolle verloren und seinen Körper verlassen hat.

Ihre Umrisse verschwimmen immer wieder vor mir. Eigentlich hatte ich die Wunde in meinem Bein für harmlos gehalten, doch durch die viele Belastung habe ich wohl mittlerweile mehr Blut verloren als angenommen.

Als die anderen uns bemerken, kommen sie auf uns zu. Charles legt den Wirt zu den anderen herumliegenden Körpern auf den Boden. Dann fragt er: »Geht es allen gut?«

»Na ja, ein bisschen demoliert sehen wir schon aus, oder?«, kontert Cheyenne und wischt sich mit dem Handrücken unter der blutigen Nase entlang.

»Aber im Großen und Ganzen ja«, ergänzt Ron. »Euch?«

Natalie kommt auf mich zu, eine Hand an ihrer Schulter. Während Charles antwortet, dass es uns gut geht, scannen Natalies Augen mich ab und erkennen das Gegenteil. Ich verlagere mein Gewicht und hebe dann meinen linken Arm, damit sie drunter schlüpfen kann. »Was hast du?«, fragt sie mich besorgt. Unterdessen tauschen die anderen den Status über anwesende Wirte aus und rufen SERKET.

»Stichwunde im Bein«, antworte ich und lege instinktiv meine freie Hand über den gerissenen, nassen Jeansstoff. Als könne ich die Wunde jetzt noch vor irgendwas schützen.

»Hältst du es noch bis zum Wagen aus?«

»Ja, ja, passt schon«, winke ich ab und blinzle eine erneute Welle des Schwindels fort. Dann streiche ich kurz über ihr Haar. »Sag mir lieber, dass es dir gut geht.«

»Nichts Dramatisches«, versichert sie mir.

Im nächsten Moment zieht die Unterhaltung der anderen wieder unsere Aufmerksamkeit auf sich. »Er wollte uns keine nützlichen Informationen geben«, erklärt Charles.

»War doch irgendwie zu erwarten, oder?«, meint seine Schwester und rotiert mit ihrem scheinbar verletzten Handgelenk.

»Dieser Mistkerl hat sich lieber über uns lustig gemacht«, brummt

Papa und verschränkt die Arme vor der Brust wie ein eingeschnapptes Kleinkind. Nur flüchtig wirft er einen prüfenden Blick zu Natalie und mir. Besorgnis flackert kurzzeitig in seinen Augen auf.

»Wir sind uns aber sicher, dass er der Kopf dieser Revolte war?«, hakt Ron nach. »Und dass wir sie zerschlagen haben?«

»Wir sollten nicht blind darauf vertrauen und in nächster Zeit wachsam sein, aber … wir gehen davon aus, ja«, entgegnet Charles.

»Und das Symbol?«, fragt Cheyenne, deren Blick mich fokussiert.

»Wenn es hiernach nicht mehr auftaucht, sollte es nicht weiter relevant für uns sein, schätze ich.« Charles sieht sich um. »Muss jemand von ihnen versorgt werden? Bis Leute von SERKET eintreffen …«

»Möglich«, unterbricht ihn Cheyenne und setzt sich in Bewegung, steuert jedoch auf mich zu. »Ich sehe hier aber jemanden, den ich mir an erster Stelle vornehmen muss. In meinem Wagen ist ein Sanitätskoffer. Holt ihn.«

Kabu'shemayu

Merkmale:

Der Kabu'shemayu zieht seine lebensnotwendigen Qualen aus akustischen, visuellen oder physischen Halluzination seiner Opfer. Diese leiden dabei unter beschleunigten Atem, steigenden Puls und sogar Panikattacken, welche bei anhaltender Halluzination zum Herzstillstand führen können.

Prävention/ Reaktion:

Prävention: Mentale Stärke aufbauen/trainieren (gute Selbstkontrolle, Ausgeglichenheit, geringe Emotionalität/Sensibilität, möglichst keine Ängste), am besten durch Meditation und gründliche Auseinandersetzung mit Ängsten/Problemen/Sorgen/Gefühlen.

Nicolas

Am Dienstag parke ich Graysons Wagen ein Stück die Straße hinunter und laufe dann zu Casseys Haus. Diese eine Woche vollkommener Distanz war der Horror für mich. Es gab kaum ein paar Stunden, in denen ich nicht darüber nachgedacht habe, ob das für sie, wie Grayson sagen würde, eine einmalige Sache war oder eher nicht. Und ich hatte ganz seltsame Träume, die meist in Musical-Konversationen ausgeartet sind.

Vielleicht war es ja doch keine gute Idee, einfach vorbeizufahren, ohne mich für einen bestimmten Tag oder eine bestimmte Uhrzeit anzukündigen.

Vor der Tür gehe ich kurz hin und her. *Stell dich nicht so an!*

Entschlossen drücke ich dann den Klingelknopf. In derselben Sekunde wird die Tür von Natalie aufgerissen – bereit zum Aufbruch. Sie scheint einigermaßen überrascht.

»Nic, hi«, ruft sie munter. »Wie geht's dir? Ich wollte gerade Grayson treffen.«

»Hi. Gut, dir?«

»Auch gut.«

Unangenehme Stille. Wie viel hat Cassey ihr erzählt? Etwa die Einzelheiten, die ich vor Grayson verschwiegen habe? Nein, das wäre nicht ihr Stil ... glaube ich.

»Wie war euer Besuch?«, versuche ich ein Gespräch.

Sie runzelt die Stirn und neigt den Kopf leicht zur Seite. »Besuch?«, hakt sie nach.

»Cass ... Cassey sagte, ihr hattet ...«

Nun hebt sie eine Augenbraue und blickt mich erwartungsvoll an. »Ja?«

»Hattet ihr keinen Besuch aus Russland? Ich bin verwirrt. Vielleicht habe ich Cassey auch falsch verstanden.« Habe ich ganz sicher nicht, aber dann hat sie mich angelogen. Beziehungsweise haben sie *uns* angelogen, denn Grayson wurde von Natalie ebenfalls immer wieder vertröstet – aufgrund eines Familienbesuches.

Schließlich blinzelt Natalie und schlägt sich die Hand vor die Stirn. »Sorry. Ich stand gerade voll auf dem Schlauch. Ich dachte, du meintest, dass wir zu Besuch gewesen wären. Nein, du hast schon richtig verstanden, allerdings war es kein Besuch aus Russland. Also nicht die Familie väterlicherseits, sondern unserer Mutter. Sie leben hier in Amerika. Wir sehen sie ziemlich selten, seit ...« Sie räuspert sich und versucht, sich zu bremsen.

Ich glaube ihr kein Wort. Ihr Gesichtsausdruck hat sie bereits verraten, bevor sie zu plappern begonnen hat. Ich hätte also nicht mal ihre hektischen, leicht undeutlichen Gedanken zur Bestätigung gebraucht. Irgendetwas stimmt hier nicht. Aber bevor Natalie mir noch mehr Lügen auftischt, unterbreche ich sie: »Ich verstehe.«

»Okay«, murmelt sie sanft und etwas in die Länge gedehnt. Dabei mustert sie mich prüfend und ein bedauernder Ausdruck tritt in ihr Gesicht. Erneut räuspert sie sich und die fröhliche Natalie kommt zurück. »Ich nehme mal ganz stark an, du bist wegen ihr hier«, sagt sie lächelnd.

Nö, ich will mit eurem Vater Bingo spielen gehen.

»Cassey hat Klamotten von mir, die ich so langsam mal zurück brauche.« Etwas nervös kratze ich mich am Hinterkopf und zeige auf den Eingang hinter der Tür. »Ist ... ist sie zu Hause?«

»Ja, ist sie. Klopf an ihre Zimmertür«, sagt sie, schnappt sich ihren Autoschlüssel vom Haken neben der Eingangstür und tätschelt mir freundschaftlich die Schulter. »Bis dann.«

Vorsichtig betrete ich das Haus. Ich nehme mal an, dass Natalie mich vorgewarnt hätte, wenn ihr Vater hier herumlaufen würde, weswegen ich davon ausgehe, dass er nicht zu Hause ist. Hinter mir schließe ich die Haustür und atme tief durch. Ich war erst ein einziges Mal oben bei Cassey, und das ist nicht gut ausgegangen. Kurz überlege ich, ob ich einfach von unten rufen soll. Dann schüttle ich den Kopf und gehe lautlos die Treppen hinauf.

Es ist irgendwie seltsam zu wissen, dass sie mich angelogen hat. Sie hätte auch einfach schreiben können, dass sie mich nicht sehen will. Mit gemischten Gefühlen klopfe ich ganz leise.

Dann höre ich sie etwas rufen. Auf Russisch.

»Was?«, frage ich zurück. Es ist ganz kurz still, bevor sie mich hereinbittet.

Irritiert ziehe ich die Augenbrauen hoch. Das letzte Mal hätte sie mich am liebsten gelyncht, als ich das Zimmer betreten habe. »Sicher, dass ich … du … Hier ist Nic … ich …«, stammle ich, um sicherzugehen.

»Jaha, komm rein.« Das klang ein bisschen genervt.

Ich drücke die Klinke herunter und öffne die Tür einen Spalt. Mit halb geschlossenen Augen schiebe ich mich hindurch und blinzle. Sie sitzt auf ihrem Bett und trägt einen schwarzen Pullover, dessen Ausschnitt so groß ist, dass ihre linke Schulter freiliegt. Dazu weinrote Leggins. Vor ihr ein aufgeschlagenes Buch. Es ist in Leder gebunden und mit handschriftlichen Notizen versehen, doch mehr kann ich nicht erkennen, da sie es schnell zuschlägt und auf ihren Nachttisch platziert. Ich schließe ihre Tür hinter mir. »Hi.«

Cassey mustert mich etwas skeptisch. »Hi.« Ihr Blick schweift kurz prüfend durch ihr Zimmer – besonders zu ihrem Schreibtisch, der nicht mehr voller Zeichnungen liegt. Sie scheint alles weggeräumt zu haben. Darunter auch die Zeichnung von mir. Schade. Unglaublich, aber wahr, dadurch wirkt das Zimmer geräumiger und ordentlicher. Schlichte, hellgraue und nun kahle Wände, ein doppeltüriger Kleiderschrank sowie zwei Nachttische aus Eiche und ein großes Bett mit weißer Bettwäsche – wow, etwas Weißes – und einer braun-karierten Tagesdecke. Hier und da liegt ein Kleidungsstück, ein Schuh oder etwas anderes herum.

»Ich …« *Wie war euer Besuch? Ach stimmt ja, du hattest gar keinen. Sie will mich nicht sehen. Warum bin ich überhaupt hier?* »Ich … hab dir was mitgebracht.«

Es liegt ein ganz seltsames Gefühl in der Luft, das sich aus ihrer Unwissenheit und meiner Enttäuschung mischt. Aber was habe ich auch erwartet?

Als ich ihr die Tafel Bitterschokolade entgegenstrecke, nimmt sie diese wortlos an und deutet dann mit dramatischer Geste zum Schreibtischstuhl, auf welchem mein Shirt und meine Jogginghose hängen. Dabei rutscht ihr Ärmel ein wenig hoch und ich erkenne einen Bluterguss, der sich um ihr Handgelenk zieht.

»Bist du gerade beschäftigt?«, frage ich vorsichtig, da ich nicht mit der Tür ins Haus fallen will.

»Jetzt nicht mehr«, entgegnet sie.

Etwas zögernd gehe ich auf sie zu und setze mich neben sie auf das Bett. Ihr Blick wandert überall hin, nur nicht zu mir. Warum sieht sie mich nicht an? Es ist für sie bestimmt genauso seltsam. Aber das Ausweichen macht alles nur noch schlimmer.

»Sag mal, kriegen deine Gegnerinnen und Gegner eigentlich auch so viele blaue Flecken oder bist du nur furchtbar schlecht in deinem Training?«

Cassey grinst schief. »Die sehen schlimmer aus.«

»Aha. Welchen Kampfsport macht ihr eigentlich?«, frage ich prüfend.

»Karate.«

Sie war also beim Training, während ihre Fake-Familie da war, hatte aber keine Zeit für einen Kaffee mit mir? Völlig egal, ob sie nun wirklich Besuch hatten oder nicht – Cassey wollte mich definitiv nicht sehen. Und das macht die Situation für mich so unangenehm, dass ich in Schweigen verfalle.

»Wie lange spielen wir dieses Spiel jetzt?«, frage ich nach einer kurzen Weile.

Ihre Augen verengen sich zu Schlitzen. »Spiel?«

»Dass wir uns gegenseitig anschweigen, weil keiner anfangen will, etwas von Bedeutung zu sagen?«

»Wann war ich jemals ein Mensch vieler Worte?«, fragt sie mit einer hochgezogenen Augenbraue – typisch Cassey.

»Als du gesagt hast, dass deine Familie euch besucht ...« Ihr Gesicht glättet sich und ihre Augen werden eine kleine Spur größer. Die Luft scheint sie angehalten zu haben. »Cass ... du musst mir nicht irgendwas vormachen, wenn du mich nicht sehen willst. Das ist schon okay«, murmle ich und versuche mich an einem Lächeln.

Cassey öffnet ihre Lippen und holt Luft, um etwas zu erwidern, schließt sie dann aber wieder und senkt den Blick auf ihre Hände. Sie kontert nichts, was ihr gar nicht ähnlich sieht. Aber vielleicht sollte ich dieses Zeichen umso ernster nehmen.

»Okay, ich bin schon wieder weg.« Ich stehe auf und öffne die Tür, ohne sie noch einmal anzusehen. Meine Fußspitze berührt bereits den Treppenabsatz, da ertönen dumpf knallende Schritte, die eilig herannahen.

»Stopp«, höre ich sie sagen und halte inne. Langsam drehe ich mich zu ihr herum. Plötzlich rückt sie ein Stück an mich heran und legt ihre Finger unter mein Kinn, sodass ich sie ansehen muss. Wieso fühlt es sich so gut an, wenn sie mich berührt? Und warum schlägt mein Herz schneller? Ich weiß, ich befinde mich auf dem besten Weg, viel mehr für sie zu empfinden, als sie für mich empfinden wird.

Erstaunt muss ich feststellen, dass ihre Züge weicher und ihr Blick lebendiger geworden sind. Irgendetwas geht in ihrem Kopf vor sich, ich kann nur noch nicht ausmachen was. Ihr Blick tastet mein Gesicht ab. »Du ... bist jetzt so lange hierhergefahren, da ... kannst du doch auch ein bisschen bleiben, oder?«, schlägt sie vor. Ich sollte misstrauisch sein, weil sie viel zu unsicher und lieb wirkt.

Damit hätte ich am allerwenigsten gerechnet. Mehr mit einem: *Ja, verschwinde bitte schnell und mach die Tür hinter dir zu.* »Und ... was magst du machen?«

Ihr Blick huscht flüchtig zu meinen Lippen hinab. »Analysieren, was ... das ist?«

Auch wenn ich das später vielleicht bereue – ganz sicher sogar – nähere ich mich ihrem Gesicht und halte kurz inne. Ich sehe auf ihre Lippen herab, dann in ihre Augen und wieder herunter zu ihren Lippen. Sie riecht so gut wie nichts und niemand auf dieser Welt. Meine Nasenspitze streicht an ihrer entlang und ich öffne die Lippen.

Cass, tu doch irgendwas! Was zur Hölle machen wir hier?

Ich *sollte* konkrete Fragen stellen und in Erfahrung bringen, inwiefern ich für sie nur eine Bettgeschichte bin. Ich *sollte* vor allem nicht daran denken, wie verdammt gut sich die Silvesternacht angefühlt hat, und auf keinen Fall *sollte* ich mir ausmalen, wie wir das wiederholen.

Doch Cassey meint mit *analysieren* nicht reden. Und ich bin verflucht schwach, weil ich alles dafür geben würde, ihr noch einmal so nahe sein zu dürfen. Langsam atme ich aus und hauche einen zarten Kuss auf ihre Lippen. Sie schmeckt nach ungeklärten Fragen, süßer Sehnsucht und schwarzem Kaffee. Und wie an Silvester will ich urplötzlich mehr davon. Cassey scheint es ähnlich zu gehen, denn ihre Finger wandern fast behutsam über meinen Nacken und vergraben sich dort in mein Haar, was mir eine Gänsehaut über den gesamten Körper schickt. Währenddessen streicht sie mit ihren Lippen über meine – irgendetwas in ihr zögert. Doch dann zieht sie mich näher zu sich und leitet mich in ihr Zimmer, als sei sie sich vollends bewusst, dass sie meine persönliche Versuchung ist, der ich nicht widerstehen kann.

***

Das hier war anders als an Silvester. Zärtlicher. Sanfter. Wenngleich nicht weniger leidenschaftlich. Wir waren beide bei klarem Verstand und doch völlig im Rausch.

Casseys sonst so seltene Gedanken im Einklang mit ihren schweren Atemzügen haben mir einerseits geholfen, ihre Körpersignale deuten zu lernen. Andererseits macht sie mich vollkommen wahnsinnig. Ich habe mich selten so ... menschlich gefühlt.

Sie weiß gar nicht, was ihre Hände auf meiner nackten Haut mit mir anstellen. Beziehungsweise hat sie vielleicht durch dieses Mal eine gewisse Vorstellung davon bekommen. Denn dieses verschlagene Grinsen auf ihren Lippen, während sie an meinen Haaren gezogen und mir ihr Becken entgegengereckt hat, ist mir nicht entgangen.

Dennoch wurde ich kurz aus unserer Blase aus Verlagen und rhythmischem Einklang herausgerissen, als sich meine Hand an Casseys

Oberschenkel verirrte und sie kurz und scharf die Luft einsog. Als ich sie fragen wollte, was es mit dem handtellergroßen Wundpflaster an der Stelle auf sich hatte, hat sie nur ihre Lippen fester auf meine gepresst und mir – fast, als wüsste sie, dass ich es hören kann – über ihre Gedanken mitgeteilt:

\\Nicht jetzt!//

Es hat mich beinahe um den Verstand gebracht, sodass ich sie wort-wörtlich von ihrem hohen Ross stürzen und das Ruder übernehmen musste, um nicht zu früh zu kommen.

Casseys Kopf ruht auf meiner nackten Brust und ich habe einen Arm um sie geschlungen. Ihr Atem geht ruhig, während ich durch ihr Haar streiche. Auf einmal zuckt sie zusammen und ich höre augen-blicklich auf. »Was ist?«

»I-ich, äh… nichts«, stammelt sie und stützt sich auf ihren Unter-arm, sodass sie seitlich zu mir liegt. Ihr linker Handrücken ruht noch auf meiner Brust und sie betrachtet ihre Finger. Eine Schnittnarbe zieht sich längs über ihren Handballen am Daumen. Ganz langsam zieht sie ihre Hand zurück und platziert sie auf ihrem Dekolleté.

\\Ich weiß nicht, ob ich das kann. Ob ich diese Nähe ertragen kann und ob sie mich nicht eher umbringt, als sie mir guttut. Er bringt mich so aus dem Konzept.//

Es ist immer noch seltsam, ihre Gedanken zu hören, weil sie so ausgesprochen selten sind. Dass sie inzwischen so häufig auftauchen, kann ich mir nur damit erklären, dass sie anfängt, mir zu vertrauen und sich mir zu öffnen. Ich bringe sie aus dem Konzept? Nein, es ist genau andersrum. Und ich weiß auch nicht, ob ich das hier kann; ob sie mir guttut – wahrscheinlich eher nicht, weil ich sehr viel mehr von ihr will als sie von mir. Aber es ist so schön mit ihr. Damit meine ich nicht nur Küssen oder Sex, sondern auch alles andere. Sie ist ein be-sonderer Mensch.

»Kann ich … dich um etwas bitten?«, wispere ich.

»Hm?«

»Ich würde mir wünschen, dass du mich nicht anlügst. Wenn irgend-etwas sein sollte, dann sag es mir, okay?«

Cassey zieht die Augenbrauen hoch und ihrer Kehle entfährt ein tiefes: »Ähm…«

Leise lachend streiche ich mir mein Haar zurück. »Cass, das ist lediglich eine Bitte. Nicht mehr und nicht weniger.«

Jetzt ist Cassey wieder die Alte und verdreht die Augen. Dann dreht sie sich auf den Rücken und sieht zum Fenster. Sie wird jetzt nichts sagen. Aber vielleicht müssen wir auch nicht reden. Zumindest jetzt nicht.

Ich drehe mich auf meine linke Seite und mustere sie. Meiner Meinung nach wäre Reden doch sinnvoller gewesen, aber … nein, auf keinen Fall besser.

Unbewusst streiche ich mit den Fingerspitzen meiner rechten Hand vom Ansatz der Decke über ihren Bauch, wobei sie leicht zusammenzuckt. An den Stellen, wo ihre Haut nicht tätowiert ist, scheint sie irgendwie unnatürlich weiß zu sein. Als hätte sie sich noch nie im Leben in die Sonne gelegt. Aber vielleicht ist es auch nur der Kontrast zur schwarzen Tinte.

Als meine Finger über mehrere dickere und dünnere, verschieden große Narbenwulste an ihrem rechten Brustkorb fahren, halte ich inne, entdecke eine weitere Narbe unter ihrem rechten Schlüsselbein. Ich öffne den Mund, um etwas zu sagen, aber Cassey steht ganz plötzlich auf und schlüpft in einen zum BH passenden schwarzen Slip.

Ich setze mich auf und lege den Kopf schief, als sie eine Staffelei neben dem Schrank hervorholt und aufstellt. Will sie etwa malen? Vor mir? Ich lehne meinen Oberkörper gegen das Kopfende und verhalte mich vollkommen still, um sie nicht zu stören.

Sie klemmt eine große weißgrundierte Leinwand ein, bindet ihr Haar locker hoch, und mein Blick gleitet dabei über ihren Körper. Dass ihr ganzer Rücken, ihr linker Arm und ihr rechtes Bein über und über mit Tattoos bedeckt sind, habe ich schon öfter registriert, aber niemals ist mir aufgefallen, wie muskulös sie ist. Schlank, aber definiert.

Aus einer Schublade holt sie Malutensilien wie Pinsel, Farbe und Palette. Ich atme ganz leise und beobachte jede Bewegung von ihr. Vielleicht will sie nicht darüber reden, was das zwischen uns ist, aber indem sie vor mir malt, wird mir klar, wie sehr sie mir vertraut. Sie will es nur nicht zugeben. Vielleicht nicht vor mir. Vielleicht aber auch nicht vor sich selbst.

Ihr Pinsel bewegt sich erst auf der Palette in der Farbe. Dann setzt sie ihn mittig auf der Leinwand an und fährt geschmeidige Linien. Sie betritt eine völlig andere Welt, wenn sie malt. Ich kann ihr Gesicht nicht sehen. Aber der Ausdruck liegt in ihrer Bewegung und der Pinselführung. Ich betrachte ihre Haltung. Den leicht zur Seite geneigten Kopf. Da sie mit der linken Hand malt, bewegt sich das große Flügeltattoo auf ihrer linken Schulter und dem Oberarm. Als würde sie fliegen.

Mein Blick wandert über ihren Rücken. In der Mitte davon befindet sich das allsehende Auge – wie an der Kette, die sie immer trägt. Es kommt mir irgendwie bekannt vor. Als hätte ich es vor Hunderten von Jahren schon einmal gesehen. Vielleicht ein Erbstück, das auf irgendeine Weise seinen Weg zu Cass gefunden hat.

Cassey ist ein Gemälde für sich. Geheimnisvoll. Und wunderschön. Ich muss mir das genauer ansehen. Also ziehe ich meine Boxershorts an und gehe lautlos auf sie zu. Daraufhin hält Cassey kurz inne, macht dann aber weiter und lässt sich nicht mehr von mir ablenken.

Ich beginne bei ihrer Schulter. Dem riesigen Flügel, der sich mit ihrem Arm bewegt. Dann springe ich zum Allsehenden Auge. Es starrt mich an. Irgendwie beunruhigend. Ich gehe in die Hocke und lasse meinen Finger über den Tattoos an ihrem unteren Rücken schweben. Ich will sie nicht stören – auch wenn ich sie gerne berühren würde. Überall hat sich eine Nadel in ihre Haut gebohrt.

Der Totenkopf und der Rauch auf ihrem Bein faszinieren und beängstigen mich zugleich. Dann erhebe ich mich wieder. Auf der linken Seite ihrer Rippen befindet sich ein Porträt. Es ist das Gesicht einer Frau, und wenn mich nicht alles täuscht, stellt es ihre Mom dar.

Um meine Mundwinkel zuckt es leicht. Nachdenklich richte ich mich komplett auf und lege ganz vorsichtig und sanft meine Finger unter das lose Haar, welches sich aus dem lockeren Dutt gelöst hat, um es zur Seite zu schieben und ihren Nacken zu betrachten. Ihr Atem stockt und sie malt nur zögernd weiter.

Bedacht fahre ich mit einer einzigen Fingerspitze über das Gemini-Zeichen in ihrem Nacken. Das ergibt Sinn für mich wegen Natalie. Langsam streiche ich über die Blumenranke, die aus dem Flügel herauswächst. Dann verfolge ich mit dem Finger die Zweige der Baumkrone, in der sich das Auge befindet. Cassey erstarrt unterdessen vollkommen. Aber es scheint ihr nicht unangenehm zu sein, und ich entdecke eine leichte Gänsehaut auf ihrem Körper. Also werde ich etwas mutiger. Aus einer Fingerspitze werden zwei, dann drei und schließlich lasse ich meine gesamte Handfläche über ihren Nacken und Rücken gleiten. Ich wandere über die Schulter, den Flügel entlang bis zu ineinander verschlungenen Musiknoten und Rosen. Ich lege meine Hand um ihre und fahre mit den Fingern über ihre Finger. Tätowierter Schmuck. Ihr Pinsel rutscht aus ihrem Griff und fällt mit einem helltönigen Klappern zu Boden.

Ich lege mein Kinn ganz vorsichtig auf ihrer linken Schulter ab und drehe dann ihren Arm ein Stück, um die Innenseite zu betrachten. *Strength* steht auf ihrem Oberarm. Stärke. Langsam fahre ich hauchzart über die Buchstaben.

Ganz leise und gequält wispert sie: »Bitte nicht.«

Sofort löse ich meine Hände und auch mein Kinn von ihr. Sie hat die Augen zusammengekniffen. »Entschuldige. Es ist nur so … faszinierend«, flüstere ich. Dann fällt mein Blick auf ihr Gemälde. Ein tanzendes Paar in rötlichen und gelben, hellen und dunklen Brauntönen. Unschwer zu erkennen, dass sie uns beide gemalt hat, auch wenn unsere Gesichter verwischt sind. Impressionistisch.

»Ein schönes Bild, Cass. Obwohl … es in Wirklichkeit wahrscheinlich sehr viel unbeholfener aussah«, necke ich sie. Mit dem Ellenbogen stößt sie mir in die Rippen und legt die Palette ab.

»Aua«, beschwere ich mich lachend, obwohl es nicht wehtut. Na ja, nicht sehr. Das gibt bestimmt einen blauen Fleck, und das schreit nach Rache. Schließlich kann ich sie nicht immer mit ihren Frechheiten davonkommen lassen.

Also fahre ich mit dem Finger in die rotbraune Farbe von der Palette und tippe von hinten auf ihre Nasenspitze. Cassey zuckt augenblicklich zusammen und wirft mir einen bösen Blick über die Schulter zu, der nur halb so bedrohlich aussieht wie sonst, wegen des Farbkleckses auf ihrer Nase. Dennoch sind ihre Augen zusammengekniffen und plötzlich legt sie ihre Handfläche in die Palette, um sie direkt danach mitten auf meine nackte Brust zu klatschen. Die Farbe ist kalt und klebrig.

Cassey blickt zu mir auf und unsere Augen begegnen sich. Sofort breitet sich ein leichtes Kribbeln in meinem Magen aus und ich senke den Blick auf die Farbe. Sieht irgendwie unappetitlich aus.

»Ist das jetzt Expressionismus?«, frage ich lachend.

Die Augen verdrehend entgegnet sie: »Expressionismus, Realismus … was du willst.«

Mein Blick fällt auf ihre Narben, die ich vorhin ertasten konnte und dann auf das Tattoo unter ihrer Brust. Es sind verzierende Ketten mit einem orientalischen Touch. Und direkt mittig auf diesem Tattoo liegt der Anhänger ihrer Kette. Schon wieder werde ich das Gefühl nicht los, diese Kette zu kennen.

Dann sehe ich auf und grinse wieder wegen ihrer bunten Nasenspitze. Cassey grinst ebenfalls und legt urplötzlich ihre Hand in meinen Nacken, um mich herunterzuziehen und ihre Nase auf meine zu drücken, sodass die Farbe jetzt auch auf mir klebt. »Igitt«, rufe ich lachend aus. Und mit einem Mal wird mir bewusst, wie nah ihre Lippen an meinen sind. Die Versuchung, sie zu küssen, ist unglaublich groß, aber ich zögere.

Sie nicht. Leidenschaftlich küsst sie mich und öffnet meine Lippen. Dadurch verteilt sich die Farbe weiter auf unseren Gesichtern und mir kommt eine Idee. Schnell ziehe ich sie an mich heran und schmiere die Farbe von meiner Brust auf sie. Dabei entfährt meiner Kehle ein heiseres Lachen und in diesem Moment fühlt sich alles so wunderbar und perfekt an.

»Lach nur«, haucht sie zwischen den Küssen und beißt auf meine Unterlippe. Ich ziehe sie noch näher an mich heran.

»Cass, du machst mich verrückt«, raune ich. Und es stimmt. Sie ist der Wahnsinn. Meine Hände wandern zu ihrer Taille und umschließen sie – einerseits, weil ich das gerne bei ihr mache und andererseits,

weil ich weiß, dass ihr das gefällt. Prompt quittiert sie das mit einem zufriedenen Brummen.

\\Und du mich erst.//

Gut zu wissen.

Ich grinse zwischen den Küssen. Meine Hände zittern leicht.

Ein Klappern aus dem unteren Stockwerk ertönt und mit einem Mal entreißt Cassey sich meinen Berührungen, als hätte sie sich an mir verbrannt. Hektisch sieht sie zu ihrer Zimmertür.

»Was ist los?«

»Fuck, wie spät ist es?«, zischt sie und sucht ihre Klamotten zusammen. Ihr Gesicht ist wie aus Stein. Mich trifft meine Jeans an der Hüfte, als sie mir auch meine Kleidung zuwirft.

»Ist alles in Ordnung?«

»Hast du Höhenangst?«, fragt sie trocken und schlüpft hüpfend in ihre Leggings.

»W-wieso willst du das wissen?«, entgegne ich verwirrt und betrachte kurz die Jeans in meinen Händen. Was passiert hier gerade? Habe ich etwas nicht mitbekommen?

»Du musst gehen«, presst Cassey hervor und deutet mit ihrer Hand Richtung Fenster, während sie sich den Ärmel überstreift. »Da geht's raus.«

Ich pruste. Halte inne.

Sie meint das ernst.

Und mit einem Schlag ist jedes warme Gefühl in mir zu Eis gefroren.

»Du willst, dass ich aus deinem Fenster klettere?«, hake ich nach, um sicherzugehen, dass ich sie richtig verstehe.

Cassey hebt eine Augenbraue. Dann wendet sie sich dem Fenster zu und öffnet es. Anschließend dreht sie sich wieder zu mir und formt eine kreisende Handbewegung vor ihrem Mund. »Waren die Worte, die diese Lippen verlassen haben, undeutlich?«

Ich schnaube und sehe mich einmal in ihrem Zimmer um. Vor wenigen Sekunden war noch alles gut. Und jetzt ... ich hätte es wissen müssen. Ich hätte mit ihr reden sollen. »Wow«, hauche ich leise und

löse mich aus meiner Starre, um in meine Jeans zu steigen. »Du …
wow. Okay. Nicht, dass ich superneugierig wäre, aber … warum?«

»Auf eine Diskussion mit meinem Vater kann ich gut und gerne ver-
zichten. Also lass uns bitte vermeiden, dass er dich antrifft.«

»Aha«, sage ich gedehnt und schüttle dann den Kopf. »Ich … sorry,
aber ich verstehe es nicht. Ich komme hier her, um mit dir zu reden.
Um mit dir zu klären, was … das zwischen uns ist. Und du wirfst mich
von einer Sekunde auf die andere raus? Weil dein Dad nicht wissen
darf, dass ich hier bin?«

Sie schaut mich an, als sei ich begriffsstutzig. »Ja. Das sagte ich.«

Ich ziehe mir mein Shirt über den Kopf und fixiere Cassey anschließend. Manchmal verstehe ich sie einfach nicht. Ihre plötzlichen
Sinneswandel kreiseln um mich wie Planeten. Je nach Konstellation
schiebt sich scheinbar willkürlich ein Verlangen vor das andere, bis ich
nicht mehr weiß, wo sich die Sonne befindet. Ich muss jetzt endlich
von ihr hören, woran ich bei ihr bin.

»Gut, weißt du was? Dann klären wir das jetzt schnell. Was willst du
von mir?«

Cassey lässt ihre Schultern entrüstet fallen. »Ist das dein Ernst jetzt?«

»Ehrlich gesagt, ja. Sorry, aber mir kommt es gerade so vor, als
würdest du mich … verstecken?« Warum entschuldige ich mich
überhaupt?

»Wenn ich dich verstecken wollen würde, würde ich den Kleiderschrank wählen und nicht das Fenster.«

»Witzig, Cass«, gebe ich zurück und verdrehe die Augen. »Du wolltest doch analysieren, was das hier ist. Dann lass uns bitte analysieren.«

Auf einmal schließt sie die Augen und atmet tief durch. Ein russi-
sches Wort kommt ihr im Flüsterton über die Lippen und klingt verdächtig nach einem Schimpfwort. Aber mehr nicht. Sie bleibt still, als
hätte sie mir nichts zu sagen. Auch ihre Gedanken sind verstummt.
Erneut hat sie mir ohne Vorwarnung die Tür vor der Nase zugeknallt
und dreimal abgeschlossen.

Entschlossen mache ich einen Schritt auf sie zu. »Ich mag dich.
Okay? Ich bin gerne mit dir zusammen und was immer es ist, es fühlt

sich für mich gut und richtig an. Aber gerade wirkt es auf mich, als wäre das bei dir nur der Fall, wenn du … körperlich werden willst.« Meine Stimme zittert leicht, weil es mir schwerfällt, diese Worte auszusprechen. Und weil ich befürchte, dass ich damit recht habe.

»Nic, das ist wirklich nicht der richtige Zeitpunkt …«, beharrt sie mit einem kurzen Blick zur Zimmertür.

»Wann dann? Wenn wir das dritte Mal miteinander geschlafen haben?«, entgegne ich wütend. Doch eigentlich richtet sich mein Unmut mehr gegen mich selbst als gegen Cassey. Dass ich so blöd war und schon wieder den gleichen Fehler begangen habe. Ich hätte wissen können, wie das hier ausgeht.

Ihr Mundwinkel zuckt kurz hoch. »Vielleicht«, raunt sie, schüttelt dann aber den Kopf und fährt sich übers Gesicht. Anschließend blickt sie um sich, öffnet die Lippen und schließt sie wieder. Letztlich stammelt sie: »I-ich … Ich *kann* nicht.«

»Was kannst du nicht?«

Erneut ringt sie um Worte. Ich sehe in ihren eisblauen Augen, wie ihre Gedanken rasen – höre aber keinen von ihnen. Als hätte sich ein Schalter in ihr umgelegt, der es mir unmöglich macht, in ihren Kopf zu sehen. Cassey verzieht ihr Gesicht zu einer traurigen, fast schon bedauernden Miene. »Für mich ist … Ich kann nicht … nicht *mehr* als das.«

Ich schlucke hart. Obwohl ich es doch wusste, obwohl es mir klar war, dass sie und ich nicht funktionieren würden, weil wir viel zu unterschiedlich sind. »Gut. Schön. Und ich kann nicht einfach immer mal wieder mit dir … Für mich gehören Gefühle und Sex zusammen. Für dich offenbar nicht. Vielleicht hätten wir das einfach vorher klären müssen. Aber wenigstens weiß ich jetzt, woran ich bin. Danke für deine Ehrlichkeit.«

Cassey ringt erneut um Worte und murmelt schließlich: »Es tut mir leid.« Schritte auf der Treppe ertönen. »Aber du musst jetzt wirklich gehen.«

Mein Herz stolpert und fällt, bis es auf eiskalten Wellen aufschlägt. »Schon klar. Bis dann, Cassey.«

Da ich allerdings eine Begegnung mit ihrem Vater einem gebrochenen Genick vorziehe, schnappe ich mir meinen Rucksack und öffne die Tür. Gerade als Natalie anklopfen will und ein wenig überrascht die Augenbrauen hochzieht.

Vielleicht aufgrund meiner zerwühlten Haare.

Vielleicht aber auch wegen der Farbe in meinem Gesicht.

»Äh… hi. Sorry, ich wollte euch nicht stören. Ich habe meine Kameratasche vergessen und …« Natalies Blick wandert zwischen Cassey und mir hin und her. »Ist alles okay?«

»Bestens«, entgegne ich, während Cassey zeitgleich bejaht. Dann schiebe ich mich an Natalie vorbei und flüchte aus dem Haus.

Cassey

Am Abend sitze ich im Wohnzimmer auf der Couch. Der Fernseher läuft eher nebenbei, damit es nicht ganz so still ist. Papa sitzt in seinem Zimmer und Natalie ist noch unterwegs. Daher leistet mir ein Glas *Glendronach Allardice* Gesellschaft. Ein achtzehn Jahre gereifter, schottischer Single Malt mit fruchtigem Aroma – nichts, das man für ein Saufgelage verschwendet, sondern genüsslich auf der Zunge zergehen lässt. Das ist meine Bitterschokolade.

Ich stelle das Glas auf den Tisch zurück, winkle auch mein zweites Bein an und rücke das Skizzenbuch zurecht. Kurz betrachte ich meine Zeichnung. Für einen Außenstehenden wäre sie bestimmt nichtssagend, doch ich sehe darin meine eigenen Gefühle gespiegelt. Die Leere, die ich seit Nicolas' Abgang verspüre. Gleichzeitig aber auch Chaos, welches in meinem Kopf für Knoten gesorgt hat, die der Whiskey allmählich löst.

Gerne hätte ich ihm mehr gesagt. Gerne hätte ich Nicolas gesagt, dass es sich auch für mich gut anfühlt, wenn wir zusammen sind. Gerne hätte ich ihm erklärt, wo jedoch das Problem liegt, wieso ich nicht *kann*.

Aber wie? Wie hätte ich ihm dieses Chaos in meinem Kopf erläutern können, ohne dabei von meinem Leben als Nesweru zu sprechen? Denn Fakt ist, dass er eine Wirkung auf mich hat, die mich als Nesweru schwächt. Als Softie, als die Cassey, die ich vor Jahren mal war, habe ich keine Chance. Also muss ich meine innere Mauer aufrechterhalten. Um mich vor Manipulationen wie der in Greenwoods Fabrik zu schützen, als ich dachte, auf einen Shemayu statt auf ein

Loch im Boden zuzusteuern.

Positive Gefühle bringen auch uns Nesweru den Tod, davon bin ich nach wie vor überzeugt.

Aber in seiner Nähe fällt es mir stets schwer, auf meine Vernunft zu hören. Oft habe ich mir daher gewünscht, ihm nie begegnet zu sein. Es war immer alles ganz klar und einfach. Doch jetzt bin ich durcheinander.

Aber auch für ihn wäre es besser gewesen. Ich kann ihm nicht bieten, wonach er sich sehnt, und das tut mir leid. Er vergeudet seine Zeit mit mir. Zeit, die er einer Frau widmen sollte, die ihm beisteht und ihn aufheitert. Eine ohne schwarze Seele, Geheimnisse und dunkle Vergangenheit.

Als mein Glas leer und die Zeichnung fertig ist, klappe ich das Buch zu, schalte den Fernseher aus und mache mich auf den Weg nach oben.

Meine übliche Schlafenszeit liegt noch ein paar Stunden in der Zukunft, aber ich bin so müde, dass ich mich schon bettfertig mache und hinlege.

Doch ich kann nicht einschlafen.

Die Bettwäsche riecht nach Nicolas, obwohl er nur kurze Zeit darin lag. Sein Duft hüllt mich ein wie eine Umarmung. Sie löst ein Gefühl der Sehnsucht in mir aus. Sehnsucht nach Geborgenheit.

Als ich das nicht mehr aushalte, stehe ich auf und ziehe kurzerhand Bettwäsche sowie Laken ab. Dann lade ich den Berg an Stoff auf meine Arme und bringe ihn ins Badezimmer, wo ich alles in den Wäschekorb stopfe.

Ich weiß nicht, was mich anschließend dazu verleitet, doch ich verharre auf dem Rückweg im Flur – genau zwischen Papas und meiner Zimmertür – und lausche.

Das Tippen auf einer Tastatur dringt durch den kleinen Türspalt. Papa arbeitet demnach noch – typisch. Es ist spät, er ist von der Arbeit zurück und arbeitet weiter. Eigentlich kümmert es mich nie, weil ich es gewohnt bin. Wenn er zu Hause ist, ist er unser Mentor und ansonsten ist er immer mit seiner Arbeit beschäftigt oder auf

Geschäftsreisen.

Doch jetzt gerade will ich irgendwie nicht, dass er das tut. Er soll ausnahmsweise der Mann sein, der er früher war. Der Vater, dessen Aufmerksamkeit man nicht nur erhielt, wenn man etwas angestellt hat oder es um Shemayu geht.

Also trete ich vor seine Tür und drücke sie vorsichtig auf. Eine Nachttischlampe ist an. Papa sitzt auf dem Bett, vom Bildschirm des MacBooks in seinem Schoß angeleuchtet. Als er mich bemerkt, sieht er auf und das Tippen verstummt. Dieser Mann ist die einzige männliche Konstante in meinem Leben.

»Was ist los, Cassey?«, fragt er so kühl wie immer. Normalerweise komme ich bloß in sein Zimmer, wenn irgendwas passiert ist. Oder wenn ich sauer auf ihn bin oder ihn so richtig nerven will. Doch heute weiß ich nicht, wieso ich reinkomme. Es ist einfach so ein Gefühl, dass ich hier finde, was ich gerade brauche.

Ich setze zu dem Versuch einer Erklärung an, schließe aber augenblicklich meinen Mund wieder und gehe schließlich wortlos an sein Bett. Er sieht mich irritiert und abwartend an. Ich zögere, bevor ich mich kurzerhand dicht neben ihn lege. Das Bett ist kuschelig und warm, ganz anders als der Mann und seine Jeans, an die ich meine Stirn drücke. Aber er war mal anders, auch wenn er jetzt auf keine Weise darauf reagiert.

Tief durchatmend lege ich meinen Arm um seine Knie und schließe die Augen an seinem Oberschenkel. Ruhe kehrt in meinem Inneren ein. Er ist mein Vater. Mein Mentor. Mein Vertrauter. Mein Gleichgesinnter und mein Freund, auch wenn eine gewisse Hassliebe zwischen uns besteht.

Ich spüre eine Bewegung. Im nächsten Moment liegt seine Hand an meinem Kopf. Das kommt so unerwartet, dass ich leicht zusammenzucke und die Luft anhalte. Es überrascht mich dann doch, dass er, ohne nachzufragen oder eine Bemerkung abzugeben, seine Arbeit beiseitelegt und eine sanfte Geste vollbringt. Ganz behutsam krault er in meinem Haar und streicht darüber, was eine Welle der Wärme und Geborgenheit in mir auslöst. Es ist Ewigkeiten her, dass wir uns so nah waren, und ich lasse mich fallen. Fühle mich wieder wie das Kind, das Trost bei seinem Vater sucht.

Cassey

B ist du fertig?«, rufe ich am nächsten Morgen von unten und über-
prüfe meinen Mantel auf Handy, Geldbeutel und Feuerzeug.

»Ja«, entgegnet Natalie heiter und hopst die Treppe herunter.
Ich verdrehe die Augen, weil Natalie einer dieser anstrengenden Mor-
genmenschen ist. Es ist arschkalt und noch dunkel, als wir das Haus
verlassen. Auch Natalie schüttelt sich und gibt einen vibrierenden
Laut von sich, der klingt, als hätte sie etwas sehr Bitteres gegessen.

»Wie schnell die Weihnachtsferien umgingen, oder?«, beginnt sie bezüglich der Tatsache, dass wir für die Projektwochen auf dem Weg zur
Uni sind.

»Ja ... kaum zu glauben«, entgegne ich und ziehe die Schultern hoch,
um mein Gesicht tiefer im Schal zu vergraben.

Plötzlich versetzt sie mir einen Ellenbogenstoß und beschwert sich:
»Hey, du Muffel. Mach mal ein fröhlicheres Gesicht.«

Daraufhin brumme ich lediglich und werfe ihr einen genervten Blick
zu. Sie grinst schief und kontert: »Brauchst wohl deinen Kaffee, hm?«

Antworten muss ich ihr darauf wohl nicht. Mich sollte man vor dem
ersten Kaffee lieber nicht ansprechen, wie sie weiß.

»Dann lass uns vorher im Café vorbeischauen«, beschließt Natalie.
Wie aufs Stichwort schießt mein Puls in die Höhe. Nicolas könnte gerade Schicht haben, und ich habe mir noch keine Gedanken darüber
gemacht, wie ich mich verhalten soll. Eigentlich ganz normal, oder?
So, wie wenn wir nicht flirten und keinen Sex haben. Denn dass er für
sich einen Schlussstrich gezogen hat, welchem ich wiederum nichts
entgegengesetzt habe, bedeutet ja nicht gleich, dass wir uns aus dem

Weg gehen sollten. Das Aus für eine Beziehung bedeutet doch nicht, dass wir nicht normal miteinander reden können. Ohnehin würden Natalie und Grayson dieses Unterfangen ziemlich erschweren.

Als wir im Café ankommen, stehen wie erwartet Nicolas und Grayson hinter der Theke. Beide erblicken uns auf Anhieb, obwohl das Café voll ist. Dann dreht Nicolas sich abrupt um und verschwindet kurz, ehe er in seinen Parka gehüllt zurückkommt und an uns vorbeieilt – ohne einen einzigen Blick in unsere Richtung. *Wow, okay.*

Natalie begegnet mir mit vor Staunen geweiteten Augen und öffnet die Lippen, um etwas zu sagen, lässt es dann aber klugerweise sein und wendet sich wieder nach vorn. Doch selbst in ihrem Profil sehe ich, wie sie sich den Kopf darüber zerbricht. Und was soll ich sagen … mir geht es nicht anders. Von ihm ignoriert zu werden fühlt sich falsch an. Es formt einen Stein, der mir schwer im Magen liegt. Alles in meinem Inneren schreit nach einem Lächeln von ihm; einem kurzen »Hallo« oder zumindest einem Blick in seine tiefgründigen Augen.

Obwohl ich weiß, dass es nichts bringt, blicke ich über meine Schulter durchs große Fenster. Auf der Suche nach Nicolas entdecke ich zwar eine Frau mit grünem Haar, einen Mann mit Handy am Ohr und ein Mädchen in hellblauem Mantel mit weißen Punkten, aber er scheint wie vom Erdboden verschluckt.

»Hey, Schönheiten. Was bekommt ihr?«, werden wir heiter begrüßt. Ich wende mich, ein Seufzen unterdrückend, wieder nach vorne. Grayson bedenkt mich flüchtig mit einem Blick, den ich nicht ganz deuten kann. Warnend oder vorwurfsvoll, vielleicht sogar neugierig. Ist mir im Endeffekt aber auch vollkommen gleich.

»Kaffee«, antworte ich neutral und er macht sich nach kurzem Blickkontakt mit Natalie an die Arbeit.

»Gibst du mir einen Cappuccino?«, fragt meine Schwester, während ich das Geld in die Schale lege.

Als Grayson fertig ist und unsere Becher über den Tresen schiebt, reicht er mir auch das Geld zurück und sagt: »Geht auf mich, Mädels.«

Überrascht hebe ich eine Augenbraue. »Sicher?«

Er nickt und zwinkert mir lächelnd zu.

»Okay«, sage ich gedehnt und stecke das Geld wieder ein.

Es bleibt nicht nur bei *einer* derartigen Begegnung. In den folgenden Tagen treffen wir im Rahmen des Studiums noch mindestens einmal auf die beiden und es endet damit, dass Nicolas einen Abgang macht – sei ein Kurs oder eine Pause der Vorwand. Und von Natalie erfahre ich, dass Nicolas strikt jegliche Treffen ausschlägt, die Grayson und sie mit uns beiden planen wollten. Nicht dass ich zugesagt hätte, weil es doch sehr nach *Doppeldate* klingt, aber ich kann nicht leugnen, wie sehr es mich kränkt.

***

Nach unserem letzten Kurs für diese Woche laufen Natalie und ich über den Campus, um uns etwas zu Essen zu holen. Doch auf halbem Weg bleibt meine Schwester plötzlich stehen und stupst mich an. »Ist das nicht das Auditorium, in dem die Feier stattfindet?«, fragt sie neugierig, obwohl es eher eine Feststellung ist, und ich folge ihrem Blick zum Kimmel Center. Sofort huschen Bilder von Nicolas am Klavier an meinem inneren Auge vorbei. Also will ich weitergehen, aber Natalie hält mich fest. »Warst du schon drin?«

»Ja«, antworte ich und sehe überall hin, nur nicht zum Auditorium, als würde es mich nicht interessieren.

»Sind da Instrumente?«

»Ja, ein Klavier und Streichinstrumente.«

Mir ist klar, dass Natalie nicht anders kann, als gleich auf eine ganz doofe Idee zu kommen. Ihr Blick wird sehnsüchtig. »Darf man da einfach rein?«

»Natty«, seufze ich gequält und vergrabe mein Gesicht im Schal.

»Darf man?«, hakt sie ungeachtet dessen nach und ich grummle genervt in den Stoff: »Ja, darf man.«

Gleich darauf macht sie große, flehende Augen und umklammert meinen linken Arm. Sie kommt mir ganz nah, legt ihre Wange auf meine Schulter und fragt leise: »Spielst du mir was vor? Nur eine kurze Sequenz. Nur ein einziges Mal.«

Meine Antwort fällt automatisch seit vielen Jahren gleich aus: »Nein, Nat. Ich kann nicht.«

Auch wenn sie es verstehen kann, ist sie schlagartig am Boden zerstört und lässt den Kopf hängen. Betrübt streicht sie sich ihre Strähnen aus der Stirn und nickt. »Na gut«, murmelt sie ganz leise und setzt sich wieder in die Gänge. Ich seufze und sehe ihr nach. Es ist gelogen, dass ich es nicht kann. Ich will es nur einfach nicht. Weil es immer mit Mama in Verbindung stehen wird. Weil sie es mir beigebracht, mit mir zusammen gespielt und mir so gerne dabei zugesehen hat. Natalie liebte es ebenfalls immer, wenn ich spielte. Manchmal half es ihr beim Einschlafen. Als ich aufhörte zu spielen, folgte eine schlechte Nacht nach der anderen.

Ich kapituliere seufzend und rufe: »Wir können es uns ja zumindest mal ansehen.«

Natalie bleibt abrupt stehen, dreht sich mit geweiteten Augen um und als sie sieht, dass ich mich auf die Eingangstür zubewege, entfährt ihr ein schriller Freudenschrei. Sobald ich die Tür im vierten Stock zum *Eisner & Lubin Auditorium* öffne und der Klang des Klaviers an mein Ohr dringt, befinde ich mich in einem Déjà-vu. Eine tiefe melodische Stimme mischt sich mit den Klängen des Klaviers und schallt durch den Saal. Ein Mann mit blondem Schopf sitzt vor dem Flügel. Nicolas. Mein Herz macht einen Sprung, aber meine Glieder sind wie erstarrt.

Die Tür fällt mit einem lauten Rums ins Schloss. Nicolas bemerkt uns, stoppt sein Spiel und klappt kurzerhand den Deckel der Tastatur herunter. Es wird ganz still, bis Natalie vorausgeht und ihn begrüßt. »Hi, Nicolas. Du spielst ja. Das klang toll.«

Urplötzlich steht er auf, nimmt seine Sachen und springt vom Podest. »Danke. Wa-was macht ihr hier?«, fragt er ungewohnt kühl und ernst. Nachdem sein Blick nur für den Bruchteil einer Sekunde den meinen gestreift hat, sind seine Augen fest auf Natalie gerichtet – als wäre es verboten, mich anzusehen. Dieses Mal enttäuscht es mich nicht nur, sondern tut auch noch weh. Ich kann dieses Gefühl nicht kontrollieren, es nimmt mich einfach ungefragt ein.

Meine Schwester deutet hinter sich in meine Richtung und erklärt: »Ich wollte nur … Du musst jetzt aber nicht aufhören, nur weil wir …«

»Quatsch, nein«, unterbricht er sie mit einer wegwerfenden Geste und schüttelt den Kopf. »Ich bin fertig. Viel Spaß.«

»Oh, okay. Bis dann«, stammelt Natalie. Von seinem Verhalten und seiner strengen Miene irritiert sieht sie ihm nach, als er an ihr vorbeigeht – direkt in meine Richtung, da ich vor der Tür stehen geblieben bin.

Abermals möchte er einfach abhauen, ohne mich zu beachten. Als wäre ich nicht hier, als würde ich nicht existieren. Es macht mich fast schon wütend, wie scheiße sich das anfühlt; wie dämlich ich mir vorkomme, weil ich gehofft hatte, dass es diesmal anders laufen würde. Ein winziger Teil in mir hat gehofft, Nicolas würde nur etwas Zeit brauchen.

Als er neben mir die Tür öffnet, packe ich ihn kurzerhand am Arm und suche seinen Blick. Er stemmt den Fuß gegen die Tür und sieht mich mit hochgezogenen Augenbrauen fragend an. »Hm?«

Er versucht sichtlich, seine Emotionen zu verbergen, sich zurückzuhalten. Dieses bekannte *Pokerface* beherrscht auch er ganz gut, nur eben nicht gut genug. Mir brennt die Frage auf der Zunge, wieso er sich so kindisch verhält. Doch ehe irgendein Wort meine Lippen verlassen kann, erinnere ich mich daran, dass ich genau das all die Zeit wollte. Ich wollte, dass er mich in Ruhe lässt. Und vielleicht ist es ja doch gut so wie es ist, denn möglicherweise stünde ich früher oder später wieder vor demselben Problem. Daher schüttle ich den Kopf, lasse los und murmle ernüchtert: »Nichts.«

Daraufhin nickt er bloß und verschwindet. Die massive Tür fällt ins Schloss und ich bleibe einige Sekunden stehen, um meine Gedanken zu sammeln, bevor ich mich zu Natalie herumdrehe.

Mach dir nicht so viele Gedanken, Cass. Alles ist so, wie es sein soll.

Und doch fühlt es sich nicht richtig an. Mir fehlt seine Nähe, die so unerklärlich beruhigend auf mich wirkte. Ich mochte es, wie ich mich bei ihm fühlte; mochte es, wie er mich ansah, wie er mich berührte.

Da ist so ein Gefühl in meinem Inneren, als würde sich alles nach ihm verzehren – nicht nur sexuell.

Dieser Mistkerl hat es geschafft. Er hat mich so weit bekommen, dass ich mehr für jemanden empfinde, als ich es mir erlaube. Und nun ... gibt es kein Zurück mehr.

Nicolas

ch schaffe es tatsächlich, *Miss Saigon* und *RENT* hintereinander zu sehen, bügele parallel meine Hemden, putze meine Schuhe und kann – endlich – Grays und meine CD-Sammlung alphabetisch sortieren. Davor hatte ich sie nach Genre sortiert und innerhalb des Genres nach Interpreten, aber das hat mir schon lange nicht mehr gefallen.

Schließlich staple ich noch unsere Umzugskisten in den Ecken ordentlich aufeinander, um wenigstens ein bisschen mehr Platz in diesem Mini-Raum zu schaffen. Dabei fällt mir eine Kiste mit der Aufschrift *Rebecca* in die Hände. Ein Teil von mir will sie nur schnell verstauen. Der andere Teil verzehrt sich danach, sie zu öffnen und in Erinnerungen zu schwelgen, die zeitgleich alle Wunden wieder aufreißen werden.

Erst gestern hat es wieder so wehgetan wie schon lange nicht mehr. Raven hat bald ein Vortanzen und ich habe ihr bei der zeitgenössischen Choreografie geholfen. Dabei hat sie wiederum versucht, mich zu küssen, und irgendwie hat sich alles nur noch seltsam zwischen uns angefühlt. Eigentlich wollte ich sie ja in Ruhe lassen, vor allem auch, weil Grayson mich darum gebeten hat, aber ich brauchte Ablenkung von meinem Cassey-Chaos.

Es ist furchtbar schwer, ihr aus dem Weg zu gehen. Nicht nur, weil ich sie vermisse, sondern auch, weil Grayson mich ständig fragt, ob wir zu viert irgendetwas machen wollen. Er bohrt regelmäßig in der Wunde und versucht, mit mir darüber zu sprechen, was zwischen Cassey und mir vorgefallen ist. Dabei ist gar nichts passiert. Nichts, bis auf die Tatsache, dass ich eingesehen habe, dass Cassey ausschließlich mit meiner körperlichen Nähe klarkommt. Und das tut mir wiederum verdammt weh. Wir haben uns zwar nie irgendwelche Versprechungen gemacht, aber ihr hätte klar sein können, dass ich nicht die Person für unverbindlichen Sex bin.

Ich weiß, dass es bescheuert ist, jedes Mal die Flucht zu ergreifen, wenn Cassey auftaucht. Wir haben einander so viel anvertraut. Warum kann ich nicht einfach versuchen, ein Freund für sie zu sein? Vielleicht werde ich das, wenn Gras über die Sache gewachsen ist. Aber im Moment bin ich nur wütend auf mich, dass ich Cassey in mein Leben gelassen habe. Dass ich auf Grayson gehört und gesprungen bin, ohne nach unten zu sehen. Und bis sich diese Wut in Rauch aufgelöst hat, ist es wohl besser, wenn ich ihr aus dem Weg gehe. Ich kann mich nicht einmal mehr auf die Uni konzentrieren, habe sogar mein Experiment zur Synthese und Einstellung einer 0,1 molaren Natronlauge mithilfe von Oxalsäure-Dihydrat versaut, – weil meine Gedanken bei Cassey waren.

In schwachen Momenten greife ich zu meinem Handy und tippe eine Nachricht an sie, lösche, tippe von vorne, lösche und schalte das Handy aus, damit ich gar nicht erst in Versuchung komme. Natürlich könnte ich auch versuchen, mich darauf einzulassen, lediglich Spaß mit Cassey zu haben. Aber dafür habe ich schon viel zu viele Gefühle für sie entwickelt.

Sie fehlt in meinem Bett, aber vielmehr vermisse ich ihren dunklen Humor, das spöttische Grinsen, das so oft auf ihren Lippen liegt, ihr Lachen – sogar die selbstgefällige Version davon – und ihren Blick, wenn sie erkennt, dass ich sie ohne ein einziges Wort verstehe. Dass ich fühle, was sie fühlt. Ich will ihre Probleme kennen und ihr von meinen erzählen. Ich will, dass sie mir vertraut. Ich will alles von ihr. Oder gar nichts.

Auf dem Bildschirm läuft nur noch der Abspann, also schalte ich den Fernseher aus. Vielleicht schaue ich nur ganz kurz hinein. Wenn es zu sehr wehtut, kann ich ja einfach …

Es klappert an der Wohnungstür und dumpfe Stimmen dringen an mein Ohr. Sind Grayson und Natalie schon zurück? Die zwei

kommen doch hoffentlich nicht hier her, um sein Bett zu benutzen. Hätte Gray mich nicht vorwarnen können, sodass ich Zeit gehabt hätte, mich in eine Bar zu verkrümeln?

\\Hoffentlich ist es nichts Ernstes.//

Das ist Natalies Gedanke. Verwirrt horche ich auf Graysons inneren Monolog, aber statt sinnvoller Inhalte schmeißt er leise Flüche durch die Gegend. Die Tür wird aufgeschlossen und Grayson und Natalie treten in den Flur.

»Sorry, Prinzessin. Ich weiß wirklich nicht, was mit mir los ist«, murmelt er mit kratziger Stimme. Oje. Was hat er angestellt?

»Schon gut. Soll ich dir eine Kopfschmerztablette holen?«

Oh. Grayson hat eigentlich nie Kopfschmerzen. Außer, wenn er nicht mehr genug Energie hat. Wie lange ist es jetzt eigentlich her, dass wir … Definitiv über den regulären sechs Wochen. Als ich nachzähle, komme ich tatsächlich auf siebeneinhalb Wochen.

»Ne, ich lege mich lieber hin. Vielleicht kann Nic dich ja heimfahren. Nic?«

»Ich bin hier«, entgegne ich und lehne mich in den offenen Türrahmen des kleinen Wohnzimmers. »Warum seid ihr schon zurück? Ich dachte, ihr wolltet ins Autokino?«

»Gray geht's nicht so gut«, bemerkt Natalie mitfühlend und streichelt über seinen Arm. »Wir holen das einfach nach, wenn es dir wieder gut geht, hm?«

»Versprochen. Tut mir echt total leid, Prinzessin. Ich weiß, du hattest dich darauf gefreut.« Er küsst ihren Schopf.

»Nicht schlimm. Ich kümmere mich einfach um dich. Magst du einen Tee oder …«

»Nein, du fährst besser nach Hause«, wehrt Grayson schnell ab und sieht hilfesuchend zu mir, findet dann aber selbst ein Argument: »Ich meine, ich werde sowieso jetzt erst einmal schlafen und dann rufe ich dich einfach später oder morgen früh an.«

»Ich fahre dich, Nat. Wenn Grayson seine Migräne hat, schläft er doppelt so lange wie sonst – fast schon komatös. Das ist wirklich nicht so spannend«, pflichte ich ihm bei. Natalie sieht skeptisch zwischen uns hin und her; scheint uns nicht zu hundert Prozent abzunehmen, was wir von uns geben. Aber sie merkt auch, dass Grayson sie nicht hier haben will, und respektiert seinen Wunsch. Mein Angebot mit dem Fahren lehnt sie ab, da sie lieber noch ein paar Fotos im Central Park machen möchte, statt nun den ganzen Abend allein zu Hause zu verbringen. Ich halte mich damit zurück, zu fragen, was Cassey macht – ich will es wahrscheinlich doch nicht wissen, wenn sie schon jemand Neuen gefunden hat, der ihr geben kann, was sie möchte.

Die beiden verabschieden sich zärtlich und es dauert eine halbe Ewigkeit, bis Natalie aus der Tür ist. Als Grayson schließlich in sein Zimmer schlurft und sich auf sein Bett fallen lässt, folge ich ihm mit verschränkten Armen.

»Hast du dich irgendwie zu sehr verausgabt? Wieso spürst du vor mir, dass wir uns mal wieder auf die Socken machen sollten?«, frage ich leicht spöttisch, aber ich kenne diese Kopfschmerzen, weswegen ich nicht allzu gemein sein kann.

»Keine Ahnung, Mann«, weckt Grayson mich stöhnend aus meinen Gedanken. »Das ist richtig beschissen. Mein Kopf explodiert gleich.«

»Wann hat es angefangen?«

»Vorgestern.«

»Und da wunderst du dich?«, entgegne ich tadelnd.

»Ich habe nicht gedacht, dass es diese Art von Kopfschmerzen ist. Und du hast dich ja noch nicht beklagt.«

»Aber du hast schon jemanden im Blick, oder?«

»Sicher. Ich hatte ja schon längst damit gerechnet, dass du in den nächsten Tagen Schwäche zeigen würdest. Aber jetzt mal ehrlich, du spürst gar nichts?«, fragt er irritiert und legt sich sein Kopfkissen zur Kühlung auf die Stirn.

»Ähm… nein«, sage ich ebenso verwirrt und horche noch einmal in mich hinein. Aber da ist nichts. Nicht mal das kleinste Anzeichen. Kein Druck hinter den Schläfen. Nicht mal ein Ziehen, obwohl mein Körper generell auch für normale Kopfschmerzen anfällig ist.

»Du Maschine«, stöhnt Grayson und kneift die Augen zusammen.

»Zielperson?«

»Helena Havertz, fünfunddreißig Jahre alt, aus New Jersey, wohnt auf der Third Avenue in Brooklyn.«

»Verbrechen?«

»Häusliche Gewalt gegen ihren Ehemann sowie vier Kinder, davon zwei auf der High School, ein Kleinkind und ein Baby. Der Mann sitzt im Rollstuhl und verwahrlost zunehmend, weil es ihr egal ist, wie es ihm geht. In ihrer Akte steht, dass sie regelmäßig Drogen genommen hat, der letzte Test jedoch negativ war.«

»Und wir wissen sicher, dass sie nicht alles versucht hat, um sich zu bessern?«, hake ich nach. Grayson macht seine Arbeit eigentlich immer ordentlich. Meist manipuliert er Polizisten, um an Personen zu gelangen, die bereits aktenkundig geworden sind. Anschließend überzeugt er sich noch einmal selbst von dem Ausmaß der Schuldfähigkeit unserer Zielperson, bevor wir überhaupt in Erwägung ziehen, einen Angriff zu starten.

»Ich habe mich letzte Woche in ihr Smartphone gehackt und mithören können, wie es in dieser Familie zugeht. Ich bin sicher.«

Seufzend verlasse ich sein Zimmer und ziehe Jacke und Schuhe an, die Grayson gleich anbehalten hat. Selbst bei den Menschen, die es ganz offensichtlich verdient haben, bin ich skeptisch, ob wir wirklich das Richtige tun.

***

Helena ist nicht schwer zu finden gewesen. Personen wie sie entfernen sich nie weit von ihrem Zuhause und sind häufig bereits am frühen Abend entweder zugedröhnt oder hackedicht. Während wir im Mustang vor einer ranzigen Kneipe warten, lehnt Grayson seinen Kopf an den Beifahrersitz und brummelt leise Flüche vor sich hin, während ein stetiger Regen auf das Autodach trommelt.

»Ich habe dir ja gesagt, du hättest eine blöde Tablette nehmen sollen, bevor wir gefahren sind. Das hätte dir zumindest ein paar Minuten ohne Kopfschmerzen gegeben«, entgegne ich leicht herzlos. Wer so auf dicke Hose macht, muss eben fühlen.

»Schnauze, Wandsworth«, knurrt er und kühlt seine Stirn am Fensterglas. Inzwischen sind die Scheiben schon leicht beschlagen, weswegen ich mein Fenster herunterkurble, aber direkt von Grayson angemault werde, dass ihm kalt sei. Ich bin so froh, dass er selten krank ist und eigentlich ich die Entzugserscheinungen vor ihm spüre. Er ist super wehleidig.

»Das ist sie, oder?«, frage ich leise und stupse Grays Arm an, als eine Frau Mitte dreißig in schwarzen, schlabbrigen, schlecht sitzenden Lederhosen und grüngefärbten Haaren die Bar verlässt. Sie schmeißt ihre Kippe achtlos auf den Boden und spuckt hinterher.

»Du musst nicht flüstern, sie hört uns nicht«, entgegnet Grayson miesepetrig und steigt aus. Ich folge ihm, setze meine Kapuze auf, um nicht gleich die Frisur eines Pudels zu haben, und scheinbar in ein alltägliches Gespräch vertieft heften wir uns an Helenas Fersen. Aber eigentlich steuert Grayson sie gedanklich in eine dunkle Gasse. Er sagt, das Gehirn von Betrunkenen sei wie aus flüssiger Seife – einerseits leicht zu durchschauen und doch nicht so richtig greifbar.

In ihre dunklen Gedanken einzutauchen, fällt mir ziemlich leicht, denn sie ist kein komplexer Charakter. Irgendwo ist es Helena nicht nur egal, dass die Menschen, die auf sie angewiesen sind, ohne sie verwahrlosen, es macht ihr sogar Spaß, dabei zuzusehen. Wie ist sie zu diesem Menschen geworden? Ich suche in ihren Gedanken nach Schmerz und finde mehr, als ich brauchen würde. Grayson entfährt ein gieriges Einatmen, als ich ihm die ersten Gedanken sende und er sie an Helena weiterschickt. Sie geht zu Boden und ihre dunkelgraue Gestalt verschwimmt beinahe mit der Schwärze um sie herum. Es riecht unangenehm nach Urin und das Wimmern und Krächzen von Helena wird lauter, bis ich schnelle Schritte hinter mir vernehme, die sich nähern.

Ich werfe einen halben Blick über die Schulter und halte den Atem an. Zwei Dinge springen mir ins Auge: Die Welt ist dunkler geworden. Noch vor sechs Wochen haben die Menschen um uns herum im Allgemeinen heller geleuchtet. Doch ich habe keine Zeit, mich mit dem Gedanken zu beschäftigen, da im Kontrast dazu eine goldleuchtende

Person mit schwarzen Symbolen, die sich über den gesamten Körper erstrecken, direkt auf uns zuläuft. Nesweru sind die einzigen Wesen, die sich nicht an unsere schwarz-weiß Regel halten.

»Fuck«, hauche ich und blinzle gegen die schwarze Schicht an. Grayson ist so auf Helena fokussiert, dass ich ihn schütteln muss, damit er aus seiner Starre erwacht.

Als er die Gestalt ebenfalls wahrnimmt, muss ich ihm gar nicht erst sagen, dass er seinen Arsch bewegen soll. Es ist zwar eine Ewigkeit her, dass wir zuletzt von einem Nesweru verfolgt wurden, doch das Weglaufen verlernt man nicht – es ist wie Fahrradfahren. Grayson sprintet vorneweg, während ich die nächste Abzweigung in die zweiundvierzigste Straße nehme und auf den Sunset Park zu renne.

Scheiß Nesweru! Es gibt so viele Shemayu in New York. Konnte der sich nicht jemand anderen zum Verfolgen aussuchen? Und natürlich hängt der Bastard an meinen Fersen, statt an Graysons.

Durch den stetigen Regen sind die Straßen rutschig und leider nicht so voll, wie man es von New York gewohnt ist, weswegen ich nicht einfach in einer Menge untertauchen kann. Der Park ist zu weitläufig. Kurzerhand schlage ich einen Haken auf die Fifth Avenue und drücke bei der nächsten Gelegenheit die Tür zu einem kleinen Taco-Imbiss auf. Der Besitzer ruft mir etwas auf Spanisch zu, das ich nicht verstehe, aber ich lasse mir keine Verschnaufpause und schiebe mich mit einer gemurmelten Entschuldigung an den zwei protestierenden Leuten hinter der Theke vorbei, um durch die Küche zum Hinterausgang zu kommen, den die meisten Läden auf dieser Seite hier haben. Einer der Köche hält mich am Ärmel fest, weil ich hier nicht sein sollte, und als ich mich losreiße, stoße ich gegen einen Bottich Guacamole, der sich beim Umfallen über meiner Jeans ergießt. Schritte erklingen aus dem Laden und ich stolpere durch die Hintertür nach draußen, wo eine Ratte sich gerade an den Müllresten von Tacos, Hackfleisch und käsigen Tortillas satt frisst. Ich warte nicht ab, bis der Nesweru mich wiedergefunden hat, und klettere auf die Mülltonne, um mich über den hohen Metallzaun zu schwingen.

Wenige Minuten später und völlig außer Puste erkenne ich Graysons

Mustang, der neben mir herfährt. Er hält nur kurz, damit ich reinspringen kann und drückt dann das Gaspedal durch. Wahrscheinlich hat er seine Tracking-App auf dem Handy benutzt, um meinen Standort zu lokalisieren.

»Junge. Das war knapp«, bemerkt Grayson trocken und wirft einen konzentrierten Blick in den Rückspiegel, doch wir scheinen den Nesweru abgeschüttelt zu haben.

Stöhnend schiebe ich mir die Kapuze vom Kopf, unter der meine Haare ohnehin nass geworden sind.

»Wir hatten einen Arsch voll Glück, dass es nur einer war. Denkst du, er konnte dein Gesicht sehen?«

Ich schüttle den Kopf. »Dafür war er nicht nah genug und ich hatte die Kapuze die ganze Zeit auf. Konntest du erkennen, wie er aussah?«

»Nicht wirklich. Ich habe ihn nur kurz gesehen. Aber er kann nicht viel älter sein als wir. Und er war ziemlich groß.« Plötzlich blähen sich Graysons Nasenflügel auf. Er sieht erst in mein Gesicht, dann auf meine Hose und grinst breit. »Sag mal, warst du ohne mich Tacos essen?«

»Soll ich dir ein wenig Guacamole abgeben?«, frage ich und deute an, den grünen Dip von meiner Hose zu schaben, um sie ihm irgendwo hinzuschmieren.

»Untersteh dich! Sonst setze ich dich hier ab und du kannst nach Hause laufen.«

In genau diesem Moment klingelt sein Handy in der Halterung der Mittelkonsole. Bevor ich Grayson stoppen kann, nimmt er Natalies Anruf entgegen: »Hey, Prinzessin.«

Ich presse die Lippen aufeinander und fuchtle mit den Händen, bedeute ihm, dass er mit Kopfschmerzen im Bett liegen sollte, bevor er sich verplappern kann. Graysons Augen werden groß und er fährt hektisch den Wagen an den Straßenrand, da das Röhren des Mustangs nicht zu überhören ist.

»Hi. Bist du nicht zu Hause?«, ertönt Natalies Stimme durch den Lautsprecher.

»Ähm, doch klar«, stammelt Grayson und sieht hilfesuchend zu mir, aber ich bedeute ihm abzuwarten.

»Oh. Weil ich … also ich dachte, ich sehe noch mal nach dir und … ich habe Tee dabei. Meine Uroma schwört darauf, dass er gegen Migräne hilft und ich war deswegen extra in einem speziellen Kräuterladen und …«, erzählt Natalie und hält plötzlich inne. »Na ja, ich habe mehrfach Nicolas' Handy angerufen, um dich nicht zu wecken, dann irgendwann geklingelt, aber …«

»Ah. Nicolas ist …«, setzt Grayson an und bedeutet mir mit einer Geste, ihm bei seiner Lüge zu helfen, aber mir fällt auf die Schnelle nichts ein. »Nic ist unterwegs. Und die Klingel … habe ich wohl nicht gehört. Sorry Prinzessin.«

»Okay. Das macht ja nichts. Also … lässt du mich dann rein?«, lacht sie, wenngleich eine gewisse Irritation in ihrer Stimme mitklingt.

Grayson reibt sich mit der Hand über seine Stirn und sieht hilfesuchend aus dem Fenster, als könnte New York ihm eine passende Ausrede geben. »Nat, sei mir nicht böse, aber … ich will gerade wirklich einfach nur schlafen. Es geht mir beschissen und ich kann kaum geradeaus sehen. Das mit dem Tee ist echt süß von dir, aber lass uns das bitte einfach auf morgen verschieben, okay?«

Natalie zögert, während Grayson und ich unisono den Atem anhalten. Sie räuspert sich und antwortet verhalten: »Na gut. Dann schlaf dich aus.«

Da ist aber jemand ganz und gar nicht glücklich.

»Sorry, Prinzessin. Ich mache es wieder gut.«

»Nein, ich bitte dich. Du musst nichts wieder gut machen. Melde dich einfach, wenn es dir besser geht.« Dieses Mal klingt ihre Stimme versöhnlicher.

»Klar. Liebe dich«, gibt Grayson zurück und betet in seinem Kopf, dass er eine Antwort darauf erhält. Ich hebe überrascht die Augenbrauen, dass ihm überhaupt solche Worte über die Lippen kommen.

»Liebe dich«, entgegnet Natalie leise und legt auf.

»Ich weiß nicht, was knapper war: Die Flucht vor dem Nesweru oder dein Talent zu lügen«, stöhne ich und raufe mir die Haare.

Nicolas

Eine Woche später werde ich an einem Samstagabend von Grayson zum Männerabend in die Billard-Bar gezerrt. Als ob nicht jeder Abend bei uns beiden in gewisser Weise ein Männerabend wäre. Okay, in letzter Zeit hängt er viel mit Natalie rum, aber trotzdem verstehe ich den Aufwand nicht. Wir könnten gerade gemütlich zu Hause sitzen. Aber gut. Ich will keine Spaßbremse sein.

»Noch eins?«, frage ich Grayson und deute nach dem ersten Spiel, das er gewonnen hat, auf unsere leeren Bierflaschen. Ich habe irgendwie keine Motivation, mich anzustrengen und er freut sich immer so, wenn er gewinnt, also lasse ich ihm seinen Triumph. Er nickt auf meine Frage und ich gehe zum Bartresen. Da Samstag ist, sind viele Leute hier, aber immerhin kann man sich noch bewegen. Die meisten sind mit Billard oder Darts beschäftigt, sodass die Stimmung angenehm heiter und gelassen ist.

Als ich mit vollen Bierflaschen wieder zurückkomme, fragt Grayson: »Nächste Runde?«

»Worum spielen wir?«, entgegne ich wettlustig. Es macht eigentlich immer Spaß, mit Grayson zu wetten, weil er sich so schön aufregt, wenn er verliert. Und mit einem Wetteinsatz strenge ich mich vielleicht ein bisschen an.

»Um …«, setzt er an und überlegt.

Ein eiskalter Luftstoß fegt durch die Bar und ich sehe auf. An der Tür steht wie aus dem Nichts Cassey. Dahinter Natalie. Grimmig drehe ich mich zu Grayson und ziehe fragend die Augenbrauen hoch.

»Was siehst du mich so an?«, fragt er ganz unschuldig, aber seine Gedanken haben ihn bereits verraten. Das war geplant. Deswegen hat

er so auf diesen Abend und speziell diese Bar bestanden.

»Du kannst es einfach nicht lassen. Ich verschwinde«, knurre ich, knalle das Bier auf einen Stehtisch und mache mich auf den Weg zum Ausgang. Grayson ruft mir noch hinterher, aber ich reagiere nicht. Stattdessen gebe ich mir alle Mühe, Cassey nicht anzusehen, aber aus dem Augenwinkel erkenne ich, dass sie wie erstarrt ist. Natürlich. Sie hat wahrscheinlich genauso wenig mit dieser Begegnung gerechnet.

Ohne einen Blickkontakt gehe ich an Cassey vorbei und schnappe meine abgewetzte Lederjacke vom Haken. Ich verlasse die Bar und bin schon fast um die Ecke, als ich plötzlich schnelle Schritte hinter mir wahrnehme. Dann packt mich jemand am Kragen und dreht mich ruppig herum.

»Du blickst mir nicht mal mehr in die Augen?«, ruft Cassey vorwurfsvoll. Ich habe ihre Stimme so lange nicht gehört, dass ich nun den russischen Akzent wieder bemerke.

»Was?«, entgegne ich kühl. Mein Atem geht automatisch unregelmäßig. Warum mache ich mir die größte Mühe, ihr aus dem Weg zu gehen, es uns leichter zu machen, wenn sie jetzt sauer ist?

Ich sehe fest auf die Hauswand rechts von mir, um ihrem Blick auszuweichen, bis sie ruft: »Sieh mich an, verdammt!« Tief durchatmend wende ich ihr den Kopf zu und begegne den wütend funkelnden, eisblauen Augen. »Danke. So, und jetzt erklärst du mir, wieso du mich komplett ignorierst«, fordert sie mit fester Stimme. Ich beiße die Zähne zusammen und sehe mich wieder um, damit ihr Blick mich nicht gleich durchbohrt.

»Wieso behandelst du mich von einen auf den anderen Tag, als würde ich nicht existieren?«

»Du wolltest doch nichts von mir. Was soll ich denn tun? Ich dachte, du willst, dass ich dich in Ruhe lasse«, platzt es schließlich etwas zu laut aus mir heraus.

Plötzlich bricht ein beinahe hysterisches Lachen aus Cassey heraus. »Ja, aber … ach, scheiße!« Sie fährt sich mit allen zehn Fingern durch die Haare und mahlt mit ihrem Kiefer.

»Tut mir leid, ich habe nicht geplant, Gefühle für dich zu entwickeln«, entgegne ich mit einer Spur Sarkasmus in der Stimme. Beinahe hätte ich gesagt *mich in dich zu verlieben*. Aber das konnte ich gerade noch so zurückhalten, weil ich nicht einmal weiß, ob das stimmt. Und Gefühle können so vielfältig sein – gerade bin ich einfach nur wütend und ich weiß nicht einmal genau warum.

»Ich doch auch nicht«, schießt sie unmittelbar zurück.

Ich hebe überrascht die Augenbrauen. Wie jetzt?

»Ich hatte Prinzipien, verdammt! Und alles lief super, bis du aufgekreuzt bist.«

Klar, ich bin schuld daran, dass sie an diesem Morgen im Café aufgetaucht ist, wo ich arbeite. Und es ist meine Schuld, dass ich ihr geholfen habe, als sie in dieser Bar gefallen ist. Es ist selbstverständlich auch meine Schuld, dass sie mich mit einem Kuss überfallen und mir gezeigt hat, dass da mehr zwischen uns sein könnte.

Ich schnaube vor Wut. »Dann kannst du doch froh sein, dass ich dich jetzt in Ruhe lasse! Was willst du eigentlich? Kannst du dich mal entscheiden?«

»Ich will dich«, platzt es laut aus ihr raus, ehe sie die Lippen aufeinanderpresst und beinahe erstaunt über ihre eigenen Worte wirkt. Dann entspannen ihre Schultern, als raube ihr diese Diskussion mächtig Energie. »Ich will dich – allem zum Trotz. Und das habe ich erst einsehen müssen. Damit habe ich mich erst abfinden müssen.«

Meine Wut verfliegt so schnell, wie sie gekommen ist. Seufzend schüttle ich den Kopf. »Cass ... ich habe dir schon einmal gesagt, dass dieses ... rein Körperliche nicht mein Ding ist.«

Sie stutzt erst und schaut mich an, als hätte ich nicht alle Tassen im Schrank, aber schüttelt dann den Kopf. »Das meine ich doch auch nicht, du Blödmann.«

»Was meinst du dann?«

Nun verdreht sie die Augen und verschränkt die Arme vor der Brust. »Willst du mich ernsthaft dazu zwingen, es auszusprechen?«, brummt sie mit warnendem Unterton.

Ein unkontrolliertes Zucken umspielt meine Mundwinkel und ich unterdrücke die Erleichterung, die sich bereits in mir ausbreiten will.

Aber der Fall in die Enttäuschung ist zu hoch, um das Risiko einzugehen.

»Mhm ... ja, schon.«

Casseys Blick wird noch eine Spur finsterer, doch auf einmal entspannen sich ihre Züge und sie macht einen Schritt auf mich zu. Dabei hebt sie eine Hand und umfasst den Kragen meiner Jacke. Sachte zieht sie mich zu sich herunter, den Blick fest in meine Augen gerichtet, während meine eigenen ihren Ausdruck scannen und schließlich an ihren Lippen hängen bleiben. »Du sollst dich verdammt nochmal nicht von mir fernhalten. Weil ich ... dich mag, okay? Und damit meine ich nicht nur körperlich.« Sie zieht mich noch ein Stück näher und ich spüre ihren Atem auf meiner Haut, als sie hinzufügt: »Ist das deutlich genug?«

Mehr als deutlich. Denn dieses eine winzige Zugeständnis von ihr bricht meinen wohlerrichteten Staudamm und eine unbändige Hoffnung in dieses *wir* flutet meinen gesamten Körper.

Sie macht mich fertig.

Mit diesem Hin und Her an Gefühlen schickt sie mich auf meine persönliche Achterbahnfahrt ohne Notbremse. Und gerade hänge ich kopfüber in einem Looping – unsicher, ob mein Waggon nun vorwärts oder rückwärts fahren wird.

Aber ich will das hier. Unbedingt. Ich will sie. Vielleicht hat Cassey wirklich nur Zeit gebraucht. Vielleicht war ich die letzten Tage viel zu dramatisch, indem ich ihr so konsequent aus dem Weg gegangen bin. Aber vielleicht hat auch sie wiederum den Abstand gebraucht, um sich ihrer Gefühle klar zu werden.

»Bist du dir sicher?«, frage ich und kann nicht anders, als zärtlich mit meinen Lippen über ihre zu streichen. Schlagartig ist alles zurück – das Herzrasen, die kribbelnden Finger, die Versuchung, sie hier und jetzt zu küssen.

Cassey lehnt ihre Stirn gegen meine und ich genieße es so sehr, dass ich kaum merke, wie sie langsam den Kopf schüttelt. Gleich darauf krallen sich ihre Finger aber fester in meinen Kragen und sie flüstert schnell und eindringlich: »Doch, doch. Ja, bin ich. Die

Wochen ohne dich waren … Ich musste immer an dich denken. So ging es mir noch nie.«

Ein raues, erleichtertes Lachen entfährt meiner Kehle. Gut zu wissen, dass es nicht nur mir so ging. »Ich habe dich auch vermisst, Cass. Mit Grayson zu streiten, ist nicht dasselbe.«

»Wer streitet hier?«, raunt sie und überbrückt die letzten Millimeter zwischen unseren Lippen. In diesem Moment saust die Achterbahn in mir wieder los. Vorwärts und hoffentlich in Richtung Endstation.

Ihr Kuss dreht mir auf eine seltsam gute Art und Weise den Magen um – einerseits, weil ich sie so sehr vermisst habe, andererseits, weil ich Angst habe, dass sie sich gleich wieder verschließt und ihre Meinung ändert. Oder dass ich gerade alles nur noch schlimmer mache. Aber ihr Geruch strömt auf mich ein, und mein Atem geht so schnell, dass ich gleichzeitig kaum Luft bekomme. Das fühlt sich so fantastisch an.

Doch mit einem Mal sind ihre Lippen verschwunden und ich öffne blinzelnd meine Augen. »Aber … bist du dir sicher?«, fragt Cassey ebenfalls leicht außer Atem. Ihre Augen wandern dabei ziellos über mein Gesicht.

Schmunzelnd streiche ich ihr eine Strähne zurück. »Ich war mir sicher, seit du mich in der Küche geküsst hast«, flüstere ich und lege meine Hände um ihre Taille.

Sie legt einen Finger auf meine Lippen, um mich daran zu hindern, sie wieder zu küssen, denn offenbar muss sie einiges loswerden. »A-aber dir ist klar, dass ich … dass ich kompliziert bin, in vielerlei Hinsicht. Du könntest es besser treffen. Wieso ich?«

Leise prustend schüttle ich den Kopf und nehme ihren Finger von meinen Lippen. »Ja, mir ist bewusst, dass du kompliziert bist. Das hast du gerade mehr als ausreichend bewiesen. Aber um deine Frage zu beantworten: Wieso du? Weil du mich«, wieder lache ich auf und grinse breit, » wahnsinnig machst, Cass. Auf jede Art und Weise. Weil du mir das Gefühl gibst, am Leben zu sein. Weil niemand außer dir … es geschafft hat, mich derart aus der Bahn zu werfen. Und … oh, Mann. Es gibt zu viele Gründe.«

»Ist mir eine Ehre.« Casseys schiefes Lächeln bereitet mir ein wohliges Gefühl, und ich seufze ihren Namen, bevor ich sie noch einmal küsse. »Ich wünschte, wir wären allein.«

Aber auch dieser Kuss hält nicht lange an. Sie drückt mich an der Brust sanft weg und entschuldigt sich sogleich dafür. Ihre Nase und ihre Wangen sind gerötet. »Sorry, das muss raus. Ich will dir nicht wehtun, verstehst du? Kannst du dir vorstellen, wie es für mich ist, nach fast einem Jahrzehnt jemanden an mich ranzulassen? Emotional.«

»Ja, absolut.« Ich lehne mich ein bisschen zurück, damit ich sie ansehen kann. Cassey erwidert meinen Blick leicht skeptisch, also muss ich wohl ein bisschen genauer erklären. »Rebecca ... Ich kann mich kaum an eine Zeit vor ihr erinnern. Sie war alles für mich. Absolut alles. Und sie war immer bei mir. Länger, als du dir vielleicht vorstellen kannst. Und ... sie zu verlieren ... ich ...« Ich stocke und presse die Lippen aufeinander. Cassey verzieht das Gesicht und wendet schnell den Blick ab. »Du kannst dir sicher sein, dass ich weiß, wie es ist, wenn man total dicht macht. Es ist bei mir nicht genauso lange her. Kein Jahrzehnt, sondern nur ein halbes, aber ... deswegen ist es nicht weniger schwierig.« Ihr Blick ist bedrückt und mitfühlend und irgendwie ... verständnisvoll. Deswegen setze ich erklärend hinzu: »Das heißt, du wirst es mit mir genauso schwer haben, wie ich mit dir.«

Cassey kommt mir wieder etwas näher, um ihre Hand auf meine linke Brust zu legen. Darunter schlägt mein Herz ganz schnell und ihre Geste bereitet mir eine Gänsehaut. »Dann gib mir wenigstens Zeit, mich an das alles zu gewöhnen«, bittet sie mich. Das klingt so, als wäre ich ihre erste Beziehung ... wenn man das bei uns so nennen kann. Aaahh, besser nicht genau definieren. Ich lege meine Hand auf ihre und erwidere leise: »Alle Zeit, die du brauchst. Alle Zeit der Welt.«

Ihre Finger sind ganz zart und schmal, anders als meine große Hand. Vorsichtig streiche ich über ihre Tätowierungen und die schwarz lackierten Nägel. Anschließend begutachte ich ihr Gesicht. Jeden Millimeter.

Plötzlich lacht Cassey leise auf. Ihr Blick ist auf unsere Hände gesenkt und ich frage schmunzelnd: »Was ist so lustig?«

»Das«, entgegnet sie und deutet mit dem Kinn auf unsere Hände, »ist ja so kitschig.«

Das ist kitschig? Sie hat offenbar noch niemals richtigen Kitsch erlebt. »Ouh, apropos kitschig: Wenn du jetzt Kosenamen wie *Süße* oder *Prinzessin* erwartest, muss ich dich enttäuschen. Das finde ich albern. Dann musst du doch Grayson nehmen«, lache ich.

Angewidert rümpft Cassey die Nase, wobei sich ihre zwei Piercings im Nasenflügel mitbewegen, und macht einen angeekelten Laut. Prustend tippe ich gegen das Piercing und raune: »Dachte ich mir doch, dass dich das nicht stört.«

Wo wir doch gerade beim Thema *Grayson* sind … Ich sehe durch das Fenster links von mir nach ihm und Natalie und entdecke sie am Billardtisch. Sie spielen zwar gegeneinander, aber er hilft ihr, den Queue richtig anzusetzen, und küsst sie auf die Wange, wenn sie einen guten Stoß ausgeführt hat. So habe ich ihn noch nie gesehen.

»Lass uns wieder zu ihnen gehen. Die Turteltauben sind bestimmt schon ganz nervös.« Cassey zieht ihre Hand unter meiner heraus.

»Ich will Grayson eine reinhauen, weil er mich hergelockt hat, aber irgendwie bin ich ihm auch dankbar«, sage ich und öffne die Tür für Cassey. »Nach Ihnen, Mylady.«

Sie macht einen Knicks in einem unsichtbaren Rock. »Danke Ihnen, Mylord.«

Zurück am Billardtisch begrüßt Cassey Grayson mit: »Na? Verlierst du?«

»Nein, heute nicht«, kontert er grinsend und trifft zwei Volle auf einen Stoß. »Aber ich halte mich zurück. Nat soll schließlich eine Chance haben.« Dann sieht er zu mir und meine Mundwinkel zucken unkontrolliert.

\\Gern geschehen.//

Leider muss ich tatsächlich zugeben, dass er mir dieses Mal mit seiner nervigen Eigenschaft, sich immer in meine Angelegenheiten einzumischen, geholfen hat.

\\Nic? Beccy würde sich mit Sicherheit für dich freuen.//

Auch wenn es wehtut, weiß ich, dass Grayson Recht hat. Beccy hätte

es verabscheut, wie ich die letzten fünf Jahre ohne sie verbracht habe. Aber ich brauchte diese Zeit. Ich weiß immer noch nicht, ob ich vollständig bereit bin, mich wieder auf jemand anderen einzulassen, aber andererseits … es ist Cassey und nicht irgendjemand. Cassey ist ein ganz besonderer Mensch. Ich bin so glücklich, wenn wir zusammen sind.

»Neues Spiel. Männer gegen Frauen«, weckt Cassey mich aus meinen Gedanken.

Grayson zischt mir zu: »Wenn du es versaust, übernimmst du alle meine Café-Schichten für dieses Jahr.«

Lachend lege ich den Kopf in den Nacken und willige ein. Dann reiche ich Cassey einen Queue und ordne die Kugeln in einem Dreieck an. »Ladys first?«

Natalie scheint nicht wirklich überzeugt. »Wir werden so was von verlieren.«

»Natty, wir haben so viel gemeinsam geschafft, da packen wir doch wohl auch die zwei Bubis beim Billard«, gibt Cassey zwinkernd zurück.

»*Bubis?!*«, rufen Grayson und ich wie aus einem Mund, woraufhin Grayson begeistert seinen Kopf zu mir wendet: »Guck mal, wir können das auch. Nic, wir sind Zwillinge!«

»Nur mental«, entgegne ich schmunzelnd und betrachte Cassey und Natalie, die belustigt ihre Queue einkreiden.

Ich positioniere die weiße Kugel und mache eine auffordernde Handgeste, dass sie gerne beweisen soll, wie gut sie ist. Natalie äußert immer noch bedenkliche Kommentare, aber Cassey beugt sich bereits vornüber, fixiert die Kugel konzentriert und vollführt einen verdammt guten ersten Stoß. Drei Volle hat sie bereits abgeräumt. *Pfh, Anfängerglück.*

Mein Blick huscht zu Cassey, die schief grinsend ihr Kinn auf dem Queue abstützt und sich in der Bar umsieht. Ihre Augen bleiben an etwas hängen. Unvermittelt wandelt sich ihr Blick von heiter zu todernst. Sie richtet sich auf und ich versuche, zu sehen, was sie so reagieren lässt, kann aber nichts Ungewöhnliches entdecken. Nicht weit von uns entfernt stehen ein paar Kerle, die Darts spielen und parallel am Stehtisch trinken. Sie lachen laut und bevor ich verstehe, was gerade vor sich geht, eilt Cassey auf diesen Tisch zu. Ihre Hand schnellt vor, packt den Hinterkopf von einem der Männer und knallt sein Gesicht auf die Tischplatte. Er schreit auf und torkelt benommen zurück, während er sich die Nase hält.

Die zwei anderen Typen zucken zusammen und wollen Cassey gerade schnappen, da hebt der Mann mit den dunklen Haaren und der inzwischen blutenden Nase abwehrend die Hand und hält seine Kumpels zurück. Er schnieft und grinst dann. Ich bin so perplex, dass ich mich zuerst gar nicht rühren kann. Was ist nur in sie gefahren?! Es scheint nicht nur mir so zu gehen. Schlagartig verstummen alle Gespräche im Raum.

Der Kerl sagt etwas, das ich nicht verstehe, aber gleich darauf holt Cassey zu einem Schlag aus, den er locker abfängt und seinen Kopf schief legt, beinahe wie eine Schlange. Was geht denn da ab?

Plötzlich versperrt mir ein Kopf die Sicht, aber ich höre Casseys Brüllen und gleich darauf kann ich sehen, wie sie ihm einen Tritt in die Magengrube versetzt. Der Typ fällt zu Boden und Cassey schnappt sich einen Dartpfeil vom Tisch. Ruckartig bleibe ich auf meinem Weg zu ihr völlig entsetzt stehen. Mein Gehirn ist total leer, bis auf eine einzige Frage: *Was?!*

Cassey setzt sich rittlings auf seine Taille und will ihm den Pfeil zielsicher in die Kehle rammen, da fängt er ihren Arm ab und es kommt zu einem Kräftemessen. Um es zu unterbrechen und weil sich sonst keiner der Barbesucher regt, packe ich Cassey und zerre sie mit aller Kraft von diesem Typen, während Grayson ihn auf die Beine zieht.

»Das reicht! Du bringst ihn um, Cass«, zische ich in ihr Ohr.

»Lass mich«, kreischt sie völlig von Sinnen. Heftig reißt sie sich von mir los – wie hat sie das denn geschafft? – und schubst Grayson von dem Kerl weg, um dem Unbekannten einen Kinnhaken zu verpassen. Geschickt und für meine Augen viel zu schnell, befördert sie den Kerl auf den Boden, um ihm dort den Pfeil direkt unters linke Schlüsselbein zu rammen. Mich verwundert ihre ... Zielsicherheit. Sie schlägt

nicht wahllos, sondern genau da hin, wo es wehtut. Kehle, Kiefer, Nase und Schläfe.

Klar, sie hat erzählt, dass sie Kampfsport treibt. Aber es im Training einzusetzen und in Realität ist ein gehöriger Unterschied.

Er brüllt erst auf, lacht dann aber direkt im Anschluss und tritt Cassey von sich. Die zischt: »Dich hätte ich vor drei Jahren umbringen sollen!« Voller Wucht schlägt sie auf ihn ein, aber er blockt leichtfertig ab. In meinem Kopf rattern alle Räder und versuchen, Informationen zusammenzubringen.

Das hinterhältige, trockene Lachen des Typen reißt mich wieder ins Hier und Jetzt zurück. »Tja, hast du aber nicht. Wie war's in der Anstalt?«

Natalies Kopf taucht neben mir auf, aber Grayson schiebt sie sogleich bestimmt zurück. Auch ich fange mich wieder und packe Casseys Hände, aber sie schlägt mich sogleich fort. Alter, sie hat ganz schön viel Kraft.

Inzwischen haben sich fast alle Barbesucher um uns versammelt und werden Zeugen, wie Cassey gerade grundlos einen Kerl vermöbelt. Na ja, vielleicht nicht grundlos, aber mich erschreckt ihre Aggressivität. Niemals hätte ich dieses Ausmaß an Gewalt bei ihr vermutet.

Der Kerl verpasst ihr einen ordentlichen Fausthieb, der sich gewaschen hat und ihr den Boden unter den Füßen wegzieht. Alle halten den Atem an. Stöhnend rappelt Cassey sich wieder auf, knurrt unverständlich etwas und geht wieder auf ihn los, scheint aber in ihrer Bewegung nicht mehr ganz so zielsicher. Der Schlag von eben muss sie heftig erwischt haben, denn sie taumelt erst ein wenig, und noch bevor sie ausholen kann, steckt sie selbst einen Fausthieb ein. Ihr Kopf fliegt heftiger als vorhin zur Seite und sie stolpert zurück. Geistesgegenwärtig schnappe ich ihre Arme und halte sie so fest, dass es ihr wahrscheinlich wehtut, aber ich kann nicht zulassen, dass sie sich noch einmal von mir löst. Währenddessen stellt sich Natalie zwischen uns und funkelt ihn an.

Aber dafür ist Grayson verantwortlich, also fahre ich Cassey an: »Was soll die Scheiße?!«

Gray packt unterdessen den Kerl am Kragen, um ihn vor die Tür zu ziehen. Ein paar breite schrankähnliche Typen kommen auf uns zu – wahrscheinlich Türsteher der Bar. Unterdessen drückt Cassey mich von sich, aber ich intensiviere meinen Griff. »Du bist verletzt. Ich lasse dich ganz sicher jetzt nicht auf irgendwen einschlagen, Cass. Erst erklärst du mir verdammt noch mal was hier los ist«, fordere ich und sehe mich nach Grayson um, der den Kerl auf einmal irritiert anstarrt und gar nichts mehr macht.

\\Ist er … nein, das kann nicht sein … aber was, wenn …//

Wieso sind seine Gedanken so unvollständig?

Ehe ich mich versehe, tritt Cassey mit dem Absatz ihres Schuhs auf meinen Fuß. *Fuck! Schmerz lass nach.*

Auf dem Weg zum Unbekannten greift sie nach einer Bierflasche, lässt sie auf einer Tischkante zerbersten und geht mit dem scharfen Flaschenhals auf ihn los. Dabei keift sie: »Lass mich dir zeigen, wie es ist, am eigenen Blut zu ersticken, Bastard!«

Nein, nein, nein, das will sie doch nicht wirklich … Ich laufe ihr hinterher, doch ich komme zu spät. Das Glas bohrt sich in die Seite des Typen und ich rufe entsetzt Casseys Namen. Auch um mich herum halten die Zuschauer die Luft an. Einige schreien auf. Das ist zu viel. Das ist doch verrückt.

Cassey wird sogleich grob von den Türstehern an Armen und Beinen gepackt und rausgetragen. Währenddessen schreit sie wie besessen: »Lasst mich los! Ich krieg dich!«

\\Sieht nicht so aus.//

Ich werfe dem angegriffenen Kerl einen wütenden Blick zu und spüre nebenbei, wie Grayson die Gedanken der Typen manipuliert, welche die zur Hilfe geeilte Natalie festhalten. Das hätte er mal früher bei Cassey tun sollen. Warum hat er das nicht gemacht?

Ich weiß überhaupt nicht, was ich tun soll. Die Kerle haben Cassey vor der Tür abgesetzt und losgelassen. Offenbar hat Grayson seine Manipulation also auch auf die hier übertragen.

Vorsichtig nehme ich ihr Gesicht zwischen meine Hände und suche sie nach Verletzungen ab. Sie weicht meinem Blick aus, bewegt sich

unruhig von einem Bein aufs andere und schlägt meine Hände grob weg. Ihr Blick ist immer noch angsteinflößend.

Aus weiter Ferne ertönen Sirenen. Die Polizei wird gleich hier sein und dann haben wir ein Problem. Der Mann hat sich objektiv betrachtet schließlich nur verteidigt.

»Cass, warum?«, frage ich verstört und schüttle den Kopf. Aber sie ist abgelenkt durch einen intensiven Blickwechsel mit ihrer Schwester. Dann wendet sie sich wieder zu mir und bittet eindringlich: »Sorg dafür, dass Natalie hier wegkommt. Sie soll da nicht mit reingezogen werden.«

»Spinnst du? Ich ...«, setze ich an und breche direkt wieder ab. »Okay ... ich sage Gray, dass er sie wegbringen soll. Und du«, ich nagle ihren Blick fest, »bleibst hier stehen«, kommandiere ich und gehe zu Grayson, bevor sie Fragen stellen kann.

»Bring Natalie zu uns«, zische ich ihm zu.

»Und du?«, fragt er. Ich sehe unsicher zu Natalie und dann zu Cassey. Ja. Gute Frage. Was mache ich jetzt? Auf meine Freundin ... auf die Frau aufpassen, die vor ein paar Minuten noch behauptet hat, anders und verrückt zu sein. Das ist sie in der Tat. Aber ich hätte niemals gedacht, dass sie zu so etwas im Stande ist.

Die Polizei biegt in die Straße ein. Es wird brutal laut und chaotisch. Zwei Streifenwagen halten mit Blaulicht und kreischenden Sirenen vor der Bar. Es steigen jeweils zwei Uniformierte aus. Dahinter kommt ein Rettungswagen angebraust. Jemand rennt zu den Polizisten vor, erzählt ihnen etwas und deutet anschließend auf Cassey. Diese sehen zu ihr, dann zur Bar. Ein großgebauter Mann mit kurz geschorenem schwarzem Haar kommt auf Cassey zu. »Miss, Sie sind vorläufig festgenommen. Sie haben das Recht zu schweigen. Alles, was Sie sagen, kann und wird vor Gericht gegen Sie verwendet werden. Sie haben das Recht auf einen Anwalt. Wenn Sie sich keinen Anwalt leisten können, wird Ihnen vom Staat einer gestellt. Haben Sie Ihre Rechte verstanden?«, ruft er und zückt währenddessen seine Handschellen.

»Ja, ja«, entgegnet sie genervt und gelassen zugleich, als hätte sie das schon zigmal gehört – live und in Farbe. Bestätigt das meine Vermutung? Zutrauen würde ich es ihr ehrlich gesagt.

»Officer, das ist ein Missverständnis«, werfe ich ein und lege schnell meine Lippen an Cassey Ohr, während der Polizist bereits ihre Handgelenke hinterm Rücken zusammenführt. »Halt deine vorlaute Klappe, egal ob sie dich provozieren. Gray und ich holen dich da raus.«

Cassey verdreht die Augen und der Officer führt sie schließlich zum Wagen. Das kann doch alles nicht wahr sein. Aber jetzt gerade kann ich Cassey nicht viel helfen, also gehe ich rein. Vielleicht kann ich den Schaden begrenzen, wenn ich mit dem Kerl spreche? Offiziell natürlich nur, um Graysons Jacke zu holen, sollte jemand fragen. Aber in dem Chaos interessiert sich niemand für mich, also schlüpfe ich durch die Tür und halte mich am Jackenhaken auf. Dabei höre ich ein Gespräch zwischen diesem Kerl, den Polizisten und den inzwischen eingetroffenen Sanitätern an.

Gelassen lacht der Typ und versichert mehrfach, dass es ihm gut geht. Er wird gefragt, ob er Cassey kennt. »Nein, aber sie war es gar nicht«, lügt er und ich halte irritiert inne. Auch seine Freunde protestieren und erzählen, wie Cassey auf ihn losgegangen ist. Aber er besteht darauf, dass es ein Unfall war und er keine Anzeige erstatten will.

Jetzt verstehe ich absolut gar nichts mehr. Aber bevor ich etwas unternehme, das Cassey schaden könnte, schnappe ich Grays Jacke und jogge im Laufschritt nach Hause.

*⋆

Qua'shemayu

Heka: Körper – Stärke

<u>Merkmale:</u>
Der Qua'shemayu besitzt übernatürliche physische Kräfte, welche vom Ausmaß her bei einer Schlagkraft von circa tausend Kilogramm liegen kann. Sie haben den Vorteil eines starken Muskelgewebes, welches nicht mit menschenmöglichen Kräften zu vergleichen ist. Man sollte sich nicht durch schmächtige Körperbauten täuschen lassen.

Durch ihre Kraft strahlen die Qua'shemayu häufig ein selbstsicheres Äußeres aus; es lässt sie hin und wieder übermütig gegenüber uns Nesweru werden, weswegen dies die Sorte Shemayu ist, mit welcher man am häufigsten konfrontiert wird.

Die Qua'shemayu quälen und töten ihre Opfer auf beliebige Weise, zum Beispiel durch Quetschungen, gebrochene Knochen und verdrehte Gliedmaßen.

Aufgrund der physischen Überlegenheit war es bisher schwer, einen Qua'shemayu als Probanden festzuhalten und dessen Heka-Ausmaße zu testen.

<u>Prävention/ Reaktion:</u>
Nesweru sind von Natur aus stark, aber regelmäßiges Training verbessert die Kraft und begünstigt einen positiven Ausgang einer Konfrontation mit einem Qua'shemayu. Beim Kampf kann es helfen, diesen Shemayu durch Ausweichen ermüden zu lassen und nur zuzuschlagen, wenn man sich eines Treffers sicher sein kann.

Cassey

Der Polizist, dem ich *unabsichtlich* auf den Fuß getreten bin, schubst mich unsanft in die leere Zelle. »Ey Mann, geht man so mit einer Lady um?«, keife ich, rolle die Schultern und ziehe meine Jacke zurecht. Dabei funkle ich ihn böse an und er zieht die Zellentür zu. Nun sitze ich im Käfig.

»Mach es dir bequem«, grummelt er gereizt und schließt ab.

»Darauf können Sie wetten, Officer«, entgegne ich bissig und lasse mich auf die Bank plumpsen, während er hinter der schwingenden Milchglastür verschwindet, die das Präsidium von dem kleinen Zellenkomplex trennt. Dann überschlage ich die Beine und verschränke die Arme vor der Brust.

Es wird still und ich seufze. Wieder einmal sitze ich hinter Gittern. Wie vertraut. Und langweilig. Also schließe ich die Augen und lehne mich zurück gegen die Betonwand. Vor meinem inneren Auge spielt sich die Szene in der Bar ab. Immer wieder. Ich analysiere meine Fehler, die nun dafür sorgen, dass Terrence mir erneut entkommt.

Umso mehr Ruhe in mir einkehrt und dabei mein Adrenalinpegel sinkt, desto deutlicher spüre ich einen pochenden, nagenden Schmerz in meinem Kiefer.

Kurze Zeit später geht die Tür wieder auf und ich hebe den Kopf an. Ein Polizeibeamter kommt rein und stellt sich vor die Zelle. Diesmal ist es ein anderer, älterer Herr mit Ziegenbärtchen. Er bietet mir an, einen Anruf zu tätigen, doch ich lehne ab. Natalie und die Jungs wissen, dass ich hier bin.

»Ist was?«, frage ich, als er bleibt und mich von Kopf bis Fuß mustert.

»Ich frage mich bloß, wieso Mädchen wie Sie immer so rebellieren müssen. Gibt es Familienprobleme?«

Ich schürze die Lippen und sage dann schmunzelnd: »Ich bin einfach gerne rebellisch.«

Etwas bedrückter ergänzt er: »Und stechen unschuldige Männer ab?«

Mein Lächeln schwindet schlagartig. »Er war nicht unschuldig«, rechtfertige ich mich und wende den Blick ab. Nein, er war alles andere als unschuldig. Er hat es verdient. Terrence ist ein Monster, ein Psychopath. Eigentlich wie alle Shemayu und doch viel grausamer. Aber scheiße, genau das ist der Haken und das wird mir jetzt erst bewusst. Es ist der Shemayu, der den Tod verdient hat, nicht seine fleischliche Hülle. Keine Ahnung, was da in mich gefahren ist, dass ich völlig ausgeblendet habe, dass nicht der Mensch mein Feind ist, sondern das Biest in ihm drin. Scheiße, was habe ich getan?! Ich habe Terrence in Lebensgefahr gebracht. Er könnte sterben. Und der Shemayu würde in einem neuen Körper wiedergeboren werden.

Abrupt stehe ich auf und trete ans Gitter. »Sir, was ist mit Terrence?«, frage ich ihn besorgt und bete, dass er es mir sagt.

Etwas überrascht zieht er eine Augenbraue hoch und schweigt kurz. Dann sieht er flüchtig zur Tür und wieder zu mir. »Er wird versorgt. Sie haben ihn ordentlich erwischt.«

»Wie geht es ihm? Er wird es doch überstehen, oder?«, frage ich weiter, obwohl ich mir im ersten Moment ziemlich sicher bin, ihn nicht lebensgefährlich getroffen zu haben.

Nachdenklich dreinblickend schließt er eine Hand um sein Ziegenbärtchen. »Darüber kann ich Ihnen keine Auskunft geben, Miss. Selbst wenn ich wollte.«

Seufzend drehe ich mich um und gehe wieder an meinen Platz zurück, wobei ich leicht über meinen linken Kiefer streiche. Nicht zu wissen, ob ich einen Menschen umgebracht habe, der nichts für all das kann, was der Shemayu mit seinem Körper angestellt hat, wird mich wahnsinnig machen.

Der Polizist lässt mich wieder allein, ich lege mich seitlich auf die Bank und ziehe die Beine ran – es ist ziemlich kalt hier.

Stille. Langeweile. Schuldgefühle. Sie zerfressen mich von innen.

Mein Kopf will mir jedoch immer wieder einreden, dass er es verdient hat. Er spielt mir Erinnerungen vor, die ich am liebsten vergessen würde. Wie ich schwebte, ganz leicht und losgelöst, und mich selbst auf dem versifften Betonboden habe liegen sehen. Nach Luft ringend und fast nur noch Blut atmend. Eine Hand nach Natalie ausgestreckt. Wie ich sie um ihr Leben kämpfen sah, aber ihr nicht helfen konnte. Wie ich auf meine Mutter, die von hellem Licht eingehüllt war, zugehen wollte, aber sie mich anlächelte und den Kopf schüttelte. Ich wollte so gerne in ihre Arme stürzen, aber ich hielt an, weil sie mich nicht wollte. Noch nicht.

Es vergehen vielleicht zwanzig Minuten, bis die Tür erneut aufgeht. Schritte sind zu hören – von zwei Personen diesmal – und dann klimpernde Schlüssel. »Guten Morgen«, werde ich kaltherzig begrüßt und halte inne, weil es Nicolas' Stimme ist. Er steht neben dem netten Polizisten, der leicht verwirrt wirkt, und verschränkt die Arme vor der Brust. Da ist jemand stinksauer.

Verblüfft frage ich: »Was machst du denn hier?« Ich habe fest mit Natalie oder Papa gerechnet. In einigen Stunden.

»Dich retten. Was Ninjas halt so in den frühen Morgenstunden machen«, entgegnet er sarkastisch. Die Zellentür geht quietschend auf und der Polizist tritt beiseite.

»Wa-was? Wie bitte? Ich meine, wie …«, stammle ich und setze zögernd einen Fuß vor den anderen.

Nicolas geht überaus gereizt auf die Milchglastür zu und ich runzle die Stirn. Während ich am Polizisten vorbeigehe, sehen wir uns irritiert an. Ihm kommt das also auch spanisch vor. Gut. Ich nicke ihm zum Abschied zu und folge meinem übel gelaunten *Retter*. »Moment, halt. Das ist doch absurd. Was haben die Polizisten gesagt?«, frage ich, weil mich diese Ahnungslosigkeit verrückt macht.

»Kannst du nicht ein einziges Mal einfach Danke sagen?«, zischt er mit unterdrückter Wut, öffnet eine Tür. Dann treten wir in einen kurzen, leeren Flur mit angrenzenden Zimmertüren, und er bleibt abrupt stehen, sodass ich beinahe gegen ihn pralle.

»Äh… danke?«, sage ich verwirrt. »Nun sag schon. Klär' mich auf, was Sache ist.«

»Klär' du mich auf«, gibt er schroff zurück und dreht sich herum. Seine Züge sind hart und seine Augen funkeln mich vorwurfsvoll an. »Es würde mich schon interessieren, warum du anfängst, Leute abzustechen.«

»Da-das …«, setze ich an und sehe um mich, als stünde die Antwort irgendwo an den Wänden geschrieben. Jeder Satz, der in meinem Kopf entsteht, beinhaltet das Wort *Shemayu*. »Ich … weiß gerade einfach nicht, wie ich es erklären soll, okay?«

Wir blicken uns einige Sekunden bloß in die Augen und ich sehe darin, wie die Gedanken rasen. Verständlich, dass er so aufgebracht ist. Aber er weiß eben doch nur die Hälfte über mich, wenn überhaupt.

Letztlich ist da einfach nur Ratlosigkeit und Enttäuschung in seinen Augen. Er wendet sich wieder ab, ohne auch nur ein einziges weiteres Wort darüber zu verlieren, was vorgefallen ist.

✳✳✳

Am nächsten Morgen wache ich von Schmerzen in Kopf und Schulter auf. Stöhnend will ich mich herumdrehen, merke aber etwas auf meinem Bauch, weshalb ich meine Augen blinzelnd öffne – die Wimpern kleben ein wenig, weil ich mich nicht abschminken konnte. Nicolas' Arm liegt über mir. Er selbst liegt bäuchlings mit dem Gesicht in meine Richtung. Das schulterlange Haar verdeckt seine Augen. Meine Mundwinkel zucken hoch. Süß. Wie Natalie, wenn sie in den ungelegensten Positionen einschläft.

Vorsichtig nehme ich das Haar an den Spitzen und lege sein Gesicht frei. Dann hebe ich leicht seinen Arm an und rutsche darunter hervor, um aufzustehen. Was für ein Akt, nur um jemanden nicht zu wecken.

Im Badezimmer bekomme ich einen Schreck vor meinem eigenen Spiegelbild. Meine linke Kieferhälfte ist leicht bläulich verfärbt und geschwollen. Vorsichtig taste ich die Knochen ab und ein stechender Schmerz zieht bis in meine Schläfe und Schulter. Scharf sauge ich die

Luft zwischen den Zähnen ein und kneife ein Auge zu. Ich schätze, dass es kein Bruch ist, aber vom Schmerz her kommt es dem ziemlich nahe. Verdammter …

Mein Weg führt mich direkt in die Küche ans Tiefkühlfach, um die Schwellung und den Schmerz zu lindern. Aus dem Augenwinkel habe ich Gestalten bemerkt, aber mache mir nichts draus, bis schallendes Gelächter ertönt. Sofort richte ich mich auf und blicke über die Schulter, um Grayson einen drohenden Blick zuzuwerfen. Er sitzt gegenüber von Natalie am Esstisch und macht sich über mich lustig.

Ich finde nach ein bisschen Wühlerei eine Packung Tiefkühlerbsen und lege sie mir an den Kiefer. Mit geschlossenen Augen atme ich tief durch und lehne mich gegen die Arbeitsplatte der Anrichte, dem Esstisch gegenüber.

»Morgen, Hamster. Gut geschlafen?«, stichelt Grayson und versucht hörbar, sich zusammenzureißen.

»Halt die Schnauze, Gray«, fauche ich und verziehe gleich darauf das Gesicht vor Schmerzen.

Die Sekunde drauf taucht Nicolas im Türrahmen auf. »Gray, wo hast du meine frischen Shirts?« Anschließend sieht er zu mir, macht große Augen und raunt: »Ach du …« *Scheiße? Ja, ich weiß. Ganz schön scheiße, dass du hier einfach oberkörperfrei aufkreuzt und schon wieder so unglaublich gut aussiehst.*

Blitzschnell steht er vor mir und legt eine Hand an meine. »Lass mal sehen«, fordert er und zieht daran, sodass ich die Erbsen runternehmen muss.

»Wer austeilt, muss auch einstecken können«, bemerkt Grayson glucksend und Nicolas blickt über die Schulter zu ihm.

»Echt jetzt? Muss das sein?«, fragt er vorwurfsvoll und beäugt dann wieder meinen Kiefer. Jede noch so sanfte Berührung meiner Haut fühlt sich wie ein Tritt an und der Schmerz zieht in meinen Kopf.

»Grayson, hör auf«, tadelt Natalie ihn.

»Warte nur, bis … ach, *blyat*«, fluche ich und schlage mit dem Handballen gegen die Kante der Arbeitsplatte. Dieses Großmaul stopfe ich noch!

»Hör auf zu reden, Cass«, mahnt Nicolas mich und hält mir die Erbsen wieder dran. »Kühl weiter, ich hole dir Schmerztabletten.« Daraufhin verschwindet er im Bad und wir sehen ihm nach. Nur eine Sekunde später bricht Grayson wieder in Gelächter aus und entschuldigt sich dafür, obwohl es ihm nicht leidtut. Kein Stück. Kurzerhand werfe ich die Tiefkühlerbsen nach ihm und treffe seinen Kopf.

»Ey«, protestiert er überrascht und Natalie kichert.

»Wer austeilt, muss auch einstecken können, was?«, sagt sie frech grinsend und in dem Moment vergöttere ich sie. Mein kleines Schwesterherzchen.

Nicolas kommt zurück und reicht mir eine Tablette, die ich mit Wasser einnehme. Dann hebt er eine Salbe an und ich seufze. Salbe im Gesicht ist immer ekelhaft.

»Hast du *Ice Age* gesehen? Das Tier mit der Nuss? Du erinnerst mich daran«, stichelt Grayson weiter, weil er es einfach nicht lassen kann, und bringt sogar Nicolas damit zum Schmunzeln. Normalerweise würde mich dieser Schlagabtausch anstacheln, und irgendein Kommentar würde mir sicher einfallen, aber gerade bin ich einfach nur angepisst. Deshalb stoße ich mich schnaubend von der Anrichte ab und gehe einen Schritt auf ihn zu, um ihm eine reinzuhauen. Mal sehen, wie er sich dann mit schmerzendem Kiefer fühlt.

Doch Nicolas packt mich an den Schultern und hält mich davon ab, indem er mich auf den Stuhl neben Natalie drückt. »Wenn ich eins gelernt habe, dann, dass Grayson sich schneller beruhigt, wenn man ihn ignoriert«, versucht er mich zu belehren und setzt sich ebenfalls.

»Hast du denn davon nichts gemerkt?«, fragt Natalie und ich schüttle den Kopf.

Nicolas öffnet die Tube und drückt etwas Salbe auf seine Fingerspitzen. »Ich bin ganz vorsichtig«, versichert er mir, als er meinen skeptischen Blick sieht, und hebt die Hand an meinen Kiefer. Ganz zart verteilt er die kalte Salbe und ich kneife die Augen zu. Ausnahmsweise sind alle still. Es ist gleichermaßen erleichternd und beunruhigend, dass Nicolas nicht in Erfahrung zu bringen versucht, warum ich blindlings auf einen scheinbar Fremden losgegangen bin. Das passt nicht zu ihm, zu der Wut und Ratlosigkeit am Abend zuvor. Er ist distanziert, wenn auch weiterhin die Fürsorge in Person. Macht er sich vielleicht Gedanken darüber, ob er einen Fehler gemacht hat? Ob er die Reißleine ziehen sollte, weil er mit dieser Brutalität nicht umgehen kann? Wenn dem so ist, sollten wir ohnehin getrennter Wege gehen, denn mein Leben ist geprägt von Gewalt und damit muss man klarkommen können. Mit den Sorgen.

»Cass«, seufzt Nicolas und schraubt schließlich wieder die Tube zu. »Wir sollten zum Arzt.«

Ich öffne die Augen wieder und blicke in ein besorgtes Gesicht. »Mmh«, brumme ich verneinend und rümpfe die Nase. »Wird schon. Die stinkt.« Beim Reden versuche ich, meinen Mund so wenig wie möglich zu öffnen.

Es vergehen ein paar Minuten, in denen wir frühstücken. Nicolas hat den Tisch gedeckt. Alles sieht echt lecker aus, aber ich zweifle sehr, dass ich irgendwas davon kauen kann. Wenigstens den schwarzen, starken Kaffee kann ich trinken.

Meine Gedanken wandern immer wieder zurück zu Terrence, weshalb ich mich kaum an der gepflegten Frühstückskonversation beteilige. Ich muss das zu Ende bringen. Er hat zu viele Menschen ermordet. Beinahe auch Natalie und mich. Darum darf er mir nicht noch einmal durch die Finger gleiten.

Unter dem Vorwand, mich fertig machen zu wollen, verschwinde ich ins Bad, um Papa anzurufen und ihm mit wenigen Worten grob den Vorfall gestern zu schildern. Möglicherweise wandle ich die Geschichte dabei etwas ab und erwähne nicht, dass Nicolas mich von der Polizeistation abgeholt hat. Stattdessen erzähle ich, dass wir bei Kommilitoninnen geschlafen haben, weil uns der Heimweg zu dieser späten Stunde zu lang war. Er verspricht, so schnell wie möglich herauszufinden, in welchem Krankenhaus sich Terrence aufhält, gibt aber zu bedenken, dass es eine Weile dauern kann. Keine unlösbare Aufgabe, aber eine, die eben Zeit braucht.

Nicolas

C ass, bist du fertig?«, frage ich sanft und klopfe gegen die Badtür. Sie ist schon eine ganze Weile da drin. »Wir haben heute noch einiges vor.«

»Wir?«, kommt von drinnen zurück.

Ich schmunzle. »Ja, wir beide. Aber ich sage nichts. Es ist eine Überraschung.«

Es ist kurz still. Dann brummelt sie bockig: »Ich hasse Überraschungen.«

»Aber diese hier wirst du bestimmt mögen«, versuche ich, sie zu überzeugen.

Schwungvoll wird die Tür aufgerissen und ich zucke zurück. Eigentlich sieht sie exakt so aus wie vor einer viertel Stunde, aber das sage ich besser nicht.

»Keine Lust, habe noch was vor«, nuschelt sie und geht an mir vorbei.

Ich greife schnell nach ihrer Hand, um sie aufzuhalten. »Cass … komm schon. Wir hatten seit gestern Abend noch keine Gelegenheit, in Ruhe Zeit miteinander zu verbringen. Wenn das hier funktionieren soll …«

Sichtlich genervt atmet sie einmal tief durch und mustert mich. Dabei ändert sich mehrmals der Ausdruck in ihren Augen, bis sie resignierend die Schultern senkt. Dann tippe ich ihr auf die Nasenspitze und raune: »Gib mir nur eine Sekunde.« Ich verschwinde schnell im Bad, um mich fertig zu machen. Nur kurz rasieren, Haare kämmen und Zähne putzen. Anschließend binde ich meine Haare hinten im Nacken zusammen. Als ich aus dem Bad komme, sind sowohl Cassey als auch Natalie bereits in Schuhe und Jacke gepackt.

Draußen gehe ich zum Wagen vor und steige auf dem Fahrersitz ein. Natalie nimmt neben mir Platz und Cassey verkriecht sich nach hinten. Da ist jemand beleidigt.

Etwas nervös starte ich den alten Mustang. Ich fahre ungern Auto – warum auch, wenn man in New York mit der Subway problemlos überall hinkommt? Graysons Wagen ist sehr zickig, was die Gangschaltung angeht, und ich vermisse zunehmend mein Motorrad, das ich vor ein paar Jahren noch hatte. Aber der Weg in die Bronx und dann wieder runter nach Brooklyn dauert zu lange mit der Subway.

Während der Fahrt tippen beide auf ihren Handys, und ich werde das Gefühl nicht los, dass sie miteinander schreiben. Weil immer, wenn eine von den beiden aufhört zu tippen, vibriert das Handy der anderen und umgekehrt. Aha. Geheime Absprachen. Es würde auf dasselbe rauskommen, wenn sie Russisch sprächen, aber da mische ich mich besser nicht ein.

Als ich mit dem Wagen vor dem Haus der Mädels halte, drehe ich mich halb zu Cassey herum. »Soll ich hier warten?«

»Ja«, entgegnet Natalie freundlich an ihrer Stelle und die beiden steigen aus. Cassey ohne ein einziges Wort, was mich aber keineswegs ärgert, sondern eher belustigt.

Sobald die beiden im Haus verschwunden sind, wähle ich Graysons Nummer.

»Endlich. Hast du den Wagen in die Bronx geschoben oder warum hast du so lange gebraucht?«, stichelt er. Im Hintergrund höre ich seine Tastatur klappern.

»Komm zum Punkt, Hackney. Hast du etwas herausgefunden?«, frage ich und beobachte das Haus von Cassey und Natalie aufmerksam. Doch es ist alles ruhig. Selbst die Straße wirkt wie leer gefegt.

»Nicht viel. Offizielle Berichte gibt es kaum. Dafür ein paar Videos auf Social Media, die deutlich zeigen, dass Cassey den Kerl aus dem Nichts angreift. Ich bin schon dabei, mich reinzuhacken und zu löschen. Aber ... Nicolas ...«

»Ich weiß, ich werde mit Cass darüber reden müssen«, unterbreche ich Grayson.

»Das meine ich nicht. Der Typ ist ein Shemayu. Sie hat ihn angegriffen. Du musst verdammt vorsichtig sein. Der einzige Grund, der mir einfällt, warum er keine Anzeige hat erstatten lassen, ist …«

»… dass er sie persönlich fertig machen will.«

Daran hatte ich bisher noch nicht gedacht. Als Grayson und ich gestern Nacht zum Präsidium gefahren sind, um Cassey zu befreien, hat er mir von seinen Beobachtungen erzählt. In all dem Chaos habe ich nicht einmal erkannt, dass der Typ, den Cassey angegriffen hat, ein Shemayu war. Es brauchte Graysons wachsamen Blick, um alle Anzeichen deuten zu können.

»Exakt. Lass sie nicht aus den Augen heute, okay? Ich versuche, den Typen zu finden. Du findest im Gegenzug heraus, was zur Hölle in Cassey gefahren ist.«

Als Cassey zurück ist und dieses Mal gezwungenermaßen seufzend neben mir in den Sitz fällt, trägt sie ein weinrotes Seidentop, das locker anliegt und einen dunkelgrauen Cardigan, der unter dem Mantel und Schal hervorschaut. Dazu natürlich schwarze Hosen. Ihre Haare sind feucht und verströmen einen Geruch von blumigem Shampoo im Wagen.

»Wohin geht's?«, fragt sie nach ein paar Minuten, während ich angestrengt überlege, wie ich das Thema um gestern Abend anschneide. Aber wenn ich sie zu früh konfrontiere und sie noch genervt ist, weil ich sie überraschen will, wird sie mir erst recht nichts erzählen.

Ich lenke den Wagen durch die vollgestopften Straßen von New York Richtung Süden. »Jetzt sei nicht so neugierig. Siehst du früh genug«, antworte ich lächelnd.

Wir schweigen eine ganze Weile. Die Strecke von hier bis hinunter nach Brooklyn dauert eine Ewigkeit. Mein Motorboot hat einen festen Liegeplatz in der Nähe des Sunset Parks, der mich viel zu viel kostet, aber an sonnigen Tagen fahre ich gerne einfach mal raus, um meine Ruhe zu haben. Und ich glaube, dass genau das Cassey gerade guttun könnte. Vor allem aber will ich verhindern, dass der Shemayu von gestern uns aus dem Nichts heraus angreifen kann. Auf dem Wasser sollten wir relativ sicher sein.

Ich warte, ob Cassey das Gespräch vielleicht von selbst auf gestern Abend lenkt. Und warte. Und warte. Und warte vergeblich. Ihre Hände sind auf ihren Knien angespannt. Sie sieht aus dem Fenster. Vermutlich, um meinem Blick auszuweichen, aber meinen Fragen wird sie nicht entkommen. Zumindest nicht so lange, wie wir im Auto sitzen.

»Cass, wann reden wir über das, was gestern Abend passiert ist?«

Ihre Nase kräuselt sich, als sie fragt: »Müssen wir?«

»Ja. Also ... warum?«

Es ist lange Zeit still und ich befürchte, dass Cassey einfach nur verharrt, bis wir aussteigen. Seufzend stützt sie ihren Ellenbogen an der Tür ab und legt ihre Stirn in die Hand. Mit geschlossenen Augen und darauf bedacht, ihren Kiefer zu schonen, beginnt sie ruhig: »Weißt du noch, was ich dir anvertraut habe?«

»Jedes Wort«, entgegne ich leise und etwas überrascht, dass sie wirklich versucht, meine Frage zu beantworten.

»Ich hatte vor drei Jahren diese Nahtoderfahrung. Habe ich dir auch erzählt, weshalb?«

»Du hast gesagt, dass du deine Mom gesehen hast«, murmle ich leise und sehe zu ihr.

Die Augen hat sie nach wie vor geschlossen und nickt. »Ja, während ich im Sterben lag. Weil ...«

Ich atme ganz leise, um sie nicht zu stören.

»Der Kerl gestern Abend – Terrence – hat mich damals fast umgebracht. Und wäre Papa nicht gekommen, wäre auch Natalie in ernsten Schwierigkeiten gewesen«, offenbart Cassey.

Ich dachte, diese Nahtoderfahrung hätte etwas mit den Narben auf ihren Unterarmen zu tun gehabt. Soll das etwa heißen, dass sie zweimal bereits fast gestorben wäre? Der Gedanke daran tut weh, ganz tief in meiner Brust. Manche Menschen bekommen einfach tausendmal mehr ab als andere, und Cassey scheint jemand zu sein, die ständig vom Leben herausgefordert wird. Sie ist so tapfer.

Dass sie von einem Shemayu attackiert wurde und überlebt hat – das ist überaus ungewöhnlich. Warum Terrence von ihr und Natalie

abgelassen hat, als ihr Dad gekommen ist, will sich mir nicht direkt erschließen.

\\Er sagt nichts. Warum sagt er nichts?//

»Du musst wissen«, fährt Cassey fort und setzt sich aufrecht hin. Blinzelnd öffnet sie die Augen und hält inne, während ich den Wagen am Hafen parke und den Motor abstelle. »Ich hatte innere Blutungen und eine Rippe hat sich in meine Lunge gebohrt. Während ich nach Atem rang und versuchte aufzustehen, sah ich, wie er auf Natalie eindrosch. Als mein Vater kam, verschwamm alles und … Mama tauchte vor mir auf«, erzählt Cassey und seufzt anschließend, während mein Atemrhythmus ohne mein Zutun schneller geht. Allein die Vorstellung, dass sie hätte sterben können, ist entsetzlich.

Auf einmal begegnet Cassey meinem Blick. »Bei … bei mir sind einfach die Sicherungen durchgebrannt, als ich dieses Schwein …« Sie kneift die Augen zu und ballt ihre Hände, bis die Fingerknöchel weiß hervortreten.

»Verstehe«, flüstere ich und spüre diese eine Falte zwischen den Augenbrauen, die ich immer habe, wenn ich intensiv über etwas nachdenke oder mir Sorgen mache. »Aber warum … Ich meine, wie kam es dazu? Was ist passiert, dass er dich …«

Eigentlich braucht es dazu keine Erklärung, denn die meisten Shemayu brauchen keinen Grund, um einen Menschen aus dem Nichts anzugreifen. Aber Cassey hat davon keine Ahnung und es käme mir falsch vor, wenn ich sie nicht danach fragen würde, bevor ich meine eigentliche Frage stellen kann.

»Ich … Er hat … Habe ich das nicht erklärt?«

Es irritiert mich, dass sie auf einmal so ins Stocken gerät. Eben war sie noch so sehr in der Erzählung gefangen und jetzt habe ich das Gefühl, dass sie versucht, mir auszuweichen.

»Nein.«

»Er … Natalie und ich sind damals in einen Imbiss gegangen. Terrence war ein Kunde, der … uns angequatscht hat. Er war … ziemlich aufdringlich und ich war ziemlich … direkt. Hat ihm wohl nicht so gefallen, denn draußen hat er uns aufgelauert, uns in einen

Hinterhof gedrängt und ist auf uns losgegangen. Wir waren zu zweit und doch ... Ich habe mich noch nie in meinem Leben so hilflos gefühlt«, erzählt sie.

»Es tut mir sehr leid, dass du das erleben musstest, Cass«, flüstere ich sanft und drücke vorsichtig ihre Hand. »Aber im Ernst. Warum bist du gestern auf ihn losgegangen? Er hätte dich verletzen können.«

»Mein Kopf hat sich einfach auf Standby geschaltet, als ich ihn plötzlich da stehen sah.«

»Versteh mich bitte nicht falsch, ich finde es echt cool, dass du dich verteidigen kannst. Aber ... vielleicht ...«

»Hätte ich lieber die Polizei gerufen – schon klar«, unterbricht sie mich und lehnt sich seufzend im Sitz zurück. Ausweichend lässt sie ihren Blick über den Hafen gleiten, bevor sie unvermittelt aussteigt und die Wagentür hinter sich zuwirft. Unmittelbar folge ich ihr und schließe das Auto ab. Dann lehne ich mich gegen die Motorhaube und beobachte Cassey intensiv.

Sie sieht sich um und lehnt sich rechts neben mich. Den Blick auf ihre Stiefeletten gesenkt. »Sorry, ich bin unentspannt. Das mit Terrence und ...«

Ich zögere, weil ich nicht weiß, ob ich das darf, aber dann entscheide ich mich doch dafür. Vorsichtig, um sie nicht zu erschrecken, weil sie so etwas offensichtlich nicht gewohnt ist, hebe ich die linke Hand an ihre Stirn und streiche ihr liebevoll eine Strähne aus den Augen. »Vertrau mir«, wispere ich.

Casseys Mundwinkel zucken leicht und sie nickt langsam. Wahrscheinlich denken wir beide in diesem Moment an die Zeichnung, die sie mir einmal geschenkt hat.

»Komm.« Ich nehme Casseys linke Hand in meine rechte, um sie zum Motorboot zu führen. Es ist leicht abgewetzt, aber noch sehr gut instand für sein Alter. Der hellblaue Lack ist ausgeblichen und die Schrift ist fast unleserlich. *Serenity.*

»Ein Boot?«, fragt Cassey überrascht und ich spüre durch ihre Hand, wie sie sich etwas entspannt. Schließlich löst sie meine Hand und geht auf das Boot zu, um über den fladerigen Lack zu streichen.

Dann sieht sie zurück zu mir und fragt skeptisch: »Doch nicht etwa deins?«

»Überrascht?«, entgegne ich grinsend.

»Nein«, lügt sie offen.

Ich lache leise und trete näher an das Boot. »Es gehörte mal meiner Familie.« Im letzten Leben. Aber ich habe seit Beccys Verschwinden einige Zeit damit verbracht, es zu renovieren und eine moderne kleine Küche in die Kajüte einzubauen. Na ja, gut. Die Küche hat Grayson eingebaut. Er ist talentierter in solchen Dingen.

Schwungvoll springe ich aufs Deck und reiche Cassey meine Hand, um ihr auf das Boot zu helfen. Ihre Hand zittert leicht, als sie meine ergreift und sich tatsächlich helfen lässt. Eigentlich ist das Hauptziel bei der Überraschung jenes, dass wir auch endlich mal ganz für uns sind. Und zwar nicht nur am Pavillon oder in meinem Zimmer oder ihrem. Sondern, dass wir wirklich ganz allein sind und einfach Zeit miteinander verbringen.

Cassey atmet entspannt durch und das bereitet mir wiederum ein unverschämt wohliges Gefühl. Ich nehme ihre Hand und führe sie unter Deck, um dort in der kleinen Küche für uns zu kochen. Vielleicht versuche ich, sie mit simplen Dingen zu beeindrucken, mich langsam an das heranzutasten, was dieses *wir* sein könnte. Und Spaghetti mit Tomatensoße kommt keinem romantischen Lunch nahe, sodass ich Cassey in dieser Hinsicht nicht verschrecken könnte. Zudem muss ich die Spaghetti extra lange im Wasser lassen, damit Cassey sie überhaupt essen kann.

Während ich koche, setzt sie sich auf die rechte Sitzbank. Ich schalte leise Musik ein und summe meine Lieblingslieder mit. Mein Blick huscht zwischendurch zu Cassey. Sie zeichnet und das ist … beruhigend. Durch das Zeichnen verarbeitet sie, und ich glaube, dass Cassey gerade einiges verarbeiten muss. Das mit Terrence auf jeden Fall. Und vielleicht auch irgendwie das mit uns. Sie braucht Zeit.

Also konzentriere ich mich wieder aufs Kochen und summe leise die Melodie von *I Should Tell You* aus *RENT*. Ich bin es seit fünf Jahren gewohnt, Portionen für zwei zu kochen, weswegen mein Ergebnis exakt auf zwei Teller passt. Mit einem Fußtritt klappe ich den Tisch zwischen den Betten auf und stelle dort die Teller ab. Cassey schlägt den Block zu und legt ihn beiseite.

»Du lernst jetzt meine Kochkünste kennen. Angst?«, raune ich spielerisch, obwohl ich weiß, dass ich ziemlich gut koche.

Cassey zieht Mantel und Schal aus und rutscht vor zum Tisch, um das Essen zu begutachten. »Angst? Niemals«, entgegnet sie und greift nach dem Besteck.

Belustigt begutachte ich ihr hungriges Gesicht. Gerade will sie eine volle Gabel zum Mund führen, hält dann aber inne. »Starr mich nicht so an.«

Schmunzelnd senke ich den Blick und fange an zu essen, damit sie sich nicht beobachtet fühlt. Heimlich tue ich es aber dann doch und es scheint ihr trotz der zerkochten Spaghetti zu schmecken. Oder sie hat verdammt großen Hunger. Oder sie ist höflich. Aber es ist Cassey. Die letzte Möglichkeit fällt also weg.

»Was machen die Schmerzen? Wirken die Tabletten?«, frage ich sanft, woraufhin sie nickt. »Wenn du sprechen kannst, dann könntest du mir doch etwas über dich erzählen? Etwas Belangloses.« Ich will sie besser kennenlernen. Kleinigkeiten wissen.

Cassey wirkt etwas überrumpelt, aber immerhin nicht abgeneigt. »Zum Beispiel?«

»Okay. Anders gefragt: Lieblingsbuch?«, frage ich und versuche, es ihr so einfacher zu machen.

»Habe ich nicht. Aber ich lese gerne Klassiker. Hin und wieder auch mal Fantasy«, erzählt Cassey. Schmunzelnd lehne ich mich zurück.

»Was machst du, wenn du nicht zeichnest und nicht in der Uni bist?«, fahre ich fort.

»Musik hören. Sport«, antwortet Cassey wie bei einem psychologischen Test, wo man schnell und knapp das Erste sagen muss, was einem einfällt.

»Du sprichst nicht so gerne über dich selbst«, stelle ich grinsend fest und lehne mich wieder vor, um mein Kinn in meine linke Handfläche zu stützen. Sie ist wie mein persönliches Rätsel.

»Das müsstest du doch mittlerweile wissen«, entgegnet Cassey kopf-schüttelnd.

»Ist es dir unangenehm, dass wir uns besser kennenlernen?«

Sie presst die Lippen aufeinander und denkt nach.

\\Ein wenig, ja. Immerhin gibt es einiges, was ich ihm einfach nicht erzählen kann. Egal, was Natalie meinte.//

Doch dann lehnt Cassey sich kapitulierend zurück. »Okay«, seufzt sie. Nachdenklich spielt sie an ihrem Lippenpiercing herum, rührt mit der Gabel in ihren Nudeln. Es ist wirklich interessant, sie dabei zu be-obachten … wie sie vor kleinen Dingen zurückschreckt, obwohl sie eine so taffe, selbstbewusste Frau ist.

»Also … von Sellerie wird mir schlecht. Auf die Schale von Nüssen reagiere ich allergisch«, erzählt Cassey langsam und wartet, ob ich et-was dazu sage. Ich höre interessiert zu. Sellerie mag ich auch nicht und das mit den Nüssen merke ich mir sofort. »So viel zum Essen.« Aber ich will mehr wissen.

Casseys Mundwinkel zucken hoch. »Tja«, sagt sie lang gezogen. »Meine Lieblingsstadt ist Moskau. Und ich wollte schon immer mal nach Florenz oder Athen. Mir die italienische und griechische Ge-schichte ansehen, statt nur von ihr zu lesen.«

\\Das habe ich nicht mal vor Papa zugegeben.//

»Das klingt toll«, bemerke ich und lächle sanft. Na sieh mal einer an, auf einmal kann sie sprechen. Ich erzähle im Gegenzug von meinen Reisen nach Europa, die Grayson und ich zusammen mit Rebecca nach unseren Highschoolabschluss gemacht haben. Casseys Begeiste-rung dafür ist beinahe niedlich; besonders als ich Moskau erwähne.

Ich schiebe mir eine Gabel in den Mund und warte, bis Cassey von sich aus ein neues Thema anschneidet. Es dauert eine kleine Weile, doch dann gibt sie sich einen Ruck und beginnt von Natalies Foto-grafien und ihrem Talent zu sprechen. Sie zeigt mir einige Bilder, die Natalie von ihr geschossen hat, und ich muss zugeben, dass sie in der Tat ein Auge für einzigartige Momente hat. Sie fängt den Glanz des Alltags ein, und ich kann erkennen, warum Natalie in ihrer Schwester ihr Lieblingsmotiv gefunden hat. Cassey hat diese Blicke, wenn sie

nachdenkt, als würde sie direkt durch Dinge – und mich – hindurch-
sehen. Piercings und Tattoos, die ihre eigene Geschichte erzählen.

»Was ist deine Schwester für ein Mensch? Was zeichnet sie aus?«,
will ich wissen.

»Natty?«

Schmunzelnd ziehe ich die Augenbrauen hoch. »Gibt es noch eine
andere Schwester, von der ich wissen sollte?«

Sofort verdreht sie die Augen. »Natalie ist … anders als ich. Sie ist
einfach die andere Hälfte und ist so, wie ich nicht bin. Sie sieht in
allem das Gute. Sie ist fürsorglich und vor allem akzeptiert sie, wie
ich mich verändert habe und jetzt bin. Zwar gibt sie offen zu, dass sie
einiges stört, aber sie versucht nicht mit allen Mitteln, mich zu ändern.
Und sie …«, sie senkt den Blick und fährt mit dem Zeigefinger eine
Holzmaserung des Tisches nach, »sie hat die Güte und Stärke unserer
Mutter.«

Ich nicke verständnisvoll. Es wird niemals jemanden geben, der
ihr einmal so wichtig sein wird wie Natalie. Sie würden alles füreinander tun.

Während ich den Abwasch mache, lasse ich Cassey das Boot erkunden. Ich finde sie schließlich ganz vorne am Bug sitzend. Sie hat
den Blick fest auf den Horizont gerichtet, obwohl ihr aufgeschlagener
Zeichenblock vor ihr liegt.

\\Freiheit.//

Vorsichtig gehe ich neben ihr in die Hocke und lege meinen Arm
um sie. Cassey lehnt sich gegen mich, als könnte sie sich wortwörtlich
bei mir fallen lassen.

\\Es könnte immer so sein. Mit jemandem die Freiheit genießen
und an nichts und niemanden gebunden sein. Frei sein.//

Wir sind verschieden, aber manchmal sind wir uns so ähnlich.
Gemeinsam genießen wir die Stille und die Wärme des anderen.
Schließlich reicht sie mir den Block mit ihren Zeichnungen. Erst
betrachte ich sie etwas überrascht, lege mich aber dann auf den Rücken und blättere. Eine Frau in einem Kleid am Strand in weiter Ferne. Aus ihrem Rücken ragen angezogene Flügel. Im Vordergrund

liegen eiserne Fesseln mit Ketten im Sand. Die Zeichnung ist wie immer sehr gut und irgendwie tragisch. Mit den Fingerspitzen streiche ich über die hängenden Flügel.

Dann lege ich den Block auf meinem Bauch ab und drehe den Kopf zu Cassey. »Was ist?«, fragt sie nervös. Es ist ihr nicht wohl dabei, dass sie mir ihre Zeichnungen zeigen will. Um sie zu besänftigen, lege ich eine Hand in ihre Halsbeuge und ziehe sie zu mir herunter, bis ihr Kopf auf meiner Brust liegt.

»Was hält dich auf? Für was stehen die Ketten?«, frage ich und lege meine Lippen an ihren Haaransatz.

»Für mein Leben hier ... im Diesseits«, antwortet sie ausdruckslos.

Unwillkürlich halte ich die Luft an. »Wieso ist das Leben hier eine Kette für dich?«

»W-weil ... ich es nicht leben kann, wie ich will.«

»Warum nicht? Das Leben ist zu kurz, um es zu verschwenden«, flüstere ich in ihr Haar und lege meine Hand auf ihre. Zumindest kann das Leben nie lang genug sein. Auch für diejenigen, die immer wiederkommen.

»Das bekomme ich oft gesagt.«

»Weil es stimmt. Du kannst gar nicht alles erleben, was du erleben willst. Aber du kannst versuchen, so viel wie möglich auszuprobieren«, entgegne ich und schiebe langsam meine Finger zwischen ihre.

Cassey

Wir müssen uns etwas beeilen, um pünktlich zu *Teil zwei der Überraschung* zu kommen. Der Motor des alten Mustangs hat hörbar einige Jahrzehnte hinter sich gebracht und brummt ordentlich, umso mehr Gas Nicolas gibt. Deshalb schaltet er eine Kassette ein – total Oldschool – und legt anschließend seine freie Hand auf meinen Schenkel. Erst will ich sie wegschieben, doch dann entspanne ich und atme tief durch. Die Berührung ist ganz belanglos, aber vertraut und geborgen, wie alles an ihm. Bei ihm fühle ich mich immer gut aufgehoben und das, obwohl ich zuvor alleine super zurechtgekommen bin. Ich selbst war meine Beschützerin, Helferin, Trostspenderin und starke Schulter. Er gibt mir aber das Gefühl, all diese Sachen auch mal einem anderen abgeben zu können.

»Kannst du dir denken, was wir vorhaben?«, fragt Nicolas unvermittelt und reißt mich aus meinen Gedanken. Erst da nehme ich wahr, dass die Klänge der Mondscheinsonate den Wagenraum füllen.

»Hm?«, brumme ich und sehe zu ihm. Ein zartes Lächeln umspielt seine Lippen.

»Wirklich keine Idee, wohin wir fahren?«

»Woher denn?«

Statt einer Antwort bekomme ich ein schadenfrohes Grinsen. Was führt er im Schilde? Hoffentlich nichts Kitschiges. Immerhin sind wir beide schick angezogen. Ein Hemd habe ich an Nicolas zumindest noch nie gesehen, aber die Vorstellung, wie er im Anzug aussieht … *oh, verflucht!*

Irgendwann halten wir dann in einem Parkhaus. Nicolas stellt den

Motor ab und öffnet das Handschuhfach vor mir, um etwas rauszu-holen. Erst reicht er mir einen Umschlag und zieht dann eine schwar-ze Krawatte hervor, die er sich umbindet. Währenddessen blicke ich skeptisch auf den Umschlag und drehe ihn einmal. Da wird wohl was drin sein, das wir jetzt brauchen, nehme ich an und fische den In-halt heraus. Mir fällt die Kinnlade runter und mein Herz macht einen Sprung, als ich Karten für ein Klassik-Konzert in der Hand halte. Beethoven, Vivaldi und Tschaikowski.

Ruckartig wende ich mich ihm zu und rufe ungläubig: »Nicht dein Ernst!« Ein Konzert der besten Musik von den tollsten Komponisten.

Noch immer hantiert er mit der Krawatte herum und wirkt leicht überfordert. »Oje.« Etwas besorgt runzelt Nicolas die Stirn. »Ist das jetzt gut oder schlecht?«, fragt er dann und sieht mich verunsichert an.

»Das ist der Hammer«, piepse ich und blicke wieder auf die Karten herab. Sie sind schön. Die Überraschung ist schön. Dann sehe ich wieder zu ihm auf, direkt in wunderschöne Augen, die ebenso tief-gründig sind wie der Ozean. Diese Art Augen, in denen man sich verlieren kann. Und ich glaube, das habe ich.

Unwillkürlich schießt mir ein Gedanke in den Kopf und ich beuge mich zu ihm vor, um ihn zu küssen. Ganz sanft liebkose ich seine weichen Lippen. Ich bin bereit. Bereit, es zu probieren. Bereit, es zu riskieren.

Als wir uns voneinander lösen, flüstert Nicolas: »Warte kurz.« Dann steigt er aus und ich denke mir bloß: *Was, noch eine Überraschung?*

Ohne Vorwarnung geht die Beifahrertür auf und ich drehe mich he-rum. »Darf ich bitten, Miss Cassey?«, fordert er mich auf und streckt mir gentlemanlike die Hand entgegen.

Ich ziehe eine Augenbraue hoch und will erst so was sagen wie: »In welchem Jahrhundert sind wir denn, dass ich nicht alleine aussteigen kann?«, doch stattdessen muss ich schmunzeln. Das ist Nicolas. So ist er nun einmal und irgendwie mag ich das an ihm. »Das heißt Miss Cassey Seren Alexandrowna Krylowa, wenn ich bitten darf«, korrigie-re ich ihn vornehm und lege meine Hand in seine.

»Wow, ich bin immer noch beeindruckt, wie viele Namen du hast.

Ich habe nicht einmal einen Zweitnamen«, bemerkt er grinsend und hilft mir aus dem Wagen. »Aber Gray heißt mit vollem Namen Grayson Jerry Hackney. Solltest du ihn mal ärgern wollen: er hasst seinen Zweitnamen.«

Ich kann mir ein Lachen nicht verkneifen. »Das behalte ich im Hinterkopf«, versichere ich und trete beiseite, damit er abschließen kann. Dann verlassen wir das Parkhaus und gehen durch die trotz Dunkelheit belebten Straßen, bis wir nach ungefähr zehn Minuten an einem großflächigen Platz ankommen, in dessen Mitte ein auffallendes und beleuchtetes Gebäude moderner Architektur steht. Es besitzt die Form eines Kuchenstückes, das auf einem kleinen Eingangshaus gestützt und fast komplett verglast ist. Erst denke ich mir nichts dabei, als wir darauf zugehen, weil es eher wie ein Bürogebäude oder Einkaufscenter aussieht, doch dann gehen wir gezielt auf den Eingang zu und ich werde skeptisch.

»Da drin?«, frage ich misstrauisch und deute darauf.

Nicolas lächelt mich nur vielsagend an und öffnet mir die Tür. Eins wird mir klar, als wir die Galerie des Zuschauerraumes betreten: Dieses Konzerthaus ist neu erbaut oder frisch renoviert worden. Alles ganz schlicht und gradlinig. Die Wände und Decke sind durch und durch aus ebenmäßigem, glänzendem Holz und die grauen Kinositze nagelneu. Im Gegensatz zu der eckigen Außenfassade des Gebäudes ist dieser Saal von fließenden Bewegungen geprägt. Von hier oben hat man den perfekten Blick auf die Bühne, auf welcher bereits Stühle, Notenständer und Instrumente bereitstehen. Gespräche schallen durch den Saal.

Wir gehen zu unseren Plätzen direkt in der vorderen Reihe des ersten Rangs und setzen uns. Ich muss schon zugeben, dass ich ein wenig aufgeregt bin. Es ist lange her, dass ich klassische Musikkonzerte live gesehen und gehört habe. Es dauert auch nicht lange, da werden die Lichter gedimmt und die Gespräche verstummen nach und nach. Die Musiker nehmen Platz und alle warten gespannt auf den ersten Ton zur Eröffnung.

Die erste Note, die gespielt wird, jagt mir eine Gänsehaut über die

Arme und das ändert sich im Laufe des Konzertes nicht. Begeistert und tiefenentspannt lausche ich der Musik. Ab und an konzentriere ich mich auf ein einzelnes Instrument und tippe dann mit den Fingern deren Rhythmus. Hin und wieder spüre ich Nicolas' Blick, aber ich kann meinen nicht von der Bühne lösen.

***

Allmählich gelingt es der Heizung, den Innenraum zu erwärmen und meine Anspannung löst sich. Dabei nehme ich das Interieur des '67 Mustangs erst bewusst wahr. Silberne, polierte Akzente funkeln im Licht der Laternen, während alles andere mit dem Schwarz der Dunkelheit verschmilzt. Alles funktioniert analog und muss über Knöpfe und Hebel bedient werden. Eine altmodische Anzeige der Radio-Sender, eine lange und tiefe Mittelkonsole. Das Lenkrad sieht eher aus wie ein Hoola Hoop oder eine dezente Felge. Alles in allem wirkt der Wagen sehr gepflegt, elegant und in gewisser Weise männlich.

Anschließend lehne ich mich entspannt zurück und drehe langsam meinen Kopf. Mein Blick wandert von Nicolas' Hand am Schalthebel über seinen Arm hinauf zu seinem Profil, das halb im Schatten liegt. Er wirkt abwesend und nachdenklich, gar bedrückt. »Alles okay? Du wirkst ... traurig oder so.«

»Nein«, seufzt er und schüttelt den Kopf. Kurz schweigt er nachdenklich. Dann fährt er sich mit einer Hand über die Mundpartie. »Versprichst du mir etwas? Ganz im Ernst?«, fragt er schließlich kleinlaut, aber in ernster Tonlage. Wo ist seine Gelassenheit des Tages hin?

»Was denn?«, frage ich irritiert, aber zurückhaltend.

»Kannst du mir Bescheid geben, wenn es ... oder wenn *ich* dir zu viel werde?«

»Davon kannst du ausgehen«, entgegne ich und mustere ihn forschend. Seine Hände sind beide fest um das Lenkrad geschlossen und seine Lippen bloß ein schmaler Strich. Was bekümmert ihn so?

»Ich möchte dich auf keinen Fall einengen oder in irgendeiner Weise erdrücken. Genauso wenig möchte ich dich verletzen, weil ... ein großer Teil von mir immer noch an Rebecca hängt und das werde ich auch nicht ändern können«, erklärt er beklommen und bricht ab, um tief durchzuatmen.

»Okay, verstehe«, sage ich leise, obwohl seine Worte ein unangenehmes Gefühl in mir auslösen. »Du musst nicht antworten, wenn du nicht willst, aber … hattet ihr Probleme, Rebecca und du? Bittest du mich deswegen darum?«

Er verzieht die Lippen zu einem schmalen Lächeln. »Nein, das meinte ich damit nicht. Es ist nur … keine Ahnung. Ich habe sie damals einfach gehen lassen und sie ist nie wieder zurückgekommen. Das macht mich bis heute echt fertig, und ich weiß, dass ich deswegen anstrengend werden kann. Wenn ich mir zu viele Sorgen mache, zu überfürsorglich werde … dann tut mir das leid. Ich wollte nur, dass du den Grund dafür kennst.«

»Danke, dass du mir davon erzählt hast«, sage ich mit einem zaghaften Lächeln auf den Lippen. Ich weiß nur zu gut, wie man von negativen Erlebnissen geprägt wird. »Ich werde in Zukunft daran denken, wenn du mir auf die Nerven gehen solltest«, verspreche ich schmunzelnd und hoffe, dass er dadurch seine Leichtigkeit wiederfindet.

»Danke«, setzt er an und ihm entfährt ein Laut, der nach einem verzweifelten Lachen klingt. »Und sorry, dass ich dir diese Last aufbürde.« Er nimmt meine Hand in seine.

»Denn du bist der unabhängigste, selbstständigste und beharrlichste Mensch, den ich kenne, Cass.«

»Du hast *kompliziert* vergessen«, kontere ich schief grinsend.

»Richtig. Aber *kompliziert* wäre nicht das eine Wort, mit dem ich dich beschreiben würde.«

Neugierig ziehe ich eine Augenbraue hoch und verschränke die Arme vor der Brust. »Ach ja? Und was wäre es?«

Kurz denkt er darüber nach. »Tapfer«, kommt es dann wie aus einer Pistole geschossen.

»Tapfer?«, wiederhole ich skeptisch und verblüfft zugleich. Das wäre eines der Worte, die ich gar nicht zu hören erwartet hätte.

Nicolas nickt. »Unglaublich tapfer.«

Ich öffne den Mund, um ihn gleich wieder zu schließen. Tapfer kam noch nie im Wortrepertoire vor, das die Menschen benutzen, um mich zu beschreiben. Jemand, der Krebs im Endstadium hat, alle möglichen Therapien durchsteht und trotzdem nicht den Mut verliert, so jemand ist tapfer. Trotzdem frage ich ihn, wieso er der Ansicht ist.

»Warum? Das treffendste Argument ist wohl, dass du hier neben mir sitzt, Cass. Obwohl so vieles passiert ist und du einiges durchmachen musstest. Du bist trotz allem hier«, sagt er gerade heraus, aber mit einer gewissen Sanftheit in Stimme und Blick.

Schlagartig stockt mir der Atem und der Raum fühlt sich viel zu eng an. Weiß er überhaupt wirklich, wovon er da redet? So wenig weiß er über mich und doch trifft er immer mit jedem Wort ins Schwarze. Ja, ich atme noch, und ja, ich habe bisher vieles durchmachen müssen, aber noch am Leben zu sein, nachdem ich es mir nehmen wollte ...

»Das ist nicht tapfer«, wispere ich und sehe an die Wagendecke, um die Tränen zurückzudrängen.

»Als was würdest du es dann bezeichnen?«, fragt er ruhig und zieht sanft meine Arme aus der Verschränkung, um dann meine Hand zu ergreifen. Die Luft hier drinnen wird immer dicker und der Raum immer enger.

Ich würde es als Notwendigkeit bezeichnen. Natalie braucht mich und die Menschen, die wir vor den Shemayu beschützen, brauchen mich auch. Sonst gibt es nichts, was mich hier hält. Lediglich der Kampf hält mich am Leben, und das ist nicht tapfer, sondern schwach.

»Halt an«, murmle ich und greife bereits nach dem Türöffner. »Halt an, bitte.«

Ohne Diskussion verlangsamt Nicolas das Tempo und fährt rechts ran. Sobald der Wagen steht, öffne ich die Tür und steige panisch nach frischer Luft schnappend aus. Ich konnte nicht länger in so einem engen Raum mit ihm sitzen, diesem liebevollen Blick ausgeliefert und den Tränen nahe sein. Wieder einmal lasse ich das alles viel zu nah an mich heran. *Tief durchatmen, Cassey.*

Planlos laufe ich auf dem Bürgersteig hin und her. Dabei schließe und öffne, schließe und öffne ich die Hände immer wieder. Die Autotür knall zu und Nicolas kommt um den Wagen herum. »Entschuldige, ich wollte dich nicht verletzen, Cass.«

»N-nein, es muss … Ich weiß nicht … Mir war …«, stammle ich und bekomme nichts zusammen. Tief Luft holend kämme ich mit den Fingern mein Haar zurück, und als ich ausatme, senke ich die Arme wieder und meine Lunge vibriert. Dann bleibe ich stehen. Nicolas sieht mich an. Sanftmütig und verständnisvoll. Ich senke entmutigt die Schultern.

Wieso ist er so? Wieso kann er mich, die verrückteste Psychopathin überhaupt, so ansehen, nachdem er so viel Mist über mich erfahren und mit mir durchgemacht hat? Wie kann er so tolerant und verständnisvoll sein? Wie kann er mich mit diesem Blick ansehen? Diesem Blick aus Filmen, wenn der Kerl die Liebe seines Lebens vor sich stehen hat.

Würde er so verständnisvoll reagieren, wenn er erführe, was ich bin und mache?

Es bringt das Fass zum Überlaufen und die angestauten Tränen bahnen sich einen Weg über meine Wangen. Meine Sicht verschwimmt und statt mich abzuwenden, damit er das nicht mit ansehen kann, bleibe ich einfach starr stehen und erwidere seinen schmerzlichen Blick, während er auf mich zukommt und langsam die Arme anhebt. Ich ahne, dass er mich in den Arm nehmen will, und genau das ist es, wonach ich mich jetzt sehne. Seine Umarmung ist ganz anders als die von Natalie. Sie hat eine andere Wirkung auf mich, denn bei ihm ist es, als könne ich mich einfach fallen lassen und durchatmen, wohingegen ich für Natalie die starke Schwester bleiben muss, weil sie die gleiche Bürde trägt. Außerdem muss ich mich dafür vor ihm nicht rechtfertigen.

Nun schluchze ich laut und beginne zu weinen, sodass meine Schultern beben. Erschrocken von dieser Heftigkeit schlage ich mir meine Hände vor den Mund, um die Laute zu dämpfen, aber es will gar nicht aufhören, so lange habe ich diese Tränen zurückgehalten. Nicolas umarmt mich noch fester, noch inniger, streicht beständig über mein Haar, und das tut so verdammt gut. Dabei sagt er kein einziges

Wort, sondern küsst bloß sanft meinen Scheitel. Beinahe vergleichbar mit den tröstenden Umarmungen meiner Mutter, nur dass diese hier intensiver ist und andere Gefühle in mir weckt. Gefühle, die tief in meinem Inneren verschlossen und als *verbotene Zone* markiert waren.

Cassey

Am nächsten Tag kommen Natalie und ich mit gedrückter Stimmung zu Hause an. Schweigend entledigen wir uns der Mäntel, schlüpfen aus den Boots und gehen in die Küche.

Ich stütze mich auf der Küchenzeile ab und schnaufe durch. Dann lasse ich meinen Kopf hängen. Während Natalie zwei Gläser aus dem Schrank holt, schließe ich die Augen und lasse noch mal alles Revue passieren, nur um mich dann noch mehr darüber zu ärgern.

Nachdem Natalie mich bei Nicolas abgeholt hatte, suchten wir auf direktem Weg das Krankenhaus auf, in dem Terrence behandelt wurde. Als wir kamen, wurde er gerade entlassen und wir fingen ihn ab. Eigentlich hatte ich erwartet, dass er sofort flüchtet, um uns zu verhöhnen. Doch er spazierte ganz entspannt hinaus. Begrüßte uns, als hätte er uns schon erwartet, obwohl er so blöd nicht sein konnte. Eher naiv zu glauben, es selbst in diesem Zustand mit uns aufnehmen zu können.

Er wollte tatsächlich gegen uns kämpfen. Ich auch, denn ich hatte verdammt noch mal eine Rechnung mit ihm offen. Aber ich musste es auf die richtige Weise tun. Ihn foltern, ohne ihn jedoch wirklich zu verletzen, und einen Schwachpunkt aus ihm herauskitzeln. Einen, der im Idealfall vermeiden sollte, was letztlich doch geschah: Er riss seinen Wirt in den Tod und konnte seinen Seelen-Arsch retten.

Dieses Monster wird nun also wieder irgendwo in irgendeinem Baby wiedergeboren und dessen Leben zerstören. Und wiederkommen. Mir wieder über den Weg laufen – wenn ich doppelt so alt bin. Verflucht, was habe ich übersehen? Irgendein Ansatz muss mir entgangen sein, wie wir ihn von seinem Körper hätten trennen können.

Irgendwas müssen wir Nesweru doch tun können, um dieses unnötige Sterben von Wirten zu verhindern.

Das Schaben von Glas auf Stein direkt vor meiner Nase reißt mich aus meinen Gedanken und ich öffne die Augen. Dann taucht eine zarte Hand an meinem Unterarm auf. »Hey, komm, setz dich zu mir«, bittet mich Natalie mit sanfter Stimme und geht zum Tisch hinter mir.

Seufzend richte ich mich auf und greife nach dem Glas Wasser, ehe ich mich umdrehe und ihr gegenüber Platz nehme. Dabei lockere ich meinen Kiefer ein wenig, weil ich meine Zähne vor Wut unbewusst aufeinandergepresst habe.

Natalie schnappt sich ihre Spiegelreflexkamera von der Küchentheke und prüft die Akkus, säubert die Linse, setzt eine Speicherkarte ein. Sie bereitet sich auf einen kleinen Ausflug mit ihrer Kommilitonin Lynn vor, die ebenso gerne fotografiert wie sie. Unterdessen beobachtet sie mich dabei, wie ich gedankenverloren ihre Bewegungen nachverfolge.

»Willst du dich nicht auch irgendwie ablenken?«, fragt sie mich nach einer Weile ruhig.

Wie aufs Stichwort fällt mir ein, dass Nicolas mich heute abholen und *schick* ausführen wollte. Ohne Vorwarnung greife ich nach Natalies Arm und ziehe ihn zu mir, um auf die Uhr zu schauen. Ich hatte völlig die Zeit vergessen, aber zum Glück ist alles perfekt getimt.

»Ich bin verabredet«, lasse ich Natalie aufgrund ihres irritierten Blickes wissen und erhebe mich vom Stuhl.

»Aha.« Sie nimmt noch einen Schluck und steht dann ebenfalls auf. Ihre Kamera verstaut sie in der schwarzen Kameratasche, die Augen neugierig auf mich gerichtet. »Mit wem?«

Ich räuspere mich unbehaglich. »Nic«, erwidere ich kaum hörbar und gehe zügig an ihr vorbei.

Natalie ist mir sogleich auf den Fersen. »Ihr ... ihr zwei geht heute Abend also aus? U-und wohin?«

»In ein Restaurant schätze ich.«

»Oh, wie ... schön«, entgegnet sie, wollte aber wahrscheinlich eher sagen, wie ungewöhnlich das für mich ist. »Dann ... viel Spaß.«

»Danke.« Schließlich bleibe ich vor meiner Zimmertür stehen und blicke nach rechts. Sie geht an mir vorbei, sagt aber nichts weiter. Das ist wiederum für sie ungewöhnlich. »Du ... willst nichts dazu sagen? Mich ausquetschen?«

An ihrer Tür bleibt sie stehen, die Hand am Holzrahmen, und dreht ihren Kopf. »Wozu?«

»Keine Ahnung«, entgegne ich und druckse etwas unbehaglich herum. »Zu dieser Sache ... mit Nicolas. Dass ich ... mich auf jemanden einlasse. Obwohl ich ...«

»Obwohl du mir immer gesagt hast, ich sei naiv und würde dadurch nur schwach werden?«, beendet sie meine Frage und darin schwingt keinerlei Vorwurf mit.

Ich nicke und ihre Züge erweichen. Sie lächelt mich mit diesem liebevollen Lächeln an, das mich so an Mama erinnert. »Was erwartest du? Dass ich sauer bin? Oder es an Papa verpetze?«, fragt sie mit belustigtem Unterton. Auf meinen unsicheren Blick hin fährt sie mit butterweicher Stimme fort: »Cassey ... ich bin nach wie vor der Meinung, dass Liebe uns nicht schwächt, sondern stärker macht. Und ich bin der festen Überzeugung, dass es dir mal guttun wird, wenn du dich den Gefühlen öffnest, die du immer verdrängst.«

Weil ich diese Gespräche aus Prinzip nicht mag, rümpfe ich die Nase und entlocke ihr damit ein amüsiertes Schnaufen. Als sie dann in ihr Zimmer verschwindet, gehe ich mich fertigmachen. Bei der Wahl der Kleidung tue ich mir schwer. Er meinte *schick*. Aber *wie* schick? Letztlich entscheide ich mich für eine Bluejeans und ein schwarzes, mit Spitze durchzogenes Langarmshirt, das vorne mit weißen Perlen bestickt ist. Meine Gedanken wandern von allein zu dem Moment, als Nicolas mich ganz offiziell gebeten hat, sein Date für den Ball zu sein. Er ließ verlauten, wie gespannt er sei, mich mal in Abendrobe zu sehen. Das hier ist jetzt zwar kein Ballkleid, aber edler als sonst.

Unwillkürlich muss ich schmunzeln, und ich realisiere, wie gerne ich ihn um mich habe. Es sind nicht nur seine Schlagfertigkeit, Gewandtheit, Beständigkeit und die vielen anderen Kleinigkeiten, die ich nicht an zwei Händen abzählen kann, sondern auch die Tatsache, dass er

es schafft, mich aufzuheitern. Er schafft es, dass ich die Schattenseite meines Lebens für einen Moment vergesse. Er schafft es auch, dass ich meine Wut darüber vergesse.

Als ich das Haus verlasse, lehnt Nicolas bereits gelassen an der Motorhaube, die Füße überkreuzt und die Arme verschränkt. Was genau er anhat, erkenne ich im Laternenlicht nicht, sieht aber nach einer schwarzen Hose aus. Die Haare sind im Nacken zusammengebunden. Ein Kribbeln macht sich in meinem Magen breit. Er sieht verboten gut aus. Chris Hemsworth in der Rolle des Thors könnte sein Bruder sein.

Ich gehe auf ihn zu und er hebt den Blick. Als er mich sieht, breitet sich ein Lächeln auf seinem Gesicht aus, und er stößt sich vom Wagen ab. Unter dem offenen Parka trägt er ein blaues Hemd. Sein Blick mustert mich. »Hey«, begrüßt er mich liebevoll, sobald ich vor ihm stehe, und überrumpelt mich dann plötzlich mit einem stürmischen Kuss, der mir den Boden unter den Füßen wegreißt. Berauschend und schwindelerregend. Alles in mir sehnt sich nach ihm. Voll und ganz. Und ich will nichts und niemand anderes mehr als ihn.

Als mir das klar wird, schrecke ich trotz der weichen Knie und des unbeschreiblich tollen Gefühls zurück und löse mich von ihm. Nicolas öffnet die Augen und wirkt benebelt, als er besorgt flüstert: »Was ist?«

Ich ringe mir ein Lächeln ab und schüttle den Kopf. »Nichts, alles gut«, lüge ich – oder doch nicht? Ich kann es nicht sagen, da ist so ein Wirrwarr in meinem Kopf. »Habe mich bloß geirrt.«

»Worin?«, fragt er irritiert und runzelt die Stirn.

Ich grinse verschmitzt und streiche mit meinem Zeigefinger an seinem Kiefer entlang. »Thor ist gar nichts gegen dich.«

Lachend wirft er den Kopf in den Nacken und öffnet mir die Beifahrertür.

***

Nicolas überrascht mich mit einem überaus romantischen Dinner in einem schicken Restaurant. Kerzenschein, Wein, Blumen und klassische Musik im Hintergrund. Etwas, worauf ich so gar nicht stehe.

Wir verspeisen in aller Ruhe unseren Hauptgang. Auf einmal taucht in Nicolas' Augen ein gewisses Funkeln auf. Er sieht mich schon den ganzen Abend an, als sei ich das interessanteste und schönste Wesen auf diesem Planeten, aber jetzt kommt etwas dazu. Etwas … Animalisches. »Habe ich dir schon gesagt, wie ausgezeichnet dir dieses Oberteil steht?«

Mein linker Mundwinkel zuckt und ich stelle mein Glas ab. Dann stütze ich meine Unterarme auf der Tischkante ab und lehne mich etwas vor. »Nein. Und ich bin gespannt, was du zu dem sagst, was sich *darunter* verbirgt.«

Seine Augenbrauen wandern augenblicklich in die Höhe und er blinzelt. Dann stellt auch er sein Glas hin und streicht sich verlegen lachend über die Mundpartie.

Schmunzelnd lehne ich mich zurück und genieße diesen Anblick. In der nächsten Sekunde schrecke ich beinahe wieder hoch. Eine glockenhelle Stimme ruft nach Nicolas, der überrascht an mir vorbeischaut. Dann taucht sie neben uns am Tisch auf – Raven. Ein breites Lächeln im Gesicht, wallendes Haar, gehüllt in einen hellblauen Regenmantel mit weißen Punkten und in ihren Händen eine Clutch. »Was für ein Zufall«, plärrt sie los. »Ich hätte nicht gedacht, dich hier anzutreffen. Witzig.«

Nicolas ringt sich ein Lächeln ab, das ich ihm nicht abkaufe. »Hey, Raven«, begrüßt er sie und räuspert sich. Dann macht er auf mich aufmerksam, als wolle er ihr damit signalisieren: *Hey du, ich habe gerade ein Date, also mach mal bitte wieder einen Abgang.*

»Cassey kennst du ja noch?«

Ihr Blick huscht zu mir. Da ist eine gewisse Abscheu in ihren Augen, als sie mich innerhalb einer Sekunde von oben bis unten scannt. Trotzdem nickt sie mir lächelnd zu. Lange hält sie sich jedoch nicht mit mir auf und sieht wieder zu Nicolas. In dem Moment wird die Freude in ihren Zügen auch wieder ehrlich. »Ich bin auch mit jemandem verabredet.«

Schön für dich, denke ich mir und mustere sie skeptisch. Wieso erzählt sie ihm das?

»Oh, wie … schön«, entgegnet Nicolas.

»Ja, ich bin bloß ein bisschen zu früh dran«, plaudert sie weiter. »Ich hoffe, er lässt mich nicht zu lange warten.«

Wehe du lädst sie dazu ein, hier bei uns zu warten!

Glücklicherweise kommt Nicolas nicht auf diese Idee, und wenn doch, dann hat er sie klugerweise wieder verworfen. Stattdessen sagt er bloß: »Man sollte sein Date niemals warten lassen.«

»Du sagst es«, lacht sie und berührt auf einmal seine Schulter. »Leider ist nicht jeder so ein Gentleman wie du.«

Ich ziehe eine Augenbraue hoch, hebe mein Weinglas an meine Lippen und räuspere mich. Nicolas' Blick huscht nur kurz zu mir, ehe er sich so beiläufig wie möglich nach vorne lehnt, um ihre Hand loszuwerden.

Raven ist nicht dumm und versteht den Wink, versucht sich aber nichts anmerken zu lassen. Lächelnd streicht sie ihr Haar nach hinten. »Tja, na ja, ich wünsche euch jedenfalls noch einen schönen Abend.«

Diesmal ergreife ich das Wort. Ich recke das Kinn, setze das freundlichste Lächeln auf, das ich bieten kann, und sage: »Danke, dir auch.«

Ihre blauen Augen mustern mich gleichermaßen irritiert und feindselig. Aber nur kurz, denn ihre Aufmerksamkeit gilt Nicolas. »Vielleicht kann ich dich demnächst auch mal zum Essen einladen? Als *Dankeschön* für deine Hilfe bei meiner Choreografie.«

Ich bin keinesfalls ein eifersüchtiger Mensch, aber so langsam geht es mir gegen den Strich, wie sie vor meinen Augen ungehemmt mit Nicolas flirtet, als wolle sie mich ausstechen. Was wird das hier? Wir sind doch nicht in der Highschool. Es ist mehr als deutlich, dass Nicolas und ich ein Date haben. Und sich an vergebene Menschen ranzumachen, entspricht nicht gerade meiner Vorstellung von Empowerment. Zudem scheint es ihm wirklich unangenehm zu sein.

Nicolas' Augen huschen immer wieder in meine Richtung. Er räuspert sich. »Hab ich gern gemacht«, erwidert er, ohne auf die Essenseinladung einzugehen, und lächelt. »Hals- und Beinbruch für morgen.«

Damit gibt Raven sich zufrieden – sie nickt und bedankt sich. Anschließend verlässt sie endlich unseren Tisch. Nicolas atmet auf, als habe er die ganze Zeit die Luft angehalten, und sinkt entspannt in seinen Stuhl. Mir kommt lediglich ein »Wow« über die Lippen.

»Das war … schräg«, murmelt er unbehaglich.

»Was du nicht sagst«, pruste ich.

»Worüber haben wir eben gesprochen?«, lacht er nervös und fährt sich durchs Haar.

Schmunzelnd schüttle ich den Kopf und hebe mein Glas zum Prost an. »Über die zweite Nachspeise.«

»Ach ja«, entgegnet er, atmet erleichtert auf und stößt – ein Lächeln auf den Lippen – mit mir an.

***

Solange Nicolas auf die Bedienung wartet, um für uns die erste Nachspeise zu bestellen, verabschiede ich mich kurz auf die Toilette.

Noch während ich auf dem Klo sitze, öffnet sich die Tür. Die Person bleibt stehen, statt in eine Kabine oder ans Waschbecken zu gehen. Vielleicht schaut jemand bloß in den Spiegel.

Aber dann kommt sie auf leisen Sohlen näher und bleibt unvermittelt stehen – direkt neben meiner Kabinentür. Ich erkenne ansatzweise beige Stiefeletten.

Was soll das denn bitte werden?

Ohne mich stressen zu lassen, beende ich meinen Toilettengang und entriegle die Tür. Als ich sie öffne, schlägt mir der Geruch von Desinfektionsmittel und Orangen entgegen, und wie ich es fast schon geahnt habe, steht Raven direkt vor meiner Nase. Diese kleine Nervensäge.

Augenrollend drücke ich die Tür noch weiter auf und gehe an ihr vorbei ans Waschbecken. Vielleicht funktioniert ja die Ignorieren-Taktik, um sie schnell wieder loszuwerden.

Während ich mir die Hände wasche, beobachte ich aus dem Augenwinkel, wie sie auf mich zukommt. Mit verschränkten Armen bleibt sie schräg hinter mir stehen. Ich stelle den Wasserhahn ab und schüttle meine Hände aus. Im nächsten Augenblick greift sie mir urplötzlich

in die Ellenbeuge und zieht daran. »Macht dir das eigentlich Spaß?«

Überrascht von ihrer plötzlichen Handgreiflichkeit, drehe ich mich halb zu ihr um, lasse dann jedoch nicht weiter an mir zerren. Die Kraft hat sie nicht mal ansatzweise.

Unbeeindruckt mustere ich ihr Gesicht, das einen völligen Umschwung von freundlich zu zornig erlitten hat. In ihren Augen erkenne ich neben Wut auch große Verzweiflung. Diese Aktion hier ist verzweifelt. Das würde sie sich nie in Nicolas' Nähe trauen. Leider vergisst sie dabei, dass ich mich *theoretisch* nicht zurückhalten muss, wenn Nicolas nicht hier ist.

Um zu sehen, wie sie reagiert, warte ich schweigend ab. Entweder sie gehört zu denen, die dadurch noch mehr provoziert werden, so wie ich, oder sie gehört zur anderen Hälfte, die die Lust verlieren.

»Tu nicht so unbeteiligt«, klagt sie und ihre Nasenflügel beben. »Nicolas gehört ganz klar zu mir, also lass ihn gefälligst in Ruhe.«

Ich pruste und meine linke Augenbraue wandert hoch. Sie stellt Besitzansprüche? Okay, sie will definitiv ein Highschooldrama. »Wenn du meinst … Wieso sitzt dann nicht du da draußen mit ihm am Tisch? Und jetzt lass gefälligst los oder ich breche dir was.«

Das Dunkelblau ihrer Augen lodert wie Feuer. Sie zeigt ihr wahres Gesicht. Das einer liebeskranken Frau, die nicht bekommt, wonach sie sich sehnt. Es scheint ihr vollkommen egal zu sein, dass Nicolas nichts von ihr will – in ihren Augen bin ich das einzige Problem. »Lass. Deine. Finger. Von. Ihm«, brummt sie und schubst mich im nächsten Moment von sich.

Ich setze einen Fuß zurück und stütze mich mit den Händen am Waschbeckenrand ab.

»Du bist nicht mehr als sein Ablenkungsprogramm, bis er verstanden hat, was das zwischen ihm und mir ist.«

»Ach und das wäre?«, frage ich kühl und gehe auf sie zu, bedränge sie, bis sie die Wand im Rücken hat.

Ihre Augen hasten in alle Richtungen. »D-du verwirrst ihn«, stammelt sie und versucht, sich wieder zu fangen. »Wir waren auf einem guten Weg, bis du aufgetaucht bist und alles kaputtgemacht hast!«

Bei dem Versuch, mich von sich zu schubsen, ergreife ich ihre Handgelenke. »Wag dich noch mal und ich breche dir deine zarten Hände«, warne ich sie mit tieferer Stimme, statt auf diesen Blödsinn zu antworten, den sie sich selbst einredet.

Ein Funkeln erscheint in ihren Augen. »Wirklich? Und wie willst du das Niccy erklären?«, kontert sie und hebt eine Augenbraue. »Dieses Spiel kannst du nicht gewinnen.«

»Spiel?«, wiederhole ich. »Glaub mir, mit mir willst du nicht spielen.«

»Jetzt hörst du mir mal ganz genau zu, denn ich sage es nicht noch einmal«, knurrt sie und wirkt auf einmal ziemlich selbstsicher. »Wenn du ihn nicht in Ruhe lässt, wird das Konsequenzen für dich haben.«

Ich verenge die Augen und mustere sie misstrauisch. Woher nimmt sie den Mut, mir derart zu drohen? Was hat sie in der Hand? Wer ...

Ein Zucken erscheint um ihre Mundwinkel. »Du solltest mich nicht unterschätzen. Ich weiß mehr über dich, als du ahnst. Und wenn Niccy wüsste, mit was für einer ...«

Weiter kommt sie nicht, denn in mir schrillen die Alarmglocken. Mein Blick huscht unbewusst zu ihrem auffälligen Mantel hinab, den sie nicht abgenommen hat. Hellblau mit weißen Punkten. Er ist mir in den vergangenen Monaten immer wieder ins Auge gefallen, weil er aus der Masse heraussticht, aber ich habe mir nie etwas dabei gedacht – bis jetzt. Hat dieses Miststück mich etwa die ganze Zeit über beobachtet?

Ehe sie sich versieht, kuschelt ihre Wange mit den weißen Fliesen. Ich klemme sie zwischen mir und der Wand ein und zische in ihr Ohr: »Wer bist du? Eine von denen? Habt ihr noch nicht genug?«

»W-was? Ey, geht's noch?« Sie windet sich. »Wovon redest du? Lass mich los!«

Kurzerhand ziehe ich mein Amulett aus dem Oberteil und beginne ohne Umschweife mit der Entlockungsformel. Doch ich führe sie nicht zu Ende, denn es passiert nichts. Es zeigt sich weder ein Symbol noch eine Shemayu. Und Raven lacht.

Irritiert lasse ich von ihr ab und sie dreht sich zu mir herum. Mit einer Hand streicht sie über ihre vom Fliesenmuster gezierte Wange.

»Ich korrigiere … Du bist sogar noch schräger drauf, als ich dachte. Ein Grund mehr, Nicolas vor dir zu schützen.«

Ich schüttle den Kopf und stelle fest: »Mit dir stimmt doch was nicht.« Und zwar nicht die Tatsache, dass sie eine Shemayu ist, sondern die, dass sie Nicolas verfolgt zu haben scheint. Denn wenn ich mich recht erinnere, ist mir ihr Mantel immer in der Nähe des Cafés aufgefallen.

Da ich es nicht einsehe, weiterhin meine Zeit mit ihr zu vergeuden, wende ich mich kurzerhand ab und verlasse das WC.

Zu meiner Erleichterung folgt sie mir nicht und ich kehre zu Nicolas an den Tisch zurück. Ein schwarzes, kleines Buch liegt am Rand. Darin vermute ich die Rechnung, die er sicherlich bereits beglichen hat. Das Dessert steht ebenfalls bereit und sieht verführerisch lecker aus. Doch statt mich zu setzen, beuge ich mich zu Nicolas vor und raune in sein Ohr: »Lass uns das Dessert überspringen und gehen.«

Überrascht sieht er zu mir auf. »J-jetzt?«

»Jetzt«, bestätige ich, trete an meinen Stuhl und schnappe mir meinen Mantel. Überrumpelt, aber nicht abgeneigt von meinem verführerischen Angebot, kommt er nur langsam in Bewegung. Weil ich jedoch so schnell wie möglich von hier verschwinden will, gehe ich voraus. Als Nicolas mich draußen einholt, mustert er mich eindringlich. Nach einer Weile, in der wir schweigen, weil mir die Sache mit Raven im Kopf umhergeistert, fragt er vorsichtig: »Ist alles okay?«

»Mhm«, brumme ich nickend und verschränke meine Arme vor der Brust. »Ganz schön kalt heute Abend, hm?«

Ein Seufzen ertönt. »Okay, spuck's aus, Cass. Was ist los?«

Unzufrieden knurrend mahle ich mit dem Kiefer und hadere mit mir, es anzusprechen und somit zuzugeben, dass doch nicht alles *okay* ist. Ich weiß nicht einmal, wie ich es in Worte fassen soll. Letztlich bleibe ich jedoch stehen und seufze. »Na gut, ich … Es gab da ein kleines Aufeinandertreffen zwischen Raven und mir auf den Toiletten.«

Nicolas' Augenbrauen heben sich, aber er wartet auf weitere Infos.

»War … Ist dir bewusst, dass sie dich stalkt?«, frage ich vorsichtig und mustere aufmerksam seine Züge. Diese glätten sich schlagartig.

Dann senkt er den Blick, hebt eine Hand in seinen Nacken und wirkt bedrückt, sagt dazu aber nichts. Weiß er es bereits? Oder war ihm ganz im Gegenteil bisher nicht bewusst, welches Ausmaß ihre Vernarrtheit tatsächlich angenommen hat?

»Nic, ich mache mir Sorgen, dass sie irgendwann … zu drastischeren Mitteln greift, um dich nur für sich zu haben«, gestehe ich und trete auf ihn zu, um eine Hand an seine Brust zu legen. »Heute hat sie mir bloß gedroht, aber was macht sie morgen? Mich vergiften? Überfahren?«

Sein Blick hebt sich ruckartig und begegnet mir voller Entsetzen.

»Dich kidnappen und einsperren?«, fahre ich fort und erhalte ein Kopfschütteln zur Antwort.

»So was würde sie nie machen. Also dir oder mir etwas antun.«

»Woher willst du das wissen?«

Er druckst etwas herum und greift dabei nach meiner Hand, blickt ausweichend darauf hinab. »Das würde sie sich nicht wagen, weil … weil sie wüsste, dass ich …«

»Dass du was?«, hake ich nach und suche seinen Blick. »Was ist das zwischen euch, dass du sie trotz allem verteidigst? Dass du ihre Anhänglichkeit über dich ergehen lässt, ihr sogar bei Dingen behilflich bist, obwohl du weißt, dass es dadurch nur schlimmer wird? Obwohl du nichts von ihr willst.« Ich ziehe eine Augenbraue hoch. »Oder doch?«

Das *Nein* schießt wie eine Pistolenkugel aus seinem Mund. Genauso ruckartig hebt er den Kopf und presst meine Hand an seine Brust. »Ich will nichts von ihr, glaub mir. Aber das mit Raven ist nicht … nicht so einfach zu …«

»Erklären?«, vervollständige ich seinen Satz und er nickt. »Versuch es. Erklär mir, wieso du dich dem Ganzen bewusst aussetzt; wieso du sie nicht loszuwerden versuchst.«

Trotz meiner Aufforderung druckst er herum, spricht nur in halben Sätzen und bringt keinen zusammenhängenden Kontext zustande – oder erzählt mir Dinge über Raven, die mir weder neu sind noch sein Verhalten begründen. Umso länger ich auf eine ehrliche Antwort

warten muss, desto mehr komme ich mir verarscht vor. Enttäuscht entziehe ich ihm meine Hand und lasse sie in meiner Manteltasche verschwinden. Das ist der Moment, in dem Nicolas sich bremst, die Augen schließt und tief durchatmet.

Drei Sekunden später sagt er kontrollierter: »Jeder hat Geheimnisse, Cass. Du sagst mir auch nicht alles und das ist okay. Aber ich habe lieber ein paar kleine Geheimnisse, als dir irgendeine Lüge aufzutischen. Oder ist dir das lieber?«

Zähneknirschend weiche ich seinem eindringlichen Blick aus. Scheiße. Nein, es wäre mir nicht lieber. Aber er hat recht, ich darf nicht von anderen verlangen, was ich nicht selbst gewährleisten kann. So vieles in meiner Vergangenheit, in meinem Leben kann ich ihm nicht erzählen, ohne es in Lügen zu verpacken. Nicolas weiß das und respektiert es, also sollte ich das auch. Ändert jedoch nichts daran, dass es sich mies anfühlt, wie er das gegen mich verwendet.

»Irgendwann werde ich dir alles über Raven erzählen können, das verspreche ich dir. Aber eben nicht hier und nicht jetzt«, erklärt er schuldbewusst.

Ich atme einmal tief durch und seufze ein leises *Okay*.

Plötzlich tritt er vor mich und legt seine abgekühlten Hände an meinen Kiefer. »Cass, bitte sieh mich an«, sagt er dann in sanfterem Ton. »Ich will nur dich, das weißt du.«

Meine Augen begegnen seinen. Wunderschöne, tiefsinnige Augen, die meine Seele berühren; die so aufrichtig dreinblicken, dass ich glaube, niemals ein Wort von ihm anzuzweifeln zu können. Und doch fühle ich urplötzliche eine Schwere auf meiner Brust und frage skeptisch: »Weiß ich das? Was weißt ich überhaupt über dich?«

»Mehr als irgendwer sonst«, versichert er mir und lächelt liebevoll. »Und gleich noch ein bisschen mehr.«

Irritiert runzle ich die Stirn.

Nicolas holt Luft und legt los: »Ich mag keine Blaubeeren. Ich hasse Arztserien und generell sind Bücher besser als Filme. Dunkelblau ist meine Lieblingsfarbe und ich mag kein Gelb. Ich habe eine Allergie gegen Kiwis, also merk dir das, solltest du mich irgendwann umbringen wollen. Ich war öfter auf Konzerten als im Kino, weil ich wahnsinnig werde, wenn Leute laut Popcorn essen. Ich kann auf Teufel-komm-raus keine Krawatten leiden und besitze wahrscheinlich mehr Sportklamotten als normale Alltagskleidung. Ich bin ein Blödmann und das tut mir leid.«

Eine Weile kann ich nicht mehr tun, als ihn sprachlos anzustarren. Doch im nächsten Moment muss ich lachen. Davon erheitert zieht er meinen Kopf sachte zu sich heran, um meine Stirn zu küssen. Diese liebevolle Geste jagt mir einen wohligen Schauer über den Rücken und beruhigt mich augenblicklich. Genießend senke ich meine Lider, seine Lippen verharren an Ort und Stelle.

Ganz unbewusst denke ich daran, wie ich meine Gefühlslage gerade zeichnen würde. Ein Stein in Herzform, auf dem ein Schmetterling landet, und an dieser Stelle wandelt sich der Stein in rotes, organisches Gewebe.

Cassey

Im Traum renne ich vor etwas davon. In einer leer gefegten Straße. Es ist dunkel. Nur durch die Laternen kann ich den Schatten hinter mir ausmachen. Wer auch immer das ist, er ist komplett in Schwarz gehüllt und ich kann nichts an ihm erkennen. Genauso wenig wie ich den Grund für meine Flucht vor ihm kenne. Ich weiß nur, dass mir die Panik im Nacken sitzt. Ich höre meinen eigenen Atem, meine eigenen Schritte und das tief grollende Lachen meines Verfolgers. Dann begehe ich einen Fehler. Ich biege nach rechts ab und lande in einer Sackgasse.

Hektisch sehe ich mich um und suche nach einem Ausweg, doch dann treten weitere solcher in Schwarz gehüllten Gestalten aus den Schatten und kreisen mich ein. Einer von ihnen tritt näher an mich heran. Ich kann nur schwach erkennen, dass er unter der großen Kapuze eine silberne Maske trägt und einen markanten Kiefer hat. Seine Augen kann ich im Schatten der Kapuze kaum erkennen.

Ich versuche zu sprechen, höre aber meine eigenen Worte irgendwie nicht. Ich weiß nur, dass sich in mir alles zusammenzieht. Kälte, Angst, Erkenntnis …

Und dann ist alles ganz abrupt vorbei. Ich finde mich in sicherer Umgebung wieder. Diese Empfindungen scheinen ganz weit weg, so wie es sich gehört. Ich laufe vor niemandem davon, habe vor niemandem eine solche Angst.

Wie immer führt mich mein Weg zuerst ins Bad und anschließend zur Kaffeemaschine. Natalie ist bereits vor einer halben Stunde von Grayson abgeholt worden – er hat für sie irgendwas Romantisches vorbereitet, das mich keineswegs juckt. Und Papa sitzt in seiner Freizeitkleidung am Küchentisch, was zu dieser Uhrzeit unter der Woche einer Seltenheit gleicht, und blättert in der lokalen Zeitung. Als ich komme, blickt er nicht auf, aber grüßt mich knapp mit einem: »Morgen.«

»Morgen«, antworte ich und gehe zum Küchenschrank. »Kaffee?«
Nachdem er brummend zugestimmt hat, bereite ich zwei Tassen für
eine Dosis Koffein vor. Sobald die Maschine durch ist, nehme ich mir
einen Joghurt aus dem Kühlschrank und setze mich Papa gegenüber
an den Tisch.

»Was Spannendes?«, frage ich und deute auf die Zeitung.

Er schüttelt den Kopf und antwortet: »Ich hätte sie direkt in den
Müll werfen sollen. Valentinstag. Das Fest der Liebenden. Das Ge-
schäft muss boomen, also Werbung über Werbung für Partnerbörsen,
Blumengeschäfte, Patisserien, und, und, und.«

Ich zucke mit den Schultern. »War zu erwarten.«

»Mhm«, brummt er, faltet die Zeitung zusammen und deutet dann damit Richtung Wohnzimmer. »Da ist übrigens was für dich gekommen.«

Mitten in der Bewegung halte ich inne und blicke auf. Ich habe doch
gar nichts erwartet. Misstrauisch strecke ich mich und spähe über den
Küchentresen hinweg zum Couchtisch. Dort steht ein Strauß roter
Rosen in einer Vase. Sofort schießt mir das Blut in den Kopf. *Nein!*
Wieso, Nic?

Grollend lasse ich den Kopf in meine Hand fallen.

»Heimlicher Verehrer?«, fragt Papa unvermittelt und ich hebe den
Blick. Er setzt sich wieder, nimmt die Tasse zur Hand und mustert
mich. »Oder kennst du denjenigen?«

Seufzend stehe ich auf. »Gerade würde ich ihn lieber nicht kennen«,
grummle ich und gehe ins Wohnzimmer. Dabei fällt mir auf, dass sich
zwischen den Blüten ein weißer Briefumschlag versteckt.

Ich atme geräuschvoll aus und ziehe den Umschlag hervor. Er ist
blank – bis auf meinen Namen in blauer Tinte. Also öffne ich ihn und
ziehe eine Karte heraus. Die eine Seite ist bedruckt. In einer rosaroten
Farbe und geschwungener Schrift steht geschrieben *Happy Valentines*
Day. Dazu ein paar Herzchen. Ich runzle die Stirn und drehe die Karte um. Handschriftlich steht hier mit gleicher Tinte geschrieben: *Ich*
fühle mich so verbunden mit dir, dass ich gar nicht genug von dir kriegen kann. Ich
freue mich unheimlich, dir bald endlich gegenüberzustehen. In Liebe, N.

Einerseits schießt mein Puls in die Höhe, andererseits dreht sich

mir der Magen um und ich blicke zu den Rosen auf. Nicht sein Ernst, oder? Ich dachte, ich hatte ihm deutlich verklickert, dass ich diesen Kitsch hasse.

Tief durchatmend schiebe ich die Karte zurück in den Umschlag und stecke ihn in die Hosentasche.

»Und?«, fragt Papa unvermittelt und ich gehe zurück in die Küche zu ihm.

»Frag nicht«, seufze ich und lasse mich auf den Stuhl fallen.

»Sollte ich mir Sorgen machen?« Er sieht von seinem Handy auf und hat diesen Mach-bloß-keinen-Scheiß-Blick drauf, der sich mit etwas anderem mischt, das ich nicht deuten kann. So als ... wisse er es, sei sich aber nicht sicher. Hätte mich aber auch gewundert, wenn ihm auf Dauer entginge, was bei uns los ist.

»Unsinn«, entgegne ich und runzle die Stirn. »Er reagiert nicht auf den Ka...« Ich bremse mich, bevor ich mehr verrate, und halte die Luft an. Dabei habe ich mich bereits verraten.

Papa richtet sich aufmerksam auf. »Ach so?«

Seufzend verdrehe ich die Augen und sinke tiefer in den Stuhl. »Tu' nicht so, als hättest du es nicht schon geahnt.«

»Bei Natalie, ja. Sie ist wie ein offenes Buch. Wenn es jemanden gibt, singt sie öfter vor sich hin und ist mir gegenüber distanzierter«, erklärt er und mustert mich mit schief gelegtem Kopf. »Bei dir hat sich in letzter Zeit nicht viel geändert.«

Bis auf den Abend, als ich mich zu ihm ins Bett gelegt hatte, und bis auf meinen frühzeitigen Aufbruch nach Russland. Diesen Gedanken hat er offensichtlich auch, denn seine Aufmerksamkeit schweift einen Moment ab und Skepsis zeigt sich in seinen Zügen.

»Na siehst du, dann brauchst du dir ja auch keine Gedanken machen.«

»Also ist da jemand«, stellt er fest und ich verdrehe die Augen.

»Ja.«

Seine Augen werden schmäler. »Wie heißt er?«

Ich tue es ihm gleich und lehne mich vor. »Nicolas. Wird das jetzt so eine Art Vater-Tochter-Gespräch?«

Seine rechte Augenbraue hebt sich. Etwas geht hinter seiner Stirn vor sich. Dann seufzt er kopfschüttelnd. »Da ich in nächster Zeit keinen Nerv für einen Umzug habe, hoffe ich, dass ihr ...«

»Ja, ja«, unterbreche ich ihn. Er braucht nicht dieselbe Predigt immer und immer wieder halten. »Verschone mich bitte damit.«

Ich glaube fast, ihn damit wütend gemacht zu haben, doch dann schiebt er mit einer Wischbewegung eine unsichtbare Wand zwischen uns und widmet sich wieder seinem Handy, womit er signalisiert, dass das Thema beendet ist. Gut, besten Dank.

Erleichtert aufatmend esse ich meinen Joghurt zu Ende und trinke den Kaffee. Währenddessen spricht Papa mich noch mal auf die Shemayu-Gruppierung an und fragt nach dem Status. Der bleibt seit Wochen wie erwartet unverändert – kein Shemayu mit Symbol oder proaktivem Verhalten uns gegenüber. Es ist beruhigend, dass sich alles wieder normalisiert zu haben scheint.

✳✳✳

Als ich bei Nicolas ankomme und die Tür aufgeht, halte ich ihm direkt den Umschlag mit der Karte vor die Nase. »Ernsthaft?«

Seine Augen wandern einmal von oben bis unten, dann tritt er beiseite und sagt mit stichelndem Unterton: »Ich freu mich auch, dich zu sehen. Komm doch rein.«

Seufzend gehe ich der Aufforderung nach und ziehe mir Schuhe und Mantel aus. Dann drehe ich mich erneut zu ihm und hebe den Umschlag. »Musste das sein, Nic?«

»Würdest du mir bitte erklären, womit ich erneut deine Missgunst entfacht habe?«, fragt er und streckt die Hand nach dem Umschlag aus.

Ich ziehe eine Augenbraue hoch und verschränke die Arme vor der Brust. »Rosen? Valentinskarte?«, helfe ich ihm auf die Sprünge und füge sarkastisch hinzu: »Ich musste es meinem Papa gestehen, was ja noch viel besser war als das.«

»Cass, wovon sprichst du?«

»Ich dachte, ich hätte mich klar ausgedrückt«, bemerke ich genervt.

»Das sehe ich gerade irgendwie anders. Ich verstehe kein Wort«, kontert er.

Plötzlich ertönt ein Piepen aus der Küche. Er geht an mir vorbei und das Piepen erstirbt. Ich folge ihm leise knurrend in die Küche, von der aus auch Musik hörbar ist. Im Türrahmen komme ich dann ins Stocken. Er hat Essen vorbereitet – für uns zwei. Der Tisch ist wie in einem Restaurant gedeckt, auch wenn statt Blumen ein Kaktus in der Mitte steht. Passend. Deswegen sollte ich vorbeikommen, er wollte mich damit überraschen.

»Cass, was ist los?«, hakt Nicolas nach und kommt auf mich zu.

Kopfschüttelnd blicke ich zu ihm auf. »Was kommt denn noch alles?«

»Was meinst du damit?«, fragt er verwirrt. »Wieso bist du sauer auf mich?«

Aufgebracht hebe ich die Arme in die Luft und lasse sie wieder fallen. »Wegen deiner kitschigen Aktion heute Morgen«, entgegne ich dabei und blicke ihm tief in die Augen. Will er mich verarschen?

»Okay, kannst du bitte mal Klartext reden?«, bittet er seufzend.

»Jetzt hör aber auf«, grummle ich, gehe an ihm vorbei zum Briefumschlag, den er auf die Küchenzeile gelegt hat, und deute darauf. »Heute Morgen kamen für mich ein Strauß Rosen und dieser Umschlag hier«, erkläre ich ganz langsam und deutlich, damit er sich vielleicht wieder erinnert. »Das war megapeinlich, Nic, vor allem weil mein Vater sie angenommen hat.«

»Aber nicht von mir«, hält er erneut dagegen und öffnet den Umschlag, um die Zeilen zu lesen. Dann sieht er irritiert auf. »Warum sollte ich so was schreiben? Warum sollte ich unsere Abmachung nicht einhalten?«

»Keine Ahnung«, erwidere ich ratlos und ziehe die Schultern hoch. »Du warst schon immer ziemlich stur. Außerdem steht unterschrieben mit N. N wie Nicolas, oder irre ich mich? Ich kenne keinen anderen mit N.«

»N wie Natalie? N wie … was weiß ich? Gibt's vielleicht einen Nelson oder Noah in einem deiner Kurse, der dich heimlich verehrt? Ich bin ja wohl nicht der Einzige, dessen Namen mit N anfängt.« Seine

Stimme erhebt sich und ich sehe, dass er langsam sauer wird.

Ich mustere ihn eindringlich und versuche, ein Zucken oder irgendwas auszumachen, das ihn verrät. »Du willst mir also sagen, das warst nicht du, ja? Du, der Romantiker. Der *nicht genug von mir kriegen kann* und mir nun gegenübersteht«, hake ich nach und deute auf ihn.

Er verschränkt die Arme vor der Brust. »Jetzt mal ganz ehrlich, weißt du überhaupt, wie du gerade mit mir redest? Ist das hier ein Verhör? Ich schwöre dir, dass ich es nicht war. Aber es ist echt gut zu wissen, wie viel Vertrauen du in mich und meine Versprechen hast.«

Autsch.

Ich ziehe eine, nein beide Augenbrauen hoch. »Okay, also wenn du damit nicht klarkommst, dann kann ich auch wieder gehen«, kontere ich und gehe zurück Richtung Flur.

Wie erwartet packt er mich am Arm und stoppt mich. »Cass, was soll das denn jetzt? Ich habe dir nichts getan«, sagt er ruhiger und stellt sich neben mich. »Bist du sicher, dass dir niemand anderes einfällt, der dir Blumen und eine Karte schicken könnte? Sogar die Kassiererin hat mir heute eine Rose geschenkt, die ich in mein Zimmer verbannt habe, weil ich dachte, dass du sauer wirst, sobald du irgendwas siehst, was romantisch sein könnte. Meine Versicherung hat mir eine Valentinskarte geschickt. Alle auf der Straße singen irgendwelche Elvis-Lieder. Wir sind in Amerika!«

Er klingt ehrlich und ich senke den Blick zu Boden. Dabei schießt mir etwas durch den Kopf. Was, wenn es ein Stalker war? Oder sogar ein Shemayu? Bin ich paranoid?

Nicolas seufzt und fährt sanftmütiger fort. »Ich wiederhole mich, aber ich schwöre dir bei meiner Originalausgabe von *Moby Dick*, dass ich dir weder Blumen noch eine Karte geschickt habe. Vielmehr würde mich interessieren, wer sich in dich verguckt haben könnte«, erklärt er aufrichtig und legt seine Hände an meine Wangen.

Ich schnaufe durch und gebe nach. »Ist ja gut«, murmle ich und fahre mir müde durchs Gesicht. Mann, das ist anstrengend.

»So. Streit beendet?«, fragt er und haucht mir einen Kuss auf die Stirn.

»Das war eine Diskussion, kein Streit«, kommentiere ich.

»Von mir aus«, seufzt er. »Hast du Hunger?«

Stumm nickend drehe ich mich wieder um und wir gehen in die Küche zurück.

Mein Blick fällt erneut auf die Valentinskarte und ich lese die Zeilen. Dabei bekomme ich ein mulmiges Gefühl. Wer kann das sein?

Nicolas bereitet das Essen vor und stellt sich dann hinter mich. Seine Arme schlingen sich um meine Taille und sein Atem in meiner Halsbeuge verursacht mir eine Gänsehaut. »Mach dir keinen Kopf.«

Ich schließe die Augen und erinnere mich an einen Traum aus letzter Nacht. Die welkenden und faulenden Rosen, das vom Tisch tropfende Blut, dann die dunkle Gestalt …

»Es ist so ein Gefühl … Ich kann es nicht erklären.«

»Schon irgendwie gruselig, wenn man nicht weiß, wer das geschickt hat. Aber vielleicht wollte jemand einfach nur nett sein.«

»Nett? Zu mir?«, frage ich skeptisch.

Unvermittelt setzt er seine Lippen an meine Schläfe und pustet. Irritiert blicke ich zur Seite. »Was wird das?«

»Ich puste die ganzen negativen Gedanken weg.«

Meine Mundwinkel zucken und ich stupse ihn leicht mit dem Ellenbogen an. Dann drehe ich mich in seinen Armen um und blicke in sein amüsiertes, schönes Gesicht. Seine Augen strahlen. »Wenn das klappen würde, dürftest du das rund um die Uhr machen, bis ich die Schnauze voll hätte.«

Natürlich holt er tief Luft und pustet volles Rohr in mein Gesicht, wobei er mich mit den Armen festhält. Ich zucke zusammen, kneife die Augen zu und ziehe die Nase kraus. »Oh, wow, okay.«

Ein Kuss auf meine Nase folgt, dann schiebt er mich grinsend an meinen Platz. »Setz dich. Du bist die erste Person, die mein neues Rezept probieren darf.«

»Oh, oh«, sage ich stichelnd und setze mich.

»Wenn's nicht schmeckt, können wir ja immer noch was bestellen.« Nicolas nimmt mir gegenüber Platz.

»Gut zu wissen.«

»Ich hab das Weinregal aufgestockt. Besondere Wünsche?«

»Ich muss noch fahren, also wäre Wasser wohl die klügere Wahl.«

»Wo musst du noch hin?«, fragt er und schenkt mir Wasser ein.

»Meinen Vater holen«, sage ich, als wäre es das Normalste der Welt.

»Habt ihr was Schönes vor?« Er beginnt vorsichtig zu essen, und ich warte ab, ob er sich die Zunge verbrennt oder ich zu essen beginnen kann.

»Keine Ahnung, ob man das *schön* nennen kann, aber ja.«

Nicolas sieht mich abwartend an und fragt dann langsam, als wäre ich begriffsstutzig: »Und was habt ihr vor?«

Sein Blick fällt auf meinen Teller. Also beginne ich zu essen. Nach dem ersten Bissen nicke ich anerkennend und nehme einen zweiten, bevor ich antworte. »Wir gehen seit ein paar Jahren an Valentinstag wildcampen wie ... wie in einem *Survival Bootcamp.*«

»Ist es nicht ein bisschen kalt für so was?«, fragt er gleichermaßen skeptisch und interessiert.

Ich schiebe nachdenklich die Unterlippe vor, schüttle dann aber den Kopf. »Es gibt nur falsche Kleidung, wie man so schön sagt.«

»Geht ihr arme kleine Häschen jagen?«, grinst er und schenkt sich Rotwein ein.

»Nein.«

»Du musst mir das ein bisschen erklären, glaube ich. Also diese Situation zwischen dir und deinem Dad. Es klang bisher immer so, als würdet ihr nicht gerade super klarkommen«, merkt er an.

Ich halte inne und halte den Blick auf das Essen gerichtet. Mein Puls steigt. Ich merke erst, dass ich die Luft angehalten habe, als sich Druck in meiner Brust aufbaut. »Also ...«

»Alles gut?«

»Ja, ja«, winke ich ab und blicke zu ihm auf mit dem Versuch zu lächeln. Es gerät mir offensichtlich heftig schief, denn er neigt den Kopf mit einem besorgten Blick zur Seite. »Du musst es mir natürlich nicht erzählen.«

»Nein, doch, ich ... ich bin es einfach nicht gewohnt, über so was zu reden, weil bei uns darüber ... Es ist einfach so.« Ich seufze. »Es

ist kompliziert. Wir sind selten einer Meinung und streiten. Natalie schiebt es immer darauf, dass wir uns zu ähnlich sind.«

»Aha.« Er nickt. »Aber … ihr habt euch trotzdem irgendwie lieb?«

Ich ziehe eine Augenbraue hoch. *Lieb*, wiederhole ich im Kopf und denke an das Training und seine Distanziertheit und Verschlossenheit.

»Irgendwie«, entgegne ich achselzuckend. »Seit Mamas Tod lebt er …«, nur für seine Bestimmung und seinen Job, »in seiner eigenen Welt, könnte man sagen.«

Nicolas schweigt eine Weile und blickt nachdenklich auf die Tischmitte herab. »Wann … lerne ich ihn denn mal kennen?«

Meine Augenbrauen schnellen hoch. »W-was?«

Ein zögerliches Lächeln zeigt sich. »Na ja. Müsste ich ihn nicht kennenlernen?«

Ich kratze mich am Hinterkopf. »Musst du das denn?«, frage ich schließlich in einer höheren Oktave.

»Muss ich nicht?«, erkundigt er sich irritiert. »Also ich würde als Vater schon gerne wissen, mit wem meine Tochter ausgeht.«

Wenn es nach ihm ginge, würde ich mit niemandem ausgehen. So wie er selbst. Ganz schön einsam, wenn ich jetzt darüber nachdenke.

Ich senke den Blick und stochere im Essen. »Demnächst irgendwann.«

»Kein Stress«, bemerkt er und grinst. »Wir haben Zeit. Und du hast ja heute Abend genug Gelegenheiten, ihn ein bisschen darauf vorzubereiten.«

Ich pruste und schüttle den Kopf. »Nein, wir haben gewisse Regeln für diesen Tag.«

»Keine Gespräche über potenzielle … intime Verbindungen?«

»So in etwa.«

Das Ganze hat sich vor circa sechs Jahren so ergeben. Die Erinnerung daran holt mich jedes Jahr aufs Neue ein. Es war am späten Nachmittag. Papa kam sturzbetrunken nach Hause und warf Gegenstände im Haus um. Es krachte und schepperte. Natalie bekam es nicht mit, denn sie war mit damaligen Bekanntschaften nach der Schule verabredet. Ich hingegen war bereits zu Hause. Noch heute schmerzt mir das Wimmern, das seiner Kehle entwichen ist. Die tiefe Trauer und Verzweiflung.

Es war der Tag, an dem er glaubte, Mamas Mörder vernichtet und seine Rache bekommen zu haben. Doch dadurch fühlte er sich nicht besser, denn er realisierte, dass es sie nicht zurückgeholt hat. Er erlitt einen totalen Zusammenbruch. Seine Fassade war eingestürzt. So niedergeschmettert hatte ich ihn noch nie in meinem Leben gesehen.

Ich ging zu ihm und wollte ihn liebevoll trösten, was zu dieser Zeit schon sehr selten vorkam, aber er stieß mich von sich und jammerte und klagte und fluchte und konnte gar nicht mehr aufhören, sich in seinem Selbstmitleid zu suhlen. Also änderte ich meine Strategie und drehte den Spieß um. Ich machte das, was er mit uns seit Mamas Tod tat, um uns zurück auf die Beine zu holen – er zog uns hoch, wies uns zurecht und ließ uns trainieren.

»Steh auf«, befahl ich und er verstummte einen Moment. »Und hör auf zu heulen.«

Schniefend kam er auf die Beine und blinzelte verwirrt. Ich packte ihn am Pullover und zog ihn hinter mir her. Erst entriss er sich mir, taumelte und warf mir respektloses Verhalten vor. Doch dann folgte er mir weiter, bis wir in einer Lichtung des nahe gelegenen Waldstücks ankamen. »Und was wollen wir jetzt hier? Ich möchte nicht, dass …«

»Sei still und hör zu«, kommandierte ich in seiner autoritären Tonlage und blickte ihn streng an. Seine Augen vergrößerten sich etwas und eine Augenbraue erhob sich. Ich konnte sehen, wie die Gedanken hinter seiner Stirn rasten, aber er hielt sich zurück. Danke Alkohol, dachte ich mir damals.

»Hast du vergessen, welche Verantwortung du der Menschheit gegenüber hast? Wie willst du dieser gerecht werden, wenn du die Nerven verlierst, hm?« Ich nutzte seine eigenen Worte gegen ihn und dadurch verstand er, was ich vorhatte. Statt mir böse zu werden und zu schimpfen, senkte er seinen Blick und strich sich erneut mit dem Ärmel durchs Gesicht.

»Also, du wirst nun Folgendes tun: Schließe die Augen. Atme tief durch. Lass den Schmerz durch dich hindurchströmen und im Boden

versinken. Fokussiere dich auf den Hass, die Wut ... deine Feinde. Errichte deine Mauer. Schmerz kannst du dir für später aufheben.«

Damals glaubte ich selbst kaum, dass ich so klingen konnte und tatsächlich Erfolg hatte. Das war aber auch das einzige und letzte Mal. Als ich danach noch einmal wagte, so mit ihm zu reden, setzte er mich im sibirischen Wald aus, damit ich *darüber nachdenken kann, wie ich mich verhalten habe*. Die Liebe eines Vaters.

Papa folgte meinen Anweisungen und nickte schniefend. »Okay.«

»Gut. Und jetzt lauf.«

Er riss die Augen auf. »Was?«

»Ich sagte: lauf! Bist du schwerhörig? Lauf oder du stirbst!«

Erst verstand er die Welt nicht mehr, doch dann dreht er sich um und rannte vor mir davon. Als würde er von einem Shemayu verfolgt werden. Nachdem ich ihn gefasst hatte, musste er betrunken gegen mich kämpfen. Abends musste er Brennholz zusammensuchen und auf altmodische Weise Feuer machen. Er machte alles, was ich von ihm verlangte, so wie wir immer allen seinen Anweisungen nachkommen mussten. Ich redete ihm ins Gewissen und erinnerte ihn daran, wieso er lebte und leben musste. Und es tat ihm gut. Er fühlte sich lebendig, gebraucht und gestärkt.

Seitdem feiern wir an Valentinstag nicht die Liebe, sondern das Leben. Wir trainieren für unsere Sicherheit und versorgen uns selbst von dem, was die Natur uns gibt. Darauf kommt es bei uns am Ende an. Das Überleben anderer sichern und selbst überleben.

Nicolas

U nd jetzt?«

»Wir steigen jetzt aus und klingeln«, sage ich ganz langsam und öffne die Wagentür.

»Klingeln? Können wir nicht einfach hupen?«, ruft Grayson, aber ich schüttle den Kopf.

»Nein.«

»Aber ...«

»Nein, Hackney«, wiederhole ich und steige aus. Widerwillig folgt Grayson mir bis zum Haus, die Treppen der Veranda hoch und hält dann einen Sicherheitsabstand von der Tür und demjenigen, der sie gleich öffnen wird. Es könnte ja Natalie sein.

Als ich klingle, stöhnt Grayson leise auf.

\\Das hier werde ich nicht überleben.//

Ein Rufen ertönt aus dem Inneren des Hauses und Schritte kommen der Tür näher. Geöffnet wird sie von Casseys und Natalies Vater. Er hat dunkle Haare und grüne Augen, die sowohl Grayson als auch mich von oben bis unten mustern. Zudem scheint er jung zu sein, vielleicht gerade mal Anfang vierzig. Groß, breitschultrig und wahrscheinlich muskulös, was man unter dem schwarzen Pullover nur erahnen kann. Ein Drei-Tage-Bart zieht sich um die Mundpartie seiner kantigen Züge. Er wirkt gar nicht wie ein Vater. Eher wie ein General.

\\Oh, Shit. Der sieht aus, als würde er mich umbringen wollen. Definitiv. Ich habe nie mit Natalie geschlafen. Habe sie nie angefasst. Pfh. Wer ist Natalie?//

Grayson, reiß dich zusammen!

Ich lächle freundlich, aber reserviert. »Mr. Krylow. Ich bin Nicolas

Wandsworth, und das ist Grayson Hackney. Wir sind hier, um Cassey und Natalie abzuholen, Sir.«

Er räuspert sich und sieht mich ernst an. Sein Blick wechselt zwischen Grayson und mir kurz hin und her, bevor er mir zögernd die Hand reicht. »Mir ist klar, wegen wem ihr hier seid«, erwidert er kühl.

\\Hui, da ist ja der Gefrierschrank kuschliger.//

Ich ergreife seine Hand und schüttle sie. Seine Gedanken sind absolut stumm, so wie bei Cassey zu Anfang. Vielleicht ist das auch genetisch bedingt? Oder Graysons Nervosität übertönt alles andere, weil seine Gedanken für mich am lautesten sind.

»Es freut mich, Sie kennenzulernen, Sir«, sagt Grayson dann und ich atme halb erleichtert auf.

»Gleichfalls«, presst Mr. Krylow hervor, was ganz und gar nicht erfreut klingt. Er zögert schon wieder, tritt dann aber zurück und bedeutet uns hereinzukommen. Ich spüre, wie Gray mich als Erstes durch die Tür schiebt.

»Danke, Sir«, erwidere ich.

Cassey hat mir nur wenig über ihren Vater erzählt. Das macht diese Kennenlern-Sache etwas schwierig. Deswegen hätte ich gerne einen Einblick in seine Gedanken gehabt.

Allerdings scheint er auch etwas nervös zu sein. Er tritt von einem Bein aufs andere, was auch Cassey hin und wieder macht, wenn sie sich in einer unangenehmen Situation wiederfindet. Schließlich steckt Mr. Krylow die Hände in die Hosentaschen und brummt: »Ich bin ihr Vater, also muss ich das loswerden. Wenn ihr meinen Mädchen auch nur ein Haar krümmt, dann breche ich euch jeden einzel…«

»Wir kommen gleich«, unterbricht ihn das Rufen von Natalie.

\\Natalie, rette mich.//

Es fällt mir schwer, nicht zu grinsen. Graysons Gedankenübertragung reicht natürlich nur bis zu mir. Schließlich hört man das dumpfe Klacken von Absätzen an der Treppe und Natalie erscheint in einem gold-weißen Kleid mit tiefem Ausschnitt, der sexy und elegant zugleich wirkt. Sie sieht wirklich sehr schön aus.

\\Eine Mischung aus Sonne und Mond.//

Wie poetisch, Hackney.

Ich presse meine Lippen aufeinander, um ihn nicht hier und jetzt auszulachen. Diesen kitschigen gedanklichen Ausrutscher werde ich ihm morgen früh und bis in alle Ewigkeit vorhalten.

»Äh. Hi«, bringt Gray schließlich heraus und grinst. »Du ... wow.« Sehr geistreich.

Unten angekommen glühen Natalies Wangen und sie flüstert: »Hi.« Dann sieht sie zu mir und komplimentiert uns beide aufgrund unseres Aussehens.

»Gleichfalls«, erwidere ich grinsend und stupse dann Grayson an, damit er etwas sagt.

Er zuckt zusammen und sagt: »Du bist wunderschön, Nat.«

Schüchtern lächelnd bedankt sie sich und wendet sich dann ihrem Vater zu, der auf einmal schmal lächelt. »Du bist ... bezaubernde Frau ...«, murmelt er leise auf Russisch, weswegen ich nur die Hälfte verstehe. Natalie gibt ihm dafür einen Kuss auf die Wange.

Ich sehe erst nur eine Gestalt am Treppenabsatz. Fast beiläufig streift mein Blick darüber und bleibt bei ihr hängen. Ein schwarzes Kleid mit Spitze und transparentem Stoff im tief geschnittenen Dekolleté. Aufwendig kunstvolle Spitze ziert ihren Torso von den Schultern bis zur Hüfte, von wo aus das Kleid bis zu ihren Schuhspitzen fließt. Passend dazu trägt sie eine schwarze, geschwungene Maske. Ihr Gesicht wird von einzelnen eingedrehten Strähnen umrahmt, während der Rest ihrer Haare hochgesteckt ist. Mit funkelnden, eisblauen Augen sieht sie zu mir.

Ich beobachte sie, wie sie auf uns zukommt. Wie das Kleid ihrer Figur schmeichelt. Mysteriös. Und wunderschön. Ihr Blick haftet auf mir, als sie die Treppe in hohen schwarzen Schuhen herunterschreitet. Ich kann in ihren Augen sehen, dass sie mich auf dieselbe Weise mustert, wie ich sie. Ihre Mundwinkel zucken, als unsere Blicke sich treffen.

Cassey

Noch nie in meinem Leben war ich wegen etwas so Banalem wie einem Date auf einem Ball derart aufgeregt, dass ich mein Herz gegen meinen Brustkorb schlagen spüre und schwer atme. Mein Kopf will mir die ganze Zeit einreden, dass ich mich wie ein Kind benehme und so was eigentlich nicht mein Ding ist. Doch irgendein klitzekleiner Teil in mir freut sich darauf. Vielleicht ist es sogar der Teil von mir, der noch nie auf einem Ball war, schon gar nicht in Begleitung.

»Hi«, begrüße ich Nicolas leise, als ich unten vor ihm stehen bleibe, und nehme die Maske ab. Seine Augen funkeln ehrfürchtig – zu schön, um wahr zu sein.

Soll ich diesem Blick wirklich ein Ende bereiten, indem ich es ihm sage? Ihm sage, wer beziehungsweise was ich bin? In gewisser Hinsicht glaube ich, dass der Ball der perfekte Anlass ist, um mich Nicolas zu offenbaren. Zumindest denke ich darüber nach, seitdem Natalie das Thema aufgebracht hat. Einerseits finde ich, dass es die richtige Entscheidung wäre, denn früher oder später würde er Fragen stellen und mich aufgrund der Ausreden und Lügen missachten. Andererseits glaube ich, dass ich langsam nicht mehr ganz klar im Kopf bin. Niemals hätte ich auch nur einen Gedanken daran verschwendet, mich einem unwissenden Menschen anzuvertrauen, aber jetzt …

»Hi«, haucht Nicolas und ein schiefes Lächeln umspielt seine Lippen. »Ich bin positiv überrascht, Miss Krylowa. Sie haben mich voll und ganz verzaubert.«

»Na sieh mal einer an. Die Kratzbürste wird zur Glanzbürste«, bemerkt Grayson und grinst verschmitzt. »Steht dir.«

Ich sehe mit einer hochgezogenen Augenbraue zu ihm – der Anzug lässt ihn seriöser wirken – und setze zu einer schlagfertigen Antwort an, doch dann bedanke ich mich lächelnd. Heute keine Zankereien, das habe ich Natalie versprochen.

Papa, der keinen Ton von sich gibt, mustert mich fast schon ungläubig. Die zufrieden lächelnde Natalie stupst ihn leicht an, um aus ihm eine Reaktion zu kitzeln. Also räuspert er sich und nickt mir zu. Ich nicke zurück. Für jeden anderen wäre das unbedeutend und kaltherzig, aber für uns ist es mehr. Es ist eine Bestätigung, eine Erlaubnis, eine … Geste der Anerkennung.

Natalie unterbricht die Stille, indem sie um ein Foto bittet, das Papa von uns am Eingang macht. Als Erinnerung an diesen Abend. Anschließend reicht Nicolas mir seinen Arm, ich hake mich bei ihm unter und er führt mich nach draußen zum Mustang.

Auf dem Weg nach Manhattan diskutieren wir eine Wette aus. Ich bin der Meinung, mein Versprechen halten zu können und mich heute voll und ganz ladylike zu verhalten – ohne Ausnahme. Nicolas hingegen behauptet, ich würde keine zwei Stunden aushalten, ohne ausfallend zu werden. Grayson unterbietet ihn mit maximal einer Stunde. Meine geliebte Schwester wettet sogar eiskalt auf bloß zehn Minuten. Was für eine Frechheit!

Der Hauptgewinn ist ein Tanz mit mir. Also werde ich definitiv länger als eine Stunde durchhalten.

***

Als wir einen Platz nahe dem Auditorium erwischen, steigen Grayson und Nicolas aus. Wie abgestimmt öffnen sie zeitgleich unsere Türen und reichen uns die Hand. Zugegeben ist es mit einem langen Kleid und dünnen Absätzen wirklich nicht so einfach auszusteigen. Deswegen trage ich so was auch nie. Außerdem ist man im äußersten Notfall total in seiner Bewegung eingeschränkt.

»Alles okay?«, fragt Nicolas und reißt mich aus den Gedanken. Also setze ich ein Lächeln auf und nicke.

Grayson reicht Nicolas eine ganz schlichte, schwarze Maske und bindet sich selbst gerade eine ähnlich geschnittene Maske, passend zu Natalies silber-goldenem Kleid, um. Anschließend folgen wir Natalie und Grayson zum Eingang und überreichen einem Türsteher die Eintrittskarten. Dabei beobachte ich Natalie. Sie ist begeistert und aufgeregt, wobei wir nicht einmal inmitten des Geschehens sind. Ich hingegen bin recht gelassen. Eine Party mit Masken ist nicht viel spektakulärer als eine Veranstaltung ohne Motto. Nichts anderes als alle anderen Events. Rede ich mir ein. Aber es ist anders. Es ist ein klassischer Ball und ich bin mit … meinem Freund da. Das kommt mir immer noch so surreal vor.

Die Musik einer Live-Band auf dem Podest dröhnt in einer angenehmen Lautstärke durch den Saal. Das Auditorium ist kaum wiederzuerkennen. Die Decke wird von fließenden Stoffen und Lichterketten verhangen, wie man es von Hochzeiten kennt. Insgesamt setzt sich die Dekoration aus Weiß, Silber und warmen Lichterketten überall fort. Aus der Mitte der runden Tische ragen zum einen silberne Äste, von welchen Kristallketten und Kerzenbehälter baumeln. Passed dazu schmücken antike Kerzenhalter mit Kristallketten die Tische um die bereits gut gefüllte Tanzfläche herum. Auf dem Podest stehen neben Instrumenten antike Kerzenständer im selben Stil. Die Stimmung ist auf Anhieb irgendwie mysteriös und magisch zugleich. Beruhigend, wie ein Filmabend mit Natalie bei Kerzenschein, mit Pizza und Wein.

Zum zweiten Mal an diesem Abend holt mich dieses Gefühl ein, um ein Jahrhundert in die Vergangenheit gereist zu sein, und genau in diesem Moment fragt Nicolas mich mit erhobener Handfläche: »Tanzen Sie mit mir, Miss?«

Wie aufs Stichwort schießt mein Puls in die Höhe. »*Nicht, wenn es sich vermeiden lässt*«, zitiere ich Jane Austen, denn wenn wir schon einen so altmodischen und traditionellen Abend beginnen, sollen auch die Aussagen dazu passen.

Damit bewirke ich ein breites Grinsen bei ihm. Im Hintergrund beginnt ein klassisches Lied, auf das man perfekt Walzer tanzen kann. Natürlich will Nicolas sofort mit mir darauf tanzen und nimmt meine Hand, um mich auf die Tanzfläche zu ziehen. Doch ich stemme meine Füße in den Boden und wackle mit dem Zeigefinger der anderen Hand vor seinem Gesicht. »Nanana. Einen Tanz mit mir musst du erst durch die Wette gewinnen«, erinnere ich ihn, obwohl ich liebend gerne mit ihm tanzen würde.

»Brauche ich das wirklich oder ...«, säuselt er und küsst mich auf die Lippen.

Ein Lachen ertönt direkt neben uns. »Wandsworth, deine Verführungstechniken waren schon einmal besser«, bemerkt Grayson. Wir sind in einem riesigen Saal, kann er da nicht woanders nerven?

Also drücke ich mich leicht von Nicolas weg und sehe zu seinem Freund. »Grayson«, warne ich ihn, »trotz Kleid und Maske bin ich immer noch *ich*, ja? Also wenn du nicht mit mir tanzen willst, dann sei für weitere eineinhalb Stunden still.«

Daraufhin grinst er, hält aber seine Klappe. Braver Junge. Stattdessen kneift er sanft in Natalies Kinn und verkündet, mit Nicolas Drinks holen zu gehen. Sobald ich frei bin, hakt Natalie sich mit Schwung fest bei mir unter. Es folgt etwas Unerwartetes, das mir den Brustkorb zuschnürt. »Ich liebe dich, das weißt du, oder?«

Mit großen Augen sehe ich sie an und frage: »Wi-wieso sagst du das ... jetzt?«

Während sie sich umsieht, zuckt sie lächelnd mit den Achseln. »Einfach so. Weil du meine Schwester bist und bezaubernd aussiehst. Und weil du dich für mich zurückhältst und ich stolz auf dich bin.«

Ich runzle die Stirn. »Stolz?«

»Ja, ich bin stolz auf dich«, wiederholt sie und sieht mir nun ins Gesicht. »Papa war es heute auch, und Mama wäre es sicherlich ebenfalls.« Dann gibt sie mir einen Kuss auf die Wange. Ich versuche, den Kloß herunterzuschlucken, der sich in meinem Hals gebildet hat.

Bevor es zu sentimental wird, löse ich mich von ihr und wie gerufen kommen in diesem Moment die Jungs zurück. »*Too much of anything is*

bad, but too much Champagne is just right«, bemerkt Nicolas und ich brauche einen Moment, um zu verstehen, dass es ein Zitat ist.

Grayson verdreht stöhnend die Augen. »Kannst du nicht mal aufhören, Shakespeare zu zitieren?«

»Fitzgerald«, korrigiert Nicolas ihn.

»Wie auch immer, ist doch dasselbe.«

Jetzt verdreht Nicolas die Augen.

»Also ich mag es«, werfe ich ein und nehme ein Champagnerglas entgegen.

»Ich auch«, stimmt Natalie mir zu und hält ihr Glas zum Prost in unsere Mitte.

»Heute sind alle gegen mich«, beschwert Grayson sich.

Ich bin dazu verleitet, ihm *Heul nicht rum* zu sagen, doch ich muss es mir verkneifen.

»Also wie immer?«, kontert Nicolas und wird dafür vernichtend angesehen.

Anschließend stoßen wir an. »Auf das Ende eines Semesters und den Beginn eines neuen«, kommentiere ich und füge hinzu: »Und das andere verkneife ich mir ebenfalls lieber, damit ich nicht mit dem Tro… mit Grayson tanzen muss.« Puh, beinahe schief gegangen. Natalie kichert.

»Bisher schlägst du dich sehr gut, ich bin beeindruckt, Cass«, lobt Nicolas mich und ich kontere mit einem kleinen Knicks.

»Danke, ich gebe mein Bestes«, sage ich in einem äußerst graziösen und damenhaften Ton und blicke zu Grayson. »Um das Schlimmste zu vermeiden«, füge ich dann hinzu, strecke eine Hand abwehrend nach vorne aus und setze einen Fuß zurück.

»Wie wär's mit einem Sicherheitsabstand von …«, beginnt Grayson und tritt ebenfalls einen Schritt zurück. Genau in dem Moment, als eine Kellnerin mit einem vollen Tablett Champagnergläser hinter ihm vorbei will. Er stößt gegen ihren Arm, sie erschreckt sich, das Tablett kippt, und mit einem lauten Klirren zerbricht das Kristall auf dem Parkett.

»Shit«, flucht er und betrachtet perplex sein Werk. Die Kellnerin mit rotblonden Locken, die sie zu einem Pferdeschwanz hochgebunden hat, geht vor dem Scherbenhaufen in die Hocke und beginnt die Einzelteile auf das Tablett zu legen. »Schon gut, alles in Ordnung«, beschwichtigt sie, nachdem Grayson sich tausendmal entschuldigt hat und nicht aufhört.

Ich pruste los. Auch Natalie neben mir grinst hinter vorgehaltener Hand. Grayson wirft uns einen genervten Blick über die Schulter. In dem Moment blickt auch die Kellnerin kurz auf, betrachtet Grayson und schmunzelt. Als er sich wieder umdreht und ihr weiterhilft, entschuldigt er sich erneut. Sie winkt ab und pustet eine herausgerutschte Locke aus ihrem Gesicht. »Macht nichts, wirklich. Das passiert. Vor allem, wenn man schon das eine oder andere Glas zu viel hatte.«

»Das … war mein erstes«, entgegnet er etwas beklommen.

»Oh. Na ja. Wie gesagt. Das passiert«, wiederholt sie und wischt ihre rechte Hand an ihrer schwarzen Schürze ab, um sie ihm dann zu reichen. »Ich bin übrigens Tess«, stellt sie sich lächelnd vor. Wir stehen alle daneben und beobachten die Szene neugierig.

»Grayson und ein Volltrottel«, erwidert er und schüttelt einen Moment zu lang ihre Hand. Ihrem Blick nach zu urteilen, findet sie Grayson anziehend. Jeder mit Augen im Kopf kann sehen, dass sie sich zurechtlegt, wie sie mit ihm flirten könnte. Oder hofft, dass er es tut.

»Beim Letzteren werde ich dir nicht widersprechen, Grayson. Aber es war schön, dich kennengelernt zu haben.«

»Hm? Äh. Noch mal sorry«, sagt er etwas verunsichert. Was ist denn mit ihm los?

»Kein Problem«, entgegnet sie zwinkernd und streicht sich die lose Haarsträhne hinters Ohr. »Halte dich lieber für den Rest des Abends von Tabletts fern. Direkt an der Bar ist es nicht so gefährlich, versprochen.«

»Ich versuche es«, verspricht er und kratzt sich beschämt am Hinterkopf. Anschließend stehen beide auf, tauschen noch mal einen Blick, und die Kellnerin geht mit einem Scherbenhaufen statt Getränken davon.

Als er sich zu uns herumdreht, proste ich ihm zu und sage feierlich:

»Also Brot kann schimmeln, du hingegen … du kannst nichts.« Doch nur einen Augenblick später merke ich, was ich da von mir gegeben habe, und schlage mir die andere Hand vor den Mund. Oh, oh.

Statt darauf zu reagieren, fragt Natalie: »Sag mal … hast du gerade mit ihr geflirtet?«

»Bambambaaam«, ahme ich einen dramatischen Filmsound hinter vorgehaltener Hand nach. Dafür bekomme ich von Grayson einen vernichtenden Blick zugeworfen.

»Ich bitte dich, Süße. Ich war bloß nett«, versichert er ihr aufgebracht und wendet sich im nächsten Moment unvermittelt mir zu. »Und ich finde, dass Cassey mir gegenüber ausfallend genug war. Ich habe die Wette gewonnen«, schiebt er rasch hinterher und reißt mir quasi das Glas aus der Hand. Er gibt es an Nicolas, packt mein Handgelenk und zieht mich in die Mitte der Tanzfläche. Da hat jemand einen schnellen Ausweg gesucht. Und da ich ihn ein wenig verstehen kann, lasse ich mich in die Menschenmenge ziehen.

Grayson tritt an mich heran und hebt seine Arme in Tanzposition. Erst bin ich verwirrt, doch dann fällt mir der Wetteinsatz wieder ein. Na toll. Weil es mir schwerfällt, mich von ihm führen zu lassen, trete ich ihm beim Tanzen auf die Füße. Einerseits liegt es an Grayson selbst, andererseits habe ich es bisher nur mit Nicolas geübt und da war es ein anderes Körpergefühl. Als ich mich ein paar quälend langsam verstreichende Takte später nach Nicolas und Natalie umsehe, entdecke ich die beiden in Tanzhaltung nur wenige Meter von uns entfernt.

Das Lied neigt sich dem Ende zu und geht schließlich in ein anderes über. Also bleibe ich stehen und nehme meine Arme runter. Wie gerufen tritt Nicolas zu uns. »Darf ich?«, fragt er und lässt meine Hand in seine gleiten. Automatisch geht das Kribbeln los, auch wenn irgendwas in seinem Gesicht liegt, das mich beunruhigen sollte. Er wirkt besorgt oder bedrückt. Dennoch fühle ich mich direkt so wohl, dass ich es ausblende und ihm ein Lächeln schenke.

***

Nach einer gefühlten Ewigkeit leisten wir unseren anderen beiden Begleitern wieder Gesellschaft. Das Erste, was Grayson in meine Richtung sagt, ist: »Kaum zu glauben, dass Nic dir eine Pause gönnt.«

Vielleicht kommt es mir nur so vor, aber die Stimmung scheint gerade nicht so prickelnd zu sein. Bestätigung finde ich in Natalies Gesichtszügen. Ihre Lippen sind bloß noch ein Strich und ihre Augen wirken betrübt. Was hat der Trottel denn jetzt wieder angestellt? Haben sie gestritten? Schluss gemacht?

Behutsam lege ich eine Hand an ihre Schulter und frage auf Russisch: »Was ist? Willst du gehen?«

»Nichts«, antwortet sie kopfschüttelnd. »Denke ich. Alles gut.«

Natalie kann ihre Emotionen nicht verbergen, schon gar nicht vor mir. Auch wenn sie sich ein Lächeln abringt, glaube ich ihr kein Wort und runzle die Stirn. So verwirrt, wie sie antwortet, wirkt sie auch. Ihre Augen bewegen sich ruhelos, als würde sie etwas suchen. Oder jemanden. »Du siehst aber nicht aus, als wäre alles gut.«

»Ich erkläre es dir nach dem Ball, okay?«, beharrt sie und sieht mir endlich fest in die Augen. Irgendwas stimmt nicht.

»Ist es wegen ihm? Geht es dir gut?«

Wieder schüttelt sie den Kopf und legt eine Hand auf meine. »Nein und Ja. Vermutlich war es auch nichts und ich habe es mir nur eingebildet.«

»Was eingebildet?«

Abermals nur ein Kopfschütteln.

»Okay«, sage ich gedehnt. Dann eben nach dem Ball. Ich will jetzt auch nicht weiter darauf rumhacken, bis ich diejenige bin, wegen der sie schlechte Laune hat. Deshalb versuche ich eine andere Strategie, die sie vielleicht ablenken könnte. Uns alle. »Wie viel Champagner hattest du, Natty?«

Irritiert mustert sie mich. »Nur einen. Glaubst du etwa, ich ...«

»Dann könntest du noch ein Glas vertragen«, unterbreche ich sie und kehre dabei ins Englisch zurück, damit die Jungs es mitbekommen.

Sofort meldet Grayson sich als Verantwortlicher für die Besorgung des Nachschubs. Vermutlich um dieser Situation zu entrinnen.

Natalie ist ungewöhnlich abwesend, was keinem entgeht. »Also ...«, setzt Nicolas an und tritt von einem Fuß auf den anderen.

»Also ...«, mache ich ihn nach und sage ebenfalls nichts weiter. Stattdessen betrachte ich die beiden. Verdacht eins: Sie und Nicolas haben über irgendwas Unangenehmes geredet, als sie miteinander getanzt haben, und können sich jetzt weder einander noch mich ansehen. Das würde mich sehr beunruhigen und im schlimmsten Fall würde ich kein Wort mehr mit ihnen reden. Dieser Verdacht erscheint mir aber unwahrscheinlicher als der zweite: Nach dem Flirt zwischen Grayson und der Kellnerin, der eindeutig von der Kellnerin ausging, haben die beiden so heftig gestritten, dass Grayson sich abzulenken versucht, Natalie bloß Trübsal bläst und sich unsicher ist, ob sie überreagiert hat. Nicolas ist in diesem Fall einfach nur derjenige, der nicht den Therapeuten spielen will.

Vielleicht liege ich aber auch mit allem falsch und ihre Stimmung hat gar nichts mit Nicolas oder Grayson zu tun. Oder noch schlimmer, alles von dem ist eingetroffen. Wenn keiner von ihnen bald freiwillig reden oder sich zusammenreißen wird, muss ich sie zum Reden zwingen. »Ähm... schon gesehen, dass es eine Photobooth gibt?«, meldet Natalie sich dann doch zu Wort, um von dieser Stimmung abzulenken. Eventuell sogar sich selbst. Oder um uns loszuwerden.

»Nein, aber das ist eine nette Idee«, antwortet Nicolas und sieht zur Bar rüber.

»Geht doch mal hin. Ihr zwei«, schlägt sie vor und sieht schmal lächelnd zwischen uns hin und her.

Abwehrend hebe ich die Arme und rufe: »Nein, quatsch!« Dann sehe ich zu Nicolas und senke die Arme wieder. »Sag mal, bist du nervös?«, frage ich ihn, weil er sich ständig nach jemandem umzusehen scheint und abwesend wirkt. Was ist denn auf einmal los mit allen? Kann es nicht einen Abend ohne Konflikte geben, wenn ich anwesend bin?

»Was?«, fragt er und wendet sich mir blinzelnd zu. »Nein. Weißt du was? Das ist gar keine schlechte Idee.« Unvermittelt ergreift er meine Hand und zieht mich von dort fort. Wir gehen die Tischreihe entlang zu einer Doppeltür, die ich zuvor gar nicht so bewusst wahrgenommen habe.

»Klär mich auf, was ist mit Natalie und dir los?«, frage ich ihn auf dem Weg.

»Gar nichts. Was soll denn sein?«, erwidert er und drückt anschließend die Tür auf. Uns eröffnet sich ein Flur mit drei weiteren angrenzenden Türen – eine links, zwei rechts. Der Flur ist wie ein Wintermärchen dekoriert. An den Wänden hängen Lichterketten wie Vorhänge herab und landen auf weißen Tüchern, die am Boden wie Schnee am Straßenrand ausgelegt sind. An manchen Stellen hängen Kristallketten herab. Im hintersten Eck steht eine Photobooth mit rotem Vorhang. Zwei Mädchen verlassen ihn gerade und sehen sich kichernd den Fotostreifen an. Aus einer der zwei rechtsbündigen Türen tritt ein zierliches Mädchen in einem blauen Kleid und schüttelt ihre Hände aus. Ich schätze mal, da sind die Toiletten.

Die Tür fällt hinter uns zu. Die Musik dringt nur noch leise und gedämpft hindurch, wodurch wir in Ruhe reden können. »Verkauf mich nicht für blöd, Nicolas.«

»Wir haben lediglich über ein paar … ernste Themen geredet. Ich weiß auch nicht. Vielleicht habe ich irgendwas gesagt … Keine Ahnung.«

Ich runzle die Stirn. »Ernste Themen? Zum Beispiel?«, hake ich nach, weil sich herausstellt, dass Natalie aufgrund dieses Gesprächs in dieser Verfassung zu sein scheint.

»Sie … äh, sie wollte wissen, was ich für dich empfinde. Und was wir voneinander wissen. Es waren keine … schlimmen Fragen«, erklärt er mir und streicht dabei unbehaglich über seine Wange.

Mir läuft ein Schauer über den Rücken. »I-ihr habt … über mich geredet? Über uns zwei?«, frage ich etwas rau und mit rasendem Herzen. Natalie weiß, was er für mich empfindet, obwohl er es mir selbst noch nicht gesagt hat? Aber muss er es denn noch?

»So kann man das jetzt nicht sagen. Mehr über mich und … meine Gefühle.«

»U-und«, setze ich an und bleibe stehen, »was sagen deine Gefühle?«

Ich fasse es nicht, dass ich das frage.

Nicolas wendet sich mir zu und sieht mir in die Augen. »Du weißt, was du mir bedeutest, Cass«, antwortet er in sanftem Ton und hebt eine Hand an meine Wange.

»Ja, ich …«, setze ich an und werde von einem Klingeln abgelenkt. Nicolas greift in die Hosentasche und holt sein Handy hervor. Dann drückt er den Anrufer weg und währenddessen massiere ich meine Stirn mit Daumen und Zeigefinger. Beruhig dich, sage ich mir und sehe zur Photobooth hinüber. Mit dieser Laune Fotos machen? Ich verziehe das Gesicht.

Nicolas steckt das Handy wieder ein und fragt, was ich sagen wollte. Kopfschüttelnd winke ich ab. »Unwichtig.« Ich reagiere sowieso viel zu sensibel auf dieses Thema, obwohl mich sonst alles kalt lässt und ich kein Blatt vor den Mund nehme.

»Was?«

Unwillkürlich entfährt mir ein gequältes Lachen, das mir fremd ist. Nein, nicht gequält, sondern eher aufgewühlt, hilflos, fast weinerlich verrückt. »Ich habe einen Knacks, mehr nicht.«

Seine Mundwinkel zucken hoch und er neigt den Kopf leicht zur Seite. »Und du denkst, den habe ich nicht?«

Auch meine Mundwinkel heben sich automatisch. »Doch, nur mit Sicherheit bist du nicht so ein Wrack wie ich.«

Flüchtig verzieht er das Gesicht und wiederholt das Wort *Wrack* abfällig. »Das ist ein hässliches Wort für jemanden, der so bezaubernd aussieht«, widerspricht er mir und ich verdrehe die Augen. Er übertreibt maßlos mit seinem Charme.

»Kannst du nicht einfach mal Danke sagen, statt die Augen zu verdrehen?«, lacht er.

Achselzuckend kontere ich: »Das wäre zu einfach und langweilig.«

»Also langweilig wird es mit dir wohl nie«, stellt er abermals fest und nimmt meine Hände in seine. Das Gefühl ist schön.

»Niemals«, verspreche ich kopfschüttelnd und mustere ihn. Nach wenigen Sekunden sage ich dann doch, wonach er sich immer sehnt: »Danke.«

Er nickt grinsend. »Gern geschehen.«

Ich neige den Kopf zur Seite. »Nicht für das Kompliment. Für deine Sturheit«, antworte ich und meine es ernst. Dank seiner Sturheit stehen wir nun beide hier. Er hat nicht direkt die Fliege gemacht, wie jeder andere vernünftige Mensch. Und obwohl ich genau das anfangs wollte, bin ich jetzt doch froh, dass er sich an mir festgebissen hat und immer für mich da war.

»Ich bin stur?«, wiederholt er empört, gibt es dann aber doch zu. »Ja, okay, ein kleines bisschen vielleicht.«

»Oh, ja und wie! Der sturste Bock überhaupt«, stichle ich grinsend. »Oh. Du bist ja sogar tatsächlich ein Bock«, stelle ich dabei fest und lache. Er ist vom Sternzeichen Steinbock. Das hat Natalie mir erzählt. Sie schaut gerne nach den Sternzeichen anderer, um sie ungefähr als Person einschätzen zu können. Ich persönlich empfinde das als Humbug.

Bestürzt hebt er unsere Hände an seine Brust. »Oh, Himmel! Die Sterne haben es vorhergesehen. Was für ein Zeichen bist du eigentlich? Sag jetzt bitte nicht *Zwilling*.«

»Widder«, antworte ich grinsend. »Sechzehnter April.«

Vor zweiundzwanzig Jahren war das Ostern. Der Tag der Auferstehung. Wie symbolisch.

Erneut blicke ich prüfend zum Photobooth. Der Vorhang ist beiseitegeschoben und keine Beine sichtbar. »Jetzt oder nie«, sage ich also und ziehe ihn am Ärmel auf den mit Leder gepolsterten Hocker. Wir müssen sehr zusammenrücken, weil es ziemlich eng ist. Vor uns ist ein Bildschirm und darunter ein rundes Kameraloch.

Wir entledigen uns der Masken. Nicolas betätigt den Knopf und auf dem Bildschirm blinkt ein Countdown von drei Sekunden auf. Dabei versuche ich mir vorzustellen, dass Natalie hinter der Kamera steht, um mich nicht zu verkrampfen. Nicolas zerstört diesen Versuch ein wenig, indem er den Countdown kommentiert. »Seriöse Studentenfotos in drei, zwei, eins.«

Es klickt vier Mal, ehe wir den Kasten wieder verlassen, damit andere ihre Schnappschüsse machen können. Schnell greife ich nach dem

Fotostreifen im Ausgabefach außen und trete beiseite. Nicolas stellt sich neben mich und bemerkt sogleich: »Die sind schön.«

Ich nicke zustimmend und meine Mundwinkel zucken unkontrolliert. Meine ersten Fotos mit einem Mann an meiner Seite. Es ist ein merkwürdiges Gefühl und zugleich wohltuend. Dennoch möchte ich, dass er diese Fotos besitzt. Also drehe ich mich um und reiche sie ihm. »Hier, nimm sie.«

Lächelnd nimmt er sie entgegen und macht plötzlich etwas Unerwartetes. Er zerteilt den Streifen in zwei Hälften. Empört verpasse ich ihm einen Schlag auf den Arm.

»Was denn?«, fragt er unberührt und schiebt mir einfach wahllos eine der Hälften in die Hand. Die andere steckt er in die Innentasche seines Jacketts.

Schnaubend blicke ich auf die Bilder hinab. Bei ihrem Anblick stellt sich Zufriedenheit in meinem Inneren ein. Es sind die letzten zwei Fotos. Auf dem einen sieht Nicolas mich an, während ich lache, und auf dem anderen küssen wir uns.

Cassey

Nachdem ich von Natalie und ein paar Kommilitonen aufgehalten wurde und mir ein paar Snacks zwischen die Kiemen geschoben habe, suche ich Nicolas in der Menge ausgelassen feiernder Menschen. Schließlich finde ich ihn an der Bar vor, auf einem der vier Barhocker sitzend und in eine Unterhaltung mit der rothaarigen Kellnerin verwickelt.

»Hey«, rufe ich lächelnd, nehme auf dem Hocker neben ihm Platz und lege eine Hand an seinen Rücken.

»Hey«, erwidert er hellauf begeistert, legt seinen Arm um meine Schultern und gibt mir einen Kuss auf die Wange.

Mein Blick fällt auf den Drink vor ihm. Er muss gerade erst einen Schluck genommen haben, denn die braune Flüssigkeit hinterlässt durchsichtige Tränen am Glas. Whiskey.

Nicolas deutet darauf. »Kannst du noch einen …?«

»Klar«, antwortet die Kellnerin lächelnd und nimmt ein frisches Glas zur Hand. Währenddessen wende ich mich Nicolas zu und gebe ihm einen Klaps auf den Oberschenkel. »Seit wann sitzt du hier? Ich dachte, du wolltest Gray suchen.«

»Er ist immer noch wie vom Erdboden verschluckt«, antwortet er.

Nachdem die Kellnerin meinen Whiskey neben Nicolas' gestellt hat, stoßen wir an und sehen uns unverwandt in die Augen. Sein Blick wechselt dabei von Belustigung zu Sehnsucht und letztlich Sanftmut. Liebevolle Augen betrachten mich.

Ich neige den Kopf leicht zur Seite. »Was ist?«

»Nichts«, antwortet er und streichelt zaghaft mit den Fingerkuppen

über meine Wange. »Du machst mich nur glücklich.«

Zum ersten Mal in meinem Leben grinse ich so dümmlich wie Natalie, wenn sie verknallt ist. Ich, die Schreckensverbreiterin und Unheilstifterin, mache jemanden glücklich. Paradox. Aber durch ihn fühle auch ich mich … *glücklich*, wäre das falsche Wort dafür.

Lebendig, das ist es. Ich fühle mich *lebendig*.

Urplötzlich ruft alles in mir: *Sag es ihm, vertrau dich ihm an. Er wird bei dir bleiben.*

»Was ist?«, fragt nun Nicolas. Scheinbar wirke ich bedrückt, denn seine Mundwinkel sinken langsam.

»Nicolas, ich … ich würde dir gerne … Können wir kurz …«, stammle ich etwas unbeholfen. Immerhin musste oder wollte ich es noch nie jemandem erklären. Also seufze ich, atme einmal tief durch und will erneut ansetzen, da platzt Grayson dazwischen, klatscht einmal in die Hände und fragt: »So, Lust auf 'ne Runde Shots?«

Alle Sätze, die ich mir grob zurechtgelegt hatte, zerreißen und fliegen durcheinander. Nur noch Brocken bleiben zurück. Shemayu. Nesweru. Übernatürliches existiert. Mehr nicht. Es wäre so einfach, doch kein vernünftiger Mensch könnte damit etwas anfangen. Ich habe versucht, mich an die Worte meines Vaters zu erinnern, als er es uns beibringen musste. Elfjährigen Kindern. Doch auch das waren bloß Brocken.

Okay, der richtige Zeitpunkt kommt noch, Cass.

Wir verbringen anschließend viel Zeit an der Bar. Zwischendurch zwingt Nicolas mich zwar auf die Beine, weil er zu gewissen Songs tanzen möchte, aber im Großen und Ganzen leisten wir der Barkeeperin Gesellschaft.

Tess ist aufmerksam. Sie bedient uns, als wären wir schon seit Jahren ihre Stammkunden. Und Nicolas scheint sich gut mir ihr zu verstehen. Sie kennen sich seit knapp zwei Stunden und sind direkt auf einer Wellenlänge. Tess ist kommunikativ, gut gelaunt und witzig, aber nicht überdreht. Und ich habe mehr Spaß als erwartet.

Irgendwann meldet sich jedoch meine Blase, sodass ich die Bar gerade verlasse, als Natalie mit Grayson zu uns stoßen.

Im Märchen-Winterland-Flur mit der Photobooth stehe ich wartend in einer Schlange und spanne mittlerweile alle Muskeln an, um es durchzustehen. Währenddessen zücke ich aus Langeweile den halben Fotostreifen aus der Kleidtasche. Die zwei Fotos zaubern ein sanftes Lächeln auf meine Lippen.

Als es vorangeht und ich den Streifen wieder einstecke, taucht wieder dieses merkwürdige Kribbeln auf, das ich bereits an der Bar bemerkt hatte. Als würde ich beobachtet werden. Doch sobald ich mich umsehe, ist da niemand.

Nachdem ich mich mit dem Kleid in die Kabine gequält habe und meine Blase endlich entleeren konnte, trete ich erleichtert ans Waschbecken. Gedankenverloren wasche ich mir die Hände und starre mich dabei im Spiegel an. Derart filigran habe ich mich lange nicht mehr gesehen. Außerdem finde ich langsam Gefallen an den Masken und Ballkleidern. Es hat seinen gewissen Reiz, das muss ich gestehen. Zudem kommt man nicht oft zu solchen Gelegenheiten. Deshalb sage ich mir immer wieder, dass ich es genießen sollte.

Meine Mundwinkel heben sich zu einem dümmlichen Lächeln. Ich fühle mich gut. Erstaunlich gut sogar. Normal irgendwie.

Wie der Blitz trifft es mich, als ich dieses ungewohnte Gefühl verspüre und den Blick an mir herab wandern lasse. Meine Kette, die mich in jeder Sekunde meines Lebens mit jeder Bewegung an das totale Gegenteil von Normalität erinnert, befindet sich nicht an ihrem gewöhnlichen Platz. Wegen des großen Ausschnitts der Spitzenkorsage.

Mein Puls schießt in die Höhe. Panisch trockne ich meine Hände ab, um schnell nach dem Amulett zu sehen. Also dränge ich mich unachtsam nach draußen – hier ist die Luft frei von Deo, Seife, Parfüm und Haarspray – und nehme etwas Abstand von den anderen Studierenden. Dann gehe ich in die Hocke, greife unter das Kleid und umfasse meinen rechten Knöchel. Dort ertaste ich das gewickelte Lederband und mein Amulett. Erleichtert atme ich durch und lasse kurz den Kopf hängen. Danach kontrolliere ich noch flink, ob alles andere an Ort und Stelle ist. Auch die feinen Klingen, die clever in die Sohlen der High Heels integriert sind. Mehr wollte und konnte ich nicht

verstecken, da ich nicht wusste, in welche Richtung sich der Abend entwickelt. Und doch ist das schon genug, um auf der sicheren Seite zu sein. Quasi ein kleines Ass im Ärmel, das immer dabei sein muss.

Ich gehe zwei Schritte auf die Saaltür zu, rücke dabei alles zu Recht und erblicke einen Mann neben der Tür an die Wand gelehnt. Erst denke ich mir nichts, doch dann merke ich, wie er mich ununterbrochen ansieht. Also verharre ich und betrachte ihn genauer. Schwarzer Anzug, eine silberne, mit Ringelmuster verzierte Maske und dunkles Haar. Dem Kiefer schmeichelt ein gepflegter Bart. Seine Haltung ist gelassen und zugleich aufrecht.

Unwillkürlich muss ich an den Shemayu denken, der die aufständische Gruppe mit den Symbolen angeführt und uns beschattet hat. Er sieht ihm verdammt ähnlich. Aber er kann es nicht sein, den haben wir vernichtet.

Unter dieser Beleuchtung fällt mir auf, dass seine Augen einen besonderen Farbton besitzen, den ich innerhalb dieses einen Moments nicht definieren kann. Denn sobald ich auf ihn zugehen will, drückt er sich von der Wand ab und öffnet die Tür, um schnell hindurch zu huschen. Ihm folgt diese Brise einer finsteren Aura. Mir läuft ein Schauer über den Rücken. Alarmiert eile ich ihm nach, stoße die Tür auf und muss direkt stoppen. Er ist weg. Wie vom Erdboden verschluckt.

Noch eine Weile danach bleibe ich stehen und halte Ausschau nach diesem mysteriösen Kerl. Für einen kurzen Augenblick frage ich mich, ob ich paranoid geworden bin und in einem einfachen Stalker oder One-Night-Stand einen Feind sehe. Aber dann kann ich mir dieses Gefühl nicht erklären, das ich in seiner Nähe verspürte. Deshalb sollte ich dem eigentlich nachgehen, aber … wie?

Nicolas

Schmollend lasse ich mein leeres Glas auf dem Tresen kreiseln. Gray und Nat turteln gerade ein bisschen herum, und mir ist langweilig ohne Cassey. Dafür ist Tess aber wieder aufgetaucht und sortiert ihre leeren Flaschen aus.

»Wieso schaffe ich es eigentlich immer, mich an vergebene Typen ranzumachen?«, grummelt sie kopfschüttelnd nach einem kurzen Blick auf Nat und Gray.

»Entspann dich. Du kannst ihr ja sagen, dass das keine Absicht war. Nimmt dir niemand übel. Er ist ja auch ein Hübscher«, grinse ich.

Tess prustet leise und sieht auf. »Wo ist denn deine Freundin?«

»Sie hat mich sitzen lassen«, seufze ich.

»Autsch«, grinst sie und stapelt klirrend die Gläser neu. Ihre rot-blonden Locken rutschen nach und nach aus ihrem Zopf und verdecken immer mehr ihr Gesicht.

»Hey, Johnson! Weniger flirten, mehr arbeiten«, ruft ein großer, massiger Typ im Kellner-Outfit, der gerade ein Tablett bei uns auf der Theke abstellt. »Zwei Gin Tonics, ein Sex on the Beach und deine Handynummer.«

»Leck mich, Dylan«, brummt Tess und greift blind nach den richtigen Flaschen, um die Drinks vorzubereiten.

»Doch nicht vor all den Leuten«, gibt er spielerisch zurück und greift nach Tess' Hand, als sie gerade den ersten Gin Tonic auf das freie Tablett abstellt. »Das Labor ist um diese Zeit aber ein ruhiger Platz, wo niemand deine Schreie hören sollte.«

»Alter«, mische ich mich ein und ziehe die Augenbrauen zusammen. »Geht's noch?«

Genau in diesem Moment geht ein Ruck durch Dylans Körper und er zuckt heftig zurück, wobei er den Gin Tonic verschüttet. »Fuck, was war das denn?«, ruft er erschrocken aus und einige Gäste drehen sich zu uns herum. Es knistert leise wie bei einer defekten elektrischen Leitung.

»Willst du wiederholen, was du gerade gesagt hast, oder reicht es dir für heute?«, knurrt Tess und ich kann ihr ansehen, wie geladen sie ist – im wahrsten Sinne des Wortes. Ist sie … oder deute ich die Zeichen falsch?

»Chill mal, dich will sowieso niemand flachlegen«, gibt Dylan zurück und reibt sich noch immer über seine Hand, die eben Tess' Elektroschock abbekommen zu haben scheint.

»Da habe ich andere Erfahrungen gemacht. Jetzt verzieh dich und hol dir die Bestellung bei Mark ab. Und sollest du noch mal hier vorbeikommen, werde *ich* dafür sorgen, dass man *deine* Schreie hören kann«, setzt Tess ihm noch nach, doch da schiebt Dylan sich schon in Richtung der Bar auf der gegenüberliegenden Seite des Auditoriums.

Ich räuspere mich und mustere Tess misstrauisch. Ihr Blick schießt zu mir, als würde ihr jetzt erst wieder einfallen, dass ich hier sitze.

»Du hast nichts gesehen.«

»Ich denke schon.«

»Nein, hast du nicht.«

»Und was, wenn doch?«

\\Scheiße, dann werde ich eben seine Freundin suchen und ihm verdeutlichen müssen, dass er die Klappe zu halten hat.//

»Lassen wir Cassey da raus«, gebe ich zurück und fixiere sie.

Tess hebt eine Augenbraue. Dann atmet sie fast ein wenig erleichtert aus. »Gedankenleser?«

»Elektroschockerin?«

Sie begegnet meinem Blick, als würden wir ein Duell austragen. Ihre Gedanken rasen und ich kann kaum einen davon greifen. Dann setzt sie leise an: »Nur, weil du bist wie ich, heißt das nicht, dass ich dir vertraue. Im Gegenteil.«

»*Vice versa*«, gebe ich zurück, was ein Zucken um ihre Mundwinkel gehen lässt. Der Gedankenstrom in ihr beruhigt sich etwas, und ich höre, wie sie überlegt, mich darauf anzusprechen, dass ich Cassey in Ruhe lassen soll; dass ich sie am Leben lassen soll – aber Tess scheint zu vorsichtig zu sein, um mich zu konfrontieren. Stattdessen nimmt sie ein Tablett und verschwindet ohne ein weiteres Wort in der tanzenden Masse.

Verwirrt schüttle ich den Kopf. Ein mulmiges Gefühl macht sich in mir breit, aber ich bin ganz froh darum, dass Tess eine von den Guten zu sein scheint. Trotzdem mache ich mir Sorgen um Cassey, weil sie schon seit einer ganzen Weile weg ist, und ich ehrlich gesagt keinen einzigen Gedanken daran verschwendet habe, dass andere Shemayu auf diesem Ball sein könnten.

Wieder einmal bricht diese Realität über mich herein, wie ein Gewitter, das stetig über meinem Kopf zu schweben scheint. Und dann macht mein Herz einen heftigen Satz, weil mir eine ganz andere Sache klar wird: Ich will Cassey nicht verlieren – ich darf sie nicht verlieren. Aus all dem Chaos, das wir beieinander veranstaltet haben und diesem Hin und Her, dem *Ja* und *Nein* ist ein *Vielleicht* geworden. Und dieses *Vielleicht* bedeutet mir viel mehr, als ich bisher vor mir zugeben wollte.

Als Cassey wieder auftaucht, spüre ich deutlich, wie mein Herzschlag sich beruhigt. Ein Teil von mir will sie in meine Arme zerren und ihr sagen, dass ich Angst um sie hatte, doch ich weiß selbst, wie bescheuert das wäre. Also fahre ich das Drama in mir herunter und ziehe sie ohne Umschweife auf die Tanzfläche, wo ich meine Bitte wiederhole, dass sie mir einfach Bescheid gibt, wenn sie für längere Zeit verschwindet. Bevor wir allerdings darüber streiten können, wechsle ich schnell das Thema und wir sprechen über alles Mögliche. Über ihr Motorrad und dass ich früher auch eines hatte. Wir planen einen Ausflug, sobald ich genug Geld habe, um mir wieder ein eigenes Motorrad zu kaufen.

Als wir einen kurzen Moment schweigen, ergreift Cassey die Initiative: »Nicolas?«

»Cassey.«

Ich liebe es, wenn es ihr gut geht. Ihre strahlenden Augen, das breite

Lächeln … Zärtlich streiche ich über ihre Wangen, bevor ich sie nur für ein paar Sekunden ganz sanft küsse. Mein Herz pulsiert heftig und ich nehme ihre Hand, um sie auf meine linke Brust zu legen, damit sie es spüren kann.

»I-ich … will dir etwas sagen«, wispert Cassey, wird dann aber von Natalie abgelenkt, die gerade von links auf uns zueilt. Vielen Dank auch. Das, was Cassey sagen wollte, wird nicht mehr so schnell über ihre Lippen kommen, da bin ich mir sicher.

Aufgeregt plappert Natalie etwas von einem Maskenfall um Mitternacht, wobei vorher die schönste Maske ausgewählt werden würde. Ich höre ehrlich gesagt nicht richtig zu. Meine Gedanken sind immer noch bei Cassey. Und ihren Lippen auf meinen. Und ihren Fingern auf meiner Brust.

Grayson taucht ebenfalls irgendwann wieder auf, sodass wir zu viert in der Menge stehen, die sich um kurz nach elf vor dem Podium versammelt hat. Mir ist das alles ziemlich schnuppe, aber Natalie scheint vollständig gebannt von dieser etwas seltsamen *Miss-Wahl* zu sein. Ich lege einen Arm um Cassey – die ihre Augen verdreht und sich denkt, was für ein Schwachsinn das hier ist – und warte einfach, bis der Spuk vorüber ist.

Eine junge Studentin tritt ans Mikrofon und wünscht uns einen schönen Abend. Ja, bis eben war er schön. Los macht mal schneller, damit wir wieder Spaß haben können. Aber offenbar ist Natalie nicht die einzige Begeisterte, denn die Menge jubelt. Oder habe ich irgendwas Lustiges verpasst?

\\Die schönste Maske. Ist das die nette Version vom heißesten Arsch oder wie?//

Graysons Gedanken sind manchmal unterhaltsamer als jede Veranstaltung. Grinsend nicke ich ihm zu. Cassey scheint ebenso gelangweilt.

Die Moderatorin, die ein dunkelblaues Kleid und eine schlichte weiße Maske trägt, öffnet gerade den Umschlag, in welchem die frohe Botschaft der schönsten Maske stehen soll. Natalie sieht sich im Raum um und überlegt, wer wohl diesen Titel erhalten wird. Wenn ich ehrlich bin, dann finde ich bisher keine Maske wirklich beeindruckend. Im

Umkreis von ein paar Metern finde ich Casseys am schönsten, aber da bin ich vermutlich voreingenommen.

»So ein Kindergarten«, seufze ich, woraufhin Cassey sich an meine Brust schmiegt.

Mit einer großen dramatischen Bewegung zieht die Moderatorin den Zettel aus dem Umschlag und entfaltet ihn – für manche aus verschiedenen Gründen – quälend langsam. »Mit Freude verkünde ich die Gewinnerin«, tönt sie und wirft einen Blick in die Runde. »Sie bekommt einen Gutschein für die Bar. Bedeutet, heute sind alle Drinks für dich umsonst, Süße. Gewonnen hat … eine Frau in einem weißen Kleid und mit einer schwarzen Maske, die es hier nur ein einziges Mal gibt. Ich verkünde: Die Rabenmaske«, ruft die Moderatorin enthusiastisch. Plötzlich versteift sich Graysons Körper.

Rabenmaske. Würde zu Raven passen. Sie steht auf so etwas. Aber ich habe den gesamten Abend keine derartige Maske gesehen, und ich bin ziemlich sicher, dass Raven mich angesprochen hätte, wenn sie hier gewesen wäre.

»Ah, da sehe ich sie sogar schon. Komm her und hol dir deinen Gutschein ab!«

Ein dunkelblondes Mädchen schiebt sich durch die Menge, die ihr langsam Platz macht. Ihre Haare sind kunstvoll zu einer Seite geflochten und ihr halbes Gesicht wird von glänzenden schwarzen Federn bedeckt. Allein von der tänzerischen Bewegung her bin ich jetzt ziemlich sicher, dass es Raven ist. Als sie auf das Podium tritt, erstarre ich. Meine Hände fallen von Cassey ab und ich kann mich nicht mehr bewegen. An Ravens Gestalt fließt weißer, teils transparenter und teils mit Perlen besetzter Stoff herab.

Rebeccas Hochzeitskleid.

Sie scheint in der Menge etwas zu suchen, bis sie es gefunden hat. Mich. Ein Lächeln umspielt ihre Lippen.

Ihr Lachen hallt in meinem Kopf wider. »Du hast meine Frage nicht beantwortet«, beharre ich. Sie lacht noch mehr und fragt dann: »Aber warum willst du heiraten, Niccy? Wir müssen das nicht mehr tun.«

»Brauche ich wirklich eine Erklärung dafür, dass ich das Mädchen heiraten will, das für immer mein Herz haben wird?«

»Nein.«

»Nein?«

»Ich meine Ja! Ich will dich heiraten. Ich liebe dich so sehr, Niccy. Für immer.«

»Ich liebe dich, Beccy. Es wird niemals jemanden geben, den ich außer dir lieben könnte. Niemand jemals.«

Ich spüre kaum, wie ich vor innerer Anspannung zittere. In meinem Kopf rasen die Gedanken. Irgendjemand spricht zu mir, aber ich höre nichts. In meinen Ohren rauscht das Blut. Ich löse jegliche Hände von meinen Armen und bahne mir einen Weg durch die Menge. Erst als ich den Materialraum direkt neben dem Podium sehe, weiß ich, dass ich da hin will.

Ich komme auf die Sekunde genau an, reiße die Tür auf und packe Raven, die gerade das Podium verlassen hat. Ich zerre sie durch die Tür, wobei Raven überrascht nach Luft schnappt, dann schließt sich das Schloss mit einem Klacken, und wir stehen für ein paar Sekunden im Dunklen, bis ich den Lichtschalter finde.

»Hey, Niccy«, haucht Raven und legt den Kopf schief.

»Findest du das witzig?«, rufe ich aus.

»Was? Ich verstehe nicht ...«

»Du verstehst sehr wohl, Raven«, presse ich hervor. »Wie kannst du es auch nur wagen, *ihr* Kleid anzuziehen? Wie kannst du auch nur denken, du könntest *sie* imitieren?«

Tränen sammeln sich in ihren dunkel geschminkten Augen. Mit zittriger Stimme stammelt sie: »Ich dachte, du freust dich ... Sie ... Du hast doch gesagt, ich kann ihre Kleidung tragen und dass es dir nichts ausmacht.«

»Raven. Es ist nicht zu verkennen, dass das hier ihr Hochzeitskleid ist. Das geht eindeutig zu weit.«

Hinter mir fällt die Tür ins Schloss und ich werfe einen Blick über die Schulter. Cassey ist uns gefolgt und sieht irritiert zwischen Raven und mir hin und her. Auch Raven wird kurz durch ihr Erscheinen abgelenkt, dann setzt sie viel lauter als zuvor an: »Du bist doch gar nicht sauer auf *mich*!«

»Das ist richtig. Ich dachte, wir sind Freunde. Du verletzt mich damit und ich bin verdammt enttäuscht, Raven.«

Raven schnaubt durch die Nase und nickt in Casseys Richtung. »Das wäre Rebecca auch, wenn sie wüsste, dass du sie eiskalt ersetzt hast mit dieser billigen …«

»Das hier hat nichts mit Cassey zu tun«, herrsche ich sie an und richte mich zu voller Größe auf. Sie soll es wagen und etwas gegen Cassey sagen.

»Ach wirklich?«, lacht Raven auf und mit einem Mal klingt ihre Stimme ganz anders. Schrill. Zum Zerreißen gespannt. Als wäre sie kurz davor, ihren Verstand zu verlieren. »Wenn du nur wüsstest, Niccy!«

»Was willst du damit sagen?«

»Vielleicht hatte Rebecca Glück, dass sie ermordet wurde, bevor dieser Psycho in dein Leben getreten ist.«

Ich halte die Luft an. Das war deutlich. Ein paar Sekunden kann ich nicht antworten, weil ich keine Ahnung habe, wie ich darauf reagieren soll. Doch dann finde ich meine Stimme wieder: »Wow. Okay. Weißt du … ich dachte, wir helfen uns hier gegenseitig. Aber ich glaube, es ist besser, wenn du niemals wieder auch nur versuchst, mit mir zu sprechen. Wir sind hier fertig, Raven.«

Ohne einen weiteren Blick drehe ich mich herum und will gerade Casseys Arm nehmen, um sie aus dem Materialraum herauszuführen, als Raven wie eine Irre schreit: »Dann wirst du nie erfahren, wer Rebecca ermordet hat.«

Ich halte inne. »Erinnerst du dich denn daran?«

»Wer weiß?«, raunt sie, doch ihre Gedanken sind eindeutig – sie hat keine Ahnung. Das hier ist nichts als eine emotionale Erpressung.

Ein trockenes Schnauben kommt aus meiner Kehle. »Manchmal muss man die Vergangenheit loslassen, auch wenn es wehtut. Das solltest du auch versuchen, Raven.«

Plötzlich packt sie mich am Ärmel und zerrt daran. Sie klammert sich an mich wie an ein Stück Holz auf offener See. »Nicolas. Ich

warne dich. Wenn du jetzt …«

»Hör auf«, rufe ich und schüttle sie ab. »Du hast echt genug ange-richtet. Lass mich einfach in Ruhe!«

Mit einem Mal wird Ravens Blick eiskalt. Ihre liebevollen Augen strahlen unheimlich und sie senkt ihre Stimme. »Schön. Du wirst dir noch wünschen, dass du auf mich gehört hättest. Aber schaufle dir und Grayson euer Grab.«

Und mit diesen Worten schiebt sie sich an Cassey und mir vorbei. Die Tür des Materialraums fällt ins Schloss.

Ich könnte darüber nachdenken, was sie damit meint. Aber ich habe einfach keine Kraft mehr, über Raven und ihre Intentionen nachzudenken. Mir ist nach Schreien zumute, aber ich presse die Lippen fest aufeinander. Ich kann einfach nicht mehr. Ich versuche wirklich, mich zusammenzureißen. Es tut alles weh. Jeder Muskel in meinem Körper ist angespannt, damit ich nicht hier und jetzt auf den Boden sinke. Ich lehne mich gegen das Regal an der Seite und versuche, Luft zu holen.

Bilder schießen durch meinen Kopf. Von Rebecca in ihrem Hoch-zeitskleid, die sich mit den Eindrücken eben vermischen und eine wundervolle Erinnerung für immer in den Dreck ziehen. Meine Ket-te mit ihrem Ring und dem Anhänger brennt wie Säure auf meiner Haut, die sich ganz langsam ihren Weg durch meinen Körper bahnt.

Nur aus dem Augenwinkel nehme ich wahr, dass Cassey nach wie vor bei mir steht. Ich wünschte jedoch, ich wäre ganz allein. Mir ist schlecht und ich habe das Gefühl, vor Schmerz gleich überzulaufen. Ich bin bis zum Rand gefüllt, als wäre ich ein Reagenzglas und der Schmerz ein konvexer Meniskus.

»Nicolas?« Leise tastet Cassey sich zu mir vor.

Ich gebe mir ein paar Sekunden, aber das Gefühl wird nicht besser. Trotzdem sehe ich zu ihr auf und frage: »Ja?« Meine Stimme fühlt sich nicht wie meine eigene an. Irgendwie brüchig und zu leise. Langsam setze ich mich auf den kalten Steinboden und lehne meinen Hinter-kopf gegen ein Regal mit Technikutensilien. Ich ziehe die Maske ab und lasse sie links von mir fallen.

»Darf ich?«, flüstert sie und deutet rechts neben mir auf den Boden. Stumm nicke ich und atme aus. Ich versuche, mir einzureden, dass alles okay ist. Dass nichts gewesen ist.

Cassey setzt sich zu mir, nimmt ebenfalls ihre Maske ab und wir schweigen eine Weile. Sie weiß vermutlich nicht, was sie sagen soll. Ob sie überhaupt sprechen soll. Irgendwann dreht sie ihr Gesicht zu mir und ich erkenne aus meinem Augenwinkel ein schmales Lächeln auf ihren Lippen. »Hätte ich jetzt bloß Bitterschokolade da …«

Ein halber Lacher entfährt meiner Kehle, bevor es in einen einzigen Schluchzer übergeht. Ich räuspere mich, um es zu übertönen. Meine Hände sind rechts und links von mir geballt, bis Cassey vorsichtig mit den Fingerspitzen über meine weißen Knöchel streicht. »Rede mit mir, bitte.«

Ich drehe meine Hand und schließe meine Finger um ihre. Casseys Anwesenheit beruhigt mich, und ich versuche, einen klaren Kopf zu bekommen. Auf meinen Verstand konnte ich mich eigentlich immer verlassen. Aber seit Cassey und ich uns kennen, tue ich viel öfter Dinge, ohne darüber nachzudenken.

»Kannst du erklären, was das eben zu bedeuten hatte?«, fragt Cassey vorsichtig.

Ich kann ihr gar nichts sagen, ohne zu enthüllen, was Gray und ich wirklich sind. Dass Raven der Körper von Rebecca ist. Und das kann ich bei bestem Wissen und Gewissen nicht tun. Noch nicht. Langsam schüttele ich den Kopf und sehe zu ihr auf. »Erzähl mir bitte irgendwas Belangloses.«

Sie zieht überrascht ihre Augenbrauen hoch, doch dann beginnt sie: »Mal sehen … na ja, ich bin zum Beispiel zehn Minuten älter als Natalie. Ich spreche mindestens fünf Sprachen fließend und … war als Kind ein Jahr im Ballett – Natalie drei Jahre länger. Ich hasse Arbeit im Haushalt und … mir fällt spontan jetzt nichts mehr ein.«

Lächelnd hake ich nach: »Welche Sprachen?« Es beruhigt mich schon jetzt. Ihre Stimme ist wie Balsam für meine Seele – wenn man das bei mir so nennen kann.

Nachdenklich wirft Cassey ihren Kopf in den Nacken. »Englisch,

Russisch, Französisch, Arabisch, Spanisch …« Sie stockt und fährt in ihrer Aufzählung nicht weiter fort, obwohl ich das Gefühl hatte, sie wollte noch etwas sagen. »Arabisch? Ungewöhnlich. Wieso hast du das gelernt?«, will ich wissen.

»Archäologisches Interesse?«, fragt sie etwas heiser. Man entdeckt wirklich immer noch neue Seiten an ihr. Sie ist so … begabt in allem, was sie tut. Sie hat ein so breit gefächertes Interesse, wie man es eigentlich nur bei Shemayu kennt, die ein jahrhundertelanges Leben haben und wissen, dass sie alle Zeit der Welt besitzen, Dinge auszuprobieren, neue Interessen zu entwickeln …

»Interessant«, murmle ich und verschränke unsere Finger miteinander. Betrachte die filigranen Tattoos darauf.

»So bin ich«, scherzt sie und meine Mundwinkel zucken. Dann kehrt sie aber wieder zurück zum Ausgangsthema. »Du hast mir nie gesagt, dass Rebecca umgebracht wurde.«

Ich nicke nur langsam, weil ich keine Ahnung habe, wie ich darauf reagieren soll. Wie hätte ich ihr das auch erklären sollen?

»Was hat das alles mit Raven zu tun?«

Diese Frage hatte ich immer befürchtet. Seit Raven und Cassey sich das erste Mal begegnet sind. Die Wahrheit ist hier keine Option, aber ich will Cassey auch nicht anlügen. Also versuche ich einen Mittelweg: »Raven … war bei ihr. In dieser Nacht. Sie muss gesehen haben, wer Rebecca umgebracht hat, aber es war eine sehr traumatische Erfahrung für sie und … alle Erinnerungen dieser Nacht hat sie vollständig verdrängt. Beziehungsweise, es ist eine partielle Amnesie. Es … hat sie fertig gemacht, dass sie sich nicht erinnert, also ist sie kurz nach dem Vorfall aus der Stadt geflüchtet. Als sie vor wenigen Wochen wieder aufgetaucht ist, hatte ich gehofft, dass sie sich inzwischen wieder erinnert und mir sagen kann, wer Rebecca das angetan hat. Ich dachte immer, ich muss wissen, was passiert ist.«

»Mir gefällt nicht, welchen Einfluss sie dadurch auf dich hat«, gibt Cassey ernst zu und senkt mit gerunzelter Stirn ihren Blick.

»Mir auch nicht und … deshalb meinte ich ernst, was ich gesagt habe. Dass ich versuchen möchte, mit der Vergangenheit abzuschließen … für uns«, flüstere ich und hebe ihren Kopf an, damit ich ihr in die Augen sehen kann.

»Bist du dir da sicher? Ich meine … du hast sie über alles geliebt und … ich kenne das, wenn man …«

Ich seufze. »Ja, ich habe sie über alles geliebt. Und wäre sie noch hier, dann hätte ich dich niemals auf diese Weise kennengelernt. Aber du hast einen ganz neuen Teil von mir eingenommen. Und … ich bin mir sicher, was dich angeht.« Ich hoffe so sehr, dass sie versteht, was ich meine. Aber Cassey reagiert nicht. Sie glaubt mir nicht.

»Cass, ich …«

»Du?« Auch wenn es nicht über ihre Lippen kommen sollte, so muss es zumindest endlich über meine kommen. Weil ich es fühle. Weil ich es sagen muss. »Ich … liebe dich«, wispere ich.

Cassey

Ich öffne den Mund, hole kaum hörbar Luft und halte sie dann an. Ein Kloß bildet sich in meinem Hals. Meine Brust fühlt sich ganz eng an, als läge ein Sack Zement auf mir. Fassungslos starre ich ihn an. Er hat es gesagt. Dabei weiß ich es doch. Hätte es nicht gelangt ... nein hätte es nicht. *Verdammt, was mache ich, was sage ich?!*

Die Worte wiederholen sich wie ein Echo in meinem Kopf.

»I-ich ...«, beginne ich stockend, doch der Kloß wird dicker und schnürt mir jegliche Luft ab. Ich schüttle den Kopf und wende mich ab, gleichzeitig umfasse ich mit einer Hand meine Kehle. Warum hat er es gesagt? Nun erwartet er eine Antwort, aber ich kann es nicht sagen. Seit vielen Jahren habe ich die Worte nicht verwendet und ich ...

»Hey, du musst überhaupt nichts sagen, Cass«, versucht er mich in sanftem Ton zu beruhigen und streicht mir eine Haarsträhne hinters Ohr. »Wir wussten beide schon vorher, wie ich für dich empfinde. Ich hatte gar nicht vor, es zu sagen, aber es musste irgendwie raus. Aber ich erwarte darauf keine Antwort von dir.«

Das ist ja sehr nett von dir, aber ich kriege mich trotzdem gerade nicht in den Griff, verflucht! Keuchend stütze ich mich vom Boden ab. Seine Worte beruhigen mich kaum. Also versuche ich aufzustehen, aber die mangelnde Luft, das Kleid und die Schuhe erschweren es mir. »Ich ... beko...«, japse ich heiser. Tränen trüben meine Sicht.

Nicolas steht auf einmal vor mir und hilft mir auf die Beine, indem er mich an den Armen hochzieht. Sein Blick ist voller Sorge und Bedauern. »Es tut mir leid, ich wollte nicht ...«

Ich schüttle den Kopf und lehne mich mit dem Rücken gegen die

Wand. Japsend mache ich einen kleinen Atemzug, aber das reicht nicht aus. *Sag bitte was. Sag etwas, um mich zu beruhigen,* flehe ich gedanklich. *Versichere mir, dass diese Worte unwichtig sind. Dass ich sie nicht aussprechen muss. Nimm mich in den Arm oder irgendwas. Bitte.*

Und wie aufs Stichwort nimmt er meine Hand und zieht mich an seine Brust, um sogleich seine Arme eng um mich zu schlingen. Alleine diese Geborgenheit und Zärtlichkeit reichen schon, um meinen Puls zu senken. Dennoch vibriere ich und atme schwer, weshalb er zart mit den Fingerkuppen über mein Haar streicht und in mein Ohr flüstert: »Ich höre wahnsinnig gerne den Klang von Saxofonen und hasse Rosinen. Ich war noch nie in Südafrika, will aber unbedingt mal hin. Irland ist eines meiner liebsten Länder auf der ganzen Welt. Außerdem steh ich total auf den Geruch von Pfannkuchen und Kaffee am Morgen.«

Aus irgendeinem Grund bringt es mich zum Lachen, und genau das habe ich gebraucht, damit sich der Kloß in meinem Hals löst. Es löst jedoch nicht nur den Kloß, sondern bringt auch den Damm in mir zu Bruch und ich beginne zu schluchzen. »Du bist ein Blödmann«, murmle ich leise und mit rauer Stimme.

»Kann ich mit leben«, grinst er und kommt meinem Gesicht näher, bis seine Lippen auf meinen liegen. Mein Verstand schaltet ab. Das will ich nie mehr missen. *Ihn* nicht. Wie jedes Mal gerät alles eben Geschehene in Vergessenheit, denn es zählt nur dieser Augenblick. Keine Vergangenheit, keine Zukunft ist für uns jetzt gerade von Belang, nur das Jetzt.

Im Hintergrund höre ich ganz dumpf und wie in weiter Ferne die Stimme der Moderatorin. »Nun ist es bald so weit, liebe Leute. In einer Minute ist Mitternacht und wir lassen unsere Masken fallen.«

Nicolas zieht mich enger an sich. Ich schlinge die Arme um seinen Nacken und wir sehen einander tief in die Augen. Kurz darauf beginnen bereits alle Gäste im Ballsaal unisono von zehn abwärts zu zählen.

Gerade hole ich Luft, um etwas zu sagen, und er beugt sich vor, um mich wieder zu küssen, da wird es plötzlich ganz still. Zu still. Keine

Musik und keine Partygeräusche. Kurz vor meinen Lippen zieht Nicolas sich wieder zurück und sieht zur Tür. »Was ist da los?«

Ich runzle die Stirn. Hatte ich nicht sowieso bereits den ganzen Abend ein ungutes Gefühl, wollte es aber nicht ernst nehmen?

In dem Moment wird es lauter. Ein Schrei nach dem anderen ertönt. All meine Muskeln spannen sich an und ich blicke über die Schulter zur Tür. Wir stürmen beide los. Nicolas ist mir eine Sekunde voraus und reißt die Tür auf, sodass ich geradewegs durchschreiten kann.

Die Luft ist gefühlt um ein paar Grade abgekühlt und lässt mich erschaudern. Das Hauptlicht im Saal wurde ausgeschaltet, sodass es recht dunkel geworden ist. Der Raum wird nur noch von kleinen Arbeitslichtern, den Lichterketten und Kerzen erhellt. Ausreichend, um zu sehen, was abgeht.

Chaos herrscht. Menschen rennen schreiend durcheinander auf der Suche nach einem Fluchtweg, aber die Türen sind von dunkel gekleideten Menschen versperrt, die ihre Kapuzen ins Gesicht gezogen haben. Sie rempeln sich an, stolpern übereinander und liegen teilweise bereits Qualen durchleidend am Boden.

Der Schauer, der mich erfasst hat, verflüchtigt sich nicht, sondern frisst sich tiefer in mich hinein. Als wolle etwas Besitz von mir ergreifen. Schließlich gefriert mir das Blut in den Adern, als ich orangeleuchtende Symbole erblicke. Wie kann das sein? Die Sache war doch erledigt. Die Gruppierung zerschlagen, der Anführer vernichtet. Das Problem war beseitigt, verdammt!

Das Symbol verblasst wie üblich, doch die schwarzen Augen sowie das hämische Grinsen und Lachen der Shemayu bleiben. Ich zähle auf die Schnelle etwa zehn, es können aber auch viel mehr sein. Sie stehen vor oder über hilflosen Menschen, schlemmen ihre Qualen und suchen sich bereits das nächste Opfer. Am besten das, was am schnellsten rennt und am lautesten schreit.

In mir legt sich ein Schalter um. Das Gefühl, das ich dabei habe, ist unbeschreiblich und doch so klar. Es ist, als würde sich alles in mir, das mich zum Menschen macht, ausschalten. Gedanken und Emotionen weichen Instinkt und einer gewissen Leere, die ich mir beim

Terminator oder einem T-Rex ganz gut vorstellen kann. Dann aber kommt die Wut hervor. Sie füllt meinen Brustkorb, brodelnd, finster, und feuert mich an, loszulegen.

Unter all den Menschen suche ich als erstes Natalie. Wir mussten uns bisher noch nie ganz alleine einer riesigen Gruppe Shemayu stellen und das – ich gebe es zu – überfordert mich ein wenig.

Unerwartet greift etwas nach meiner Hand und ich zucke leicht zusammen. Doch es ist nur Nicolas, den ich beinahe ausgeblendet hätte. Er lässt seinen Blick beunruhigt und besorgt umherschweifen, bevor er mich eindringlich ansieht und über die Lautstärke hinweg ruft: »Egal, was passiert, lass meine Hand nicht los! Wir müssen Natalie und Grayson finden und dann bringe ich euch hier raus. Es gibt einen Hinterausgang.«

Entschlossen entziehe ich ihm meine Hand und schüttle den Kopf. »Nein! Ihr beide müsst verschwinden. Finde Grayson und verschwindet!«

»Vergiss es.«

Ich packe seine Schultern und sehe ihm tief in die Augen. »Verdammt, Nicolas, hör doch bitte einmal auf mich und hau ab«, fahre ich ihn an. Im nächsten Moment spüre ich unvermittelt einen Shemayu von hinten herannahen wie einen kühlen Windhauch. Nur ein ganz kurzer Blick reicht, um ihn zu lokalisieren und dann zu einem Drehkick auszuholen. Meine Ferse trifft den Shemayu an der Schläfe und stößt ihn zur Seite.

Am gegenüberliegenden Ende des Saals erblicke ich Natalie mit Grayson. Auch sie diskutiert mit ihm. Wir stecken beide in einem ziemlichen Dilemma.

Als hätte sie meinen Blick gespürt, sieht sie zu mir auf. Keine Sekunde später rennt sie los – Grayson im Schlepptau. »Bring die beiden weg von hier«, weise ich sie an, als sie bei uns ankommt, doch sie packt meinen Arm und sieht mich ernst an.

»Niemals lasse ich dich mit so vielen Shemayu allein!«

»Na gut, treten wir den beiden in den Hintern und kümmern uns dann um diese Biester«, beschließe ich. Natalie stimmt nickend zu.

Also drehe ich mich um und wir gehen schnellen Schrittes auf Nicolas und Grayson, der sich derweil zu ihm gesellt hat, zu. Die beiden haben die Köpfe zusammengesteckt, aber ihre Gesichter kann ich nicht erkennen, weil Grayson mit dem Rücken zu uns Nicolas gegenübersteht. Wie meine Skepsis wächst auch mit jedem Schritt das intensive Gefühl der Finsternis. Als würde ich auf einen Eisblock zugehen. Was zur …

Grob packe ich Grayson an der Schulter und schiebe ihn beiseite. Als ich danach in seine durch und durch schwarzen Augen blicke, zucke ich zurück und blicke sofort prüfend zu Nicolas, um sicherzustellen, dass es ihm gut geht.

Aber ich war so naiv.

So unermesslich naiv und blind.

Denn auch seine Augen sind schwärzer, als es jede Finsternis je war.

ENDE

Danksagung

Alle einmal tief einatmen und Luft anhalten, bitte. Das war unser Debüt. Okay, ihr dürft wieder ausatmen.

Wir können uns bei Anna und Lisa vom Dunkelstern Verlag nicht genug bedanken. Es ist unglaublich, was ihr beide auf die Beine gestellt habt. Danke für euer Vertrauen in uns und unsere Geschichte.

Ein ganz besonderer Dank geht selbstverständlich an Lisa, die uns als Lektorin stets begleitet und uns liebevoll auf die Finger gehauen hat, wenn wir unseren Fokus verloren haben.

Danke Miriam für dein wachsames Auge bei der Korrektur.

Danke an Lisa für deine Arbeit im Buchsatz.

Danke an Juliana für das fabelhafte Cover.

Danke an unsere wundervolle Illustratorin Lisa Martin, @les.eil, die Nicolas und Cassey unglaublich treffend dargestellt hat.

Eigentlich möchte man sich bei so vielen Menschen bedanken – bei allen, die an uns geglaubt haben, bei unseren Testleserinnen Marlies und Tatjana, bei unseren besten Freund:innen, unseren Partnern, unseren Geschwistern und Eltern – aber wir wollen nicht das Campus-Café der Uni Mainz vergessen, das uns in jeder möglichen Freistunde mit Kaffee versorgt hat. Dort sind wir auf die Idee von Nicolas und Cassey gekommen, dort hat alles angefangen, dort haben wir im November 2016 die ersten Worte geschrieben.

Zuletzt möchten wir uns bei euch Leser:innen bedanken. Danke, dass ihr *Insight of Souls – Rauch & Gold* gelesen habt und unseren Traum unterstützt. Wir hoffen, ihr freut euch ebenso auf Band 2 wie wir, denn Casseys und Nicolas' Geschichte ist noch lange nicht zu Ende erzählt – es wird dramatisch, düster und spannend.

Lieber Sternschweif,

bevor du diesen wundervollen Dunkelstern in Händen halten kannst, bedarf es der Arbeit sehr vieler talentierter und engagierter Kreativsterne.
Wir möchten daher diese Seite nutzen, um uns bei diesen Menschen zu bedanken:

Danke,

Silvia Andermann und Michelle Miller für eure Geschichte und euer Vertrauen.

Leitstern Lisa für das Lektorat.

Miriam Ziemons für das Korrektorat.

Juliana Fabula von Fabula Design für das Umschlagdesign.

Sternschmiede Buchdesign für den Buchsatz

Psst...
Bevor du diesen funkelnden Dunkelstern in dein Bücherregal stellst
und immer mal wieder sehnsüchtig über den Buchrücken streichst,
wollten wir Leitsterne auch noch etwas sagen:

Danke lieber Sternschweif, dafür dass du außergewöhnliche Geschichten liebst und mit uns dafür sorgst, dass der Nachthimmel den
Buchmarkt strahlender und bunter machen kann.

Falls du mehr funkelnden Lesestoff suchst, lassen wir dir eine
Direktverbindung zu den Sternen hier und wünschen dir viel Spaß
beim Stöbern.

Deine Leitsterne und der Nachthimmel

Triggerwarnung

Selbstverletzung & Suizidversuch
Psychiatrische Betreuung
Physische und psychische Gewalt
Alkoholkonsum
Verlust & Tod
Stalking